Für Nina

Das Gute fängt im Kopf an, das Beste im Herzen
(Ernst Ferstl)

Alle Orte und Personen in diesem Buch sind frei erfunden. Davon ausgenommen sind:
- Der großartige Modeschöpfer Jean-Paul Gaultier, dessen größter Fan immer noch Rubys Mutter Yrsa ist.
- Berlin. Unsere Hauptstadt ist eine wunderbare Metropole, doch leider habe ich das Portal nach Salvya dort noch nicht entdeckt.
- AC/DC. Kai und ich lieben die wahnsinnige Energie Eurer Musik.
- Eddie Floyd. Knock on wood.

Ähnlichkeiten zu realen oder verstorbenen Personen wären zufällig. Meine Geschichte vertritt weder religiöse noch politische Ansichten, noch vertritt sie religiöse oder politische Absichten.

Das Lied »Goodbye« wurde mir freundlicherweise von Matthias Delpey für dieses Buch zur Verfügung gestellt und mit der Sängerin Ilona Dessalles vertont. Alle weiteren Songtexte in diesem Buch stammen aus meiner eigenen Feder und dürfen ebenfalls nur mit meiner Zustimmung vertont werden.

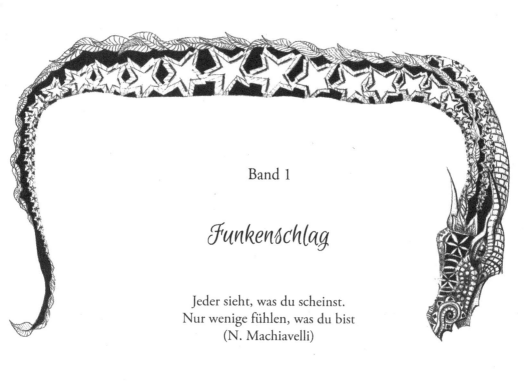

Band 1

Funkenschlag

Jeder sieht, was du scheinst.
Nur wenige fühlen, was du bist
(N. Machiavelli)

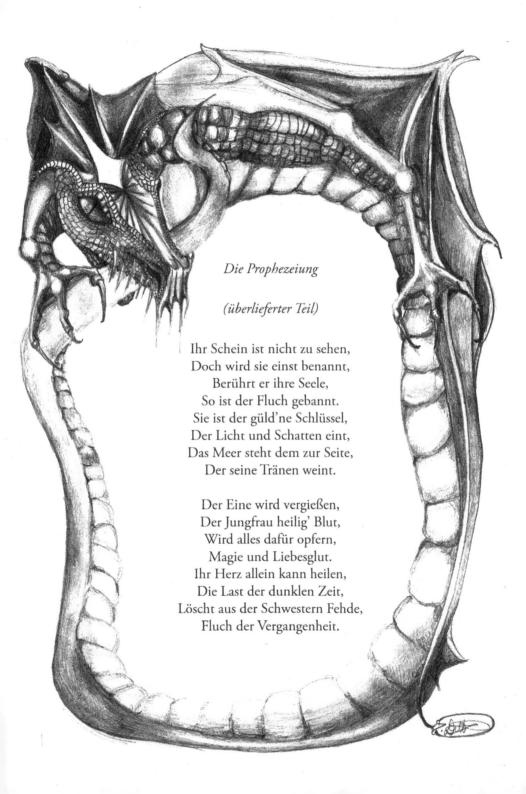

Die Prophezeiung

(überlieferter Teil)

Ihr Schein ist nicht zu sehen,
Doch wird sie einst benannt,
Berührt er ihre Seele,
So ist der Fluch gebannt.
Sie ist der güld'ne Schlüssel,
Der Licht und Schatten eint,
Das Meer steht dem zur Seite,
Der seine Tränen weint.

Der Eine wird vergießen,
Der Jungfrau heilig' Blut,
Wird alles dafür opfern,
Magie und Liebesglut.
Ihr Herz allein kann heilen,
Die Last der dunklen Zeit,
Löscht aus der Schwestern Fehde,
Fluch der Vergangenheit.

Prolog

(Magische Welt von Salvya, 1997)

Amygdala

»Raus!« Die Stimme der Königin bebte vor unterdrücktem Zorn. »Verlasse mein Königreich.«

Thyras eiskalte Augen richteten sich auf die Königin. In ihrem Gesicht regte sich kein Muskel. »Das wirst du bereuen. Ohne mich bist du nichts. Ich werde dich und alles, was dir wichtig ist, vernichten.« Thyras schwarzer Mantel bauschte sich wie eine Gewitterwolke um sie herum auf, als sie den Raum verließ.

Die Tür fiel krachend ins Schloss und augenblicklich gab der zierliche Körper der Königin die aristokratische Haltung auf. Sie sank in sich zusammen, als hätte Thyra ihr sämtliche Kraft geraubt.

»Was ist mit dir?« Mit einem Schritt war Amy an ihrer Seite. Die hohe Stirn, umrahmt von glänzenden Goldlocken, war schweißnass unter Amys Fingern.

Ein Stöhnen entwich der vornübergebeugten Frau. »Hol … den General.«

Nie würde Amy ihr widersprechen, auch wenn sie den Raum gerade jetzt nicht verlassen wollte. Widerstrebend wandte sie sich der Tür zu. In dem Moment flog diese jedoch auf und der General der Lichten Ritter stand wie durch ein stummes Kommando gerufen im Türrahmen. Seine scharfen Augen erfassten die Situation sofort.

»Das Kind.«

Erst da bemerkte Amy die schlanke Hand der Königin, die sich auf ihren Bauch presste. Ein Bauch, der gut verborgen unter wallenden Roben gewachsen und nun eindeutig zu groß für die zarte Gestalt der Königin war. Der General durchquerte mit ausgreifenden Schritten den Raum und kniete neben der blonden Schönheit nieder.

»Wir müssen fort von hier«, flüsterte er, während er ihr zärtlich über die bebende Schulter strich.

»Zu spät«, wisperte die Königin kraftlos und sank vollends zu Boden.

Augenblicklich war Amy bei ihr. Sie wusste, was zu tun war – und was diese Schwangerschaft bedeutete. Wie unendlich wichtig die Geburt dieses Kindes für ihre Welt war.

Amy legte ihre Hände auf den gewölbten Leib und fühlte nach dem Kind. Ein kleiner Stoß gegen ihre Handfläche erfüllte sie mit unbändiger Freude.

»Komm, meine Kleine. Zerbrich die Schale!«

Amys Magie war aufgebraucht. Niemals zuvor in ihrem Leben hatte sie sich so verausgabt. Der Moment, in dem sie das winzige Mädchen mit dem rubinroten Haar im Arm gehalten hatte, war aber alle Mühe wert gewesen. Als das Neugeborene mit seinen ungewöhnlich klugen Augen ihren Blick gesucht hatte, hüpfte ihr Herz vor Glück. Die Prophezeite! Amy hätte gleichzeitig weinen und lachen können, doch sie dämmerte einfach im Sitzen weg, so ausgelaugt war sie. Beim Aufwachen würde sie vermutlich hundert Jahre alt sein, weil sie ihre Alterswandlergabe nicht beherrschte. Dennoch war sie zu müde, um sich über die schrecklichen Rückenschmerzen Gedanken zu machen, die das Greisenalter unweigerlich mit sich brachten.

»Wir müssen Salvya verlassen.« Die Stimme des Generals drang wie durch Watte an ihr Ohr.

Nein!

Amy wollte schreien. Die Prophezeite war die Rettung von Salvya, das wichtigste Bindeglied zwischen Licht und Schatten. Die einzige Hoffnung. Sie *durften* das Kind nicht von hier fortbringen. Verzweifelt kämpfte Amy gegen den Nebel, der Schlaf krallte sich jedoch nur fester in ihren Geist.

Mit letzter Kraft schleuderte sie der Königin ihre Gedanken entgegen.

Du begehst einen Fehler.

Sie durfte nicht zu viel sagen. Thyra hörte jedes Wort.

Lange wartete sie auf eine Antwort, aber die Königin war mit ihrem Kind verschwunden.

Die Prophezeite hatte Salvya verlassen.

Kapitel 1

(Berlin, 2013)

Rosa

Entgeistert starrte Rosa auf ihr kükengelbes Spiegelbild. Dieses Teil, das ihre Mutter da von ihrem Lieblingsdesigner angeschleppt hatte, war ja wohl die Krönung an Scheußlichkeit.

»Ich glaub, mir wird schlecht.«

Die Augen ihrer Mutter leuchteten, während sie den Stoff über Rosas Oberschenkeln zurechtzog.

»Das nennt sich Wingsuit. Der letzte Schrei in Paris.«

»Es ist ein Hosenanzug.«

Ihre Mutter schnalzte mit der Zunge.

Beim Anblick seiner Tochter riss Rosas Vater in seinem Lehnstuhl die Augen auf. Dann verwandelte er sich wieder zurück zu *Herrn Doktor Geht–mich–nichts–an*. Das knappe Kopfschütteln, mit dem er seine Frau bedachte, hatte Rosa trotzdem gesehen.

Inga kniff die Lippen zusammen und zupfte weiter an Rosas Kleidung herum, was sie jedoch keineswegs besser machte.

Rosa wusste genau, was dieser Anzug für sie bedeutete.

Befremdete Blicke, Tuscheln hinter ihrem Rücken und Atemnot, Atemnot, Atemnot.

»Ich krieg jetzt schon keine Luft mehr«, murrte sie.

Seit Rosa denken konnte, litt sie unter einer seltenen Form von Sozialangst. Kaum stand sie im Zentrum der Aufmerksamkeit, machten ihre Lungen dicht.

Am besten ging sie dem Ganzen aus dem Weg, indem sie sich möglichst unsichtbar machte. Ihrer Mutter schien es jedoch ein diebisches Vergnügen zu bereiten, Rosa mit ihrer Vorliebe für modische Kreationen in Verlegenheit zu bringen.

»Du kannst froh sein, dass Jean–Paul so etwas Wundervolles überhaupt in deiner Größe herstellt.« Inga ließ ihren Blick, der eine gefühlte Tonne wog, über Rosas Rundungen schweifen.

Rosa sah von ihrer selbstzufrieden lächelnden Mutter zu ihrem Vater hinüber, der sich bis zum Haarschopf hinter dem Ärzteblatt verschanzt hatte.

Ungeduldig riss sie den Wingsuit von ihrem Körper. Vielleicht hatte sie Glück und sie würde ihn dabei – ganz zufällig – zerstören.

Ihre Mutter keuchte auf. Ob es an der unsanften Behandlung des sündhaft teuren Stoffffetzens oder am Anblick von Rosas Speckrollen lag, war eigentlich egal. Für Inga war beides eine Zumutung.

Wie immer, wenn Rosa so unsicher wurde, flüchtete sie sich in das einzige Gefühl, das ihr blieb: Zorn.

»Das zieh ich nicht an, das kannst du vergessen.«

Sie pfefferte die quietschgelbe Scheußlichkeit in eine Ecke und hätte am liebsten darauf herumgetrampelt.

»Mäßige deinen Ton, junge Dame!«, keifte Inga ihr hinterher.

Rosa knallte die Wohnzimmertür zu und schlüpfte in den schmalen Spalt hinter dem Bauernschrank in der Diele.

Hier würde man sie nicht finden. Niemand konnte sich vorstellen, dass Rosa in diesen Zwischenraum überhaupt hineinpasste, obwohl ihr Vater früher immer augenzwinkernd von ihrer sagenhaften Fähigkeit, sich unsichtbar machen zu können, geschwärmt hatte. Ihr Amy–Gen nannte er es, auch wenn sie bis heute keinen blassen Schimmer hatte, was er damit gemeint hatte und ihre Mutter deswegen regelmäßig in Rage geraten war. Früher hatte ihr Vater auch gelegentlich kleine Geheimnisse mit ihr geteilt, und ihre Mutter hatte sie damals noch nicht zur größten Lachnummer der Schule gemacht.

Rosa kauerte sich auf den staubigen Dielenboden. Die aufgebrachten Stimmen hinter der Wohnzimmertür schwollen an.

»Du bist zu hart zu ihr«, drang die tiefe Stimme ihres Vaters durch die Holzdielen des Schranks. »Ihre Aura darf sich unter keinen Umständen entwickeln, das sehe ich ein, aber ist es nötig, sie ständig zu demütigen?«

Tränen traten in Rosas Augen. Sonst hatte er Ingas spitze Bemerkungen über Rosas Körper immer stillschweigend hingenommen.

»Misch dich da nicht ein, Lyk!«

Rosa hielt die Luft an. *Lyk.* Diesen Spitznamen hatte sie schon einige Male aus dem Mund ihrer Mutter gehört, wenn sie dachte, keiner höre zu. Anschließend zog sie dann immer ein Gesicht, als hätte sie sich am liebsten selbst dafür geohrfeigt.

»Es geht mich sehr wohl etwas an, Yrsa. Sechzehn Jahre lang sehe ich mir das nun schon an, und so langsam frage ich mich, was dich eigentlich noch von deiner Schwester unterscheidet. Ich lasse nicht zu, dass du meine Tochter komplett ins Nihilum verbannst, nur weil du vor lauter Paranoia keine Grenze mehr kennst.«

Rosa schüttelte den Kopf. Ihre Mutter hatte eine Schwester? Ihres Wissens nach war Ingas ganze Familie bei einem tragischen Unfall ums Leben gekommen und eine Schwester war nie erwähnt worden. Was zum Teufel sollte eigentlich ein Nihilum sein?

»Mach!« Ingas Stimme überschlug sich. »Mach einfach und sieh, was passiert. Kümmer du dich um Rosas Sicherheit, während ich auf der New York Fashion Week bin. Ich bin es so leid, immer die Verantwortung zu tragen.«

Beinahe hätte Rosa gelacht. Die einzige Verantwortung, die ihre Mutter trug, war die über den Geldbeutel ihres Vaters.

»Das werde ich tatsächlich tun.« Ihr Vater klang nun sehr beherrscht. »Du wirst dich dieses Mal nicht einmischen, Yrsa.«

Schritte näherten sich der Tür. Rosa drängte sich aus ihrem Versteck, hastete mit dem Quietschen der Türklinke die Treppe hinauf und warf sich rücklings auf ihr Bett. Nur einen Augenblick später klopfte es donnernd an ihre Zimmertür.

Rosa gab keine Antwort.

Ihr Vater baute sich breitbeinig vor ihrem Bett auf.

»Deine pubertären Trotzanfälle nehmen in letzter Zeit ziemlich überhand, Fräulein.«

Seine Stimme blieb ruhig. Er erhob sie nie, weil er es schlichtweg nicht nötig hatte. Wenn ihr Vater seine dunklen Brauen über diesen hellen, scharfen Augen zusammenzog, blieben selbst gestandenen Männern die Widerworte im Hals stecken. Kreuzte er die Arme vor der breiten Brust, zog ein Gewitter auf. Jetzt pochte die Ader auf seiner Stirn und Rosa zog unwillkürlich den Kopf ein. Alarmstufe dunkelrot!

Dabei verstand sie gar nicht, was ihn so verärgerte. Die meiste Zeit bemerkten ihre Eltern – wie so ziemlich jeder in ihrem Umfeld – nicht einmal, dass Rosa existierte, geschweige denn, dass jemand registrierte, wie sie sich benahm.

»Du wirst am Wochenende ein Sozialprogramm für problematische Jugendliche absolvieren«, fuhr ihr Vater fort, ohne sich durch ihr Augenrollen aus dem Konzept bringen zu lassen. »Vielleicht gibt dir ein wenig Mülleinsammeln den Boden unter den Füßen zurück.«

Rosa stierte ihren Vater an. Das konnte unmöglich sein Ernst sein. Wegen eines blöden Streits über ein hässliches Kleidungsstück verdonnerte er sie zu einer Strafarbeit für kriminelle Kids und ignorierte dabei völlig, dass das vermutlich ihr Todesurteil war.

»Ich werde ersticken.« Schon jetzt zog sich ihre Kehle schmerzhaft zusammen und ließ nur ein Piepsen heraus.

Ihr Vater runzelte die Stirn.

»Du musst lernen, dieser Schwäche zu begegnen, statt Menschen generell zu meiden. So wirst du nie …« Er biss die Zähne aufeinander. »Sozialdienst. Keine Diskussion!«

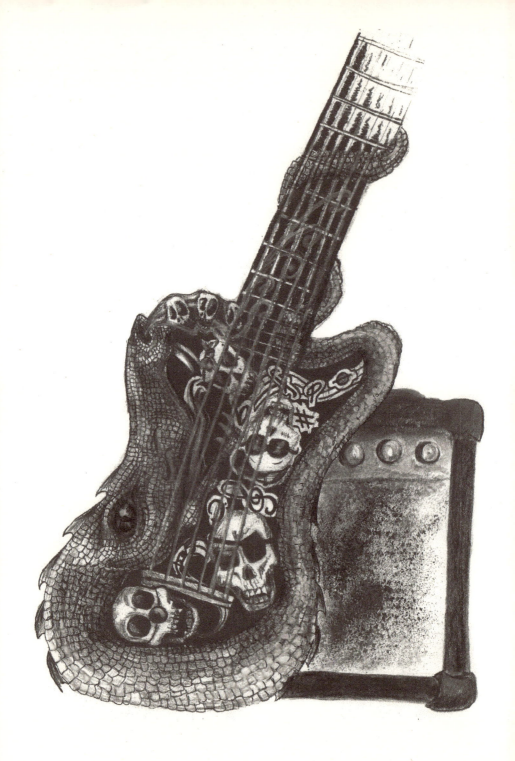

Kapitel 2
Rosa

Die Menge tobte.

Fassungslos starrte Rosa auf die Bühne, auf der die beiden bunthaarigen Jungs ein musikalisches Inferno entfachten. Sie trat einen Schritt in den geschützten Securitybereich zurück, als das Wummern in ihrem Bauch unerträglich wurde. Die beiden setzten die ganze Umgebung unter Strom. Lange würden ihre Instrumente nicht mehr durchhalten – ebenso wenig wie Rosas Ohren.

Ihr Blick schweifte über die hysterisch kreischenden Mädchen in der ersten Reihe. Jedes dieser Girlies würde sich freiwillig die Namen der Typen auf den Hintern tätowieren lassen, um so dicht bei ihnen sein zu können wie Rosa. Sie hingegen wünschte sich weit weg von dieser Bühne. Weit weg von dem Kreischen der Gitarre und dem grünhaarigen Spinner, der ihr mit seinem Schlagzeug Herzrhythmusstörungen verursachte. Die Mädchen um sie herum sahen zwar auch ohnmachtsanfällig aus, das lag jedoch vermutlich eher an den getuschten Wimpern des Drummers, als an seinem fürchterlichen Getrommel.

Rosa schüttelte den Kopf und sah an sich herunter. Der rote Overall war schrecklich unvorteilhaft und ihre Mutter würde einen hysterischen Anfall erleiden, wenn sie ihre Tochter in dem Aufzug sähe. Wäre es nach Inga gegangen, würde Rosa sie heute nach New York auf irgendeine Fashionshow begleiten. Hätte Rosa entschieden, säße sie jetzt gemütlich mit einer Tiefkühlpizza vor dem Fernseher, wie jeden Abend. Doch ihr Vater war unnachgiebig geblieben, obwohl er genau wusste, welche Folter der Sanitätsdienst für sie war.

Klar, dass nur noch sie hier die Stellung hielt. Die anderen jugendlichen Sanitäter, die hier aus gutem Grund Strafdienst schieben sollten, hatten sich alle innerhalb von Minuten in die feiernde Menge abgeseilt.

Amygdala

Der Übergang in die nichtmagische Welt gestaltete sich zäh. Mehrmals musste sie rückwärts gegen das unsichtbare Portal fahren, ehe es sie passieren ließ.

Zu allem Unglück fand sie sich dieses Mal in Caligo besonders schwer zurecht. Der Nebel auf allen Dingen trübte ihre Sicht so sehr, dass sie das Gefühl hatte, durch eine Nudelsuppe zu fahren. Vermutlich glaubten selbst ihre Augen, sie wären heute hundert Jahre alt. Candy, wie sie ihr Auto liebevoll nannte, schien sich auch nicht wohlzufühlen und gab asthmatische Geräusche von sich.

Amy tätschelte das Lenkrad. »Wenn du heute alles gut machst, darfst du mit den Drachen in Salvya eine Spritztour machen. Heute bekommen wir sie endlich zurück, ich fühle es im kleinen Zeh.«

Candy hustete zur Antwort und rollte in die gesperrte Einbahnstraße. Amy streichelte nach dem Aussteigen zärtlich die Motorhaube, dann wandte sie sich dem Festivalgelände zu. Es war bereits eine Menge los und ausnahmsweise war Amy froh um ihr greisenhaftes Aussehen. Die jungen Dinger wichen vor ihr zurück, als wäre ihr Alter ansteckend. Eines der verhungerten Zombiemädchen zeigte mit ausgestrecktem Finger auf sie.

»Guckt mal, heutzutage macht schon das Altersheim einen Ausflug auf das Monsterrockfestival.«

Übermut erfasste Amy, obwohl sie eigentlich keine Kraft dafür übrig hatte. Es war gefährlich, außerhalb von Salvya phantastisch zu werden, aber es tat so unheimlich gut, einmal nicht nachzudenken.

Nur eine kleine Illusion.

Sie hob die Arme. Ihre schlaffe Haut war nun von Tätowierungen übersät. An jedem Finger steckten Ringe, die mehrere Fingerglieder überschritten. Das Leder ihres Minirocks quietschte, während sie einen Schritt auf das Mädchen zumachte. Das dürre Ding wich erschrocken vor ihr zurück.

»Fass mich bloß nicht an, Alte«, keifte sie. Amy stöckelte weiter auf sie zu, packte das magere Mädchen am Arm und zog sie an sich.

»Ich suche meinen Sohn, Schätzchen. Ungefähr so groß, grüne Haare, knackiger Hintern, hat meist ne Gitarre um den Hals hängen,

Stimme wie eine rostige Gießkanne. Ach, da isser ja.« Amys zittriger Finger zeigte auf die Bühne.

Mit offenem Mund begafften die Mädchen die Alte.

»Du blöde Kuh«, flüsterte ein Junge der Bohnenstange zu. »Das ist *seine* Mom.«

Amy zwinkerte ihm zu. Kurz darauf verfluchte sie ihre Illusion schon wieder, da sie sich kaum bewegen konnte. Es wäre jedoch zu auffällig, den knallengen Rock in ihre gemütlichen Pumphosen zu verwandeln. Sie biss die Zähne zusammen und stakste mit Trippelschritten durch das matschige Gelände. Je weiter sie sich zur Bühne vorarbeitete, desto schärfer wurde der Schweißgeruch in der Luft.

Ein Kerl wie ein Bulldozer krachte mit einem anderen zusammen und wurde gegen Amy geschleudert. Hätte sie nicht blitzschnell eine Schutzmauer gezogen, wäre sie bäuchlings im Matsch gelandet. Zum Schein taumelte sie gegen ein verschreckt aussehendes Mädchen, das seine pinkfarbene Plüschhandtasche an sich klammerte.

Sie war zu alt für so etwas, eindeutig. Selbst in ihrem wahren Alter – Amy hatte ihren dreißigsten Geburtstag hinter sich – würde sie keinen Fuß in diesen Hexenkessel setzen. Doch was tat sie nicht alles für ihre liebsten Schützlinge? Sie hatte ihnen die Flausen durchgehen lassen, sich als ihre Drachen-Bodyguards zu bezeichnen, um die Schattengarde fernzuhalten. Nicht zuletzt, weil Kai und Ali durch Thyras Bannfluch an diese Welt gebunden waren und schon genug litten.

Ein Blick auf die bunten Schöpfe der beiden zauberte ein Lächeln auf ihre Lippen. Selbstverständlich waren die Zwei keine Drachen, aber wenn man sie so ansah, konnte man es fast glauben.

Kai wirbelte zwischen drei verschiedenen Instrumenten herum und war vollkommen in seinem Element, während Ali konzentriert an den Saiten seiner Gitarre zupfte. Amy verkniff sich die Grimasse, weil das Schlagzeug blechern schepperte und Alis Gitarre mit einem schnarrenden Ton antwortete. Von caligonischen Instrumenten konnte man nicht allzu viel erwarten. Selbst ein Musikgenie wie Kai entlockte diesen simplen Blechschüsseln keinen besseren Klang. Ali fing ihren Blick auf und neigte verhalten den Kopf zur Begrüßung.

Amy winkte ihnen zu, ehe ihr auffiel, dass es sich für eine Frau ihres Alters vielleicht nicht geziemte, zu jubeln.

»Ach scheiß drauf«, brummte sie. Ein neonblau geschminktes Tee-niemädchen sah sie überrascht an. Amy streckte ihr die Zunge heraus und warf beide Arme in die Luft.

Rosa

Etwas leuchtete in der Menge auf. Rosas Kinnlade fiel herab. Inmitten der Teenager hüpfte eine Greisin wie ein Gummiball auf und ab und applaudierte den beiden Rockstars überschwänglich. Ihr weißes Haar klebte wie ein Zuckerwatteheiligenschein an ihrem Schädel und ein paar fusselige Zöpfe wippten bei ihrer Hopserei um den Kopf herum. Unter ihrem viel zu kurzen Ledermini blitzte ein blumiges Rüschen-höschen hervor.

Auf der Bühne knisterte und zischte es, als stünden die Bretter unter Strom. Rosa rieb sich die Arme und sah sich unbehaglich um. Spürte das niemand außer ihr? Gleich würde hier alles in die Luft fliegen.

Der halb nackte Oberkörper eines Mädchens schwankte ihr gefähr-lich entgegen. Das Fangirl hing mit glasigen Augen über der Barriere und riss sich am schlabberigen T-Shirt. Ihr verschwitztes, blondes Haar klebte ihr am Kopf.

»Ich will ein Kind von dir«, kreischte sie.

Ihr klebriger Parfümduft wehte zu Rosa herüber. Sie beäugte das Mädchen naserümpfend. Die Blonde war kaum älter als sie. Was würde sie anfangen mit ihrem Baby von diesem Irren?

Der geschminkte Typ auf der Bühne machte eine laszive Bewegung mit der Hüfte und zwinkerte ihr zu.

Die zukünftige Teeniemama begann zu weinen. Wütend funkelte Rosa den Rockstar an. Natürlich bemerkte er es gar nicht. Rosa war wie immer unsichtbar. Unbeholfen tätschelte sie dem Mädchen die Hand, doch Blondie hatte nur Augen für ihren Star.

Seufzend ließ Rosa ihren Blick über die feiernde Menge schweifen. Die Alte starrte direkt zu ihr herüber und plötzlich fühlte sie sich, als ob ihr jemand heißes Öl zu trinken gegeben hätte. Automatisch wich sie zurück. Die Frau kniff die Augen zusammen, blickte sich nervös um und verschwand hinter einem Kerl mit dem Kreuz eines Preisboxers.

Amygdala

Kai zwinkerte ihr zwischen Keyboard und Schlagzeug auffällig zu. Mitten im Herumwirbeln hielt er inne und stutzte. Amy folgte seinem Blick und auf einmal kribbelte es wild in ihrem Bauch.

Da stand sie. Eindeutig. Die Prophezeite! War das möglich? Nach all den Jahren trieb sie sich ausgerechnet auf einem Konzert ihrer Drachen herum und zog einen Schmollmund, der Kai fast die Augen aus dem Kopf fallen ließ. Amy kicherte ungläubig und suchte den Blick des Mädchens. Sie war unheimlich gut getarnt. Es grenzte an ein Wunder, dass sie Kai aufgefallen war. Keine Aura, nicht mal ein Hauch davon. Amy schüttelte den Kopf. Yrsa war brillant. So also hatte sie das Mädchen sechzehn Jahre lang vor Thyras Schattengarde verborgen.

In dem Moment sah das Mädchen sie direkt an. Ihr Blick ging Amy durch und durch – und ließ sie jeden Zweifel vergessen. Sie war es!

Etwas wickelte sich plötzlich mit atemberaubender Geschwindigkeit um ihren Oberkörper. Amy fluchte leise. Vor lauter Überraschung hatte sie nicht aufgepasst. Ihre Häscher kamen zum denkbar ungünstigsten Zeitpunkt. Sie hätte auf keinen Fall so viel Energie auf einen Minirock vergeuden sollen. Die Fesseln schnitten ihr in die Haut und das schmerzhafte Brennen nahm ihr kurzzeitig den Atem. Keuchend wand sie sich in den unsichtbaren Schlingen. Wenn sie vorhin nicht so wild getanzt hätte, würden die Jugendlichen um sie herum vielleicht aufmerksam werden. Doch niemand schien einen weiteren Blick auf die verrückte Alte werfen zu wollen, die aufgeregt mit den Armen fuchtelte.

Amy gab auf. So kam sie nicht weiter. Wenn sie die Männer nah genug an sich heranließ …

Sie spürte die kalten Auren der Schattengardisten in ihrem Rücken. Wahrscheinlich konnten sie ihr Glück kaum fassen. Amy schloss die Augen und versuchte sich nicht durch das Brennen ablenken zu lassen. Der erste Gardist berührte sie. Amy feuerte eine Schockwelle ab, die ihn mehrere Meter zurückstieß. Durch pures Glück riss er dabei seine beiden Kollegen mit. Gut, dass sie nur zu dritt waren. Amy schüttelte die messerscharfen Fesseln ab, die der Schattenwächter ihr übergeworfen hatte. Augenblicklich fing die magische Tätowierung an zu bluten, als sich die Schattenmagie der Gardisten darin verkrallte, doch sie achtete nicht darauf. Sie tastete nach einem weiteren Funken Magie in ihrem Inneren. Es war ziemlich wenig. Seufzend ließ sie ein gleißendes Licht aus ihren Fingerspitzen tanzen und jagte es auf die drei am Boden liegenden Männer. Immerhin waren sie geblendet, bis sie das Weite gesucht hatte. Hastig verbarg sie ihre Aura und verschwand lautlos zwischen den tanzenden Leibern.

Rosa

An der Barriere zum Security–Graben wurde es unruhig. Sicher ein Mädchen, das im Gedränge in Ohnmacht gefallen war. Schnaubend näherte sie sich dem Tumult, um den Muskelprotzen von der Security zur Hand zu gehen. Es stank nach Bier und Schweiß und irgendjemand rammte ihr über das Metallgeländer hinweg einen Ellenbogen in die Rippen. Der Schmerz nahm ihr den Atem. Mit dem Rücken an die Bühne gedrängt, schob Rosa sich weiter zum Unruheherd. Beherzt fasste sie in die Menge. Etwas packte mit festem Griff ihre Hand. Sie erstarrte. Die Fans in der ersten Reihe rückten mit zusammengepressten Lippen auseinander und warfen der weißhaarigen Dame, die behände über die Barriere kletterte, böse Blicke zu. Trotz des kurzen Rocks hüpfte sie geschmeidig zu Rosa auf die andere Seite des Grabens und lächelte sie verschwörerisch an.

»Da bist du ja.«

Die Security–Männer runzelten die Stirn. Drei Augenpaare waren auf Rosa gerichtet. Drei Paare zu viel. Ihre Lunge zog sich schlagartig zusammen und sie presste die Luft pfeifend zwischen ihren Lippen hervor.

Von wegen Sozialdienst hilft gegen Sozialasthma, Papa.

»Meine Nichte«, erklärte die Alte liebenswürdig und tätschelte einem Muskelberg den knackigen Po.

Rosa lief krebsrot an. Das wäre ja noch schöner. Wenn sie eine Tante hätte, dann sicherlich keine, die fünfzig Jahre jüngere Männer auf Rockkonzerten begrapschte. Der Mann sah jedoch nicht die Alte, sondern Rosa missbilligend an. Ihre Lunge zwickte wie verrückt. Sie musste hier weg.

Ohne ein weiteres Wort wandte Rosa sich ab. Dank ihrer hängenden Schultern und ihrem blasierten *Sprich-mich-nicht-an*-Gesicht war sie bislang jeder unangenehmen Begegnung ausgewichen. Eine knochige Hand schob sich in ihre angewinkelte Ellenbeuge und verhakte sich dort.

»Tu so, als wäre ich alt und schwach und du müsstest mich retten«, raunte die Alte ihr zu.

Rosa blieb stehen und glotzte sie fassungslos an.

»Geht's noch?«, fragte sie unfreundlich.

»Ja, ja, bis zum Auto schaff ich es.« Die Alte schloss die Augen und nickte bedächtig. Rosa schüttelte den Kopf und stemmte die Fersen in den Boden. Seufzend zog die Frau ihre Hand zurück und begann seelenruhig ihr Hemd aufzuknöpfen. Rosa begaffte das Tattoo, welches sich über ihren ganzen Oberkörper zog. Erst auf den zweiten Blick bemerkte sie das Blut. Es lief aus den schwarzen Linien der Tätowierung und wirkte wie gemalt. Dennoch konnte Rosa den metallischen Geruch nicht ignorieren. Diese Frau war schwer verletzt.

Irritiert packte sie den Arm der Alten. »Wie ist das passiert?« Die beiden Verrückten legten sich für ihre vierte Zugabe noch einmal so richtig ins Zeug, weshalb Rosa brüllen musste.

»*Schattengardisten.*«

Rosa starrte die Frau an. Die Alte hatte im Gegensatz zu ihr nicht einmal die Stimme erhoben. Hatte sie überhaupt den Mund geöffnet? *Schattenritter? Eindeutig Klapse.* Sie lenkte die Frau etwas sanfter in Richtung Backstagebereich.

»Nein, der Wagen steht da hinten.« Trotz ihrer Verletzung war der Griff der Alten erstaunlich unnachgiebig.

»Ich bringe Sie ins Sanitätszelt, da wird man Sie verarzten und dann können Sie bestimmt heimfahren.« Oder in die Geschlossene, wenn es nach Rosa ginge.

»Ich brauche kein Zelt, wir müssen hier weg«, beharrte die Frau und kickte trockenes Laub vom Boden auf.

»Ich muss nach Hause«, antwortete Rosa und machte den Fehler, der Frau in die Augen zu sehen. Sie waren von leuchtendem Gelb und drehten sich wie kleine Spiralen. Ihr wurde schwindelig.

»Das musst du. Und zwar schon seit langer Zeit«, bestätigte die Alte zufrieden und zerrte sie mit sich.

Die Stoßstange der verbeulten Rostlaube schmiegte sich an das Halteverbotsschild. Rosa blinzelte mehrmals, trotzdem blieben die wenigen

Stellen, an denen der Lack nicht abgeblättert war, eindeutig pink. An die Scheinwerfer hatte jemand mit zittriger Hand Wimpern gemalt. Die Alte huschte um das Auto herum und wirbelte weiter mit den Füßen Blätter auf, die sich wie kleine Windhosen um das Auto herum drehten.

»Komm den Strudeln nicht zu nah«, warnte die Frau sie über ihre Schulter hinweg. »Steig ein, *Candy* ist offen.«

Rosa beäugte das Auto. *Candy!* War ja klar. Dann wandte sie sich wieder an die Alte, die immer noch Blätterwirbel erzeugte, und zeigte zurück zur Bühne.

»Hören Sie, ich muss wieder …«

Die Alte hielt mitten im Herumwirbeln inne und musterte sie eindringlich aus ihren gelben Augen.

»Würde es dir bei deiner Entscheidung helfen, wenn ich dich wirklich inbrünstig bitte? Wenn ich dich anflehe, eine alte, verwundete Frau nicht alleine zu lassen?«

Rosas Hand schnellte zum Türgriff. Verwundert gaffte sie ihre eigenwillige Hand an. Die Tür gab ein Gänsehaut verursachendes Quietschen von sich. Erst als sie sich hinter dem Lenkrad wiederfand und der Rücksitz knarzte, erwachte sie aus ihrer Trance.

»Ich kann gar kein Auto fahren. Ich hab ja nicht mal einen Führerschein.«

»Dafür wird's schon reichen.« Die Alte wedelte mit der Hand. Geschäftig begann sie, die Knöpfe an den Türen herunterzudrücken. Rosa beobachtete sie im halb blinden Rückspiegel mit einem unguten Gefühl im Bauch.

»Ich hoffe, die Drachen kommen gleich«, murmelte die Frau.

Rosa schnappte nach Luft. Ihr Verstand sagte ihr, dass sie schleunigst aus diesem Auto steigen und verschwinden sollte, aber ihr Po war auf dem verschlissenen Sitzpolster wie festgenäht.

»Wie bitte?«, hauchte sie.

Die Alte beugte sich über sie und verriegelte die Fahrerseite. Danach verharrte sie in dieser unmöglichen Position und warf Rosa einen verschwörerischen Blick zu.

»Hör zu, sag bloß nichts über ihren Gesang, da sind sie echt empfindlich. Sie werden dich jedoch lieben, wenn du ihnen ein wenig die Eier kraulst.«

»Wenn ich was?« Rosa drückte sich, so tief es ging in den Sitz. Eine Sprungfeder bohrte sich schmerzhaft in ihren Rücken. Sie hielt eisern dagegen, bis die Alte sich endlich wieder auf ihre Rückbank zurückzog.

»Sagt man das heutzutage nicht so? Früher sagte man: *Honig um den Bart schmieren.*«

Rosa legte die Stirn aufs Lenkrad. Der Geruch nach altem Leder und Benzin hing in der Luft. Es klickte, dann wurde die Beifahrertür aufgerissen. Ein Schwall kalter Luft drang ins Wageninnere und richtete die Härchen auf ihren Unterarmen auf. Jemand ließ sich stöhnend auf den ächzenden Sitz neben ihr fallen.

»Wir können, Ladys«, tönte eine männliche Stimme vom Rücksitz. Rosa fuhr zusammen.

Auf einmal stand die Luft unter Strom. Kurz zuvor hatte sie gefröstelt und nun war ihr schlagartig heiß. Sie musste nicht aufsehen, um zu wissen, wer soeben das Auto gestürmt hatte. Erneut rastete die Türverriegelung ein.

Seufzend ließ sie ihre Stirn, wo sie war. Sie hockte in einem Wagen mit zwei durchgeknallten Rockstars und einer noch viel durchgeknallteren Oma. Na wunderbar!

»Wow, Amy, dieser Rock ist echt ... Mann, ich hoffe wirklich, du hast was drunter. Und diese Tattoos ... Wer ist das?«, fragte eine raue Stimme neben ihr, die ihr eine Gänsehaut über den Rücken jagte.

»Das ist ...«, setzte die Alte mit einem hörbaren Hauch von Stolz an.

Ehe sie wieder *meine Nichte* sagte, richtete Rosa sich auf. Sie schwitzte und der Polyesteroverall klebte an ihrem unförmigen Körper. Garantiert sah sie fürchterlich aus. Erstaunt stellte sie fest, wie sehr es sie störte.

»... Jemand, der jetzt aussteigt. War nett«, beendete sie den Satz der Alten und zog das Knöpfchen an der Fahrerseite hoch.

»Nein!«, schrien drei Stimmen gleichzeitig, während sich der komplette Wagen entriegelte. Wieso hatte diese Uraltkarre eine Zentralverriegelung?

Hinten wurde eine Tür aufgerissen.

Die verwirrenden Sonnenaugen der Alten schickten Rosa eine stumme Nachricht, die sie nicht verstand, während schwarz behandschuhte Hände den gebrechlichen Körper packten. Der Junge vom Rücksitz schoss vor, doch er bekam nur Luft zu fassen. Der Platz der Alten war leer.

Im Auto breitete sich eine drückende Stille aus. Schließlich verschloss der Junge die Hintertür wieder.

»Fahr los«, sagte der Typ neben ihr tonlos.

»Wie bitte, ich –«, stammelte Rosa.

»Na wird's bald?«, brüllte er.

Rosa stierte ihn an.

Grün. Seine Haare. Giftgrün. Zerzaust wie nach einem Sturm. Seine Augen. Smaragdgrün. Wütend. Umrandet von so langen, schwarzen Wimpern, dass sie ihn für geschminkt gehalten hatte. Dann knallte der Stromschlag mitten in ihren Magen.

Grünauge verzog den Mund und sah auf die Straße vor ihnen.

»Wenn du leben willst, fährst du jetzt«, sagte er leiser, mit einem gefährlichen Unterton.

Rosa atmete tief ein. »Ich kann nicht fahren.«

Sein Kopf fuhr zu ihr herum und er glotzte sie fassungslos an.

»Ich helfe dir.«

Sie wandte sich dem Jungen zu, der von der Rückbank aus gesprochen hatte. Seine bronzefarbene Haut hob sich kaum von der Umgebung ab, weshalb nur sein Umriss zu sehen war.

Ein Schlag brachte das kleine Auto zum Beben. Rosa konnte in der Dunkelheit nicht ausmachen, woher der Angriff gekommen war. Sie griff zum Zündschlüssel. Ihre Hände zitterten. Fahrig fummelte sie am Armaturenbrett herum, fand aber keinen Scheinwerferknopf.

»Linker Fuß auf die Kupplung, Schlüssel rumdrehen und langsam kommen lassen.«

Ihre Beine besaßen allenfalls die Konsistenz von Gelatine. Das kleine Auto schoss mit einem Satz nach vorne. Es rumste, Rosa keuchte und würgte Candys Motor ab.

»Sauber, einer weniger«, kommentierte Grünauge ihren Vorstoß trocken.

»Ich, ich …« Ihr wurde übel. Hatte sie gerade jemanden überfahren? Wo war die alte Frau hin? Klebte sie etwa an Candys Stoßstange? Ein unkontrollierbares Zittern schüttelte ihren Körper.

»Fahr los, sie kommen«, sagte der Junge vom Rücksitz ruhig. »Noch einmal wie eben, nur mit etwas mehr Gefühl. Hilf ihr!«

Der Grüne rollte mit den Augen und seufzte theatralisch auf.

»Feelings. You give me those feeheeheelings, babe«, sang er kratzig und presste seine Fingerspitzen auf ihr Handgelenk. Ein Schlag, wie bei der Berührung eines elektrisch geladenen Weidezauns, zuckte durch ihren Arm. Instinktiv zog sie die Hand weg. Der Junge hielt sie fest.

»Augen zu und durch, Rambo.«

Rosa starrte ihn an. Wie nannte dieser arrogante Arsch sie?

Ihre Finger fanden den Zündschlüssel wie von selbst. Hart trat sie das Pedal durch, jagte den Gang hinein und ließ die Kupplung kommen.

»Gas! Mit rechts«, erklang es vom Rücksitz und sie drückte das Bein durch. Der Motor heulte auf, dann schoss die Karre rückwärts in die Einbahnstraße.

»Wo ist die Bremse?«, kreischte Rosa.

»Gas! Gas! Gas!«, rief der Junge von hinten.

»Oh yeah, baby.« Grünauge legte seine Hand auf ihren Oberschenkel. »Schneller!«

Candy jagte rückwärts durch die Nacht. Sie wurden immer schneller anstatt langsamer, obwohl sie das Pedal kaum mehr berührte. Das Auto schien ein Eigenleben entwickelt zu haben.

»Hilfe«, flüsterte sie. Sie würden sterben. Alle drei. Sie lenkte ja nicht einmal und die Straße war keineswegs gerade. Trotzdem folgte das Auto dem Straßenverlauf wie auf unsichtbaren Schienen.

Dann verließen sie den Asphalt und schossen über den Randstein. Sie hoben wenige Zentimeter ab, rumpelten über Gras und Erdhügel und rollten schließlich aus. Mit einem letzten Seufzen kam Candy zum Stillstand.

Rosas Finger rutschten kraftlos vom Lenkrad. Ihre Handflächen hatten nasse Abdrücke auf der Lederumhüllung hinterlassen, während seine Hand auf ihrem Bein nicht einmal richtig warm war.

Der Grünhaarige drehte sich zu seinem Bandkollegen um und hob eine Augenbraue.

»Sie hat das Portal durchbrochen, Alter.«

Der andere beugte sich etwas vor. Das Mondlicht beschien sein Gesicht. Seine Haare hatten einen tiefblauen Schimmer. Das Lächeln schien seine regenwolkenfarbenen Augen nicht zu erreichen.

Der Grüne wandte sich ihr wieder zu. Er legte den Kopf schräg und warf ihr einen kecken Blick unter seinen langen Wimpern zu. Warum zum Teufel schlug ihr Herz jetzt schneller?

»Wohin willst du's haben?« Mit einer lässigen Bewegung zog er einen Stift aus der Tasche und schielte auf ihre Brust.

»Häh?«, machte sie lahm. Er biss das Käppchen des Filzstiftes ab und fummelte an ihrem Overall herum. Automatisch schlug sie ihm auf die Finger.

Unglaublich! Dieser Typ wollte ihr tatsächlich an die Wäsche. Hier, im Nirgendwo, in einem rostigen Blechhaufen. Er grinste frech und zog den Reißverschluss trotzdem ein Stück herunter. Die Träger ihres Bodys kamen zum Vorschein. Ja, ihres Bodys. Lilafarben mit Goldeinsätzen. Von Gaultier. Sie hob die Hand, um den Overall über dieser Peinlichkeit wieder zu schließen. Der Grünhaarige wehrte sie lässig ab.

»Schon besser«, murmelte er mit dem Käppchen zwischen den Zähnen. »Wie heißt du?« Bestimmt hob er mit dem Zeigefinger ihr Kinn an, um die Haut auf ihrem Dekolleté zu spannen. Das Kribbeln wurde unerträglich, schoss ihre Wirbelsäule hinab und ließ ihren Körper beben.

»R…«, setzte sie an. Ihre Ohren waren plötzlich wie zugestopft und ihre Haut brannte, wie wenn Feuerameisen sie attackieren würden. Ihr war speiübel. Sie konnte doch jetzt nicht ohnmächtig werden. Hilflos krallte sie sich in seinen Arm. Zischend sog er den Atem ein. Der Schweiß brach ihr aus allen Poren, obwohl ihr Körper von einer Gänsehaut überzogen war. Ihr Mund klappte auf, aber ihre Zunge klebte an ihrem Gaumen und ließ keine Luft hinein und kein Wort hinaus.

»Alles in Ordnung?« Die Stimme des Blauhaarigen klang eigenartig, wie unter Wasser.

Nichts war in Ordnung. Irgendetwas lief hier gerade völlig schief.

Dann, ebenso plötzlich, wie es begonnen hatte, war es vorüber.

Gierig saugte sie Luft in ihre Lungen. Das war keiner ihrer Asthmaanfälle gewesen. Was zum Teufel war es dann?

»Vielleicht ist ihr Korsett zu eng geschnürt.« Grünauge zupfte am Träger ihres Bodys »Ziehen wir sie aus.«

Mit einem empörten Aufschrei richtete sie sich auf.

»Ist dir schlecht geworden?«, fragte der andere mitfühlend. Gott sei Dank konnte sie ihn wieder klar verstehen.

»Groupies.« Smaragdauge schüttelte den Kopf und verschloss den Filzstift. Fassungslos betrachtete sie im beschlagenen Rückspiegel ihr Dekolleté, auf dem ein schwarz hingekritzelter Namenszug prangte.

»Geht's wieder?«, fragte sein Freund besorgt. Sie nickte zögernd.

»Alter, lass uns abhauen. Ich glaub, die ist nicht ganz dicht.« Der Grünhaarige tippte vielsagend an seine Stirn. Er tastete nach dem Türgriff.

»Kai.« Grünauge verharrte bei der Erwähnung seines Namens mitten in der Bewegung. »Sie hat das Portal durchbrochen.«

Kais Schultern sanken herab.

»Was willst du mit ihr machen?«, brummte er unwillig.

»Wir sollten sie zu Gnarfel bringen. Wir machen es so, wie Amy es gewollt hätte.«

Warum hörte es sich nur so an wie ›*Wir sollten sie ins Gefängnis bringen*‹? Sie räusperte sich.

»Hört zu, tut mir leid um euer Portal. Ich bezahl das.«

Kai lachte rau auf, was sie augenblicklich wütend machte.

»Ich hab gesagt, dass ich nicht fahren kann«, fuhr sie ihn an. Das stromartige Vibrieren verstärkte sich. Er zuckte leicht zurück. Ob er es auch spürte?

»Wie heißt du?« Die Stimme des anderen blieb vollkommen ruhig.

Sie öffnete den Mund, atmete ein und klappte ihn mit einem leisen Seufzen wieder zu. Es fühlte sich an wie eine Narbe im Gehirn. Ein runzliger Wulst, genau an der Stelle, wo vorher ihr Name gewesen war.

»Ich weiß nicht«, gab sie schließlich leise zu.

Kai lachte dröhnend auf.

»Gestern zu lang gefeiert, was?«

»Du weißt deinen Namen nicht?« Der blauhaarige Junge legte die Stirn in tiefe Falten. Kai riss die Augen auf, wodurch seine Brauen beinahe unter den grünen Stirnfransen verschwanden.

»Komm schon, Ali. Die? Das kann nicht dein Ernst sein.«

29

Kai lachte erneut. Es hörte sich gekünstelt an.

»Wenn sie keinen Namen hat, können wir sie ja einfach mit *Euer Hoheit* ansprechen.« Er warf den Kopf in den Nacken und knallte mit dem Hinterkopf an die Seitenscheibe. »Rotkäppchen vielleicht. Oder Princess Firehead. Das hat sogar was Rockiges.« Er krampfte sich zusammen. Schließlich ging sein Lachen in einen Hustenanfall über, bis Ali ihm über die Lehne hinweg kräftig auf den Rücken schlug.

»Sehr komisch«, versetzte Ali trocken. »Du brauchst einen Namen, keiner kann ohne Namen sein.« Er musterte sie prüfend. Seine grauen Augen wirkten mit einem Mal viel zu hell für sein dunkles Gesicht. Sie wand sich verlegen. Warum konnte er sie nicht einfach in Ruhe lassen?

»Ich werde sie Rambo nennen«, sagte Kai im Brustton der Überzeugung. Fest presste sie die Lider zusammen, hinter denen es verdächtig prickelte. Nein. Sie würde unter keinen Umständen anfangen zu heulen.

Ali schnalzte mit der Zunge.

»Sei kein Fiesling, Kai. Mädchen, bis du dich wieder erinnerst, nennen wir dich Ruby. Das passt zu dir.«

Sie ließ den Kopf zurück auf das kühle Leder sinken. Dieser Name passte überhaupt nicht zu ihr. Ruby hießen Mädchen mit funkelnden Augen und einem Lächeln, wegen dem sich die Jungs nach ihnen umdrehten. Besondere Mädchen. Dennoch fühlte sich der Name seltsam richtig an.

»Goodbye Ruby Tuesday.« Kais Stimme klang, als hätte *er* die Nacht zuvor zu viel gefeiert. »Warte, heißt sie dann Donnerstag mit Nachnamen?« In gespielter Verwirrung sah er Ali an.

»Dienstag, wenn schon. Tut mir leid, er kann einfach nicht anders«, entschuldigte sich Ali mit einem schiefen Grinsen bei Ruby. Sie lächelte vorsichtig.

»Na siehst du, es geht doch.« Ali nickte ihr aufmunternd zu.

Kapitel 3
Ruby

»Wo sind wir hier eigentlich?«
Die Scheiben des Autos waren beschlagen, weshalb Ruby kaum etwas von ihrer Umgebung ausmachen konnte. Lediglich die Silhouetten riesiger Laubbäume ragten vor dem dunklen Nachthimmel auf. Sie wischte mit der Handfläche über die Seitenscheibe und hinterließ schmutzige Schlieren.

Die unheilvolle Stille in ihrem Rücken begann zu kribbeln und sie drehte sich zögernd um. Kai hatte sich seinem Freund zugewandt. Mit zusammengezogenen Augenbrauen und leicht vorgeschobener Unterlippe hielt er Alis intensivem Blick stand.

»Nein«, sagte Ali schließlich, als ob er ein stummes Gespräch beendete, und brach den Blickkontakt ab. »Amy hat sich etwas dabei gedacht.«

Kai schnaubte.

»Wie sie uns einen besonders fetten Klotz ans Bein bindet?« Bedeutungsvoll sah er Ruby an. »Einen rothaarigen.«

Ruby verschluckte sich fast an ihren eigenen Worten.

»Hab schon verstanden. Ich gehe.«

»Ja. Tschüss«, konterte Kai ungerührt, während sie fahrig am Türgriff riss.

»Kai«, sagte Ali nur und hielt Ruby am Arm fest. »Lass das.« Im Gegensatz zu Kais Nähe tat sein unnachgiebiger Griff kaum weh. Ruby ließ sich stöhnend zurück in den Sitz fallen.

»Wohin willst du denn? Du kennst dich hier ja gar nicht aus.«

Ruby sah aus dem Fenster. Er hatte recht. Sie hatte keinen blassen Schimmer, wo sie sich befanden. Berlin war das sicher nicht mehr.

»Ich würde euch ja liebend gern verlassen, wenn mir endlich mal jemand sagen könnte, wo wir hier sind.«

Kais Lippen verkniffen sich zu einem weißen, schmalen Strich. Natürlich. Von ihm hätte sie ohnehin keine Antwort erwartet. Ruby sah Ali an. Auffordernd genug hoffentlich. Seine Augen huschten forschend über ihr Gesicht.

»In Salvya«, sagte er schließlich.

Kai vergrub stöhnend sein Gesicht in den Händen.

»Salvya.« Selbst in ihren Ohren klang sie reichlich matt.

»Du hast noch nie von Salvya gehört«, stellte Ali verwundert fest. Rubys Wangen wurden heiß.

»Geografie und ich … das ist keine besonders große Liebe. Ich wohne auch erst seit Kurzem in der Gegend«, rechtfertigte sich Ruby.

»Du *musst* schon einmal davon gehört haben, sonst wärst du nicht hier. Du hast das Portal durchbrochen. Amy hat etwas gesehen«, setzte Ali an.

Ruby verschränkte die Arme vor der Brust und wartete. Keiner der beiden sprach weiter.

»Also dann …« Sie ließ den Rest des Satzes in der Luft hängen und fummelte am Türgriff herum. Da draußen konnte es kaum schlimmer sein, als hier drinnen. Außerdem brauchte sie dringend frische Luft.

Kais Blick brannte sich mit zweihundertfünfzigtausend Volt in ihre Wirbelsäule und zwang sie, sich ihm zuzuwenden.

Ertappt sah er weg. »Fahr weiter.«

»Wieso?« Seine Gegenwart pustete alle Wortgewandtheit aus ihrem Sprachzentrum. Er musste sie für eine Oberidiotin halten. »Fahrt lieber selbst. Ihr seht ja, was passiert, wenn ich am Steuer sitze.« Sie deutete durch die verschmierte Scheibe ins dunkle Nirgendwo. Die verkniffenen Mienen der beiden Rockstars machten sie nervös.

»Wir können nicht fahren«, sagte Ali leise.

Ruby stieß den Atem aus.

»Na prima. Und dann willst du mir erklären, wie man Auto fährt, und beschwerst dich, weil ich euer heiliges Portal umgemäht hab?«

Ali schüttelte den Kopf. Kai musterte eingehend seinen großen Zeh, der aus einem Loch in den ausgelatschten Chucks hervorblitzte.

»Du verstehst nicht«, sagte Ali wieder. »Wir können *dieses* Auto nicht fahren.«

»Hört mal, wenn dieses Portal euch so wichtig ist, mein Vater schuldet mir was für diesen Sanitätsdienst. Er bezahlt das, macht euch deshalb mal keine Sorgen. Ein Gucci-Täschchen weniger für meine Mutter …«

... und eine Woche Hausarrest für das illegale Zu–Schrott–Fahren eines fremden Autos plus Portals, fügte sie in Gedanken hinzu. Das geschah ihrem Vater recht. Da wollte er sie schon unbedingt aus ihrem Schneckenhaus herauslocken, und sie wurde kriminell. Wer hätte gedacht, dass sie, Miss Unsichtbar, heute Nacht mit zwei Rockstars in einer Schrottkarre durch die Gegend heizen und fremdes Eigentum zerstören würde?

Sie spürte Kais Blick auf sich und verkniff sich das schadenfrohe Grinsen.

»Du kapierst es wirklich gar nicht, oder?« Er schnalzte abfällig. »Vor dir ist es keinem Caligoner gelungen, diesen Wagen zu fahren. Wir haben zwei Jahre darauf gewartet, das Portal zu durchbrechen.« Er verstummte und sah zornig aus dem Fenster.

»Caligoner?« Warum flüsterte sie überhaupt?

Kais Körper verlor an Spannung. Na toll. Jetzt hatte sie ihn endgültig von ihrer Blödheit überzeugt. Hätte sie bloß den Schnabel gehalten.

»Ich ertrag es nicht, Ali. Erklär es ihr oder lass mich sie rausschmeißen. Dieses dauernde Blablabla muss aufhören. Ich hab Lust mir die Ohren abzureißen.«

»Caligoner.« Ali durchbohrte Ruby erneut mit seinem merkwürdigen Blick. »Das sind die Bewohner der Welt, aus der du kommst. Caligo, die Nebelwelt, wie wir sie nennen.«

»Und was seid ihr?« Ihre Stimme gehorchte ihr immer noch nicht. Wenn einer der beiden *Drachen* sagte, würde sie lachen. Egal, was sie danach über sie dachten.

»Salvyaner«, sagte Ali. Kai blies lautstark Luft aus seinen Nasenlöchern. Er wirkte wie ein ungeduldiges Rennpferd in einer engen Startbox. »Bewohner der phantastischen Welt von Salvya. Du hast das Portal durchbrochen und wir sind nicht mehr in deiner Welt, Ruby. Das alles ist bestimmt ein bisschen viel für dich, nur, es ist etwas passiert und wir müssen uns erst darum kümmern. Komm mit uns, wir bringen dich zu einem Freund, der dir alles besser erklären kann.«

Salvya? Ruby runzelte die Stirn. Eine phantastische Welt? Was genau hatten die Typen geraucht? Und woher kam dieses seltsame Ziehen in ihrer Magengegend?

Hunger. Das war's. Sie hatte vor Stunden zuletzt etwas gegessen. Mit Sicherheit war sie total unterzuckert und phantasierte sich deshalb diesen Blödsinn zusammen.

»Wenn ihr so phantastisch seid, wieso habt ihr dann zwei Jahre lang dieses Portal nicht durchbrochen?«, platzte sie heraus.

Kai gab ein schnorchelndes Geräusch von sich und sah sie an wie ein besonders ekliges Insekt. Hätte sie nur weiter auf die verschmierte Scheibe geglotzt.

»Was soll das, Ali? Sie fährt uns zu Gnarfel und dann kann sie von mir aus wieder abzischen. Pizzaessen.«

Zu Rubys Entsetzen gab ihr Magen genau in dem Moment ein vernehmliches Gluckern von sich. Bestimmt war sie rot bis unter die Haarwurzeln.

Kai hob die Augenbrauen. »Schnell, bevor sie einen von uns auffrisst. Sie sieht echt hungrig aus.«

»Keine Sorge«, zischte Ruby so ätzend wie möglich. »Etwas so schwer Verdauliches wie dich würde ich niemals in den Mund nehmen.«

Kai sah einen Moment verdutzt aus, dann brach er in Gelächter aus. »Du machst mich fertig. Wie du das *sagst!*«

Ruby hätte ihm am liebsten eine geklebt. Leider war irgendetwas an seinem Lachen extrem ansteckend. Zu ihrem eigenen Unmut spürte sie, wie ihre Mundwinkel zuckten.

Kais Hand klatschte auf ihren Oberschenkel. »Komm schon, Menschenfresserin. Tu mir den Gefallen und fahr dieses Auto noch ein Stückchen.«

»Wohin?«, fragte sie automatisch. Es musste an seiner Hand auf ihrem Oberschenkel liegen, dass sie ihn nicht zum Teufel schickte.

Aus halb geschlossenen Lidern blinzelte er sie träge an. Er rechnete nicht im Traum mit einem Widerspruch. Was bildete der Kerl sich eigentlich ein?

»Fahr einfach.«

Sie war sauer. Stinksauer. Dieser eingebildete Fatzke! Ruby stierte fassungslos auf ihre Hände, die wie ferngesteuert den Schlüssel umdrehten und den ersten Gang einlegten. Diesmal den Vorwärtsgang. Candy jaulte auf, während sie auf das Gaspedal trat. Ihre Fingerknöchel traten

34

hervor, als sie sich an das Lenkrad klammerte, um den langsam über das Gras holpernden Wagen geradeaus zu lenken.

»Du solltest schalten, sonst fliegt uns hier gleich das Getriebe um die Ohren«, schlug Ali sanft vor.

»Fahr die verdammte Karre halt selbst«, blaffte Ruby zurück, obwohl Ali streng genommen nichts dafürkonnte.

»Das hatten wir doch bereits geklärt«, erinnerte er sie weiterhin in diesem milden Ton, bei dem Ruby sich wie ein verwundetes Reh fühlte.

»Ich will es ja nur verstehen. Ihr seid doch achtzehn? Habt ihr keinen Führerschein? Überraschung, Jungs, da sind wir schon zu dritt. Oder ist das irgend so eine posttraumatische Störungs-Geschichte?«, fragte sie stur weiter. Es entstand eine kurze Stille, kaum lang genug, um bemerkt zu werden.

»Du wolltest wissen, was es mit dem Portal auf sich hat«, sagte Ali.

Kai sog scharf die Luft ein. »Klar. Wieso weihst du sie nicht gleich in die Prophezeiung ein?«

»Welche Prophezeiung?« Ruby richtete sich ein wenig auf und suchte Alis Blick im Rückspiegel.

»Das Portal.« Er räusperte sich. »Also, Salvya ist eine magische Welt. Wir sind Phantasten. Wir gestalten diese Welt allein mit unserer Phantasie. Zumindest war das früher mal so.« Er rieb sich die Nasenspitze. Ruby musste wieder nach vorne sehen, da der Wagen einen unerwarteten Schlenker machte. »Eigentlich müsstest du das alles wissen«, sagte er unsicher.

»Alles klar. Wo ist die Kamera?«, fragte Ruby und zog eine Grimasse.

»Welche Kamera?« Kai runzelte irritiert die Stirn.

»Ihr glaubt nicht ernsthaft, dass ihr mich mit so einem Märchen drankriegt, oder?«

Bis auf das asthmatische Röcheln des Motors wurde es wieder still im Wagen. Zum Glück musste sie nur geradeaus fahren. Vermutlich kroch sie über den Acker. Egal. Der Tachometer zeigte sowieso permanent hundertfünfzig Stundenkilometer an.

»Was glaubst du denn, was vorhin passiert ist?«, fragte Ali vorsichtig nach einiger Zeit, in der sie schweigend dahingerumpelt waren.

Ruby wiegte den Kopf hin und her. »Die Alte ist ausgestiegen, weil sie Schiss gekriegt hat, bei mir mitzufahren, und dann hab ich sie …«

Ihre Kehle wurde eng. Auf einmal war sie froh über ihren leeren Magen. Sie schluckte mehrmals.

»Du bist nicht schnell genug, um Amy zu erwischen. Nein, du hast einen Schattengardisten überfahren.«

Etwas blitzte in Rubys Erinnerung auf. Die Alte hatte auch von Schattengardisten gesprochen – in ihrem Kopf.

»Ich brauche irgendwas Süßes.« Egal, was Kai von ihr dachte, sie würde gleich kollabieren, wenn sie nicht bald etwas zwischen die Zähne bekam.

Kai grinste sie an und sie sah deutlich, worauf er hinauswollte, doch Ali kam ihrer bissigen Antwort zuvor, indem er ihm einen Klaps verpasste.

Kais Faust krachte auf das Handschuhfach, die Klappe sprang auf. Er kramte im Inneren. Schließlich steckte er bis zum Ellenbogen darin. Ruby glotzte verständnislos auf seinen Schoß, auf dem er einen Stapel Abziehtattoos, ein vollkommen zerlöchertes Ringelsöckchen und einen gusseisernen Fleischklopfer ausbreitete. Ihr Magen sank eine Etage tiefer.

Es raschelte und er zog mit einem triumphierenden Geräusch ein Bonbon aus den offensichtlich unendlichen Tiefen des Handschuhfachs. Wortlos pulte er es aus der Verpackung und stopfte es ihr in den Mund.

»Danke«, brummte sie. Das Bonbon war wahnsinnig klebrig und viel zu süß.

»Keine Ursache.« Kais Lächeln sah irgendwie verschlagen aus.

Ali musterte seinen Freund aus zusammengekniffenen Augen. »Musste das sein?«

Kai warf ihm ein Engelslächeln zu. »Sie ist doch glücklich, sieh nur, wie sie strahlt. Endlich was zu essen, was, Rambo?« Er tätschelte ihr Knie, als sei sie ein kranker Hund.

Ruby knirschte mit den Zähnen, brachte jedoch keinen Pieps heraus. Das Bonbon klebte ihre Kiefer zusammen. Was hatte dieser Mistkerl mit ihr gemacht?

»So, Plappermäulchen. Jetzt ist wenigstens Schluss mit hohlen Fragen und du hörst Onkel Ali bei seiner Erzählstunde zu.«

Ruby gab ein ersticktes Geräusch von sich und war bereits drauf und dran, den Wagen abzuwürgen, da atmete Ali tief ein.

»Also, es ist so: Früher, als die Magie zum Alltag der Menschen gehörte, lebten die Phantasten unter den Nichtphantasten, in Caligo, deiner Welt. Oftmals waren sie die rechte Hand des Königs. Oder sie dienten der Menschheit mit ihren Erfindungen. Es wäre vermutlich bis heute so, wenn die Menschen weniger machtbesessen wären. Sie fürchteten die Phantasten und begannen, sich gegen sie zu verschwören. Natürlich hatten sie nie ernsthaft eine Chance. Wie will ein einfacher Caligoner einen Phantasten angreifen, der ein Heer mit einem Fingerschnippen in eine Horde Mäuse verwandeln kann? Der nur zu niesen braucht, um eiserne Fesseln zu sprengen. Sie waren aber schlau, die Menschen. Vielleicht hast du in der Schule von der Zeit der Hexenverfolgung gehört?«

Ruby nickte stumm, auch wenn sie nur die Hälfte verstand.

»Unter dem Vorwand, den Feind, also die Phantasten, auszurotten, folterten und verbrannten die Caligoner ihre eigenen Leute in großer Zahl. Sie bekamen keinen einzigen Phantasten in die Finger, gleichwohl setzten sie sie unter Druck. Ihretwegen starben Menschen. Unzählige, unschuldige Menschen. Das konnten die Phantasten nicht verantworten.«

Alis Blick driftete zum Fenster, ehe er weitersprach. Die Sonne war nur eine orangefarbene Vorahnung und Ruby fragte sich, was er im fahlen Dämmerlicht sehen mochte. Sie sah jedenfalls kaum etwas. Glücklicherweise hatte sie das Auto bisher nicht an einen Baum gesetzt.

»Die Phantasten nutzten ihre Kräfte, um eine neue Welt aus ihren kreativen Ideen entstehen zu lassen. Salvya war erst ein Rückzugsort für die Phantasten, doch nach und nach nährte die Phantasie der Bewohner diese Welt. Bald platzte sie beinahe aus ihren Nähten. Anhängsel, sogenannte Adnexwelten, sprossen wie Pilze aus der Erde. Täglich wurden die Grenzen erweitert und die Salvyaner waren sehr aktiv, was die Fortpflanzung betraf.«

Ein Ast streifte das Auto und alle drei Insassen zuckten zusammen. Ruby wischte sich die schweißnassen Handflächen an ihren Hosenbeinen ab, während sie den Kopf so weit wie möglich zur Seite neigte, um Alis leise Stimme zu verstehen.

»Eine Bewegung entstand, die dem Wachstum Einhalt gebieten wollte. Ihre Anhänger forderten, dass nur Salvyaner mit besonderen

Fähigkeiten Kinder bekommen dürften. Andere wollten die Magie sogar komplett unterdrücken: Nur eine Handvoll Phantasten hätte dann überhaupt praktizieren dürfen. Das sorgte natürlich im gegnerischen Lager für Verstimmung, wie du dir vorstellen kannst. Endlich hatte man die Fesseln der Caligoner abgeschüttelt und konnte in diesem blühenden Paradies seine Phantasie ausleben, da riefen die anderen schon wieder nach Restriktionen. Kämpfe entbrannten, die oftmals blutig endeten. Ganz Salvya spaltete sich in die Lichte Seite, die für das Wachstum plädierte, und in die Schattenseite, die das elitäre System befürwortete. Um sich gegen die Lichtphantasten zu behaupten, begannen die Schattenphantasten eine andere Art der Magie zu praktizieren. Im Gegensatz zur Lichten Magie, die das Land nährt und erblühen lässt, entzieht die Schattenmagie dem Land die Substanz, indem sie sich seiner Phantasie als Energie bedient. Die Schattenphantasten meuchelten den salvyanischen König. Seiner Tochter, die die Thronfolge übernahm, machten sie das Leben zur Hölle, obwohl sie eine weise und gerechte Königin war. Dann erhob sich eine Schattenphantastin über alle anderen, zerschlug das gegnerische Lager und riss die Macht über unsere Welt an sich. Thyra.« Ali machte eine Pause, als genüge schon die Erwähnung dieses Namens, um seine Zunge schwer werden zu lassen. »Seit Thyra Salvya beherrscht, löst unsere Welt sich auf. Denn nur die Schattenphantasten dürfen heute noch Magie betreiben. Verstöße werden hart bestraft. Da die Schattenphantasie der Welt die Grundlage entzieht und kein Lichtphantast für magischen Nachschub sorgt …«

Er verstummte. Ruby fühlte sich wie auf dem Sitz festgetackert und erst jetzt spürte sie wieder, wie das Bonbon an ihrem Gaumen festklebte und ihr Mund sich trocken und pelzig anfühlte. Ihre Hand wedelte vor Kais Nase auf und ab und sie deutete auf ihren Mund. Kai sah sie mit einer hochgezogenen Augenbraue an.

»Hast du nicht kapiert, wie du das Ding los wirst?« Er wandte sich zu Ali um und hob die Hände in gespielter Verzweiflung. »Sag mir noch mal, warum sie hier ist.«

»Hilf ihr«, forderte Ali ungerührt und lehnte sich mit einem Seufzen zurück. Kai atmete übertrieben tief ein.

»Ich fand es ja ganz angenehm, aber meinetwegen. Man muss mit der Zunge schnalzen, damit sich die Kiefersperre löst.«

Ruby zögerte kurz. Es war ziemlich schwierig mit geschlossenen Zahnreihen zu schnalzen. Endlich gelang es ihr. Nichts geschah und sie schnalzte erneut. Dann ein drittes Mal. Erst jetzt bemerkte sie Kais amüsierten Gesichtsausdruck.

Sie schnaubte zornig.

Er lachte vergnügt und klopfte ihr ein weiteres Mal auf den Oberschenkel. Bald würde sie blaue Flecken am Bein bekommen. Er nahm seine Hand wieder weg und hinterließ eine seltsam kalte Stelle. Unter Alis missbilligendem Blick murmelte er etwas, das sich nach *Spielverderber* anhörte. Dann packte er ihr Gesicht und drehte es zu sich. Ruby erstarrte und ließ das Lenkrad los.

Die Muskeln in ihrer Wange zogen sich schmerzhaft unter seinen Händen zusammen. Sie verkrampfte sich bei den Stromstößen, die seine Handflächen in ihre Haut jagten.

Kai verzog das Gesicht und beugte sich langsam über sie. Beinahe hätte sie ihn weggestoßen. Beinahe. Wenn sie nicht plötzlich wie gelähmt an ihm hängen würde. Sein Mund befand sich nur Zentimeter von ihrem entfernt und sie schloss die Augen. Er würde sie küssen. Er würde sie küssen. Er würde sie …

Ruby riss die Augen auf. Kai küsste sie nicht. Er lachte. Es war kein nettes Lachen.

»Keine Sorge.« Seine Stimme troff vor Spott. »Ich raube dir nicht deine Jungfräulichkeit, Prinzessin.«

Sie wollte sich losmachen, doch gegen den Klammergriff seiner Hände hatte sie keine Chance. Sein Mund öffnete sich leicht. Er hatte wunderschöne Lippen. Weich und genau richtig voll. Kusslippen eben …

Was *dachte* sie denn da? *Kusslippen?!* War sie wahnsinnig geworden? Kai atmete tief ein, wie um Mut zu fassen. Vor lauter Spannung hätte Ruby beinahe das leise Schnalzen seiner Zunge überhört. Augenblicklich löste sich der Druck auf ihren Zähnen. Dann zog er sich von ihr zurück und leckte sich genüsslich über die Lippen.

Ruby bewegte ihren befreiten Kiefer und funkelte ihn böse an. Nicht sie, sondern er hatte mit der Zunge schnalzen müssen. Was für ein Blödmann. Sie hatte natürlich darauf hereinfallen müssen.

Warum falle ich ihm nicht gleich um den Hals und bettle, dass er seine Kusslippen bei mir ausprobiert?

Es knallte. Candy stieß mit einem gänsehauterregenden Knirschen gegen ein Hindernis. Ruby wurde gegen Kai geschleudert und schlug hart mit der Stirn an seine Nase. Etwas Warmes lief über ihre Augenbraue. Hellrotes Blut schoss aus seinen Nasenlöchern. Ruby konnte den Blick nicht von den dunklen Flecken, die sich wie Mohnblumen auf seinem T–Shirt ausbreiteten, abwenden. Wie in Zeitlupe drehte sie den Kopf und brauchte einen Moment, bis sie die Rindensplitter auf der gesprungenen Windschutzscheibe zuordnen konnte. Candy gab ein letztes Schnaufen von sich und verstummte. Rubys Herz hämmerte wie wild in ihrem Brustkorb.

»Oh Gott, Kai. Das wollte ich nicht. Ich, ich, ich –«

»Goddirwirddochjedsdichdschlechd? Du zisd gadz käsig aus«, näselte Kai. »Kods hier bloß nich rein. Obfohl, Cady is jeds eh Schrodd.« Sein Blick fiel betrübt auf die abertausend Glassplitter auf seinem Schoß. Das Blut tropfte ständig weiter aus seiner Nase und färbte die Splitter rubinrot.

Ruby war tatsächlich schrecklich flau im Magen. Sie zitterte, als sie an Candys bewimperte Scheinwerfer dachte, die sich nun an den Stamm einer dicken Eiche quetschten.

Ali kroch zwischen den beiden Vordersitzen hindurch und reichte Kai ein Stück Stoff. Welcher Mensch benutzte heutzutage Stofftaschentücher? Noch dazu welche, die mit Stickereien verziert waren?

Kai drückte die verbogene Beifahrertür auf. Er hielt sich am Dach fest und zog sich aus dem demolierten Auto heraus. Draußen schüttelte er seinen Kopf wie ein nasser Hund, wodurch die Blutstropfen durch die Gegend spritzten, dann schnäuzte er sich kräftig in das feine Tuch.

Rubys Mund klappte auf.

Bei Nasenbluten soll man sich nicht schnäuzen.

Sie klappte den Mund wieder zu. Sollte er verbluten.

Kai lehnte sich in das Fahrzeugwrack hinein. Seine Haare standen in struppigen Büscheln vom Kopf ab und um seine Nasenlöcher trocknete das Blut bereits zu einer bräunlichen Kruste.

»Kommst du raus, oder was?« Ohne eine Antwort abzuwarten, packte er sie an den Handgelenken und zerrte sie zur Beifahrerseite hinaus. Ruby war nach Schreien und Heulen gleichzeitig zumute. Vor allem wollte sie weg. Weit, weit weg.

Unsanft schubste er sie gegen das Auto und wühlte in seinen Taschen. Er zog eine Handvoll Bonbons heraus, die er Ali und ihr auffordernd entgegenstreckte.

»Was ist das für Zeug?« Ruby hob ablehnend die Hand.

»Plombenzieher.« Er kaute schnalzend und schluckte.

»Und wie ...«, setzte sie an.

Kai klimperte mit den Wimpern und hielt ihr eines der Toffees unter die Nase.

»Noch eins? Schau, ich teile ja gern Bonbons mit dir, aber du kannst auch ein besonders süßes ganz für dich allein haben.« Er breitete strahlend die Arme aus.

Ruby warf ihm tödliche Blicke zu.

Anscheinend machten Kusslippen aus einem Giftfrosch auch noch keinen Prinzen.

Kapitel 4
Amygdala

Das Alter konnte eine echte Bürde sein. Ihr Teenager-Ich hätte trotz Kais unsäglichem Gehämmer weitergeschlafen. Sie hätte es auch nicht unsägliches Gehämmer genannt, sondern *fettes Drumsolo*. So aber verursachte es ihr Migräne.

Sie presste einen Fluch zwischen ihren rissigen Lippen hervor und versuchte, sich aufzurichten. Unmöglich. Verdammte Arthrose.

Vorsichtig tastete sie nach dem Irrlicht auf ihrem Nachttisch, auch wenn es dann wieder wie angestochen durch den Raum flitzen würde.

Ihre Finger griffen ins Leere. Die Finsternis war undurchdringlich. Seufzend sammelte sie einen Funken im Inneren und versuchte, eine kleine Flamme herauszublasen. Die Luft, die aus ihrem Mund strömte, war lediglich lauwarm. Ohne Magie. Sie massierte sich die Schläfen, bis der Druck der Fingerkuppen stärker schmerzte, als das Klopfen in ihrem Schädel.

Kai war nicht hier. Das *fette Drumsolo* fand nur in ihrem Kopf statt.

Schlagartig war sie hellwach. Sie versuchte erneut, einen Funken zu entzünden. Ihr Körper gab wieder keine Magie ab.

Amy sog scharf die Luft ein und tupfte vorsichtig ihre Nasenspitze ab. Sie war wund wie nach einem langen Schnupfen mit zu kratzigen Taschentüchern.

»Wie feige von dir, Thyra, mir deine Nachtschatten auf den Hals zu jagen, nachdem mich deine Schattengardisten entführt und bewusstlos geschlagen haben.«

Sie war vollkommen leer. Wenn ihr wenigstens die Erinnerungen geblieben waren, bestand jedoch Hoffnung. Amy schloss die Augen.

Zimtschnecken, wie sie mit winzigen, goldglitzernden Leibern an Amys Arm hinaufkrochen und ihre Haut allein durch ihre Absonderungen für Schattenmagie undurchdringlich machten.

Das geheime Portal nach Schattensalvya, welches sie in den Mitternachtssee gestrudelt hatte. Wie die Algen im Mondlicht leuchteten, die

Eiseskälte des Wassers, die den Schock, plötzlich in Thyras Reich zu stehen, erträglicher machte.

Wie sie mit ihren Drachen an einem Aurapanzer getüftelt hatte und Kai sich darüber beschwerte, dass eine juckende Aura zu den fünf beschissensten Gefühlen der salvyanischen Erde gehörte.

Amy atmete auf. »Alles hast du mir nicht genommen.«

Mit grimmiger Entschlossenheit tastete sie das schwarze Auranetz ab, unter dem sie gefangen war. Wie sie gehofft hatte, klaffte eine kleine Lücke an der oberen Seite. In ihrem jetzigen Körper war sie zu groß, um hindurchzuschlüpfen.

Sonnenschein. Kinderlachen. Zuckerwatte. Seifenblasen. Das Gefühl, sich im Kreis zu drehen, schneller, schneller, bis man in frisch gemähtes Gras fällt.

Ein vierjähriges Mädchen kroch kichernd unter dem Netz hervor.

»Nein, alles hast du mir nicht genommen, Thyra.«

Ruby

»Pass halt auf, Rambo!« Kai schob sie grob von sich, bis sie wieder auf ihren eigenen Füßen stand.

Leider stolperte sie nur weiter über jede gottverdammte Wurzel, die in diesem Wald garantiert zahlreicher als in Rubys Welt waren. Dass sie dabei mit grausamer Regelmäßigkeit ausgerechnet gegen Kai fiel, musste eine Strafe Gottes sein. Eines besonders fiesen, salvyanischen Gottes.

Ihre Zehen blieben schon wieder an einer Wurzel hängen und Kais Arme, die sie auffingen, fühlten sich an wie Metallstangen.

Sie wurde an seine Brust geschleudert. Der Schmerz zuckte wie ein Peitschenschlag über ihre Haut. Ruby keuchte. Was zum Teufel war das nur? Jedes Mal, wenn sie Kai zu nahe kam, fühlte es sich an, wie eine unsichtbare Macht, die sie schallend ohrfeigte. Es war unerträglich.

Ali blieb stehen und sah sich verwundert um.

»Gewittert es?«

Kai ließ Ruby so unverhofft los, dass sie auf den Waldboden fiel.

»Ich schwöre, wenn sie noch einmal auf mich drauf fällt, vergesse ich meine guten Manieren«, knurrte er zwischen zusammengebissenen Zähnen.

»Das tust du doch jedes Mal, wenn sich die Mädchen an deinen Hals werfen.« Das Lachen war deutlich aus Alis Stimme zu hören.

Kai schnaufte abfällig. »Besonders, wenn es sich anfühlt, als ob man von einem Panzer überrollt wird. Entspann dich, Rambo. Du kannst ja nichts dafür. Du hast sicher eine Drüsenkrankheit.«

Ruby machte auf dem Absatz kehrt. Genug war genug. Sie war keine Elfe. Dennoch, selten hatte jemand – außer ihrer Mutter – ihr das so unter die Nase gerieben.

Zornig stapfte sie durchs Unterholz. Erstaunlicherweise stolperte sie nun kein einziges Mal mehr.

»Verdammte salvyanische Götter!«, fluchte sie und stellte sich einen hämisch grinsenden Zeusverschnitt mit Ziegenhörnchen und lächerlichem Schnauzbart vor. Irritierenderweise trug der Götterverschnitt auf einmal lilagestreifte Hosenträger und hatte einen großen Flicken auf den behaarten Hintern genäht. Ihre Phantasie drehte hier anscheinend völlig durch.

Die Härchen an ihren Armen richteten sich auf, während die Temperatur schlagartig um mehrere Grad absank. Wo waren die abertausend Glühwürmchen geblieben, die die Baumkronen in einen tief hängenden Sternenhimmel verwandelten? Gerade hatte der Himmel über den Wipfeln ein tiefes Blau als Vorahnung auf den Sonnenaufgang angenommen. Aktuell war er bleiern schwarz.

Donner grollte über die Lichtung hinweg.

»War ja klar«, brummte sie. Sie sah sich bereits pitschnass unter einem im Wind schwankenden Bäumchen kauern, während über ihrem Kopf die Blitze zuckten.

Die ersten Tropfen fielen auf ihre Handflächen und hinterließen glitschige Spuren. Ruby verrieb den Schleimregen zwischen ihren Fingern und rümpfte die Nase.

»Sofort stehen bleiben!«

Bei dem gebieterischen Tonfall der Stimme bohrten sich Rubys Fersen wie von selbst in den Waldboden.

Das Grollen hob wieder an. Näher diesmal, zu nah. Sie blickte nach oben und ihre Eingeweide krampften sich zusammen: Es hatte nie ein Gewitter gegeben.

Der Himmel hatte Augen. Gelbe Augen mit mandelförmigen Pupillen, die sie anstarrten.

»Salvyanische Götter«, hauchte Ruby fassungslos und ging rückwärts. Ein paar Reptilienaugen kamen näher und die klamme Kälte verstärkte sich.

»Halt dir die Nase zu, dummes Ding!« Wieder diese unangenehm schnarrende Stimme aus dem Nirgendwo.

Die geschlitzten Augen näherten sich langsam mit der Gelassenheit eines überlegenen Raubtieres. Ihre Fingerkuppen wurden taub, so fest presste sie ihre Nasenflügel zusammen.

Der Schleimregen nahm zu. Etwas Kaltes, Glitschiges strich über ihr Gesicht. Ruby schrie gellend auf.

»Nicht schreien! Geh rückwärts, Blickkontakt halten und lass ja deine Nase nicht los!«

Der Mann hatte Nerven. Ihr Herz hämmerte bis in ihre Schläfen. So vorsichtig wie möglich schob sie sich zurück, wobei sie immer das Augenpaar fixierte.

Es war nur ein kleines Loch im Waldboden, doch es reichte aus, um Ruby zum Straucheln zu bringen.

Alles lief in Zeitlupe ab: Ihre rudernden Arme, der wütende Aufschrei der Schnarrstimme, die gelben Augen, die auf sie zurasten. Blitze peitschten über die Waldlichtung und Ruby sah im Fallen, was in der Dunkelheit verborgen lag. Ihr Gehirn konnte das Bild nicht verarbeiten. Zu verrückt war das, was sie sah.

Gleißendes Blau tauchte die Bäume der Umgebung in zuckende Schatten. Ruby zwang sich, ihre tränenden Augen offen zu halten.

Das Wesen beugte sich über sie. Seine bläulichen Lippen öffneten sich und eine fleischige Zunge quoll hervor. Eine schuppenbesetzte Klaue schrappte haarscharf über ihre Brust, riss den Overall auf und drückte Ruby zu Boden. Die Luft blieb ihr weg, als das Vieh sein Gewicht auf seinen Klauenfuß legte. Dann geschah das Widerlichste, was sie je erlebt hatte: Die lange, schlängelnde Zunge bohrte sich in ihr Nasenloch und hinterließ eine brennende Spur. Tränen liefen über ihr Gesicht.

Plötzlich wurde alles ganz taub. Rubys Herzschlag verlangsamte sich von rasendem Galopp zu einem gleichmäßigen Puckern. Der Wind raschelte seicht in den Baumwipfeln, die immer wieder von blauen Blitzen erhellt wurden. Es war hübsch, eine Stimmung wie beim Neujahrsfeuerwerk.

Etwas packte sie am Arm. Sie schrie vor Schreck und Schmerzen auf. Der Griff verstärkte sich, riss an ihr und kugelte ihr fast die Schulter aus. Mit einem hässlichen Schmatzen wurde die Zunge aus ihrer Nase gerissen. Jemand zerrte sie über Erde und Wurzeln, während das unheimliche Wesen ihnen mit ungelenken Bewegungen folgte. Ruby verrenkte sich den Kopf, bis sie endlich einen Blick auf ihren groben Retter erhaschen konnte.

Hundertfach vergrößerte Lupenaugen blickten sie starr an. Ein kurzer, dicker Rüssel hing aus einem ungesund grauen Gesicht. Ohne sie loszulassen, presste das Rüsselding sie an seine Brust, in der ein Herz hart und heftig gegen ihren Rücken schlug.

Immerhin besitzt das Ding ein Herz, dachte Ruby.

Unsanft wurde sie vorwärtsgedrängt. Ihr Rücken brannte, als hätte das Elefantenwesen Brennnesseln in ihren Body gestopft.

Was sollte sie nur tun? Das Zungenmonster auf der einen Seite, das Rüsselding auf der anderen. Ruby mobilisierte ihre letzten Kraftreserven und entriss ihm ihren unverletzten Arm. Blind schnappte sie nach irgendetwas in Reichweite. Der Rüssel fühlte sich gummiartig an.

»Lass mich sofort los, du Rüssel…sack!« Ruby zog, so fest sie konnte. Mit einem satten Ploppen löste sich etwas. Entgeistert glotzte Ruby auf die Gasmaske in ihrer Hand. Kais hasserfüllter Blick ließ sie zusammenzucken. Seine Augen funkelten unnatürlich grün in dem schneeweißen Gesicht. Grob schubste er sie vor sich her.

»Oh Kai, ich –«

»Rüsselsack? Ach weißt du was, halt einfach die Klappe!« Seine Nasenflügel bebten vor Anstrengung. Sie stolperte und konnte sich nur im letzten Moment an einem Baumstamm abfangen, wobei sie sich an der Rinde die Haut aufschürfte. Ein weiterer Grund für Kai, sich über ihre Tollpatschigkeit aufzuregen. Das erwartete Schnauben in ihrem Rücken blieb aus. Es war unheimlich still hinter ihr. Beklommen drehte sie sich um.

Kai stand dem Zungenmonster mit ausgebreiteten Armen gegenüber. Der Wald um ihn schien lebendig geworden zu sein: Ranken in allen Grünschattierungen waberten wie Nebelstreifen um ihn herum, bildeten dornige Hecken und schlangen sich um die Klauenfüße des

Wesens. Die Kreatur hob den Fuß, als ob es die Ranken überhaupt nicht spürte. Kais Hand fuhr an seine Nase. Zu spät.

Gewaltsam drückte ihn das Vieh auf die Erde. Seine Zunge glitt in Kais Nasenloch, blaue Blitze zuckten wilder denn je über den Nachthimmel. Ruby starrte wie hypnotisiert auf den Kopf des Wesens. Sein Gehirn quoll in weißen, gallertigen Hügeln an mehreren Stellen aus dem unförmigen Schädel.

Kai lag wie versteinert am Boden. Seine Haut leuchtete bläulich in den zuckenden Blitzen, die von dem Monster ausgingen.

Ein heftiger Ruck fuhr durch den Körper des Ungeheuers. Es riss die Lippen auf und zog die Zunge aus Kais Nase. Sein Todesschrei stellte die Härchen auf Rubys Armen auf. Ein schwarzer Spalt klaffte an dem Hals des Wesens, wo sich eine unsichtbare Klinge durch seine leichenweiße Haut geschnitten hatte. Wie in Zeitlupe kippte sein Kopf nach hinten und fiel mit einem dumpfen Geräusch zu Boden. Ruby krümmte sich würgend nach vorne. Das Untier ging mit einem letzten Aufseufzen in die Knie und blieb reglos liegen.

Eine Hand legte sich auf Rubys Schulter und drückte sanft zu. Sie schrie vor Schmerzen.

»Halt still«, sagte Ali und strich behutsam über ihren lädierten Arm. Das Pochen in ihrer Schulter ließ augenblicklich nach.

»Selbst schuld, wenn sie sich so wehrt«, schnarrte eine Stimme in ihrem Rücken. Ruby fuhr herum und blickte in ein Gesicht wie aus Baumrinde. Der Blick aus seinen schwarzen Augen war stechend.

»Wer ist sie denn überhaupt? Rennt hier so lautstark grübelnd durch die Lampyria.«

Ali beugte sich über Kai.

»Jemand von Amy.«

Kai sah aus wie jemand, der Lachgas eingeatmet hatte. Er war sehr bleich, auf seinen Lippen lag ein entrücktes Lächeln, während seine Augen blicklos ins Leere starrten. Ruby kniete sich neben ihn. Auf einmal wusste sie nicht mehr, was sie mit ihren Händen anstellen sollte. Unbeholfen wischte sie ihm über die Nase, um den ekligen Schleim zu entfernen. Kleine Funken stoben von ihren Fingerspitzen bei der Berührung mit Kais Haut auf.

Der Waldschrat beugte sich interessiert vor.

»Soso. Amys Gast also.«

Ein besonders heftiger Funken schoss durch ihre Finger in Kais Gesicht. Er riss die Augen auf.

»Verdammte Scheiße!« In Sekundenschnelle war er von ihr abgerückt und fluchte ausgiebig. Rubys Mund klappte auf und zu.

»Radioaktive Nacktschnecke?«, wiederholte sie tonlos.

Ali zuckte kaum wahrnehmbar mit den Mundwinkeln. Natürlich bemerkte Kai die wortlose Kommunikation zwischen ihnen. Er kniff die Augen zusammen.

»Was ist eigentlich bei dir kaputt, Rambo? Könntest du vielleicht einfach still sein und unauffällig? Nein, Madame lässt sich von mir retten. Bin ich dein verdammter Ritter, der selbstverständlich gerne sein Gehirn für dich aufs Spiel setzt? Als Dank jagst du meine Nase in die Luft, weil dir mein Rüsselsack nicht gefällt. Du blöde …«

Ruby ließ sich auf ihren Hintern plumpsen. Warum sie nicht still und unauffällig sein konnte? Sollte das ein Scherz sein? Sie musste träumen. Ein Albtraum.

»Rambo?«, fragte der Mann mit einem bösartigen Blitzen in seinen Rosinenaugen. »Interessanter Name.«

»Wir nennen sie Ruby, weil sie ihren Namen vergessen hat«, erklärte Ali und half Kai auf.

Auf der Stelle verblasste das Grinsen auf dem Rindengesicht. »Wo ist Amy? Wie kommt ihr überhaupt hierher?«

»Sie war's.« Kai zeigte auf Ruby. »Erst hat sie Amy an die Schattengarde ausgeliefert. Dann hat sie das Portal umgemäht und Candy zu Schrott gefahren und jetzt rennt sie in einen Nachtschatten rein. Wir sind zu dir gekommen, damit du dich um sie kümmerst.«

Ruby rutschte auf ihrem Po rückwärts. Kais Worte hörten sich an, als würde er sie unauffällig beseitigen wollen.

»Seit wann sind Nachtschatten in der Lampyria, Gnarfel?«, fragte Ali den Mann leise.

»Die Grenze ist nicht mehr dicht. Im Übrigen solltet ihr aufpassen, wo ihr hintretet. Hab ein paar Bärchenbomben ausgelegt und meine Knackser müssten auch in der Nähe sein.«

49

»Du hast Knorpelknackser? Cool!« Kai eilte an Gnarfels Seite und fiel vor lauter Aufregung beinahe über das Bein des toten Monstrums. »Wie hast du den Nachtschatten erledigt?«

Gnarfel schlenderte mit selbstzufriedenem Grinsen zu dem ausgestreckten Wesen und schnalzte mit der Zunge. »Rapunzelhaarlasso. Ultraleicht, nahezu unsichtbar und fest wie Draht. Schneidet besser als jedes Lichtschwert. Geh nie ohne aus dem Haus.« Er drehte das Seil lässig aus dem Handgelenk.

»Abgefahren.« Kais Augen glänzten.

Gnarfel grunzte und streckte ihm das Lasso entgegen. Kais Finger glitten über die fein geflochtene Struktur wie über einen kostbaren Schatz.

Ruby hatte mittlerweile fast den Rand der Lichtung erreicht. Wenn sie kein Geräusch machte –

»Du bleibst hier, Fräulein.« Gnarfels Griff war unnachgiebig. Trotz seiner gebückten Haltung war er unheimlich flink. Er drückte ihr ein Messer in die Hand. »Kannst dich nützlich machen. Hast schließlich einiges gutzumachen, was?«

»Wie, nützlich?«, piepste Ruby.

Gnarfel lachte asthmatisch auf. Dann beugte er sich über den Körper des Nachtschattens und zerrte an seiner Haut, bis sie sich vom Fleisch löste.

Rubys Übelkeit war schlagartig zurück.

»Was macht er?«, flüsterte Ruby. Sie wünschte, sie könnte wegsehen. Es gelang ihr einfach nicht.

»Er nimmt die Haut mit.« Ali half ihr auf.

Ruby blinzelte. Jetzt, wo der Nachtschatten tot war, konnte sie seinen ganzen Körper sehen, der zuvor von der Dunkelheit verborgen gewesen war. Überall war die Haut wächsern weiß, nur oberhalb der Klauenfüße, an den Innenseiten der Oberschenkel war sie schillernd bunt mit Ornamenten verziert. Diesen Teil trennte Gnarfel sorgfältig ab und stopfte sich die Hautlappen in die Tasche. Ruby schüttelte sich.

»Die Haut ist ein wertvolles Heilmittel gegen Ideenarmut und Gedächtnisverlust. Außerdem gibt sie einen schicken Mantel ab, wenn man ihn sich leisten kann.« Mit einem Ruck zog Ali ein Stück Haut ab.

50

»Vorsicht!«, keifte Gnarfel und Ruby fuhr herum. »Mach sie nicht kaputt, du grobschlächtiger Drachenköttel.«

Amygdala

Hoffentlich hatten ihre Drachen alles richtig gemacht. Sie war sich fast sicher: Das Mädchen war der Schlüssel. Bestimmt hatten sie es mit ihrer Hilfe durch das Portal geschafft. Nun hing alles an den Jungs, und das machte ihr Sorgen. Natürlich vertraute sie den beiden zu einhundert Prozent. Sie wäre ebenso für Kai und Ali durchs Feuer gegangen, wie die beiden es für sie täten.

Es war eher Kais unkontrollierte Art. Sein überschäumendes Temperament konnte extrem anziehend sein. Wenn er mit funkelnden Augen Musik aus einem rostigen Blechrohr zauberte, lagen ihm die meisten Mädchen in Sekundenschnelle zu Füßen. Genauso wurde er jedoch ruppig und abweisend, wenn ihn jemand verunsicherte.

Lieber Himmel, wie er das rothaarige Mädchen angeschmachtet hatte. Die Kleine hatte ihn vollkommen ignoriert. Das passierte Kai nicht. Schon gar nicht, wenn er auf der Bühne herumwirbelte und … einfach Kai war. Niemand entzog sich da seinem Charme.

Sie glaubte sogar, eine mächtige Anziehung zwischen den beiden gespürt zu haben. Eine Affinität! Das wäre wundervoll. Gleichzeitig würde es Kai vermutlich an den Rand des Wahnsinns treiben.

Ali würde Kai ein wenig abkühlen und das Mädchen wieder einfangen, wenn ihr grünhaariger Wildfang es verschreckte, darauf musste sie vertrauen.

Hoffentlich würden sie die Kleine zu Gnarfel bringen. Sie spürte ein Ziehen in der Brust, als sie an ihren alten Freund dachte – und verbot es sich sofort. Das hier war kein Ort für Sentimentalität. Wenn Thyra kam, musste sie gerüstet sein.

51

Kapitel 5
Ruby

Kai zuckte zusammen, wie jedes Mal, wenn sich ihre Arme berührten.

»Meine Güte!« Ali spitzte amüsiert die Lippen. »Seit wann fürchtest du dich vor Mädchen in Tauchanzügen?«

Ruby schnappte nach Luft. Verdammt, war ihr heiß. Trug sie tatsächlich immer noch dieses Polyestermonster? Okay, es saß ein bisschen knapp. Es deswegen gleich als Neoprenanzug zu bezeichnen, fand sie trotzdem leicht übertrieben. Kai brummte etwas, das sich verdächtig nach *Schwimmreifen* anhörte, dann rannte er weiter im Zickzackmarsch zwischen den Bäumen hindurch.

Der Wald, die Foresta Lampyria, wie die Salvyaner ihn nannten, brachte Ruby zum Staunen. Seinen Namen, der Glühwürmchenwald bedeutete, trug er aufgrund der nächtlich in den Baumkronen blinkenden Tiere, die für einen märchenhaften Sternenhimmel sorgten. Die Jahreszeit wechselte oft schlagartig – Ruby hatte bereits zwei fünfminütige Frühsommer und einen halbstündigen Wintereinbruch erlebt. Genauso ungewöhnlich war die Vielfalt an Gewächsen: Neben Laub- und Nadelbäumen drängten sich Bananenstauden, lianenbehangene Tropenbäume und schillernde Orchideen. Daneben gab es noch unzählige Pflanzen, die sie nicht kannte. Sie ging unter einem grün berindeten Riesenbaum hindurch. Ali zerrte an ihrem Ärmel.

»Pass auf. Der Monsterbaum wirft gern ein Auge.«

Er deutete auf den Boden, wo bunte Augäpfel wie reife Früchte herumkullerten. Ruby schüttelte sich und machte einen weiten Bogen um jeden größeren Baum.

Am spannendsten waren jedoch die Tiere. Ruby konnte sich an den flink umherjagenden Eichhörnchen mit neonfarbenem Fell kaum sattsehen. Oder an den goldenen Miniaturschneckchen, die einen wunderbar zimtigen Geruch im Moos hinterließen. Sie beugte sich zu einem entzückend blinkenden Marienkäfer hinunter. Der Winzling riss sein Maul auf und gab ein Brüllen von sich, das den Waldboden beben ließ.

Ruby raffte den zerrissenen Anzug vor ihrer Brust zusammen und eilte dem Waldschrat hinterher, der Kai in ein Gespräch verwickelt hatte. Aus den einzelnen Satzfetzen, die zu ihr drangen, konnte Ruby sich keinen Reim machen. Allerdings traute sie sich nicht mehr, nachzufragen, seit sie sich für den Grund seines Zickzackmarschs interessiert hatte. Allein die Erinnerung daran, wie Gnarfel mit den Augen gerollt hatte, trieb ihr die Hitze in die Wangen.

Ali hingegen klebte seit dem Monsterangriff an ihrer Seite.

»Du musst wegen der Nachtschatten zickzackgehen. Sie riechen es über weite Distanzen, wenn jemand grübelt oder etwas erfindet. Die Biester saugen deine Phantasie ab und bringen sie ihrer Herrin. Je heller die Blitze leuchten, desto mehr gibt es zu holen.« Er sah sie von der Seite an. »Da waren schon ein paar Ideen bei dir zu sehen.«

»Weniger als bei Kai.« Ruby rieb sich unbehaglich die Unterarme. »Was hatte es mit der Gasmaske auf sich?«

Ali schnitt eine Grimasse.

»Eine Notlösung. Wir waren zu lange in Caligo. Unsere Magie war unzureichend gegen die Nachtschatten. Die Masken sind Gnarfels Maulkörbe für seine Knorpelknackser. Er hat sie uns quasi aufgeschwatzt. Zum Nasenschutz.«

Ruby fühlte sich furchtbar. Kais Nase leuchtete immer noch rot. Seit Alis Erklärung war ihr klar, dass Kai nur durch ihre Schuld beinahe zu einem gewöhnlichen Nichtphantasten geworden wäre. Anscheinend erfüllte dies die Salvyaner mit größerem Schrecken als der Tod.

»Was will Thyra mit der Phantasie überhaupt?« Sie beugte sich zu Ali hinüber, damit nur er sie hörte. Für heute hatte sie genug Kommentare über ihre Blödheit abbekommen.

»Ihre Schattenmagie bedient sich der Magie anderer. Dadurch wird Thyra beinahe übermächtig, solange ihr nicht die Quellen ausgehen. Sie holt sie sich aus ihren Untertanen, aus den Kreaturen und aus der Welt selbst.« Ali wies vage auf eine Stelle im Wald, wo mehrere, erbärmlich verdorrte Bäumchen standen. Selbst das Gras um die Bäume herum war schwarz wie nach einem Waldbrand. Ruby runzelte die Stirn.

»Was hat sie denn davon, wenn sie ihre eigene Welt zerstört?«

Ali sah nachdenklich in die Ferne. »Das ist eine ganz alte Geschichte. Eine Fehde zwischen Schwestern. Thyra versucht einfach alles auszulöschen, was ihre Schwester aufgebaut hat. Sozusagen in blinder Zerstörungswut.«

»Diese Drecksäcke haben Amys Strudel mit Aurakeilen blockiert. Das hab ich noch nie gesehen«, drang Kais aufgebrachte Stimme zu ihnen herüber. Ruby spitzte die Ohren, trotzdem verstand sie Gnarfels Antwort nicht.

Kai schüttelte den Kopf. »Sie war erschöpft. Bestimmt blieb ihr keine Lichtmagie mehr, um sich zu wehren. Hast du bemerkt, wie alt sie in letzter Zeit war?«

Erneut erwiderte Gnarfel etwas Unverständliches.

»Wer ist diese Amy?«, fragte Ruby Ali.

»Amygdala. Du hast sie vorhin kennengelernt.«

»Amyd–«, versuchte Ruby den Zungenbrecher nachzusprechen.

»Amygdala. Du weißt schon, der Mandelkern. Harte Schale, süßer Kern. Und der Gehirnteil, der für Gefühle zuständig ist. Ein guter Name.«

»Und es ist schlimm für Salvya, dass ich sie …?«

Ali fasste sie behutsam an den Schultern und zwang sie, ihn anzusehen. »Du hast nichts falsch gemacht. Lass dir das von Kai nicht einreden, er ist nur verunsichert.«

Ruby prustete los. Kai und verunsichert?

»Doch. Er ist sehr sensibel. Künstlerherz. Du wirst früh genug dahinter kommen, was er für ein kleines Genie ist.« Er verzog den Mund zu dem seltsamen Lächeln, das Ruby zuvor schon so verwirrt hatte. Seine Lippen schienen auf halbem Wege stehen zu bleiben, ehe das Lachen ganz da war. »Das glaubst du nicht, weil er so ruppig und, na ja, unreif wirkt, aber er hat ein Herz aus purem Gold.« Er nickte nachdrücklich, dann wurde sein Blick wieder finster. »Er ist durcheinander, weil wir Amy verloren haben. Du musst verstehen, was für eine Katastrophe Amys Gefangennahme für Salvya bedeutet. Die Nachtschatten waren nur der Anfang. Bald wimmelt es hier nur so von Schattenkreaturen. Thyra verfügt über Methoden, alle Geheimnisse aus Amy herauszuholen.« Ali sagte *Methoden*, als handele es sich um Atombomben. Er rieb sich den Schweiß von der Stirn. »Amy kennt die geheimen Portale der Lampyria – unserem letzten Zufluchtsort. Sie hat die Grenzen aufrechterhalten. Wenn uns im Kampf gegen Thyra nicht nur Amys Stärke fehlt, sondern Thyra auch noch sämtliche Zugänge kennt, ist Salvya verloren.«

Salvya konnte Ruby eigentlich vollkommen egal sein. Doch der Kloß in ihrem Hals drückte ihr fast die Luft ab. Trotzdem zuckte sie betont gleichgültig mit den Schultern.

»Du wirst schon selbst sehen, wie wunderbar und einzigartig Salvya im Vergleich zu Caligo ist. In Caligo sind wir alle unscheinbarer. Gewisse Dinge verschwinden dort ganz, weil sie für die Menschen zu außergewöhnlich sind. Du wirst dort niemals einen Monsterbaum oder ein Neonhörnchen sehen. In Caligo liegt auf allem ein Nebel.«

»Was hat sie sich nur dabei gedacht, Gnarf?« Kai gab sich keine Mühe, leise zu sprechen. »Wir haben niemanden mehr, der die Tore bewacht. In ein paar Tagen ist die Lampyria Geschichte. Wie sollen Ali und ich ohne Amy …« Er ruderte mit den Armen. »Und als Ersatz haben wir eine plumpe, auralose Prinzessin.«

Ruby biss sich heftig auf die Lippe, während Alis scharfem Blick keine ihrer Regungen entging.

»Wartet!« Obwohl Ali kaum die Stimme erhoben hatte, blieben die beiden stehen und sahen ihnen ungeduldig entgegen. Am liebsten wäre Ruby gerannt, um sie nicht zu lange warten zu lassen. Ali bremste ihren Schritt. Gnarfel sammelte in aller Seelenruhe Nüsse ein, die bereits seine Hosentaschen ausbeulten.

»Kai«, sagte Ali schließlich und sah den Freund nur an. Ruby konnte die Spannung zwischen den beiden beinahe fühlen.

»Vergiss es, Alter. Ich entschuldige mich nicht.« Kai verschränkte die Arme vor der Brust.

»Schickt mich einfach zurück.« Sie hasste, wie jammernd sie klang.

»Das ist im Moment unmöglich«, sagte Ali bestimmt. »Das Auto ist kaputt und wir können nicht riskieren, wieder in Caligo festzustecken. Du wirst erst einmal hierbleiben müssen.«

»Ich gehöre hier nicht hin.« Ruby sah in die schweigenden Gesichter der anderen. Ali wirkte nachdenklich, Gnarfel undurchdringlich und Kai wütend. Wie immer.

»Lass mich dir etwas erklären.« Ali legte ihr eine Hand auf die Schulter. »Ich sagte vorhin, Caligo scheine für uns wie im Nebel. Umgekehrt sind die ganzen Sinneseindrücke in Salvya für einen Caligoner zu viel. Wenn sich ein Nichtphantast hier aufhält, machen ihn die ganzen Farben, Gerüche und Geräusche verrückt. Er hält es nicht aus.«

Ruby runzelte die Stirn. Worauf wollte er hinaus? Dass sie irre war? Die Frage hatte sie sich auch schon gestellt, vor allem, seitdem sie dem Nachtschatten begegnet war.

»Du bist nicht verrückt«, sprach Ali ruhig weiter.

Ruby atmete hörbar aus. Kai lachte spöttisch.

»Das wundert uns aus einem bestimmten Grund: Du bist kein einfacher Caligoner, scheinst jedoch ebenso wenig Salvyaner zu sein.«

»Vor allem bist du unmagisch«, platzte Kai dazwischen. »Man sieht es dir an.«

»Ah.« Ruby nickte bedächtig. »Überraschung!«

»Amy hat etwas gesehen, deshalb hat sie dich hergeholt. Die Nachtschatten haben Phantasie gerochen, sonst hätten sie dich nicht überfallen. Das Portal –« Ali ging mit im Rücken verschränkten Händen vor ihr auf und ab.

»Mann, geht ihr mir auf die Nerven mit diesem blöden Portal. Das war ja wohl keine große Sache.« Ruby sah mit vorgeschobener Unterlippe in die Runde.

»Keine große Sache?« Kais Stimme überschlug sich. »Wir saßen zwei gottverdammte Jahre in dieser Scheißwelt fest und dann fährt dieses Nichts hier so locker durch das Portal und schreit *keine große Sache.*«

»Warum saßt ihr denn zwei Jahre fest?«

»Isch würde ihr von dem Flusch erzählen«, nuschelte Gnarfel mit vollem Mund und stopfte sich eine weitere Nuss zwischen die Zähne.

»Und ich würde –«, setzte Kai an.

Ruby presste ihm blitzschnell die Hand auf den Mund. Kai gab einen unterdrückten Schmerzenslaut von sich. Miniaturblitze zuckten von Rubys Fingerspitzen an seine Lippen und sie hielt mit aller Macht gegen die hundert feinen Nadelstiche in ihrer Handfläche an.

»Dasch ischt wirglisch intereschant.« Kleine Bröckchen fielen aus Gnarfels Mund. Er schluckte hörbar. »Will jemand eine Säuselnuss? Nach der ganzen Schattenmagie kann man ein bisschen Licht ganz gut brauchen.«

Ruby klimperte mit den Wimpern.

»Vielleicht möchte Kai lieber so ein Bonbon?«

Ali lachte auf. Bei dem ungewohnten Geräusch herrschte einen Moment Stille.

Kai riss sich unwirsch Rubys Hand vom Mund. »Lass mich gefälligst los, Elektra.«

Ali räusperte sich. »Kai und ich saßen in Caligo fest, weil Thyra uns einen Fluch auferlegt hat. Durch diesen Bannfluch sollten wir nie wieder nach Salvya zurückkehren. Wir kamen nicht einmal in die Nähe der Portale, geschweige denn in Kontakt mit einem Schlüssel.«

»Es gibt einen Schlüssel für das Portal?«

Ruby nahm eine Säuselnuss aus Gnarfels ausgestreckter Handfläche und steckte sie schnell in ihren Mund. Nicht, dass sie Kai wieder zu einem Kommentar über ihren Hunger inspirierte. Die Nuss schmeckte köstlich – süß und fruchtig kitzelte der Geschmack ihre Zunge. Ruby kicherte, obwohl Kais wütender Blick sie streifte, und griff nach einer weiteren Nuss.

»Nicht so einen, wie du vielleicht denkst«, fuhr Ali fort. »Ein Schlüssel kann alles Mögliche sein. Für dieses Portal war es Candy. An einer anderen Stelle ist es möglicherweise die Frucht eines seltenen Baumes, eine verzauberte Handtasche oder –«

»Oder ein Mensch«, meldete sich Gnarfel und sah Ruby bedeutungsschwer an. Ruby gluckste leise vor sich hin, weil er sie ein bisschen an einen zornigen Gartenzwerg erinnerte.

»Okay. Ich hab's kapiert. Schlüssel, Portal, böse Hexe.« Sie tippte sich an die Stirn und nickte, wobei sie ihren Kopf um Haaresbreite verfehlte. Erneut gackerte sie los. Salvya schien auf einmal viel weniger unheimlich zu sein.

Kai schüttelte den Kopf. »Sie checkt es nicht. Je weiter du sie einweihst, desto gefährlicher wird es für uns. Gnarfel, schick sie zurück!«

»Nein.« Gnarfel sprach so leise wie nie und sah Ruby eindringlich an. »Sie wird freiwillig bleiben. Sie versteht, wie wichtig ihr für Thyra wart. Dass ihr geflohen seid und in größter Gefahr schwebt, wenn ihr in ihr Reich zurückkehrt. Sie spürt, was für ein Schmerz es für euch war, hilflos, ausgestoßen und einsam in dieser tristen, fremden Welt zu sein. Was der Fluch euch jeden Tag für seelische und körperliche Höllenqualen bereitet hat. Sie begreift auch, wie unbedingt sie es Salvya und Amy schuldig ist, mitzuhelfen, wo sie nur kann. So ist es doch, nicht wahr, Ruby?«

Ruby glotzte ihn an. Was wollte dieser Waldschrat eigentlich von ihr? Sie versuchte, mit aller Gewalt den Kopf zu schütteln. Stattdessen nickte sie. Obwohl sie das ärgerte, grinste sie unerklärlicherweise wie ein Honigkuchenpferdchen.

Gnarfel gab ihr einen harten Klaps auf ihre gezerrte Schulter.

»Prima. Nicht grübeln, Zickzack!«

Ruby taumelte los. Immerhin schwankte sie von links nach rechts, auch wenn es zugegebenermaßen ziemlich unfreiwillig war. Der Boden schien mit einem Mal verdammt wellig zu sein. Sie musste ein paar Schritte zur Seite tänzeln, um ihren Schwung abzufangen, und sie gackerte haltlos. Kai stierte sie unverhohlen feindselig an. Ruby streckte ihm die Zunge heraus – was selbstverständlich furchtbar kindisch war, sich aber herrlich befreiend anfühlte – und fiel.

Der Boden verschwand so plötzlich, dass Ruby nicht einmal aufschrie. Lautlos kippte sie dem schwarzen Sog entgegen. Mitten im Waldboden war ein Abgrund entstanden, der direkt in die unendlichen Tiefen des Universums zu führen schien. Kälte drang in ihre Knochen und eine unerklärliche Furcht breitete sich in ihrem Innersten aus. Sie glaubte, verzweifelte Schreie von Menschen in Todesangst zu hören, dabei schien das Loch jegliches Geräusch zu verschlucken. Oder schrie sie etwa gerade?

Ein sengender Stromschlag knallte in ihren Körper, als sich zwei Arme um sie schlangen. Ruby bekam einen heftigen Schluckauf. Endlich gelang es ihr, den Kopf zu heben. Kai baumelte kopfüber an dem Rapunzelhaarlasso über dem Abgrund und umklammerte ihren Körper, als würde er sie nie wieder loslassen. Dass er es am liebsten doch getan hätte, bewiesen die tödlichen Blicke, die er ihr zuwarf.

Gnarfel und Ali hievten die beiden ächzend auf den sicheren Waldboden.

»Verdammt, Rambo!« Kai versuchte, sie auf ihre Füße zu stellen. Ihre Beine schienen aus Gummi zu bestehen. Schwankend stieß sie gegen ihn. Mit säuerlicher Miene hob er sie hoch.

»Wie viele Säuselnüsse hast du gegessen?«

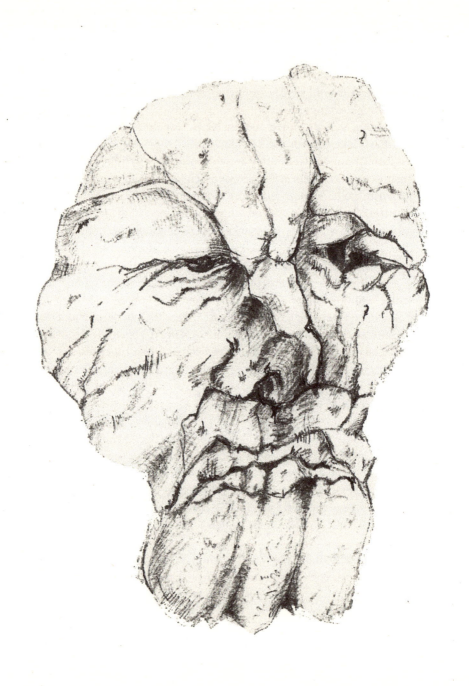

Kapitel 6

Amygdala

»So kann ich dich nicht ernst nehmen.« Thyra tigerte vor ihr auf und ab. Amy kicherte vor Genugtuung. Obwohl es ihr immer schwerer fiel, dieses Kinderalter aufrechtzuerhalten, kämpfte sie eisern um ihr vierjähriges Ich und grinste Thyra schelmisch an.

»Angst vor Kindern, Thy?«

»Keineswegs. Normalerweise fresse ich die zum Frühstück, wie du weißt.« Thyra bleckte die Zähne und Amy fragte sich, ob sie sie spitz feilte, oder ob sie ihr so gewachsen waren. Aus Bosheit. Wie Teufelshörnchen, bloß im Mund. »Ich habe nur den Eindruck, du hättest dich nicht weiterentwickelt, seit wir uns das letzte Mal sahen. Ach, warte ... Hast du ja auch nicht.«

»Nein, da hast du recht«, gab Amy gleichmütig zu. »Warum hältst du mich gefangen? Ich bin vier Jahre alt. Was könnte ich dir schon tun?«

»Ob du nun vier oder vierhundert Jahre alt bist, Amygdala – du bist für mich keine Bedrohung. Du darfst mir allerdings so einiges verraten. Zum Beispiel, was meine Söhne mir da von einer auralosen Person in deiner Kutsche erzählt haben.«

Söhne! So nannte sie ihre abscheulichen Schattengardisten.

Amy schnaubte. »Kutsche. Thyra, Süße, stammst du aus dem letzten Jahrhundert? Sag mir, wie lange sitzt du schon in deinem finsteren Gefängnisturm fest? Du solltest mal wieder an die frische Luft, das würde deinem Teint guttun, du bist ziemlich bl–«

Thyras Geist tastete ihre nachtschattengeschwächte Aura ab. Amy versuchte ihren Schutzwall zu stärken, doch Thyras Schattenmagie saugte augenblicklich ihre mühsam gesammelte Phantasie auf. Amy wand sich unter Thyras Aurafingern, die in ihrem Innersten herumwühlten wie Seziermesser.

Plötzlich lachte Thyra schrill auf und ließ die Verbindung zwischen ihnen abreißen. »Im Ernst? Das ist dein Ass im Ärmel? Die *Prophezeite?*«

Sie rieb sich die Hände. »Ich glaube, das könnte amüsant werden. Ich bin schon sehr gespannt.«

Mit wallendem Mantel verließ sie den Kerker.

Erst als Thyras Schritte nicht mehr von den Wänden widerhallten, atmete Amy auf. Während sie die Luft entweichen ließ, alterte sie wie im Zeitraffer. Das war knapp gewesen. Sie hatte wenig vor ihr verbergen können, doch die wichtigsten Dinge wusste Thyra nicht.

Trotzdem, es war nur eine Frage der Zeit, bis Thyra dahinter kam, was es mit dem Mädchen auf sich hatte. Sie musste etwas unternehmen.

Fahrig tasteten ihre Finger über die algenbewachsene Kerkermauer. Irgendeiner der Steine würde schon lose sein, dann brauchte sie nur noch ein Fünkchen Magie. Erleichtert zog sie den kantigen Felsbrocken aus der Mauerspalte.

»Hallo, mein Freund. Ich brauche deine Hilfe.«

Ruby

Der Junge hatte dasselbe blond gelockte Haar wie seine Mutter, die sich mit einem beruhigenden Summen über die Wiege beugte. Sie hauchte ihm einen Kuss auf die Stirn und stellte die Spieluhr an.

»Schlaf mein Liebling. Träume süß.«

Sie sah nicht, was in der dunklen Ecke lauerte. Mit einem zärtlichen Lächeln im Gesicht verließ die Blonde das Kinderzimmer. Sie ließ ihr Baby allein mit der aschgrauen Frau, die lautlos aus dem Schatten schlüpfte, sobald die Tür leise ins Schloss geglitten war.

Die Spieluhr dudelte weiter ihr Schlaflied.

»Komm zu Mutter!« Die knochige Hand auf den Kindermund gepresst, holte sie das hilflose Wesen aus seinem Bett. Der Junge öffnete nicht einmal die Augen, so selig schlief er.

Die Schatten im Zimmer schienen mit einem Mal lebendig zu werden und streckten wispernd ihre tentakelartigen Arme aus. Im nächsten Moment verschluckten sie ihre Herrin und das Kind.

Die Spieluhr endete auf einer letzten zitternden Note.

Nach Luft ringend setzte Ruby sich auf. Im ersten Moment wusste sie nicht, wo sie war. Die raue Decke, die ihr als Unterlage auf Gnarfels

Dachboden diente, kratzte an ihren nackten Beinen. Ihr war schlecht und sie lechzte nach einem Schluck Wasser. Sie würde nie wieder Säuselnüsse essen. Nie wieder!

Es war nur ein Traum, beschwor sie sich. *Am besten schläfst du weiter.*

Obwohl ihre Füße bleischwer waren, machte ihr Kopf Überstunden. Wie hatte der indische Yogalehrer ihre Mutter regelmäßig zum Schnarchen gebracht?

»*Uuuuuuund enten…spannennnnnnnnnnn von den Nasenlochennnnn zu den Zehenspitzennnnn*«, näselte Ashwinkumar in ihrer Erinnerung. Nur, dass Ruby nicht hinter dem heimischen Sofa kauerte und sich das Lachen verkniff, sondern sich in der Hütte von einem fürchterlich grantigen Waldschrat befand. Umgeben von bunthaarigen Spinnern und phantastischen Wesen, die ihr das Gehirn aussaugen wollten. Und, dass ihr kein bisschen zum Lachen zumute war.

Seufzend rappelte sie sich auf. Sie konnte sowieso kein Auge mehr zutun. Vielleicht würde etwas Essbares ja den Katereffekt der Säuselnüsse ausgleichen.

Auf Zehenspitzen kletterte sie die knarzende Leiter hinunter.

»Du musst dich irren!« Kai hörte sich verzweifelt an. »Hast du sie dir mal angesehen? Nichts. Da ist einfach kein Fünkchen. Sie kann es nicht sein und ich weigere mich, sie mitzuschleppen.«

»Wenn Amy es dir befohlen hat —«

Mitten im Abstieg hielt Ruby inne. Gnarfels Stimme hatte sich dramatisch verändert. Sie klang jetzt ruhig und klar.

»Häng hier nicht den Lichtritter raus. Befehle würde Amy uns sowieso keine geben.«

»In dem Fall hätte sie es getan, wenn sie nicht von einer Bande Gardisten geschnappt worden wäre. Zugegeben, die Kleine ist ziemlich schwer von Begriff. Du musst sie trotzdem testen. Kitzel es aus ihr heraus. Wenn da ein Hauch von Aura verborgen ist, wirst du ihn finden. Diese Funken zwischen euch —«

Ruby glitt lautlos die letzten Sprossen hinab. Ihre Zehenspitze stieß gegen etwas Hartes, das polternd in den Raum rollte. Sie hielt den Atem an. Gnarfel und Kai verstummten.

»Geh ins Bett, Kai. Du wirst deinen Schlaf brauchen, wenn du Amy zurückholen willst. Das wird kein Kinderspiel, mein Junge.« Gnarfels Stimme klang nun betont beiläufig.

Kai brummte etwas Unverständliches und schlurfte zur Leiter. Ruby drängte sich tiefer in den Schatten und machte sich so schmal wie möglich. Wenn er zwischen den Sprossen hindurchsah, würde er ihr mitten ins Gesicht blicken.

Erst als Gnarfel sich ebenfalls ächzend in seine Kammer verzogen hatte, schlüpfte sie aus ihrem Versteck. Sie war ganz zittrig und bewegte sich auf unsicheren Beinen durch den Raum.

Ein scharfer Schmerz fuhr in ihren großen Zeh. Was lag hier mitten im Weg herum, sodass sie gleich zweimal dagegen rannte? Ruby tastete den Boden nach dem Hindernis ab. In einem Nest aus Flusen wurde sie schließlich fündig. Im spärlichen Mondlicht, das durch das Fenster hereinschien, sah es aus wie eine uralte Kartoffel. Eine Kartoffel! Das hohle Gefühl in ihrem Bauch war übermächtig, egal, wie alt das Teil war. Todesmutig biss sie hinein. Ihre Zähne schürften über den harten Brocken und ein ächzendes Geräusch erklang. Das Ding musste seit Ewigkeiten hier liegen. Beherzt klopfte sie die Knolle gegen eine Tischkante. Die Kartoffel schrie auf und wand sich jammernd in ihrer Hand.

»Was war das?«, entfuhr es ihr.

»Das war ich, du Kamelhöcker.«

Ruby starrte angestrengt auf die Kartoffel. Wenn sie es nicht besser wüsste, hätte sie glauben können, das schrumplige Teil hätte gerade mit ihr gesprochen, und zwar mit einem äußerst verwirrenden, arabischen Akzent. Tatsächlich hatte sie etwas Ähnlichkeit mit einem kantigen, alten Kopf: Eine Kerbe formte einen verkniffenen Mund, zwei dunkle Einbuchtungen sahen aus wie Augen. Sie hielt die Knolle vor ihre Nase.

»Sprichst du mit mir?«, raunte sie und kam sich reichlich lächerlich dabei vor.

»Hast *du* mich grade aufgeklopft?«, keifte die Kartoffel lauthals anstelle einer Antwort. Sie rollte ausgeprägt das R. »Bin ich ein hart gekochtes Ei, oder was? Sei in Zukunft gefälligst vorsichtiger, du Trampeltier!«

Rubys Unterkiefer klappte herunter. »Du sprichst wirklich.«

»Wieso auch nicht?«, giftete die Knolle und spuckte ihr etwas Sand in die Augen. Ruby fuhr sich über das Gesicht und sah wie gebannt auf den schlitzförmigen Mund. »Du bist schließlich hilflos wie ein mutterloser Sandwurm und brauchst jemanden, der dir sagt, was zu tun ist.«

»Was bist du? Die sagenhafte, sprechende Kartoffel?« Ruby dämpfte ihre Stimme. Wenn sie um Gottes willen nur niemand beobachtete.

»Ich bin ein Stein.« Er rollte mit den Augen. »Du hast mich gebissen.« Ruby verkniff sich mühsam ein Lachen.

»Hast du keinen Namen?«, versuchte sie den aufgebrachten Stein abzulenken.

»Du kannst mich Ommakäthe nennen.«

Jetzt lachte sie doch.

»Oma Käthe? Also ich finde ja nicht –«

»Omar Chattab! Du Idiotin«, empörte sich der Stein. Er sprach es *Omarrr Kchathap* aus.

Unwillkürlich räusperte sie sich. »Alles klar, Oma Käthe. Ich bin lediglich etwas überrascht, eine sprechende Kartoffel zu treffen.«

»Hör mal, Prinzessin, du bist nicht so schlau wie die Wüstenschlange. Du hast keine Ahnung und ich schon, deshalb bin ich da.« Der Stein äffte Ruby in exakt demselben Tonfall nach, in dem sie ihn gerade angeblafft hatte.

»Ich dreh durch.« Ruby schüttelte Omar Chattab. »Unterzucker. Ich habe einfach nur –«

»Ohhh … Uhhh … Kreisch nicht so fürchterlich! Ich habe eine Gehirnverschüttung und dein Gebrüll braust mir in den Ohren wie der Schrei eines Dschinns.«

Der Stein lugte aus einem Auge hervor und verzog leidend das Gesicht.

»Es heißt Gehirnerschütterung und du hast keine, denn du hast kein Gehirn.« Trotzdem hörte sie lieber auf, ihn zu schütteln, da er tatsächlich eine grünliche Färbung angenommen hatte. Er konnte keinen Magen haben. Bevor er ihr aber das Gegenteil bewies und auf ihre Hand kotzte, verkniff sie sich den Kommentar lieber.

»Was soll das heißen, ich habe kein Gehirn?«, jammerte Omar Chattab wieder los. »Ich habe ebenso ein Gehirn wie Bisswunden von deiner hinterhältigen Fressattacke. Die kannst du auch nicht verleugnen.« Er wimmerte lautstark und Ruby warf nervöse Blicke über ihre Schultern zu der Leiter.

»Wie hast du das vorhin gemeint, als du sagtest, du wärst da, weil du Ahnung hast?«

»Ich bin da, um dir zu helfen.«

»Du bist bloß ein Stein.«

»Ach du heilige Dattel«, jammerte er. »Da muss ich ja von ganz von vorne anfangen. Hast du denn keine Ahnung, was die Phantasie alles kann?«

Ruby kniff die Lippen zusammen.

»Du kannst so gut wie *alles* erreichen, wenn deine Phantasie groß genug ist.« Der Stein jubelte regelrecht. »Es gibt hier keine Grenzen für die Phantasie. Du stellst dir etwas Geniales vor und, *tadsching*, es geschieht. So einfach ist das.«

»Das verstehe ich nicht.«

»Du bist hier. Das heißt, du hast eine phantastische Gabe. Sie zu benutzen, müsste für dich sein, wie zu atmen. Es ist ein Desaster, jawohl, das ist es.« Der Stein rollte wie verrückt mit den Augen.

»Du meinst, es entsteht einfach so in meinem Kopf?«, unterbrach Ruby ihn aufgeregt. »Ich denke mir etwas aus, und es geschieht?«

»Wenn es phantastisch genug ist. Eine Idee kann nur so gut sein wie ihr Erfinder. Je deutlicher der Phantast das Ergebnis vor sich sehen kann, desto besser wird es. Eine vage Idee geht meistens schief. Natürlich brauchst du auch eine gewisse Portion Aura.«

»Aura«, echote Ruby tonlos und dachte an Ashwinkumar, der einen ganzen Haufen über Auren und Chakren und esoterisches Zeug wusste.

»Was weißt du über die Aura, du Sandfloh?«, fragte der Stein mit zusammengekniffenen Augen.

»Ich hab's nicht so mit Hokuspokus.«

»Das ist doch kein Hokuspokus«, kreischte Omar Chattab. »Auren sind –«

»Energiehüllen. Farbwolken, die um den Menschen wabern und seine Stimmung verraten. Blablabla. Ich hab jedenfalls keine«, zischte Ruby.

»Aura, wenn du mich ausreden lassen würdest, ist die griechische Göttin der Morgenbrise. Außerdem heißt ein finnischer Käse so. Es ist ein anderes Wort für Heiligenschein oder ein Vorbote von Epilepsien und unter anderem auch das, was du Hokuspokus nennst, weil du keine Ahnung hast.«

»Alles klar … Ein finnischer Käse?«

»Du bist nicht bei der Sache«, beschwerte sich der Stein. »Was haben all diese Dinge gemeinsam, Prinzessin?«

»Eine griechische Göttin, Heiligenscheine, Käse, Epilepsien und Hokuspokus? Also …« Ruby blies die Backen auf.

»Aura natürlich! Alle haben eine Aura. Einen Schein, wenn du so willst, der dem Betrachtenden eine Vorahnung gibt, was ihn erwartet. Ein stinkender Käse, der dich schon beim Betreten des Raums warnt, hier besser kein Feuer zu entfachen. Die Ahnung eines Krampfanfalls. Eine farbige Energieform, die nur besondere Menschen umgibt. Kind, was verstehst du daran nicht?«

»Ehrlich gesagt …«, setzte Ruby seufzend an.

»Wenn du keine Aura hättest, wärst du wohl kaum hier. Alles, was du tun musst, ist sie zu entdecken und zu stärken. Du wirst bald nicht mehr verstehen, wie du so blind durch die Gegend rennen konntest.«

»Dann hat diese Amygdala meine Aura gesehen?«

»*Irgendetwas* muss sie gesehen haben. Im Moment ist deine Aura eher …«

Ruby beugte sich vor. »Ja?«

Der Stein musterte sie mitleidig. »Mickrig.«

»Oh. Na klar.«

Omar Chattab kicherte meckernd. »Lass es uns auf eine andere Art und Weise probieren«, schlug er vor. »Versuche, die Aura der Drachen zu sehen. Das geht am leichtesten, wenn sie etwas Phantastisches tun.«

»Du meinst, wenn sie blöde Sprüche klopfen? Oder mit Gasmasken durch den Wald rennen?«

Er rollte schon wieder mit den Augen. Achselzuckend schob Ruby den Stein in ihren Ausschnitt.

»Hey!«, protestierte Omar Chattab.

»Ich denke, du kommst lieber mit, wie willst du sonst meinen Misserfolg beurteilen?«, brummte Ruby.

Kapitel 7
Ruby

Seine Knie und Oberschenkel berührten die der Jungen neben ihm. Der Kontakt war ihm unangenehm. Die Kleidung der anderen Jungen war genauso rau wie seine, nur roch sie strenger. Nach Urin und Angstschweiß. Er atmete durch den Mund.

Er hatte keine Angst. Die befiel nur die Söhne, die schon zu groß waren, wenn sie hierherkamen. Wenn Mutter wieder einen Vierjährigen anschleppte, stöhnte er innerlich auf. Er hasste die Großen. Sie waren allesamt Jammerlappen. Angsthasen. Miserable Söhne für Mutter und schlechte Brüder für ihn. Er würde ihnen wieder die Furcht aus dem Leib prügeln müssen, bis sie so hart waren wie er.

Mutter betrat den Raum und das Knie neben seinem, begann unkontrolliert zu zittern. Mutter ging genau auf ihn zu. Ihre schwarz verfärbten Fingerspitzen strichen ihm über seinen Schopf.

»Heute ist dein Geburtstag, Gryphus. Vor fünf Jahren kamst du zu mir. Du kannst stolz sein, dass ich dich auserwählt habe. Enttäusche meine Erwartungen nicht, dann wirst du eines Tages der General meiner Schattengarde.«

»Ja, Mutter.«

Als sich ihr eisiger Blick in seinen bohrte, rann es warm an den Innenseiten seiner Oberschenkel hinunter.

Ruby fuhr mit einem Schrei aus dem Schlaf hoch. Würde sie von nun an ständig Albträume von dieser gruseligen Frau und dem blond gelockten Jungen haben? Zu allem Unglück handelte es sich um besonders realistische Träume. Sie sah darin in Gryphus' Kopf, hörte seine Gedanken und erlebte seine Gefühle hautnah. Überwiegend fühlte sie seine lähmende Angst vor *Mutter*.

»Am besten schließe ich die Augen gar nicht mehr«, brummte sie und kroch mit schmerzendem Rücken auf die Leiter zu.

Die Drachen stürmten mit zerzausten Haaren in Gnarfels Hütte. Kais Augen blitzten übermütig und er bewegte sich voll überschäumender

Energie durch den Raum. Sogar Ali wirkte ausgelassen. Ein Hauch von Herbstkälte und Tannennadeln wehte hinter ihnen her.

»Hier!« Kai warf ihr etwas zu. Ehe Ruby den Arm heben konnte, platschte es schon vor ihr auf den Boden. Sie verkniff sich ein Wimmern und sah zu, wie der Dotter im Eiweiß zerfloss. Kai warf Gnarfel einen vielsagenden Blick zu. »Rührei für die Prinzessin.«

»Tut mir leid, Ruby. Ich hoffe, du magst Wildfleisch. Oder du bittest Gnarfel –«

»Kein Problem«, unterbrach Ruby Ali schnell, obwohl sich ihr Hunger beim Anblick des blutigen Fells in Alis Hand schlagartig verflüchtigte. Niemals würde sie den Waldschrat um etwas Essbares anbetteln. Eher verhungerte sie.

»Weiß, rot, weiß, rot. Welche Gesichtsfarbe kommt als nächste? Lila?« Kai zog eine Augenbraue hoch. »So wie sie aussieht, schleckt sie lieber das Ei aus den Ritzen. Umso besser, so bleibt schon mehr für uns.«

»Eigentlich bin ich gar nicht hungrig.« Natürlich gab ihr Magen in dem Moment ein lautes Gluckern von sich.

»Ahhhhh!« Kai versteckte sich hinter Alis Rücken. »Bitte, Kannibalenweibchen, verschone mich. Ali, wirf ihr einen Brocken hin! Sie hat schon Schaum vor dem Mund.«

Ali seufzte. »Falls du es dir anders überlegst, es ist genug für alle da.« Mit diesen Worten verschwand er in der Küche.

»Da wäre ich mir nicht so sicher«, brummte Kai. »Wenn man überlegt, mit welcher Gefräßigkeit unsere taumelnde Prinzessin hier Säuselnüsse und Plombenzieher vernichtet.«

Rubys Gesicht wurde heiß und sie wandte sich schnell ab. Mit einem auffälligen Augenzwinkern in Kais Richtung verließ Gnarfel den Raum. Misstrauisch sah Ruby ihm hinterher und schlenderte dabei beiläufig durch das Zimmer. Kai, der jeden ihrer Schritte mit Argusaugen beobachtete, lehnte mit verschränkten Armen an der Wand. Ruby versuchte, nicht zu oft zu ihm hinzusehen, auch wenn sein bohrender Blick sie nervös machte. Die Sache mit den Säuselnüssen war ihr schrecklich peinlich. Kai musste sie ja für eine Schnapsdrossel halten. Hatte er sie tatsächlich den ganzen Weg durch den Wald getragen? Oh Gott, hatte sie einen Filmriss? War da wirklich dieses gruselige Loch im Waldboden gewesen, oder hatte sie sich das etwa auch nur eingebildet?

Nur nicht drüber nachdenken. Ruby konzentrierte sich auf ihre Umgebung. Gnarfels Hütte wirkte wie in einen Baumstamm geschnitzt: zu viel Holz, eine Menge Dreck und gedeckte Naturfarben. Irritiert blieb Ruby vor dem einzigen, blank polierten Gegenstand stehen, der sich in dem Häuschen befand.

»Was ist *das?*« Automatisch streckte sie die Finger danach aus. Das Schwert blendete sie, so hell leuchtete es im Sonnenlicht. Eine Fliege setzte sich auf die Schneide. Zwei Fliegenhälften rutschten links und rechts der Klinge herunter. Hastig zog Ruby ihre Hand zurück.

»Ein Lichtschwert.« Kai sah aus wie ein Kind vor dem Weihnachtsbaum.

»Scheint ein Waffennarr zu sein, dieser Gnarfel«, brummte Ruby. »Lassos, Schwerter.«

»Er ist einer der besten Kämpfer Salvyas. Vor Thyras Zeit war er der bedeutendste Lichtritter unter General Lykaon. Du kannst von Glück sprechen, dass er es war, der uns im Wald gefunden hat, sonst wäre dein Gehirn caligonischer Kartoffelbrei.«

»Dieser Waldschrat?«, entfuhr es Ruby. Bei Kais finsterer Miene biss sie sich auf die Lippen.

»Du musst ihn nicht mögen, doch du täuschst dich, wenn du ihn nur nach seinem Aussehen beurteilst.«

Kai durchwühlte ungeniert Gnarfels Schubladen und Schränke. Mit einem triumphierenden Ausruf zog er etwas unter einem Berg von Eicheln hervor und wedelte damit vor Rubys Nase herum.

»Was würdest du sagen, wenn du ihm anstelle des *Waldschrats* begegnet wärst?«

Ruby pflückte ihm das vergilbte Foto aus der Hand.

Ein schlanker Mann mit langem, im Nacken geflochtenem Silberhaar reckte das Kinn in die Kamera. Das Foto war hoffnungslos überbelichtet: Mit seiner weißen Kleidung schien er beinahe von innen heraus zu leuchten. Er presste ein Lichtschwert an seine Brust wie eine Kostbarkeit. Sie kannte diese Rosinenaugen. Nur hatte das Gesicht, aus dem sie ihr vor ein paar Minuten entgegengefunkelt hatten, eine bestechende Ähnlichkeit mit einer Walnuss.

»Unmöglich!«

»Salvyas Devise: Alles, was zu sein scheint, scheint Schein zu sein.«

»Alles scheint Schein …« versuchte sich Ruby an dem Zungenbrecher.

Kai rollte mit den Augen. »Du musst hinter die Fassade sehen.« Seine Worte erinnerten sie an Omar Chattabs Rat.

»Hat das etwas mit dieser Aura zu tun?« Am liebsten hätte sie sich die Zunge abgebissen. Warum dachte sie nicht einmal nach, bevor sie den Mund aufmachte?

Kai kniff die Augen zusammen.

»Sag mal, wo sind denn eure Instrumente?« Betont beiläufig ließ sie sich auf einen wackeligen Schemel fallen. *Eier kraulen*, hallte Amys Stimme in ihrem Kopf wider. »Ich fand, ihr habt echt gut gespielt.« Anscheinend war sie eine ganz passable Lügnerin, denn Kais Augen leuchteten augenblicklich auf.

»*Gut?* Ich bitte dich. Wir waren miserabel. In Caligo klingen Instrumente wie schepperndes Blech.« Er winkte ab. »Du hast noch nie richtige Musik gehört, also kannst du nichts dafür, wenn dir dieser Scheiß gefällt.«

Ruby biss die Zähne zusammen und schluckte ihre Erwiderung hinunter. »Ich würde gerne einmal salvyanische Musik hören.« Das war sogar die Wahrheit. Vielleicht klang das Ganze hier tatsächlich erträglicher.

Kai hob die Hände. »Natürlich willst du das. Ich hab mein Drumboard nicht hier. Das tut's aber vermutlich auch.« Er kramte in seiner Hosentasche. Ruby starrte auf die ausgewaschenen Jeans, die mehr aus Löchern denn aus Stoff bestanden und seine bunten Boxershorts an mehreren Stellen durchblitzen ließen. Mit triumphierendem Blick zog er eine Maultrommel hervor.

Ruby lachte auf. »Jetzt bin ich wirklich gespannt«, sagte sie spöttisch.

Kais Augenbraue schnellte nach oben. »Kannst du auch sein. Halt die Ohren fest, Prinny, und versuch, nicht zu heulen.«

Ruby prustete.

In Kais Augen blitzte der Schalk auf, als er sich etwas vorbeugte. »Lass uns eine Wette abschließen.«

»Eine Wette …« Schlagartig hatte sie ein flaues Gefühl im Bauch.

»Ja. Ich wette, du wirst heulen, wenn du meine Musik hörst.«

Ruby schob ihre Hände tiefer unter die Achseln, um ihr Zittern zu verbergen. »Das passiert mir sicher nicht.«

»Ich wette um deinen ersten Kuss, dass du es dennoch tun wirst.« Kai lehnte sich lässig gegen den Tisch.

»Um meinen … Sag mal spinnst du?«

Er blinzelte aus halb geschlossenen Lidern auf sie herab. »Es ist doch dein erster Kuss?«

»Natürlich nicht!« Natürlich doch. »Aber du bekommst trotzdem keinen Kuss von mir.«

»Dann heul einfach nicht. Du bist dir ja so sicher.« Kai musterte sie weiterhin mit seinem trägen Raubkatzenblick. Ruby nickte knapp. Was blieb ihr auch anderes übrig?

Er setzte das Instrument an seinen lächelnden Mund.

Wieso machte sie sich eigentlich Sorgen? Sie würde nicht weinen. Weder wegen Kai noch aufgrund seiner Musik. Lächerlich! Kais *Kusslippen* würde sie auch nicht anstarren. Never!

Ein Ton durchbrach die Stille. Ruby richtete sich auf.

So etwas hatte sie noch nie gehört.

Der nächste Ton drang süß und gleichzeitig schmerzvoll zu ihr herüber. Das Ganze musste ein Trick sein. Niemals konnte Kai so eine zarte Melodie spielen. Nicht er und schon gar nicht mit einer Maultrommel. Sie versuchte, sich auf das Rätsel hinter der Musik zu konzentrieren, obwohl die zauberhaften Klänge sie längst mitgerissen hatten. Es war, als ob ein Chor von Engeln sänge. Von Sehnsucht und Liebe und all den Dingen, von denen Ruby schon immer geträumt hatte. Etwas brach in ihrem Inneren auf, wie ein lang verschlossenes Schatzkästchen. Es war gleichzeitig schmerzhaft und herrlich befreiend. Sie lachte auf. Von wegen heulen, sie könnte singen vor Freude.

Der Schmerz peitschte durch ihre Arme bis in die Fingerspitzen und schleuderte sie unsanft zurück in die Wirklichkeit. Kai schob sie grob von sich. Sein Blick war undurchdringlich.

Wie in aller Welt hatte sie verpassen können, dass er aufgehört hatte zu spielen? Und weshalb saß sie fast auf seinem Schoß? Aus unerklärlichen Gründen gelang es ihr nicht, zurückzuweichen. Mit offenem

Mund stand sie Zentimeter von ihm entfernt wie festzementiert da. Kais Hand fuhr zu ihrem Gesicht, dann ballte er sie zur Faust und zog sie hastig zurück.

»Es hätte dich schlimmer treffen können. Du hättest Gnarfel deinen ersten Kuss versprechen können. Oder Ali. Wobei der dir wenigstens ein Taschentuch anbieten würde.«

»Was?«

Kai tippte sich vielsagend auf die Wange. Ruby fasste in ihr Gesicht. Ihre Fingerspitzen waren nass.

»Ich habe auf gar keinen Fall geweint.«

»Schon klar.« Kai verschränkte lässig die Arme. »Versuch nur nicht zu sabbern.«

Versuch nur nicht zu sabbern? War der Typ denn vollkommen übergeschnappt? Sie hasste ihn aus tiefstem Herzen, wie er da so entspannt lehnte und darauf wartete, dass sie ihn küsste. *Ihn! Küsste!*

Rubys Mund war furchtbar trocken. »Was hast du überhaupt davon? Von Rambo geküsst zu werden, meine ich.«

Kai lachte laut auf. »Du bist so naiv! Ein erster Kuss ist etwas sehr Mächtiges. Er besitzt unheimlich viel Magie. Du hättest dir besser vorher Gedanken darum gemacht, was du da so leichtfertig versprichst.«

»Es ist nicht mein erster Kuss.«

»Vaterküsse ausgenommen«, konterte Kai prompt. Rubys Wangen brannten. »Du brauchst gar nicht zu lügen. Es ist dein erster Kuss, ich weiß es. Die Art, wie dein Atem schneller geht, wenn du in meine Nähe kommst. Wie du dir unbewusst über die Lippen leckst, mir auf den Mund starrst und denkst, ich bemerke es nicht. Wie dein Blick zwischen Angst und Hoffnung schwankt. Das ist wirklich herzallerliebst.« Er grinste.

Er war so ein Arsch! Wenigstens würde es das leichter machen. Sie würde ihm blitzschnell einen Schmatz aufdrücken und schon wäre es vorbei. Sie konnte ja die Augen schließen. Oder besser nicht, sonst dachte er noch, sie würde es genießen. Beherzt machte sie einen Schritt auf ihn zu, reckte sich nach oben und spitzte die Lippen. Kai kam ihr keinen Millimeter entgegen, sondern musterte sie nur mit diesem undurchdringlichen Blick. Ihr Herz raste so, als würde es davonfliegen.

74

Ruby rückte ein Stück näher, bis sie seinen Atem auf ihrem Gesicht spürte. Er hatte ganz feine Sommersprossen auf der Nase.

»Was tust du da?«

Ruby fuhr zurück. Sie hatten sich kaum berührt. Trotzdem tat es weh.

»Ich entscheide, wann du so weit bist. Bis dahin wirst du niemanden küssen, weil dein erster Kuss mir versprochen ist. Das wird dir eine Lehre sein, unbedacht Versprechen zu geben. Du kannst von Glück sagen, dass es nur ein Kuss ist. Nächstes Mal fordere ich vielleicht deine erste Liebe. Oder dein erstes Kind.«

Er drehte sich um und ließ sie stehen. Einfach so. Gedemütigt und so unfassbar zornig. Sie war zu keinem klaren Gedanken mehr fähig. Außer dem, wie sehr sie ihn hasste, hasste, hasste und ihm wehtun wollte, so wie er ihr wehtat. Ihre Hand fand den Stein in ihrem Ausschnitt und ohne nachzudenken, zielte sie auf Kais Hinterkopf.

Kais Arm schnellte nach oben und fing Omar Chattab im Flug auf.

»Omar Al–Chattab Ibn Khalid Al–sham'ah Ben Majidatulroumi. Was führt dich in diese Region?« Er sah bedeutungsvoll zwischen Rubys Brüste. Hastig zerrte sie ihren Body hoch. Hatte der Kerl hinten auch Augen oder was?

»Ach, Geschäfte, mein Freund. Immer dasselbe.«

»Ist es ein Zufall, dass unsere unwissende Freundin auf einmal von Auren redet, nachdem sie dir begegnet ist?« Kais Stimme klang zwar freundlich, doch Ruby hörte ohne Zweifel einen gefährlichen Unterton mitschwingen.

»Ika, Kumpel. Was denkst du von mir? Ich bin auf deiner Seite, Amigo.«

»Dann ist ja gut.« Er klatschte Ruby den Stein in die Hand. Jetzt war sein Blick eindeutig unterkühlt. »Super Freundesauswahl. Nein, ehrlich, herzlichen Glückwunsch zu deinem Tiefgang.« Seine grünen Augen funkelten wie die einer Katze. Al–Chattab ächzte in ihrer Hand, weil sie ihn unbewusst zusammendrückte. Wut flackerte in ihr auf.

»Er gibt mir wenigstens Antworten.«

Kai war bereits auf dem Weg zur Tür. Sie konnte an seinem Rücken sehen, wie er sich versteifte.

Langsam drehte er sich um.

»Antworten muss man sich erst verdienen. Was hast du bisher getan, außer für Unruhe zu sorgen und dämliche Fragen zu stellen? Die Antwort ist: *Du* hast keine Aura. Eigentlich solltest du überhaupt nicht hier sein. Du bist so farblos wie Wasser, durch und durch unmagisch.« Er spie das letzte Wort vor ihre Füße und verschwand mit einem Satz aus der Tür. Sie knallte fest ins Schloss. Der Eichelhaufen auf Gnarfels Tisch kam ins Rollen und verteilte sich kullernd und klackernd über den Boden.

»Du hättest eben nicht fragen sollen«, meldete sich der Stein.

»Omar Al–Chattab Ibn Obn Hatschi Hupsi Hopsi, oder wie auch immer du heißt. Vielleicht steckst du dir deine verdammten Ratschläge besser sonst wo hin.«

»Omar Al–Chattab, mein Rufname. Ich hatte mich bereits vorgestellt.« Der Stein verzog beleidigt den Mund. »Verrate mir weiterhin, Gnädigste, wo soll ich meine Ratschläge hinstecken?«

»In deinen … okay, ich vermute, du hast keinen.« Ruby musste lachen. »Warum ist er so wütend geworden?«

»Er ist empfindlich. Denk nicht darüber nach.«

»Ich will es wissen.«

»Du bist sturer als jedes Kamel.« Omar Chattab seufzte zum Steinerweichen. »Möglicherweise habe ich ihm einmal einen unglücklichen Rat gegeben. Lange her. Völlig unbedeutend. Vergiss es wieder, Prinzessin.«

»Warum ist er wütend auf mich?«, beharrte Ruby.

»Frag ihn!«

Ruby brummte. Dieser verdammte Stein würde ihr kein bisschen behilflich sein.

»Hast du wenigstens seine Aura bemerkt?«

Ruby schüttelte niedergeschlagen den Kopf.

»Nicht? Dabei brennt hier fast der Boden, wenn ihr zusammen in einem Raum seid. Kai war nie besonders begabt darin, seine Aura zu verschleiern.« Der Stein hustete und spuckte eine Ladung Sand auf den Boden.

»Wieso verschleiern? Ich dachte, ich soll die Aura bemerken?«

»Denk nach, du Krümel! Es ist gefährlich, wenn man seine Gabe so offen vor sich herträgt. Insofern ist es möglicherweise ganz geschickt, dass deine so unscharf ist.«

»Unscharf?«, hakte sie nach.

76

Der Stein räusperte sich krampfhaft. »Versuche dich zu erinnern, Prinzessin. Du hast Kais Aura nicht gesehen, aber möglicherweise hörst du sie in Form eines leisen Tons. Oder du fühlst sie. Wie eine feine Schwingung, eine Vibration, eine Änderung der Temperatur. Oder kennst du den Geschmack im Mund, wenn du Orangensaft auf nüchternen Magen getrunken hast?«

»Wie bitte?« Sie sollte diesen bescheuerten Stein in ein Loch stopfen und verrotten lassen. Bisher hatte er sie nur in Schwierigkeiten gebracht, faselte von Käse und Mundgeruch und war zudem ein schrecklicher Jammerlappen.

Omar Chattab biss sie in die Hand. »Pass gefälligst auf, wenn ich mit dir rede!«

»Immer wenn ich in Kais Nähe komme, tut es weh«, platzte Ruby heraus und fühlte sich, als hätte sie ein Geheimnis ausgeplappert.

Der Stein lachte dröhnend. »Interessant!«

Was hatte sie Kai getan? Anscheinend reichte ihr Anblick aus, um ihn regelmäßig zum Überkochen zu bringen.

Rubys Herz krampfte sich zusammen. »Er hasst mich!«

Omar Chattab grinste schief. »Denk nicht drüber nach, du kleine Wüstenrennmaus. Lass uns lieber an deiner Aura arbeiten. Du musst dir deiner selbst ganz sicher sein. Sicherer als sicher. Nur wenn du glaubst, nein, weißt, dass das, was du da tun wirst, schlichtweg genial ist, wird es dir gelingen.«

Ruby stieß den Atem aus. »Das krieg ich niemals hin, Oma Käthe, *das* weiß ich mit einhundertprozentiger Sicherheit.«

»Tja«, seufzte der Stein. »Du weißt ja, wo du mich findest, wenn du deine Meinung änderst.« Er schielte auf ihren Ausschnitt. Ruby verzog einen Mundwinkel zu einem halbherzigen Lächeln und steckte ihn in ihren Body.

Ali kam mit einem vor Bratensaft tropfenden Stück Fleisch aus der Küche. »Wo ist Kai?«

Ruby deutete schulterzuckend auf die Tür. »Abgehauen.«

Ali holte scharf Luft. »Jetzt? Und die Nachtschatten? Hat er wenigstens eine Waffe dabei?«

Bei Alis beunruhigter Miene zog sich Rubys Magen zusammen. Ali stellte den Teller nachlässig auf einem Sofa ab. Bratensoße lief auf den

77

Bezug. Er sah aus dem Fenster, wo bereits die Dämmerung über dem Wald hereinbrach. Mit gestrafften Schultern ging er zur Tür.

»Es ist für ihn zu gefährlich, allein in der Lampyria zu sein. Ich muss etwas erledigen. Dann suche ich ihn. Du kannst ja was essen.« Er schnappte sich Gnarfels Lasso.

»Ich will nichts essen«, fauchte Ruby heftig. Die beiden glaubten wohl, sie wäre ein richtiger Fresssack. »Kann ich mitkommen?«

Ali verharrte mitten im Türrahmen. »Nein! Du bleibst hier.«

Dann war sie allein.

Kai

Kai schüttelte seine Arme aus. Es kribbelte immer noch bis in die Fingerspitzen.

Dieses Mädchen machte ihn wahnsinnig. Wie konnte jemand so unfähig sein, Gefühle zu verbergen? Jede Regung lief unverschleiert über ihren kleinen Trotzmund oder über diese abartigen Augen. Wie sollte man sich da überhaupt konzentrieren können, wenn einen jemand so anglotzte.

Was ihn am meisten aufregte, war ihre unmögliche Art. Normalerweise versuchten die Mädchen wenigstens, ihm zu gefallen. Aber sie? Nein, sie nicht. Weil sie sich anscheinend so sicher war, dass er sie sowieso nie anfassen würde.

Würde er ja auch nicht.

Unter keinen Umständen!

Was war überhaupt in ihn gefahren, diesen verfluchten ersten Kuss von ihr zu fordern? Nun dachte sie, er wollte etwas von ihr. Von ihr! So ein Bullshit!

Kai fluchte und rieb seine Hände an eine Rinde. Der direkte Kontakt mit der Lampyria erdete ihn. Das Kribbeln ließ endlich nach.

Warum sollte ausgerechnet er ihre Fähigkeiten testen? Ali war viel besser dafür geeignet. Sein Freund hatte offensichtlich einen Draht zu ihr, so wie die beiden immer die Köpfe zusammensteckten. Natürlich fasste sie sofort Vertrauen zu Ali, er war ja auch so was von verständnisvoll. Kai biss die Kiefer zusammen und trat einen trockenen Ast aus dem Weg.

Gesang drang an sein Ohr und er rollte mit den Augen. Besser er ließ Ali sein Ritual ungestört vollziehen. Außerdem hatte er gerade überhaupt keine Lust, mit ihm zu reden, schon gar nicht, wenn er wieder in seiner spirituellen Phase war.

Er drehte auf dem Absatz um und rannte direkt in Gnarfel hinein. »Verdammt!«

»Das kannst du laut sagen. Wie oft muss ich dich daran erinnern, deine Aura zu verschleiern, wenn du allein bist? Du warst so leicht zu finden wie ein Leuchtturm.«

Kai biss die Zähne fester zusammen. Er musste sich dringend zusammenreißen, sonst würde er Gnarfel eine reinhauen, obwohl er weder der Grund für seinen Zorn war, noch jemand, den er überhaupt schlagen konnte. Trotz seiner dürren Ärmchen und dem Buckel – er war ein ehemaliger Lichtritter und nicht irgendeiner. Einer der besten. Unehrenhaft entlassen, weil er seine Liebe nicht verleugnen wollte.

Kai rieb sich über das Gesicht.

»Wieder alles im Griff?«, fragte Gnarfel und stieß ihn gegen die Schulter. Kai verfluchte seine Unfähigkeit, seine Aura zu kontrollieren. »Du solltest dich von diesem Mädchen nicht so aus der Bahn schmeißen lassen.«

Gnarfel versetzte ihm wieder einen Schlag, diesmal auf den Hinterkopf.

»Knurr mich nie wieder an. So wirst du kein annehmbarer Ritter.«

»Wer will schon so ein beschissener Ritter werden?«, brummte Kai.

»Ja, die Mädels. Die sind ein Argument.« Gnarfel lachte. Er klang wie ein sterbender Igel.

»Quatsch!« Kai blitzte ihn wütend an. »Ich hab bloß keinen Bock auf dieses scheiß Gruppenkuscheln in eurer Gilde. Wo sind sie denn überhaupt, deine lieben Kollegen? Wenn man sie mal brauchen könnte, verkriechen sie sich in den letzten salvyanischen Dreckslöchern.«

»Sprich anständig über sie. Die Lichten Ritter sind ehrenhaft auf Lebenszeit. Nur weil sie im Moment inaktiv sind –«

»Ach, du verteidigst sie auch noch? Obwohl sie dich rausgeschmissen haben?«

»Ich habe um meine Entlassung gebeten, weil ich das Zölibat nicht einhalten konnte. Den anderen Grundsätzen bin ich dennoch treu geblieben.«

Kai stierte Gnarfel einen Moment an. Er war immer davon ausgegangen, der General hätte Gnarfel gefeuert. Gnarfel musste das Mädchen sehr geliebt haben, für das er die Gilde verlassen hatte.

»Das habe ich und ich tue es noch«, sagte Gnarfel sanft, als ob Kai seine Gedanken laut ausgesprochen hätte.

Kai schnaubte. »Lass das!«

»Lass du das.« Gnarfel stupste ihn in die Seite. »Sobald die Kleine ein wenig Aurakontrolle hat, wird sie dich fertigmachen. Ich an deiner Stelle würde mich vorbereiten.«

»Und ich an deiner Stelle würde mir darum keine Sorgen machen. Sie hat keine Aura und wird auch nie welche haben. Amy hat sich getäuscht.«

»Ausgeschlossen.«

»Wie kannst du dir da so sicher sein?«

»Amy täuscht sich nicht. Die Kleine hat euch durch das Portal gebracht. Bring sie zum Internum und sieh, was geschieht. Wenn sie die Prophezeite ist, ist sie der Schlüssel zu allen Toren. Dann wird sie auch den Zugang ins Schattenreich für euch öffnen. Wenn du sicher sein willst, machst du es so. Oder du glaubst mir und meiner jahrelangen Erfahrung und testest sie hier, wo ich euch etwas unter die Arme greifen kann.«

»Sie will aber nicht, dass man ihr unter die Arme greift.«

Gnarfel lachte bellend. »Kai, komm schon, benimm dich ritterlich.«

»Ich bin kein Ritter. Es reicht, wenn wir einen Fanatiker in der Gruppe haben.«

Gnarfel folgte Kais Blick in die Richtung, aus der der Gesang in einem dauernden Crescendo auf ein Maximum angeschwollen war.

»Immer am Beten, was?« Er nickte nachdenklich. »Hör auf mich, ihr seid noch nicht so weit. Amy hält schon ein bisschen durch. Sie wäre entsetzt, dass ihr euch für sie in Gefahr begebt. Teste die Kleine und kümmer dich um deinen Freund. Er könnte viel stärker sein, wenn er Wurzeln hätte.«

Mit diesen Worten klopfte er Kai erneut heftig auf den Rücken. Dann verschwand Gnarfel ebenso lautlos im Wald, wie er gekommen war.

Ruby

Ihre Knie gaben nach.

Keiner der anderen war zurückgekommen und sie hatte es in der stickigen Hütte nicht länger ausgehalten. Über den Wipfeln wurde es bereits stockdunkel.

Sie war so müde. Die verrückte Fahrt mit dem Auto, der Nachtschattenangriff, ihr Säuselnussrausch und dann hatte sie diese Albträume gehabt. Zum krönenden Abschluss kam ihr Beinahe–Sturz in das gruselige Loch dazu. Sie musste unbedingt Ali fragen, was es damit auf sich hatte.

Ein Knurren drang aus dem Gebüsch an ihrer Seite. Dann gab es eine Explosion und der Busch stand in hellen Flammen. Ruby sprang auf die schmerzenden Füße und rannte, bis sie mit Seitenstechen anhalten musste. Der Mond war am Himmel aufgegangen.

Jemand sang. Es klang fremd und wehmütig und hinterließ ein Ziehen in ihrem Herzen.

Es war nicht Kai, der sang. Die Stimme war zu wenig rau, nicht eindringlich genug. Vorsichtig drückte sie sich um einen dicken Baumstamm herum. Die Silhouette eines Jungen hob sich undeutlich von der Dunkelheit ab. Er trug kein Hemd und das Mondlicht spiegelte sich weich auf den Rundungen seiner Muskeln. Schwarze Tätowierungen bewegten sich auf der Haut. Er wiegte seinen Körper sanft im Rhythmus der Melodie.

Ruby zog den Stein aus ihrem Ausschnitt. »Was tut Ali da?«

»Das ist für dich uninteressant, Prinzessin«, zischte Omar Chattab leise.

»Vielleicht würde ich ihn dann besser verstehen. Hilf mir doch nur ein einziges Mal! Ich dachte, dafür wärst du da?«

»Es bringt nur etwas, wenn du es selbst erkennst. Verständlich, dass du mich für allwissend hältst, schließlich bin ich ein Stein von Welt. Aber so ganz –«

Kais aufgebrachte Stimme drang zu ihnen herüber. Ruby lugte aus ihrem Versteck hervor. Bloß nicht erwischen lassen.

Kais Körper bebte. Die Fäuste an seinen Seiten, das störrisch hochgereckte Kinn, alles an ihm verriet seine Anspannung. Ali wirkte dagegen vollkommen gelassen. In aller Seelenruhe hob er sein Hemd auf, schüttelte das Laub ab und warf es sich locker über die Schulter.

»Ich diskutiere mein Beten nicht mit dir, Kai.«

Kai fuhr sich durch die Haare, wonach sie noch zerzauster vom Kopf abstanden.

»Okay, lass uns unser anderes Problem besprechen: unser Fettanhängsel.«

»Nenn Ruby nicht so.«

Kai lachte, wurde jedoch auf Alis warnenden Blick hin wieder ernst. »Was hast du gesehen?«

Ali legte den Kopf leicht in den Nacken. »Kai«, stöhnte er.

»Komm schon! Ich will weder ihren salvyanischen Namen, noch die Farbe ihres Höschens wissen. Ich frage dich nur …« Er leckte sich über die Lippen. »Ist sie es?«

Ali kniff sich mit Zeigefinger und Daumen in die Nasenwurzel. »Könnte sein. Keine Ahnung.«

»Was meinst du damit?«

»Ich habe Ruby wie durch eine angelaufene Fensterscheibe gesehen. Es war alles äußerst unscharf.«

Kai lachte. »Passt ja. Unscharf ist sie.«

Ruby schnaubte empört und schlug sich dann die Hand vor den Mund. Auf keinen Fall sollten die beiden ihre Lauscherei mitbekommen. Omar Chattab gab ein ersticktes Geräusch von sich.

»Wovon reden die?«, fragte ihn Ruby und nahm eilig ihre Hand von seinem Mund.

Omar Chattab atmete übertrieben keuchend ein und aus, ehe er Ruby ansah. Am liebsten hätte sie ihn geschüttelt. Hatte man schon jemals einen Stein ersticken sehen?

»Ali ist ein Namensgeber.« Omar Chattab sog wieder pfeifend den Atem ein.

»Das sagt mir nichts.«

»Jemand, der die Namen von Menschen und Dingen sieht. Die richtigen Namen, die, die ihre Seele beschreiben. Damit hat er eine große Macht über sie.«

»Er hat mich Ruby genannt.«

Omar Chattab schnalzte mit der Zunge. »Das ist natürlich nicht dein salvyanischer Name. So ein Seelenname ist streng geheim. Niemand darf ihn erfahren, sonst begibst du dich in größte Gefahr.«

»Aber Ali kennt ihn? Was hat das mit der unscharfen Aura und diesem ganzen Zeug zu tun?«

Omar Chattab kniff den Mund zusammen und war zu keiner weiteren Antwort bereit, obwohl Ruby ihn probehalber schüttelte. Schließlich steckte sie ihn zurück an seinen Platz und konzentrierte sich wieder auf das Streitgespräch der Jungen. Ali hatte sich vor Kai aufgebaut.

»Hast *du* sie zu einer Reaktion gebracht?«

Kai schüttelte den Kopf. »Ich habe keinen Schimmer, warum das ausgerechnet an mir hängen bleibt. Ich bin schließlich keiner, der hier nächtelang den Mond anheult und seine Aura –«

Ali packte Kai fest am Kragen. Selbst mit einer blitzschnellen Bewegung konnte Kai nicht ausweichen.

»Das ist etwas anderes, und wenn du ihr davon ein Sterbenswörtchen sagst, bekommen wir beide Ärger.«

Kais Augen hatten sich nur eine Sekunde lang im Schreck geweitet. Ruhig löste er Alis Hände von seinem Shirt und klopfte ihm auf die Schulter. »Alter! Wer bin ich? Dein bester Freund oder was? Ich würde niemals dieser Unscharfheit etwas über deine Vergangenheit erzählen.«

Ruby hielt den Atem an.

»Ich weiß. Entschuldige.« Ali legte ihm seine Hand auf die Schulter und Kai sackte ein wenig in sich zusammen.

»Morgen teste ich sie. Jetzt schläft sie, nachdem sie die ganze Hütte ausspioniert hat. Als ob sie irgendetwas finden würde. Sie würde es nicht einmal verstehen, wenn sie etwas findet.«

Kai hatte sie beobachtet? Rubys Herz raste auf einmal, wie nach einem Hundertmeterlauf.

In dem Moment drehte Ali sich zu ihr um und sah genau in ihre Richtung. Ruby glitt in ihr Versteck zurück. Er hatte sie gesehen. Eindeutig. Seine Augen hatten sich kurz verengt. Gleich würde er sie hinter dem Baum hervorzerren.

»Warum bist du so gemein zu ihr?«, hörte sie Alis unverändert ruhige Stimme.

Ruby biss sich auf die Lippen.

»Was?« Kai klang schrecklich genervt.

»Sie hat dir nichts getan. Im Gegenteil. Sie hat uns nach Salvya zurückgebracht, mein Freund.«

»Sie hat Amy —«

»Blödsinn. Amy hatte es übertrieben. Sie war geschwächt. Die Gardisten waren nur im richtigen Moment bereit und du weißt es auch.«

Kai schwieg.

»Was ist es also?«, hakte Ali nach.

Ruby konnte sich nicht davon abhalten, erneut aus dem Schutz des Baumstamms zu rutschen.

Kai stand mit fest vor der Brust verschränkten Armen und trotzig vorgeschobener Unterlippe da und sagte kein Wort.

»Du musst damit aufhören. Sie kann keine Aura entwickeln, wenn du sie immer so verunsicherst.«

»Null Ahnung, wovon du sprichst, Alter. Sie hat keine Aura und wird auch nie eine haben. Wenn ich sie ins Nihilum fallen lassen hätte, wäre es nicht schade um sie gewesen. Sie ist ein verdammter Niemand und das werde ich euch auch beweisen.«

Nun war es Ruby egal, ob die beiden sie sahen. Sie trat auf die Lichtung und das Mondlicht schien ihr mitten ins Gesicht, wie Scheinwerfer, die auf sie gerichtet waren. Ali hakte Kai unter und zog ihn in die entgegengesetzte Richtung.

Omar Chattab gab aus ihrem Ausschnitt tröstende Zischlaute von sich und erst da bemerkte Ruby, dass sie weinte.

»Ist ja gut, Kleines. Er sagt es nur, weil er so ein dummer Junge ist. Er meint es nicht wirklich so.«

Kapitel 8

Kai

*She's a princess without a crown.
Instead of a robe she wears a nightgown.
There's nothing princessy at all,
But when I see her, I fall...«*

Ruby

Auf einmal war ihr alles gleichgültig. Egal, ob sie in der Lampyria übernachten musste oder ob die Drachen ihre Flucht bemerkt hatten. Sie reagierte nicht auf Al-Chattabs Versuche, sie durch Plaudereien abzulenken und stapfte so lange durch den glühwürmchenerleuchteten Nachtwald, bis sie irgendwann vor Gnarfels Behausung stand. Sie kroch auf ihre Decke, rollte sich zusammen und versuchte, Kais blöden Gesang und sein Gitarrengezupfe auszublenden. Obwohl sie so erschöpft war, wie nie zuvor in ihrem Leben, dauerte es ewig, bis sie einschlief.

Etwas bohrte sich zwischen ihre Rippen.

»Wer nachts durch den Wald spazieren kann, kann auch aufstehen.«

Ruby blinzelte. Kai sah aus, als müsse er einen schlafenden Pitbull wecken. Sie brummte und rollte sich auf die andere Seite.

»In Salvya wird man dafür gehängt, wenn man die falschen Leute belauscht.«

Ruby zog sich die Decke über die Ohren. »Hau ab, Kotzbrocken!«

»Ne, Prinny, steh auf. Du hast deinen Säuselnussrausch längst ausgeschlafen.«

»Was soll das sein, Prinny?«, krächzte sie.

»Kennst du nicht diese blauen, holzbeinigen Pinguine, die explodieren, wenn man sie irgendwo dagegen wirft?«

Natürlich bemerkte sie seinen aufgesetzten Humor. Vermutlich wünschte er sich sehnlichst, sie im Wald verrotten zu lassen.

»Kann dir doch egal sein, was die Unscharfheit macht.« Obwohl ihr viel zu heiß war, zog sie sich die Decke komplett über den Kopf. In ihrem Rücken war alles ruhig. War Kai gegangen? Sie hielt die Luft an und lauschte angestrengt. Kai war weg. Eine unerklärliche Enttäuschung breitete sich in ihr aus und sie stieß wütend über sich selbst den Atem aus.

»Versteh einer die Frauen. Da will man nett sein und dann wird man nur angefaucht.«

Ruby setzte sich auf. Sie wollte sich lieber nicht ausmalen, wie ihre Haare aussahen. Wie eines dieser metallenen Topfschwämmchen vermutlich.

Kais raues Lachen brachte das Fass zum Überlaufen. Wieso regte dieser Typ sie so auf? Er war ein Idiot. Es sollte ihr vollkommen egal sein, was er von ihr hielt.

Mit einem Satz war sie aufgesprungen und baute sich vor ihm auf. Kais Augen wurden kugelrund.

»Weißt du was? *Das* habe ich nicht nötig. *Dich* habe ich nicht nötig. Dieser ganze Phantasiescheiß geht mir auf die Nerven. *Du* gehst mir am allermeisten auf die Nerven, kapiert? Jetzt lass mich gefälligst in Ruhe!«

Ruby atmete dreimal nach Ashwinkumar-Art aus.

»Willst du mich davonblasen? Da wirst du aber einiges an Kalorien verbrennen, ich bin nämlich felsenfest mit dieser Welt verankert – ganz im Gegensatz zu dir.« Er grinste zufrieden.

»In deiner Gegenwart werde ich zwangsweise abnehmen. Mir kommt da nämlich grad was hoch.«

Kais Miene verfinsterte sich. »Hey, du Zicke. Ich hab absolut keinen Bock auf dein Theater. Entweder du stehst auf oder du bleibst liegen, bloß schrei nicht so rum. Wir sind immerhin Gäste hier.«

»Ja, bei einem ach so freundlichen Gastgeber.«

»Du bist wirklich saublöd. Wie oft muss man dir erklären, hinter die Fassade zu sehen? Gnarfel ist der ehrenwerteste, gastfreundlichste und phantastischste Kerl, der dir in deinem langweiligen Kackleben bisher begegnet ist, aber du siehst ja nur seine Erscheinung. Wir sind nicht mehr in deiner blöden Seifenblasen-Ponyfarm.« Kais Lautstärke steigerte sich, wodurch man ihn sicher in der ganzen Lampyria hörte.

»Mein Gott, dann nehmt euch halt ein Zimmer«, brüllte Ruby zurück. »Jedenfalls würde ich lieber mit Gnarfel ins Bett gehen, als mit dir.« Dann war er weg. Die Tür vibrierte eine gefühlte halbe Stunde nach.

Am liebsten wäre Ruby den ganzen Tag liegen geblieben. Nicht einmal der Duft nach gebratenen Eiern konnte sie aus dem Bett locken. Dennoch, sie musste sich bewegen, sonst würde sie durchdrehen.

Der Wohnraum war wie ausgestorben. Erleichtert atmete sie auf. Sie wollte heute niemanden mehr sehen.

Lustlos nagte sie an einer Brotrinde. Draußen schien die Sonne, Raureif lag auf dem Moos und den Blättern. Die kühle Luft würde das Brennen ihrer Augen lindern.

Die Lampyria empfing sie mit einem herrlichen Frühlingserwachen. Vögel zwitscherten und zarte Blümchen lugten zwischen den Wurzeln hervor.

Ein Sirren in der Luft ließ sie herumfahren. Etwas flog haarscharf an ihrer Nase vorbei. Fassungslos starrte Ruby auf das Messer, das federnd in einem Baumstamm an ihrer Seite stecken blieb.

Kai stand ein paar Schritte von ihr entfernt, mehrere Klingen lagen in seiner Hand. Ohne darauf zu achten, ob Ruby aus dem Weg ging, warf er in schneller Folge auf den Stamm. Seine Züge waren hart vor wütender Konzentration. Er traf jedes Mal.

»Wenn du mich abschießen willst, musst du dir mehr Mühe geben«, sagte Ruby mit einem Kratzen im Hals. Warum musste sie auch ausgerechnet über Kai stolpern?

Ohne sich umzudrehen, zog er ruckartig die Klingen aus dem Holz.

»Du nimmst dich zu wichtig. Ich trainiere, das ist alles.« Er sah angestrengt auf sein Ziel. Erneut begann er, den Stamm zu attackieren. Dieses Mal sprangen die meisten Messer von der Rinde ab und landeten im Moos.

»Tja, dann will ich dich nicht stören, offenbar hast du Training nötig«, schnappte sie. Er biss die Zähne zusammen. Selbst auf die Entfernung hörte Ruby sie knirschen.

»So lerne ich wenigstens, konzentriert zu bleiben. Dein sinnloses Geplapper muss ich halt ausblenden.« Das nächste Messer prallte vom Baum ab. Irritiert sah Kai dem Wurfgeschoss hinterher, als es auf den Boden plumpste.

»Sehr beruhigend. Ein plapperndes Mädchen wirft dich also derart aus der Bahn, dass du nicht einmal mehr einen meterdicken Stamm aus ein paar Schritten Entfernung triffst«, höhnte sie.

Blitzschnell war er bei ihr. Sie schnappte nach Luft. Er packte sie und warf sie mit gefährlich glitzernden Augen zu Boden. Schwer hockte er sich auf ihren Brustkorb, bis die Luft aus ihrer Lunge mit einem Stöhnen entwich. Kai hielt ihr ein Messer an die Kehle. Seine grünen Haare hingen ihm tief in die Stirn. Die kalte Klinge kratzte an ihrem Hals.

»Ich habe kein Fünkchen Aura gebraucht, um dich zu überrumpeln.« Verachtung klang aus seiner Stimme. Er nahm das Messer von ihrem Hals und wog es nachdenklich in der Hand. »Du bist blind und taub. Verletzbar, als ob du keine Haut hättest.« Er saß immer noch auf ihrer Brust und raubte ihr den Atem. »Du kannst froh sein, wenn so ein miserabler Kämpfer wie ich auf dich aufpasst.« Beim Aufstehen verpasste er ihr einen kleinen Schubs.

»Wie meinst du das, blind und taub?«

Etwas klatschte gegen ihren Hinterkopf. Sie fuhr herum, aber niemand stand dort. Jemand ziepte sie an den Haaren. Im nächsten Moment fuhren Fingerspitzen über ihren Oberschenkel. Ein warmer Lufthauch streifte ihren Hals. Sie wirbelte herum, versuchte zu begreifen, wer oder was sie anfasste, doch sie sah und hörte nach wie vor niemanden. Nicht einmal einen Schatten.

»*Das* meine ich.«

Sie schrie auf. Er war so plötzlich neben ihr aufgetaucht, als hätte er sich aus der Luft materialisiert.

»Wie machst du das? Kannst du dich unsichtbar machen?«

Er lachte spöttisch. »Das ist überhaupt nicht nötig. Du bist nur so dermaßen langsam. Es ist fast schon mühsam, dir zuzusehen. Man schläft ein dabei.« Er griff erneut nach seinen Messern und beförderte eines mit einer lässigen Bewegung in die Mitte des Baumstamms. Falls ihn das überraschte, zeigte er es mit keiner Regung. »Du hast keinerlei

Begabung darin, Auren wahrzunehmen. Da ist nichts, womit man auch nur ansatzweise arbeiten kann.«

Sie spannte die Kiefermuskeln an. »Was sollte mir diese Aura denn bringen, wenn mich einer angreift?«

»Du könntest den Angreifer mit geschlossenen Augen sehen. Egal, wie schnell er ist. Seine Absicht riechen, ehe er selbst weiß, was er vorhat. Deine Aura verstärken, bevor er dich trifft. Du hast hunderttausend Möglichkeiten, wenn du deine Aura beherrschst. Da du es jedoch nicht kannst, bist du so hilflos wie ein Baby.« Er wirkte zufrieden mit sich und schleuderte ein weiteres Messer in den Baum, wo es stecken blieb. Ruby schloss für einen kurzen Moment die Augen und fühlte den Schmerz, den Kais Nähe bei ihr auslöste. Ihre Haut brannte, wie wenn sie zu nah am Feuer stehen würde.

»Greif mich an.«

»Wie bitte?« Kais Stimme ließ keinen Zweifel daran, wie lächerlich er ihre Aufforderung fand.

»Mach schon!«

Er zuckte mit den Schultern. Sie senkte die Lider und folgte den elektrischen Schwingungen. Sie flossen um sie herum wie Nebelschwaden. Endlich kam er ihr nahe. Wie eine Schlange schnellte ihr Arm vor und packte zu. Sie knüllte ein Stück seines Ärmels in ihrer Faust zusammen. Er sah mäßig beeindruckt aus und strich das lädierte T-Shirt glatt.

»Du bist immer noch zu langsam. Wie soll dir das helfen? Willst du deinen Gegner zu Tode ausziehen?«

»Sagt der unsichtbare Grapscher. Wenn ich dir die Klamotten vom Leib reiße, könnte dir das durchaus schaden.«

»Da bin ich sicher.« Gnarfel trat hinter der Hütte hervor. Ruby legte ihre gesamte Abneigung in den Blick, den sie ihm zuwarf. Gnarfel lachte asthmatisch und winkte ab. »Siehst du, Kai? Denk daran, was ich dir gesagt habe.«

Kai schnaubte ungläubig auf. »Sie hat mich nur zufällig erwischt.«

Wie bitte? Das war ja wohl die Höhe! Ruby krempelte ihre Ärmel hoch. »Noch mal!«

»Was?«

»Du hast mich schon verstanden. Du brauchst mich auch nicht zu schonen. Los, mach mich fertig! Zeig, was du kannst!«

Gnarfel rieb sich kichernd die Hände.

Kais Augen waren zu Schlitzen verengt. Sie hatte keine Chance, seinen Bewegungen mit den Augen zu folgen. Stattdessen musste sie sich ganz auf dieses schmerzhafte Brennen konzentrieren.

Sie atmete so flach wie möglich. Die Härchen auf ihren Armen richteten sich auf. Er war schon da, ganz nah an ihrer Seite, spielte mit ihr. Noch durfte sie nicht verraten, dass sie ihn spürte, sonst würde er ausweichen. Sie musste ihn näherkommen lassen.

Komm schon, komm schon, komm ...

Ruby wirbelte herum. Im Reflex schlang sie die Arme um seine Hüfte. Die Kraft des Stromschlags riss sie beide von den Füßen. Seltsamerweise trennte der Schlag sie nicht, sondern schien sie sogar zusammenzuschweißen. Eng umschlungen sanken sie auf den Waldboden.

Gnarfel lachte dröhnend los.

»Kai, glaub mir, das Mädel ist gefährlich. Sie will dir unbedingt an die Wäsche.«

Mit glühendem Kopf machte Ruby sich von Kai los. Er sah sie nicht an und klopfte sich den Dreck aus den Jeans. Im nächsten Moment war er in der Lampyria verschwunden.

Gnarfel verzog sich zufrieden grunzend in seine Hütte.

Ruby fühlte sich auf einmal vollkommen leer. Hungrig und ausgelaugt. Sie setzte sich einfach in das frische Gras und versuchte zu verstehen, was eben passiert war. Hatte sie Kai wirklich überrumpelt?

Kai

Noch nie hatte er gegen jemanden in einem Speed–Aura–Kampf verloren. Schon gar nicht gegen ein Mädchen – ein auraloses Mädchen.

Kai fuhr über die Blasen, die sich auf seiner Haut gebildet hatten. Es geschah ihm ganz recht, dass er litt. Nur weil er ihr beweisen wollte, was für ein sagenhafter Auramagier er war. Unbewusst krallte er sich in seinen Arm. Der Schmerz tat gut.

»Es hilft dir wohl kaum weiter, wenn du dir die Haut abreißt.«

Ali. Natürlich! Er war ja immer da mit seiner gottverdammten Gelassenheit und seinen klugen Sprüchen. Nur konnte Kai sie im Moment echt nicht gebrauchen.

»Ali, lass es«, setzte er an.

Ali wäre nur nicht Ali, wenn ihn das abgeschreckt hätte. Er kam mit diesem nervig durchdringenden Blick, den er immer draufhatte, wenn er ein Psychogespräch führen wollte, auf ihn zugeschlendert. Kai wich automatisch zurück.

»Kai. Du kannst ebenso gut zugeben, dass du dich in sie verliebt hast.«

Plötzlich war da keine Luft mehr. Heißer Zorn brodelte in seinem Bauch und es kostete ihn all seine Selbstbeherrschung, Ali keine reinzuhauen. Seinem allerbesten Freund.

»Pass mal auf, Alter!«, presste er mühsam hervor und wusste selbst nicht so genau, warum Alis Geschwätz ihn so sauer machte. »Das ist totaler Bullshit! Hallo? Ich bin's, Kai. Erinnerst du dich an all die Chicks, die ich auf der letzten Tour vernascht habe? Sah da irgendeine so aus wie … wie *das* da?« Sein zitternder Arm zeigte zur Hütte.

»Nein.« Ali lächelte schief. »Die sahen für mich alle gleich aus. Kuhäugig, dämlich, wie diese blonden Plastikpuppen …«

»Ja. Das waren echte Barbies. Keine Panzer.«

Ali neigte den Kopf zur Seite. Da war er wieder, der Analyseblick. Kai hätte durchdrehen können.

»Deshalb meine ich es ja. Diese Mädchen fielen dir direkt zu Füßen. Sie waren so flach und langweilig.« Er rieb sich die Nase. Kai konnte nicht mehr stillstehen. Wenn Ali jetzt noch anfing zu philosophieren, würde er ausflippen.

»Du willst bestimmt auch wissen, was unter dem Panzer steckt, oder?«

Kai lachte hart auf. »Von mir aus, nenn sie eine Schildkröte. Ob sie ein Panzer ist oder einen trägt, es kratzt mich kein bisschen, was mit der los ist. Sie ist alles, was ich an Mädchen verabscheue: hässlich, nervig und dabei rechthaberisch. Und wenn du mich noch einmal fragst, ob ich in sie verliebt bin, fehlen dir ein paar Zähne, klar? Das ist vollkommen, absolut das Aller-, Allerletzte, was mir jemals passieren könnte.«

Er hatte es auf seine Wut geschoben, dass sein Rücken brannte, als ob er auf einem Nagelbrett gelegen hätte. Logischerweise war das Gefühl stärker geworden, während er sich in Rage geredet hatte.

Erst, als er das Schluchzen hörte, ergab alles plötzlich einen anderen Sinn. Etwas war hier furchtbar schief gelaufen.

»Verdammte Scheiße!«

Ali schüttelte nur den Kopf. Er sah noch trauriger aus und Kai hätte seinen Fluch am liebsten zehnmal wiederholt. Dafür blieb keine Zeit. Er musste hinter diesem Mädchen her. Ruby zurückholen, um Verzeihung bitten und ihr erklären, dass er das gar nicht so gemeint hatte. Auch wenn sie ihm das nie glauben würde. Die Schwerkraft auf seinen Schultern schien sich zu verdreifachen.

Ali legte ihm eine Hand auf den Rücken.

»Ich würde sagen, sie ist auch in dich verliebt.«

Kapitel 9

Ruby

Dichter Nebel zwängte sich zwischen die Bäume und tauchte den Wald in eine klamme Atmosphäre. Ruby trug mittlerweile kaum mehr einen trockenen Faden am Leib. Die Lampyria verlieh ihrem Kummer das passende Kleid.

Tränenblind stürzte sie zu Boden – und blieb liegen. Der kühle Moosteppich unter ihr tat den heiß geweinten Wangen gut. Sie presste die Stirn in piksende Tannennadeln.

Von Anfang an hatte sie Kai zum Kotzen gefunden. Warum also lag sie hier im Dreck und heulte wie ein Kindergartenkind?

Weil er sie hässlich und rechthaberisch fand und ... weil er ihr verdammt noch mal das Herz brach.

»Was soll eigentlich so phantastisch an dieser blöden Welt sein?«, brüllte sie in die neblige Lampyria hinein.

Der Wind fuhr zischend durch die Blätter. Ruby zog die Schultern zu den Ohren. Die Bäume flüsterten in einer unverständlichen Sprache miteinander. Äste knackten, von der Böe erfasst und bis an ihre Grenzen gebogen.

Ein Augenzwinkern später legte sich der Sturm urplötzlich. Ruby sprang auf und blinzelte. Die Stille des verstummten Waldes war noch viel unheimlicher als dieser heftige Wind. Sie wischte die Tränen aus ihren Augen, doch der Nebel war undurchdringlich und versperrte ihr die Sicht. Schaudernd rieb sie sich die Arme.

Das Geräusch berstenden Holzes war plötzlich überall. Sie fuhr herum, winzige Rindensplitter stachen ihr ins Gesicht. Etwas Riesiges, Finsteres schoss auf sie zu.

Ein Grab im Wald!

Ein tonnenschweres Gewicht knallte gegen ihre Brust, raubte ihr den Atem und presste sie zu Boden. Ruby hörte ein Knacken, das merkwürdigerweise aus ihr selbst zu kommen schien, dann wurde es dunkel um sie herum.

Kai

»Ruby, wo bist du? Komm schon, Prinny, ich hab's nicht so gemeint. Lass den Bullshit!« Er hörte, wie seine Stimme zitterte, obwohl er sich so bemühte, gelassen zu wirken.

Alis Psychiaterblick, der ihm immer das Gefühl gab, so durchschaubar wie eine Glasscheibe zu sein, gab ihm den Rest. Kai rieb sich die Arme. »Kalt hier.«

Endlich ließ sein Freund von ihm ab und sah sich suchend um. »Weit kann sie nicht gekommen sein. Sie scheint keine Sportskanone zu sein.«

Kai nickte und begutachtete das feuchte Moos. Nicht einmal Fußabdrücke waren zu sehen. Es war zum Aus-der-Haut-Fahren.

»Andererseits …« Ali zog die Schultern hoch wie immer, wenn er im Begriff war, etwas zu sagen, was Kai nicht gefallen würde. »Falls sie es ist, muss sie nur zufällig ihre Flü—«

»Sie ist es nicht«, widersprach er fest, obwohl seine Überzeugung mittlerweile ziemlich stark schwankte. »Du hast selbst gesagt, dass du sie nicht scharf sehen konntest.«

»Was, wenn das der Punkt ist? Ich meine, warum hat Thyra die Prophezeite bisher nicht gefunden? Wenn sie die Einzige ist, die ihr den Garaus machen kann, müsste Thyra daran gelegen sein, sie zu vernichten.«

Obwohl Kai dieser Gedanke auch schon gekommen war, schüttelte er den Kopf. »Du glaubst, es ist ein Trick? Sie schwächt ihre Aura, damit niemand sie findet?«

»Vielleicht nicht sie selbst.«

Kai starrte Ali an. Das war es! Natürlich hätte Ruby ihre Aura schwerlich von alleine so unscheinbar gemacht. Es war jemand anderes. Eine Person, die mit aller Macht verhindern wollte, dass Thyra sie in die Finger bekam.

»Königin Yrsa!«, hauchte er. »Das würde bedeuten …«

Ali nickte mit finsterem Gesicht. »Wenn das stimmt, hatte Ruby bisher kein schönes Leben.«

Kais Herz krampfte sich zusammen. Er war so ein Idiot. Die ganze Zeit hatte er dieses Mädchen behandelt wie das Allerletzte. Dabei war

Ruby nur das Opfer eines Machtkampfes zwischen zwei größenwahnsinnigen Schwestern, die in ihrem Hass über Leichen gingen. Er musste es wiedergutmachen. Er wusste nur noch nicht wie.

Ruby

Rubys Augenlider waren so fest zusammengepresst, dass sie kleine Sterne dahinter tanzen sah. Es schien weniger wahr, wenn sie nicht hinsah. Der süßlich–herbe Geruch von Tannennadeln vermischte sich mit dem metallischen Geschmack von Blut in ihrem Mund. Sämtliche Knochen fühlten sich an wie zu Mehl zerstampft. Jeder Atemzug jagte Schmerzwellen durch ihren bewegungsunfähigen Körper.

Ein unerträglicher Druck auf ihren Rippen ließ lediglich ein heiseres Stöhnen aus ihrem Mund dringen. Selbst das tat bis in die Zehen weh.

Ihre gequetschten Lungen schrien nach Sauerstoff. In ihrem Leib konnte nichts mehr heil sein, das spürte sie mit grausamer Gewissheit. Panik nahm sie in einen eisernen Klammergriff. Sie sperrte den Mund auf, saugte und schnorchelte, ohne dadurch mehr Luft zu bekommen.

Sie musste sich irgendwie ablenken. Für Ashwinkumars entspannte Nasenlöcher war sie eindeutig zu eingeklemmt. Sollte sie beten? Vermutlich hörten die salvyanischen Götter nur auf getanzte und gesungene Ringelreihen–Gebete. Sie konnte ja nicht mal singen.

Früher hatte sie oft und gerne gesungen, aus dem Bauch heraus und ohne auf den Text zu achten. Bis ihre Mutter gesagt hatte, sie bekäme Migräne von dem Gequietsche. Trotzdem hatte sie es nie lassen können. Fortan sang sie so leise, dass es keiner mehr hörte, außer ihr selbst.

Ohne den Mund zu öffnen, strömte das Lied aus ihr heraus.

She's a princess without a crown.
Instead of a robe she wears a nightgown.
There's nothing princessy at all,
But when I see her, I fall…

Kai

Er erstarrte.

Wahnvorstellungen. Akustische Halluzinationen.

Er drehte durch, eindeutig.

»Alles klar?« Erneut traf ihn Alis Therapeutenblick.

Kai schüttelte den Kopf und versuchte sich auf ihre Stimme zu konzentrieren. Sie war in ihm. Wie die Erinnerung an ein Lied – nur hatte er sie noch nie singen gehört.

Ihm wurde übel. Er wusste, was das zu bedeuten hatte, aber das war unmöglich.

Er stöhnte und ließ sich auf den feuchten Waldboden sinken.

Ali ging vor ihm in die Hocke und stützte die Unterarme auf die Knie. »Sprich mit mir, Kai! Ich kann dich nicht sehen.«

Ali sah ihn sehr wohl. Sein Freund verstand nur nicht, was er sah, weil nur er, Kai, Ruby hören konnte.

»Sie singt mein Lied.« Gerade war ihm kalt gewesen. Nun würde er sich am liebsten das T-Shirt vom Leib reißen.

Ali runzelte die Stirn. »Was für ein Lied?«

»Das, was ich neulich geschrieben habe. Über sie. Sie muss mir beim Spielen zugehört haben. Dabei dachte ich, sie schläft.«

Ali schüttelte den Kopf. »Kai, ich kann nichts hören.«

Ruby

Es war unmöglich, sich dagegen zu wehren, das Lied floss einfach so aus ihrem Innersten. Ein bisschen fühlte es sich an, als sänge ihr Herz oder ihre Seele. Das war absolut verrückt und unglaublich, aber anders ließ es sich nicht beschreiben. Sie hörte den Gesang, obwohl ihr Mund geschlossen war. Warum in aller Welt fiel ihr jetzt ausgerechnet Kais Lied ein? Wo sie sich letzte Nacht sogar die Ohren zugehalten hatte, um es nicht zu hören.

Weil er über sie sang.

Kais Lied hatte nur eine Strophe, aber sie wusste einfach, wie es weiterging.

He's a dragon with broken wings,
Poisoned by his very own stings.
He's not dragonish at all,
But every time I see him, I fall...

Kai

Kai hielt die Augen geschlossen. Lediglich das nervöse Zucken seiner Hand verriet, wie sehr Alis Stimme ihn in seiner Konzentration störte.

»Bestimmt hörst nur du es, weil es dein Lied ist«, vermutete Ali. »Oder, weil du so ein Musikgenie bist.«

Kai schüttelte den Kopf. »Herzensmusik«, erklärte er knapp. »Du kannst sie nicht hören, weil ihr Herz zu meinem singt.«

Verdammt! Was für tropische Temperaturen herrschten heute in der Lampyria?

Alis Mundwinkel zuckten kaum merklich. Kai hatte es dennoch gesehen. Wütend presste er die Lippen zusammen.

»Was singt sie denn?«, wollte Ali mit seiner Seelenklempnerstimme wissen.

»Von einem Drachen mit kaputten Flügeln«, brummte Kai unwillig. »Erspar's mir, bitte.«

Ali war wie ein Bruder für ihn. Er hatte jeden, wirklich jeden peinlichen Moment in Kais Leben miterlebt. Manchmal wünschte er sich, Ali würde auch ab und zu etwas erleben, worüber er sich lustig machen könnte.

»Wie funktioniert das mit den Herzen?«, unterbrach Ali wieder seine Gedanken.

»Sie singt nicht laut. Es ist wie eine Art innerer Verzweiflungsschrei. Sie singt mein Lied. Für mein Herz. Vielleicht ist auch nur mein Herz dafür empfänglich, was weiß ich.«

Er rieb sich so fest den Nacken, bis es brannte. Der Schmerz half, ihn zu erden.

Ali sah ihn bedeutungsschwer an und biss sich auf die Lippen. Schnell hob Kai die Hand.

»Es hat nichts mit Liebe zu tun, Ali. Es ist nur, weil ich sie so verletzt habe. Weil ich zu verbohrt war, um zu sehen, was das alles bedeutet.«

Ali drückte beruhigend seine Schulter. »Erklär das am besten ihr selbst, wenn du sie findest.«

Kai schloss die Augen und konzentrierte sich auf den Schmerz, welcher ihn dauernd überfiel, seit dieses rothaarige Mädchen in seine Welt geplatzt war. Er wandte sich in die Richtung, in der sich das Brennen auf seiner Haut verstärkte. Zögerlich machte er einen Schritt. In seinen Fingerspitzen begann es, zu hämmern. Er lächelte grimmig. Kaum zu glauben, dass die Spannung zwischen ihnen irgendwann zu etwas gut sein würde. Je näher er ihr kam, desto größer wurde der Schmerz. Die Härchen auf seinen Unterarmen richteten sich auf. Sie war ganz nah. Sein Fuß blieb an etwas hängen und brachte ihn zu Fall. Er riss die Augen auf und blickte direkt in Rubys Gesicht. Sie war leichenblass, trotzdem lächelte ihr Mund, während die letzte Strophe des Liedes erklang, das er für sie geschrieben hatte. Sie hatte es genauso zu Ende getextet, wie er es empfunden hatte. Als sei sie die zweite Stimme in seinem Lied.

He's a dragon with music wings.
The sweetest poison is when he sings.
I might not be a princess at all,
But when he smiles, I can't help but fall
And fall and fall...

Ruby

»Das wird wehtun, Prinny. Beiß die Zähne zusammen.«

Kais Stimme drang durch eine dicke Schicht Schmerz, Atemnot und noch mehr Schmerz zu ihr. Er beugte sich über den mächtigen Baumstamm, der Ruby unter sich begraben hatte, und suchte ihren Blick. Sie schloss die Augen im festen Glauben, bereit zu sein.

Ruby schrie.

Sie hatte geahnt, dass ihre Bergung schmerzhaft werden würde. Mit einem Stromschlag mitten ins Herz, ausgelöst durch Kais unfreiwillige Umarmung, hatte sie nicht gerechnet.

Kai verharrte neben ihr, während ihre Tränen zu fließen begannen. Sie krallte sich an seinem T-Shirt fest. Obwohl es ihm sicher genauso wehtat wie ihr, ließ Kai sie nicht los, sondern bettete sie vorsichtig mit dem Rücken an seine Brust.

Sie spürte ihn, als ob sie Haut an Haut lägen: seinen Herzschlag, der hart gegen ihr Schulterblatt pochte, seinen Atem auf ihrem Haar. Stöhnend rückte Kai sie behutsam zurecht und mit einem Schlag erwachte die Erinnerung in Ruby.

Plump, hässlich, rechthaberisch ...

»Ich bin zu schwer für dich.« Sie konnte immer noch kaum sprechen.

Kai lachte rau, was ihr einen Schauer über den Rücken jagte. »Mach dir darum keine Sorgen«, murmelte er mit seinen Lippen viel zu dicht an ihrem Hals. Er zog sie näher an seine Brust. Deutlich spürte sie, wie sich sein Herzschlag beschleunigte – und wie ihrer seinem hinterherjagte.

Ein Herzschlagwettrennen.

Kai würde sicher wieder falsche Schlüsse daraus ziehen. Schließlich war sie nur so aufgeregt, weil sie um ein Haar dem Tode entronnen war.

Energisch löste sie seine Hände von ihrem Körper und rappelte sich ächzend auf.

Oh Gott, diese Schmerzen! Ein Wunder, dass sie überhaupt noch lebte. Mit einem Schrei sank sie wieder auf den Boden. Kai kam neben ihr auf die Knie. Sie wich zurück. Bedauern schwang für eine Sekunde in seinem Blick. Dann sah er auf seine abgewetzten Hosenbeine.

»Es tut mir ehrlich leid, Ruby. Das hätte ich nie sagen sollen. Ich habe keine Entschuldigung dafür, außer, dass ich ein Idiot bin, okay?«

Die verdammten Tränen schossen ihr schon wieder in die Augen.

»Hast du Schmerzen?« Kai sah sie besorgt an, woraufhin sie aufschluchzte. »Natürlich hast du das. Mein Gott, du bist fast von einem Baum erschlagen worden.« Erneut griff er nach ihr. Sie zog sich ein weiteres Mal vor ihm zurück, was Kai mit einem Stirnrunzeln bemerkte.

»Hör zu, ich weiß, du willst nicht von mir angefasst werden. Du bist sauer auf mich, und das verstehe ich. Trotzdem müssen wir dich von hier wegbringen, und da du nicht gehen können wirst, werden wir dich tragen.«

Ruby schüttelte wild den Kopf. Allein die Vorstellung, wie Kai unter ihrem Gewicht stöhnte, erfüllte sie mit Entsetzen.

»Auch zu zweit schleppt ihr keinen Panzer«, murmelte Ruby und presste ihre Hände gegen Kais Brust. Natürlich konnte sie ihn keinen Millimeter zurückschieben.

»Hast du eine Ahnung. Wir sind die stärksten Drachen der vereinigten salvyanischen Welt«, witzelte er und bot ihr seinen Oberarm zum Bizepstest an. »Auch wenn du dich nicht daran erinnerst, weil du stockbesoffen warst, ich hab dich schon einmal quer durch den ganzen Wald geschleppt.«

Ruby heulte wieder los.

»Meine Güte, das war doch nicht ernst gemeint. Man sollte meinen, du weißt, wie du aussiehst, Prinzessin.«

»Tu ich auch«, platzte Ruby heraus. »So deutlich hat es mir nur lange keiner bestätigt.«

»Gott, Ruby, du bist kein bisschen dick!« Kais Gesicht drückte ehrliche Überraschung aus.

»Na klar, ich bin eine Elfe.«

»Wann hast du das letzte Mal in einen Spiegel gesehen?« Kai grinste unverhohlen. Am liebsten würde sie ihm eine Ohrfeige verpassen.

»Leute, habt ihr euch die Spalte angesehen, in die Ruby gefallen ist?«, unterbrach Ali die beiden. Kai sprang sichtbar erleichtert auf und trat neben seinen Freund, um sich den Boden unter dem Baumstamm näher anzusehen.

»Was für ein Zufall«, bemerkte Kai ironisch. »Das Loch hat genau deine Form. Wie extra für dich gemacht«, rief er Ruby zu.

Ruby überlegte. Alles war so schnell gegangen. »Kurz bevor der Baum mich traf, dachte ich an ein Grab im Wald.«

Fassungslos starrten die beiden sie an.

Kai pfiff durch die Zähne. »Eine Blitzphantasie! Alle Achtung, Fräulein.«

»Das ist eine mächtige, magische Leistung«, erklärte Ali. »Die Blitzphantasie geschieht ausschließlich in Notsituationen. Der Gedanke ist so dringend, dass etwas im Sekundenbruchteil eintritt. Bei einem Unerfahrenen ist das nicht immer ungefährlich.«

Kai und Ali warfen sich einen kurzen Blick zu und lachten einvernehmlich.

Ali begegnete Rubys finsterem Gesichtsausdruck und schluckte. »Kai hat so seine Erfahrungen mit schlechten Blitzphantasien gesammelt. Er ist sozusagen Experte auf dem Gebiet.«

»Ich hatte keine Blitzidee oder was auch immer. Wie ihr sehr wohl wisst, beherrsche ich diesen Hokuspokus kein bisschen.«

»Es ist schon komisch«, gab Kai ehrlich zu. »Du spürst deine eigene Aura nicht, trotzdem kann es nur eine Blitzphantasie gewesen sein, sonst wärst du jetzt Matsch.« Er klopfte mit den Fingerknöcheln auf den massiven Stamm. »Da war vorher kein Loch darunter. Das hier ist dein Grab aus deiner Vorstellung.«

Ruby schüttelte erneut den Kopf und stöhnte vor Schmerz auf. Sofort waren Ali und Kai an ihrer Seite.

»Außerdem kannst du es. Du hast das mit dem Lied gemacht«, sagte Kai leise. Sie war sich nicht sicher, ob sie sich seine Worte vielleicht nur eingebildet hatte.

»Das kam von ganz alleine.«

»Unsereins muss für so etwas Jahre trainieren«, erwiderte Ali. »Darf ich?« Er hielt seine Hände über ihren linken Arm. Ruby hatte bisher krampfhaft weggesehen. Ihr Unterarm machte einen Knick an einer Stelle, wo sich ihrer Meinung nach kein Gelenk befand und ihre Hand sah aus wie ein verrutschtes Puzzle. Ihr Magen rebellierte.

»Ich bin nicht besonders gut darin, ich kann nur versuchen, deine Knochen zu überzeugen, sich gerade zu rücken. Später sehen wir weiter«, fuhr Ali fort.

Ohne es verhindern zu können, zuckte Rubys Blick zu Kai hinüber, der um den Baum herumstrich wie eine Katze.

Ali schnalzte bedauernd mit der Zunge. »Kai ist darin sogar noch schlechter als ich.«

Ruby streckte ihm wortlos den Arm entgegen. Mit gerunzelter Stirn begutachtete Ali ihren Handrücken.

»Ein Schifflein fuhr im Mondenschein dreieckig um das Erbsenbein«, murmelte er.

Ruby lachte auf und bereute die unbedachte Bewegung sofort. »Autsch! Was wird das? Reimen für Anfänger?«

»Kahnbein, Mondbein, Dreiecksbein, Erbsenbein. Die Handwurzelknochen.« Er tippte bei jedem Namen auf ihre Handfläche. »Es ist für mich einfacher, wenn ich Dinge benennen kann. Um ordentlich zu heilen, muss man sich die Anatomie im Gesunden vorstellen.«

»Ich hoffe, du hast in der Schule gut aufgepasst.« Sie konnte nichts für das Zittern in ihrer Stimme. Wahrscheinlich wuchs ihr nach Alis komischer Heilkunst ein neuer Handwurzelknochen. Ein Bohnenbein vielleicht?

Ali strich sanft über ihren Handrücken. Ruby gaffte abwechselnd ihre Hand und Ali an.

»Wie hast du das gemacht?«, hauchte sie und schloss und öffnete ihre Faust. Es tat weh, doch die Knochen schienen am richtigen Fleck zu sein.

»Ein Schifflein fuhr …«, setzte Ali grinsend an.

»Die Frage ist vielmehr, warum das Ding umgefallen ist«, rief Kai zu ihnen herüber. Er war auf den umgestürzten Baum geklettert und marschierte auf dem Stamm herum wie ein Feldwebel. »Der Baum sieht gesund aus, die Wurzeln reichten richtig tief. Es gibt keinen Grund —« Er hatte sich bis zur Baumkrone vorgearbeitet. »Ali!« Kais Stimme klang alarmiert.

Ali zog die Brauen zusammen und folgte Kais Blick. Seine Augen weiteten sich. Kai glitt mit einem katzenhaften Sprung vom Baum und preschte zu ihnen herüber. Unsanft zerrte er Ruby vom Boden hoch. »Wir müssen hier weg.«

Ruby wehrte sich automatisch.

»Bitte halt still, sonst tun wir dir nur weh. Wir erklären dir alles später, das verspreche ich dir.« Durch Alis eindringliche Worte schloss sie den geöffneten Mund wieder.

»Wartet!«, rief Ruby beim Verlassen der Unglücksstelle. »Omar Chattab!«

Ruby bemerkte den kurzen Blickwechsel zwischen den Jungen.

»Vergiss diesen Kameltreiber.« Kais Stimme klang ruppig.

»Ich lasse ihn unter keinen Umständen hier, das kommt nicht infrage«, beharrte sie.

»Du wirst leider kaum etwas von ihm mitnehmen können. Er ist unter dem Baum zerbröckelt«, klärte Ali sie ungerührt auf.

»Oh nein.« Die verflixten Tränen flossen erneut. Ruby ließ sich entkräftet in die Arme der Jungen zurücksinken.

Kapitel 10

Ali

Die Männer saßen dicht gedrängt in dem dunklen Raum. Staubkörnchen tanzten im fahlen Licht, das sich durch die Dielen des Fußbodens über ihre kahl geschorenen Köpfe stahl. Ihre Augen waren geschlossen, nur die aufrechte Körperhaltung verriet, dass sie nicht schliefen. Schweißgeruch lag in der Luft. Ein Greis schob eine Hand unter dem orangefarbenen Stoff hervor, der um seinen ausgemergelten Körper geschlungen war. Obwohl keiner in der Gruppe es sehen konnte, schienen sie nach dieser Geste gemeinsam den Atem anzuhalten.

Schwere Schritte ließen die Dielen knarren. Dreckklumpen rieselten auf die Glatzen der Männer und Schatten legten sich über die Lichtstreifen. Die Schritte verharrten.

In den Sekunden der Stille öffnete der Greis die wässrigen Augen, um jedem seiner Brüder einen ruhigen Blick zuzuwerfen. Als die massive Streitaxt die Holzdielen zum Bersten brachte, waren die Männer bereit. Erhobenen Hauptes erwarteten sie ihre Schlächter.

Ali fuhr keuchend aus dem Schlaf. Er hielt noch Rubys Fußknöchel umklammert, den er zuletzt geheilt hatte, bevor die Erschöpfung ihn übermannt hatte. Hastig wischte er sich den Schweiß von der Stirn und rappelte sich auf.

Er hatte es vergessen! Zum allerersten Mal in seinem Leben.

Der Mond war bereits hinter den Baumwipfeln verschwunden. Es blieb ihm kaum Zeit für die üblichen Vorbereitungen, er musste sofort handeln. Wenn es nicht schon zu spät war.

Ali drängte den Gedanken beiseite. Zweifel waren keine Hilfe.

Er zog sein Hemd aus. Die Schatten vermischten sich mit den verschlungenen Zeichen auf seinem Oberkörper, von denen er weder Ursprung noch Bedeutung kannte. Er streckte die Arme in die Höhe und begann leise zu singen.

Ruby

Es war finster wie in einem Grab. Sie konnte den Sternenhimmel nicht sehen. Wo war sie? Sie versuchte, sich aufzurichten. Mit den Schmerzen kam auch die Erinnerung zurück.

Ein Baum war auf sie gestürzt.

»Du bist wach?« Kais Stimme hallte eigenartig.

»Wo habt ihr mich hingebracht?«

»Das ist eine alte Bärenhöhle. *Das* Geheimversteck für salvyanische Liebespaare.«

Ruby wimmerte.

»Keine Angst, der Bär ist weg. Das ganze Gestöhne hat ihn vermutlich vertrieben.«

Ruby versuchte, sich umzudrehen und konnte sich einen leisen Aufschrei nicht verkneifen.

Sanft hob er ihren Kopf an und bettete ihn in seinen Schoß. »Halt still.«

Sie streckte sich steif wie ein Brett aus.

Behutsam begann Kai, ihren verspannten Nacken zu massieren. »Entspann dich.«

Er hatte gut reden, schließlich würde er ihr gleich einen wahnsinnigen, elektrischen Schlag verpassen. Sie zitterte angespannt, doch es kam kein Strom bei ihr an. Kais Finger zogen lediglich eine prickelnde Spur auf ihren Muskeln. Auch wenn es ein gutes Gefühl war, wagte sie trotzdem kaum zu atmen.

»Warum tut das nicht weh?«

»Vergiss es.«

Ruby schnaufte ärgerlich. Er vertraute ihr immer noch kein bisschen. Kais Fingerspitzen jagten nun wieder kleine Stromstöße in ihren Nacken. Es war weniger schmerzhaft als bei ihrer ersten Begegnung, aber definitiv nicht mehr so angenehm wie bei Beginn seiner Massage.

»Autsch!«

Kai schnaubte. »Du musst es zulassen, dann vergeht es.«

»Was denn, Kai? Ich verstehe ja nicht einmal, was es ist.« Sie presste die Lippen zusammen. Unter keinen Umständen würde sie Kai verraten, wie sehr sie der Schmerz durch seine Berührungen verunsicherte.

»Es ist eine Affinität. Eine besondere Bindung zwischen uns. Ich habe keinen Schimmer, warum ausgerechnet du und ich ... Ruby, der Strom hat mir geholfen, dich zu finden. Daraufhin habe ich akzeptiert, wie nützlich er ist, und jetzt tut er mir nicht mehr weh.«

Ruby schloss die Augen. Der Schmerz ebbte augenblicklich ab, sobald sie ihn annahm. Kais Gegenwart war auf einmal angenehm wie eine schnurrende Katze, die sich an ihren Rücken presste. Sie lächelte und war froh um die Dunkelheit.

»Wo ist Ali?«

Seine Finger verharrten, dann fuhren sie unverändert zart fort, ihre Muskeln zu bearbeiten. »Unterwegs.«

»Betet er wieder den Mond an?« Es hörte sich zynisch an, obwohl sie das gar nicht wollte. »Warum macht er das?«

»Du solltest dir darüber keine Gedanken machen, Prinny.«

»Worüber denn dann? Was mit dem Baum los war, vielleicht?«

»Zum Beispiel.« Der Druck seiner Finger verstärkte sich etwas, ohne unangenehm zu werden. Ruby entwich ein wohliges Seufzen. Er wusste wirklich, was er da tat.

»Wir glauben, das war eine Lauschlärche«, antwortete Kai endlich.

»Eine Lauschlärche?«

»Seid leiser, ihr zwei«, meldete sich Alis Stimme aus der Dunkelheit.

Oh nein! Was dachte er, wenn sie hier so entspannt in Kais Schoß lag und sich von ihm befummeln ließ? Hatte er womöglich gehört, wie sie sich über seine religiösen Gewohnheiten lustig machte?

Hastig rutschte sie von Kai weg. Prompt ließ das Kribbeln nach. Leider war mit Kais Nähe auch seine Wärme verschwunden und sie fröstelte. Kai legte ihr ein muffig riechendes Fell um die Schultern.

»Wie lange hab ich geschlafen?«, fragte sie.

»Drei Tage«, antwortete Kai undeutlich.

»Drei Tage!«, echote sie entsetzt.

»Tja, wenn Papa Kai sich nicht so liebevoll um dich gekümmert hätte, wärst du verhungert«, setzte Ali mit einem hörbaren Grinsen in der Stimme an.

»Halt die Klappe!«, fauchte Kai aus der Dunkelheit.

Ruby richtete sich auf. »Wieso?«

»Er hat dich wie ein Vogelbaby gefüttert«, platzte Ali heraus, bevor ein dumpfes Poltern erklang und jemand unterdrückt aufstöhnte. Kai schien sich auf ihn geworfen zu haben und die beiden rangelten den Geräuschen nach miteinander.

»Mit Würmern oder was?«, fragte Ruby, die ein Schaudern nicht unterdrücken konnte.

»Nein.« Alis Stimme klang, als hätte er Kais Finger im Mundwinkel, die versuchten, seinen Mund in die Breite zu ziehen. »Mit Gekautem.« Er lachte und jaulte kurz darauf auf. »Hör schon auf, Kai, sonst muss ich dir wehtun.«

Schließlich ebbten die Kampfgeräusche ab und die Jungen kamen schubsend und lachend zu ihr herüber. Ihre Körper strahlten Hitze von der Rauferei ab.

»Das war bestimmt eine Lauschlärche«, sagte Kai, als hätte die kleine Auseinandersetzung nie stattgefunden. »Was würde Amy dazu sagen?«

Ruby unterdrückte ein genervtes Stöhnen. Die beiden schienen extrem viel auf die Meinung dieser Amy zu geben. Was sollte an dem alten Weib so Besonderes sein?

»So alt ist sie gar nicht« Ali entfachte ein kleines Feuer in einem Steinkreis.

Um Himmels willen! Das hatte sie hoffentlich nicht laut gesagt. Doch, hatte sie, nach den betretenen Gesichtern der Drachen zu urteilen. Da half nur Angriff nach vorne.

»Komm schon! Sie ist garantiert hundert.«

»Prinny, es wird langsam Zeit, dich mit Salvyas wichtigstem Grundsatz auseinanderzusetzen.« Kai sah sie ernst an.

»Und der wäre?«

»Sieh hinter die Fassade.« Er klopfte mit seinen Fingerspitzen auf ihre Stirn, wie um ihr sein Paradigma einzuhämmern. »Amy ist höchstens dreißig.«

»Wie bitte?«

»Wir Salvyaner haben Gaben. Jeder von uns. Amy hat eine ganz besondere Begabung, die der Alterswandlung. Sie kann jedes beliebige Alter annehmen und ist trotzdem immer dieselbe. So, kindlich-uralt, wenn du verstehst, was ich meine.«

Ruby starrte Ali an. Er schien seine Erklärung keineswegs merkwürdig zu finden.

»Was sind Lauschlärchen?«, fragte sie schließlich.

»Schhhh … Nicht so laut.« Alis Umriss verschwand für einen Moment. Er wirkte atemlos, als er wieder am Höhleneingang auftauchte.

»Keine Lärchen draußen, aber wir können unmöglich sicher sein. Redet um Himmels willen leise.«

»Lauschlärchen«, erklärte Kai ihr unterdessen im Flüsterton, »sind die Spione aus Schattensalvya. Wenn etwas Interessantes besprochen wird, leiten sle es an ihre Herrin weiter.«

»Können sie sich fortbewegen?«, flüsterte Ruby zurück.

»Nein, es funktioniert wie eine Art Stille Post. Die Lärchen geben die Nachricht codiert an den nächsten Baumspion weiter.« Kai zögerte einen Moment, bevor er herausplatzte: »Diese Lauschlärche hat sich anscheinend selbst geopfert, um dich umzubringen. Das ist sehr beunruhigend.«

»Wieso sollte dieser Baum ein Spion sein? Sind ihm Ohren gewachsen?«

»Sie hat eine Botschaft übermittelt. Das war der Wind, den du bemerkt hast. Dass daraufhin ein völlig gesunder Baum direkt auf dich drauffällt, ist zuviel Zufall auf einmal«, sagte Kai. »Ich frage mich trotzdem, wie die hier in den Wald gekommen sind.«

»Mich interessiert viel mehr, warum so ein blöder Baum ausgerechnet auf mich drauf kippt. Das kann unmöglich Absicht gewesen sein«, gab Ruby zu bedenken.

Kai und Ali waren erstaunlich lange schweigsam, ehe Kai sich ausgiebig räusperte. »Frühstück?«

»Oh Gott, ja!«, stöhnte Ruby. »Wenn ich es dieses Mal selbst kauen darf.«

Amygdala

Ein unerträglicher Schmerz fraß sich durch ihre Kehle. Sie wimmerte. Er wollte nicht verschwinden. Sie musste schreien, um das Gefühl loszuwerden. Ihre Schwestern schrien auch. Sie formten einen Chor aus Wimmern. Laut und schrill schallte ihr Wehklagen über die trostlose salvyanische Ebene. Sie aß die weißen Kristalle, obwohl sie ihr Schmerzen bereiteten. Sie brannten im Hals und im Magen und dann im Gehirn. Die unendliche Traurigkeit schwappte mit den ersten Bissen über ihr zusammen. Sie hatte nur so schrecklichen Hunger. Als kein Schreien mehr half, reihte sie sich in den Strom der Schwestern ein, die flügelschlagend und kreischend ihre Runden um das finstere Gemäuer zogen.

Amy musste sich zusammenreißen, um beim Erwachen nicht wie wild mit den Armen zu rudern. Sie hatte keine Flügel. Auch wenn es eine faszinierende Vorstellung … Nein. Nach diesem Traum, mit all seinen Schmerzen und dem unendlichen Leid, würde sie garantiert keine Mücke sein wollen.

Gedankenverloren lauschte sie dem stetigen Weinen der Wimmern um Thyras Kerkerturm, das die Gefangenen in den Wahnsinn treiben sollte.

Amy schüttelte traurig den Kopf. Wenn es darum ging, Menschen und Tiere zu quälen, hatte Thyra schon immer viel Talent bewiesen.

Eine winzige Wimmermücke trudelte wie betrunken durch die schmale Mauerspalte vor ihr und blieb erschöpft auf der Seite liegen. Behutsam hob Amy sie hoch.

»Tut mir leid, meine Kleine. Ich habe leider keine Mückenkekse bei mir. Ruh dich ein wenig bei mir aus. So lange werde ich dir etwas erzählen. Sei nur gewarnt, es ist keine schöne Geschichte.«

Ali

»Herr! Du bist zu uns durchgedrungen. Endlich.«

Der Mönch schlang die Arme um Ali und drückte ihn an seine knochige Brust.

Wer war dieser Mann? Was versuchte er, ihm zu sagen?

»Du kennst uns nicht mehr.« Der orangefarben gekleidete Mann deutete auf die Gruppe gleich gewandeter Kahlköpfe hinter sich. »Das ist Teil unseres Schutzzaubers. Allerdings stehen wir uns im Traum gegenüber. Du hast einen Weg gefunden, das Tor des Vergessens zu öffnen.«

Etwas regte sich in Alis Unterbewusstsein. Ein Tor zu öffnen …

»Wer seid ihr?«

»Dafür ist keine Zeit. Du wirst bald aufwachen. Aber sei dir gewiss, dass deine Gebete uns all die Jahre gerettet haben.«

Ali zuckte zusammen.

»Ich habe es vergessen. Ich bin eingeschlafen und ... obwohl ich es nie versäumt habe. Ich hatte von euch geträumt, wie die Männer mit ihren Äxten ...« Er stammelte, was ihm peinlich war. Der Mönch berührte etwas tief in ihm, wodurch er sich wie ein kleiner Junge fühlte.

Der alte Mann legte ihm zart die Hand auf die Schulter. Eine beruhigende Geste, die er selbst so oft bei Kai anwendete.

»Deine Rettung kam für die meisten von uns zur rechten Zeit. In dem Moment, in dem dein Gebet erklang, wurden wir vor den Squamanern unsichtbar.«

Kapitel 11
Ruby

»Hatschi!« Kai verbarg hastig etwas hinter seinem Rücken. Ali fuhr neben ihr aus dem Schlaf. Er wirkte einen Moment orientierungslos, dann kniff er die Augen zusammen und warf Kai einen scharfen Blick zu. »Hast du sie geweckt? Natürlich. Her mit dem Zeug!« Er packte Kais Arm und schüttelte ihn so lange, bis Kai von einer erneuten Niesattacke heimgesucht wurde und die Faust öffnete.

Neugierig kroch Ruby näher.

Gummibärchen. Wo hatte Kai die so plötzlich her?

»Du benimmst dich wie ein Süchtiger.« Ali trat die bunten Tierchen mit der Ferse in den Staub.

»Wenn du glaubst, deshalb würde ich sie nicht mehr essen, täuschst du dich. Dreck macht Speck, mein Freund.« Mit einem provozierenden Grinsen hob Kai ein staubiges Bärchen auf und steckte es sich in den Mund.

»Was ist los?«, fragte Ruby und verzog das Gesicht. Ihre wunden Muskeln fühlten sich mit jedem Tag mehr an, als hätte man sie einmal komplett auseinandergezerrt und dann wieder zusammengestaucht.

»Kai ist schrecklich unvernünftig.«

»Weil er Gummibärchen mag?« Ruby beobachtete, wie Kai sich eine ganze Handvoll dreckstarrender Bärchen in den Rachen warf. »Okay. Weil er Gummibärchen *sehr* mag.«

Kai nickte mit vollen Backen. »Genau. Ali ischt blosch neidisch.«

»Willst du auch Süßigkeiten?«, fragte Ruby Ali verständnislos.

»Nein, obwohl es bei mir nicht so dramatisch wäre, wenn ich Gelüste hätte.«

»Bloß bei Kai ist es schlecht, weil …?« Sie musste sich wieder hinlegen, in ihrem Kopf war ein ganzer Bienenstock unterwegs. Vorsichtig lehnte sie sich an die Höhlenwand.

»Ich bin allergisch.« Zur Bekräftigung nieste Kai dreimal.

»Gegen die da?« Ruby hob mit spitzen Fingern ein Gummitier auf.

»Nein. Gegen die Idee.« Ali lachte trocken auf. »Er hat sich gewünscht, dass die Bärchen seine Haare färben, je nachdem, welche Farbe er isst. Weil die Idee so mies war, hat er darauf allergisch reagiert. Das wäre nicht weiter schlimm, wenn er es nun wenigstens lassen würde.« Ali deutete mit seiner Hand auf Kai, der nach wie vor Gummibärchen in sich hineinschaufelte.

»Ich ess' ja bloß die grünen.« Kai schluckte lautstark. Ali schnaubte.

»Ich versteh überhaupt nichts«, meldete sich Ruby zu Wort.

Kai ging vor ihr in die Hocke und stützte die Unterarme auf ihren Knien auf.

»Sieh mich an, Prinny. Du hast sicher meine wunderschöne Haarfarbe bemerkt.« Er wuschelte sich durch das giftgrüne Haar, was Ruby automatisch ein Lächeln entlockte. »Diese herrliche Farbe verdanke ich meinem genialen Einfall: Die grünen Früchte des Haribobaums verleihen mir dieses einzigartige Aussehen.« Er zwinkerte ihr zu.

»Obwohl du allergisch gegen sie bist?«

Kai verzog den Mund.

»Vor allem gegen den bunten Rest. Leider. Es hätte so schön sein können. Jeden Tag ne neue Haarfarbe. Na ja, grün steht mir sowieso am besten. Davon muss ich nur niesen – Nasenhaarwurzelentzündung.« Er grinste.

»Was passiert denn, wenn du eine andere Farbe isst?«

Das Grinsen verschwand und Kai scharrte mit den Füßen, bis Ali ihm einen Schubs verpasste.

»Die roten legen meine Blutgerinnung lahm. Meine Zunge blutet wie verrückt. Tagelang.«

Ruby verzog das Gesicht. Blut. Schon wieder.

»Die gelben schlagen mir auf die Leber.« Er klopfte sich gegen die rechte Seite. »Obwohl dieser Katzenaugeneffekt saucool ist, aber es juckt scheußlich.«

»Was ist mit den weißen?«

Kai zuckte betont lässig die Schultern. »Tod.«

»Was?« Ruby schnappte nach Luft wie ein Fisch an Land.

»Exitus letalis. Finito. Ende. Das Zeitliche segnen. Abkratzen ...« Kai stopfte sich ein weiteres Gummibärchen in den Mund.

Ruby beobachtete ihn stirnrunzelnd. »Woher willst du das wissen?«

Kai ließ sich Zeit runterzuschlucken, ehe er antwortete. »Zum einen sind es die weißen, die Gnarfel für seine Bärchenbomben benutzt.«

Ruby erinnerte sich an eine Explosion im Wald, die ihr beinahe eine Herzattacke beschert hatte. Wenn einer so eine Bombe schluckte, konnte er das Gras von unten anschauen.

»Außerdem hatte ich beim letzten Mal eine kleine Nahtoderfahrung«, fuhr Kai ungerührt fort. »Ich wollt mir vor dem Gig schnell eine Frisur machen und hab im Halbdunkel irgendwie danebengegriffen.«

Ali stöhnte laut auf. »Ich kriege immer noch Gänsehaut, wenn ich daran denke, wie du da gelegen hast. Dein Herz hat nicht mehr geschlagen.«

Ruby war mit einem Mal hellwach. »Wie hast du ihn gerettet?«

»Ich zwang seinen Magen, das Ding wieder herzugeben.«

»Auch so eine salvyanische Heilungsgeschichte?«

Ali zog kaitypisch eine Augenbraue hoch und Ruby verkniff sich ein Kichern über die gekonnte Imitation. »Nee. Ich hab ihm den Finger in den Hals gesteckt, bis er das Scheißding ausgekotzt hat.«

Ruby lachte überrascht auf. Zum ersten Mal, seit sie ihn kannte, hörte sich Ali nicht wie ein uralter, weiser Mann an. Ihr Blick fiel auf Alis blauen Haarschopf. »Was für Gummibärchen hast du gegessen?«

Es waren bestimmt nur Sekunden, doch für Ruby dehnte sich die Stille zwischen ihnen wie Kaugummi aus.

»Ähm …« Kai hielt ein weißes Gummitierchen in die Luft. »Vielleicht sollte ich es noch mal probieren, was meint ihr?«

Ruby fuhr entsetzt zu ihm herum. »Sag mal, spinnst du?«

»Schon gut, Kai«, winkte Ali ab. »Ich schätze, ich kann es ihr sagen.«

Ruby bemerkte den Blickwechsel zwischen den beiden. »Warte, ist das so ein Ich–sage–dir–die–Wahrheit–dafür–muss–ich–dich–leider–umbringen–Geheimnis? Ich bin nicht sicher, ob ich es dann wissen will.«

Kai lachte amüsiert auf. Auch Alis Mundwinkel verzogen sich zu einem zögerlichen Lächeln.

»So in etwa.« Seine Miene wurde wieder ernst. »Ich bin von Natur aus blauhaarig.« Ali errötete leicht, was bei seiner gebräunten Gesichtshaut kein bisschen peinlich aussah. »Die meisten Leute denken allerdings, ich sei schwarzhaarig«, murmelte Ali. Kai schnaufte leicht, riss sich dann jedoch sichtlich zusammen.

113

»Wieso? Man sieht es doch. Genauso deutlich, wie Kais grüne Haare«, empörte sich Ruby.

Kai musterte sie mit schräg gelegtem Kopf. »Anscheinend siehst du wieder mehr als du sehen solltest, ohne Aura wahrzunehmen.«

»Jungs! Ich kapier das nicht.«

»Wir Blauhaarigen sind Prinzen unbekannter Herkunft«, brummte Ali mit gesenktem Blick.

»Du bist ein echter Prinz? Ist ja unglaublich!«, platzte es aus Ruby heraus.

»Sag ich ja schon immer, das merkt man nicht.« Kai grinste.

»Mir ist unbekannt, wo mein Königreich liegt, also ist die Abstammung keine Hilfe. In meinem Reich wäre ich blaublütig, was von außen unsichtbar ist. Dank meiner Haarfarbe können mich meine Untertanen finden. Da ich vor Thyra verborgen bleiben will, versuche ich die blauen Haare zu verschleiern. Offensichtlich erfolglos.« Ali ließ den Kopf hängen.

»Hast du denn keine Ahnung, wo du herkommst?«, fragte Ruby.

»Meine erste Erinnerung ist, wie ich hier in Salvya auf Kai gestoßen bin. Da muss ich so drei oder vier Jahre alt gewesen sein. Damals war ich bereits blauhaarig.«

»Also ist Salvya nicht dein Königreich«, folgerte Ruby.

Ali lächelte sanft. »Nicht *mein* Königreich, nein. Doch es gibt nahezu hundert Adnexwelten, sogenannte Anhängsel, die sich in Salvyas Blütezeit gebildet haben und unter Thyras Herrschaft in Vergessenheit gerieten. Vermutlich ist eine dieser Adnexen meine Heimat.«

Ruby kratzte sich am Hinterkopf. Ihre Haare fühlten sich an wie Holzwolle.

Kai würgte. »Oh nein! I–ich glaube, ich hab aus Versehen ein rotes gegessen.« Er ließ seine Zunge aus dem Mund hängen.

Rubys Magen rebellierte. Seit sie mit den Jungs unterwegs war, hatte sie eindeutig zu viel Blut gesehen. Dicke, rote Tropfen quollen aus Kais Zunge wie aus einem vollgesogenen Schwamm. Etwas Nasses tropfte auf Rubys Wade.

»Forry, Rinchechinn«, lispelte Kai.

»Was machen wir denn jetzt?« Sie wischte mit dem Ärmel die Blutstropfen ab.

114

»Ich habe einmal ein Zungenpflaster für Kai erfunden, das er auf die Zunge kleben sollte. Der Idiot hat es hinuntergeschluckt und es klebte in seinem Magen fest. Tagelang konnte er nichts essen. Das Gejammer war unerträglich.« Sowohl Alis als auch Kais Gesicht nahm einen gequälten Ausdruck an.

»Die Blutung muss gestillt werden«, entschied Ruby mit einem angewiderten Blick auf die stetig tropfende Zunge.

»Iff winn goch kein Wäwy.«

»Hä?«

»Wegen des Stillens. Er meint, er sei kein Baby«, übersetzte Ali mit abfälligem Schnauben.

»Hier wird dir niemand die Brust geben«, blaffte Ruby.

»Schawä!«, meinte Kai mit einem bedeutsamen Blick auf Rubys Bodyausschnitt.

Ruby fuhr sich durch die Haare. »Also, Kai, sorry schon mal.« Ruby griff beherzt nach seiner Zunge. Kais Augen wurden kugelrund. Sie kniff die Finger zusammen und beschwor die Erinnerung in sich hoch.

Plump, hässlich, rechthaberisch.

Der Strom pulsierte in einer Welle durch ihre Fingerkuppen, traf zischend Kais nasse Zunge, und entlud sich mit einem gewaltigen Blitzschlag, der Kai von den Füßen riss.

»Ahhh! Willst du mich umbringen, du fieses –« Im letzten Moment verbiss er sich den Fluch und betastete vorsichtig seine Zunge. »Es blutet nicht mehr.« Er warf Ruby einen anklagenden Blick zu. »Du hättest mich vorwarnen können.«

»Keine Macht den Drogen.« Ruby lächelte ihn zuckersüß an.

Obwohl sie die ganze Zeit liegen musste, vergingen die Tage in der Höhle für Ruby wie im Flug.

Die Drachen versorgten sie fürsorglich mit Nüssen, Früchten und Pilzen, da Ruby immer weniger Appetit auf die blutigen Fleischmahlzeiten verspürte, die Kai und Ali ihr anboten. Kai hatte sorgfältig alle Säuselnüsse von ihrer Speisekarte gestrichen.

Ruby staunte über Kais Geschick als Jäger und Fallenerfinder. Er baute nicht nur ausgefeilte Schlingen– und Fallbeilsysteme, er richtete auch Lampyria–Tiere ab. Die kleinen Trapper, wie Kai die Fellknäuel mit den riesigen Kulleraugen nannte, waren alles andere als niedlich. Wie winzige Terrier rannten sie durch die Höhle und bissen sich in allem fest, das sich bewegte, wobei aus ihren Stupsnäschen Knurrgeräusche drangen, die einer Bulldogge alle Ehre gemacht hätten. Die Trapper waren nicht Rubys einzige Ablenkung. Kai war seit ihrem Unfall erstaunlich gesprächig und erzählte ihr unglaubliche Geschichten aus Salvyas Glanzzeiten.

»Du kannst bestimmt bald wieder gehen, Prinny. Zumindest hinken. Wie der letzte salvyanische Großkönig.« Er sprang auf die Füße und imitierte den schleifenden Gang des Monarchen.

Ali warf Kai einen tadelnden Blick zu. »Ich möchte dein Gejammer nicht hören, wenn dir nach und nach das Bein abfaulen würde.«

Ruby schüttelte sich. »Warum ist ihm denn so etwas passiert? Gab es keine phantastischen Heiler am salvyanischen Hof?«

»Schon, aber die haben auch kein Kraut gegen Drachenbisse.« Kai schlug einem Trapper aufs Maul, der gerade im Begriff war, nach seiner Wade zu schnappen.

»Drachen. Alles klar.« Ruby lachte. »Wer von euch zweien hat den armen König ins Bein gebissen?«

Die beiden tauschten einen Blick aus, bei dem sich Ruby wieder einmal vollkommen ausgeschlossen fühlte.

Kai räusperte sich ausgiebig. »Wir sind eigentlich keine Drachen.«

»Ach!« Ruby grinste. »Wer hätte das gedacht?«

»Ja.« Kais Augen nahmen einen sehnsüchtigen Ausdruck an. »Ich wünschte, wir wären es. Stell dir vor, wortlose Kommunikation, unbegrenzte Feuermagie, Luftmanipulation, ganz zu schweigen von der Besonderheit mit den Haaren.«

»Stopp!« Ruby verpasste ihm absichtlich einen kleinen Stromschlag. »Du erzählst mir nicht ernsthaft, es gäbe wirklich Drachen.«

»Es gibt tatsächlich keine mehr. Zumindest, soweit wir wissen«, meldete sich Ali aus dem hinteren Teil der Höhle zu Wort. »Der letzte verwundete unseren König. Seitdem sie diesen Drachen getötet haben, wurde keiner mehr gesehen.«

»Ihr glaubt das wirklich, oder?« Ruby schüttelte fassungslos den Kopf.

»Es gibt Salvyaner, die schwören, die Drachen hätten sich nur gewandelt, um nicht endgültig vernichtet zu werden.« In der Dunkelheit der Höhle waren nur Alis weiße Zähne zu sehen. »Sie sähen heutzutage wie Menschen aus. Nur, wenn sie ihre unglaublichen magischen Kräfte benutzen, könnten sie als Drachenmagier identifiziert werden.«

»Die Drachen sind natürlich viel zu schlau, um sich zu erkennen zu geben.« Kai fuchtelte mit den Händen in der Luft herum. »Verstehst du? Du siehst einen Penner in der Fußgängerzone, und solange er dir nicht den Hintern grillt, kämst du nie auf die Idee, er könne ein leibhaftiger Drachenmagier sein.« Er rückte näher, bis seine Nasenspitze nur Millimeter von ihrer entfernt war. »*Du* könntest ein Drache sein.«

Ruby wollte ihn auslachen. Irgendetwas in seinem Blick verursachte ihr jedoch eine Gänsehaut.

»Sicher«, sagte sie mit einem Frosch im Hals. Kai starrte sie einen Moment an, dann zog er sich zurück.

»Kai spinnt.« Ali schnaufte. »Es war natürlich seine Idee, das Gerücht zu verbreiten, wir wären Amys Drachen. Dadurch wollte sich niemand mit Amys übermächtigen Bodyguards anlegen und wir waren auch aus dem Schussfeld. Kai ist völlig besessen von dieser Idee, hinter den unscheinbarsten Menschen könnte sich ein Drache verbergen.« Rubys Gesichtsausdruck schien Bände zu sprechen. »Du bist nicht unscheinbar, Prinzessin.«

»Könnte mir mal einer erklären, weshalb ihr mich dauernd Prinzessin nennt?«

Der warnende Blick, den Kai Ali zuwarf, dauerte nur einen Wimpernschlag, doch Ruby bemerkte ihn.

»Was ist das Problem? Alle Mädchen wären gern eine Prinzessin. Aber du bist meine einzige Prinny, beruhigt dich das?« Kai grinste breit, aber seine flapsige Antwort wirkte verkrampft und Ruby rückte näher, um sein Gesicht sehen zu können.

»Mädchen wollen wie eine behandelt werden, was dir in der Vergangenheit eher weniger gut gelang. Mich wundert einfach, wie ihr darauf gekommen seid. Es passt so überhaupt nicht zu jemandem wie mir.« Sie brach ab.

»Du hast keine Ahnung, wie du aussiehst«, murmelte Kai und sah konzentriert auf seine Zehenspitzen. »Du bist sch- sicher ausgehungert. Ali, wir gehen jagen. Die Prinzessin braucht was Ordentliches zwischen die Zähne. Von diesem Müsli und Rohkostkram kriegt sie nie was auf die Rippen.«

»Ich bin nicht hungrig«, protestierte Ruby sofort. »Ich sollte sowieso ein bisschen abspecken.«

»Quatsch! Du brauchst Kraft. Au!« Kai sog scharf die Luft ein, weil ein Trapper sich in seinem Arm verbiss. Er schüttelte den geifernden Plüschhaufen ab und eilte in den hinteren Teil der Höhle, wo sie ihn geschäftig rumoren hörte.

»Ruby.« Ali nagte auf seiner Unterlippe. Sein Blick zuckte immer wieder nervös in die Finsternis der Bärenhöhle. »Du wirst kämpfen müssen. Bald schon.« Er beugte sich vor, um ihr die letzten Worte ins Ohr zu flüstern. Ruby spürte, wie er zusammenzuckte, als Kai aus der Dunkelheit auftauchte. Seine Augen waren zu Schlitzen verengt, aus denen er Ali anfunkelte.

»Fertig?« Ohne eine Antwort abzuwarten, schleuderte er Ali einen Trapper entgegen, der knapp vor dessen Hand zuschnappte. Kais Lider zuckten kurz. »Vorsicht, bissig«, schob er mit einiger Verspätung hinterher.

Ali hielt dem Tier die Nase zu, woraufhin es mitleiderregend fiepte. Er lockerte seinen Griff und schrie gellend auf, als der Trapper blitzschnell herumfuhr und die rasiermesserscharfen Zähnchen in Alis Hand grub.

»Verdammtes Biest!«, knurrte er und bog ihm die Kiefer auseinander. Er hielt ihn mit spitzen Fingern von sich gestreckt, während er Kai in den Wald folgte. Nach ein paar Schritten wandte er sich erneut zu Ruby um.

»Bleib in der Höhle und sei achtsam! Wir dürfen dich nicht verlieren.«

Kais Rücken spannte sich bei Alis Worten sichtbar an, obwohl er unbeirrt weiterging.

»Bis später, Süße«, rief Ali eine Spur zu laut und mit einem undefinierbaren Ausdruck im Blick. Plötzlich tanzte er auf der Stelle, als ob er dringend aufs Klo müsse.

Ruby lachte auf. Fünf Trapper hingen an seinen Waden wie Fellbommel an Winterstiefeln.

»Ups!« Kais Augen blitzten hämisch. »Die sind mir wohl entwischt.«

Kai

Ali hauchte in seine hohlen Hände. Sein Atem bildete Wölkchen in der kalten Waldluft.

»Sie ist niedlich, oder?« Er wog das Neonhörnchen, welches er erlegt hatte, nachdenklich in seiner Hand.

»Woher weißt du, dass es eine Sie ist?«, stellte Kai sich dumm und wies mit dem Kinn auf das grellpink befellte Eichhörnchen. Ali sah Kai an. Zu lange, um angenehm zu sein. Kai widerstand dem Drang, als Erster wegzusehen.

»Niedlich wäre nicht das, was mir spontan zu Ruby einfällt«, lenkte er schließlich ein.

Alis Blick wurde weich. »Sondern?«

Kai bückte sich und untersuchte ein paar Pilze am Fuß eines morschen Baumstamms. Beringte Schleimrüblinge. Keine Option für Rubys Speiseplan. Trotzdem nahm er die weißen Lamellen an der Unterseite des Schirmchens ausführlich in Augenschein.

Was ihm zu Ruby einfiel, konnte er hier schlecht laut sagen, ohne Ali in seiner durchschaubaren *Ich-mach-dich-eifersüchtig*-Nummer zu bestätigen.

»Dickköpfig«, brummte er schließlich und ließ die Pilze in Frieden.

Ali lachte auf. »Stimmt. Und erstaunlich begabt, so ganz ohne Aura.«

Kai brauchte den Kopf nicht zu heben, um Alis bohrenden Blick zu bemerken.

»Wann wirst du es ihr sagen?« Alis Stimme war wieder ernst. »Sie kommt der Wahrheit selbst immer näher, und wenn du sie vorbereiten willst, wäre es besser, sie wüsste Bescheid.«

»Du brauchst nicht so rehäugig zu schauen, Prinz Ali. Tu du es! Dir frisst sie aus der Hand, wenn du ihr ins Ohr flüsterst oder ihre Wunden heilst. Weshalb sollte ausgerechnet ich – Kai der Musik–Chaot ohne besondere Fähigkeiten – ihr irgendetwas beibringen?«

Der Boden bebte. Etwas in Kai schlug Alarm. Er musste sofort aufhören, sich aufzuregen, doch seine Wut war nicht mehr aufzuhalten. Er brüllte seinen angestauten Frust heraus, während sich um sie herum die Erde aufwölbte wie ein buckelndes Pferd.

Ali packte ihn am Arm und zog ihn von dem klaffenden Riss im Boden weg, der sich genau unter ihren Füßen gebildet hatte.

»Hör auf, eifersüchtig zu sein!«, schrie er gegen den Lärm an.

»Ich bin *nicht* eifersüchtig.«

Ali sah ihn mit seinem tieftraurigen Blick an und Kai entriss ihm grob den Ellenbogen. »Ich brauche keinen Beschützer.«

»Aber sie braucht dich.« Kaum waren die Worte aus seinem Mund, war Ali verschwunden. Wie in Luft aufgelöst.

Kais Bewusstsein hatte nicht mitbekommen, was passiert war, während seine Aura instinktiv reagierte. Zartgrüne Spinnenfäden wuchsen aus seinem Körper heraus, schlangen sich um Bäume und verankerten Kai dort, wo er war, sobald der Boden auch unter ihm nachgab. Äste und Blätter sprossen ebenso wie dornige Ranken um ihn herum. Kai wurde zu einem menschlichen Teil des Waldes.

Wenige Meter unter ihm krallte sich Ali an einer mickrigen Wurzel fest. Seine Füße scharrten über die Wand eines gähnenden Abgrunds.

Kai riss eine trockene Ranke in Griffnähe ab und warf sie Ali zu. »Halt dich fest!« Seine Kehle war so eng, dass er kaum atmen konnte.

Ali ließ den Kopf hängen. »Ich kann nicht.« Er klang viel zu ruhig und Kai hätte ihn am liebsten angeschrien. Er atmete tief aus, wie er es bei Ruby schon öfters bemerkt hatte und seltsamerweise half es ihm, klarer denken zu können.

»Du musst!«, sagte er mit fester Stimme und warf ihm eine weitere Ranke zu. »Ich brauche dich.«

Ali hing da wie ein nasser Sack. Sein blauer Schopf sah von oben wie eine Träne aus. Warum ließ er nicht einfach los, wenn er sowieso schon aufgegeben hatte?

Kai knirschte mit den Zähnen. »Los jetzt! Wenn du nur ein bisschen schwingst, kommst du an die Dinger ran. Sieh wenigstens hin! Ich hab was gemacht, keine Ahnung was. Es ist grün.«

Ali hob in Zeitlupe den Kopf und musterte Kais Auragewächs. »Ich kann mich nicht bewegen.« Immer noch diese Grabesstimme.

120

Kai unterdrückte ein Stöhnen. »Alter, stell dich nicht so an!«

»Ich glaube, ich habe Angst.«

»Ich hab auch Schiss, Ali. Ich piss mir hier gerade die Hosen voll. Wenn du dir nicht die einmalige Chance entgehen lassen willst, dich über mich lustig zu machen, schnappst du dir jetzt schleunigst dieses Ding.«

»Woher weiß ich, ob es hält?«

Kai schnaubte. »Kein guter Zeitpunkt, um meine Aura mit deinen Zweifeln zu schwächen. Es hält. Weil es unsere einzige Chance ist. Jetzt schaff deinen Arsch hier rauf, damit ich ihn dir versohlen kann.«

In dem Moment riss die Wurzel ab. Ohne einen Laut rutschte Ali in die Tiefe. Schneller, immer schneller glitt sein Körper über die lose Erde auf das dunkle Loch zu.

Kais Ruf hallte von den Wänden wider.

Sein Schrei würde sein Lasso sein.

Es war ein merkwürdiger, unerklärlicher Gedanke. So klar vor seinem inneren Auge wie noch nie eine Idee zuvor.

Und das geschriene Lasso schoss den Abgrund hinunter, überholte Alis Körper auf der Geröllrutsche. Kais Augen konnten dem geschmeidigen Seil kaum mehr folgen. Es schlang sich um Alis Handgelenk und riss ihn nach oben, wie von einem unsichtbaren Riesen gezogen.

Ali wurde an ihm vorbei auf den sicheren Waldboden geschleudert, wo Kai ihn nicht mehr sehen konnte.

Mit einem Mal war er erschöpft. Das Brennen begann. Es wäre ja auch zu schön gewesen, wenn er endlich davon verschont geblieben wäre. Nachdem die drei lächerlichen Blasen nach seiner Speed–Aura–Aktion so schnell verheilt waren, hatte er es verdrängt. Er schloss die Augen und keuchte über den plötzlichen Schmerz. Verdammt, er hatte vergessen, wie weh das tat, wenn er ernsthaft Auramagie anwandte.

»Ika.« Er riss die Augen auf. Wenn Ali ihn mit diesem Namen ansprach, war etwas ganz und gar nicht in Ordnung. »Bleib, wo du bist! Hier sind Bäume und Schatten. Und Hunde.«

Hunde? Kai wand sich aus seinem Auranetz und kletterte vorsichtig an den Ästen und Lianen nach oben, bis er über den Rand spähen konnte. Als ob jemand das Licht ausgeknipst hätte, entschied die Lampyria in dem Moment, es Nacht werden zu lassen. Sie schickte einen runden

Vollmond anstelle der blassen Herbstsonne, die soeben noch den Himmel erleuchtet hatte. Die Glühwürmchen, denen die Foresta Lampyria ihren Namen verdankte, waren allerdings nirgends zu sehen. Ungewöhnlich.

Ali kauerte mit dem Rücken zu ihm im Moos. Die Hände seines Freundes zitterten.

Im Dunkel leuchteten mehrere, unheimliche Augenpaare auf. Nachtschatten!

Der Wind wisperte in den Nadeln der Lauschlärchen. Die ganze Lichtung stand voll von diesen verdammten Spionen.

Kai hatte von Prinz Ali und dem Musiker Kai gesprochen. Er hatte sie selbst an Thyra ausgeliefert. Es geschah ihm nur recht, dass Thyras Zorn sich in den schrecklichen Blasen, die sich auf seiner Haut bildeten, entlud.

Verdammt, sie waren am Arsch.

Zwei knurrende Gestalten glitten durch die Lücken zwischen den Nachtschatten. Ihre knochigen Körper knackten bei jeder Bewegung. Kai überlief eine Gänsehaut. Augen wie schwarze Seen starrten ihn an. Einer der Knorpelknacker bleckte seine rasiermesserscharfen Zähne. Verwesungsgeruch wehte zu ihm herüber.

Sie waren so was von tot!

Seine Schuld. Seine gottverdammte Schuld.

Ali erhob sich. Langsam, wie ein uralter Mann. Dann zog er sein Hemd aus. Kai schüttelte fassungslos den Kopf. Wollte er den widerlichen Knacksern das Reißen erleichtern? Er hievte sich über den Rand und richtete sich kraftlos hinter seinem Freund auf.

Wie in Zeitlupe hob Ali die Arme und sang.

Kai hatte die Betgesänge tausende Male gehört. Sie hatten ihn immer irgendwie verärgert, weil sie ein Geheimnis waren, das Ali nicht mit ihm teilte.

Obwohl die Worte der fremden Sprache nach wie vor unverständlich für ihn waren, fühlte er in diesem Augenblick, was die Melodie ausdrückte.

Die Noten zitterten vor Schmerz, bebten voller Verlust und Kummer, schwollen zu einer Stärke an, die Kais Herz schneller schlagen ließ. Die Musik wob einen Schutzpanzer um sie beide, der für die Schattenkreaturen unpassierbar war wie eine unsichtbare Hülle.

Zentimeterweise arbeiteten sie sich durch die lauernden Wesen vor. Keiner der Jungen wagte, einen Ton von sich zu geben. Kai roch Alis scharfen Schweiß und spürte gleichzeitig den feinen Film auf seinem Rücken. Als sie die Lichtung hinter sich gelassen hatten, schwand der Schutzzauber und wie auf ein stummes Kommando hin rannten sie beide los. Ihre Füße flogen über den Waldboden, sie sprangen wie fliehende Rehe über Äste und Wurzeln, bis sie das Knurren und Wispern der Kreaturen mehr und mehr hinter sich ließen. Kai überlegte kurz, ob es eine gute Idee war, in die Bärenhöhle zurückzukehren und damit die Spione direkt zu Ruby zu führen, aber es blieb ihnen keine Wahl. Die Lampyria verschwand, ebenso wie sich ganz Salvya im Nichts auflöste. Ruby musste Thyra aufhalten und Kais Aufgabe war es, ihr beizubringen, wie sie das anstellen sollte.

Gleichzeitig preschten sie durch den steinernen Eingang – und fanden die Höhle leer vor.

Kapitel 12
Ruby

Wie tief war sie gefallen? Drei, vier Meter bestimmt. Konnte ein Körper das unbeschadet überleben?

Sie wünschte sich etwas Licht, damit sie sich wenigstens umsehen konnte, verwarf den Gedanken jedoch gleich wieder. So würde sie vielleicht nicht gefunden werden. Weder von den gruseligen Wesen da draußen noch von den Dingen hier drinnen, die womöglich gar nicht existierten. Sie lauschte angestrengt in die Dunkelheit, hörte aber nur ihren eigenen hastigen Atem und den viel zu lauten Herzschlag in ihrer Brust.

War ihre überstürzte Flucht eher ihre Rettung oder ihr Untergang? Als sie den Drachen nachgeschlichen war, hatte sie Dinge gesehen, Wesen, die Kai und Ali angegriffen hatten. Kreaturen, von denen sie intuitiv wusste, dass sie Ruby rochen und fühlten, selbst wenn sie sich vor ihnen versteckte. Dann war sie losgerannt. Gerannt, gerannt, gerannt, bis sie über diese seltsame Falltür im Waldboden gestolpert war. Sie hatte den rostigen Riegel zurückgeschoben, die Klappe hochgestemmt, und obwohl alles in ihr *Falle!* geschrien hatte, war sie in die ungewisse Finsternis gesprungen.

Natürlich hatte sie nicht daran gedacht, die Falltür hinter sich zu schließen. Nun war das viel zu weit entfernte matte Viereck an der Decke die einzige Lichtquelle in diesem Loch.

Endlich traute sie sich, ihre Hände zu bewegen und tastete unter höchster Anspannung ihre Umgebung ab.

Holzdielen. Ein quer über dem Boden liegender Balken. Das Gefühl von Stoff unter ihren Fingerspitzen. Eine … Kartoffel?

»Au! Prinzessin, hör sofort auf mich zu quetschen!«

»Omar Chattab!«, quietschte Ruby. Schnell dämpfte sie ihre Stimme. »Was tust du denn hier? Ich dachte, du wärst –«

»Zersplittert! Jawohl. Gibt es eine qualvollere Art, dahinzuscheiden? Lieber wäre ich noch einmal jahrzehntelang in der Wüste verschollen, als diese Qual erneut zu erleiden.«

Ruby tastete den Stein ab. »Du scheinst ganz zu sein.«

»Denk nicht, deswegen wäre ich dir dankbar, du kleine Assel. Deinetwegen bin ich –«

Ehe er wieder anfing herumzujammern, unterbrach sie ihn.

»Was kann ich dafür, dass die Lauschlärche auf mich gefallen ist?«

»Der Stamm traf dich natürlich mit Absicht. Egal was deine Drachenfreunde dir erzählen.«

»Weshalb? Das frage ich mich schon die ganze Zeit.«

Omar Chattab versteinerte.

»Du sagst es mir auch nicht«, stellte Ruby enttäuscht fest. »Du bist echt keine große Hilfe, wenn du meine Fragen nie beantwortest.«

»Dennoch scheinst du der Meinung zu sein, mich zu brauchen. Sonst wäre ich nun nicht hier.«

»Wie, hier? Wo sind wir denn? Wieso bist *du* hier?«

»Dieser Ort …«, er räusperte sich und seine Stimme klang eine Nuance tiefer, »ist dein persönliches Internum.«

»Mein was?«

Omar Chattab schnaubte. »Tu mir den Gefallen und mach mal Licht an«, sagte er schließlich.

»Wie denn? Ich hab zufällig gerade keine Taschenlampe dabei.«

Der Stein stöhnte lautstark. »Ich weiß es mit hundertprozentiger Sicherheit, sonst würde ich es nicht glauben. Sie hat ganze Arbeit bei dir geleistet.«

»Wer? Mit was?«

»Deine Mutter. Mach jetzt gefälligst das Licht an. Mir egal welches. Wenn du dafür eine Beutelleuchte brauchst …«

»Was ist eine Beutel–«

»Mach! Verdammt! Noch mal! Das! Licht! An!«, brüllte Omar Chattab.

Irgendwann würde sie ihn fallen lassen. So ganz aus Versehen natürlich, aber günstigerweise in ein verdammt tiefes Loch.

Etwas rollte scheppernd durch die Dunkelheit. Vielleicht ein Nachtlicht? Ruby erstarrte. Das zartrosa Leuchten, das von dem Miniaturdrachen an ihren Füßen ausging, erhellte gerade so die nächste Umgebung, dennoch war es besser als nichts.

Omar Chattab versprühte prustend eine Ladung Sand. »*Das* ist dein Licht? Wie niedlich, Prinzessin.«

»Was kann ich dafür, was hier rumliegt?«, fauchte Ruby beleidigt.

»Weil es *dein* Internum ist, Ruby. Setz dich!«

Warum tat sie eigentlich immer, was Kommandant Kartoffelnase ihr befahl?

»Schon besser, so weiß ich wenigstens, wo du bist«, brummte Al–Chattab zufrieden. »Sieh dich um.«

Ruby hielt den rosafarbenen Leuchtdrachen in die Höhe und inspizierte die Umgebung. Es war das pure Chaos. Zertrümmerte Schrankhälften waren kreuz und quer über den Boden verteilt. Ein Stück Sahnetorte lag halb zugedeckt in einem umgestürzten Puppenwagen. Und Drachen. Überall waren Drachen. Poster, winzige und überdimensionale Skulpturen, Drachenkissen, Kerzen in Drachenform und sogar eine gusseiserne Teekanne mit Drachenkopf.

»Oh Gott!«, entfuhr es Ruby. »Was für ein Saustall.«

»Drachenstall«, kommentierte Al–Chattab trocken. »Das kann beim ersten Mal schon passieren, mach dir nichts draus.«

Ruby fixierte den Stein aus schmalen Augen. »Los jetzt! Klartext, sonst geb ich dich Kai als Wetzstein für seine Messer.«

Al–Chattab riss die Augen auf. »Was bist du nur für ein widerwärtiges Weibsbild. Schalte halt deine einsame Gehirnzelle ein! Das ist dein *Internum*.«

Ruby furchte die Stirn. Sie hasste Latein. Wenn sie nicht alles täuschte, bedeutete *intern* so etwas wie *innen*.

»Mein Innerstes?«

Omar Chattab lachte auf. »Na also, Fräulein. Du kannst es doch.«

Ruby schüttelte ihn leicht, woraufhin er sich hastig räusperte. »Immer ungeduldig die jungen Dinger, weil sie denken, ihre Lebenszeit liefe davon. Seltsam, erst im Alter –«

»Oma-Ketchup-ich-bin-kacke-und-schäm-mich-für-meine-Matschbirne«, schrie Ruby.

»Omar Al–Chattab Ibn Khalid Al–sham'ah Ben Majidatulroumi«, empörte sich der Stein. »So eine Verunglimpfung meines altehrwürdigen Namens habe ich ja noch nie gehört.«

»Du wirst ganz andere Dinge hören, wenn du nicht sofort antwortest.«

»Ist ja guuuuuuut!« Omar Chattab atmete hörbar aus. »Dein Internum ist so etwas wie ein Zufluchtsort. Nur für dich allein, es sei denn, du lädst jemanden ein.« Seine Augen rollten nach oben zu der geöffneten Luke. »Clevererweise hast du die ganze Lampyria eingeladen, in deinem Innersten herumzuspazieren, Prinzessin.«

»Ich wusste nicht —«

»Wie dem auch sei«, unterbrach Al–Chattab sie. »Es ist ein Ort, der nur dir erscheint, und zwar genauso wie du ihn brauchst, wenn du ihn bitter nötig hast. Es ist ähnlich wie mit der Gefühlsmagie: Du musst dir etwas sehr dringlich und von Herzen wünschen, dann tritt es in Erscheinung.«

»Ich habe mir keinen chaotischen Drachen–Kitschladen gewünscht«, wehrte sich Ruby entsetzt.

»Nein. Du hast nur einen Ort gebraucht, an dem du dich verkriechen kannst. Wenn du nun noch daran gedacht hättest, die Tür abzusperren, wäre alles in Ordnung.«

»Das hier ist mein Innerstes?« Rubys Stimme klang in ihren Ohren zu schrill. »Dieses pure Chaos und rosa Drachenlämpchen?«

»Ich an deiner Stelle würde auch ein wenig aufräumen, bevor die falschen Augen das sehen.«

»Ruby?«, erklang eine nur allzu vertraute Stimme.

Ihr Herz blieb stehen. Viel zu lange. Dann raste es plötzlich, wie um die verlorene Zeit wieder einzuholen.

»Ich bin hier unten.« Sie sprang auf die Füße und rannte zu der Luke.

Kai beugte sich über die Öffnung. »Geh zur Seite, wir kommen runter.« Leichtfüßig landete er neben ihr, dicht gefolgt von Ali. Kai sah irritiert auf den rosa Drachen in ihrer Hand.

»Ähm« Ruby versteckte das Lämpchen hinter ihrem Rücken. »Ich hatte leider keine Zeit zu putzen.«

Kai fischte die Torte aus dem Puppenwagen. »*Das* geht in deinem Innersten vor, Prinny? Das lässt tief blicken.« Er tauchte den Zeigefinger in den Kuchen und leckte ihn ab. »Bäh! Backen kann dein Unterbewusstsein schon mal nicht.«

»Iss das nicht!« Ali schlug Kai auf die Hand, bis er den Teller fallen ließ. »So charmant, wie du immer bist, wäre es kein Wunder, wenn Ruby dich hier unten vergiften würde.«

Kai musterte sie mit unverhohlener Skepsis. »Wieso bist du überhaupt abgehauen?«

Auf einmal war Ruby froh über das mickrige Licht ihrer Drachen-lampe. »Mir war halt nach frischer Luft.«

Höchst interessiert inspizierte sie den Raum. Spannend, was ihr Innerstes sich so ausdachte: Wie in aller Welt hatte sie den Lichtschalter vergessen können, aber ... war das eine Maultrommel? Hastig ließ sie das Instrument in einer Schublade verschwinden.

»Frische Luft«, höhnte Kai. »In einer Höhle.«

»Ja, stell dir vor«, fauchte sie. »Dann waren da plötzlich überall Nachtschatten und Lauschlärchen und diese ekelhaften Hundewesen, die nach Verwesung stanken. Ali hat gesungen und du hast geweint«, brach es aus ihr heraus und die Erinnerung drückte ihr die Luft ab. Sie hatte solche Angst gehabt und dann war sie weggerannt, wie ein Feigling, anstatt ihren Freunden zu helfen.

»Ich habe nicht geweint.« Kais Stimme war auf einmal ganz sanft. Er stand so nah bei ihr, dass sie nur den Arm nach ihm auszustrecken brauchte, um ihn zu berühren. Er log, dessen war sich Ruby ziemlich sicher.

»Was ist passiert?«, flüsterte sie.

»Salvya löst sich auf. Thyra entzieht dem Land seine Grundlage. Wir wären beinahe in das Nihilum gefallen, das der Mangel an Phantasie ausgelöst hat.« Er fuhr sich durchs Haar.

»Was ist bitte ein Nihilum?« Eine unerklärliche Aufregung machte sich in Ruby breit. Das Wort weckte eine Erinnerung in ihr. Sie wusste nur nicht, an was.

»Das, was übrig bleibt, wenn die Schattenphantasten unserer Welt die Magie entziehen: absolute Leere.« Kai legte den Kopf schräg. »Du wolltest in deinem Säuselnussrausch einen Kopfsprung hineinmachen, erinnerst du dich?«

Ruby fröstelte bei der Erinnerung an das gruselige Loch im Wald-boden. »Ali ist hineingefallen?«

Ali nickte ernst. »Kai hat mich gerettet. Er war phantastisch. Ich wusste immer, dass Großes in ihm steckt, aber ein Schreilasso ...« Er schüttelte den Kopf. »Das war super.«

»Ich hab die Nachtschatten gerufen.« Kais Stimme war beinahe tonlos. Er rieb sich unablässig über die Unterarme. »Ich war es. Mit meiner blöden Schreierei. Hätte ich keine Aura benutzt, wären sie gar nicht erst gekommen.«

»Hättest du keine Magie angewandt, mein Freund, wären wir beide jetzt Geschichte. Ruby wäre von ein paar Knorpelknacksern zerfleischt worden, also hör bitte auf, dich zu grämen. Du warst beeindruckend.«

Kai errötete und ließ seinen Blick über Rubys Overall schweifen. »Du siehst echt so aus, als hätte dich ein Knackser zwischen die Zähne bekommen. Wie wär's mit einem neuen Outfit?«

»Ja, ich hab nur dummerweise keinen Kleiderschrank dabei«, giftete Ruby. Zum Glück hörte Kai sich weniger verzweifelt an.

»Dein Fehler. Wünsch dir halt einen hier rein«, kommentierte er ungerührt und begann ebenfalls das Zimmer zu untersuchen.

»Du weißt gar nicht, wie du das hier gemacht hast.« Ali beobachtete sie aufmerksam.

Ruby nickte.

»Es ist ein bisschen so wie das mit der Blitzphantasie. Oder das mit der Herzensmusik. Du hast ein Gefühl, ein dringendes Bedürfnis.«

»Stell dir vor, du musst im Wald pinkeln und weit und breit sind nur dürre Stämmchen«, platzte Kai dazwischen. »Dann erscheint dir ein Klo.« Er sah sich skeptisch um. »Na ja, bei dir vermutlich ein Eimer in einem Raum voller …« Er hob einen Messingdrachen mit grün schillernden Smaragdaugen auf und spitzte die Lippen.

»Kleiderschrank«, erinnerte ihn Ruby hastig. »Wie mach ich das?«

Kai stellte den Drachen ab. Gott sei Dank. Er kam näher. Noch näher. Viel zu nah. Sein Atem strich über ihre Stirn. Sie fühlte, wie erhitzt sein Körper von dem Sprint durch die Lampyria war. Dann beugte er sich vor, bis seine Lippen ihr Ohr berührten. Ruby brauchte all ihre Konzentration, um ihm nicht versehentlich einen Stromschlag zu verpassen.

»Wünsch dir was!«, flüsterte er.

Ruby schloss die Augen. Dachte an –

Stopp! Das nicht.

Kai lachte leise.

Kleider. Sie brauchte etwas Praktisches. Eine Jeans? Ein Kleidungsstück, das sie dank ihrer Mutter niemals besitzen würde. Sie fühlte sich beinahe rebellisch, als sie sich weiße Turnschuhe vorstellte, die sie anstelle der unsäglichen Ballerinas anziehen würde. Einen Kapuzenpulli und ein T-Shirt. Ja, das würde gehen.

Ruby öffnete die Augen. Nichts. Ihr Internum war immer noch dasselbe Chaos aus Drachen und unverständlichen Dingen, nur gab es keine Klamotten. Sie stöhnte.

»Du musst es richtig wollen, Prinny.«

Ruby sah an ihrem blutverkrusteten, dreckstarrenden Overall hinunter. Ihr lila und goldfarbener Gaultierbody schimmerte aus zahlreichen Rissen hervor. Auf einmal war ihr bewusst, dass Kai ihn sehen konnte. Selten in ihrem Leben war ihr etwas so schrecklich peinlich gewesen. Sie machte einen Schritt, um Abstand zwischen sich und Kai zu bringen. Ihre Füße verhedderten sich in weichem Stoff.

Der Ärmel eines Kleides hatte sich um ihre Knöchel geschlungen. Braun. Mit Blümchen zwischen den Maschen. Ruby bückte sich unschlüssig zu dem Teil hinunter. Es sah aus wie eine Oma-Gardine. Allerdings waren die Blumen echt und das Gewebe aus einem Material, das sich irgendwie wie der Waldboden anfühlte. Weich und etwas krümelig.

»Eine Waldrobe«, bemerkte Ali. »Nicht das, was die jungen Dinger in Salvya heutzutage tragen, dennoch ist es ein kostbares Stück.«

Kai musterte das langärmlige Kleid. »*Das* ist dein sehnlichster Wunsch? Das Nachthemd deiner Großmutter?«

»Ich hab keine Großmutter.« Ruby wedelte vor seiner Nase herum. »Dreh dich um, damit ich es anziehen kann.« Alles war besser als diese durchsichtige Overall-Body-Kombination.

»Weiß ich doch«, brummte Kai, der sich betont langsam umdrehte.

»Woher willst du wissen, ob ich eine Oma hab?« Ruby starrte seinen Rücken misstrauisch an. Auch wenn die Dunkelheit hier unten das meiste versteckte, wollte sie trotzdem nicht riskieren, von Kai nackt gesehen zu werden. In Rekordzeit schlüpfte sie aus ihren alten Sachen, wobei sie den Reißverschluss des Overalls aus seiner Naht riss. Ausgeschlossen, ihn je wieder anziehen zu können. Sie zog die Waldrobe über den Kopf. Es war das Scheußlichste, was sie je getragen hatte. Gleichzeitig fühlte es sich traumhaft an, wie splitternackt im Moos zu liegen – und es war ihr mindestens drei Nummern zu groß.

Kai prustete. »Ehrlich, Prinny. Du machst mich fertig.«

»Warum weiß mein Unterbewusstsein nicht, welche Größe ich trage?« Sie versuchte das Kleid an der Hüfte zusammenzuraffen, was alles nur schlimmer machte: Ihr Ausschnitt klaffte so tief, dass Kais Augen kugelrund wurden. Hastig ließ sie den Stoff wieder los.

»Weil du eine völlig verschobene Selbstwahrnehmung hast«, murmelte Kai und lachte auf einmal nicht mehr. Vielmehr sah er hungrig aus.

»Freunde, ich glaube, wir sollten einen neuen Versuch wagen.« Ali stieg über den quer liegenden Balken. Erst da erkannte Ruby den Dachbalken darin. Das gesamte Zimmer stand auf dem Kopf. Sie liefen an der Decke, während sich über ihnen der Fußboden ausdehnte. Wie verquer war eigentlich ihr Innerstes?

»Es ist eine große Leistung, bei deinen nicht geschulten Fähigkeiten ein Internum zu kreieren«, sagte Ali, der ihre Verwirrung bemerkt hatte. »Dass es noch unregelmäßig ist, ist normal. Wir brauchen aber etwas anderes, Ruby, und ich befürchte, das finden wir hier nicht.«

»Was braucht ihr denn?«

»Ein Portal. Nach Schattensalvya.«

»Warum solltet ihr dort hinwollen?«

»Weil unsere Welt sich auflöst und wir etwas dagegen tun müssen, sonst lösen wir uns mit ihr auf. Es war heute schon fast so weit. Thyra weiß, dass wir hier sind und sie wird nicht aufhören, uns zu jagen, bis …« Er schluckte. »Sie hat Amy in ihrer Gewalt, die Einzige, die uns verstecken konnte. Und sie weiß von dir.«

»Ich tu's.« Kai marschierte Richtung Falltür, sprang ab wie eine Katze und packte die hölzerne Umrandung der Tür. »Kommt raus. Ich öffne mein Internum.«

Ali beugte sich vor. Mit einem Kopfnicken bedeutete er ihr, den Fuß in seine verschränkten Hände zu stellen. Mit wackeligen Knien stemmte sie sich an ihm hoch und streckte die Arme nach oben. Die Luke war immer noch zu weit entfernt.

»Wünsch sie dir näher.« Alis Stimme klang gepresst. Natürlich! Er versuchte gerade, einen Panzer zu stemmen. Die Tür rückte in noch weitere Ferne. Kleiner und kleiner wurde sie, bis sie fast vollständig vom dunklen Schacht des Waldbodens verschluckt wurde.

»Ruby, hör auf! Du verschließt dein Internum. Du musst daran glauben.«

Die Wände kamen immer näher. Sie würden eingeschlossen sein in diesem Waldloch, qualvoll ersticken in der feuchten Erde. Sie war schuld. Ali war mit ihr hier unten gefangen, weil sie keine Magie besaß. Nicht genug Vorstellungskraft.

»Prinny, nimm meine Hand.« Kais Stimme hörte sich an wie ihr eigenes Echo. Sie konnte seinen grünen Schopf in der kilometerweit entfernten Luke kaum ausmachen.

»Verdammt, Ruby, du kannst es, du musst nur an dich glauben, du dummes Ding!« Er klang wütend. Panisch. Hektisch. Alles zugleich.

»Ruby, ich sage das nur ein einziges Mal. Ich schwöre, du wirst nie wieder etwas Vergleichbares von mir hören.« Er holte tief Luft. »Es gibt niemanden, der in einem so hässlichen Kleid so bezaubernd aussieht wie du.«

Sie wusste, dass er log. Es konnte nicht anders sein. Doch die Hoffnung war eine gemeine Verräterin, die ihr Herz zum Schlagen brachte. Sie reckte die Arme wieder in die Luft. Wie durch ein Wunder erreichte Kai ihre Handgelenke und zerrte an ihr, bis sie keuchend an seinen Hals geklammert auf dem feuchten Moos lag. Er ließ sie nicht los, sah sie einfach nur an, in ihrem scheußlichen, braunen Sackkleid. Seine Augen glänzten, während er ihr vorsichtig den verrutschten Stoff über die Schulter zurückzog.

»Du brauchst wirklich etwas anderes anzuziehen«, murmelte er. Er schob sie behutsam von sich herunter und sprang auf, wobei er Ali anrempelte. Kai schloss die Falltür, atmete aus und öffnete sie wieder, dann glitt er in das Loch.

»Oh nein! Hier geht's auf gar keinen Fall. Kommt bloß nicht runter«, drang Kai dumpf zu ihnen herauf.

»Wieso?« Ali bewegte sich Richtung Falltür.

Kais Stimme verwandelte sich in ein Flehen. »Nein! Nein, nein, nein! Bitte, Mann, bleib einfach weg. Ich komme raus. Ich … die Tür ist ein bisschen weit oben und … such mir bitte was, womit du mich hochziehen kannst, okay?«

Ali schüttelte den Kopf und marschierte in den Wald hinein.

Ruby legte die Stirn in Falten. Kai benahm sich total komisch. Wieso kam er nicht an die Tür heran? War sein Selbstbewusstsein plötzlich geschrumpft? Neugierig kroch sie zur Falltür und steckte den Kopf durch die Luke.

Kai kauerte auf einem Kingsize Himmelbett und schüttelte pausenlos den Kopf. Blumenduft drang in Rubys Nase und … Herrje, waren das Duftkerzen?

Kais Finger zerknüllten die Rosenblätter auf dem Bett zu roten und rosafarbenen Klumpen.

Wie gebannt blickte Ruby auf seinen gebeugten Nacken, auf dem der Kerzenschein sanft flackerte. Sein Kopf fuhr hoch und Ruby zuckte zurück. Wenn er sie hier sah, würde er sie umbringen. Er starrte an die gegenüberliegende Wand, wo ein überdimensionales Bild hing. In seinen aufgerissenen Augen lagen Unglauben und Fassungslosigkeit. Ruby folgte seinem Blick. Es traf sie fast der Schlag. Auf diesem Bild war niemand anderes zu sehen als Ruby selbst. Mit sperrangelweit geöffnetem Mund glotzte sie ihr Konterfei an. Das Mädchen auf dem Bild war weitaus schlanker und ihr Haar ergoss sich in einer glatten und glänzenden Kaskade über ihren Rücken. Doch es war eindeutig sie, die dort in Postergröße von der Wand auf Kai herablächelte wie ein bescheuertes Zahnpastamodell.

»Nein!«, schrie Kai.

Verdammt! Wieso hatte sie nicht bemerkt, dass er aufgestanden war? Blind griff er nach einer Blumenvase und zielte auf Ruby.

»Verschwinde!« Er klang unheimlich wütend. Endlich erwachte Ruby aus ihrer Starre und zog den Kopf ein. Ein Kissen flog aus der Öffnung und landete direkt vor Alis Füßen, der mit einer langen Liane in der Hand auf die Lichtung zurückgekehrt war.

»Hoppla.« Er hob das rosafarbene Herzkissen auf und schnupperte daran. »Hmm. Rosenduft. Na, wenn das nicht süß ist.« Er lachte leise. Ruby entriss es ihm hastig und schmiss es in die geöffnete Luke. Alis Mundwinkel zuckten, doch er warf die Liane ohne einen weiteren Kommentar hinterher. Kai kroch mit gesenktem Kopf aus der Öffnung.

Amüsiert sah Ali von Kais betretenem Gesichtsausdruck zu Rubys vermutlich knallroter Birne.

»Also, ich wäre schon neugierig, was da unten …« Er ging zur Falltür. Kai war blitzschnell vor ihm an der Öffnung und knallte die Klappe mit verkniffenem Gesicht zu.

»Schau in dein eigenes Inneres«, zischte er.

»Mach ich.« Ali legte ihm beruhigend die Hand auf die Schulter, dann zog er am Falltürring und rutschte elegant in sein eigenes Internum hinab.

Ruby bemerkte aus den Augenwinkeln, wie Kai sie ansah, aber sie konnte sich nicht dazu überwinden, den Blick zu heben.

»Ich hab dir was mitgebracht.« Seine Stimme klang rauer als sonst.

Ruby sah ihre Hände an und er warf ihr etwas in den Schoß. Lautlos verschwand er in Alis Internum.

Ruby beäugte den schwarz–glänzenden Stoff.

Ein Anzug? Ihre Finger glitten über die Ärmel, die schmalen Beine, den Reißverschluss, der das Kleidungsstück vom Hals bis unterhalb des Bauchnabels zusammenhielt.

Sie zögerte. Zögerte eine Ewigkeit. Das *konnte* sie nicht tragen. Das Teil war winzig. Hauteng. Sie würde aussehen, wie eine überdimensionale Presswurst. Sie stand auf und setzte sich wieder, griff nach dem Anzug und faltete ihn zusammen. Sie erhob sich erneut, wobei das Kleid von ihren Schultern rutschte. Er hatte ja recht. Sie würde es bei jeder unbedachten Bewegung verlieren.

Mit schweren Armen streifte sie die Waldrobe ab und schlüpfte widerwillig in die Beine der Wursthaut. Sie legten sich eng um ihre Knöchel, ohne sie einzuschnüren. Ruby konnte kaum stillstehen, während sie den Stoff über ihre Oberschenkel rollte. Sie hielt den Atem an und zippte den Reißverschluss hoch. Mit eingezogenem Bauch schloss sie die silberne Gürtelschnalle vor dem Nabel. Nichts davon war nötig. Der Anzug schmiegte sich an ihren Körper wie eine zweite Haut. Er fühlte sich perfekt an. Sie bewegte die Arme und bemerkte erstaunt, wie sich das Material ihren Bewegungen anpasste.

Woher zum Teufel kannte Kais Unterbewusstsein ihre Kleidergröße?

Sie machte einen Schritt auf die Luke zu, ehe sie die Stiefel entdeckte. Sie waren ebenso schwarz wie der Anzug und waren über die gesamte Schienbeinlänge geschnürt.

»Ich bin doch keine Catwoman«, brummte sie, während sie in die hohen Lederschäfte schlüpfte. In ihrem bisherigen Leben hatte sie nie etwas getragen, das ihr besser gepasst hatte, auch wenn sie sicherlich vollkommen lächerlich darin aussah.

Sie atmete sich ein paar Mal Ashwinkumar–Mut an, dann sprang sie in das Loch.

Es war, als ob das neue Outfit ihren Körper kontrollierte. Sie landete wie eine Katze auf den Fußballen, fing sich mit den Händen ab und schnellte flink hoch. Kai und Ali wichen zurück. Die Jungs starrten sie mit offenen Mündern an.

»Ein dummer Kommentar und ich verarbeite euch zu Drachen-steaks.«

Kai biss sich auf die Unterlippe. Ali zwinkerte ihr zu und Ruby sah sich in seinem Innersten um. Der Raum war leer.

»Was ist hier los, Ali?«

Er hob eine Schulter. »Anscheinend wurde mein Innerstes gelöscht, damit kein Fremder es lesen kann.«

Ruby kaute auf der Innenseite ihrer Wange. Ihr Internum war zwar ein einziges Chaos, dennoch war es besser, als innerlich vollkommen ausgehöhlt zu sein.

»Ich habe da so eine Theorie, Kitty«, meldete sich Kai zu Wort. »Ich denke, du solltest erneut ran. Etwas konzentrierter, wenn es geht.«

Ali verschwand wortlos aus der Luke. Ruby sah unsicher zu Kai.

»Danke«, murmelte sie. »Dafür.« Sie zupfte an dem Stoff.

Mit glänzenden Augen ließ Kai seinen Blick über ihren Körper gleiten.

»Ich helfe dir nur, dich selbst zu sehen, Prinzessin. Du bist …« Er fuhr sich durch die Haare. »Du kannst allein rausspringen. Das sind Catboots, sie unterstützen deine Sprungkraft.«

Ruby sah zweifelnd auf ihre Füße. »Meine Sprungkraft ist nicht vorhanden, Kai. Selbst wenn ich Sprungfedern an den Sohlen hätte, würde ich niemals da rauskommen.«

Er grinste. »Du willst nur von mir berührt werden.« Er stellte sich ihr gegenüber, umfasste zart ihre Hüften und sah ihr tief in die Augen.

Ruby wollte protestieren, doch auf einmal hatte sie vergessen, was sie sagen wollte. Kai hob sie mühelos hoch. Sie fasste nach dem Ausgang und war erstaunt, wie reibungslos der Ausstieg dieses Mal klappte.

Kai schloss hinter ihr die Falltür. »Es ist so, Prinny: Die Men-schen hier haben Gaben. Ali ist gut mit Namen. Amy hat dieses

Alterswandlergen und sie ist eine Art Tresor für Geheimnisse. Gnarfel ist ein Kämpfer. Sobald er eine Waffe in die Hand nimmt, wird er zum Gladiator.«

»Was ist mit dir?«

Kais Gesicht verschloss sich. »Nicht alle haben eine Gabe.«

»Kais Gabe wird sich erst entfalten. Dann wird es eine Offenbarung sein, eine Explosion der Magie.«

»Halt die Fresse, Ali!« Kai senkte den Blick. In den Sekunden davor hatte er schrecklich verletzlich ausgesehen. Ruby verspürte den Drang, ihn zu trösten. Bevor sie auch nur die Hand nach ihm ausstrecken konnte, fuhr er mit kontrollierter Stimme fort.

»Wir glauben, dass *du* eine Gabe hast, Ruby. Eine außerordentliche Gabe.«

Ruby lachte. »Und die wäre? Auralos zu sein?«

»Es ist tatsächlich eine Gabe, seine Aura besonders gut verschleiern zu können«, warf Ali ein. »Aber nein. Wir denken, du bist ein Schlüssel.«

»Ein Schlüssel«, echote sie verständnislos.

»Du öffnest Portale. Diese Gabe ist ein Mythos. Sie wird nur einer Person zugeschrieben.«

Kai schnitt Ali das Wort ab. »Du hast uns in Caligo durch das Portal nach Salvya gebracht. Du konntest Candy fahren. Du hast dein Internum gefunden und geöffnet. Wenn unsere Theorie stimmt, kannst du in deinem innersten Zimmer einen Durchgang nach Schattensalvya entstehen lassen.«

Ruby glotzte die beiden an. »Ihr seid total bescheuert.«

Kai schüttelte den Kopf. »Bitte zieh es wenigstens einmal in Betracht. Wir müssen da hin, Ruby, es geht um unsere Welt, um unser Überleben. Wenn du uns die Tür nicht aufmachst, kommen wir nie nach Schattensalvya. Amy bleibt in Gefangenschaft und Thyra wird weitermachen, bis es zu spät ist. Ohne das Portal sind wir verloren, verstehst du?«

Ruby ließ den Kopf hängen. Es war eine Katastrophe. Alle Hoffnung basierte auf der irrsinnigen Annahme, sie sei etwas Besonderes.

»Wie soll dieses Portal denn aussehen?«, fragte sie ihre Zehenspitzen.

»Das ist egal.« Alis Stimme klang zuversichtlich. »Hauptsache wir passen hindurch.«

Ruby schloss die Augen. Atmete. Konzentrierte sich auf das, was Kai ihr gesagt hatte. Sie mussten nach Schattensalvya und brauchten ein Portal, wofür sie – Ruby – der Schlüssel war. Am liebsten hätte sie alles hingeschmissen. Dennoch straffte sie den Rücken.

Beherzt griff sie zur Falltür, zog sie auf und sprang in die Finsternis.

Kapitel 13
Ruby

Sie war erleichtert, diesmal keine Drachen in ihrem Internum vorzufinden, ebenso wenig wie Dachbalken oder Duftkerzen. Es war ein Wohnzimmer mit einer durchgesessenen Blümchencouch, einem Bücherregal und einem großen, goldverzierten Wandspiegel. Eine Tür führte in ein winziges Badezimmer. Kai knuffte sie in die Seite.

»Da hat wohl jemand innerlich für Ordnung gesorgt.« Er lächelte. »Du lernst, dich zu kontrollieren. Das ist gut. Obwohl ich zu gern wüsste, wofür dieser niedliche, rosa–«

»Ich geh duschen.« So viel Zeit musste sein, ehe sie ihre sagenhaften Fähigkeiten als wandelnder Portalöffner unter Beweis stellte. Außerdem hatte sie das eisige Quellwasser in Gnarfels Hütte nur für eine Katzenwäsche ertragen.

Sie duschte, bis ihre Haut rosig schimmerte und die schwarzen Ränder unter ihren Fingernägeln endlich verschwunden waren.

»Beim nächsten Mal denkst du an einen unerschöpflichen Vorrat an heißem Wasser«, erklang Kais Stimme dumpf hinter dem Duschvorhang.

»Kai?«

»Ja, meine triefende Prinzessin?«

»Verschwinde gefälligst! Ich bin unter der Dusche.«

»Und?«

Ruby schnaubte. »Ich bin nackt, stell dir vor!«

»Echt?« Sie konnte ihn förmlich grinsen sehen. »Du duschst *nackt*?« Es raschelte. »So, Problem behoben, jetzt bin ich auch nackt. Du kannst rauskommen.«

»Wie bitte?« Ihre Stimme überschlug sich.

Kai lachte. »War nur ein Scherz, Kitty. Ich wollte bloß sicher sein, dass du dich nicht den Ausguss hinuntergespült hast.«

Ruby wartete, bis ihre Zähne klapperten. Bestimmt war die Luft rein. Sie zog den Duschvorhang beiseite. Kai saß keinen Meter von ihr entfernt auf der Kloschüssel, ihren Catwomananzug in der Hand und starrte sie mit leicht geöffnetem Mund an.

»Aaaahhhhh!« Ruby sprang wieder unter die Dusche zurück. »Bist du bescheuert?«

»Mein Gott, hast du mich erschreckt. Warum schreist du denn so?« Kai warf ein Handtuch über den Vorhang.

»Du hast mich nackt gesehen.« Ruby japste nach Luft.

»Dennoch warst *du* es, die geschrien hat, als wärst du einem Eiteregel begegnet.«

Ruby fragte nicht, was in aller Welt ein *Eiteregel* war.

»Du Arsch!«, fauchte sie.

»Du hast auch einen netten Arsch.«

Ruby stakste mit einem winzigen Handtuch um den Körper geschlungen aus der Dusche. Es war sowieso schon egal. Mit spitzen Fingern nahm sie ihm den Anzug aus der Hand. »Was tust du hier?«

»Dich beschützen.« Er blinzelte sie treuherzig an.

»Blödsinn!«

Kai zupfte an einem losen Faden am Handtuch. »Ich wollte mit dir reden.«

»Konnte das nicht warten, bis ich hier fertig bin?«

»Nein.« Kai zögerte einen Moment, dann streifte er sich das T-Shirt über den Kopf.

»Was machst du da?«, fragte Ruby aufs Höchste irritiert.

»Quid pro quo. Du kannst bleiben, während ich dusche, dann reden wir.« Er hielt inne, den Hosenknopf in der Hand. »Schrei nicht wieder, okay?«

»Wieso sollte ich schreien?« Ruby gelang es nicht, die Augen von dem gefährlich tief hängenden Hosenbund zu nehmen. Sie konnte seinen muskulösen Bauch bis zu den Hüftknochen sehen. Seine Finger verharrten, bis Ruby endlich den Blick losriss. Er hatte die Augenbraue kaitypisch hochgezogen. Ruby drehte sich weg, weil ihre Wangen zu brennen anfingen. Es raschelte und Kai verschwand hinter dem Vorhang.

»Worüber wolltest du so dringend mit mir sprechen?«

Er prustete Wasser. »Weißt du, ich war nicht immer ehrlich zu dir. Es fällt mir schwer, das zuzugeben. Du solltest es trotzdem wissen, bevor wir nach Schattensalvya gehen.«

Ruby zog die Knie an und kauerte auf der Kloschüssel, während sie gespannt auf den Rest seiner gestammelten Erklärung wartete.

»Diese Sache mit dem Schlüssel ist nicht alles. Es ist nur ein Teil einer Prophezeiung.«

»Okay …«

»Ich könnte behaupten, dass ich es verschwiegen habe, weil ich dir keinen Druck machen wollte, aber das ist Bullshit, Ruby. Ich fand es einfach unvorstellbar, dass die Prophezeite so ganz ohne Aura daherkommt. Weil ich ein verdammter Volldepp bin, der überhaupt nichts rafft.«

»Warte mal, Kai. Stopp!« Sie atmete nach Ashwinkumarart aus. »Ihr glaubt allen Ernstes, *ich* würde in einer Prophezeiung vorkommen?«

»Ich weiß, es scheint erst mal unwahrscheinlich.«

»Willst du mich verarschen?«

»Nein!«

Etwas tropfte auf Rubys Knie und sie riss den Kopf in den Nacken. Kai stand triefnass vor ihr. Er trug lediglich Boxershorts. Seine Haare wirkten nass viel dunkler und länger. Er beugte sich vor und stützte die Unterarme auf ihren angewinkelten Knien auf.

»Hör mir erst zu. Dann kannst du mich immer noch auslachen.«

Ruby kniff den Mund zusammen. Sie hätte sowieso nichts herausgebracht mit einem halb nackten, patschnassen Kai so dicht vor ihr. In seinen Wimpern glitzerten winzige Wassertröpfchen.

»Es gibt eine Prophezeiung. Sie ist so alt wie Salvya selbst und sie ging verloren, weshalb nur Teile davon mündlich überliefert wurden. Niemand weiß, ob das, was die Alten erzählen, überhaupt einen Kern Wahrheit beinhaltet. Dennoch ist es alles, was wir haben. Es ist extrem wichtig, dass wir wissen, worum es geht, weil in der Prophezeiung Thyras Herrschaft vorausgesagt wird – und wie man ihr ein Ende setzen kann.« Er strich sich das an die Stirn geklebte Haar nach hinten und wirkte mit einem Mal jünger und unsicherer.

»Ich hoffe, *ich* muss nicht irgendein Schloss in ihrem Gruselkabinett öffnen«, platzte Ruby heraus und knetete Kais T-Shirt in ihren Händen.

Kai schüttelte den Kopf. Ein feiner Sprühregen ging auf Ruby nieder. »Als Prophezeite bist du viel mehr als nur ein Schlüssel. Du wärst dann die *Einzige,* die Thyra vernichten kann.«

Sie wartete auf Kais spöttisches Grinsen. Auf ein Blinzeln oder irgendeinen Hinweis auf einen Scherz, doch er erwiderte nur ihren Blick.

»Was sagt denn die Prophezeiung, wie ich das mache? So ganz ohne Kräfte, meine ich.«

»Das ist nicht überliefert.« Endlich senkte er den Blick. »Wäre ja auch ein bisschen einfach, oder? Du musst zugeben, wie genial das ist. Keiner kennt deine Stärke. Man kann dich überhaupt nicht einschätzen. Du wirkst schwach und hilfsbedürftig, vollkommen unmagisch und gleichzeitig haust du höchste phantastische Magie heraus, ohne auch nur zu wissen wie. Niemand kann dich besiegen, wenn er keine Ahnung hat, gegen was er kämpft. Weil du selbst ja nicht einmal deine eigenen Waffen kennst.« Kais Augen glitzerten. »Du bist sozusagen unsichtbar, verstehst du?«

Ruby schluckte. Schluckte Kais Worte hinunter, die sich zu einer Faust ballten, die ihr direkt in den Magen boxte. Natürlich war sie unsichtbar, schon immer gewesen. So fiel sie nicht auf und wurde in Ruhe gelassen. Dann wurde sie von ihren Asthmaanfällen verschont.

Sie wischte Kais Hände von ihren Knien und schob sich an ihm vorbei. In der Badezimmertür blieb sie einen Moment stehen, sammelte sich und gab ihrer Stimme einen gleichmütigen Klang.

»Was sollte mich deiner Meinung nach dazu bringen, mich für eure Sache zu opfern?« Seine Antwort wartete sie erst gar nicht ab.

Kai

Er hatte mit allem gerechnet. Mit Unglauben, Spott, sogar mit Zorn oder Angst.

Sie hatte ihn einfach stehen lassen.

Fröstelnd rieb er sich die nackten und nassen Arme. Er hatte das untrügliche Gefühl, einen Fehler gemacht zu haben, den er noch bereuen würde.

Fast fürchtete er sich davor, das Badezimmer zu verlassen. Gleichzeitig erstickte er mittlerweile beinahe im Dampf der Dusche. Keuchend stolperte er durch die Tür.

Unglaublich, wie schnell sie lernte. Ihr erstes Internum war ein chaotischer, unkontrollierter Ort gewesen, während dieses hier von einem langjährig praktizierenden Phantasten stammen könnte. Sie gab nur das preis, was sie wollte.

Kai hingegen … Nein. Nicht darüber nachdenken.

Selbst die Sache mit der Affinität schien ihr so viel leichter zu fallen als ihm. Sie stellte den Strom mit einem Fingerschnippen an und ab, als drückte sie auf einen Lichtschalter. Was bei ihr ganz natürlich gelang, kostete Kai unfassbar viel Kraft.

Alis Blick streifte Kais nasse Gestalt, als ob er durch ihn hindurchsähe. Kai wusste, dass sein Freund in seiner Aura las, wie in einem verdammten Gefühlsbuch. Er blockte Alis Musterung ab, wie immer mit mäßigem Erfolg. Der Typ hatte Röntgenaugen. Ali warf Kai sein T-Shirt entgegen, das von Rubys nervöser Fummelei ganz zerknittert war.

»Wo ist sie?« Kai kümmerte sich nicht darum, wie der Stoff an seinem nassen Oberkörper klebte.

»Sie hat geweint.«

»Ich hab ihr nur von der Prophezeiung erzählt.«

Alis Blick blieb an der Pfütze um Kais Füße hängen. »Du dachtest, es sei eine gute Idee, das nackt zu tun?«

»Wo ist sie?«, wiederholte Kai seine Frage.

Ali hob die Hände. »Sie kam nach eurer Knutscherei aus dem Bad gestürmt.«

»Wir haben nicht −«

»Sah aber so aus. Sie war feuerrot und ihre Augen hatten diesen speziellen Ausdruck.«

Kai schüttelte den Kopf und kniff die Lippen zusammen.

»Dann fing sie an zu weinen und plötzlich verschwand sie.«

»Wie, verschwand?«

»Na, so.« Ali schnippte in die Luft.

»Wie kann man denn einfach so verschwinden?«

»Man kann verblassen, indem man seine Aura löscht.«

Kai glotzte Ali an. Das war es. Es passte zu Ruby wie die Faust aufs Auge. Ihre Aura war sowieso schon so durchscheinend, es bedurfte keiner großen Anstrengung, sie vollständig verschwinden zu lassen.

Es brauchte lediglich …

»… einen Vollidioten, der darauf herumreitet, dass sie unsichtbar ist.«

Ali wusste sowieso, was er dachte, da konnte er es ebenso gut aussprechen. »Verdammt, und was machen wir jetzt?«

»Hol sie zurück!« Alis Stimme hatte wieder einmal diesen unerträglich ruhigen Klang.

Er erinnerte Kai immer an einen unergründlichen See, auf dessen Oberfläche sich keine Welle kräuselte.

»Super Idee! Hast du sie gesehen? Ach warte, sie ist ja *unsichtbar*.« Er klatschte sich an die Stirn und rollte mit den Augen. »Sonst irgendwelche Vorschläge?«

»Ja. Benutz endlich deine Fähigkeiten.« Weiterhin keine Welle. »Du beschwerst dich dauernd darüber, keine Gabe gefunden zu haben. In Wirklichkeit traust du dich nur nicht, sie rauszulassen. Du hast Angst vor dir selbst.«

»Schwachsinn!« Er grub die Fingernägel in seine Handflächen.

»Kai, so sehr du es dir auch wünschst, deine Gabe wird nie im kriegerischen Bereich liegen. Du bist viel zu feinfühlig.«

»Ich bin ein guter Kämpfer«, unterbrach er ihn. *Feinfühlig* war kein Kompliment.

»Aber kein außergewöhnlicher. Dafür bist du ein sagenhafter Musiker. Wenn du dir endlich eingestehst, was für ein genialer Gefühlsmagier du sein könntest, wärst du grandios.«

»Seit wann bist du denn der Experte auf dem Gebiet?« Kai wollte es nicht hören. Seit seiner Kindheit kämpfte er gegen den hochsensiblen Jungen in ihm an, den die Eltern so verabscheuten. Einen knochenharten Soldatensohn hatten sie sich gewünscht und er hatte wirklich versucht, dieser Sohn zu sein. Dennoch hatte er sie enttäuscht.

Er verdrängte den Gedanken an seine Eltern. Sie waren tot, tot, tot und hatten ihren Tod so verdient, wie niemand anderes in Salvya.

Und ihr eigener Sohn hatte sie umgebracht.

Kai saß schon eine Ewigkeit mitten in Rubys Internum auf dem Boden. Seine Beine waren eingeschlafen. Alis Worte lagen ihm schwer im Magen. Noch nie hatte sein Freund ihm vorgeworfen, er wäre selbst schuld daran, keine Gabe zu besitzen. Das war verdammt harter Tobak und er spürte den Zorn in sich brodeln, wenn er daran dachte.

Dennoch, Ali hatte recht, wenn auch auf eine vollkommen andere Art, als er meinte: Kai würde nie ein Lichtritter und großer Auramagier werden. Das hatte er vor langer Zeit verspielt. Gefühlsmagie war nur für Feiglinge, das wusste jedes salvyanische Kindergartenkind, doch er hatte schlichtweg keine andere Wahl.

Er war es so leid, ständig gegenüber Gnarfel bestreiten zu müssen, wie sehr er ein Ritter sein wollte. Er *träumte* davon, ein Ritter zu sein. Ein ganz besonderer Lichtritter, für nur eine einzige Person der Welt. Nur, dass er es niemals sein würde, denn die Lichten Ritter waren die besten Auramagier Salvyas. Wenn man einmal von Thyra und ihrer Schattengarde absah, aber die Schattenmagie spielte ja auch mit gezinkten Karten: Die Magie bediente sich der Phantasie ihres Umfeldes und der Phantast selbst brauchte kaum eigene Ressourcen.

Kai schüttelte sich. Ihm rannte die Zeit davon. Er musste Ruby finden und dieses schreckliche Missverständnis aufklären. Schon wieder. So langsam sollte er wohl akzeptieren, dass er nur ein gefühlsduseliger Schwächling war, der Ruby verletzt hatte. Obwohl er sich endlich eingestanden hatte, wie töricht seine Angst vor der Affinität, der besonderen Anziehung zwischen ihnen beiden, war. Seine Abneigung gegen die Prophezeite war reiner Selbstschutz, weil er sich fürchtete, wieder zu versagen. Ausgerechnet zu einem Zeitpunkt, wo sie ihm ihr Vertrauen schenkte. Er richtete sich auf. Sie vertraute ihm. Kai musste schleunigst anfangen, sich selbst zu vertrauen. Er konnte sie nicht in ihrem Innersten versauern lassen.

Ruby

Sie war kindisch. Was hatte Kai schon Großartiges gesagt? Er sah eben in ihr dasselbe wie alle anderen: Nichts. Sie war ein Niemand, hohl und durchsichtig. Ruby war sechzehn Jahre lang unsichtbar gewesen und fühlte sich damit ganz wohl. Geschützt, wie in einem Kokon. Mehr Platz für Tagträume. Weniger Asthmaanfälle.

Ruby hatte bisher überhaupt nicht darüber nachgedacht, wieso sie keine einzige Atemnotattacke gehabt hatte, seit sie sich mit den

Drachen rumtrieb. Dabei bekam sie hier übermäßig viel Aufmerksamkeit. Darum taten Kais Worte so weh. Weil sie gehofft hatte, sie wäre für ihn etwas Besonderes.

Es war ihr bisher nur einmal aus Versehen passiert, dass sie diesem Gefühl zu weit gefolgt war und nachgegeben hatte. Beim ersten Mal war es leichter gegangen, weil sie vor lauter Atemnot halb bewusstlos gewesen war. Sie hatte einfach die Leere zugelassen. Alles nur, weil dieser dumme Referendar sie unbedingt zu einem Vortrag zwingen musste. Sie hatte ihn gewarnt, unter einer besonderen Art von Sozialangst zu leiden. Sie würde Asthma bekommen, wenn sie auch nur vor der Klasse aufstehen müsste. Er hatte trotzdem darauf bestanden. Fünf geschlagene Minuten hatte sie wie ein altersschwacher Dampfkessel vor sich hingekeucht. Dann, als sie dachte, es könne nicht mehr schlimmer werden, hatte sie sich vor den Augen ihrer versammelten Klassenkameraden in Luft aufgelöst.

Bis heute fragte sich Ruby, wie es ihrem Vater gelungen war, das gerade zu rücken. Es hatte anschließend keiner ein Wort darüber verloren.

Sie hatte sich eigentlich geschworen, es nie wieder zu tun, aber das hier war ja auch ein Notfall gewesen.

Kai

Kai wollte schon im Voraus im Erdboden versinken. Er verspürte den unwiderstehlichen Drang wegzulaufen, bloß würde er sich dann vor Ali noch mehr blamieren.

Er würde Ruby niemals hängen lassen. Das musste er ihr nur irgendwie klarmachen.

Leider ließ sich Ali verdammt noch mal nicht dazu bewegen, aus dem Zimmer zu verschwinden.

Kais tiefes Seufzen hörte sich ein bisschen nach einem verzweifelten Lachen an. Dann machte er sich eben komplett zum Affen.

»Prinzessin.« Er musste sich räuspern. »Du kannst mich hören. Ich bitte dich, nein, ich flehe dich an.« Er klang wie ein Tattergreis. »Komm zurück. Bleib bei mir. Wir … ich brauche dich. Nicht nur, um Portale zu öffnen und Thyra zu besiegen, Prinny. Ich möchte dich bei mir haben. Du bringst etwas in mir … Du bist die Beste von uns.« Tattergreis? Um

Gottes willen, er war eine wirr plappernde Mumie! So würde die Prinzessin niemals zurückkommen. Er musste sich dringend etwas einfallen lassen. »Ich werde dir auch etwas versprechen. So wie du mir deinen ersten Kuss versprochen hast.« Aus den Augenwinkeln beobachtete er, wie Ali überrascht aufsah und ihn dann angrinste. Kai drehte ihm den Rücken zu, obwohl das seine brennenden Ohren auch nicht vor ihm verbarg. Er öffnete die Schublade und zog das Instrument heraus. In dem Moment, in dem er die Maultrommel gesehen hatte, hatte sich ein Gedanke in seinem Kopf geformt. Wenn es einen Weg gab, ihr Herz zu gewinnen, dann diesen. Die sanften Klänge untermalten den Gesang seiner Herzensmusik.

Diamonds are for girls,
But my girl's a diamond for me.
She's my ruby, ruby red sparkling girl.

Knights fight dragons for princesses,
But my princess is a dragon for me.
She's my wild, untamed dragon girl.

Rubys and knights
Dragons and fights
All I need is my
Ruby red dragon girl.
Ruby's a dragon,
And I am no knight,
But I'll fight
For my ruby red dragon girl.

Ruby

Kais Kopf war so weit nach vorne gebeugt, dass sie die feinen Löckchen in seinem Nacken sehen konnte. Sie nahm ihm die Maultrommel aus den schlaffen Händen und war selbst ein wenig erstaunt, wieder sichtbare Finger zu besitzen.

Vermutlich hatte Kais Lied ihre Unsichtbarkeit zunichtegemacht. Wie konnte derselbe Junge solche Lieder singen und gleichzeitig so ein Mistkerl sein? Wobei der Mistkerl sich gerade enorm zusammenriss.

»Bereit, ein Portal zu suchen?«, fragte sie leise und widerstand dem Drang, die Arme um ihn zu schlingen.

»Bist *du* bereit, gegen eine vollkommen übermächtige, psychotische Hexe zu kämpfen?«

»Wenn du mir dabei hilfst.«

Er verzog das Gesicht zu einer gequälten Grimasse. »Du solltest vielleicht wissen, dass ich nicht der geeignetste Ritter bin.«

»So schnell ziehst du dich aus der Affäre? Du Feigling.« Ruby schubste ihn gegen die Schulter.

»Das heißt, du willst mich als deinen Bodyguard?«

»Nur, wenn du mit diesem schwülstigen Rittergelaber aufhörst.«

Kai grinste bis über beide Ohren. Er legte seine Hand aufs Herz und verneigte sich leicht. »Für euch, meine taumelnde Prinzessin, werde ich sogar zum heißesten aller Lichtritter.«

Ruby versuchte vergeblich, das doofe Lächeln auf ihrem Gesicht zurückzuhalten. Eilig wandte sie sich ab und sah sich im Raum um. »Was denkt ihr, was könnte hier ein Portal sein?«

»So ziemlich alles. Leider ist dein Innerstes weniger übersichtlich als das von Ali. Sorry, Kumpel«, fügte Kai bei Alis gekränkter Miene hinzu. Ruby biss sich auf die Lippe, als Ali wortlos im Badezimmer verschwand. Natürlich litt Ali darunter, keine Erinnerung an sein früheres Leben zu haben. Trotzdem ertappte sie sich bei dem Wunsch, ihr ginge es genauso. Sie vermisste überhaupt nichts. Seit sie hier war, hatte sich so vieles verändert: Sie konnte Aufmerksamkeit genießen, ohne gleich Luftnot zu bekommen. Sie schien Menschen etwas zu bedeuten. In Caligo trieb sie immer knapp unter der Wasseroberfläche, nun war sie endlich aufgetaucht. Auch wenn manche Erfahrung hier schmerzhaft war, sie wollte nicht wieder zurück in ihren Wattekokon schlüpfen.

Sie lächelte Kai an, der zu ihrer Überraschung tiefrote Wangen bekam. Schnell drehte er sich zu dem Wandspiegel um und fuhr sich durch das verstrubbelte Haar.

»Mann, ich seh so verdammt gut aus. Wenn ich ein Mädchen wäre, würde ich mir selbst die Klamotten vom Leib reißen.« Er zwinkerte seinem Spiegelbild zu. »Ich bin wirklich heiß.«

Ruby starrte. Sie blinzelte und rieb sich die Augen.

Kai war weg. Eine Sekunde zuvor hatte er mit sich selbst geflirtet und dann war er einfach verschwunden? Sie trat zögernd an den Wandspiegel, berührte mit den Fingerspitzen das kühle Glas und fuhr vorsichtig über den verschnörkelten Goldrahmen. Nichts deutete darauf hin, dass Kai eben hier gewesen war.

Ali kam in einer Dampfwolke aus dem Badezimmer. Er verharrte in der Tür.

»Was ist los?«

»Kai …« Ruby zeigte auf den Spiegel. »Er war hier, hat sich bewundert und in seinen Haaren rumgefummelt und dann …« Sie schnippte mit den Fingern. »Weg. Einfach weg. Oh Gott, Ali, meinst du, ihm ist etwas passiert?«

Ali schüttelte den Kopf. »Das ist das Portal.« Er lächelte. »Du bist als Nächste dran.«

»Wie denn? Er hat nichts Besonderes gemacht. Kein Hokuspokus, keine Musik.«

»Man muss für so einen Durchgang kein Zauberer sein. Es reicht, den Schlüssel zu benützen.«

»Ich dachte, ich wäre der Schlüssel.«

»Du bist so was wie ein Generalschlüssel. Jedes Portal hat seinen eigenen Schlüssel. Es kann ein Gegenstand sein, der in der Nähe herumliegt. Die besseren Pforten sind meist durch einen Zauber geschützt. Man muss etwas Besonderes tun, eine Frage korrekt beantworten oder eine Aufgabe erfüllen, damit das Portal einen durchlässt. Du bist wie ein Dietrich. Du kommst überall durch.«

»Das werden wir ja sehen.« Mit einem mulmigen Gefühl im Bauch stellte Ruby sich vor den Spiegel. Was, wenn sie irgendwo im Spiegel stecken blieb? Sie verschränkte die Arme und versteckte ihre zitternden Hände.

»Lass mich durch.« Sie sah nicht hin. Ihr Spiegelbild war ihr schon immer ein Graus gewesen. Eine unnötige Erinnerung daran, wie unscheinbar sie war. Den Anblick ihres puddinghaften Teints und dieser rostroten Strubbellocken fand sie unerträglich.

»So wird das nie was.« Ali trat hinter sie und drehte ihren Kopf zum Spiegel. »Du musst schon nett zu dir sein.«

»Wieso sollte ich?«, motzte Ruby und hielt die Augen angestrengt auf den Boden gerichtet.

»Weil das der Weg ist. Liebe dich. Finde dich schön. Das ist so typisch Amy, es ist schon fast zu offensichtlich.«

»Wie meinst du das?« Sie suchte seinen Blick im Spiegelbild.

»Amy ist die Hüterin unserer Portale. Sie hat alle Sicherheitsvorkehrungen getroffen, um Thyra auch von hier fernzuhalten.«

»Wie kann das sein? Ich dachte, das hier wäre *mein* Innerstes, wie kann Amy dann hier drin einen Durchgang haben?«

Ali sah sie einen Moment nachdenklich an.

»Amy hat einen gewissen Einfluss auf die Standorte und die Schlüssel ihrer Portale. Sie bestimmt, in wessen Internum so ein Spiegel steht. Ein weiterer Sicherheitsfaktor also.«

Ruby nagte an ihrer Unterlippe. Weder in Alis noch in Kais Innerstem hatte sie einen solchen Spiegel gesehen. Was hatte sich diese Amy nur dabei gedacht, ihre eigenen Leibwächter aus Schattensalvya auszuschließen, aber sie, Ruby, einzulassen?

»Was soll daran geschickt sein?«, murrte sie. »Thyra könnte in ein Internum mit einem Spiegel einbrechen.«

»Thyras großer Schwachpunkt liegt darin, dass sie sich trotz all ihrer Macht selbst nicht leiden kann. Sie ist zerfressen von einem permanenten Selbsthass. Deshalb wäre sie niemals in der Lage, durch diesen Spiegel zu gehen, weil es ihr unmöglich ist, sich zu mögen.«

Ruby schluckte.

»Mir geht es ganz genauso, Ali.« Sie flüsterte. »Ich kann mich nicht schön finden.«

»Sieh dich bitte an!«

Widerstrebend hob sie den Blick – und prallte zurück.

Ali lachte fröhlich los, woraufhin Ruby überrascht aufsah. Ebenso, wie das Mädchen im Spiegel. Das definitiv *nicht* Ruby war.

»Das bist du, Prinzessin.«

»Blödsinn!«, fauchte sie und bereute es sofort. Der arme Ali bekam immer ihre schlechte Laune ab. Was tauchte er auch dauernd mit diesem wissenden Blick in den Situationen auf, die Ruby am meisten verunsicherten? Dabei hatte er keine Ahnung, wie verdammt ähnlich dieses Spiegelmädchen dem Postermädchen in Kais Internum sah.

150

Das war sie nicht. Da stand ein Mädchen und schnitt genau dieselben Grimassen wie Ruby. Doch dieses sagenhafte rubinrote Haar, das in seidigen Wellen bis auf die Hüfte der Anderen hinunterfiel, hatte keinerlei Gemeinsamkeiten mit ihren rostroten Drahtschwämmchenlocken. Ihre Augen kniffen sich genauso zusammen, wie die silbrig schimmernden Augen des Mädchens. Bloß, dass das Spiegelmädchen echte schwarze Wimpern besaß. Ihre eigenen hellen Stummel sah man kaum. Der einzige Versuch Mascara aufzutragen, hatte sie in einen Waschbären verwandelt. Also hatte sie es gleich wieder aufgegeben mit der Schminkerei – ein Problem, das die Andere nicht zu haben schien. Selbst ihre Unterlippe, bei Ruby oft kindlich aufgeworfen, wirkte bei Spiegelgirl wie ein sinnlicher Trotzmund. Rubys Blick glitt an dem Mädchen hinunter. Kais Superheldinnenanzug stand Miss Spiegelbild wie keiner Zweiten. Von wegen Presswurst, bei ihr saß er perfekt und betonte Formen, die die echte Ruby nicht besaß. Ihre einzigen Rundungen waren ihre Airbags an Hintern und Bauch. Sie lachte bitter auf.

»Das ist irgendein blöder Trick. Man guckt sich an und denkt: Wow, seh ich toll aus und schwupps, ist man durch den Spiegel.«

Ali trat neben sie und zeigte bedeutungsvoll auf seine Brust. Er sah aus wie immer.

»Das gilt eben nur für hässliche Menschen«, brummte Ruby. Sie konnte nicht von ihrem Spiegelbild wegsehen. Es war eine ganz gemeine Täuschung. Man sah sich, wie man aussehen *könnte,* wenn die Natur etwas großzügiger gewesen wäre. *Viel* großzügiger in ihrem Fall. Sie drehte sich weg.

Ali schob sie wieder vor den Spiegel. »Das ist der Nebel, Ruby. Er ist weg. So siehst du aus.« Er zeigte auf das Spiegelbild. »Das ist es, was wir dir schon die ganze Zeit erklären. In Caligo bist du nur eine schlechte Kopie deiner selbst. Hier erstrahlst du in vollem Glanz. Wenn du erst deine Aura entdeckst, wirst du uns alle blenden mit deiner Schönheit.«

Ruby schnaubte. »Das ist so ein Mist, Ali. Ich bin das nicht. Ich werde nie schöner sein als ein Eiteregel.« Warum fiel ihr nur ausgerechnet Kais Vergleich ein?

Ali sah sie eine Weile an. Dann ging ein leichter Ruck durch seinen Körper und er beugte sich vor, um ihr ins Ohr zu flüstern.

»Rubinia magnifica draconis.«

Etwas Heißes fuhr durch Ruby hindurch, sammelte sich in ihrer Mitte und begann dort zu pulsieren. Wie ein lebender Feuerball. »Was?« »Schhhhht.« Er legte ihr einen Finger auf den Mund. »Niemals! Du darfst ihn nur dort tragen, wo ich ihn dir hinlege, deinen Namen.« Er deutete auf ihr Herz.

Sie schüttelte den Kopf. »Du hast gesagt, ich hieße Ruby.«

»Dein salvyanischer Name. Die magische Bezeichnung deiner selbst. Du bist, wie ich dich nenne. Das ist es, was ich sehe. Das ist meine Gabe.«

Ruby dachte an Omar Chattab, der Ali einen Namensgeber genannt hatte. »Du hast gesagt, ich sei unscharf«, erinnerte sie sich an das Gespräch zwischen Kai und Ali in der Lampyria. Da hatte Kai Ali auch nach ihrem Namen gefragt und Ali hatte komisch reagiert.

Ali nickte. »Du bist es nach wie vor, weil ein … Deine Aura ist verschwommen.« Er sagte ihr nicht die volle Wahrheit, was Ruby in dem Moment egal war. Sie hatte schon genug zu verdauen. »Deinen Namen sehe ich. Ich sehe ihn klar und deutlich. Indem ich dich benenne, gebe ich dir Kraft. Ich hätte es schon früher tun können. Ich wusste nur nicht, ob ich dich damit eher in Gefahr bringe oder ob ich dir die Macht verleihe, die du brauchst, um gegen Thyra zu kämpfen.« Er sah betreten zu Boden.

»Wusstet ihr von Anfang an, wer ich scheinbar sein soll?« Es fühlte sich albern an, auszusprechen, dass sie Thyra besiegen sollte. Als ob sie auch nur irgendeine phantastische Tat vollbringen könnte.

»Im Prinzip schon. Amy hat dich erkannt. Sie sucht dich seit langer Zeit. Wir waren jedoch verunsichert, weil du so augenscheinlich unmagisch warst, und haben einen der größten Grundsätze Salvyas missachtet: Hinter den Schein zu sehen.« Er strich sich das dunkelblaue Haar glatt. »Nachdem du von dieser Lauschlärche attackiert wurdest, war es offensichtlich: Salvya hat dich erkannt. Die Prophezeite ist heimgekehrt und unsere Aufgabe ist es, dich so gut es geht zu schützen. Du musstest deinen Namen erfahren, die Zeit war reif dafür. Behalte ihn stets in deinem Herzen verschlossen und erinnere dich nur daran, wer du bist, wenn du deine gesamte Kraft brauchst. Verrate ihn nie! Du gibst einem anderen unendliche Macht über dich, wenn du deinen echten Namen preisgibst.«

Ruby nickte und wandte sich wieder dem Spiegel zu.

Rubinia magnifica draconis.

Es fühlte sich so wundervoll an. Herrlich. Richtig. Strahlend. Ihr Name!

Sie sah sich an und bemerkte den silbrigen Schein, der sich um sie herum gebildet hatte.

So sieht Kai mich.

Plötzlich war die Vorstellung, schön zu sein, nicht mehr ganz so abwegig. Ihr Herz klopfte schneller. Ob Kai vielleicht etwas für sie empfand? Die Wangen ihres Spiegelbildes färbten sich rosa und es stand ihr seltsamerweise. Ruby lachte.

Und stolperte in Kais Arme.

Kapitel 14
Ruby

Die Stadt lag wie ausgestorben unter dem bleiernen Grau der tief hängenden Gewitterwolken. Früher mussten die Häuser wahre Schmuckstücke gewesen sein, doch von ihrem ehemaligen Glanz war nichts mehr übrig. Miracoulos, der Name war pure Ironie. Schimmelflecken überzogen die bröckelnden Mauern und die Straßen dünsteten den brackigen Geruch des Pfützenwassers aus. Die einzigen Pflanzen waren ein paar Dornenranken, die sich hier und da um die verfallenen Gartenzäune schlängelten.

Ruby drehte sich wiederholt um, weil sie das Gefühl nicht los wurde, beobachtet zu werden. Um sie herum war alles so reglos, als hielte die Welt den Atem an. Nur ihre Schritte hallten unnatürlich laut in den Straßen dieser Geisterstadt. Das Atmen fiel ihr schwer, weil die Luft nach Gift und Dreck schmeckte. Flach hechelte sie vor sich hin. Ihr Herz raste und nach kürzester Zeit war sie schweißgebadet.

Sie war kurz davor, umzukippen. Kai nahm ihre Hand und sie klammerte sich daran wie an einen Rettungsanker. Unablässig huschten seine Augen in die schmalen Seitengassen, die von der Straße abzweigten. Ein roter Ball rollte vor ihre Füße. Dieser Farbklecks in der trostlosen Gegend wirkte wie ein Hoffnungsschimmer auf Ruby und sie ließ Kais Hand los, um ihn aufzuheben.

Kai riss sie am Ellenbogen zurück. »Nicht!«

Ruby presste den Ball an sich. Sie hatte das unerklärliche Bedürfnis, ihn um jeden Preis festzuhalten.

Das Echo sich nähernder Trippelschritte erklang zwischen den Häuserruinen. Kai und Ali spannten sich neben ihr wie zwei Bogensehnen. Beinahe hätte Ruby gelacht, als der zerzauste Junge aus der Gasse gestolpert kam. Er bremste abrupt und musterte die drei misstrauisch. Selbst für ein Kind war er winzig und unheimlich mager, schmutzstarrend, mit aufgerissenen Augen. Augenblicklich wurde Ruby von Mitleid gepackt. Sie streckte ihm den Ball entgegen.

Er regte sich nicht und Ruby schüttelte Kais Klammergriff ab und sank in die Hocke.

»Ist das deiner? Komm ruhig näher, du kannst ihn zurückhaben.« Sie lächelte ihn freundlich an.

Er hob einen Mundwinkel, was wohl eine Art Lächeln sein sollte, jedoch eher, wie eine Grimasse aussah.

»Wer seid ihr?« Seine Augen zuckten von Rubys Gesicht zu dem Spielzeug. Schließlich riss er ihr den Ball aus der Hand und wich hastig zurück.

»Ich bin Ruby«, antwortete sie und fing sich dafür einen Tritt von Kai ein. Sie blitzte ihn empört an. Dieses Bürschchen konnte unmöglich gefährlich sein.

»Wer bist *du*?«, entgegnete Ali.

»Ich bin Hieronymus, der Namensgeber.« Der Kleine hob sein spitzes Kinn.

Ruby spürte, wie Ali neben ihr lautlos nach Luft schnappte.

»Bullshit!«, polterte Kai los und presste dann die Lippen aufeinander.

Der Zwerg fixierte die drei schweigend, bis die Stille für Ruby zu drückend wurde.

»Was tust du hier so ganz alleine? Wo sind deine Eltern?«

Hieronymus sah sie ausdruckslos an. Dann grinste er bis über beide Ohren. »Mutter wird glücklich sein. Ich hab dich gefunden.«

Eine eiskalte Hand griff nach Rubys Eingeweiden. »Deine Mutter sucht mich?«

Hieronymus nickte heftig. »Du bist die Prophezeite. Du kannst meinen Feuerball anfassen, ohne dich zu verbrennen und ich habe dich gefunden.«

Im nächsten Augenblick bauten sich Kai und Ali zwischen ihr und dem Knirps auf. Als Ruby an ihnen vorbeispähte, war die Straße leer. Die beiden drängten sie zurück, bis sie an eine Hauswand stieß.

Kai presste sie rücklings gegen die Mauer, ohne den Blick von der Straße zu nehmen. Seine Hand stützte sich an der Wand neben ihrem Kopf ab. Er zuckte zusammen und fuhr zu ihr herum.

»Ruby?« Kai schluckte krampfhaft. »Du brennst.«

Kai

Selbst mit geschlossenen Augen konnte er die Hitze spüren, die von ihr ausging. Rubys Haare hatten Feuer gefangen und müssten eigentlich längst zu Asche verglüht sein.

Ruby fuhr panisch herum. »Was? Wo?« Ihre Stimme kippte.

»Spürst du es nicht?« Alis Adamsapfel hüpfte auf und ab. Kai schüttelte den Kopf. Sein Freund war manchmal erstaunlich schwer von Begriff. »Eine Brandmarkung brennt alles, außer den Träger. Aus demselben Grund werden wir es auch nicht löschen können, es sei denn, Ruby wird innerlich sehr, sehr kalt.«

Ruby sah ihn mit einer Mischung aus Entsetzen und Verwirrung an. Am liebsten hätte er sie in seine Arme genommen. Doch nur, weil ihr Feuerhaar sie verschonte, bedeutete das nicht, dass er ebenfalls dagegen immun war. Er schob sie von sich weg und der tiefe Schmerz in ihrem Blick traf ihn. Kai fühlte sich mies.

»Warum hat er das gemacht?« Ihre Stimme war kaum hörbar. »Dieser kleine Hosenscheißer. Was hab ich ihm denn getan?«

Ihre Haare flackerten auf, weswegen Kai vorsichtshalber noch ein Stück zurückwich.

»Du hast den Ball gefangen. Damit hast du quasi ein Schild in die Luft gehoben: Ich bin die Prophezeite und ich werde Thyra vernichten.«

»Wieso? Was war denn mit diesem Ball?«

»Er brannte. Aber anstatt dich daran zu verbrennen, wie jeder von uns es getan hätte, hast du das Feuer in dich aufgenommen.« Ali musterte sie mit unverhohlener Neugier.

Ruby schüttelte den Kopf. Fünkchen stoben von ihren Haaren auf Kai und Ali. »Ihr meint, ich bin selbst schuld? Ist es das, was ihr mir sagen wollt? Ich bin kaum hier angekommen und schon verwandle ich mich in einen verdammten Leuchtturm. Ein beschissenes, blinkendes Warnlicht, das ganz Salvya verkündet, wer ich bin?« In ihren Augenwinkeln glitzerte es feucht.

»Wir sollten zurück.« Ali unterbrach sich bei Kais Kopfschütteln.

»Wir haben keinen Durchgang.«

157

Ruby gab ein ersticktes Geräusch von sich. Im ersten Moment dachte Kai, sie würde husten. Dann sah er, dass sie lachte. Sie drehte durch. Er musste irgendetwas tun.

»Wir ziehen uns zurück und überlegen, was wir machen. Entweder wir finden ein Portal oder wir schaffen es, diese Brandmarkung loszuwerden.«

»Du hast gesagt, ohne Amy fänden wir keinen Rückweg nach Salvya und dass es nur dieses eine Portal gäbe.« Ruby bekam einen Schluckauf. »Du meintest, man könne eine Brandmarkung nicht löschen.«

»Das ist so nicht ganz richtig.« Kai spürte Alis bohrenden Blick im Nacken und holte tief Luft. »Wenn du innerlich erkaltest, löscht sich das Feuer.«

Langsam schlich sich Verstehen in Rubys Ausdruck. »Du meinst, wenn ich sterbe?«

»Ja. Oder du erreichst einen Zustand, der deinen Organismus zum Stillstand bringt. Keine Zelle darf mehr arbeiten, kein bisschen Wärme in dir entstehen.«

»Wir könnten das Feuer ersticken«, setzte Ali an. Rubys Blick ließ ihn verstummen. Sie war so viel reifer geworden, seit er sie das erste Mal gesehen hatte.

»Ich muss …« Ruby sah aus, als würde sie gleich auf ihre Stiefel kotzen. Kai wollte sie berühren, ihr ins Ohr flüstern, dass alles gut werden würde. Das war nur nicht, was sie gerade brauchte. Ihre Haare hingen momentan schlapp herunter. Es tropften sogar bauchige Feuertränen von den Spitzen auf den Boden. Kai knuffte Ruby absichtlich hart mit dem Ellenbogen in die Rippen. Sofort versiegten ihre Tränen.

»Was?«, fauchte sie und ihre Mähne loderte wieder auf.

»Wenn du das kontrollieren könntest, wärst du unschlagbar.« Kai deutete auf ihren Kopf.

»Wovon redest du?« Sie war immer noch sauer. Gut so.

»Dieses Feuer funktioniert wie eine Art Leih-Aura. Deine eigene ist kaum aktiv, also übernimmt das Feuer den Part. Da du nicht gelernt hast, deine Aura zu beherrschen, spiegeln die Haare jede deiner Regungen wider.«

158

Kai drehte sie herum. In einer zerbrochenen Fensterscheibe konnte man trotz des verkrusteten Schlamms auf dem Glas Rubys lodernden Kopf sehen.

»Das ist Zorn.« Kai nahm ihre Hand und hauchte einen Kuss auf die Innenseite des Handgelenks. »Das ist …«

Ruby sah nicht mehr in die Scheibe. Sie blickte Kai an. Ali hüstelte.

»Erregung«, beendete er Kais Satz.

Kai konnte seinen rasenden Herzschlag spüren und auch Ruby sah verlegen aus. Er hob mit den Fingerspitzen ihr Kinn an, um sie wieder in die Scheibe blicken zu lassen.

»Scham.«

Ihre Haare hingen herunter, als wären sie nass. Keine einzige Locke kräuselte sich darin. Das eben noch infernalische Feuer flackerte nun wie sanftes Kerzenlicht.

Ruby

Kai drängte sie plötzlich fest gegen die Hauswand. Aus reinem Reflex trat sie ihm ans Schienbein. Ein Blick in sein Gesicht ließ sie den Protestschrei hinunterschlucken. Mit aufgerissenen Augen bedeutete er ihr, den Mund zu halten. Ruby stellte sich auf die Zehenspitzen, um über seine Schulter zu sehen.

Die Straße lag verlassen da. Ali sog scharf die Luft ein. Wieder schubste Kai Ruby zurück, wobei ihr Hinterkopf gegen die Mauer knallte.

»Kommt raus, ihr Vögelchen!« Die Stimme hallte gespenstisch durch die menschenleeren Straßenschluchten. Einen Moment lang war Ruby überzeugt, nur ein Vogelkrächzen gehört zu haben. Die Mienen der beiden Jungs bestätigten ihr, dass es sich sehr wohl um eine menschliche Stimme gehandelt hatte. Bevor Kai sie davon abhalten konnte, schob Ruby sich an ihm vorbei. Sie japste. Aus den finstersten Schatten materialisierte sich eine Gruppe schwarz gekleideter Männer. Einer stach besonders heraus. Seine krumme Nase, die bestimmt schon viele Male gebrochen worden war, ragte aus einem kreidebleichen Gesicht. Beim Anblick seiner adlerartigen Augen wäre Ruby am liebsten mit der Hauswand verschmolzen.

Ali straffte den Rücken und trat aus der Nische hervor.

»Gryphus! Was für eine Freude, dich hier wiederzusehen. Ich dachte, du wärst schon längst in Thyras Gift ersoffen.« Seine Haltung verriet angespannte Kampfbereitschaft, sein Ton klang bewundernswert locker.

Ruby nahm Gryphus näher in Augenschein. Wie konnte sich ein so ausgemergelter und krank aussehender Mann in solch einer schweren Rüstung gerade halten?

Kai schlang einen Arm um ihren Oberkörper. Ruby schüttelte ihn ab und stellte sich hinter Ali auf. Kai stöhnte.

»Alius.« Gryphus' Augen zuckten zu Ruby hinüber. »Es ist wahrlich keine Freude, dich immer noch am Leben zu sehen. Wie geht es deiner Familie? Ach, warte, ich vergaß. Du hast ja dein Gedächtnis und dein Gefolge verloren. Wie tragisch!« Er lachte kratzig und seine Männer hinter ihm stimmten dröhnend ein. Ruby schauderte und drückte Alis Schulter. Unter ihrer Berührung schob er den Brustkorb nach vorne. Etwas schlug scheppernd gegen Gryphus' schwarze Rüstung. Der Stein kullerte vor seine Füße. Kai funkelte ihn kampflustig an, die Hand erhoben.

»Ika. Immer noch der alte Hitzkopf. Na immerhin wird es so nicht langweilig.« Er nickte seinen Männern zu, die sofort ausrückten, um auf Kai loszugehen.

»Nein!« Ohne nachzudenken, stellte Ruby sich den Männern in den Weg. Kai fuhr herum.

»Lauf weg«, zischte er zwischen zusammengebissenen Zähnen.

Funken flogen durch die Luft, weil Ruby stur ihre Feuermähne schüttelte. Die Männer zögerten. Auf ein Zeichen von Gryphus formierten sie sich und zogen in einer einzigen fließenden Bewegung ihre pechschwarzen Schwerter.

Warum waren ihre Jungs eigentlich völlig unbewaffnet?

Der erste Wächter griff an. Kais grüne Aurafäden schlangen sich um sie, bildeten Ranken und wehrten den Schlag ab. Bereits im nächsten Moment regnete es Rußwölkchen vor Rubys Augen. Kai keuchte hinter ihr auf. Die Auraranken hatten sich in Luft aufgelöst. Schon sauste ein weiterer Schwerthieb auf sie herab. Wieder wucherte ein dichtes Blätterdach über ihr, doch ihre Feuerhaare verbrannten die Lianen wie trockenes Laub. Feine Aschefäden rieselten vor ihren Füßen zu

Boden. Der dritte Hieb traf ihre Schläfe. Sterne explodierten hinter ihren geschlossenen Lidern, als sie mit einem Schmerzensschrei auf die Erde fiel. Ein Fußtritt traf sie in die Seite. Sie riss die Augen auf. Unscharf nahm sie wahr, wie Kai über sie hinweg stieg. Breitbeinig und mit erhobenem Kopf stellte er sich den Männern entgegen.

Stöhnend hielt sie sich den Schädel und hörte ihr eigenes Wimmern. *Blind, taub, schutzlos*, verhöhnten Kais Worte sie. Genau das war sie. Ein Klotz am Bein.

Reiß dich zusammen!

Stockend atmete sie ein. Ihr Blick klärte sich und sie machte Alis blauen Schopf inmitten einer Horde schwarzer Rüstungen aus. Sie war zu benommen für einen Warnruf. Ein Mann hob sein Schwert, bereit es in Alis Rücken zu schlagen. Ali reagierte blitzschnell. In atemberaubendem Tempo wirbelte er im Kreis herum. Waffen und Teile von Rüstungen stoben durch die Luft, einige Männer brachen aufschreiend in die Knie.

Rubys Blick verschwamm, während sie den Kopf drehte und sich mühsam auf die grüne Kontur ihres Freundes konzentrierte. Kai war umgeben von Schatten. Viel zu viele Schatten, die ihn unnachgiebig zurückdrängten. Gryphus durchschnitt mit einem einzigen, kraftvollen Hieb die schützenden Ranken vor Kai. Die Krallen des Hauptmanns schnellten vor und packten ihn am Hals.

Jemand schrie.

Erst als Gryphus von Kai abließ und sich ihr zuwandte, begriff sie, dass es ihr eigener, schmerzerfüllter Laut gewesen war, der für einen Wimpernschlag die Zeit anzuhalten schien. Der Moment ging vorüber und schon hetzte ein Trupp Soldaten wie ein Rudel wilder Hunde auf sie zu. Hastig rappelte sie sich auf, doch die Knie gaben unter ihr nach. Saurer Mageninhalt drängte in ihrer Speiseröhre hoch. Die ersten Männer waren bereits nah genug, dass sie die Mordlust in ihren Augen funkeln sah. Ihr Körper zitterte mittlerweile unkontrolliert.

Gryphus pfiff. Die Meute erstarrte. Schleppend bewegte sich der magere Mann auf sie zu. Er kam ihr so nah, dass sie die gelben Schuppen seiner schmutzig blonden Locken auf dem rauen Stoff seines Umhangs zählen konnte. Ruby zwang sich mit aller Macht, nicht zurückzuweichen. Seine Haut wirkte wächsern und unter seinen Augen lagen dunkle Schatten. Mühsam biss sie die Zähne zusammen und richtete sich auf. Was sollte ihr dieser schwächliche Kerl schon antun?

Ein widerliches Grinsen überzog Gryphus' Fratze. »Hallo, Püppchen. Neue Freundin vom geflügelten Prügelknaben?« Sein fauliger Atem brachte Rubys Augen zum Tränen.

»Ich habe keinen blassen Schimmer, wer hier ein Prügelknabe sein soll.« Warum gelang es ihr nicht, ihre bebende Stimme unter Kontrolle zu halten? Gryphus lachte, packte Ruby bei den Schultern und drehte sie in Richtung der Drachen, die verzweifelt versuchten, gegen die Übermacht ihrer Gegner anzukämpfen.

»Darf ich vorstellen: Ika und Alius. Meine alten Kumpel.«

Die drei waren sicherlich nie Freunde gewesen, so viel war klar. »Wer bist du, Püppchen?«

Er zuckte mit keiner Wimper als sie ihm ihren Arm entriss. »Das geht dich nichts an.«

In Gryphus' Augen blitzte etwas auf – Anerkennung? Spott? Ruby drehte den Kopf, um seinem modrigen Atem zu entgehen. Er fasste nach ihrem Haar, zog die Hand jedoch sofort zurück, weil die Flammen unvermittelt höher schlugen. Einen kurzen Moment wirkte er überrascht, dann sah er sie wieder genauso überheblich an wie zuvor.

»Netter Trick. Das reicht«, rief er seinen Männern zu, ohne Ruby aus den Augen zu lassen. »Bringt mir den Prügelknaben, ihr habt genug gespielt.«

Ein bulliger Kerl packte Kais Schutzranken und riss sie wie Unkraut aus dem Boden. Zwei weitere Kämpfer stießen Kai vor Gryphus, wo er strauchelte und hinfiel. Gryphus setzte einen Fuß auf seinen Nacken. »Wer ist deine Freundin, Flügelboy?«

Kai keuchte, während sein Mund sich mit Erde füllte.

»Na? Wird's bald? Ich habe selbst Augen im Kopf, aber du wirst es mir sagen. Ich will es aus deinem dreckigen Maul hören.«

Kai knurrte und bäumte sich auf. Sofort schlug einer der Männer mit seinem Schwertknauf brutal auf seinen Rücken. Wie ein Sack plumpste Kai erneut zu Boden.

»Du lernst es nie, was? Leg dich nicht mit der Schattengarde an, Prügelknabe. Auch wenn du mir einmal entkommen bist, ein zweites Mal werde ich dich nicht gehen lassen.« Rubys Arme überzogen sich mit einer Gänsehaut. Seine Stimme klang honigsüß. Gryphus' Knie bohrte sich zwischen Kais Schulterblätter. »Ich warte.« Er zerrte Kai an den Haaren nach oben.

Kai spuckte prustend aus und rang nach Atem. »Das geht dich einen Scheiß an«, presste er hervor.

»Ich befürchte, diese Antwort stellt mich nicht zufrieden.« Grinsend drückte Gryphus Kais Gesicht erneut in den Matsch. Er grub seine Klauen tief in Kais Hals. Blut quoll hervor. Kais Gesichtsfarbe hatte einen ungesunden, blauen Ton angenommen, während Gryphus' Wangen von einem rötlichen Schimmer überzogen waren. Eine Ader an seinem Hals pulsierte erregt.

Er genießt es.

»Kein Hauch von Aura, aber irgendwie trotzdem salvyanisch. Entweder besitzt sie eine äußerst starke Verschleierungsgabe oder …« Er musterte Ruby von Kopf bis Fuß. »Sag du es mir, Ika. Ist das der Grund, warum wir sie jahrelang nicht aufspüren konnten? Ist sie es?«

Kai zappelte und schwieg.

»Rubinrotes Haar. Augen wie ein Wildfang der salvyanischen Steppe. Ein zum Himmel stinkender Gerechtigkeitssinn. Ika, ist sie es?« Er sprach sanft, würgte Kai jedoch nur fester.

»Er könnte dir nicht einmal antworten, wenn er es wollte«, rief Ruby, die endlich aus ihrer Starre erwachte.

»Dann tu du es für ihn.« Gryphus' Stimme war absolut ruhig.

»Lass ihn los, dann sage ich dir alles, was du willst«, forderte sie verzweifelt.

Der Hauptmann lachte krächzend und drückte Kai noch unnachgiebiger in die Erde. »Ich habe Jahre darauf gewartet, diesem kleinen Scheißer zurückzugeben, was er angerichtet hat.«

Ruby bebte. Warum unternahm keiner etwas? Wo blieb Ali?

Endlich entdeckte sie ihn. Prompt wünschte sie sich, sie hätte sich nicht nach ihm umgesehen.

Ali lag am Boden. Die Männer traten ihn mit ihren schweren Stiefeln in den Bauch und schlugen mit den Fäusten auf ihn ein.

»Fünf gegen einen? Ist das die Art, wie ihr Leute zum Reden bringt?« Ruby lachte verächtlich auf. »Von mir erfahrt ihr feigen Schattenköter kein Wort.« Sie spuckte aus. Eine bestialische Wut packte sie und brachte sie dazu, aufzustehen. Sie war selbst überrascht, dass sie kaum schwankte. Mit wenigen Schritten war sie bei Gryphus und zerrte ihn mit all ihrer Kraft von Kai herunter. Er schüttelte sie ab wie eine lästige Fliege. Trotzdem schlug sie auf seinen Brustpanzer ein und riss an seinem Umhang. Jeder Millimeter, den er von Kai zurückwich, war ein winziger Sieg. Kai wandte ihr den Kopf zu und seine geröteten Augen weiteten sich für den Bruchteil einer Sekunde. Gryphus schnaubte abfällig.

»Mach das Licht wieder aus, Medusa. Damit kannst du mich nicht erschrecken.«

Aus dem Augenwinkel sah sie, wie sich eine ihrer flammenden Haarsträhnen kräuselte. Eine winzige Feuerschlange wand sich um die Locke und sah Ruby direkt an. Zischend schoss ihre kleine Feuerzunge hervor.

»Wenn du es kontrollierst, bist du unschlagbar«, flüsterte Kais Stimme in ihrem Kopf.

Rubys Herz schlug schneller.

Das Feuer kommt von innen. Das Feuer und meine Emotionen sind dasselbe. Ich bin das Feuer!

Sie fixierte die Schlange.

Brenn sie!

Die Schlange richtete den zierlichen Kopf auf. Dann schoss sie herum und schlängelte sich wie eine lebendige Peitschenschnur um den Arm eines Gardisten, der sich soeben zielstrebig auf Ruby zubewegte. Mit einem Schmerzensschrei ließ der Wächter das Schwert fallen und taumelte zur Seite. Auf seiner Haut bildeten sich rote und schwarze Wunden. Es roch nach verbranntem Fleisch.

Zurück!

Sofort ließ die Schlange ab. Der Mann stürzte in die Dunkelheit davon, ohne sich nach seinen Kameraden umzusehen. Gryphus hockte weiterhin mit einem selbstgefälligen Grinsen über Kai.

Ich brauche mehr als Schlangen.

Ich bin das Feuer. Rubinia magnifica draconis.

Im nächsten Moment zerrte es an ihren Haaren. Etwas Großes bildete sich auf ihrem Kopf. Die Männer wichen entsetzt zurück.

Ruby trat auf Gryphus zu und tippte ihm auf die Schulter. »Meine Schlangen machen dir also keine Angst?« Ruby erschrak. Sie klang überhaupt nicht mehr wie sie selbst, sondern eher wie eine gereizte Löwin.

Gryphus riss den Mund auf. Nur ein Krächzen entwich seiner Kehle. Rubys Haare loderten höher denn je und knisterten laut in ihren Ohren. Neben ihr senkten sich die mächtigen Köpfe zweier Feuerdrachen herab. Der Schrei blieb Ruby im Hals stecken, als einer der Drachen seinen riesigen Kopf zu ihr neigte. In seinen geschlitzten Pupillen blitzte ihr eigenes Spiegelbild auf. Sie sah wild und unbezwingbar aus. Furchtlos. Das Biest verharrte in dieser Position, bis Ruby verstand.

Verbrennt die Gardisten! Vertreibt sie, sodass sie schreiend davonrennen!

Sofort riss der Drache sein Maul auf und stieß einen infernalischen Feuerstrahl auf Gryphus. Der dürre Mann loderte auf wie ein vertrockneter Busch. Er stolperte, fiel zu Boden und wälzte sich im Staub. Es benötigte keinen weiteren Angriff gegen den Hauptmann der Schattengarde. Kreischend und um sich schlagend suchte Gryphus Zuflucht in den Schatten. Zu ihrer Linken spie der zweite Drachenkopf melonengroße Feuerbälle nach den Gardisten. Wie Torpedos jagten die zuckenden Flammen durch die Dunkelheit und versprengten Gryphus' Männer in alle Himmelsrichtungen. Der Schwindel verstärkte sich, so sehr zehrten die Drachen an ihren Kräften. Die Schreie der flüchtenden Schattenmänner verhallten und Ruby schloss erleichtert die Augen.

Schluss.

Kraftlos sank sie zu Boden.

Kapitel 15
Ruby

Als sie die Augen aufschlug, war sie blind. Es stank bestialisch nach ... faulen Eiern? Sie hustete und wollte sich aufrichten.

»Schhhhhh ...« Eine Hand legte sich auf ihre Schulter. »Bleib liegen.«

»Ich kann nichts sehen.« Ihre Stimme kippte. Sie tastete sich nach oben und zog den ekelerregenden Stoff von ihrem Gesicht. Das fahle Dämmerlicht zwang sie zum Blinzeln. Sofort hämmerte ihre Schläfe wieder.

»Lass das drauf. Das kühlt.« Kai schob den feuchten Lappen wieder auf ihre Stirn.

»Mir wird schlecht davon.«

»Wasser gibt's hier nur in Pfützen.«

Stöhnend sank Ruby zurück und schloss die brennenden Augen. In den Geruch nach Fäulnis, der von dem Brackwasser ausging, mischte sich der nach Asche und verkohltem Fleisch und weckte schlagartig die Erinnerung an die fliehenden Gardisten.

»Was ist passiert?«

Kai schwieg. Ihre Hand tastete wie von selbst nach ihm. Er gab ihr einen leichten Klaps auf den Arm und Ruby hoffte, dass es dunkel genug war, um ihre Verlegenheit zu verbergen.

»Du hast die salvyanische Schattengarde mit deinen Feuerdrachen in die Flucht geschlagen.« Er hörte sich nicht besonders glücklich an. Sie richtete sich halb auf. Noch immer verschwamm alles vor ihren Augen.

»Bist du verletzt?« Ihr Blick glitt über die Wunden, die Gryphus' Krallen an seinem Hals hinterlassen hatten. Sie waren schmutzig und tief. Immerhin bluteten sie nicht mehr.

Kai schüttelte den Kopf. Erdklumpen rieselten aus seinen Haaren. Er sah aus wie nach einem Schlammbad. Das Grün seiner Augen leuchtete aus dem dreckstarrenden Gesicht noch deutlicher hervor. Bevor Ruby zu fassen bekam, weshalb er so bedrückt wirkte, richtete er sich abrupt auf. »Versuch zu schlafen, bis zum Morgengrauen wenigstens. Ich seh mich mal um.«

Ruby ließ sich auf die Erde zurücksinken. Verdammt, warum war Kai so abweisend? War ihre pure Anwesenheit mittlerweile zu viel für ihn? Hinter ihren geschlossenen Lidern zogen die Bilder der Nacht vorbei. Kai, wie er schockiert seine verkohlenden Ranken beobachtete. Gryphus, wie er Kais Kopf in den Dreck drückte und hämisch lachte. Feuerbälle. Drachen. Schlangen. Ali, der anmutig wie ein Balletttänzer im Kreis herumwirbelte.

Ali!

Sie war auf den Beinen, bevor Kai um die nächste Häuserecke bog. Mit einem Satz war er bei ihr und sie krallte sich stöhnend in seinen Arm.

»Verdammt, mach langsam!«, schimpfte er. Ruby brach in die Knie.

»Wo ist Ali?« Ihre Stimme hallte von den Hauswänden wider. Warum brüllte sie eigentlich nicht gleich nach der Schattengarde?

Kais Körper verlor die Spannung. »Weg.«

»Wie, weg?« Sie packte ihn unsanft an den Oberarmen. »Haben die ihn? Sag schon!«

Kais Gesichtsfarbe unter all dem Schmutz erinnerte an Hüttenkäse. »Ich hab keine Ahnung. Ich hab nichts gesehen, weil ich mit dem Gesicht nach unten im Dreck lag.«

Ruby lockerte ihren Griff. Anscheinend wollte Kai so dringend daran glauben, Ali sei entkommen. Sie wussten beide, wie unwahrscheinlich das war.

Das erste trübe Tageslicht fiel auf sie. Kai zuckte zusammen wie unter einem Peitschenschlag. Er betrachtete seine Handrücken, auf denen sich Brandblasen gebildet hatten.

»Oh mein Gott! War ich das?«, fragte Ruby schockiert und rutschte hastig von ihm weg.

»Nein.« Er sah aus, als wollte er herumsitzen und darauf warten, dass es von alleine aufhörte. Dabei mussten diese Wunden fürchterlich wehtun.

Ruby packte Kai und zerrte ihn unnachgiebig in das Innere des nächstbesten, verlassenen Hauses. Er sah sich mit stumpfem Blick um.

»Kai, reiß dich bitte zusammen. Sag mir, was du weißt.«

Er nickte und schüttelte gleichzeitig den Kopf, ohne aufzusehen.«Ist doch egal.«

»Nein, das ist es nicht.« Rubys Feuerhaare loderten kurz auf, was Kai dazu brachte, den Kopf zu heben. »Wir müssen herausfinden, wo Ali und Amygdala sind. Ohne deine Hilfe bin ich aufgeschmissen.«

»Was willst du wissen?« Seine Stimme klang hohl.

»Was ist mit deiner Haut? Haben meine Haare dich verbrannt? Vorhin war doch noch alles in Ordnung.« Sie stierte auf die faustgroßen Brandblasen auf seinem Unterarm.

Kai zog die Ärmel herunter und fixierte den Fußboden.

»Es ist Thyras Fluch.«

»Was für ein … Kai, verdammt, *rede* gefälligst mit mir!«

Endlich sah er sie an. Er wirkte so verletzlich. Ruby machte Fäuste, um dem Drang zu widerstehen, ihn in ihre Arme zu ziehen.

»Meine Eltern waren Schattengardisten, wusstest du das?« Er sah nur auf seine Hände und fuhr mit kaum hörbarer Stimme fort. »Sie waren typische Opportunisten, immer auf der Seite des Stärkeren. Als Thyra so mächtig wurde, rannten sie hechelnd und schwanzwedelnd zu ihr. Das hat meiner Neni, meiner Großmutter, das Herz gebrochen.«

Ruby dachte, er würde nicht weitersprechen, bis er endlich bebend Luft holte.

»Ali und ich sind bei Neni aufgewachsen, meine Eltern klebten nur noch an Thyras Rockzipfel. Manchmal kamen sie zu Besuch, meistens um Geld oder Magie von meiner Großmutter zu klauen, oder um mich daran zu erinnern, was für ein miserabler Sohn ich war.« Er hob die Hand, um Rubys Einwand zu verhindern. »Eines Tages war das Thyra nicht mehr genug. Sie wollte uns entweder alle in ihrem Gefolge wissen oder keinen. Familienzusammenführung nannte sie es.« Er schluckte. »Neni wollte uns nur beschützen. Dafür wurde sie von ihrer eigenen Tochter kaltblütig abgeschlachtet, während mein Vater grinsend zusah.« Er sah auf einen Punkt in dem verlassenen Flur, wie wenn er dort diesen Albtraum auf einer Leinwand ablaufen sähe. »Ali und mich haben sie mitgenommen. Wir waren eigentlich schon zu alt um Novizen für die Schattengarde zu werden. Thyra meinte, dank meiner Eltern bekäme ich eine Chance. Ali war sowieso etwas Besonderes.«

Rubys Hals war so trocken, sie brachte kein Wort heraus.

»Es ist vielleicht schwer vorstellbar, wenn man sieht, was ich bisher so fertig gebracht habe.« Er deutete auf seine Haare. »Aber als Kind sagte man mir eine große magische Zukunft voraus. Ich war vielschichtig begabt und hatte die starke Aura meiner Großmutter geerbt.« Er nagte auf seiner Unterlippe. »Thyra nannte mich Ika. Von Ikarus. Dem Jungen, der sich Flügel baute, um mit den Drachen zu fliegen.«

Rubys Mund klappte auf, um ihn zu korrigieren. In der griechischen Sage baute Ikarus sich Flügel und stürzte ab, weil er zu nah an die Sonne flog. Dass darin auch Drachen vorkamen, war ihr nicht bekannt. Sie schloss den Mund wieder. Was wusste sie schon, welche Version der Ikarus-Saga die richtige war? Kai sah aus wie ein geprügelter Hund. »Nach Nenis Tod war plötzlich alles weg. Ich hatte keine Ahnung mehr, wo ich hingehörte. Ab dem Zeitpunkt nannte ich mich Kai. Es ist ein Anagramm: Ika – Kai. Thyra war außer sich vor Zorn. Sie fand, Kai sei ein zu gewöhnlicher Name für jemanden wie mich. Außerdem untergrub ich damit ihre Autorität. Sie zwang mich zu allerlei … Dingen, und weil ich mich dabei so dumm anstellte, verfluchte sie mich schließlich. Ich würde niemals mein volles magisches Potenzial ausschöpfen können.« Er schob den Ärmel hoch und strich nachdenklich über die wunde Haut.

»Zuerst merkte ich gar nichts. Ich dachte, ihr Fluch wäre ein Fake gewesen. Ehrlicherweise hatte ich nie kapiert, was sie mit ihren Drohungen gemeint hatte. Ich ging das erste Mal raus. Es war heiß an dem Tag und ich hatte einen dicken Wintermantel an, den ich mir in ein Aura-T-Shirt ändern wollte. Dann kamen die Blasen. Überall, wo die Sonne meine Haut berührte, verbrannte ich. Ich schleppte mich zurück ins Schloss, mehr tot als lebendig. Thyra wartete bereits auf mich, versorgte meine Wunden und streichelte mich die ganze Zeit. Es war gruselig, wie unheimlich mütterlich sie plötzlich war. Sie kennzeichnete mich, für alle anderen sichtbar, als ihren persönlichen Ikarus. Der Junge, der für sie mit den Drachen fliegen würde. Dann sagte sie, ich sei ein ungezogenes Kind gewesen, weil ich mich geweigert hatte, meine Magie mit ihr zu teilen. Zur Strafe würde sie dafür sorgen, dass ich immer ein ausreichend schlechtes Gewissen hätte, damit ich nie wieder bei Tageslicht Auramagie vollbringen könnte. Meine Flügel verbrennen, wenn ich zu nah an der Sonne fliege.«

Er vergrub den Kopf in den Händen. Ruby beobachtete, wie sich seine Brust hob und senkte, und legte ihm hauchzart eine Hand auf den Rücken.

»Sie hat sie umgebracht. Meine Eltern. Sie verdienten es womöglich, nachdem, was sie Neni angetan hatten. Dennoch waren sie die Letzten, die von meiner Familie noch übrig waren. Und es war meine Schuld.«

Ruby schnappte nach Luft. »Das darfst du nicht denken, Kai!«

»Es ist die Wahrheit. Ali hätte sie garantiert als Nächsten getötet, wenn ich mich nicht gefügt hätte. Solange ich kooperierte, drinnen blieb und sie meine Magie abzapfen konnte, ließ sie ihn in Frieden. Nur ein Hauch von Widerstand und Ali war am Abend nicht im Schlafsaal. Er blieb tagelang verschwunden, und wenn er dann wiederkam …«

Kai keuchte in seine Hände.

»Wie seid ihr entkommen?«

»Amy. Sie stand plötzlich da, wie ein Engel. Ich erinnere mich genau. Sie war fünfzehn Jahre alt an dem Tag, so alt wie wir. Wunderschön war sie, mit ihrem weißen Haar und ihren goldenen Augen, man hätte sie direkt an einen Weihnachtsbaum hängen können. Sie stellte ein Portal nach Caligo her und lud alle Jungen ein, mitzukommen. Ali und ich waren die Einzigen, die gingen. Die anderen waren bereits zu abhängig von Thyra.«

»Daraufhin hat Thyra euch verflucht?«

»Sie sprach einen Bann aus, durch den wir nicht mehr nach Salvya zurückgelangen konnten. Nie wieder. Bis du kamst.«

Ruby hatte immer gedacht, sie hätte eine schwierige Kindheit gehabt. Oft hatte sie sich gewünscht, ihre Eltern würden sie ab und zu loben oder in den Arm nehmen, wie sie es bei anderen Kindern gesehen hatte. Immerhin hatte man sie aber nicht an eine fürchterliche Tyrannin ausgeliefert und ihre Eltern waren keine Mörder. Lieber verzichtete sie auf magische Fähigkeiten. Das war besser als welche zu besitzen, sie aber nicht benutzen zu können, weil sie sonst bei lebendigem Leib verbrannte.

»Was bedeutet es, verflucht zu sein? Wie funktioniert das?«

Kai brauchte einen Moment, ehe er antwortete. »Flüche sind reine Schattenmagie. Sie bedienen sich deiner Magie, zehren an ihr. Bei mir ist es mein schlechtes Gewissen, das die Sache triggert. Es killt mich. Ich fühle mich so schuldig, dass ich der Sonne nicht mehr würdig bin. In Verbindung mit Auramagie verbrennt mich das Sonnenlicht.«

»Nachts geht es?«

»Ich habe heute Nacht versucht, dich mit meiner Aura zu schützen. Sobald morgens die Sonne aufging, bekam ich Blasen.«

»Also willst du rumsitzen und einfach unmagisch sein?«

Kai kaute auf einem Fingernagel.

»Kai, das ist Bullshit!« sie benutzte absichtlich seinen Lieblingsausdruck und tatsächlich hob er überrascht den Kopf. »Du kannst nicht die Flügel hängen lassen.«

Kai lachte.

»Was ist so witzig?«, hakte sie irritiert nach.

»Du!«, japste er. »Du bist urkomisch.«

»Verrätst du mir auch, weshalb?«

Er wischte sich ein paar Lachtränen aus den Augen.

»Weil du selbst einen so riesigen Aurablock trägst und keine fünf Minuten nach deiner Ankunft in Schattensalvya gebrandmarkt wurdest. Du bist die verfluchteste Prinzessin, die ich je gesehen habe.«

Ruby fegte seinen Einwand mit einer Handbewegung beiseite, doch Kai sprach weiter.

»Ich hab ihm nie davon erzählt. Ali, meine ich. Er denkt immer noch, ich wäre nur phantasielos.«

»Ali glaubt an dich. Er hat mir selbst gesagt, was für ein Genie du bist.«

Kai lachte freudlos. »Und was für eins. Ein Versagergenie.«

»Wo hast du denn bitte versagt? Du hast mich beschützt.«

»Du hast mich abgewehrt.«

»Das waren nur die verfluchten Haare.«

Er sah sie mit wildem Blick an. »Dieses Feuer ist der Ausdruck deiner reinen, ungezügelten Emotionen. Es ist so etwas wie ein unverschleiertes Aura–Inferno. Wenn deine Haare mich abwehren, wehrst du mich ab. Ich kann unmöglich dein Ritter sein, wenn ich dich nicht beschützen darf.«

Eine Welle an Zuneigung überschwemmte sie, während sie Kais hängende Schultern betrachtete.

»Niemand könnte mich besser schützen als du. Du singst mein Lied, Kai. Du rettest mich aus meiner Unsichtbarkeit und legst dich für mich mit einer Überzahl Gardisten an.«

Kai musterte angestrengt seine Fußspitzen.

»Du kannst es nicht zurücknehmen. Ich brauche keinen anderen Ritter. Ich brauche nur dich.«

Und ich will nur dich.

Sie hätte es ebenso gut laut sagen können. Kais Kopf fuhr hoch. Er hatte die Augen leicht zusammengekniffen. Mit ein paar Schritten war er bei ihr und umschloss ihr Gesicht mit seinen Händen. Sein verzweifelter Blick flehte sie an, irgendetwas dagegen zu unternehmen, während er sie langsam rückwärts gegen die Wand schob. Ruby war willenlos. Sie war gebannt vom smaragdgrünen Funkeln seiner Augen. Mit einem Stöhnen beugte er sich zu ihr herunter und verharrte nur Millimeter vor ihrem Mund. Sie spürte seinen schnellen Atem, der über ihre Lippen strich.

Wie ging das mit dem Atmen? Ihr war so schwindlig, dass sie ihn an den kurzen Haaren in seinem Nacken zog.

»Ich hoffe, du willst meinen ersten Kuss dieses Mal haben.« Oh Gott! Hatte sie das etwa laut gesagt?

Kai stöhnte und löste ihre Finger aus seinen Haaren. »Nein.« Sein Blick bat sie um Verzeihung.

»Meine Haare waren ganz zahm.« Ruby deutete auf die sanften Wellen, die sich in der Luft kräuselten.

»Stimmt.« Er lächelte traurig. »Aber du solltest nicht ... Wir dürfen nicht ...« Er ließ die Hände sinken. Wie unter Schmerzen schleppte er sich zu dem zerbrochenen Fenster und sah hinaus.

Sie stieß den Atem aus. »Sicher. Ich sollte nicht und wir dürfen nicht. Keine Ahnung, wieso. Aber eins muss klar sein. Dein schlechtes Gewissen mir gegenüber kannst du dir sparen. Es gibt keinen Grund, okay? Du hast mir bereits öfter das Leben gerettet, als irgendjemand sonst. Also, Schluss mit dem Gejammer. Ich will keine Blasen mehr sehen, auf keinen Fall meinetwegen.«

Kai warf ihr über die Schulter einen skeptischen Blick zu. »Ich denke nicht, dass ich es einfach so abstellen kann.«

»Dann lernst du es. Ich brauche dich!«

»Euer Wunsch sei mir Befehl, meine Dame.«

Ruby hieb mit der flachen Hand auf den Tisch. »Was soll dieser Mist, Kai? Dieser Ritter-und-Prinzessinnen-Quatsch. Ich will Antworten!«

Kai nickte bedächtig. »Wer bist du? Das ist die richtige Frage, Prinzessin Ruby.« Er neigte leicht den Kopf, wie um sich vor ihr zu verbeugen. »Komm.« Er streckte ihr seine Hand entgegen und führte sie durch einen staubigen Flur über eine knarzende Treppe ins Obergeschoss. Kai öffnete zielstrebig die Tür zu einem Schlafzimmer. In dem rostigen Metallbett hatte sicher seit Jahren keiner mehr gelegen. Die Sprungfedern standen aus der Matratze heraus wie Antennen. Ruby blieb wie angewurzelt im Türrahmen stehen, während Kai das Zimmer zielsicher mit großen Schritten durchquerte. Er drehte sich zu ihr um und folgte irritiert ihrem Blick, mit dem sie das Bett anstarrte.

»Komm schon rein. *Das* hatte ich bestimmt nicht im Sinn.«

Ruby schloss gequält die Augen. »Ich weiß.« Sie räusperte sich. Eisern bemühte sie sich, den Gedanken an Kai, der sie auf das morsche Bett stieß und sämtliche Hemmungen über Bord warf, zu verdrängen. »Wir können nicht und wir dürfen nicht und wir sollten nicht. Und überhaupt, wer würde sich schon in so ein Bett …«

»Ah! Ich wusste, dass hier eins ist«, unterbrach Kai sie. Sie konnte das Grinsen sehen, das an seinen Mundwinkeln zupfte. Er zog Ruby zu der Schublade, in der er gewühlt hatte. Vorsichtig wischte er den Staub von der Oberfläche des verblichenen Bildes und hielt es Ruby entgegen.

Ihre Welt stand still.

Die Frau auf dem Schwarz–Weiß–Foto trug einen steifen Kragen, der ihren aristokratischen Hals betonte. Ihr Blick bohrte sich in die Augen des Betrachters. Der geschwungene Mund ließ erahnen, wie herrlich er lächeln konnte, aber Ruby wusste, wie selten er es tat. Sie trug das Haar streng zurückgekämmt, weswegen es fast schwarz wirkte. In Wirklichkeit war es viel heller. Goldblond. Ihre Augen waren so blau wie ein kalter Novembermorgen.

»Das ist meine Mutter.« Ruby schluckte den Kloß im Hals hinunter und wendete das Bild. Die Schrift war ausgebleicht und durch Stockflecken beinahe unkenntlich. Die entscheidenden Worte waren lesbar.

Ihre Majestät Königin Yrsa, 37. hochherrschaftliche Regentin von Salvya.

Ruby hatte nicht mitbekommen, dass Kai sie zum Bett geführt hatte. Ihr war wieder schlecht und schwindelig. Sie umklammerte immer noch das Bild, weil sie etwas zum Festhalten brauchte. Ihre Welt war soeben aus den Fugen geraten. Alles, was sie zu wissen geglaubt hatte, war eine Lüge.

»Das kann nicht sein.« Ruby glaubte, den Satz schon ein paar Mal gesagt zu haben. Kai strich ihr vorsichtig über den Rücken, immer darauf bedacht, Abstand zu ihren Haaren zu halten.

»Du hattest wirklich keine Ahnung.« Es war keine Frage. Seine Finger zogen eine prickelnde Spur auf ihrer Wirbelsäule.

»Ich bin adoptiert«, sprudelte es aus ihr heraus. »Ich kann gar nicht die Tochter dieser Frau sein. Wir haben keinerlei Ähnlichkeit. Schau sie dir an. Selbst in der Nebelwelt geht sie problemlos als Mannequin durch. Dann sieh mich an.« Sie ließ den Kopf in die Hände sinken. »Meine Mutter ist ein Fashionvictim, wie es im Buche steht. Sie interessiert sich ausschließlich für Mode.«

»Königin Yrsa?« Kai wirkte eindeutig verwirrt. »Ich glaube, da täuschst du dich, Prinzessin.«

»Nenn mich nicht so!«, fuhr Ruby ihn an. »Kapier's doch! Ihr habt die falsche Prinzessin. Diese Frau und ich sind vermutlich gar nicht verwandt. Deshalb mochte sie mich auch nie. Dir muss klar sein, dass ich garantiert kein Nachkomme des Königshauses bin. Ich?« Sie lachte heiser. »Kai, ich bitte dich! Ich habe keine Aura. Ich bin Miss Unsichtbar, erinnerst du dich? Ich war ja sogar ohne Namen bei meiner Ankunft in Salvya.«

»Das ist der Punkt, Prinny.« Er legte ihr den Finger auf den Mund und verhinderte so gekonnt, dass sie erneut protestierte. »Lass mich wenigstens dieses Mal ausreden. Die Prophezeiung besagt, die dunkle Zeit läutet das Ende von Salvya ein. Das kann durch niemanden aufgehalten werden, außer …« Er schob Ruby ein Stück von sich und sah ihr fest in die Augen. »Außer von der Einen, der Letzten ihrer Art. Der mit dem wilden Blick. Der mit dem Feuerhaar.« Er machte eine kleine Pause.

»Ihr Schein ist nicht zu sehen,
Doch wird sie einst benannt,
Berührt er ihre Seele,
So ist der Fluch gebannt.
Sie ist der güld'ne Schlüssel,
Der Licht und Schatten eint,
Das Meer steht dem zur Seite,
Der seine Tränen weint.

Der Eine wird vergießen,
Der Jungfrau heilig' Blut,
Wird alles dafür opfern,
Magie und Liebesglut.
Ihr Herz allein kann heilen,
Die Last der dunklen Zeit,
Löscht aus der Schwestern Fehde,
Fluch der Vergangenheit.«

»Äh. Alles klar. Ich versteh kein Wort«, gestand Ruby nach einiger Zeit, in der sie schweigend auf dem Bett gesessen hatten.

Kai atmete aus.

»Vergiss den Kram mit dem Blut. Konzentrier dich auf den ersten Teil. Die Alten sind sich da einig. Es bedeutet, dass jemand, eine junge Frau, eines Tages nach Salvya kommt. Sie ist ohne Aura, also ohne *Schein* und sie besitzt keinen Namen. Na, klingelt's da bei dir?«

Ruby stöhnte und Kai fuhr unbeirrt fort.

»Die Sache mit Alis Namensgabe hast du verstanden: Sobald er eine Person oder einen Gegenstand benennt, verleiht er ihm eine phantastische Seele. Angenommen Ali würde dieser Jungfrau«, er machte Anführungszeichen in der Luft, »einen Namen geben. Einen echten, salvyanischen Namen. Dann würde etwas mit ihr geschehen.«

»Was soll das sein?«

»Der Fluch wird gebannt«, antwortete Kai kryptisch.

»Welcher Fluch denn? Hier wimmelt es doch geradezu von Flüchen, da wird man ja verrückt«, beschwerte sich Ruby.

»Keine Ahnung.« Kai schien seinen eingerissenen Daumennagel extrem interessant zu finden. »Die Sache mit dem Schlüssel steht mittlerweile außer Frage. Du hast bislang jedes Portal geöffnet und die anderen Sachen …«

»Sind Käse! Das Gefasel von irgendwelchen senilen Schachteln, die sich wichtig machen wollen. Kai, du spinnst dir da was zusammen.«

»Vielleicht. Vielleicht aber auch nicht. Was, wenn ich recht habe und du *bist* die Prophezeite?«

»Genau. Davon warst du ja selbst immer hundertprozentig überzeugt.«

176

Kais Blick wurde weich. »Ich bin halt manchmal auch ein Idiot. Einer, der aus lauter Angst vor einer Enttäuschung alles falsch gemacht hat. Ich habe mich schon dafür entschuldigt. Was kann ich tun, damit du mir verzeihst?«

Sein Mund schwebte direkt vor ihr, diese trotzig vorgeschobene Unterlippe, die in ihr den brennenden Wunsch auslöste, daran zu knabbern. Himmel, was *dachte* sie denn da?

Kai sah aus, als hätte er ihre Gedanken gelesen, zumindest leckte er sich quälend langsam über die Lippen, blinzelte und wandte hastig den Blick ab. »Du bist es. Ich bin mir sicherer denn je.«

Ruby lehnte sich stöhnend zurück. Was für ein Schlamassel. Wie konnte Kai nur plötzlich so felsenfest überzeugt davon sein, dass sie irgendetwas Magisches vollbringen würde. Schlimmer noch, etwas *großartiges* Magisches. Sie konnte ja nicht mal kochen. Ihre Fähigkeiten beschränkten sich auf Tiefkühlpizza auftauen und die Mikrowelle bedienen. Warum auch immer sie jetzt daran dachte. Ihr Magen knurrte laut.

Kai musterte sie aufmerksam. »Hunger?«

»Kein bisschen. Ich könnte keinen Bissen runterkriegen.« Ihr Magen gurgelte wieder unüberhörbar.

Kai pikste ihr einen Finger in den Bauch. »Er ist da anderer Meinung.« Er grinste. »Ich besorg dir was zu essen, bevor du anfängst, mich anzuknabbern.«

»Ich garantiere für nichts«, nuschelte Ruby in die mottenzerfressene Matratze. Sein Husten auf der Treppe hörte sich eher an wie ein verstecktes Lachen.

Wenige Sekunden später kam er mit einer Dose eingelegter Tomaten zurück und präsentierte sie Ruby auf ausgestreckter Hand. »Voilà. Rote Früchte in ihrer Soße. Wohl bekomms.«

Ruby kicherte und schaufelte sich die fade schmeckenden Dosentomaten in den Mund. »Willst du nichts?«, fragte sie beschämt. Nur eine kümmerliche Tomate schwamm auf dem Grund der Blechdose.

Kai warf ihr einen amüsierten Blick zu und schüttelte den Kopf. »Mir ist alles recht, wenn ich nach meiner Siesta noch alle Körperteile besitze.« Er pulte die Verschlusslasche vom Metalldeckel und fummelte ihr den Dosenring über den Finger.

177

Ruby hatte das Gefühl, nie ein bedeutungsvolleres Geschenk als diesen Aluring bekommen zu haben, auch wenn die scharfe Metallkante ihr in die Handfläche schnitt.

»Vor Anbruch der Nacht werden wir also nicht losziehen?« Kai verneinte. »Dann lass uns die Zeit sinnvoll nutzen.« Ruby klopfte auf das staubige Bett.

Es war unfassbar, aber Kai, der Frauenheld, der Rockstar, der sich vor Angeboten heißer *Chicks* kaum retten konnte, lief krebsrot an.

»Ruby. Ich … Die Jungfrau … Das Blut«

»Ja ja. Davon kannst du selber Albträume schieben. Ich will nur eine Runde schlafen. Dir täte es auch gut, dich ein bisschen auszuruhen.« Sie verkniff sich mühsam ein Grinsen.

»Ich bin nebenan. Da ist auch ein Bett.« Er sah aus, als wollte er flüchten.

»Woher weißt du das?«, fragte sie stirnrunzelnd.

»Das hier …« Er breitete die Arme aus. »Ist mein Elternhaus. *War* mein Elternhaus. Hier war einmal mein Zimmer.«

Ruby sah sich mit neuem Interesse im Raum um. Alles war von derselben dicken Staubschicht bedeckt, die das ganze Land eingenommen hatte. Das fahle Licht, das durch die zerbrochenen Scheiben hereinfiel, offenbarte nur Hässlichkeit und Trostlosigkeit. Unter keinen Umständen wollte sie die Nacht hier alleine verbringen, auch wenn Kai nur ein Zimmer weiter lag.

»Bitte bleib.«

Er blieb unschlüssig stehen, die Hand am Türgriff.

»Was, wenn ich das Haus abfackle?« Sie deutete auf ihre Mähne.

»Komisch, dass du das sagst.« Kai kratzte sich nachdenklich am Kopf. »Tatsächlich waren deine Haare total zahm, während du ohnmächtig warst. Ich konnte sie sogar anfassen.« Er fummelte an der abblätternden Farbe der Türzarge herum.

Ruby verkniff sich ein Lächeln. »Kommst du oder was? Ich verspreche auch, nicht zu knabbern.«

Mit einem Aufseufzen machte er kehrt und legte sich mit dem größtmöglichen Abstand zu ihr auf die löchrige Matratze.

»Ich sollte dir das vielleicht nicht erzählen, aber wenn du mich um etwas bittest, ist es mir nahezu unmöglich nein zu sagen«, murmelte er.

Fast wie von selbst tastete Rubys Hand nach seiner und dieses Mal schlug er sie nicht weg.

Kapitel 16

Amygdala

Thyra wusste es die ganze Zeit, schon seit Ali ihr Kindersklave war. Sie hatte sich einen Spaß daraus gemacht, ihm winzige Bröckchen hinzuwerfen, um zu prüfen, ob er sich an sein verlorenes Königreich erinnerte. Sie schilderte ihm, wie sie seine Familie gefoltert hatte. Ich frage mich bis heute, was das mit einer so zarten Kinderseele anstellt. Gott sei Dank ahnte Ali nie, von wem sie sprach.«

Sie wartete, bis die Wimmer ihren linken Flügel zu Ende geputzt hatte. Ob es besonders schlau war, all ihre Geheimnisse einer Mücke anzuvertrauen? Die Dinge, die ihr am Herzen lagen, durften jedenfalls nicht in Vergessenheit geraten. Obwohl es relativ unwahrscheinlich war, dass jemand dieses Mücklein befragen würde, war sie sich des Risikos bewusst – und der Chance.

Sie lächelte das winzige Insekt an. »Damit, meine Liebe, kommen wir zum vorläufigen Ende meiner Geschichte. Ich weiß, welche Bürde ich dir mit diesem Wissen auferlege. Du hast ein mutiges Herz und wirst wissen, wem du vertrauen kannst.«

Behutsam setzte sie die Wimmer ab. Ihre Flügel zitterten leicht, wie es die Finger eines nervösen Menschen tun würden und Amy machte beruhigende Laute. »Ich muss das tun, Kleine. Was, wenn Thyra es leid ist zu warten? Dann gefährde ich das Leben all derer, die mir lieb sind. Ich habe keine Wahl, als auf dich und Al–Chattab zu vertrauen.«

Amy richtete sich auf. Ihre alten Knochen knackten. Seit Thyras letztem Besuch hatte sie keine Energie mehr darauf verschwendet, jung zu sein. Sie brauchte alle angesammelte Kraft, alle Konzentration.

Amy rief sich die vielen Male in Erinnerung, die sie Thyra heimlich beobachtet hatte, wenn sie ihre Feinde verfluchte. Ihr selbst war diese Art von Magie fremd, da sie niemals einem anderen Wesen etwas Grausames antun könnte. Doch sich selbst, ja, wenn es die Situation erforderte – und das tat sie – könnte sie sich selbst verfluchen.

Es schien nicht so schwer zu sein. Das katatonische Schweigen hatte Thyra schon oft als Strafe für Verräter gewählt. Wenn Amy alles richtig verstanden hatte, musste sie eigentlich nur die Magie einer Person stehlen, um den Fluch auszuführen. Sie hatte es sich genau überlegt: Wenn sie ihre eigene Magie dafür nutzte, musste es klappen.

Sie strich von den Innenwinkeln ihrer Augen zu ihren Mundwinkeln und einmal quer über die geschlossenen Lippen.

»Vidi, fleo, mutus«, wiederholte sie die Zauberformel, die sie schon viel zu oft aus dem verkniffenen Mund ihrer Schwester gehört hatte.

Was ich sah, wo meine Tränen flossen, dort schweigt mein Mund.

»Nein!«

Amys Kopf wäre hochgeruckt, hätte der Fluch sie nicht längst in seinem eisernen Griff.

Ali wankte wie ein Betrunkener in ihr Blickfeld.

Nein, dachte auch Amy.

Sein rechtes Auge war zugeschwollen, die Lippe aufgeplatzt und sein Kinn blutverschmiert. Er konnte kaum gehen. Sein verbliebenes Auge war schreckensweit aufgerissen.

Amys Herz brach. Sie wollte ihn um Verzeihung für ihr miserables Timing bitten, doch ihr erstarrter Körper ließ keine Regung mehr zu.

Thyra war mit einem Schritt bei ihr. Wie eine schwarze Wand ragte sie bedrohlich vor ihr auf. »Du glaubst, du entkommst mir, indem du dich mit meinen eigenen Mitteln bestrafst? Denkst du, ich beherrsche meine Flüche nicht besser als du? Du wirst dir wünschen, mich anbetteln zu können. Ja, du wirst innerlich zerbrechen, weil du mich nicht einmal mehr anflehen kannst, mir all deine Geheimnisse erzählen zu dürfen. Ich habe den blauen Prinzen und mein grüner Rebell ist bereits auf dem Weg. Deine Prophezeite führt ihn direkt in meine Arme.« Thyra lachte.

Würde Amy sie nicht so gut kennen, hätte sie das zornige Aufblitzen in Thyras eisblauen Augen übersehen. Armer Ali. Er war schon immer das Druckmittel gewesen, mit dem Thyra Kai erpresst hatte und nun bekam er ihren Zorn über Amys Schweigefluch ab.

Und Kai war auf dem Weg hierher. Mit dem Mädchen!

Amy war so müde, so müde. Sie sehnte sich danach, die Welt um sich herum zu vergessen.

Sie würde Kraft sammeln müssen, um den Fluch rückgängig zu machen. Obwohl jeder wusste, dass Schattenflüche unwiderruflich waren.

Ruby

»Wohin gehen wir?«, fragte sie, um die Stille weniger unheimlich zu machen. Dabei war es gar nicht wirklich still. Etwas summte am salvyanischen Himmel, hoch und nervtötend, wie eine riesige, kaputte Glühbirne.

Kai, der bis dahin damit beschäftigt gewesen war, mit fiebrigem Blick die Gegend abzuscannen, deutete mit dem Kinn auf das schwarze Gebäude, das am Horizont über der Stadt thronte.

»Thyras Turm.«

»Ich dachte, sie wohnt in einer Burg.«

»Tat sie auch. Als die Königin verschwand, übernahm sie selbstverständlich das Schloss.«

»Wieso ist die Königin denn verschwunden?« Irgendwie brachte Ruby es nicht über sich, in ihrer Mutter die sagenhafte Monarchin eines phantastischen Landes zu sehen. Dennoch, *Yrsa*, irgendetwas klingelte da bei ihr.

Kai bedachte sie mit einem Blick, der sagte, wie dumm ihre Frage war. »Weil sie die Prophezeite geboren hat und sie vor Thyra in Sicherheit bringen wollte?«

Ruby stöhnte. Sie konnte es noch immer nicht glauben. Ausgerechnet sie! Die Prophezeite. Das war ja lächerlich.

»Wie ein Schloss sieht das aber nicht aus.«

»Das ist bei unserer Flucht geschehen. Thyra zog so viel magische Energie aus ihrer Umgebung, um uns aufzuhalten und schließlich zu verbannen, dass der Großteil des Gemäuers einstürzte. Nur der Turm ist übrig geblieben.« Er deutete auf die bedrohlich aufragenden Mauern.

»Du denkst, Ali und Amy sind da drin?«

Kai nickte. »Wenn wir Glück haben, will sie die beiden in ihrer Nähe wissen.«

»Wo würde sie ihre Gefangenen denn sonst hinbringen?«

»Erinnerst du dich an die Adnexwelten? Ali sprach davon. Es gibt mehrere hundert Anhängselwelten, die sich in Salvyas Blütezeit gebildet haben. Die meisten sind längst in Vergessenheit geraten – und was in Vergessenheit gerät, hört auf zu existieren. Was wäre ein geeigneterer Kerker?«

»Würde Thyra ihre Gefangenen dann nicht irgendwann auch vergessen? Dann könnte sie sie ja genauso gut gleich tö…« Im letzten Moment verkniff sie sich den Rest. Kai sah aus, als hätte er etwas Falsches gegessen.

»Lass uns schneller gehen. Ich möchte nur nachts unterwegs sein.«

Sie war froh sich an ihm festhalten zu können, auch wenn unklar war, wer hier wen stützte. Kais Gang war unsicher, er stolperte ständig über Unebenheiten im Boden und hatte Mühe sich wieder zu fangen. Ruby sah ihn besorgt von der Seite an. Er starrte geradeaus, obwohl er ihren Blick bemerken musste.

Sein Atem ging schwer, während Ruby den Anstieg nicht übermäßig anstrengend fand. Das war schlichtweg unmöglich. Kai war durchtrainiert und athletisch, während sie alter Sportmuffel mit ihrem Asthma normalerweise freiwillig keinen Schritt zu viel machte.

Angespannt lauschte sie auf sein Keuchen und bemerkte erneut das Summen. Lauter diesmal und durchdringender. »Was ist das für ein Geräusch?«

Kai sah nicht auf. »Das sind die Wimmermücken. Sie weinen.« Er deutete auf den Turm. Ruby kniff die Augen zusammen. Um die verwitterten Zinnen herum wirkte der Turm etwas unscharf, so als ob eine Wolke um ihn herumwaberte. Sie blinzelte. Es mussten abertausende von Mücken sein, die den Kerkerturm umkreisten und auf diese unerträgliche Art wehklagten.

Kais Daumen strich tröstend über ihren Handrücken.

»Warum weinen sie so schrecklich?«

»Diese Sache ist typisch Thyra: Sie sammelt die Tränen ihrer Untergebenen und füttert die Essenz, das Tränensalz, den Mücken. Es verätzt ihnen die Kehlen, darum weinen sie. Thyra nutzt ihre Schmerzensschreie, um die Gefangenen zu quälen. Ihr selbst gefällt die *Musik*. Wer sich jedoch in dem Turm aufhält und das ständige Wehklagen ertragen muss, wird zwangsläufig wahnsinnig.«

Ruby kannte ihn mittlerweile gut genug, um zu wissen, was seine unbeteiligte Miene bedeutete. Er schottete sich innerlich ab. Sie verflocht ihre Finger mit seinen. »Wie hast du das ausgehalten?«

»Ich singe in meinem Kopf. Immer. Wenn sie diese … Dinge mit mir angestellt hat, habe ich in meinem Herzen Lieder geschrieben. Über die Flügel, die mir wachsen, mit denen ich ihr davonfliege. Und das Feuer, das ich auf sie speien werde und dabei zusehe, wie die alte Hexe verbrennt.«

Plötzlich presste er Ruby die Hand auf den Mund und erstarrte. Ihre Feuerhaare flackerten hell auf und Kais Blick zuckte nervös zu den Flammen.

»Gardisten! Sie werden deine Haare sehen.« Kai suchte die Umgebung fieberhaft nach einem Versteck ab. Sie wussten beide, wie zwecklos das war. Seit sie die Stadt verlassen hatten, waren sie durch eine ansteigende Geröllwüste gewandert. Vom Turm aus war sie so überschaubar, als würden sie mitten auf einer Autobahn direkt in Thyras geöffnetes Maul rennen.

»Kannst du dich unsichtbar machen?«

Ruby fühlte in ihrem Inneren nach dem Nichts. Kais Hand in ihrer und das Versprechen, sein Leben für sie zu riskieren, machten es unmöglich sich unwichtig zu fühlen.

Ruby sah keine Gardisten, aber die Männer konnten mit den Schatten verschmelzen und an Schatten mangelte es in der felsigen Gegend nicht. Nun hörte auch sie die Schritte schwerer Stiefel, die im Gleichschritt auf den Boden donnerten und Rubys Herz beben ließen.

Kais Blick wurde auf einmal vollkommen leer. Gänsehaut kroch über Rubys Körper und ihre Haare flackerten aufgeregt. Es kam ihr wie Stunden vor, bis Kai sich endlich zu ihr umdrehte. Und er war nicht mehr derselbe.

»Lass mich etwas klarstellen, Rambo: Thyra hat meine Eltern ermordet. Damals schwor ich ihr, sie zu vernichten. Ich dachte, du könntest nützlich sein und, okay, du hast das Portal geöffnet. Jetzt wirst du eher lästig. Unsere Wege trennen sich hier leider.« Sein Gesicht war eine gleichgültige Maske.

»Aber …« Was wollte sie eigentlich sagen? Dass sie alleine keinen Schritt weitergehen würde? Sollte sie ihn an sein ritterliches Versprechen erinnern? Sie biss sich fest auf die Lippen, um ja nicht einen derartigen Blödsinn von sich zu geben.

»Guck nicht so. Hast du ernsthaft gedacht, dass ich mit so einem Klotz am Bein in den Turm gehe? Echt? Och, du Armes …«

185

Rubys Augen brannten. Was zog dieser Idiot da für eine Show ab? »Hör mal, Kai.«

»Nein, jetzt hör du mal! Du bist zu auffällig. Du schaffst es nicht einmal dieses Feuer zu kontrollieren, stampfst hier rum wie ein Walross und wahrscheinlich rennst du gleich winkend zu den Schattengardisten und stellst dich vor. Echt, Mädchen, es war nett von dir mir die Türen zu öffnen, aber von nun an wäre es besser, du würdest dich Sachen widmen, die dir liegen. Nudelauflauf zum Beispiel.«

Sie glaubte ihm nicht. Kein bisschen.

»Wenn du das wirklich willst, gehe ich.« Unbegreiflich, weshalb ihre Stimme zitterte und warum es hinter ihren Lidern so verdächtig prickelte.

»Ja, und zwar besser schnell, bevor die dich kriegen und ich mich deshalb noch schlecht fühlen muss.« Kais Augen schienen aus grünem Eis zu bestehen.

Ruby schüttelte den Kopf. »Ich glaub dir nicht!«

»Wieso nicht?« Er beugte sich vor und strich über ihre Wange, plötzlich wieder mit einem nahezu schelmischen Gesichtsausdruck. »Weil ich dir ein Versprechen abgeluchst habe?«

Ruby schluckte, als sie an den Kuss dachte, den sie ihm nicht gegeben hatte. Noch nicht. Selbst jetzt, in dieser total verwirrenden Situation würde sie sich am liebsten Hals über Kopf in seine Arme werfen und ihn bis zur Besinnungslosigkeit …

»Taktik. Du warst so bockig, du hättest nie für uns gearbeitet, wenn ich dich nicht ein wenig gefügig gemacht hätte.«

Sein Lachen tat ihr in den Ohren weh, obwohl es nicht einmal laut war. Sie war müde, so unendlich müde. Er hatte ja recht, sie hatte sich da in eine total bescheuerte Idee verrannt. Wie könnte jemand wie Kai sich für sie interessieren?

»Kein Grund fies zu werden«, murmelte sie.

»Ich sage nur die Wahrheit. Du weißt selbst, wie wenig besonders du bist. Du bist gewöhnlich, erschreckend auralos, es tut einem fast schon leid.«

Plötzlich war da Zorn. Und Schmerz.

Ihr Schrei rollte über die trostlose Steinebene. Sollten die Schattengardisten sie finden und zu Ali und Amy in den Kerker sperren.

186

Hauptsache, sie musste diesem Scheißkerl nicht länger zuhören. Sie schrie, bis sie keine Luft mehr bekam. Die Gardisten tauchten in ihrem äußeren Blickfeld auf. Anstatt in Verteidigungshaltung zu gehen oder fortzulaufen, legte Kai seine Hände an ihre Rippen. Er jagte ihr einen Stromschlag durch den Brustkorb, der den Schrei zu einem ohrenbetäubenden Fortissimo hochpeitschte, und presste die letzte Luft aus ihren Lungen.

Er ließ von ihr ab und sie verlor fast das Bewusstsein.

Kai sah sich mit offenem Mund um. Die Gardisten hatten sich in Luft aufgelöst.

»Yeah!« Er wirbelte mit blitzenden Augen herum. »Sagenhaft, Prinzessin.«

Ruby wich vor ihm zurück, als wäre er giftig. »Wag es nicht, mich so zu nennen, du, du …«

»Arsch?«, schlug Kai vor und machte ein zerknirschtes Gesicht. »Tut mir so leid, Prin… Ruby. Das war absolut fies und unentschuldbar von mir, aber ich musste es versuchen.«

»Was?«, keuchte sie atemlos. Warum redete sie überhaupt mit diesem Widerling?

»Hör doch!« Kai machte eine allumfassende Geste. Gegen ihren Willen lauschte Ruby – und hörte nichts. Es war alles still. Zu still. Keine Mücken.

»Was ist passiert?«

Kai wollte nach ihrer Hand greifen.

Sie ballte die Fäuste. »Fass mich an und ich hacke dir die Hand ab!« Sein blöder Trick würde sie nicht so schnell versöhnen. Kai hatte mit seinen Worten etwas in ihrem Innersten berührt, von dem sie gar nicht gewusst hatte, dass es da war. So, als hätte Kai in einer alten, längst vergessenen Wunde gebohrt und sie erneut zum Bluten gebracht.

Für einen Moment sah er sie unsagbar traurig an. Beinahe wäre sie eingeknickt. Nein, sie durfte diesem Schauspieler unter keinen Umständen trauen.

Seufzend ließ er sich auf dem Boden nieder. Er hob die Hand über den Platz neben sich und ließ sie nach einem Blick in Rubys Gesicht wieder sinken.

»Ich wollte das Feuer löschen und dann ist *das* dabei rausgekom-
men. Ehrlich, wenn ich gewusst hätte, was in dir steckt, hätte ich …«

»Was ist *das?*«, fragte Ruby ungehalten. Er brauchte gar nicht so
begeistert rumzuhampeln. Sie würde ihm niemals verzeihen. Seinen
doofen Kuss konnte er sich sonst wohin stecken.

»Eine Schallmauer.«

Ruby schüttelte den Kopf. Auf einmal konnte sie sich kaum mehr
auf den Beinen halten. Sie ließ sich im größtmöglichen Abstand zu
Kai zur Erde fallen.

»Doch, Prinny. Du hast es schon wieder getan. Deine Gefühlsmagie
ist so stark, es ist der Wahnsinn.«

»Kai! Was in aller Welt ist eine Schallmauer?« Sie gestikulierte wild.
»Ich meine, ich *weiß*, was eine Schallmauer ist.«

»Tust du nicht. Eine salvyanische Schallmauer ist ein akustisches
Phänomen, ähnlich der Herzensmusik. Ich weiß, ihr Caligoner denkt,
es hätte was mit Flugzeugen und einer Geschwindigkeit von über
tausend Stundenkilometern zu tun.« Er schnaubte. »Yeah, Bullshit!
Eine Schallmauer ist eine transparente Trennwand. Ein Schutzwall,
der normalerweise gesungen wird. Es sei denn, man ist ein Heavy
Metal Sänger oder ziemlich angepisst. Schon mal über eine Karriere
im Hardrock–Bereich nachgedacht?«

»Hier ist keine Mauer, Kai, wovon redest du eigentlich?«

»Sie ist nicht sichtbar.« Mit einem Satz war er auf den Beinen. »Du
hörst keine Wimmern, das heißt, sie ist da. Siehst du irgendwo die
Gardisten? Eben! Weil sie nämlich hinter der *unsichtbaren* Mauer stehen
und sich wundern, wo der schreiende Feuermelder auf einmal hin ist.«

Ruby blitzte ihn wütend an. »Du bist gerade nicht in der Position,
Witze zu machen.«

Kai hob abwehrend die Hände. »Zu früh? Okay, Prinzessin, sorry,
Ruby. Ich erklär dir gleich, warum ich das getan hab, ja?« Er rückte so
nah zu ihr heran, dass ihre Arme sich berührten. »Aber zuerst … hier.«

Ruby beäugte das winzige, hellblaue Blümchen zwischen seinen
Fingern. »Soll das romantisch sein?«

»Eigentlich schon.« Kai lachte. »Zumindest hat es sich ziemlich
kitschig angefühlt, bevor du so geguckt hast. Jetzt ist es irgendwie
peinlich. Gib dem Schätzchen hier eine Chance. Denn sie ist nicht

188

irgendeine Blume, sondern« er drückte ihr das Blümchen in die Hand, obwohl sie die Finger verkrampfte. »Ein Erinnerchen.«

»Ein Vergissmeinnicht?«

»Ein Erinnerchen«, wiederholte er mit Nachdruck. »Nur du und ich haben es berührt, also wird es dich immer an mich erinnern, wenn du es anfasst, so wie ich an dich denken werde.«

Ruby war hin und hergerissen, ihm das Blümchen um die Ohren zu schlagen oder es fest an ihr Herz zu pressen, damit es dort anwachsen würde. Wenn sie ehrlich war, hatten sich die feinen Wurzeln des Pflänzchens längst tief in ihrem Herzen verankert.

»Hurra«, brummte sie und drehte die Blüte unsicher zwischen ihren Fingern.

Kai sah auf ihre Hände. »Ich wollte das Feuer löschen und hab versucht, dich innerlich stumpf werden zu lassen, weil das am ehesten an *kalt* herankommt. Auf die Schnelle fiel mir nicht das Richtige ein, ich stand etwas unter Druck.«

Wenn er diesen Blick drauf hatte, so vollkommen offen und verletzlich, fiel es ihr schwer, weiterhin böse auf ihn zu sein.

»Ich wollte dich nicht so traurig machen, Ruby. Da es mit der Trauer kein bisschen funktionierte, hab ich dich wütend gemacht. Ich hoffte, du würdest mit deinen Feuerdrachen die Gardisten brennen. Im Zweifelsfall auch mich, aber das Risiko geh ich ein, wenn du verschont wirst.«

Der Schrei hatte sie ausgepowert. Sie konnte ihren Körper kaum mehr aufrecht halten und Kai nutzte diese Tatsache schamlos aus. Er legte einen Arm um sie und zog sie an sich. Halbherzig versuchte sie sich zu wehren, doch seine Umarmung war unnachgiebig. Ihr Körper reagierte wie von selbst auf Kais Nähe und presste sich an seine Seite. Es fühlte sich einfach richtig an. Ihr Platz war genau hier in seiner Armbeuge.

»Verzeih mir, dass ich dich verletzt habe, Prinzessin«, flüsterten seine Lippen an ihrem Hals.

Eigentlich müssten ihre Haare ihn jetzt komplett verbrennen, schließlich stand gerade ihr ganzes Innerstes in Flammen.

»Ich hatte gehofft, wenn ich in alten Wunden bohre, nimmt dein Aurablock überhand.«

Ruby richtete sich auf. »Was meinst du damit?«

»Deine Aura steht unter einem Bann.«

»Seit wann denn das?«

»Schon immer, denke ich. Ich weiß es nicht, Prinny. Seit ich dich kenne, hast du null Aura und das, ohne sie verschleiern zu können.«

»Bahnhof«, beschwerte sich Ruby.

»Ali und ich«, er schluckte schwer bei der Erwähnung seines Freundes, »wir haben eine Theorie. Du bist die Prophezeite. Nein, lass mich ausreden. Als solche bist du Thyras größte Feindin. Sie sucht dich, seit das Gerücht umgeht, du seist auf der Welt. Deine Mutter hat sich von heute auf morgen in Luft aufgelöst. Warum sollte die Königin ihrer Erzfeindin das Feld kampflos überlassen, außer um jemanden in Sicherheit zu bringen? Nämlich dich, Ruby – die Prophezeite. Nur genügte es nicht nach Caligo zu fliehen, nicht mit einer königlichen Aura, also hat deine Mutter sie geblockt. Da ihre Majestät jedoch über keine Schattenmagie verfügt, konnte sie dich schlecht verfluchen. Sie musste es auf die schmutzige Art tun: indem sie deine Aura bis zur Unsichtbarkeit schwächte. Darum hat Thyra dich all die Jahre nicht gefunden. So grausam es für dich war, Prinny, deine Mutter hat dich nur beschützt.«

»Wie hat sie das gemacht?« Rubys Stimme klang wie ein Reibeisen. Sie fühlte sich ausgedörrt wie nach einem Tag in der Wüste.

»Ich kann nur mutmaßen. Aura basiert auf Selbstbewusstsein. Dein katastrophales Selbstbild ist garantiert kein normaler Teeniespleen. Kann es sein, dass deine Mama dir das Gefühl gegeben hat, du seist nichts wert?«

Ruby konnte nicht einmal nicken. Ein faustgroßer Kloß hing in ihrer Kehle, als Kai ihr Gesicht zart umfasste.

»Gott, ich würde dich so gern küssen, Prinzessin«, flüsterte er.

Hatte er das wirklich gesagt? Und viel wichtiger: Was hielt ihn davon ab, es zu tun? Sie bestimmt nicht, denn Ruby hatte sich gerade in einen hilflosen Pudding verwandelt.

Mit einem Gesicht, das einen fast schmerzlichen Ausdruck trug, zog er sich zurück.

Am liebsten hätte Ruby vor lauter Frust noch eine Schallmauer geschrien. Dabei war sie nicht einmal in der Lage die Stimme zu erheben.

»Das Feuer laugt dich aus. Es ist Schattenmagie und nährt sich von deiner Magie. Nach dieser Schallmauer bist du vollkommen leer. Wir können so nicht weiter, du bist verwundbar und ich kann dich nicht beschützen.« Er musterte seine gespreizten Finger. »Scheißmoment, um das zu fragen, ich weiß, aber: Vertraust du mir?«

Ihre rechte Gehirnhälfte wollte nicken, während die linke vehement dagegenhielt.

Kai grinste. »So halb. Das reicht fürs Erste.« Er half ihr auf die Füße. »Schallmauern halten nicht ewig und man muss achtgeben, wenn man sie durchbricht, weil einem die Steine auf den Kopf fallen können.«

Ruby zog eine Grimasse, unsicher, ob Kai sie veräppelte.

»Ich denke, die Gardisten sind weg. Sicher sind wir erst, wenn wir die Schallmauer zerstören. Bist du bereit notfalls zu kämpfen?«

Nein, war sie nicht. Sie war schwach, ausgetrocknet und hundemüde. Für eine weitere Mauer würde ihre Energie kaum ausreichen. Am liebsten würde sie sich zusammenrollen und schlafen. Aber was wäre, wenn die Schallmauer zersprang, während sie schlief und die Gardisten auf der anderen Seite auf sie warteten?

»Wie kommen wir hier raus?«

»Man muss schnell sein. Das ist meine Spezialität.« Er ließ sie los. Sein Umriss verschwamm vor ihren Augen, so blitzschnell rannte Kai. Es knallte. Während das Summen der Wimmern erneut einsetzte, war er schon wieder an ihrer Seite. Kein bisschen atemlos, nur die Haare waren etwas zerzaust vom Wind.

»Sie sind weg«, wisperte er in ihr Ohr. »Beweg deinen niedlichen Hintern, bevor sie zurückkommen.«

Er zerrte sie in eine Richtung, die sie zuvor nicht eingeschlagen hatten und Ruby beherrschte sich nur, weil sie ihm versprochen hatte, ihm zu vertrauen.

»Wie machst du das?«, wollte sie nach einiger Zeit wissen.

»Speedaura. Macht tierischen Spaß. Du musst nur den Kopf ausschalten und ein reiner Reflex sein. Ohne deinen Block wärst du super darin. Selbst mit Aurablock bist du ganz schön flink.« Er sah sie von der Seite an.

»Du meinst, als ich dir in der Lampyria die Kleider vom Leib gerissen hab?« Sie versuchte, ebenso eine Augenbraue hochzuziehen, wie er es sonst tat.

191

Kais Augen blitzten auf. »Das nächste Mal sagst du Bescheid, wenn du's so eilig hast, Speedy.«

Ruby konnte nichts gegen das dämliche Lächeln tun, das sich automatisch auf ihre Lippen stahl.

Komisch, wie er das machte. Im einen Moment kitzelten sie Schmetterlinge im Bauch, dann fühlte es sich plötzlich an, als trügen sie Rasierklingen anstelle von Flügeln.

Die Erkenntnis, von ihrer eigenen Mutter ein Leben lang bewusst unterdrückt worden zu sein, schwamm wie in einer Endlosschleife durch ihre Gedanken. All ihre Sticheleien über Rubys unförmigen Körper waren Absicht gewesen. Seltsamerweise war ihr nicht einmal nach Weinen zumute. Ein Lächeln von Kai genügte, um ein neues, stärkeres Herz in ihrer Brust wachsen zu lassen.

Er schwieg bereits geraume Zeit und drückte ihre Hand in unregelmäßigen Abständen, als spiele er einen Rhythmus auf ihren Fingern. Er holte tief Luft und blieb stehen. Seine Augen leuchteten hell.

»Davon hab ich bisher nur gelesen. Ich wusste nicht, ob es ihn tatsächlich gibt.«

Ruby sah auf und stolperte beinahe über ihre eigenen Füße.

Vor ihnen dehnte sich ein Fluss mit undurchdringlich schwarzem Wasser aus. Das gegenüberliegende Ufer verschwand im Nebel.

»Was ist das?« Ruby beugte sich verwundert über die spiegelglatte Fläche. Nichts. Kein Plätschern, kein Anzeichen von Lebewesen. Nur unergründliche Tiefe und eine beklemmende Stille. Das Wasser hatte den silbrigen Glanz von Quecksilber und Ruby ließ sich plötzlich nur zu gern von Kai zurückziehen.

»Das ist der Siebenhexenfluss. Der Legende nach zerliefen sieben Magierinnen, aus Gram über den Verlust ihrer Männer an die Schattengarde, in ihren Tränen. Sie kamen aus den sieben Ecken des Reiches und flossen zusammen zu einem großen, tödlichen Strom. Jeder, der das Wasser des Flusses berührt, ist des Todes. Der Siebenhexenfluss endet …«

Kai hatte sie während seiner Erzählung weitergeführt. Er musste die Stimme gegen das anschwellende Rauschen anheben. Nach einer letzten Flussbiegung verschwanden die schwarzen Fluten plötzlich im Nichts.

»… im klirrenden Wasserfall.«

Er schob sie näher an das Ufer. Unter ihnen donnerten die pechschwarzen Wassermassen auf die umgebenden Felsen. Ruby fühlte sich mit einem Mal winzig angesichts der Naturgewalt.

Kais Kiefer mahlten. Er griff wieder nach ihrer Hand und führte sie über lose Steine einen steilen Pfad hinunter, bis sie unter einem dornigen Strauch hindurchtauchten. Die Luft um sie herum wurde feucht von den aufstiebenden Tropfen. Kai führte sie immer näher an den Wasserfall heran.

Etwas in ihr sträubte sich, weiterzugehen. Etwas Anderes, Fremdartiges, zog sie beinahe magisch an.

»Warum bringst du mich hierher?« Ihre Stimme übertönte kaum das Tosen.

»Man erzählt sich, dass die Drachen darin schwammen und das Wasser tranken, um ihr inneres Feuer zu löschen«, fuhr Kai fort, ohne sie anzusehen.

Er legte beide Hände um ihre Taille, wie um sie zu einem langsamen Tanz aufzufordern.

Dann stieß er zu.

Kapitel 17

Amygdala

Ali tigerte vor ihr auf und ab. So nervös hatte sie ihn noch nie erlebt.

»Das kannst du nicht machen, Amy.« Er stotterte.

Amy wünschte, sie könnte ihm antworten. Es gelang ihr nur nicht einmal mehr, den Kopf zu schütteln. Ihre Augen blickten starr geradeaus und ihr Mund stand leicht offen. Sie fühlte, wie sich etwas Spucke an ihrer Unterlippe sammelte.

Ali fiel vor ihr auf die Knie und packte ihre schlaffen Wangen.

»Komm zurück zu mir, Amy. Ich kann das nicht alleine. *Sie* schafft das nicht ohne dich. Kai ebenso wenig.« Er brach wieder ab und kniff sich in die Nasenwurzel, vermutlich um die Tränen zurückzuhalten, die in seinen Augen glitzerten.

Könnte Sie doch die Zeit zurückdrehen, für ein paar Minuten nur. Andererseits hatte sie keine Wahl gehabt. Thyra hätte sämtliche Geheimnisse aus ihr herausgepresst, wenn sie sich nicht vorsorglich vor ihr und vor der ganzen Welt verschlossen hätte.

Ali gab ein ersticktes Geräusch von sich. »Ich habe sie Ruby genannt, deine Nichte. Sie ist es, Amy, du hattest vollkommen recht. Hoffentlich wird sie rechtzeitig herausfinden, wie sie ihre Magie entfesselt und dann, das verspreche ich dir, werde ich dich aus deinem Kerker befreien.«

Er meinte mit diesem Kerker nicht Thyras Turm, das sah Amy in seinem brennenden Blick.

Ruby

Schmerz!

Sie musste hier raus, ehe es zu spät für sie war. Bevor ihr die Glieder komplett einfroren.

Kai hatte sie gebeten, ihm zu vertrauen.

Und dann hatte er sie verraten.

Jeder, der das Wasser berührt, ist des Todes.

Das war keine Lüge gewesen. Sie spürte die vernichtende Kraft des magischen Flusses von den Zehenspitzen bis in die letzte Zelle ihres Körpers.

Wenn sie nur einen Schritt machen könnte, würde sie der Folter entkommen. Dennoch verharrte sie wie festzementiert, während sich das Eis wie tausend Nägel in ihre Haut bohrte.

Ein Schrei drängte heraus. Als sie den Mund nur einen Spalt öffnete, kroch die Kälte in sie hinein und fror ihre Zunge am Gaumen fest. Sie spürte, wie ihre Lippen aufsprangen. Selbst das warme Blut erstarrte auf ihrer Haut, noch während es floss.

Eis schlich durch ihre Blutgefäße, bahnte sich einen Weg zu ihrem Herzen.

Ihre Brust gefror und sie konnte nicht mehr atmen.

Bumm … Bumm … Bumm …

Das langsamer werdende Hämmern riss sie für einen Moment aus der Panik. Es war lauter als das Wasser, vermutlich, weil es aus ihrem Inneren zu kommen schien.

War das ihr Herzschlag?

Alles war schwarz. Das Tosen des Wassers hörte sich für einen Moment an wie gequälte Schreie.

Dieser Ort war die Hölle.

Bumm ………… Bumm …………

Grüne Schleier wehten vor ihren Augen. Seit wann war Sterben grün? Die Schmerzen fraßen sie auf. Sie sehnte sich nach dem Ende.

Bumm …………………………

Das Eis war an ihrem Herzen angekommen. Seltsam unbeteiligt spürte sie, wie es sich ein letztes Mal tapfer zusammenzog und schließlich erstarrte.

Endlich drang die Schwärze des Wassers in ihr Bewusstsein. Sie erlebte einen Moment absoluter Klarheit und Ruhe. Hier war sie in ihrer einzig wahren Gestalt.

Tot. Quicklebendig. Ohne zu leiden und trotzdem schmerzerfüllt. Sie war wild und magisch und unbezwingbar, ein Wesen, für das sie keine Worte hatte.

Finger krallten sich in ihr Gesicht und rissen an ihr. Ruby wimmerte. *Nein!* Sie wollte hier bleiben. In Frieden sterben. Eiskristalle schwammen vor ihrem Blick.

Das Wasser murmelte mit einer Stimme, die sie liebte. Sie wurde an einen warmen Körper gezogen, der sie mit kräftigen Armen umfing. Hitze strömte in Wellen durch sie hindurch und drängte die klirrende Kälte zurück. Noch immer war das Wasser zu mächtig. Er sang Worte in ihr Ohr, die sie trotz des betäubenden Rauschens des Wasserfalls glasklar verstehen konnte.

Such a day like this
Should have never been happening.
Such a day like today
Should have never been.
Such a goodbye should have never been said.
Such a pain like mine should have been for someone else.
Someone stronger wants to live more than me.
More than me...

Ihr Herz machte einen Satz. Es stolperte, raste, hämmerte in ihrer Brust und füllte sie mit sengender Hitze. Die Glut erreichte ihre Zehen. Nur mühsam verkniff sie sich einen Schrei. Sein rauer Gesang jagte die Musik durch ihren Körper.

Nur ein Schritt. Quälend langsam hob sie ihr Bein wenige Zentimeter vom Boden ab.

Dann gab das Wasser sie frei.

Nass und schwer stolperten sie ans rettende Ufer, wo Kai sie auffing. Gemeinsam gingen sie in die Knie, fielen auf den Fels und blieben atemlos, ineinander verschlungen liegen.

Mit der Wärme kehrte auch der Schmerz zurück und sie krümmte sich keuchend zusammen. Ihr Körper wurde von Krämpfen geschüttelt. Wortlos schlüpfte Kai aus seinen Kleidern. Ruby protestierte halbherzig, als er den gefrorenen Anzug von ihrem Körper schälte. Sie war zu erschöpft, um sich ihrer Nacktheit zu schämen.

»Lass mich dich wärmen.« Ohne eine Antwort abzuwarten, schlang er die Arme um Rubys blau gefrorenen Körper. Sie versuchte erfolglos, ihre klappernden Zähne zu kontrollieren. Kais Hände hinterließen eine herrlich prickelnde Spur auf ihrer Haut.

Rubys Blick fiel auf seine blasenübersäten Unterarme. Sie sog scharf die Luft ein.

»Ich hatte meine Gründe.« Er hörte sich trotzig an, dennoch bemerkte Ruby das Zittern in seiner Stimme.

»Du dummer Kerl. Was hast du getan?«

Es dauerte lange, bis er antwortete und er klang mit einem Mal erschöpft. »Ich habe dein Feuer gelöscht.«

Langsam kroch das Gefühl wieder in ihre Arme zurück. Seine Hände auf ihrer Haut fühlten sich an wie Eiswürfel.

»Warum taust du nicht auf?«

Kais Finger verharrten einen Moment zu lange, ehe er wieder anfing, sie zu streicheln.

»Das Einzige, was zählt, ist, dass du in diesen Turm gehst und der Hexe darin zeigst, was in dir steckt.«

Ihre Eingeweide zogen sich zusammen. Ruby packte Kais Hände und begutachtete die blauen Fingerspitzen.

»Warum tauen deine Finger nicht auf?«, wiederholte sie, unfähig, den schrecklichen Verdacht zuzulassen.

»Ohne das Feuer hast du genug Kraft, um Schallmauern zu singen. So kommst du ungesehen hinein. Du wirst sie fertigmachen. Mit Gefühlsmagie, Prinzessin. Damit rechnet sie nie.«

»Kai!« Der Eisklumpen in ihrem Magen wog mindestens eine Tonne. »Was ist mit dir?«

Sie zählte fünf tiefe Atemzüge in ihrem Rücken. Endlich antwortete er, seine Stimme war ganz ruhig.

»Ich war im Wasser.« Zu ruhig.

Auf einmal war es, als ob sie den Wasserfall nie verlassen hätte.

Jeder, der das Wasser berührt, ist des Todes.

Seine Eisfinger wischten ihre Tränen fort.

»Es ist richtig so, Prinny. Dafür bin ich da. Ich werde Thyra nicht aufhalten. Du bist es, Ruby. Du bist wichtig. Ich bin nur dein Ritter.«

Auf einmal machte sein Lied Sinn. Er hatte sich von ihr verabschiedet. Hatte sie um Verzeihung gebeten, dafür, nicht stark genug zu sein. Dass er für sie starb, damit sie leben konnte.

Obwohl sie die Zähne in die Unterlippe grub, bis sie Blut schmeckte, schluchzte sie auf.

»Schhhhhhhh« Sein Atem in ihrem Rücken verlangsamte sich.

Sie hatte Angst davor sich umzudrehen, aber sie musste ihm ins Gesicht sehen. Sie nahm alle Kraft zusammen, allen Mut, den sie besaß, und rollte in seiner mittlerweile lockeren Umarmung herum.

Kais Miene war entspannt. Die Haare in seinem Nacken fühlten sich an wie Schäfchenwolle. Ruby fuhr mit ihren Fingerspitzen zärtlich die Linie dieser spöttischen Augenbraue nach. Sie strich seine feine Nase entlang, verharrte in der weichen Kuhle über dem Mund und zeichnete mit prickelnden Fingerkuppen den Umriss seiner Lippen nach. Seiner wundervollen, sanften Kusslippen.

»Vergiss es! So kommst du mir auf keinen Fall davon, du Scheiß-kerl«, flüsterte sie erstickt. »Ich schulde dir noch einen Kuss.«

Kai atmete nicht.

Schon lange nicht mehr.

Auf dem Boden zwischen ihnen lag das Erinnerchen, verdrückt und welk. Sie schloss seine Hand um ihr gemeinsames Blümchen.

Kais Haut nahm einen wächsernen Ausdruck an. Rubys Hände legten sich wie von selbst auf seinen Brustkorb und drückten darauf, um sein Herz wieder zum Schlagen zu bringen. Sie spürte mit grausamer Gewissheit, dass es zu spät war.

»Nein«, flüsterte sie.

»Nein, nein, nein!« Lauter, immer lauter drang der Schmerz aus ihr heraus. »Ich werde ohne dich keinen Schritt weitergehen.« Sie hieb auf seine Brust. »Wie kannst du dich einfach so aus dem Staub machen, du dummer, dummer …«

Sein Körper rollte herum. Zuerst traute sie ihren Augen nicht, doch soviel sie blinzelte, das Bild blieb dasselbe. Von seinen Schulterblättern aus zogen sich zwei schwarz–tätowierte Flügel über den gesamten Rücken. Die zart gezeichneten Federn verschwanden im Bund seiner Shorts und endeten in feinen Flügelspitzen auf den Rückseiten seiner Oberschenkel. Plötzlich machte alles einen makaberen Sinn.

»Sie kennzeichnete mich als ihren persönlichen Ikarus.«

»Kai, du wirst nicht mit den Drachen fliegen.«

Sie hatte keine Kraft mehr zu schreien. Etwas zog ihre Kehle zusammen, nahm ihr den Atem. Und so sehr ihre Seele es verlangte, sie konnte auch nicht weinen. Alles in ihr war tot und kalt, so wie Kai unter ihren Händen. Vorsichtig drehte sie ihn zurück. Sie legte sich auf seinen schlaffen Körper und hauchte einen Kuss auf seine Augen, die blicklos ins Leere starrten. Eine einzelne Träne löste sich aus ihrem Augenwinkel und tropfte von ihrer Nasenspitze auf sein Gesicht.

Sie durfte nicht weinen! Wenn sie einmal damit anfinge, würde sie nie mehr aufhören können. Ruby dachte an das Wasser, wie die Kälte ihr Herz vereist hatte. Ihr panisch rasender Herzschlag verlangsamte sich bei der Erinnerung. Wenn sie ihn nicht wieder zum Leben erwecken konnte, würde sie hier mit ihm sterben.

»*Prinzessin.*«

Es würde schnell gehen, so tot, wie sie sich bereits innerlich fühlte.

»*Ruby.*«

Konnte man an gebrochenem Herzen sterben? Konnte ein Herz erstarren?

»*Rubinia magnifica draconis!*«

Wie ferngesteuert sah sie auf, weil sie jeden eigenen Willen verlor. Die Frauen hatten ihren Namen gerufen – ihren salvyanischen Namen.

Vor ihr standen sieben Frauen. Ihre Haare flossen wie Wellen um ihre schwarz–glänzenden Gesichter. Ruby las Mitleid wie Entschlossenheit in den Blicken, die auf ihr ruhten.

»*Steh auf, Prinzessin. Überlass uns deinen Ritter und erfülle deine Aufgabe.*«

»Nein!« Ruby riss Kai von den gierigen Fingern der Hexen weg. Ihr bekommt ihn nicht.«

»*Einer muss das Pfand leisten. Er hat sich geopfert. Er gehört uns.*« Ihre Stimmen klangen singend, flüsternd und erinnerten Ruby an einen murmelnden Bachlauf.

»Wenn ihr ihn wollt, müsst ihr mich vorher umbringen. Niemand wird dann Thyra vernichten. Ihr werdet nie Gerechtigkeit erfahren.«

Die Frauen schüttelten die Köpfe, wodurch ihre Haare Wellen schlugen.

»*Der Eine muss bleiben. Du wirst gehen.*«

»Niemals!«, brüllte Ruby und stellte sich vor Kai.

Die Frauen glitten durch sie hindurch, als sei sie aus Luft. Sie hinterließen eine eisige Spur und beugten sich über Kai, wie um ihn zu verschlingen.

Ruby stürzte sich auf die Hexen – und griff ins Leere. Der Wasserfall krachte mit all seiner Macht auf den Felsen. Kai war fort.

Ihre Muskeln verkrampften sich bei der Erinnerung an die Eiseskälte. Sie würde trotzdem nicht zögern, Kai zurückzuholen. Auch wenn sie dieses Mal kein Brandmal trug und beim Kontakt mit dem Eis ebenso sicher sterben musste wie Kai.

Sie machte einen Schritt, aber der Fluss wich vor ihr zurück. Fluchend hob sie erneut das Bein und stampfte auf, warf sich nach vorne, doch sie erreichte die Gischt nicht.

»Gebt ihn mir zurück!«, schrie sie gegen die tödliche Wasserwand.

Plötzlich erschien eine der Hexen im Wasserfall und teilte ihn wie einen Vorhang. Sie wirkte gespenstisch, wie sie inmitten der donnernden Flut vor Ruby in der Luft schwebte.

Wer uns berührt, bleibt mit uns verbunden. Wir wissen um deinen Schmerz und fühlen mit dir, ebenso, wie du unsere Schmerzen spürst. Wenn du unseren Kummer linderst, werden wir dasselbe für dich tun, Darkwyllin.«

Sie verschwand so spurlos, wie sie aufgetaucht war.

Kapitel 18

Ruby

Ihre Füße gingen, ohne den Boden zu berühren. Es fühlte sich an wie schlafwandeln, nur wusste sie, dass sie in einem Albtraum gefangen war. Bald würde sie aufwachen, sich den Schlaf aus den Augen reiben und damit auch die Erinnerung an diesen fürchterlichen Traum fortwischen. Sie musste nur die Zeit bis zum Erwachen totschlagen. Also konnte sie ebenso gut den verzweifelten Versuch unternehmen, Thyra zu vernichten und somit ihren Teil des Versprechens an die sieben Hexen einlösen. Sie hatte Kai verloren. Was konnte schon Schlimmeres passieren?

Ruby drängte die Tränen zurück. Es gab keinen Grund zu weinen, auch wenn das schwarze Loch in ihrer Brust ihr etwas anderes erzählte. Sie biss sich auf die Lippe und schritt kräftiger aus, wobei ihre triefnasse Kleidung Pfützen auf dem Boden hinterließ.

Die Wachen, die links und rechts das pechbeschmierte Holztor flankierten, maßen bestimmt mehr als drei Meter. Ihre breiten Schultern berührten sich beinahe. Ruby würde niemals unbemerkt an ihnen vorbeikommen.

Etwas regte sich in ihrem Ausschnitt.

»Vielen Dank, dass du mich auch mal wieder an die Luft lässt, du gedankenlose Dattel.«

Ruby glotzte stumm auf den Stein herab. Was für ein verrückter Traum, in dem sogar Al-Chattab genau im richtigen Moment auftauchte.

»Das sind übrigens Megaloiden, falls du dich das fragst.«

»Woher weißt du das eigentlich alles, du Stein?«

Al-Chattab verdrehte nachdenklich die Augen. »Da du mich ja mittlerweile zu schätzen weißt – sonst hättest du mich nicht in dein Internum gewünscht – kann ich es dir wohl sagen. Ich bin ein Wissensspeicher.«

»Das bedeutet?«

»Ich bin ein Auftragsstein. Jede magisch begabte Person kann mich mit Wissen befüllen.« Al-Chattab schnaubte, weil Ruby verständnislos den Kopf schüttelte. »Lass es mich anders erklären: Dein grüner Freund hat mir einmal erzählt, in eurer dumpfen Nebelwelt wäre ich überflüssig, weil es dort sogenanntes Huh Essbesteck gäbe, falls du damit etwas anfangen kannst.«

»Huh.«

»Irgendwas mit diesem seltsamen Computerkram, auch wenn mir schleierhaft ist, wie man da an Essen denken kann.«

»USB–Stick?«, riet Ruby aufs Geratewohl.

»Sag ich ja. Und so ein Besteck soll mich ersetzen? Lächerlich, nicht wahr?« Er warf ihr einen treuherzigen Augenaufschlag zu.

»Du bist also ein externes Speichermedium. Ein sprechendes.«

»Ich wusste, was für ein schlaues Mädchen du bist«, gackerte der Stein zufrieden, während Ruby die Stirn runzelte.

»Ein USB–Stein. Wozu? Ich meine, wer braucht so was?«

Al–Chattabs Miene verdüsterte sich. »Ich nehm's zurück. Du bist ein hoffnungsloser Fall.« Er schob die kantige Unterlippe vor. »Natürlich bin ich tausendmal wertvoller als euer caligonischer Kram. Erstens entscheide ich selbst, wem ich was verrate. Man kann mich nicht einfach so *auslesen*.«

»Was für ein Gewinn für die Menschheit«, murmelte Ruby.

»Zweitens kann ich als geheimer Überbringer von Nachrichten auf eine Person codiert werden«, fuhr der Stein triumphierend fort. »Dann antworte ich nur demjenigen, für den ich bestimmt bin.«

Vielleicht hasste Kai den Stein deswegen so sehr? Weil er ihm in einer wichtigen Angelegenheit keine Auskunft gegeben hatte?

Kai.

Das schwarze Loch in ihrer Brust weitete sich schmerzhaft aus. Warum fühlte sich der Schmerz nur so verdammt echt an?

Al–Chattab räusperte sich.

»Guck nicht so verschreckt, du Neonhörnchen! Deine nächste Frage lautet: Wer hat dich beauftragt?«

»Hä?«

»Prinzessin, denk nach! Du hast mich natürlich nicht zufällig gefunden, also hat mich jemand auf dich codiert, damit ich mein Wissen mit dir teile.«

»War es Thyra?« Automatisch ballte sie ihre Hand um den Stein. Al–Chattab röchelte.

»Das wäre eine denkbare Lösung und ein schlauer Schachzug von ihr gewesen. Sie hätte dich mit Fehlinformationen füttern, dein Vertrauen erschleichen und dich heimtückisch ins Unglück rennen lassen können. Aber nein. Du verdankst mich Amygdala.«

Es machte Sinn, denn Amy hatte ja kaum vorhersehen können, welches Wissen die Drachen mit ihr, Ruby, teilen würden. Also hatte sie den Stein mit dem befüllt, was sie wichtig fand und deshalb hatte der Stein auch nicht auf all ihre Fragen eine Antwort parat gehabt.

»Warum hast du mir das nicht früher gesagt?«

»Hast du gefragt? Außerdem warst du nie auf dich allein gestellt. Jetzt werden wir beide in diesen Turm gehen, Prinzessin, und Geschichte schreiben.« Omar Chattab stieß einen Kampfschrei aus. Ruby zuckte müde mit einem Mundwinkel. Erstaunlich, wie geschickt der Stein sie mit seinem Geplapper von ihrer Traumwandelei ablenkte.

»Diese Megaloiden werden sicher nicht einfach beiseitetreten, wenn ich sie darum bitte.«

»Ganz zu schweigen von den Knorpelknackern.« Al–Chattab nickte eifrig und Ruby bemerkte erst jetzt die schwarzen Hundekreaturen, die um die Beine der Riesen strichen. Die Biester bleckten die Zähne, als warteten sie schon viel zu lange auf ein blutiges Frühstück.

Ruby stöhnte verzweifelt auf. »Da komm ich niemals durch. Ich wette, die riechen mich, selbst wenn ich hinter einer Schallmauer bin.«

»Das ist richtig. Du musst dich allerdings auch nicht hineinschleichen.«

»Wie soll das bitte aussehen? Soll ich hingehen und sagen: Guten Tag, die Herren, ich bin die Prophezeite, also seid lieb und lasst mich rein, damit ich Thyra vernichten und die Gefangenen befreien kann?«

»Du hast schon kapiert, dass das da ein Portal und kein Eingangstor ist?«

Ruby begutachtete das Tor. Natürlich. Sie hatte wieder nicht magisch gedacht. Welcher Phantast würde sein Schloss mit einem simplen Holztor sichern? Sie sah Kai spöttisch die Augenbraue hochziehen und biss die Zähne zusammen. Besser, sie konzentrierte sich

205

auf ihre Aufgabe, als ständig Kai hinterherzutrauern. Dieses lähmende Gefühl brachte ihn auch nicht zu ihr zurück.

»Das heißt, wenn ich der Schlüssel bin, komme ich ohne Erlaubnis durch, aber sonst keiner«, überlegte Ruby laut. »Die Megaloiden glauben also, ich käme sowieso nicht durch.«

Omar Chattab grinste.

Es würde nicht klappen. Es *konnte* unmöglich funktionieren. Andererseits befand sie sich momentan in einem Traum von einer phantastischen Welt. Wo sonst würde so ein wahnwitziger Plan aufgehen?

Sie steckte Al–Chattab in ihren Ausschnitt zurück, wo er sich mit einem wohligen Seufzer einkuschelte.

Die Megaloiden sahen ihr mit versteinerten Mienen entgegen und hielten die Knackser an ihren schweren Eisenketten bei Fuß.

Was für einen Schutzzauber würde Thyra für ihr Portal wählen? Sie musterte das Szenario vor sich: blutrünstige Hunde, riesige Wächter, ein undurchdringliches, pechschwarzes Tor und ein fensterloser, trostlos aufragender Turm. Alles vermittelte die schiere Unmöglichkeit, hineinzugelangen.

Furchtlosigkeit, schoss es ihr durch den Kopf. Das war es. So sicher, wie sie das Weinen der Wimmermücken hörte, wusste sie die Antwort.

Ruby verzog das Gesicht zu einer finsteren Grimasse. Der Turm wirkte abschreckend, keine Frage. Aber sie war die Prophezeite, sie war der Schlüssel. Sie hatte keine Angst mehr.

»Ihr könnt mich einfach so hineinlassen oder ich steige über eure fetten Bäuche in diesen Turm.«

Wie sie es erwartet hatte, lachten die Megaloiden blechern auf. Ruby erlaubte sich einen kurzen Blick zwischen den Riesen hindurch, ehe sie die beiden herausfordernd fixierte.

»Vor mir bleibt kein Portal dieser Welt verschlossen, das wisst ihr hoffentlich.« Oh ho. War das tatsächlich aus ihrem Mund gekommen? Anscheinend schon, denn die Megaloiden glotzten sie mit stumpfen Gesichtern an. Sie straffte den Rücken. Nun hatte sie damit angefangen, dann musste sie die Show auch zu Ende spielen.

»Das wäre der richtige Moment, um mit dem Zittern zu beginnen. Erst die Unterlippe, ein paar Tränchen in die Augen und ein leises Wimmern. Vielleicht bettelt ihr auch ein wenig?« Ruby wippte mit dem Fuß, als keine

Reaktion von den Megaloiden kam. Sie ließ ihre Stimme eine Nuance tiefer klingen und bemühte sich um einen tumben Gesichtsausdruck: »Bitte, übermächtige Phantastin, die mit einem Blinzeln Thyras Portal in Luft auflösen kann, verschone unser Leben«, schlug sie schließlich vor.

Angespannt verfolgte sie das kurze Aufblitzen von Unsicherheit in dem Blickwechsel der beiden.

Der erste Megaloide drehte sich um. Sein Keuchen ließ den Zweiten ebenfalls herumfahren. Beinahe hätte er seinen Knorpelknacker losgelassen. Die Hunde warfen sich geifernd in die Ketten, sichtlich verunsichert vom plötzlichen Stimmungswandel ihrer Führer.

Ruby wartete, bis sich die beiden wieder zu ihr umwandten, und bemühte sich um einen Blick, wie ihn ihr Vater anzuwenden wusste. »Also?«

»Entschuldigt vielmals, Herrin! Wir wussten nicht, dass wir eine Darkwyn vor uns haben.«

Mit diesen kryptischen Worten traten sie unterwürfig beiseite und gaben den Weg in den finsteren Turm frei, der vor Ruby aufklaffte wie das Maul eines Drachen.

Ein Knackser sprang unvermittelt vor und seine messerscharfen Reißzähne hätten Ruby um Haaresbreite am Knöchel erwischt. Sie wusste, was sie tun musste, um den Schein zu wahren, aber sie brachte es nicht über sich. Obwohl die Biester ihr eine Gänsehaut verursachten, konnte sie ihnen dennoch kein Leid zufügen. Sie spürte das kurze Zögern der Wächter und zwang sich zu einem herausfordernden Blick. Mit einem ergebenen Nicken beugte sich der Megaloid nach vorne und brach dem Knackser mit einem Ruck das Genick.

Der Schock haute Ruby fast von den Beinen.

Das hatte sie nicht gewollt. Ihre Knie begannen zu wackeln und drohten unter ihr nachzugeben.

Verdammt, reiß dich zusammen!

Sie spürte den Blick der Megaloiden in ihrem Rücken, während sie das Portal passierte, dessen pechschwarze Torillusion sich bei Rubys furchtlosem Näherkommen in Luft aufgelöst hatte. Genauso, wie sie es den Megaloiden prophezeit hatte.

Alles in ihr sträubte sich dagegen, weiter in den moderig riechenden Turm vorzudringen. Am liebsten wäre sie weggerannt, doch sie zwang sich zu einem langsamen, erhabenen Schritt, weil die Megaloiden ihr hinterhersahen.

»Mutter!« Der Junge zitterte, wie Ruby bis in ihr Versteck am Klappern seiner Zähne hören konnte.

»Was hast du mir zu berichten?«

Ruby verrenkte sich den Hals, aber sie konnte die Person, die hinter der beinahe sanften Frauenstimme steckte, nicht ausmachen. *Beinahe sanft*, weil sie ein wenig heiser klang. So, als hätte diejenige Kreide gegessen.

Ruby hatte sich im letzten Moment in den engen Spalt hinter einem staubigen Bücherregal gezwängt, als plötzlich jemand den Raum betreten hatte.

Der Junge zögerte. Sein Keuchen war lange Zeit das einzige Geräusch in der alten Bibliothek.

»Muss ich dich daran erinnern, wie sehr es mich enttäuscht, wenn du immer wieder versuchst, diese Schwächlinge zu decken, Milan? Willst du nicht mein Lieblingssohn werden? Endlich zu den Großen gehören?« Stoff raschelte und der Junge atmete hörbar.

»Natürlich Mutter. Es sind nur keine sicheren Neuigkeiten.« Seine Stimme versagte.

»Milan!« Sie klang merklich ungeduldig. »Du willst ein Gardist werden, nicht wahr? Dann muss dir klar sein, wie wichtig es ist, loyal zu mir zu sein. Zeig keine Reue, wenn du für die Schatten kämpfst. Also, wie verlässlich sind deine Informationen deiner Meinung nach?«

»Ziemlich verlässlich.« Er flüsterte nur noch. Nach einer langen Phase atemloser Stille holte er zitternd Luft. »Es ist Marius, Mutter. Er hat im Schlafraum damit geprahlt, genug Magie übrig zu haben, um Funken aus den Fingerspitzen sprühen zu lassen.« Er klang nun empört und Ruby schloss gequält die Augen. Er durfte dieser schmeichelnden Stimme unter keinen Umständen trauen. Wusste er das denn nicht?

»Wie gut, dass du zu mir gekommen bist, Milan. Ich werde mich der Sache annehmen. Es ist natürlich unmöglich, Magie vor mir zurückzuhalten, doch Prahlerei ist nicht gut für euren Zusammenhalt. Hier wird nur belohnt, wer mir einen Dienst erweist und das hast du getan, mein Sohn. Sei dir meiner Liebe sicher.«

Noch nie hatte Ruby jemanden das Wort *Liebe* mit so viel Berechnung aussprechen hören.

Wieder raschelte Stoff und eine Tür fiel ins Schloss.

Ruby hatte einige Zeit lang die Luft angehalten, ehe sie vorsichtig ihre steifen Glieder dehnte. Sicher konnte sie jetzt …

Dann hörte sie das Schluchzen.

Sie hatte jegliches Zeitgefühl verloren, so lange verharrte sie schon reglos hinter diesem verstaubten Bücherregal.

Obwohl sie sich Thyra immer wie eine widerliche Märchenhexe vorgestellt hatte, war sie sich ziemlich sicher, dass die Schmeichelstimme ihr gehört hatte.

Sie nannten sie *Mutter!*

Ruby erinnerte sich an die Albträume, die sie in Gnarfels Hütte heimgesucht hatten. Träume von dem blonden Jungen, den die graue Frau aus seinem Kinderbettchen entführte. Plötzlich ergab alles einen Sinn.

Sie stahl Babys!

Ruby verkniff sich ein entsetztes Keuchen. Das war das Widerlichste, das eine Frau einer anderen antun konnte: Ihr das Kind zu stehlen. Die Jungen wuchsen zu abhängigen kleinen Petzen heran, die für ein wenig Aufmerksamkeit ihre Schicksalsgefährten an *Mutter* verrieten.

Unwillkürlich musste Ruby an Kai denken. Er war hier gewesen, hatte unter den Psychospielchen dieser Frau gelitten. Nicht zum ersten Mal fragte sie sich, was Thyra mit ihm gemacht hatte. Was waren das für *Dinge* gewesen, von denen er mit kaum hörbarer Stimme berichtet hatte?

Sie spürte, wie die Wut auf diese Frau sie zu überfluten drohte. Ruby atmete einige Male auf Ashwinkumar–Art durch. Die Bibliothek war mittlerweile in absolute Stille getaucht. War der Junge endlich verschwunden? Was, wenn er nach wie vor in der Ecke hockte und lautlos in sich hineinheulte?

Ruby streckte sich.

Viel zu viel Zeit hatte sie schon verplempert. Sie musste Ali und Amy finden. Mit ihrer Hilfe konnte sie Thyra vielleicht entgegentreten. Sie konnte sich keine Gedanken um einen Jungen machen, der sie ohne mit der Wimper zu zucken in den Rücken schießen würde. Sollte dieser Milan noch da sein, musste sie eben improvisieren.

Auf wackeligen Beinen schob sie sich um die Ecke des Regals. Der dunkle Raum war leer. Ruby war trotzdem unwohl zumute. Sie hatte schon einmal erlebt, wie sich in Sekundenschnelle eine Horde Schattengardisten in einer bislang menschenleeren Straße materialisierte. Gedankenverloren befreite sie den verblichenen Einband eines uralten Wälzers von seiner staubigen Schicht.

Plötzlich prallte etwas gegen ihre Nasenspitze. Der Schreck fuhr ihr bis in die Eingeweide. Fassungslos gaffte sie das Steinchen vor ihrem Gesicht an, das eiernd in der Luft herumschwang. Vorsichtig streckte sie die Finger danach aus. Es war eine Miniaturausgabe von Omar Chattab. Behutsam tastete sie ihn ab und bemerkte das weiße Haar, das um den Kiesel geschlungen war. An dessen Ende baumelte eine völlig erschöpfte winzige Mücke.

Zaghaft nahm Ruby das Insekt auf ihre Handfläche. »Was machst du denn hier? Musst du nicht um den Turm kreisen und heulen?«

Die Wimmer flatterte müde mit den Flügeln. Ruby musterte das Haar–Stein–Mücken–Gebinde skeptisch. Irgendjemand wollte ihr etwas damit sagen, da war sie sich sicher. Nur was?

»*Du verdankst mich Amygdala.*«

Ruby glotzte auf den Mini–Al–Chattab, den sie der vibrierenden Mücke abgeknotet hatte, und zerrte rasch sein großes Ebenbild aus ihrem Ausschnitt. »Weißt du, wo Amy ist?«

»Nein, aber wenn du mich fragst, weiß dieses heulende Elend mehr, als man auf den ersten Blick glaubt.«

Tatsächlich hopste die Mücke auf ihrer Hand herum und wackelte aufgeregt mit ihren winzigen Fühlern.

Ruby stöhnte. »Sie soll mich zu Amy und Ali bringen, wie soll ich ihr das nur verständlich machen?«

Al–Chattab zog die steinernen Augenbrauen in die Höhe. »Sie ist klein, nicht taub.« Seine Augen folgten der Wimmer, die bebend auf eine Wand zuflog.

Ruby blinzelte. »Na super!«

Al–Chattab schnaubte. »Sie ist nicht verschwunden, falls du das glaubst.«

»Ich sehe sie jedenfalls nirgends mehr. Du etwa? Selbst wenn sie durch eine Mauerspalte geflogen ist, werde ich ihr bei meiner Größe wohl kaum folgen können«, bemerkte sie schnippisch.

»Sie ist ja auch nicht geflogen«, gab sich Omar Chattab geheimnisvoll.

»Sondern?« Auf einmal erinnerte sie sich wieder, warum ihr der Stein gar nicht so fürchterlich gefehlt hatte.

»Sie ist natürlich gerollt.« Triumphierend riss er die Augen auf.

Ruby ließ den Kopf hängen. »Na klar.«

»Das ist eine Rollritze, Prinzessin.«

»Glaube mir, allein der Name sagt mir, dass ich nichts damit zu tun haben will. Ich suche anderswo weiter.« Sie wandte sich zur Tür. Auf einmal schwirrte die Wimmer wieder vor ihrer Nasenspitze herum. Mit sirrenden Flügeln flog sie erneut auf die Mauer zu. Diesmal schaute Ruby konzentriert hin. Die Mücke drohte gerade gegen die grob behauene Wand zu knallen, da schlug sie blitzschnell einen Salto in der Luft und verschwand.

Ruby stöhnte. »Also gut. Was ist eine Rollritze?«

»Oh nein, Prinzessin, ich will dein zartes Gehirn nicht mit solch unnötigen Details belasten. Außerdem wärst du ja nie im Leben sportlich genug, um da durchzukommen.«

Damit hatte er vermutlich recht. Trotzdem ärgerte sich Ruby über sein hämisches Grinsen.

»Allerdings gibt es wahrscheinlich keinen anderen, sicheren Weg in den Kerker, sonst hätte Wimmerchen ihn dir längst gezeigt.«

Was würde sie dafür geben, ihm die Genugtuung aus dem Kartoffelgesicht zu quetschen. Sie knirschte mit den Zähnen.

»Es wäre wirklich sehr freundlich von dir, werter Stein, wenn du es mir erklären würdest.«

»Du musst rollen!«

»Wie bei einem Purzelbaum, etwa?« Oh Gott, hoffentlich hörte ihr niemand zu. Sie sprach mit einer Knolle über Leibesübungen, die sie schon im Turnunterricht in der Schule nie hinbekommen hatte.

Al–Chattab musterte sie wissend. »Tu's für deinen Froschkönig.«

»Meinen …« Ruby schnappte nach Luft.

»Na, er ist grün, er sitzt im Teich, quak, quak.« Al–Chattab grinste verschlagen.

Es ist ein Traum. Es bringt nichts, wenn du die Kartoffel gegen die Wand klatschst. Es ist nur ein dummer, dummer Traum. Es ist ein verdammt dämlicher, peinlicher –

»Du solltest vorher rennen.«

Ruby brummte und stopfte sich den plappernden Stein in den Ausschnitt. Je weniger Zuschauer, desto besser.

Sie musterte die Wand. Das würde wehtun, garantiert. Selbst im Traum.

Ruby rannte los. Oh Mann, wie das wohl aussah? Sie konnte nach wie vor nicht so wirklich an ihr neues Spiegelbild glauben. Wer garantierte ihr, dass sie gerade nicht wie eine rasende Presswurst auf eine meterdicke Mauer zurollte?

Der Schmerz blieb aus. Der Aufprall ebenso. Leider ging die Rollbewegung weiter.

In schwindelerregender Beschleunigung wurde Rubys Körper vorwärtskatapultiert, wobei er sich wie ein Brummkreisel drehte. Anscheinend brachte der neue, salvyanische Modellkörper auch keine Actionliebe mit sich.

Natürlich musste sie ausgerechnet jetzt den Fehler machen, ihre Augen zu öffnen. Sofort presste sie die Lider wieder zusammen.

Hilfe!

Sie schoss durch die Mauer ohne ein Gefühl für oben und unten. Selbst die Zeit schien still zu stehen, wie wenn sie schon seit Ewigkeiten in dieser Wand wäre. So lange konnte das gar nicht sein, so dick war keine Mauer.

Ihr war so schlecht wie nie zuvor in ihrem Leben.

Hinter ihren Lidern huschten Schatten vorbei. Plötzlich war da ein Lichtstrahl und das verstörende Gefühl, nach einem Höllentrip in der Achterbahn wieder festen Boden unter den Füßen zu haben.

Sie riss die Augen auf. Dann krachte sie gegen die Wand.

Kapitel 19
Ruby

Ihre Augen spielten Jo-Jo, weshalb es ihr nicht gelang, einen Punkt zu fixieren und ihr Magen rollte weiter ihre Speiseröhre hinauf.
»Kotz bloß nicht!«
Ruby fummelte den Stein aus ihrem Ausschnitt. »Gott, was ...«
»Bei Ali Babas Turban, siehst du schrecklich aus. Dabei war das ein erfreulich kurzer Riss. Du musst wissen, nicht jede Rollritze hat einen Ausgang. Man kann sich darin verheddern und nie wieder das Tageslicht sehen.«
»Wie schön, dass du mir das jetzt mitteilst«, nuschelte Ruby. Selbst ihre Zunge fühlte sich an wie ein Rollmops. Stöhnend klemmte sie ihren Kopf zwischen die Knie.
»Na ja. Du hast wieder einmal der Schlüsselprophezeiung alle Ehre gemacht, Sandfloh. Wenn du nicht die Prophezeite wärst, würdest du vermutlich immer noch in dieser Ritze herumrollen.«
Ruby hob vorsichtig den Kopf. Der Anblick der groben Mauer vor ihren Füßen gab ihr den Rest.
Mit einem frustrierten Aufschluchzen verbarg sie das Gesicht wieder zwischen den Beinen. »All der Mist für nichts.«
»Wie?« Al-Chattab war hörbar irritiert. »Du bist astrein da durchgekommen. Das ist ganz ordentlich, Prinzessin. Viele bleiben beim ersten Mal stecken und müssen freigeschossen werden.«
»Wir sind aber nach wie vor in der Bibliothek.«
»Schau dich um.«
Gehorsam ließ sie ihren Blick durch den Raum schweifen. In der Zwischenzeit hatte irgendjemand die Bücher weggeräumt, ansonsten war alles wie gehabt. Der schwere Sekretär hatte zuvor auf der anderen Seite des Raumes gestanden. Auch die Regale waren aus einem dunkleren Holz.
Ruby schüttelte ihren schwirrenden Kopf. »Es ist gleich und irgendwie doch nicht.«

»Eine schlechte Kopie. Da hat sich jemand keine Mühe gegeben.«

»Oma Käthe! Mein Gehirn hat gerade den Schleudergang durchlebt. Würdest du bitte Klartext reden? Nur einmal in deinem Kartoffelleben?«

Al–Chattab schnaubte empört, setzte dann jedoch erstaunlicherweise zu einer Antwort an. »Thyra ging davon aus, niemand fände die Rollritze. Darum legte sie keinen besonderen Wert auf die exakte Nachbildung der Bibliothek.« Der Stein furchte die Stirn, wodurch er mehr denn je wie eine runzlige Biokartoffel aussah. »Ich würde an deiner Stelle übrigens nicht zur Tür rausgehen. Da liegt garantiert ein Zauber drauf, der dich direkt in Thyras Schoß katapultiert.«

»Du meinst, sie gaukelt einem möglichen Eindringling vor, er wäre durch die Wand in den ursprünglichen Raum zurückgerollt. Derjenige gibt auf, geht durch die Tür und –«

»Zack! Hat sie ihn. Genau.« Al-Chattab spitzte die zerfurchten Lippen.

»Wie soll ich dann … Ich gehe auf keinen Fall wieder in diese Ritze.«

»Mach dir darum keine Gedanken. Such lieber nach dem Rattenloch, in dem sie deine Freunde gefangen hält. Es muss in der Nähe sein.«

Ihr Blick fiel auf das Fenster. Irgendetwas stimmte hier ganz und gar nicht. Sie war in Freaking-Schattensalvya und da draußen lachte die Sonne. Ein Apfelbaum blühte auf einer Anhöhe und an seinen Wurzeln fraß ein fettes Pony hellgrüne Frühlingstriebe.

»Das Fenster ist ein Trompe–l'Oeil«, näselte der Stein.

»Soll heißen, besser nicht öffnen?«

»Oder gerade doch?« Al-Chattab verzog gequält das Gesicht. »Es könnte so offensichtlich eine Falle sein, dass es gar keine ist.«

Ruby ging fieberhaft im Raum umher.

»Was haben wir sonst für Möglichkeiten?« Sie hielt Al–Chattab nah an ihr Gesicht. »Gehen wir das Risiko ein. Bestenfalls haben wir etwas frische Luft in dieses Staublager hereingelassen.«

»Schlechtestenfalls …«

»Tue ich das, wofür ich herkam: Ich kämpfe gegen Thyra.«

Al–Chattab grunzte zufrieden. »Das ist mein Mädchen. Dann mal los, Prinzessin.«

Zögerlich schob Ruby den hölzernen Riegel zurück und ließ das Fenster aufschwingen. Dicke schattensalvyanische Luft raubte ihr den

Atem. Keine Spur von einem verfressenen Pony, geschweige denn von Apfelbäumen. Alles, was sie sah, war eine hässliche Ruine. Ihr Blick streifte die zackigen Steinformationen, die vom Zusammenbruch des ursprünglichen Schlosses übrig waren. Dort, wo früher einmal der Burggraben gewesen sein musste, war die Erde ein Stück eingesunken. Sie beugte sich vor, weil eine Bewegung ihre Aufmerksamkeit erregte.

Das Loch im Boden war kaum groß genug, um einen Eimer hinabzulassen. Sie sah ganz eindeutig etwas Blaues, das immer wieder auftauchte und verschwand, wie die Signalleuchte eines Feuerwehrautos. Ruby kniff die Augen zusammen.

»Ich glaube, da unten ist Ali.« Sie hielt Al–Chattab über den Burggraben, damit er hinuntersehen konnte.

»Uahhh! Was wird das? Hol mich sofort wieder rein, du grausames Mädchen!« Al–Chattabs Granitgesicht war grün gesprenkelt.

»Du hast doch wohl keine Höhenangst?« Sie verkniff sich das Grinsen.

»Natürlich nicht!« Der Stein keuchte. »Hast du da unten die spitzen Felsen gesehen? Du bist ein Tollpatsch. Wie leicht könntest du mich fallen lassen?« Er schloss gequält die Augen.

»Hast du wenigstens etwas entdeckt?«

»Steine! Trümmer! Meine Familie, zerstückelt, zerbrochen, zerhackt.«

»Ich spreche von Ali, du Holzkopf.«

»Granitschädel.«

Ruby stopfte den protestierenden Stein zurück in ihren Ausschnitt. Er war wieder einmal so hilfreich, wie ein … Stein.

Vorsichtig lehnte sie sich aus dem Fenster. Selbst mit einem extrem langen Seil würde sie Ali in dem Loch nicht erreichen. Falls er überhaupt dort unten war.

Sie beugte sich so weit vor, wie es ihr möglich war, ohne den Halt zu verlieren. Ob es tatsächlich Ali war, der dort unten in dem Loch saß? Unter keinen Umständen würde sie ihn rufen, da könnte sie genauso gut gleich Thyras Namen durch den Turm brüllen. Sie musste subtiler vorgehen.

Sollte sie etwas zu ihm hinunterwerfen?

Kurz dachte sie an den Stein in ihrem Ausschnitt. Nein, das würde Al-Chattab ihr ganz sicher nie verzeihen. Bei ihrer Zielgenauigkeit traf sie das Miniloch sowieso nicht. Sie brauchte etwas anderes. Etwas, das sich von oben steuern ließ. Wie Gnarfels Lasso. Natürlich hatte der alte Geizkragen sein kostbares Rapunzelhaarseil behalten.

Ein stinkender Wind fuhr durch Rubys rote Mähne und blies ihr ein paar Strähnen ins Gesicht. Sie stand ja selbst hier wie eine armselige Rapunzel, eingesperrt im höchsten Turm einer fiesen Hexe und wartete auf einen Prinzen, der da unten im Loch saß.

Gott, sie war so bescheuert! Das würde niemals funktionieren. Sie hatte ja nicht einmal eine Ahnung, was diese Rapunzeln für Wesen waren.

Seufzend zerrte sie den Stein wieder aus ihrem Anzug. »Was kannst du mir über Rapunzeln sagen?«

»Rapunzels Mutter war eine verfressene Schwangere, die den Salat aus dem Garten ihrer Nachbarin klaute und daraufhin ihr Kind verpfändete. Gelüste! Gott sei Dank haben wir Steine keine.«

Ruby schüttelte ihn wie eine kaputte Uhr. »Ich kenne das Märchen. Die Hexe sperrt das Mädchen in den Turm, den man nur über ihren heruntergelassenen Zopf erklimmen kann. Blabla. Ich will wissen, was salvyanische Rapunzeln sind.«

»Fürchterliche Weiber.« Der Stein riss die Augen auf.

Ruby schüttelte den Kopf. »Ernsthaft.«

»Doch! Die Rapunzeln hier hat irgendein idiotischer Märchen–Freak erfunden und glaube mir, er hat es ein Leben lang bereut.«

»Wieso? Was ist denn so schrecklich an ihnen?«

»Einfach alles. Na ja, bis auf ihr Haar, das ist selbstverständlich sagenhaft. Seidenweich, ultralang und es gibt in ganz Salvya nichts Reißfesteres. Bloß, diese niedliche Version, die ihr euch in Caligo erzählt, hat mit unseren Rapunzelwesen nicht das Geringste zu tun. Rapunzeln sind die egozentrischsten, hässlichsten Monsterweiber, die du dir vorstellen kannst. Ihre Augen sind riesig wie blaue Seen mit Wimpern, die ihnen über die Backen hängen. Ihre Lippen sehen aus wie fleischfressende Pflanzen und ihre Körper … Glaub mir, Prinzessin, es ist ein Wunder, dass sie mit ihren deformierten Stelzen überhaupt gehen können.« Al–Chattab rollte mit den Augen.

Ruby musste lachen. »Also, für mich hört sich das alles ziemlich perfekt an: lange Wimpern, volle Lippen …«

»Du hast keinen Schimmer.«

»Meinetwegen. Wie komm ich jetzt an Rapunzelhaar?«

Al–Chattab runzelte die steinerne Stirn. »Gar nicht. Es sei denn, du verwandelst dich selbst in eine.«

Ruby stockte der Atem. »Geht das? Kann ich mich einfach so in eine Rapunzel verwandeln?«

»Natürlich nicht. Dafür müsstest du eine schrecklich eigennützige Tat begehen, während du Rapunzeln in dich hineinstopfst.«

»Während ich …«

»Salat!«, kreischte Al–Chattab. Ruby drückte wieder zu. Dieser verfluchte Stein würde mit seinem Gebrüll die Schattengarde anlocken.

»Wo soll ich hier Salat herbekommen?«, zischte Ruby. »Oder welche egozentrische Tat …« Sie musterte den Stein nachdenklich. »Woher krieg ich Salat?«

»Zum Beispiel aus einem Schüsselchen?«, schlug Al–Chattab zynisch vor und schielte angestrengt nach links.

Auf einem zierlichen Holztischchen stand eine Porzellanschüssel. Vorsichtig, falls die Schüssel sie wie eine bissige Natter anspringen würde, trat sie darauf zu.

»Na, was für ein Zufall«, entfuhr es ihr.

»Die Rapunzeln liegen bestimmt aus einem Grund da.«

»Meinst du ernsthaft, ich soll *das* essen?« Mit spitzen Fingern zupfte sie ein Blatt Feldsalat aus dem Schälchen.

»Ist ja wohl eindeutig, oder? Du bist in einem Turm, aus dem du nicht rauskannst. Da unten sitzt ein Prinz und hier oben wartet ein Schüsselchen voll Rapunzelsalat darauf, von dir verspeist zu werden.« Der Stein spie eine Ladung Sand auf den Boden. »Keine Ahnung, was daran falsch zu verstehen ist.«

»Es hört sich verdammt nach einer Falle an.«

»Nun – die letzte Falle war so offensichtlich eine, dass es keine war. Vielleicht ist das Thyras Masche.«

Ruby holte tief Luft. »Ich tu's!«

»Bravo, Prinzessin! Jetzt müssen wir nur überlegen, wie du eine vollkommen egoistische Tat –«

Ruby hatte den Inhalt des Schüsselchens bereits mit beiden Händen in ihren Mund geschaufelt. Kauend wandte sie sich dem Fenster zu und hielt Al–Chattab in die Höhe.

217

»Du bischt die Vorhut«, nuschelte sie mit vollen Backen.

Der Stein schrie zum Markerweichen, während sie ihn in hohem Bogen aus dem Fenster schleuderte. Wie durch ein Wunder fiel er zeternd und keifend genau durch das Loch im Graben, wo er verstummte.

Ruby lehnte sich aus dem Rahmen.

»Al–Chattab?« Ihre Stimme klang selbst geflüstert schrecklich schrill. Sie räusperte sich krampfhaft. Das Quietschen blieb. Beim Vorbeugen verlor sie beinahe das Gleichgewicht, weil ihre Brüste schwer über den Sims hingen. Zum Glück blockierten ihre Hüften sie im Fensterrahmen. Ruby hievte sich zurück und beäugte ihren Körper.

»Ach du heilige Sch…«, kreischte sie.

Sie sah aus wie eine Wespe. Im unguten Sinn. Ihre dürre Taille konnte den ausladenden Hintern und die wogenden Brüste kaum halten. Die überlangen Beine endeten in hauchzarten Knöchelchen, die von so winzigen Füßen getragen wurden, dass ihr Körper ständig schwankte, wie eines dieser Schaukeltiere auf dem Spielplatz.

Sie betastete ihr Gesicht, wobei die krallenartigen Fingernägel beim Wegwischen der Wimpernvorhänge ihre Wangen zerkratzten. Liebe Güte, hoffentlich war das Ganze vorübergehend. Sie sah garantiert aus wie eine Horrorbraut.

Es hatte also tatsächlich funktioniert. Sie fuhr durch ihr seidenweiches Haar. Es schien recht lang zu sein und wellte sich sanft über den Boden. Ob es allerdings bis zu dem Loch reichen würde, war fraglich. Mit fliegenden Fingern begann sie einen Zopf zu flechten, was gar nicht so leicht war. Die Haare verhedderten sich ständig und Ruby selbst kam bei der geringsten Bewegung aus dem Gleichgewicht, weshalb sie sich schließlich auf ihren Luftballonhintern plumpsen ließ. Zusätzlich wuchs das Haar unter ihren Flechtbewegungen immer weiter, sodass es schließlich mehrere Meter lang war.

Nach einer halben Ewigkeit kam sie an den Spitzen an. Sie schlang den endlosen Zopf wie ein Lasso um ihren Unterarm und rappelte sich stöhnend auf.

Wofür tat sie sich diesen Mist eigentlich an? Sicher war Ali gar nicht da unten. Was, wenn da irgendein durchgeknallter Monsterschlumpf an ihrem Haar emporkletterte? Ruby zögerte einen Moment, dann schleuderte sie den Zopf mit einem ironisch gemurmelten:

»Rapunzel, lass dein Haar herunter!« aus dem Fenster.

Der Zopf schlitterte über den steinigen Untergrund, fegte Geröll und Staub beiseite und rutschte auf das Erdloch zu. Sie hielt den Atem an. Dann glitt das Zopfende tatsächlich in das Loch hinein.

Ruby schnalzte mit der Zunge. »Na, wer sagt's denn?« Sie hasste ihre Stimme. Es war wirklich nicht zum Aushalten.

Etwas zupfte an ihren Haaren. Einmal, zweimal, dann zerrte jemand grob daran. Tränen traten ihr in die Augen.

Verdammt, wollte dieser Idiot sie skalpieren?

»Ruby?« Alis Stimme klang dumpf zu ihr hoch.

Sie beugte sich wieder aus dem Fenster. Er war ungewöhnlich bleich und sein Gesicht war von tiefen Schatten durchzogen. Sein nicht zugeschwollenes Auge weitete sich erschrocken bei ihrem Anblick. »Oh.«

»Ja, oh. Würdest du bitte vorsichtig sein, wenn du an meinem Haar hochkletterst? Es reißt vielleicht nicht selbst, aber meine Kopfhaut schon.« Sie wollte unter keinen Umständen auffallen, doch ihre Stimme hallte viel zu schrill über die Ruine.

»Wir sollten zuerst Amy …« Ali ließ den Kopf sinken. Ruby sah nur seinen blauen Haarschopf. »Sie wird sich kaum festhalten können, geschweige denn klettern.«

Ach du lieber Himmel, die Alte sollte sich mal nicht so anstellen. So hinfällig war sie nun auch wieder nicht, oder? Alis resignierter Gesichtsausdruck sprach Bände.

»Ich kann sie unmöglich hier unten lassen, Ruby.«

Ruby schloss genervt die Augen. Typisch Mann! Anstatt die Gelegenheit zur Flucht zu ergreifen, ließ er hier den Helden heraushängen, und das für eine uralte Schachtel, die zu schwach war, ihre gichtigen Finger zu benutzen.

Ruby schüttelte über sich selbst den Kopf. Was war mit ihr los? Woher kamen solche Gedanken? Sie würde nie wieder in einen Spiegel sehen können, wenn sie Amy in dem Loch versauern ließ.

»Binde ihr den Zopf um den Bauch!«, rief sie hinunter. »Ich ziehe sie hoch.«

War sie wahnsinnig? Die alte Trulla war nicht gerade leicht. Ihr würden sämtliche Fingernägel abbrechen und ihr geliebtes Haar würde Spliss bekommen.

»Ahhh!«, kreischte sie, frustriert über die erneuten schrecklichen Gedanken. »Ali, irgendwas stimmt nicht mit mir.«

»Das ist die Rapunzel«, drang es dumpf zu ihr hoch. »Du darfst sie nicht überhandnehmen lassen.«

»Oh mein Gott! Soll das bedeuten, ich bleibe sonst so?«

Ali schwieg, obwohl Ruby den Tränen nahe war und man das überdeutlich in ihrer Jammerstimme hörte. Sie presste die Hand auf ihre brennenden Augen. Etwas pikste ihren Nasenrücken und sie beäugte fluchend den Dosenring an ihrem Finger. Kais Ring. Sein stummes Versprechen, bei ihr zu sein. Nur, dass er nun nicht mehr da war. Sie schüttelte das lähmende Gefühl ab.

Kai war bei ihr. Er zeigte ihr, was sie tun musste, auch wenn er nicht neben ihr stand. Sie pulte den Ring vom Finger und begann verbissen Strähne um Strähne ihres dicken Haares kurz unter dem Nacken mit der scharfen Kante durchzuschneiden. Verdammt, sie würde unmöglich aussehen mit einem Pagenschnitt. Verdammt, sie musste vor allem aufhören, so einen Blödsinn zu denken. Mit zusammengebissenen Zähnen knotete Ruby den Zopf um den morschen Fensterriegel. Ob der etwas aushielt, war zwar fragwürdig, aber eine andere Möglichkeit gab es nicht. Dann schwang sie die schlanken Beine über die Fensterbank, hievte ihren Nilpferdpo hinterher und ließ sich mit zitternden Armen am eigenen Haar hinunter. Ihrem geliebten Haar, das sie für die Tattergreisin und den blauen Vollidioten geopfert hatte.

Nein!

Ruby knirschte mit den Zähnen, was das Knacken des Fensterriegels übertönte. Endlich berührten ihre Zehenspitzen den Boden, genau in dem Moment, in dem der Riegel abbrach. Ihr Zopf plumpste schwer neben ihr zur Erde. Aus der Nähe sah das gezackte Loch viel größer aus als von oben. Ein schlanker Mensch würde vermutlich hindurchpassen. Ob ihr neu erworbener Gummibootpopo stecken blieb, würde sie ja gleich sehen.

»Ali! Ich komme runter. Zu zweit kriegen wir sie raus.«

Seine Protestrufe ignorierend rutschte sie durch die Spalte. Sie war darauf gefasst, wieder Probleme mit ihrer Sanduhrfigur zu bekommen, aber nichts geschah. Verdutzt strich sie über ihren Körper.

»Eine vollkommen uneigennützige Tat.« Ali lächelte sein halbes Lachen. Eigentlich war es nur ein viertel Lachen, weil die Hälfte seines Gesichts zu angeschwollen für eine Regung war. »Das hält keine Rapunzel aus, du hast sie vertrieben.«

»Ich esse nie wieder Feldsalat.«

Ali gab ihr einen Klaps auf den Rücken. »Komm schon, du Heldin. Lass uns von hier abhauen.« Er sah stirnrunzelnd über ihre Schulter. »Wo ist …« Dann biss er sich auf die Lippen.

Ruby spürte, wie ihr das Blut aus dem Gesicht wich. Sie konnte es ihm auf keinen Fall sagen. Noch nicht.

Kai war nicht tot! Er durfte nicht tot sein. Das hier war ein Traum. Einer, der sich verdammt echt anfühlte.

»Wie sollen wir sie rauskriegen?« Ali deutete auf das zusammengesunkene Häufchen Mensch zu seinen Füßen. »Das Trigonum des Schweigens. Sie hat sich selbst diesen Schattenfluch auferlegt, um die Wahrheit vor Thyra zu verbergen. So weiß sie weder über die Portale, über die Lampyria noch über Kai und mich Bescheid. Oder über dich.« Er sah Ruby bedeutungsschwer an. »Sie hat alles für uns aufgegeben, sich in diesen *Zustand* begeben. Wir können sie unmöglich hier lassen.«

»Nein, da hast du recht.«

»Aber wie sollen wir sie hinaustragen, ohne Thyra zu alarmieren?«

»Überhaupt nicht.« Die Stimme! Ruby fuhr herum, um der Kreidestimme aus der Bibliothek ein Gesicht zuzuordnen – und blickte in das Gesicht ihrer Mutter.

Und doch nicht.

Es war, als hätte jemand allen Glanz, alle Schönheit und Zartheit aus dem Antlitz ihrer Mutter gewischt. Die strahlenden, engelsgleichen Züge von Yrsa bestanden bei Thyra aus Ecken und Kanten. Anstelle der honigblonden Haare waren Thyras schwarzgrau. Am beeindruckendsten waren ihre Augen. Sie waren ebenfalls blau, bloß so verstörend hell, dass sie beinahe farblos wirkten. Eisig.

Ruby verschränkte die zitternden Arme fest vor ihrer Brust.

»Thyra, nehme ich an.« Sie hob das Kinn. Vor dieser Frau würde sie keine Schwäche zeigen. Dass Thyra wie eine schlechte Kopie von Inga – Königin Yrsa – wirkte, machte es fast ein bisschen einfacher. Ruby war eine Meisterin darin, Kämpfe gegen ihre Mutter auszufechten.

»Du bist also meine Nichte.« Thyra legte den Kopf schräg und musterte sie lauernd. Ruby riss die Augen auf, als die Erkenntnis zu ihr durchsickerte.

»Überraschung!« Thyra wirkte amüsiert. »Nun fehlt nur deine liebe Mutter, dann machen wir ein rauschendes Fest zur Familienwiedervereinigung, stimmt's Schwesterchen?« Sie schlug Amy auf die Schulter, sodass ihr Oberkörper nach vorne sank und ungebremst auf den Boden aufgeschlagen wäre, hätte Ali ihn nicht im letzten Moment abgefangen.

»Alius.« Thyras Eisaugen waren ausdruckslos und Ruby fröstelte unwillkürlich. »Es ist viel zu lange her, seit du das letzte Mal in meinem Spielzimmer warst.«

Ali schien unter ihrem Blick in sich zusammenzufallen. Seltsamerweise berührte das Ruby mehr, als Thyras plötzliches Auftauchen.

Augenblicklich war ihre Angst vor der Tyrannin wie weggeblasen. »Fass ihn an und ich …«

Thyras Kopf fuhr herum, bis sich ihre Nasenspitzen beinahe berührten. Ruby wich zurück und ärgerte sich prompt über sich selbst.

»Drohst du mir etwa?« Thyra warf den Kopf in den Nacken und lachte ein hartes, kehliges Lachen. »Komm schon, lass uns weiterplauschen, wo es gemütlicher ist.«

Damit wandte sie sich um. Sie überprüfte nicht, ob Ruby ihr folgte.

Hände legten sich auf ihre Schultern. Klauen, von Schattengardisten, die wie Staub aus den Ritzen aufgetaucht waren. Erbarmungslos wurde sie hinter Thyra hergeschoben.

Kapitel 20

Ruby

Das schwarze Loch nahm mittlerweile fast Rubys ganzen Brustkorb ein und hinderte sie am Atmen.

Kai *war* tot!

Tränen brannten in ihren Augen und sie biss sich hart auf die Lippe. Ein metallischer Geschmack füllte ihren Mund. Sie fühlte, wie die Taubheit der letzten Stunden von ihr abfiel und sie langsam zu begreifen begann, was geschehen war.

Er hatte sie wirklich verlassen. Für immer.

Irgendwie hatte sie sich die ganze Zeit eingeredet, es sei ein Traum und dass er im letzten Moment plötzlich auftauchen würde. Ihr Herz krampfte sich zusammen und sie holte zitternd Luft.

Nein!

Sie ballte die Fäuste. Die sieben Hexen hatten gesagt, sie würden Rubys Schmerz lindern. Sie würde alles dafür tun, um Thyra zu vernichten, damit die Flusshexen ihr Versprechen einhielten.

Rubys Blick zuckte von Thyra, die mit kerzengeradem Kreuz die finstere Treppe erklomm, zu Amy. Ali trug sie wie ein Baby, ihr Kopf baumelte bei jedem Schritt an seiner Brust hin und her. Ihre beiden Tanten könnten nicht unterschiedlicher sein und es schien unmöglich, dass Thyra die Wahrheit sprach, dennoch … Amy hatte Ruby ihre Nichte genannt. Die Ähnlichkeit zwischen Thyra und Yrsa war verblüffend. Warum hatte Kai ihr das nie erzählt? Spätestens als er ihr von der Prophezeiung berichtete, hätte er es erwähnen müssen. Es machte ja wohl einen Unterschied, ob sie eine vollkommen fremde Tyrannin vernichtete oder ihre eigene Tante, die zu allem Überfluss ganz umgänglich zu sein schien. Zumindest hatte sie sie nicht gleich abgeschlachtet oder ihnen einen fürchterlichen Fluch auferlegt.

Ali rückte unauffällig zu ihr auf. Er atmete schwer unter Amys Gewicht und seine Finger klammerten sich in den rauen Stoff ihres Kleides.

»Lass dich nicht täuschen. Sie ist das personifizierte Böse. Nimm ihr die nette Tante nicht ab.«

»Alius, komm zu mir, plausche ein bisschen mit deiner alten Freundin. Ihr habt mich damals so schmählich verlassen. Du könntest wenigstens so tun, als würdest du dich freuen, mich wiederzusehen.« Wieder klang Thyras Stimme honigsüß.

Ali warf Ruby einen bedeutungsschweren Blick zu, ehe er zu Thyra aufschloss.

»Wo hast du denn deinen niedlichen Freund gelassen?«, erkundigte sich Thyra beiläufig.

»Ich weiß es nicht.«

»Ich finde die Wahrheit sowieso heraus.« Thyra sah ihn scharf an.

»Du hast von mir noch nie eine Antwort bekommen. Daran hat sich nichts geändert«, antwortete Ali ruhig.

Ruby bewunderte, mit welchem Mut er dieser Frau gegenübertrat. Selbst, nachdem sie nach seinem Oberarm griff und ihre spitzen Fingernägel darin versenkte, zuckte er nicht zurück.

»Der Körper hat ein ausgezeichnetes Schmerzgedächtnis. Wenn ich deinen Erinnerungen etwas auf die Sprünge helfe, wird dir rasch einfallen, wo Ika ist.«

Ruby war augenblicklich erleichtert, Ali nicht eingeweiht zu haben. Diese Bürde würde sie alleine tragen. Thyra würde Kais Körper niemals in die Finger bekommen, das würde sie mit aller Macht verhindern. Sie unterdrückte ein Schluchzen, als die Erinnerung, wie die Hexen seinen schlaffen Leib ins Wasser zogen, vor ihrem inneren Auge aufblitzte.

Thyra drehte sich um und musterte Ruby von Kopf bis Fuß. »Du weißt etwas.«

Ruby schüttelte den Kopf. »Warum willst du das überhaupt wissen? Er kann nicht einmal Aura benutzen, seit du ihn verflucht hast.«

»Ich interessiere mich eben für meine ehemaligen Schäfchen. Meinen Söhnen bin ich immer sehr verbunden.«

Ruby erinnerte sich an den jungen Milan und warf Thyra einen giftigen Blick zu. »Sie sind ja auch praktische Magielieferanten, nicht wahr?«

Thyra lächelte. Zumindest zog sie eine Grimasse, die als Lächeln durchgehen würde. Haargenau dieses Gesicht machte Inga-Yrsa, wenn sie Ruby erklärte, warum es ausgeschlossen war, dass ihre Tochter jemals Sneakers tragen würde.

»Sie besitzen reichlich davon. Zu viel meistens. Ich tue ihnen einen Gefallen, indem ich sie von ihrer überschüssigen Magie befreie.« Sie sah Ruby forschend an. »Deine Mutter hat dich auch befreit?«

Ruby war sich nicht sicher, ob es eine Frage war, also schwieg sie. Ihre Auralosigkeit war ihr Vorteil, betete sie sich eisern vor.

Niemand kann dich besiegen, wenn er keine Ahnung hat, gegen was er kämpft. Kais Worte hallten in ihrem Kopf wider, wie wenn ihre Gehirnschallplatte einen Sprung hätte.

Offensichtlich hielt Thyra sie nicht für eine Gefahr, so entspannt, wie sie ihr den Rücken zuwandte. Natürlich hatte sie recht damit, Ruby *war* keine Bedrohung.

Sie folgte Thyra die von Algen schmierigen Stufen des Turms hinauf. Dies war also der direkte Weg zum Kerker. Die Mücke hatte recht gehabt: Hier wäre sie niemals ungesehen hinuntergekommen, denn Schattengardisten verbargen sich in jeder Nische, hinter jeder Biegung der steilen Treppe. Trotzdem hatte Thyra sie so leicht eingefangen wie eine Horde entlaufener Kaninchen. Sie hatte dieser Frau nichts entgegenzusetzen. Der Kloß in ihrem Hals wurde immer größer, obwohl sie nicht so recht wusste, wovor sie sich fürchtete. Thyra schien kaum Interesse an ihr zu haben. Außerdem wirkte sie zugänglich, wie jemand, mit dem man ein Problem ausdiskutieren konnte. Nur die Art, wie sich Thyras violette Nägel in Alis Oberarm krallten, ließ sie erschauern.

Thyra stieß eine knarzende Holztür auf. »Dann mal hereinspaziert«, forderte sie Ruby mit einem Kopfnicken auf.

Dieser Raum war ihrem Internum sogar recht ähnlich. Es war alles ein wenig chaotisch, die Sessel standen kreuz und quer auf den gemaserten Holzdielen und Ruby hatte Mühe, sich nicht in die samtenen Kissen sinken zu lassen.

Hallo? Sie befand sich in Gesellschaft von Miss-freaking-Thyra!

Ali saß auf der äußersten Kante seines Sofas und rührte das filigrane Teeservice kein einziges Mal an, obwohl Thyra seine Ablehnung mit einem Zungenschnalzen quittiert hatte. Ruby schnupperte an dem dampfenden Gebräu. Zitrone. Wenn sie nur ein Schlückchen …?

Aus ihrem Augenwinkel heraus bemerkte sie, wie Ali unmerklich den Kopf schüttelte und sie setzte die Tasse wieder ab.

Thyra schnalzte erneut mit der Zunge. »Alius, du machst meine Nichte nervös. Wieso gehst du nicht mit deinen ehemaligen Kameraden eine Runde Karten spielen? Ihr habt euch nach all den Jahren sicherlich einiges zu erzählen und wir Mädels«, sie zwinkerte Ruby verschwörerisch zu, »haben private Dinge, über die wir uns lieber ungestört unterhalten würden.«

Ruby stierte Ali an, der sich schicksalsergeben erhob. Sie versuchte ihm mit einem Blick zu bedeuten, sie bloß nicht allein zu lassen, doch er schüttelte nur wieder kaum merklich den Kopf. Erst da bemerkte sie die Schwertspitzen, die sich in Alis Rücken bohrten.

Die plötzliche Angst schnürte ihr die Kehle zu. »Wo bringt ihr ihn hin?«, presste sie mühsam heraus.

Thyra winkte ab. »Er zieht meinen Jungs die Magie aus der Tasche wie keiner sonst. Dein Freund ist ein sagenhafter Schauspieler. Du solltest niemals mit ihm pokern.«

»Sie spielen um Magie?«

»Ich gönne ihnen den Spaß. Aber Alius kann man nicht trauen. Er verbirgt zu viel.«

Ruby spürte Thyras Blick auf sich. Ali verbarg tatsächlich viel. Alles eigentlich. Ruby war sich nie sicher, was in ihm vorging. Dennoch, er war ihr Freund, oder etwa nicht? Sie versuchte, ihr Gesicht zu entspannen. Thyra sollte unter keinen Umständen mitbekommen, dass ihr Seitenhieb angekommen war. Die Hexe wollte sie bloß testen, sie verunsichern. Das durfte sie nicht zulassen.

»Seid ihr Zwillinge, du und meine Mutter?« Wenn Thyra ein Kaffeekränzchen wollte, bitte schön. Das konnte sie haben.

Etwas blitzte in Thyras Augen auf. Sie beugte sich über ihre Teetasse, ehe Ruby sicher sein konnte.

Thyra nahm einen Schluck, bevor sie antwortete. »Yrsa ist eine Minute vor mir auf die Welt gekommen. Sagt sie. Das war ihr einziger Anspruch auf den Thron. Eine Minute. Dabei hat das nie jemand bestätigt, dass sie die Erste war. Wir sind eineiige Zwillinge. Wer hätte uns Neugeborene auseinanderhalten können?«

Obwohl Ruby versuchte, dem nicht nachzugeben, verstand sie die Bitterkeit in Thyras Stimme. Yrsa war einfach bevorzugt worden, während Thyra ebenso berechtigt gewesen wäre, Königin von Salvya zu sein. Wenn die beiden sich geeinigt hätten, wäre das Drama nie passiert.

Trotzdem, Thyra hatte den Thron an sich gerissen. Sie hatte schreckliche Dinge getan, um an die Macht zu kommen. Hatte sie doch, oder? Ruby linste zu ihr hinüber.

Thyra war überhaupt nicht so, wie man sie ihr beschrieben hatte. Sie war weder hässlich noch besonders alt, schien keineswegs psychotisch, sondern eher konzentriert, eine Denkerin.

Ruby kämpfte mit aller Kraft dagegen an, aber die Frau wollte ihr einfach nicht unsympathisch sein. Gerade zupfte sie an ihrem Dutt, wodurch sich ein paar Haare lösten. Rubys Mutter hätte sie sofort zurückgesteckt, während Thyra die Strähne gedankenverloren zwischen den Fingern zwirbelte, ebenso wie Ruby es oft tat.

»Ich vermisse Yrsa. Wir waren ein Team, nur zusammen stark. Wenn sie nicht so verstockt wäre, wenn ich nur die Chance hätte, mich bei ihr zu entschuldigen.« Sie ließ seufzend die Hände sinken. »Ich habe schon lange aufgegeben, daran zu glauben. Doch nun bist du da.« Schimmerten da tatsächlich Tränen in ihren Augen? Ruby schüttelte den Kopf. Irgendwas war hier verkehrt.

»Ich werde nicht mehr nach Caligo zurückgehen«, hörte Ruby sich sagen. Es war die Wahrheit, auch wenn sie ihr erst jetzt bewusst wurde. »Ich gehöre nicht dort hin.«

Thyra nickte. »Niemand von uns gehört in diese schreckliche Welt. Wir sind Salvyaner, Phantasten. Wie konntet ihr es nur so lange in dieser Einöde aushalten?«

Ruby sah aus dem Fenster und runzelte die Stirn.

Thyra stieß die Luft aus. »Das alles geschah nur, weil sie mich alleine ließ. Ohne Yrsa bin ich zu schwach für Lichtmagie. Bitte! Bitte, gib mir meine Schwester zurück. Du musst nicht zu ihr gehen, sag mir nur, wo sie ist.«

Ruby spürte, wie ihre Abwehr bröckelte. Diese Frau war einsam. So, wie sie es ihr ganzes Leben gewesen war. Weshalb zögerte sie, ihr eine Chance zu geben, alles wiedergutzumachen? Vielleicht war es das, was die Prophezeiung meinte? Dass sie, Ruby, die beiden Schwestern erneut zusammenbrachte. Sie öffnete den Mund.

Ein ohrenbetäubendes Krachen ließ Ruby herumfahren. Sie stierte auf das Bild, das sich ihr bot, ohne reagieren zu können. War Amy nicht gelähmt? Wie hatte sie es dann angestellt, sich in dieses Fenster zu werfen? Thyra war mit energischen Schritten bei Amy angelangt und zerrte sie aus den Splittern, ohne auf ihre blutenden Wunden zu achten. Eine lange Glasscherbe ragte aus Amys Bauch. Thyra ließ ihre Schwester so plötzlich los, dass die Scherbe sich beim Aufschlag auf den Boden tiefer in sie hineinbohrte.

Ruby keuchte und sprang endlich auf.

Thyra rollte Amy herum, bis sie wieder auf dem Rücken lag. »*Du schnüffelnde Ratte denkst, du kannst selbst in deinem Zustand noch etwas gegen mich tun? Im Gegensatz zu dir habe ich kein Problem damit, dich hier verrecken zu lassen, Schwesterherz. Ich kriege, was ich will, immer. Verlass dich drauf.*«

Ruby wusste nicht, ob sie Thyra oder Amy anstarren sollte. Denn während des gesamten Monologs hatte Thyra die Lippen keinen Millimeter bewegt.

Amy lag vollkommen weggetreten auf dem Boden, während ihr Blut den Splitter rubinrot färbte.

Mit einem verzweifelten Aufschrei stürzte Ruby auf sie zu und zog den Glassplitter aus Amys Bauch. Das Blut quoll stoßweise aus der Wunde und Ruby presste die Hände darauf. Warm floss Amys Leben zwischen ihren Fingern heraus.

»Lass mich das machen.« Thyra schob Ruby beiseite. »Schwesterchen, was tust du denn?« Ihre Stimme war plötzlich voller Besorgnis. Ruby schüttelte sich wie ein nasser Hund.

Die Thyra, die sie soeben in ihrem Kopf gehört hatte, klang viel eher nach der, die sie erwartet hatte.

Thyra sah zu ihr auf, Amy blutete nicht mehr.

»Ich bin keine besonders fähige Heilerin. Alius ist darin sehr talentiert. Wo wir gerade dabei sind, du weißt, wo Ika ist?« Sie lächelte entwaffnend. »Es war ein immenser Schock, als die beiden mich verließen.«

Es wäre so einfach. Sie musste die Wahrheit nur laut aussprechen, damit Thyra sie mit diesem schmerzhaften Thema in Ruhe ließ.

Er ist tot!

Thyra kniff die Augen zusammen und Ruby verspürte den Drang, sich unter dem Kaffeetischchen zu verkriechen. Etwas Kaltes strich über ihre Haut, wie ein Geisterfinger.

»Das ist nicht wahr«, fauchte Thyra. »Deine Aura ist schwarz wie ein Trauerflor, wenn du an ihn denkst.« Einen Moment lang wirkte ihre Tante, als verlöre sie die Beherrschung, dann wurde ihr Gesicht wieder ausdruckslos.

»Erstaunlich, wie wenig Aura du hast. Bist du sicher, dass du Yrsas Tochter bist?« Thyra klang nun deutlich weniger freundlich.

Ruby presste die Lippen so fest zusammen, bis sie taub wurden.

»Apropos Yrsa. Wo ist sie?« Thyras Blick bohrte sich in sie hinein.

Rubys Gedanken drehten sich im Kreis. Was sollte sie sagen? Ihr eine falsche Adresse nennen, um Zeit zu schinden? Was geschah mit den Leuten, die dort lebten?

»Was hat Yrsa dir über mich erzählt?«

»Nichts«, antwortete Ruby wahrheitsgemäß. »Ich hatte keine Ahnung von all dem hier. Von Salvya.« Ihre Stimme versagte.

Thyras Augen schwammen vor Mitgefühl. »Dir war nicht bewusst, dass du eine Prinzessin bist? Dass du magische Fähigkeiten besitzt und sogar die Prophezeite bist?« Sie beobachtete jede von Rubys Reaktionen mit Argusaugen und Ruby war froh, sich nicht verstellen zu müssen. Sie *war* unendlich enttäuscht über das Verhalten ihrer Mutter.

»Wahrscheinlich weißt du nicht einmal deinen eigenen salvyanischen Namen«, rief Thyra aus, als fiele es ihr gerade eben ein.

Auf einmal ritt Ruby der Teufel. »Doch!« Sie strahlte mit Thyra um die Wette. »Ali…us hat ihn mir genannt. Er ist nämlich ein Namensgeber«, raunte sie Thyra verschwörerisch zu.

Obwohl die Hexe es schon längst wusste, riss sie die Augen auf. »Tatsächlich! Das ist ja wunderbar. Wie lautet er denn?«, fragte sie vollkommen beiläufig.

»Nequissima sterteia.« Ruby lächelte.

Thyras Augenlid zuckte. Ruby hielt die Luft an und blinzelte besonders langsam. Sie war grottig in Latein, aber so wie ihre Tante den Kopf schräg legte, stand sie ihr in dieser Beziehung in nichts nach.

»Nequissima sterteia«, wiederholte Thyra bedächtig. Offenbar waren Thyras Lateinlehrer nicht so kreativ gewesen, sie als nichtsnutzige Heulsuse zu beschimpfen, denn sie lächelte plötzlich. »Der Name passt ja hervorragend zu dir. Nequissima sterteia, sag mir, wo deine Mutter ist. Sie und ihr lächerlicher General.« Ihr Blick wurde hart. Dann verzog sie das Gesicht, wie wenn sie einen besonders üblen Geschmack im Mund hätte.

Thyras Spucke traf sie vollkommen unvorbereitet mitten ins Gesicht. Zuerst dachte sie, es sei der Schock, der sie an die Wand nagelte. Doch selbst, als der Speichel ihr schon über das Kinn lief, konnte sie nicht die Arme bewegen, um ihn fortzuwischen. Sie war gefangen.

»Fiesfesseln«, kommentierte Thyra selbstzufrieden. »Ausgelöst durch eine hinterhältige, unvorhersehbare Tat. Du dachtest nicht ernsthaft, du könntest mich zum Narren halten.«

Ruby zerrte an den unsichtbaren Fesseln. Je mehr sie zog, desto fester schnürten sich die Seile um ihre Handgelenke.

Thyra reagierte auf ihren Kampf mit einem verächtlichen Schnauben. »Hör auf zu zappeln. Wenn du nur daran denkst, zu fliehen, ziehen sie sich zusammen. Wo sind deine Eltern, dummes Ding?«

Ruby schüttelte den Kopf.

Thyra musterte sie neugierig. »Du verteidigst sie, obwohl sie dich dein Leben lang nur verarscht haben? Sie haben dir deine Aura abgesaugt, deine Lebensenergie und deine Einzigartigkeit – und du deckst sie? Andererseits ist es interessant, zu wissen, dass meine liebreizende Schwester in ihrer Verzweiflung auf Schattenmagie zurückgreift. Da tun sich Abgründe auf.«

Nur nicht blinzeln. Kai hatte immer gesagt, man könne Ruby ihre Gefühle vom Gesicht ablesen, wie aus einem Buch. Ruby schloss die Augen und atmete.

Nasenlochennnn entenspannennnnnnnn.

Die Fesseln lockerten sich zumindest weit genug, um wieder Blut in Rubys Fingerspitzen zu pumpen. Es prickelte unangenehm.

»Leider scheinst du Yrsa extrem wenig zu bedeuten. Ob sie dich wohl suchen kommt, wenn ich ihr ein Körperteil von dir zukommen lasse? Ein Ohr, oder vielleicht einen Augapfel, was meinst du?«

Von den Zehenspitzennnnnnn zu den Nasenlochennnnnnn. Ashwinkumar wäre zufrieden mit ihr. Kai wäre so stolz auf sie. Oh Gott, wie sehr sie ihn sich herwünschte. Dass er einfach hereinspazieren würde, ihr strahlender, giftgrüner Ritter.

Ruby stutzte. Die unsichtbare Fessel an ihrem Handgelenk hatte sich zurückgezogen. Es war unmöglich, schließlich lebte der Speichel von Thyra nicht. Dennoch hatte sich die Fiesfessel gelockert, als sie an Kai gedacht hatte.

Kai!, dachte sie erneut und stellte sich vor, wie seine Augen aufblitzten, wenn er lachte. Wie er auf der Seite seiner Unterlippe nagte, wenn er über etwas nachdachte. Wie sich seine Finger an ihrem Handgelenk anfühlten, wenn er in einem unbedachten Moment nach ihr griff und dann kurz seine Fingerkuppen auf ihrem Puls verharren ließ.

Auf einmal war Ruby frei – und war es doch nicht, weil Thyra sich vor ihr aufbaute und jede ihrer Regungen beobachtete wie ein Adler seine Beute.

Sie presste ihre Handflächen gegen die Mauer und sah sich erstaunt im Raum um. Nichts mehr war so wie zuvor. Wie hatte sie diese Wandlung verpassen können? Da waren keine Sessel mehr. Selbst der Holzboden war jetzt aus unregelmäßigen Schieferplatten. Der Raum war einer kühlen, steinernen Stille gewichen. Sie befand sich in einer Kathedrale.

»Das war die Kirche meiner Mutter. Sie war eine erbärmlich schwache Frau, rannte ständig hier rein und betete zum lieben Gott, dass wir brave Mädchen würden.« Thyra lachte bellend. »Amy hat sie umgebracht, wusstest du das?«

Ruby konnte nicht anders, als zu Amy hinüberzusehen. Hatte sie wirklich ihre eigene Mutter auf dem Gewissen?

Eine Eishand drückte ihr Herz zusammen. Kai war ihretwegen gestorben. Wie konnte sie über Amys Schuld am Tod ihrer Mutter nachdenken, während sie Kai umgebracht hatte?

Ihre Knie waren so wackelig, dass sie kaum mehr Rubys Gewicht trugen. Thyras stechender Blick warnte sie davor, ihren Gefühlen nachzugeben.

»Du willst nicht mitspielen.« Thyra seufzte. »Das ist bedauerlich, du
könntest es einfacher haben. Andererseits hätten wir dann auch weniger
Spaß, was?« Sie grinste wie ein hungriger Hai und Ruby brauchte all
ihre Kraft, um nicht vor ihr zurückzuweichen. So lange Thyra dachte,
sie sei immer noch gefesselt, hatte sie zumindest das Überraschungs-
moment auf ihrer Seite.

Nahezu vergnügt wandte sich Thyra zur Tür. »Ich könnte dich direkt
umbringen, aber ich glaube kein bisschen an diese lächerliche Prophezeiung. Sieh dich an. Du hast keinerlei magische Begabung, du würdest
mir nicht einmal zum Schröpfen nützen. Da du meine Nichte bist,
habe ich mir etwas anderes überlegt, wie du mir weiterhelfen wirst.«

Mit einem Fingerschnippen von Thyra sprang die schwere Holztür
auf. »Bringt mir Bessy!«

Bessy?

Ketten rasselten. Rubys schweißnasse Handflächen glitten an der
getünchten Wand hinunter. Würde Thyra ihre veränderte Handhal-
tung bemerken? Nein. Sie würde durchhalten. Energisch hob sie die
schmerzenden Arme wieder an.

Etwas Warmes streifte ihr Bein. Amy war wie durch ein Wunder bis
zu ihr hinübergekrochen und schmiegte sich mit aschfahlem Gesicht
an ihren Unterschenkel.

Thyra streckte nach wie vor den Kopf zur Tür hinaus und ihre
Befehle donnerten durch das Treppenhaus.

Ruby ließ ihre Hand auf den wattigen Haarschopf der alten Frau
sinken und beugte sich etwas vor.

»Ich hol uns hier raus, Amy, das verspreche ich dir«, flüsterte sie.

Amys Arm hob sich wie in Zeitlupe. Jeden Moment würde Thyra
sich umdrehen. Ruby hätte die Greisin am liebsten hochgerissen und
aus dem Raum gezerrt, aber sie streichelte nur sanft über ihr weißes
Haar.

Amy hielt ihr die Handfläche vor die Augen.

Eine Sekunde lang dachte Ruby, sie wolle ihre Verletzungen zeigen
und sie warf der Frau ein mitfühlendes Lächeln zu. »Tut sicher weh.«

Amy schloss die Lider und reckte sich schwer atmend nach oben.
Ein Wort stand da, zittrig in die runzlige Handfläche geritzt.

Funkenschlag

Kaum eine Sekunde, bevor Thyra sich umdrehte, ließ Amy ihre flache Hand in den Scherbenhaufen zu Rubys Füßen fallen und presste zu. Blut quoll zwischen ihren Fingern hervor und sie sank mit einem schwachen Röcheln zu Boden.

Es kostete Ruby unendliche Selbstbeherrschung, sich nicht zu Amy hinabzubeugen und nachzusehen, ob sie noch lebte.

Thyra musterte die zusammengesunkene Amy kalt. »Es steckt mehr Kraft in diesen klapprigen Knochen, als man meinen könnte. Es wird mir ein Vergnügen sein, die komplette treulose Familie auf einmal zu entsorgen.«

»Wieso?«, fragte Ruby heiser. »Was hat dir Amy denn getan?«

Thyra sah nachdenklich aus. Dann zuckte sie mit den Achseln. »Ich brauche natürlich keinen Grund. Jeder, der nicht für mich ist, ist gegen mich und damit ein Feind. Doch Amy ist schuld. Sie ist der Ursprung der ganzen Misere. Wäre sie als kleines Mädchen nicht naseweis in ein Drachennest gefallen, hätte sich mein Vater bei ihrer Rettung nie verletzt. Er wäre lang genug König geblieben, um einzusehen, dass *ich* die geeignetere Kandidatin für die Thronfolge war, nicht Yrsa. Meine Mutter hätte sich niemals aus diesem verfluchten Turmzimmer gestürzt. Es ist alles Amys Schuld.«

Rubys Mund klappte auf. Darum ging es die ganze Zeit? Um einen lächerlichen Streit zwischen Schwestern?

Sie kam nicht mehr dazu, irgendetwas zu sagen, weil in dem Moment ein riesiger Schatten durch die Tür drängte. Ruby vergaß, ihre Hände an die Mauer zu pressen, als der monströse Hund mit seinen rot unterlaufenen Augen und den sabbernden Lefzen den Türrahmen sprengte. Das Holz splitterte krachend, während sich die massigen Schultern des schwarzen Tiers durch die Zarge quetschten.

»Bessy!« Thyra sah aus, als ob ihr Lieblingspudel soeben schwanzwedelnd in den Raum gehüpft wäre. Ruby glotzte von Thyra zu dem Vieh. *Das* war Bessy?

Erst jetzt bemerkte sie die Gardisten in ihren dunklen Umhängen, die der Gigantenhund an der Kette hinter sich herzerrte wie zwei lästige Fliegen. Die Kapuzen hochgeschlagen, erinnerten sie Ruby an Anhänger einer religiösen Sekte. Vermutlich würden sie bloß kein Huhn schlachten.

Ihr Blick huschte wieder zu dem Monsterköter zurück. Bessy! Also wirklich.

Der Hund schien nicht ganz so erfreut, Thyra zu sehen, wie sie ihn. Er raste geifernd und röchelnd durch die Kathedrale und schnappte immer wieder wild in die Luft, wobei er eine Reihe messerscharfer Zähne aufblitzen ließ.

»Dieses niedliche Haustier habe ich mir extra für deine Mutter zugelegt.« Thyra glucste. »Weißt du, was ein Bluthund ist?«

Ruby schüttelte den Kopf.

Thyra gab einen missbilligenden Zischlaut von sich. »Es ist eigentlich eine Schande. Aus dir könnte eine Schattengardistin werden. Du musst unendlich wütend auf deine Mutter sein, dass sie dich die ganzen Jahre so im Dunkeln tappen ließ. Wenn du ein wenig bei mir bleibst, gewöhnen wir uns schon aneinander. Ich zeige dir die angenehmen Seiten der Schattenmagie. Selbst jemand, der so auralos ist wie du, kann sie praktizieren. Wir werden an deinen Gefühlen feilen und dann wirst du mich anbetteln, von mir unterrichtet zu werden. Du hast eine Menge Zorn und Schmerz in dir, das wird ein Kinderspiel.«

Hoffentlich wirkte ihre Miene genauso versteinert, wie sie sich bei Thyras Worten fühlte. Was hatte die Alte mit ihr vor?

»Also zurück zu Bessy hier. Ein Bluthund ist die Mutter aller Knorpelknacker, der einzig weibliche im ganzen Wurf, kommt nur einmal alle hundert Jahre vor. Die Weibchen sind äußerst blutrünstig. Sie ernähren sich von ihresgleichen. Es bleibt von dem Wurf also nur der Bluthund übrig, wenn du verstehst, was ich meine. Faszinierend, oder? Nun ja, es sind also seltene Kreaturen, diese Bluthunde.«

Ruby ließ das Monster keine Sekunde aus den Augen. Schnüffelnd und sabbernd stürzte es im Raum umher, die Gardisten im Schlepptau.

»Was tut sie?«, fragte Ruby, ohne wirklich die Antwort hören zu wollen.

Thyras Augen leuchteten verschlagen. »Sie ist ein Spürhund. Wenn sie einmal menschliches Blut gerochen hat, findet sie die Person, deren Blut sie gewittert hat, immer und überall wieder. Bessy hier ist sogar noch besser. Sie findet jeden, der mit der blutenden Person verwandt ist. Blutsverwandte.«

Ruby wurde eiskalt. Nie hatte sie sich sehnlicher gewünscht, adoptiert zu sein. Sie diente nur als Köder.

Bessy stampfte derweil über Amys reglosen Körper. Genau über ihr hielt sie kurz inne und schnüffelte an dem weißen Haar der alten Frau. Ruby ballte die Fäuste, bis kein Gefühl mehr in ihren Fingern war. *Nimm dein stinkendes Maul von ihr, du Bestie!* Bessy hob nur winselnd den Kopf und trottete auf Ruby zu. Thyra lächelte träge. »Keine Sorge, ich lasse sie dich nicht fressen. Noch nicht. Du wolltest ein bisschen bleiben, erinnerst du dich?« Sie riss Bessy an ihren empfindlichen Lefzen herum und das Tier schloss knurrend sein geiferndes Maul. Thyra hatte dem Bluthund wohl einen Fiesfessel-Maulkorb verpasst. Mit einem Kopfnicken bedeutete Thyra den Gardisten, das Vieh von Ruby wegzuzerren.

»Ich habe extra eines meiner eigens kreierten Spielzeuge für dich herbringen lassen.« Sie schnippte. Vor dem Altar tauchte plötzlich ein Sarg auf. Einer der Schattengardisten blieb wie erstarrt stehen. Seine Arme hingen schlaff herunter und mehrere Kettenglieder glitten durch seine Finger, ehe er erneut zupackte.

Thyra schlenderte zu der schwarzen Kiste und öffnete den Deckel. »Das ist mein Lieblingsstück. Ein Traumsarg. Ich nenne ihn Oneiros. Sprichst du griechisch?«

Ruby schüttelte überrumpelt von der Frage den Kopf.

»Oneiroide sind besonders lebensnah empfundene Träume. Na, du wirst schon noch merken, was ich damit meine. Darin bist du zumindest vor Bessys Blutgier sicher. Sie hat Angst vor dem, was der Sarg mit einem macht.« Thyra strich um den Sarg herum, wie eine Katze um ein Schälchen Milch.

»Du kannst mich nicht lebendig begraben!«, keuchte Ruby. »Wenn ich tot bin —«

»Du hörst nicht zu. Du wirst nur darin sein, bis Bessy auf der Suche nach denen ist, die dein Blut teilen. Dann darfst du vielleicht wieder herauskommen und Zeit mit mir verbringen. Aber zuerst ...« Sie zückte ein Messer, mit einer Klinge so lang wie Rubys Unterarm. »Es tut nur ganz kurz weh.« Ihr Lachen zeigte unmissverständlich, wie viel lieber es ihr wäre, es täte richtig weh. Blitzschnell zog sie die Schneide über Rubys Handfläche und nickte zufrieden, weil hellrotes Blut aus dem Schnitt quoll. Ruby brach der Schweiß aus. Ihre Hand hatte unter dem scharfen Schmerz des Messers wie von selbst gezuckt. Thyra war zu nah. Sie würde bemerken, dass Ruby nicht mehr im Bann der Fiesfessel war. Sie musste handeln, und zwar sofort, bevor Bessy ihr Blut roch.

Kopflos sprintete sie Richtung Tür, sobald Thyra sich von ihr abgewandt hatte.

Natürlich hatte ihre Flucht den Jagdinstinkt des Hundes geweckt. Sie hörte das Schlittern seiner Krallen auf den Steinfliesen, spürte den heißen Atem in ihrem Nacken. Roch die Mischung aus modriger Nässe und Blut, die sein Fell ausdünstete.

Dann war sie, wie ein Wunder, bei der Tür. Sie stemmte sich dagegen und hämmerte gegen das Holz, riss am Riegel und jagte sich Splitter in die Handflächen. Obwohl der Rahmen die Tür kaum mehr in den Angeln hielt, war sie nicht zu öffnen.

Verdammt, verdammt, verdammt!

Sie hörte das dunkle Grollen aus Bessys Kehle. Kurz darauf drückte eine gefühlte Tonne Hundemasse sie zu Boden. Abwehrend presste sie ihre verletzte Hand gegen den monströsen Kopf des Tieres. Bessys Augen weiteten sich, als sie Rubys Blut witterte. Dann zuckte der gewaltige Hundeschädel zurück. Der Gardist trat ihr erneut auf die Schnauze und entlockte ihr ein Winseln. Die Art, wie der Schattengardist herumwirbelte, rührte etwas in Rubys Innerstem, aber sie hatte keine Zeit. Sie musste hier raus. Kräftige Arme umschlangen ihre Mitte, zerrten sie unter dem zuckenden Hundeleib hervor und schleiften sie von dem Vieh fort. Automatisch begann sie sich zu wehren, bis sie ein gewaltiger Stromschlag traf. Ruby wurde steif vor Schmerz und Unglauben. Es gab nur einen, der ihr solche Schläge verpasste. Doch der Kerl in ihrem Rücken war riesig und bullig, kein bisschen wie der, den sie liebte.

Kai war tot.

Ihre Gegenwehr ließ nach. Wofür kämpfte sie überhaupt?

Der Schattengardist schob sie unnachgiebig auf Thyra zu, die entspannt an dem Traumsarg lehnte.

Rubys Lebensgeister regten sich erneut, Stromschlag hin oder her, sie würde sich nicht in einen Sarg stecken lassen. Der Gardist war so viel kräftiger als sie. Er zuckte kein bisschen zurück, obwohl sie ihre Faust dorthin rammte, wo sie unter der Kapuze sein Gesicht vermutete. Ihre Fingerknöchel brannten und ihre Hand war blutverschmiert.

Ächzend hob er sie hoch. »Jetzt!«, rief er in Richtung Tür. Er ließ sie in den Sarg fallen, gleichzeitig erklang das laute Klirren der Kette auf Stein. Ruby versuchte sich im Sarg aufzurichten, aber er presste sie unnachgiebig nach unten. Die Dunkelheit dessen, was im Sarg lauerte, griff nach ihr und zerrte sie in die Tiefe.

»Fangt den verdammten Köter ein!«, kreischte Thyra schrill.

»Halt still, Prinzessin«, keuchte der Gardist.

Als er sich über den Sarg beugte und die Kapuze zurückrutschte, bemerkte Ruby eine klaffende Wunde in seinem grünen Haar. Rote Tropfen fielen auf sie herunter. Sie schrie und das Blut lief in ihren Mund, rann ihr in die Kehle und drohte, sie zu ersticken.

»Das sind nur Albträume. Es geschieht nicht wirklich. Mach dich frei davon!«

Sie hörte ihn sprechen, sah, wie er seinen Mund bewegte. Sein Kopf verwandelte sich in einen Totenschädel, das Fleisch hing ihm in Fetzen von seinen Knochen. Die Fratze eines Toten. Sie hatte es gewusst.

Schluchzer schüttelten ihren Körper. Kai hielt sie fest. Es schien ihr, als bohre er seine schwarzen, fauligen Finger in ihre Muskeln. Sein Schädel grinste sie aus leeren Höhlen an. Ihre Nägel splitterten, als sie ihm das Gesicht zerkratzte.

»Ruby, bitte! Versuch dich zu konzentrieren«, beschwor Kai sie. Sein Blick ließ sie keine Sekunde los. »Sing ein Lied, dann geht es vorüber.«

Wimmermücken drangen in Scharen aus seinem Mund. Ruby kniff die Augen zusammen, aber die schrecklichen Bilder brannten sich in ihre Netzhaut. Sie biss in seine Hand.

Mit der freien Hand drückte er leise fluchend ihre Kiefer auseinander und begann sanft ihr ungleich abgeschnittenes Haar zu streicheln. »Selbst mit so einer Scheißfrisur bist du wunderschön«, flüsterte er.

Ruby wunderte sich, wie perfekt Thyra seine Imitation gelungen war. So einen Spruch konnte man gar nicht erfinden, so etwas sagte nur Kai. War das vielleicht doch kein Albtraum? Aber ein smaragdfarbenes Auge fiel aus seinem Gesicht und machte Rubys Zweifel zunichte.

»Die Albträume sind in den Sarg eingewebt. Sie werden vom Träumenden besonders real erlebt. Sie sind es aber nicht, Ruby. Sobald du herauskommst, ist alles wieder in Ordnung. Leider ist das hier der einzige Ort, wo dich der verdammte Bluthund nicht anrührt.«

Angewidert schüttelte Ruby Kais bröckelnde Finger ab.

»Ruby!« Kai–Zombie wandte ihr seinen bedrohlich auf dem Hals wackelnden Kopf zu. Aus seinem Mund purzelten die Zähne wie kleine Kieselsteine. »Erinnere dich.« Er zögerte kurz. Dann griff er in die Falten seines Umhangs und fädelte etwas durch die Öse ihres Dosenrings. Angeekelt zog Ruby ihre Hand weg, bis ihr Blick auf die winzige blaue Blume fiel.

»Ein Erinnerchen.« Das schmale Lächeln fühlte sich fremd auf ihren Lippen an.

Kai sah nun fast normal aus, wenn man davon absah, dass er nur eine Gesichtshälfte besaß, während aus der anderen Schläuche und Drähte ragten. »Du musst es in diesem Sarg aushalten.«

Bessy jaulte auf. Alle beide fuhren zusammen.

»Ich muss –« Kai machte eine unbestimmte Bewegung mit der Hand. »Bleib da drin!«

Kai war tot! Er war tot! Er war tot!

Dieser Sarg war eine schreckliche Täuschung, die Thyra ihr antat, um sie darin festzuhalten.

Wem konnte sie noch trauen?

Ruby reagierte instinktiv. Sie bündelte ihr Misstrauen und verpasste Zombie-Kai einen Elektroschock, der ihn von ihr wegschleuderte.

Kapitel 21
Ruby

Sie sprang wie von der Tarantel gestochen aus dem Sarg.
Der Bluthund fuhr herum. Seine rot verkrusteten Nasenlöcher weiteten sich. Er witterte Rubys Blut.

»Verdammt! Hau ab, Prinzessin!«

Wer rief da? Sie konnte den Blick nicht von dem Monster abwenden.

Der Hund trottete grollend auf sie zu, als wisse er instinktiv, dass sie keine Chance hatte, zu entkommen. Seine mächtige Stirn drückte sich gegen Rubys zitternde Hände. Ihr Herz schlug so hart in der Brust, es musste auch außerhalb ihres Körpers zu hören sein. Noch enger presste Bessy sich an sie. Rubys Knie knickten ein. Sie konnte nichts tun. Dann sollte es wenigstens schnell gehen. Bessy drückte das sabbernde Maul auf ihren Hals.

Thyra lachte. »Das muss ich mir aus der ersten Reihe ansehen. Du hast ihr überhaupt nichts entgegenzusetzen. Keinen läppischen Aurafetzen? Du armes Kind.«

Ruby umfasste Bessys monströsen Kopf mit beiden Händen. Aus dem Hundemaul roch es nach Blut und faulem Fleisch.

»Na los, mach schon«, raunte sie der knurrenden Bestie zu. Das Ohr stellte sich halb auf. Wie von selbst fuhren Rubys Finger über das kurze, borstige Fell. Bessy war nicht mit den herrlich weichen Ohren eines Labradors gesegnet. Alles an dem Tier wirkte hart und abweisend. Das Knurren verebbte. Atemlos kraulte Ruby auch das andere Ohr. Bessy zog die triefenden Lefzen von ihrem Hals zurück. Die Laute aus dem mörderischen Maul glichen nun vielmehr einem Brummen.

»Du bist auch so eine missverstandene Kreatur«, flüsterte Ruby der Hündin zu. »Du kennst ja nichts anderes als Hass und Prügel.«

»Bessy!«, keifte Thyra. »Fass! Fass sie!« Thyra schlug dem Köter heftig auf den Kopf. Bessy zuckte kaum zusammen. Tapfer erwiderte Ruby den blutunterlaufenen Blick, obwohl ihr der Schweiß aus sämtlichen Poren rann. Dieses Muskelpaket war eine Tötungsmaschine, auch wenn das Vieh unter ihren liebkosenden Händen butterweich wurde. Wenn sie nicht alles täuschte, hatte sie mit ihren bescheuerten Streicheleinheiten jedoch gerade den Fiesfessel–Maulkorb gelöst. Wirklich sehr clever.

Ruby überlegte fieberhaft. Hatte sich Bessy nicht drohend vor Thyra aufgebaut, während Ruby aus dem Sarg geklettert war? Dafür gab es nur eine Erklärung.

»Ich werde dir keine Befehle geben, denn ein so stolzes Wesen sollte selbst entscheiden, wofür es kämpft. Mach, was du tun musst«, murmelte Ruby ihr zu.

Bessy schoss herum wie eine Kanonenkugel. Ruby nahm nur einen schwarzen Schatten wahr, so schnell bewegte sie sich. Einen Atemzug später lag Thyra am Boden und Bessy grub ihr die Zähne in den Hals. Gurgelnd schrie Thyra auf.

Jemand packte Rubys Arm und zerrte sie zum Ausgang. Die Holztür flog krachend auf. Wie eine Welle aus dunklen Körpern drängten Schattengardisten in den Raum. Doch Ruby hatte nur Augen für die Finger an ihrem Handgelenk. Winzige Funken sprangen von seinen Fingerkuppen, die sich vom Kontakt mit den Metallsaiten immer etwas rau anfühlten, auf ihre Haut über. Sie hatte seine Hände schon immer besonders bezeichnend für seine ganze Persönlichkeit gefunden: zart, feingliedrig und gleichzeitig kräftig und hart.

Vor lauter Angst, das Ganze würde sich wieder in einen Albtraum verwandeln, konnte sie kaum aufsehen, aber sie brauchte Gewissheit.

Kai!

Sie kümmerte sich nicht um das Gebrüll der kampfbereiten Schattengardisten, als er sich ihr zuwandte. Ihre Finger tasteten sein Gesicht ab. Er fühlte sich echt an. Lebendig.

Kai zog eine Augenbraue hoch und Rubys Herz machte einen freudigen Hüpfer.

Er lebte!

Jetzt kamen die Tränen, die sie die ganze Zeit so krampfhaft verdrängt hatte. Kais Gesicht verschwamm vor ihr. Er beugte sich zu ihr herunter. »Nimm den Schmerz und mach was draus.«

Er legte seine Hände an ihre Seiten. Ruby schrie ihre angestauten Gefühle heraus. Trauer, Verletztheit und die unfassbare Erleichterung. Kai lebte!

Die Schallmauer stand schneller, als Ruby blinzeln konnte.

Kai nahm ihre Hand und spielte mit dem Dosenring-Erinnerchen-Schmuckstück. »Es tut mir so leid.«

Gott, wie sie seine Augen liebte. Wie sie das Gefühl liebte, seine Nähe zu spüren, zu wissen, dass er atmete und lachte. Seinen Herzschlag zu fühlen. »Was ist passiert?«

»Ich weiß nicht.« Er schüttelte den Kopf. Ruby sah, wie er die Fingerspitzen unbewusst über eine Stelle an seinem Handgelenk gleiten ließ. Mit wackeligen Strichen war dort eine neue Tätowierung angebracht worden. Ruby beugte sich vor, doch Kai zog die Hand aus ihrem Blickfeld und hob ihr Kinn an. »Ich kann es dir nicht erklären, aber ich war tot. Irgendetwas muss passiert sein, weswegen die Hexen mich wieder freiließen.« Sein Blick flackerte und er fummelte immer noch an dem Ring herum. Ruby hatte das untrügliche Gefühl, dass er nicht die Wahrheit sagte. Er wusste, was geschehen war, aber anscheinend wollte er es ihr nicht sagen. »Auf einmal stand ich vor dem Wasserfall und hatte das Erinnerchen in der Hand. Die Wimmern hörten auf zu singen. Und mein einziger Gedanke galt dir.«

Ruby dachte an Ali, der sich mit den Gardisten zum Pokern zurückgezogen hatte. War das sein Werk gewesen, um Kai den Weg in den Turm zu weisen?

»Ich überfiel den ersten Schattennovizen, der mir begegnete, und raubte seine Kleidung. Dann traf ich auf Ali, der die Mücken dazu gebracht hatte, die Gardisten abzulenken und wir krallten uns Bessy.«

Ruby konnte sich nicht mehr zurückhalten und warf sich in seine Arme. Er fühlte sich so echt an, so warm und so gut und so … Kai.

Er vergrub sein Gesicht in ihren kurzen Haaren. »Wir müssen kämpfen, Prinny. Ali und Amy stehen das nicht länger durch. Ich halte dir den Rücken frei, während du Thyra angreifst. Gefühlsmagie, Ruby. Das ist der Schlüssel.«

Kai löste sich von ihr, um die Schallmauer zu sprengen. Es fühlte sich an, als ob er wieder von ihr gegangen wäre. Sie fröstelte, als seine blitzschnelle Bewegung sie streifte. Es knallte, dann brach der ohrenbetäubende Lärm über sie herein.

Kai sank auf die Knie. Amy lag in Fötusstellung auf der Erde und er berührte sie sacht an der Schulter.

»Amy. Gib mir ein letztes Mal deine Kraft. Ich verspreche, ich werde sie für unsere Sache nutzen.«

Amys Kopf rollte herum. Blutverkrustete Haarsträhnen verklebten ihr aschfahles Gesicht. Wie in Zeitlupe öffnete sie die Hand, mit der sie Ruby zuvor die unverständliche Botschaft geschickt hatte. Die Splitter in ihrer Hand verschmolzen mit Amys Blut zu einem rubinroten Dolch.

Kai warf Amy ein trauriges Lächeln zu. »Danke.«

Der Bluthundeführer trat an ihre Seite und streifte sich die Kapuze ab. Alis graue Augen musterten sie besorgt.

»Das wird ein ungleicher Kampf, Prinzessin.« Seine Hand glitt zu seinem Hüftgürtel, wo er das Seil aus Rubys Rapunzelhaaren befestigt hatte. Mit flinken Fingern knotete er ein Lasso daraus und ließ es probehalber durch die Luft sirren. »Aber wir sind nicht wehrlos.« Er brachte drei herannahende Gardisten zu Fall, indem er das Lasso um ihre Beine schwang. Dann drehte er sich erneut zu Ruby um. »Halt dich hinter uns!«

Bessy gab erneut ein hohes Jaulen von sich. Ruby ging wie ferngesteuert auf das kämpfende Paar aus Frau und Hund zu. Sie lagen ineinander verschlungen wie in einer innigen Umarmung auf dem Boden. Ruby riss entsetzt die Augen auf. Nicht nur Bessy hatte sich in die dunkle Herrscherin verbissen. Auch Thyra hatte ihre spitz gefeilten Zähne in Bessys Hals gegraben.

»Oh mein Gott!«, entfuhr es Ruby, als Thyra mit einem teuflischen Grinsen auf dem blutverschmierten Mund den Kopf hob.

Bessy taumelte, geschwächt von dem Blutverlust, den Thyra ihr zugefügt hatte. Mit einem Mal wirkte die Hündin überhaupt nicht mehr riesig. Ihr einst schwarzes Fell war grau–meliert und ihre eben noch kräftigen Muskeln glichen schlaffen Hautlappen. Sie sah aus wie ein gewöhnlicher, großer Hund.

War es möglich, dass Thyra dem Tier sowohl sein Blut, als auch seine Magie ausgesaugt hatte?

Bessy warf sich mit einem verzweifelten Bellen auf Thyra und begrub sie unter sich. Der Bluthund war nach wie vor schwer, aber sicherlich würde er Thyra nicht lange aufhalten, vor allem nicht, wenn sie sich Bessys Magie angeeignet hatte.

Ruby hastete zurück zu der Stelle, wo Ali mit dem Rapunzelhaarlasso eine beträchtliche Anzahl Schattengardisten in Schach hielt. Das Seil schnitt durch Luft und Körper wie ein Messer. Plötzlich stolperte er vorwärts. Beinahe wäre er gefallen, wenn er nicht im letzten Moment das Lasso losgelassen hätte, das einer der Gardisten ihm mit einem gepanzerten Handschuh roh entriss. Ali rief etwas und die Beinknochen des Gardisten verloren ihre Festigkeit. Mit gummiartigen Schienbeinen wankte der Mann einen Schritt nach vorne, dann brach er zusammen.

Ruby sah sich panisch um. Wo zum Teufel steckte Kai?

Er hatte eine verwirrende Spur aus Ranken kreuz und quer durch den Raum gezogen, weshalb Ruby keine Ahnung hatte, wo sie ihn suchen sollte. Hinter einem besonders dichten Rankengebilde machte sie ein Rudel von Schattengardisten aus. Lautlos näherte sie sich der Gruppe und spähte zwischen den dunklen Umhängen hindurch.

Kai war vollständig umzingelt. Seine Haut warf Blasen. Er bediente sich trotz des Fluches seiner Auramagie, dennoch schien sie kaum auszureichen. Warum bewegte er sich nicht mehr?

Ein Gardist mit einer hässlichen Narbe quer über die Wange sprang vor und hieb mit seinem Schwert auf Kais Ranken ein. Sie hielten den härtesten Schlag ab, dann durchschnitt die Klinge die Pflanzen und traf auf Kais Gesicht. Obwohl er auswich, platzte seine Lippe auf. Endlich sah Ruby den zusammengekauerten Frauenkörper zu seinen Füßen. Sie sog scharf die Luft ein.

Er verteidigte Amy.

Ruby straffte sich. Es war an der Zeit für sie, einzuschreiten. Kai hatte ihr gesagt, sie sei unbesiegbar, also musste sie es wohl darauf ankommen lassen.

Etwas sirrte pfeifend durch die Luft und ein scharfer Schmerz flammte in Rubys Seite auf. Im Fallen versuchte sie sich umzudrehen, aber ihr Körper fiel einfach vornüber. Sie besaß nicht einmal mehr die Geistesgegenwart, sich abzufangen und fiel mit voller Wucht auf ihr Gesicht.

Ihr Atem rasselte. Schritte näherten sich.

»Na, Prinzessin?« Diese Stimme hätte sie jederzeit wiedererkannt. Ebenso wie die adlerartige Fratze, welche sich in ihr verschwommenes Blickfeld schob. »Wo sind sie nun, deine sagenhaften Darkwyn-Kräfte?«

Schon wieder dieses Wort. Was zum Teufel war eine Darkwyn?

Gryphus schien keine Antwort zu erwarten. Ihre Rippen brannten wie Feuer und jeder Atemzug war die pure Hölle. Sie hustete und wimmerte vor Schmerzen. Gott, sie war so was von erledigt. Dabei war sie noch nicht einmal in Thyras Nähe gekommen.

»Eigentlich wollte Thyra dich noch eine Weile behalten.« Gryphus hob sein schwarzes Schwert.

Ruby schloss die Augen. Wenn sie schon sterben musste, dann wenigstens mit Kais Lächeln vor sich.

Etwas fiel krachend neben ihr zu Boden, und dann wurde ihr Wunsch plötzlich Wirklichkeit. Kai kniete neben ihr und strich ihr über die Stirn.

»Was soll das, Prinny? Musstest du dich ausgerechnet an Gryphus ranschmeißen?«

Ruby lachte und hustete. »Keine Witze ... ich sterbe.«

Kai lächelte. »So schnell stirbt man nicht. Deine Rippen sind gebrochen, weil der Bastard dir einen Hammerschlag verpasst hat.« Er sah finster zu Gryphus' regloser Gestalt hinüber.

»Ist er ...?«

»Dafür hatte ich keine Zeit, ich musste uns erst in Sicherheit bringen. Ich hol das nach, Ehrenwort!«

Ruby hob mühsam den Kopf. Alles war grün um sie herum und die Gardisten waren nicht zu sehen.

»Wo sind wir?«

»In der Kathedrale. Ich habe uns einen Schutz aus Ranken gebaut.« Er rieb sich verlegen über die blasenübersäte Haut. »Er wird nur kurze Zeit halten und Ali braucht auch Hilfe da draußen, aber ich musste dich da rausholen«

»Wie kommen wir jemals hier wieder raus, Kai? Es sind zu viele.«

Kai sah sie nicht an. Seine Hände wogen den Rubinsplitterdolch, als könne er ihm die Antwort geben.

Mit einem Mal erschien Amy vor Rubys innerem Auge.

Funkenschlag!

Ruby zog sich an ihm hoch, ignorierte den Schmerz und fasste ihn bei den Schultern.

»Küss mich!«

Kai warf ihr einen unergründlichen Blick zu und unter anderen Umständen wäre Ruby im Erdboden versunken.

»Wir brauchen einen Funkenschlag«, beharrte sie.

Sein Kopf sank herab. »Es ist nur so«, seine Faust öffnete und schloss sich, »dass es mir eigentlich nicht zusteht.«

»Wie bitte?« Ruby schnappte nach Luft und Kai sah endlich auf. Seine Augen waren dunkel vor Begehren. »Du bist die Prinzessin, Ruby. Die zukünftige Königin meiner Welt. Ich hingegen bin nur der Musiker. Ich kann dich nicht küssen.«

Ruby schnaubte. »Das hättest du dir überlegen sollen, bevor du eine Wette über diesen Kuss abschließt.«

Kai musterte seine Fußspitzen.

»Dann lass mich eben dich küssen. Wenn ich, als deine Prinzessin dich zwinge, wirst du es mir wohl kaum verwehren können«, setzte Ruby hinterher und wie erwartet fuhr Kais Kopf hoch.

»So sollte dein erster Kuss eigentlich nicht sein.«

Ruby kroch so dicht zu ihm, bis sie beinahe auf seinem Schoß saß. »Ich könnte mir keinen besseren ersten Kuss vorstellen.«

»Ach verdammt«, stöhnte Kai und sein Gesichtsausdruck wurde sanft. »Bitte mich, dann kann ich sowieso nicht nein sagen.«

Ruby zögerte keine Sekunde. »Bitte, Kai, küss mich! Nimm meinen ersten Kuss an.«

Kai sah einen Moment so aus, als ob er einen inneren Kampf ausfechten würde, dann gab er auf.

Sterne explodierten in Rubys Herz, als Kais Lippen ihre federleicht berührten. Er vergrub mit einem Stöhnen die Hände in ihrem kurzen Haar und zog sie dichter an sich heran. Hungrig fuhr sein Mund über ihren, seine Zungenspitze glitt zwischen ihre geöffneten Lippen und der herrlichste Stromschlag ihres Lebens tanzte durch Rubys Blutbahn. Etwas schien von ihren Schultern zu fallen. Sie meinte ein Splittern zu hören, wie wenn Glas zerbricht.

Der Kuss dauerte nur wenige Atemzüge.

Ruby öffnete die Augen. Er schien von innen heraus zu leuchten. Seine Haut war nun rein und heil. Er wirkte kraftvoll und selbstbewusst.

»Die Magie des ersten Kusses. Damit hast du mir ein wertvolles Geschenk gemacht, Prinzessin.«

Auch Ruby stand auf. Die Ranken bebten unter dem Ansturm der Gardisten von der anderen Seite. Lange waren sie nicht mehr sicher in ihrem Rankenkokon und das machte ihr Angst. Andererseits waren

Rubys Schmerzen wie von Zauberhand ausgelöscht und sie fühlte sich seltsam stark.

»Kann es sein, dass ich auch etwas von dieser Kussmagie abbekommen hab?«, fragte sie Kai.

Er schüttelte den Kopf. »Du solltest dich sehen, Ruby!«

Der Schutzkokon zerriss mit einem scharfen Geräusch und Kai ging sofort in eine geschmeidige Angriffshaltung.

Ruby erstarrte beim Anblick der Gardisten. Es mussten Dutzende sein und sie trugen alle Schwerter, während Ruby –

Nein! Sie hatte das Feuer, wenn Amy recht behielt.

Das Glimmen in ihrem Herzen machte ihr Mut. Der Kuss hatte den Funken gezündet.

Ruby holte tief Luft, dann blies sie die Hitze heraus.

Sie war der Drache.

Ihr Atem war das Feuer.

Ihre Haut war so undurchdringlich wie ein Panzer. Schwerter prallten von ihr ab. Ihr magisch gewachsenes, hüftlanges Haar flatterte feurig in einem Wirbelsturm um sie herum. Die magieberaubte Bessy nutzte die Gunst des Augenblicks und floh jaulend ins Treppenhaus.

Thyra sah ihr mit einem verächtlichen Schnauben hinterher und baute sich breitbeinig vor Ruby auf. »Was soll das werden, Nichte? Gefühlsmagie? Soll ich mich totlachen?«

»Wäre ein Anfang«, fauchte Ruby und spie eine Feuersalve auf Thyra. Die Flammen brannten scharf und heiß in ihrer Kehle.

Ihre Tante wich den Geschossen so wendig aus, dass Ruby glaubte, die Hexe hätte sich in Luft aufgelöst. Nicht einmal Thyras Dutt war unordentlich und ihre Augen glommen spöttisch.

»Du erhältst deine erste Lektion über Schattenmagie. Nichts, auf keinen Fall Gefühlsmagie, kann ihr etwas anhaben.« Thyra regte sich keinen Millimeter vom Fleck. Als ob ihr Blick Gewicht bekommen hätte, schlang sich etwas um Rubys Körper und nagelte sie an den Boden. Thyra schlenderte zu ihr herüber. »Es ist so unvorstellbar einfach, dich zu töten. Ich hatte bereits Tausende von Möglichkeiten dazu. Du bist so naiv, es tut fast schon weh, dir dabei zuzusehen. Ich hätte die Rapunzeln vergiften, dich mit einem mickrigen Magiestoß aus dem Fenster werfen oder schlicht diesen hässlichen Zopf abschneiden können. Ich war neugierig, wie weit du gehen würdest und glaube mir, deine Taten sagen einiges über dich aus. Es ist eine Schwäche, sich für seine sogenannten Freunde in Gefahr zu begeben.« Sie strich um Ruby herum. »Wie kann jemand an diese lächerliche Prophezeiung glauben? Sieh dich an. Da liegst du unter meinem Auranetz, vollkommen hilflos und wartest darauf, dass ich mich deiner Magie bediene. Denn scheinbar hast du ja doch welche, ich weiß nur noch nicht, was ich damit anfangen soll. Vielleicht offenbaren sich mir da ganz neue Möglichkeiten.« Mit diesen Worten beugte sie sich zu Ruby herunter.

Wie sehr wollte sie schreien, während sich dieser schmallippige Mund ihrem Gesicht näherte. Würde Thyra ebenfalls ihr Blut trinken, so wie sie es mit Bessy getan hatte?

Dann geschah das Unvorstellbare. Ihre Tante legte in einer fast zärtlichen Geste ihre Lippen auf Rubys Mund – und die Welt stand still. Ruby fühlte, wie etwas aus ihr herausfloss. Sie wollte es zurückhalten, aber sie war wie betäubt. Thyra hielt sie fest umklammert, auch wenn sie sowieso nicht imstande gewesen wäre, sich zu bewegen.

Plötzlich dröhnte Amys Stimme in ihrem Kopf.

»Gefühle! Jetzt!«

Ruby reagierte, ohne nachzudenken. Sie beschwor eine Welle an Gefühlen in ihrem Innern herauf. Die Unsicherheit, die sie dazu brachte, Kai Stromschläge zu verpassen. Das Gefühl, wenn sie sich in Nichts auflöste. Den Schmerz, den sie für Herzensmusik oder Schallmauern brauchte. Den Schock, mit dem der Lauschlärchenangriff ihre Blitzidee ausgelöst hatte. Die Wut, die das Feuer ihrer Drachen schürte. Die Magie ihres ersten Kusses.

All diese Empfindungen mischten sich zu einem mächtigen Wirbel in ihrem Herzen. Obwohl die Hexe sich plötzlich dagegen wehrte und versuchte, ihre Lippen loszureißen, öffnete Ruby ihr Herz und überschwemmte Thyra mit der Flut ihrer Gefühle.

Der Kuss endete ebenso abrupt, wie Thyras Auranetz verschwand. Mit bläulichem Gesicht und den Händen am Hals taumelte ihre Tante rückwärts. Sie stieß gegen einen am Boden liegenden Schattengardisten und fiel auf die Knie.

»Was … hast du … getan?«, röchelte sie.

Thyras Mund und Augen waren schreckensweit aufgerissen.
Der Raum wurde von einem reißenden Geräusch durchdrungen.
Ein grauer Nebelstreif zog durch die Kathedrale.
Thyra.
War.
Verschwunden.

Stöhnend sank Ruby auf den harten Steinboden. Sie hatten es geschafft.
»Mutter!«
Ruby riss die Augen auf. Eine Wand aus schwarzen Schattengestalten ragte drohend vor ihr auf.
In den Augen der Männer blitzte Mordlust.
»Mutter«, zischte wieder einer der Gardisten.
Ruby lief es eiskalt den Rücken hinunter. Verdammt, diese Idioten waren kein bisschen froh, endlich von dieser Hexe befreit zu sein. So was von überhaupt nicht froh.
Ächzend rappelte sie sich auf. »Hört zu, Jungs, ich hab genug Gefühle für euch alle übrig. Wenn ihr darauf steht, machen wir ne Runde Gruppenkuscheln.«
Mehrere Dinge geschahen gleichzeitig: Die Gardisten stürmten mit Gebrüll vor, als der rechte Flügel plötzlich wie ein Kartenhaus in sich zusammenfiel. Blut rann über muskulöse Männerbeine, wo Alis Lasso sie getroffen hatte. Auf der linken Flanke stach Kais Rubinsplitterdolch die schwarzen Wächter mit unfassbarer Geschwindigkeit in Rücken und Brustpanzer. Dann waren die beiden bei ihr.
»Wir müssen –«, keuchte Kai und entfernte mit verkniffener Miene den Pfeil aus seiner Schulter.
»Schutz!«, schrie Ali.
»Zu dritt!« Ruby packte die Hände ihrer Freunde. Ihre Arme prickelten, als sie die magische Energie hindurchfließen ließ.
Von Alis Seite traf sie ein Strom kühler, beruhigender Magie. Kai schickte wilde, ungezügelte Energiestöße durch ihren linken Arm. Ruby bündelte das Ganze, vermengte die Lichtphantasie mit ihrem Gefühlsstrom und schleuderte die Mischung den Schattengardisten entgegen.

Stille.

Das hastige Heben und Senken von Kais Rippen an ihrer Seite.

Alis aufgerissene Augen, die den Raum absuchten.

Gardisten lagen stöhnend, verwundet, manche von ihnen leblos auf den Steinfliesen. Keiner hielt sie auf, während sie die Kathedrale verließen.

Auf der Treppe spürte Ruby ein Beben. Sie stützte sich mit beiden Händen ab, als einige Stufen unter ihr bröckelten und schließlich nachgaben.

»Der Turm«, keuchte sie und schob Ali, der Amy trug, grob vorwärts.

»Es ist nicht nur der Turm«, sagte Kai in ihrem Rücken. Ganz Salvya gerät in Schieflage.«

Obwohl keine Zeit dafür war, drehte Ruby sich zu ihm um. »Was heißt das? Was bedeutet das?«

»Für dich bedeutet es, dass du Salvya sofort verlassen musst.« Kai musterte sie ruhig.

»Und für dich? Für Ali und Amy? Kai, was heißt das für uns?«

Der Turm erzitterte wieder und ächzte. Ein paar Steine prasselten von der Decke auf Kai und Ruby nieder. Kai löste ihre verkrallten Hände von seinem Gardistenumhang. »Wir können nicht mit dir gehen, Ruby. Wir gehören hierher. Wenn diese Welt untergeht, gehen wir mit ihr unter.«

»Was ist mit mir? Warum kann ich nicht bei euch bleiben?«

Ein Stein traf sie an der Schläfe und Kai zog sie unnachgiebig die Stufen hinunter.

»Du bist zu wichtig, Prinny. Die Schattengarde wird nicht aufgeben. Sie werden dich verfolgen, bis sie ihre Mutter gerächt haben. Du bist Salvyas einzige Hoffnung auf Heilung. Die Prophezeiung hat bereits begonnen, jetzt musst du es auch zu Ende führen. Für uns. Für Salvya.« Er keuchte, während er sie zwischen den erstarrt wirkenden Megaloiden durch das Portal zerrte.

Rund um den Turm bebte die Erde weiterhin, als ob sie all die Erinnerungen an Thyras Macht abschütteln wolle. In ihrem Rücken donnerten große Mauerbrocken herab und Ruby ließ sich wie betäubt von Kai vorwärtsziehen.

Erst, als der Wasserfall in Sicht kam, stemmte sie die Fersen in den Boden.

»Kai, verdammt! Was soll das? Ich bleibe hier, egal, was du sagst. Du kannst mich nicht einfach so abschieben.«

»Ich will dich doch nicht ...« Kai zog sie heftig in seine Arme. »Ich will alles andere, als dich loswerden. Ich will dich am liebsten für immer so halten«, murmelte er in ihr Haar. »Aber es muss sein.« Er schleifte sie weiter zum Fluss.

»Ich gehe nur, wenn ihr mitkommt. Ansonsten kannst du das vergessen. Woher willst du überhaupt wissen, wo das Portal ist? Amy kann es dir ja wohl nicht sagen«, fauchte Ruby mit einem Seitenblick auf die leblose Gestalt ihrer Tante in Alis Armen.

»Ich weiß, wo es ist.« Kai war auf einmal ganz ruhig. »Das ist nur ein Portal für dich, Prinzessin. Ali und ich kommen dort nicht durch.«

»Was, wieso?« Ruby wich vor seinen Händen zurück, die er bittend nach ihr ausstreckte.

»Nur die Drachen können in diesem Fluss schwimmen.« Kais Stimme klang schwer vor Sehnsucht, als er in die Ferne sah, wo sich der schwarze Fluss in den nebelverhangenen Bergen verlor. Er packte sie an den Oberarmen. »Ruby. Ich kann dir nicht alles sagen. Du musst mir einfach vertrauen, dass ich weiß, was ich tue. Es ist kein Zufall, dass ich dem Wasser entkommen bin.«

Ruby sah ihn fassungslos an. »Was bedeutet das, Kai?«

»Ich weiß, dass du durch diesen Fluss schwimmen musst. Du bist die Vereinigung aus dem Drachenblut der Darkwyns und der Drachenmagie des Wassers. Die Darkwyllin, die Drachentochter. Die Prophezeite. Das Wasser kann dir nichts anhaben, niemand kann dir etwas anhaben!«

»Was ist mit euch?«

»Ich darf nicht in den Fluss zurückkehren. Ali –«

Ali durfte das Wasser niemals berühren. Natürlich.

Ruby nickte. »Ich habe etwas gespürt, als ich im Wasser war.«

Kai nickte. »Das Wasser hat den Drachen in dir erweckt.«

»Ich dachte, ich sterbe und gleichzeitig fühlte ich mich noch nie so lebendig. Kai, ich fürchte mich vor dem Wasser. Gleichzeitig spüre ich aber auch eine Verbindung, eine Sehnsucht nach dem Gefühl, das ich darin hatte.«

250

Kai lächelte traurig. »Wenn du Salvya retten willst, wenn du uns retten willst, dann geh! Wir holen dich zurück, sobald es sicher für dich ist. Bis dahin sei vorsichtig, Prinny. Bleib so unsichtbar wie möglich und …« Sein Adamsapfel hüpfte auf und ab. »Lass dich nicht küssen. Ich will auch deinen zweiten Kuss. Und alle hundert folgenden. Selbst, wenn ich keinen einzigen verdiene.« Er küsste hauchzart die Innenseite ihres Handgelenks, drehte die Hand und legte seine Lippen auf den Erinnerchen-Ring.

Ein Blutstropfen bildete sich dort, wo die scharfe Kante des Rings in seine Lippe gestochen hatte. Er landete auf dem Blümchen und hinterließ einen violetten Fleck.

»Wenn das ein Versprechen sein soll …« Rubys Kehle war so eng, dass sie kaum ein Wort herausbrachte.

»Das ist ein Versprechen. Ansonsten darfst du mich eigenhändig mit weißen Gummibärchen ermorden.«

In der Ferne brach krachend ein weiteres Stück des Turms aus der Ruine.

»Lass mich nicht zu lange warten«, flüsterte sie.

Kai streichelte ihr sanft über die Wange. Sie blinzelte gegen die Tränen an, die in ihren Augen brannten.

Sie wollte nicht weg. Sie wollte genau hier sein, in dieser ungezähmten, phantastischen Welt bei Kai und Ali. Herausfinden, was das Geheimnis hinter Kais mysteriöser Flucht aus dem Wasserfall war. Doch sie war für die beiden ein zusätzliches Risiko. Sie musste sich verstecken, bis Ruhe eingekehrt war. Das verstand sie. Nur wollte sie es nicht wahrhaben.

Kai kam so nah, dass Ruby goldene Pünktchen in seinen grünen Augen tanzen sah. Das Atmen fiel ihr auf einmal schwer. Ihr Herz hämmerte gegen die Rippen.

Kai zog sie die letzten Millimeter an seine Brust. »Bist du bereit, Prinzessin?«

Nein. Sie war kein bisschen bereit.

Seine Lippen berührten ihre zögerlich, fast nur wie ein Hauch. Dann legten sie sich warm und weich auf ihren Mund. Sie schmeckte das Blut auf seiner Zunge, sog seinen Atem ein, presste ihren Körper gegen ihn. Sie wollte Feuer fangen, so heiß sein, dass sie mit Kai verschmelzen könnte. Der Strom kochte in ihren Adern. Um sie herum tobten ihre Haare wie ein Inferno.

Viel zu schnell war der Kuss vorüber und die Verwirrung, mit der er sie musterte, spiegelte ihr eigenes Gefühlschaos wider.

»Oh Gott, Darkwyllin! Du hast mich verhext«, flüsterte er atemlos.

Ruby sah aus riesigen Augen zu ihm hoch und fasste mit zwei Fingern an ihren Mund. Sie konnte seine Lippen immer noch darauf spüren. Kai fixierte einen Punkt hinter ihrem Kopf und biss sich auf die Unterlippe.

Dann ließ er sie los.

Eiseskälte umfing sie, aber das Wasser war wohltuend, linderte das Brennen ihres Körpers und das ihres Herzens. Die Hexen umringten sie, sobald sie die Untiefen überwunden hatte, glitten geschmeidig wie silberglänzende Forellen durch die Fluten.

»Es ist nicht vorbei. Das Schicksal hat dank dir begonnen«, flüsterten sie in ihre Ohren. »Der Drachenritter hat den Fluss verlassen und uns die Eine gesandt. Wir geleiten dich, Darkwyllin.«

Ruby verstand kein Wort. Die schwarzen Frauen zerrten sie mit kräftigen Schwimmstößen durch die Wellen. Ihr magisch gewachsenes Haar waberte in rubinroten Strähnen im Wasser um sie herum, als sei es lebendig.

Die Hexen deuteten auf einen wirbelnden Strudel am Grund des Flusses.

»Das ist dein Portal, Drachentochter. Du bist stärker als die anderen, du wirst zu uns zurückkehren, wenn die Zeit gekommen ist. Aber denk daran, dass das Wasser für alle die, die nicht mit unserer Magie gezeichnet sind, tödlich ist.«

Sie verspürte den brennenden Wunsch, nachzufragen. Was war mit Kai im Wasserfall geschehen? Wieso hatten sie ihn freigelassen, nachdem das Wasser ihn getötet hatte?

Aber die Hexen waren verschwunden und die Schwärze um sie herum undurchdringlich. Ohne sich umzudrehen, tauchte Ruby hinunter in das Zentrum des Strudels. Der Sog war stark, dennoch glitt sie mühelos hindurch.

Das Wasser spuckte sie aus und sie schlug auf einem matschigen Vorstadtrasen auf.

Menschen wechselten kopfschüttelnd und mit befremdetem Gesichtsausdruck die Straßenseite, als sie Ruby triefnass im Gras knien sahen. Niemand half ihr auf. Ein Kind gaffte sie aus kugelrunden Augen an und wurde von seiner Mutter weggezogen.

Es gab keinen Zweifel.

Sie war zurück.

Epilog
Ruby

Rauch kroch unter ihrem Bett hervor.
Langsam erhob er sich, richtete sich auf und formte die hagere Gestalt einer Frau. Schwarzes Haar bildete sich aus den Schwaden und ein Paar stechender Augen sah auf Rubys schlafenden Körper herab. Thyra wandte sich dem Vogelkäfig zu, in dem Piri, Rubys blauer Wellensittich, auf einer Stange saß und ihr aus seinen schwarzen Äuglein entgegenblinzelte.

Ruby wollte schreien, aber ihr Körper schlief seelenruhig weiter. Thyra öffnete das Gittertürchen und Piri hüpfte vertrauensselig auf ihren ausgestreckten Zeigefinger. Ihre Tante betrachtete den Vogel mit unverhohlener Neugier.

»So naiv wie seine Besitzerin«, bemerkte sie kopfschüttelnd. Ruby glaubte, Thyra würde den Sittich wieder zurücksetzen. Doch dann legten sich die knochigen Finger um den zarten Hals des Vogels. Es knackte, als Thyra ihm das Genick brach. Achtlos ließ sie das leblose Tier auf den Boden fallen und musterte Ruby kalt.

»Genauso wird es dir ergehen, wenn wir uns wiedersehen. Du hast es gewagt, mich herauszufordern, Nichte. Der Kampf hat erst begonnen«, zischte Thyra, ehe sie sich wieder in ihren Schattenmantel hüllte und gänzlich verschwand.

Ruby schreckte aus dem Schlaf auf und hastete zum Vogelkäfig.
Er war leer.

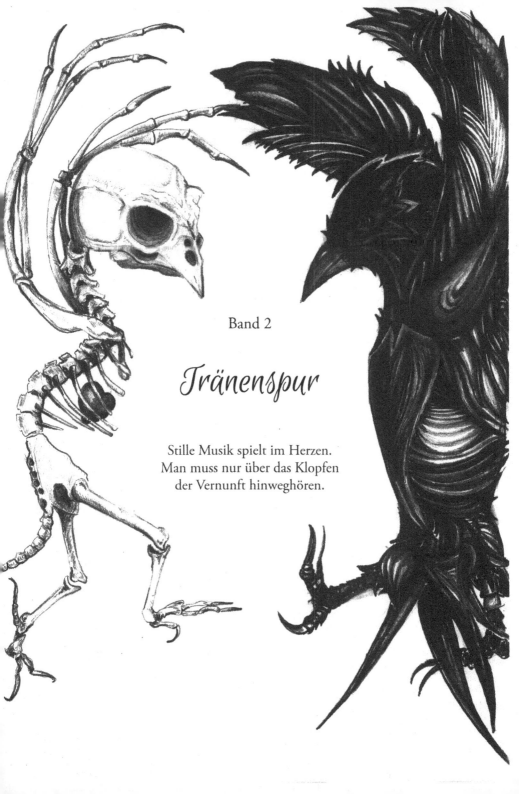

Band 2

Tränenspur

Stille Musik spielt im Herzen.
Man muss nur über das Klopfen
der Vernunft hinweghören.

Prophezeiung
(erweiterte Überlieferung)

»Der Drachen letzte Tochter
Im nebligen Exil,
Ihr Haar ist wie von Feuer,
Wie Wellen sanft im Spiel.
Des Vaters schönes Auge,
Gerecht und doch so wild.
Ihr Herz ist zwiegespalten,
Gleich zornig und gleich mild.

Ihr Schein ist nicht zu sehen,
Doch wird sie einst benannt,
Berührt er ihre Seele,
So ist der Fluch gebannt.
Sie ist der güld'ne Schlüssel,
Der Licht und Schatten eint,
Das Meer steht dem zur Seite,
Der seine Tränen weint.

Die Federn sind gezeichnet,
Durch Auraglanz versengt.
Drei Tränen sind's und eine,
Den Todesgriff sie sprengt.
Ersteigt er aus der Asche
Und spreizt er seine Schwingen,
Vergießt die letzte Träne,
Sein Leben wird verklingen.

Der Eine wird vergießen
Der Jungfrau heilig' Blut,
Wird alles dafür opfern,
Magie und Liebesglut.
Ihr Herz allein kann heilen,
Die Last der dunklen Zeit,
Löscht aus der Schwestern Fehde,
Fluch der Vergangenheit.

Der Zukunft Fluch – die Schöne,
Des Glanzes zweites Gesicht,
Vereint mit Drachenmacht sie sich,
So fällt das Gleichgewicht.
Zwei Hälften so verschieden,
Getrennt sind sie der Feind,
Bis eine gemeinsame Liebe,
Salvya wieder vereint.«

Prolog

(Berlin, 2013)

Ruby

»Wo zum Teufel warst du?« Inga fluchen zu hören, war ein eindeutiges Warnsignal für einen nahenden Nervenzusammenbruch. Der Blick ihrer blauen Augen stach wie Eiszapfen in Rubys Innerstes. Die Ansammlung bunter Koffer im Flur deutete darauf hin, dass ihre Mutter gerade erst von der Fashionweek zurückgekommen war.

Der General trat in den Türrahmen, Arme verschränkt, Kiefermuskeln angespannt und jede Ader seines Gesichts pochte vor unterdrückter Wut.

Ruby straffte die Schultern. Sechzehn Jahre lang war ihr verschwiegen worden, wer sie war. Ihre Eltern hatten sie bewusst unwissend und schwach gehalten. Das Gefühl von Hilflosigkeit machte dem guten alten Zorn Platz, der Ruby in solchen Situationen stets treu zur Seite stand. Sie ballte die Fäuste und hob aufsässig das Kinn. »Ich war in Salvya.«

Inga zuckte mit keiner Wimper. Die absolute Reaktionslosigkeit ihrer Mutter traf Ruby vollkommen unvorbereitet. Nach gefühlten Minuten erstickenden Schweigens glitt Ingas Blick an Rubys triefnasser, ramponierter Erscheinung hinunter. »Wo ist der Body?«

»Wie bitte?«

»Das war ein verdammtes Einzelstück von Jean-Paul, Rosa! Wie kannst du so nachlässig mit deinen Sachen umgehen?« Ingas Hals bekam rote Flecken.

»Ich sagte, ich war in S–«

»Du.« Inga baute sich vor ihrem Mann auf, der ihr zwar an Körpergröße deutlich überlegen war, unter dem Blick seiner Frau aber sichtlich in sich zusammensank. »Du hattest die Verantwortung für sie und jetzt sieh ... sie ... dir ... an.« Bei jedem abgehackten Wort stach sie mit dem Fingernagel auf seine Brust ein, als wollte sie ihn erdolchen.

»Sie ist mit diesen Rockern in ein Auto gestiegen.« Mit einem Schritt war er bei seiner Tochter und riss grob ihre Arme hoch. »Vermutlich Drogen. Keine Einstiche, aber das heißt nichts.«

»Ich habe keine Drogen –« Erneut konnte Ruby ihren Satz nicht beenden.

»Du gehst morgen mit deinem Vater in die Klinik, dort wirst du untersucht. Drogenscreening, Parasiten, Geschlechtskrankheiten und nicht zu vergessen: ein Schwangerschaftstest«, ratterte Inga herunter. Gleichzeitig verwandelte sie sich von der modeverrückten Rabenmutter in die befehlsgewohnte Königin Yrsa, die Ruby nur von Fotografien kannte. Rubys Mund klappte auf, aber Yrsa schnitt ihr mit einer Handbewegung das Wort ab. »Du hast selbstverständlich Hausarrest. Vermutlich bis ans Ende deines Lebens. Und jetzt geh. Geh! Ich kann dich nicht mehr sehen.«

Es war Yrsa, die ging. Mit einem theatralischen Schluchzen warf sie die Tür hinter sich ins Schloss.

Sie saß auf Rubys Bett, besser gesagt, auf dem weißen Holzrahmen. Die Vorstellung, wie Thyra sich gemütlich auf die Matratze kuschelte, war selbst für einen Traum zu absurd. Ruby wusste, dass es sich um einen Albtraum handelte, weil Thyra sie jede Nacht heimsuchte. Jede gottverdammte Nacht, seit Ruby aus Salvya zurückgekehrt war.

»Runter von meinem Bett!«, kommandierte sie deshalb. Sie ahnte, wie das Ganze enden würde. Mit einer weiteren Demonstration von Thyras grenzenloser Grausamkeit und einem neuen klaffenden Loch in Rubys Seele.

»Du wirst frech, Nichte.«

Ruby biss die Zähne zusammen. Sie hasste diese Schwarze Witwe auf ihrem Bett mit jedem Traum mehr. Es war ein brennender Stachel in ihrem Fleisch, mit der Hexe verwandt zu sein.

»Vielleicht muss ich dich daran erinnern, mit wem du sprichst?«

»Dafür sorgst du doch jede Nacht«, knurrte Ruby und versuchte, nicht an die vielen schreienden Kinder zu denken, die Thyra in den vergangenen Träumen vor ihren Augen gefoltert hatte. Sie verbannte auch die weinenden Frauen und die sterbenden Männer aus ihren Gedanken und atmete tief durch. Wenn sie aufwachen wollte, musste sie das hier durchstehen.

»Was hast du heute für mich geplant? Ein erneuter Besuch in deinem Spielzimmer? Mit einem Novizen, der versucht hat, dir ein Quäntchen Magie vorzuenthalten, und dafür in diesem Albtraumsarg liegen darf? Oder gibt es mal wieder eine Freakshow à la: Die Hexe Thyra zwingt unschuldige Männer, mit ihr in die Kiste zu steigen?«

Thyra lächelte beinahe fröhlich. »Du bist lustig. Ich wusste, wir würden uns mögen.«

Traumruby gab ein Würgen von sich. »Natürlich. Wir lieben uns.«

»Darum habe ich dir heute etwas Besonderes mitgebracht. Ein Geschenk, damit meine Lieblingsnichte auch tagsüber an mich denkt.«

Rubys Kehle zog sich zusammen. Das hörte sich gar nicht gut an. Das aufgeregte Funkeln in Thyras Augen bestätigte sie in ihrer Besorgnis. Die Hexe hatte Schlimmes im Sinn.

Thyras Hände umschlossen Rubys Gesicht. Für einen kurzen Moment fürchtete Ruby, ihre Tante würde sie wieder küssen, wie damals im Turm, als sie ihr die Magie hatte aussaugen wollen. Aber jetzt hatte Ruby keine magischen Fähigkeiten mehr. Und Thyra war bei dem Versuch gestorben. Es war nur ein Traum. Keine Wirklichkeit. Kein Grund, sich zu fürchten.

Thyras Finger strichen – so zärtlich es mit eiskalten, knochigen Klauen möglich war – an Rubys Wangen entlang bis zu ihrem Hals. Jetzt hatte Ruby doch Angst. Sie versuchte automatisch, sich zu wehren, doch natürlich gelang es ihr nicht. Wie immer war sie hilflos den grausamen Phantasien ihrer Tante ausgeliefert.

Plötzlich fühlte Ruby einen scharfen Schmerz hinter dem Ohr, als ob Thyra eine Zigarette auf der dünnen Haut ausdrücken würde. Warm rann es ihren Hals hinab. Ruby zitterte, obwohl sie schweißgebadet war.

Thyra hob mit einem verzückten Lächeln ihren blutigen Fingernagel zum Mund, leckte ihn genüsslich ab und presste dann die feuchte Fingerspitze auf Rubys offene Wunde. »Ich zeichne dich mit dem Schattenstigma. Jeder wird erkennen, dass du mein bist. Auch du wirst dich daran erinnern: Ich bin so viel mehr als ein böser Traum, kleine Nichte. Denn ich bin die Realität.«

Lachend warf Thyra den Kopf in den Nacken und endlich entfuhr Ruby der erlösende Schrei, der sie aufwecken würde.

Rosa fuhr in die Höhe. Ihr Schrei hallte noch in ihren Ohren und das Kissen war nass von Schweiß und Tränen. Seufzend wollte sie den Bezug abziehen. Ihr Blick fiel auf den roten Fleck. Er prangte wie einer dieser Psychokleckse, mit denen die Seelenklempner ihre Patienten nerven, auf dem Kissenbezug.

Blut!

Ihre Eingeweide zogen sich zusammen. Nicht so sehr wegen des Anblicks von Blut auf dem Kissen, sondern vielmehr aufgrund der Vorahnung, die sich in ihr breitmachte.

Vorsichtig tastete sie die Stelle hinter dem Ohr ab. Schmerz peitschte durch ihren Schädel. Sie stürzte zum vor Stockflecken halb blinden Wandspiegel.

Ihr bleiches Gesicht starrte ihr aus nichtssagenden Augen entgegen. Mit fahrigen Fingern schob sie die widerspenstigen rostroten Locken beiseite. Verkrustetes Blut überdeckte die Schnittkanten, aber selbst im angelaufenen Spiegel konnte Rosa ihn deutlich erkennen. Einen pechschwarzen Flügel – eintätowiert in ihre blasse Haut.

Kapitel 1

(Berlin 2014)

Ruby

Sie trat ins Freie und sog gierig die frische Frühlingsluft ein. Seit Monaten stand sie nun unter strengem Hausarrest und endlich hatten ihre Eltern sich zu einer Lockerung der Strafe erweichen lassen.

Dabei war von Anfang an klar gewesen, dass sie nie gelogen hatte. Allein die Erinnerung an die Prozeduren, die sie über sich hatte ergehen lassen müssen, um ihre Unschuld zu beweisen, brachten ihr Blut zum Kochen.

Der Vormittag in der Klinik war der absolute Horror gewesen. Nachdem sie in Becher gepinkelt, Wattestäbchen an ihrer Wangentasche entlanggeschabt und sich Haare mit einer Pinzette hatte auszupfen lassen, war es zum entwürdigenden Peinlichkeits-Finale gekommen: der gynäkologischen Untersuchung.

Niemand hatte ihren Schwüren, weder Drogen genommen noch ihre Jungfräulichkeit verloren zu haben, Glauben geschenkt. Alle hatten sie mit derselben professionellen Überheblichkeit behandelt, die auch ihr Vater regelmäßig an den Tag legte.

Natürlich hatten die Testergebnisse ihre Beteuerungen bestätigt. Es hatte dennoch nichts an ihrem Arrest geändert. Sie stand immer noch die meiste Zeit unter Überwachung. Ein Wunder, dass Inga bereits nach drei Wochen aufgehört hatte, sie auf Zigaretten und Drogen zu filzen oder sie in einen Becher pinkeln zu lassen.

Den geliehenen Dackel – Rosas Ticket zu täglichen fünfundzwanzig Minuten Freigang – im Schlepptau, trottete sie den Rundweg bis zu ihrem eigentlichen Ziel. Am Sportplatz roch es nach ausgelatschten Turnschuhen und dem Gummibelag der Aschenbahn. Betont stierte sie zu dem hechelnden Rüden hinunter, während sie an der Gruppe Basketball spielender Jungen vorbeischlenderte.

Sieh wenigstens nach, ob er überhaupt da ist. Ihr Herz knallte wie ein panischer Vogel gegen den Käfig ihrer Rippen. »Jetzt gilt es, Mr Jones. Kopf hoch, Brust raus, Bauch rein.«

Mr Jones hechelte zustimmend.

Wiederkehrende Albträume und die nagende Sehnsucht nach einem gewissen grünhaarigen Kusslippenkotzbrocken machten Rosa fahrig und unglücklich. Das Einzige, was sie ein wenig zur Ruhe brachte, war eine Packung Chips oder eine Tafel Schokolade vor dem Einschlafen. Daher war Rosa fast wieder so unförmig wie vor ihrem salvyanischen Abenteuer. Natürlich stimmte sie das traurig. Andererseits war Rosa ihr Aussehen mittlerweile sowieso egal. Kai war nicht hier und er würde auch nicht mehr kommen, obwohl er es versprochen hatte. Sie fühlte sich betrogen und unsäglich leer.

Das einzige Mal, dass sie sich seit ihrer Rückkehr annähernd lebendig gefühlt hatte, war ein Schock gewesen. Selbst wenn das Gefühl eher mit einer Panikattacke denn mit Freude vergleichbar war, suchte sie seitdem nahezu wahnhaft die Nähe des englischen Austauschschülers, in dessen Gegenwart es auftrat. Zum Glück fielen ihre neuen Stalker-Tendenzen niemandem auf. Sie fügte sich lediglich in eine schier endlose Reihe kichernder Mädchen ein, die an Georges sinnlichen Lippen hingen, als verkünde er das Rezept für den ultimativen Liebestrank.

Das dumpfe Geräusch des aufprallenden Balls verriet ihr, dass sie am Sportplatz angelangt war. Doch auch dieses Mal würde sie nicht aufsehen. Selbst wenn sie George ebenso nachstellte wie ihre Schulkameradinnen, die Plateausohlen trugen und mit jeder Bikerjacke flirteten, war es kaum dasselbe.

Sie hielt sich in Georges Nähe auf, weil er sie auf unerklärliche Weise an Salvya erinnerte. Wie eine verschorfte Wunde, die man immer wieder aufkratzen musste, bis sie erneut blutete.

»Hi, Schatzi.«

Ihr Kopf fuhr wie an den Haaren gezogen nach oben. Geschmeidig kam der blonde Hüne auf sie zugetrabt. Den Basketball locker in der linken Hand, steuerte er direkt in ihre Richtung.

Schatzi?

Das war nicht richtig. Er *sollte* sie ignorieren, so wie er es die ganze Zeit schon getan hatte. Wie alle es taten.

Schatzi?

Rosas Fluchtinstinkt peitschte gewaltsam durch ihre stocksteif im Boden verankerten Beine, mit jedem Schritt, den er näher kam.

Schatzi?

»Lass mich durch, Fettschwabbel«, keifte eine Stimme viel zu dicht an ihrem Ohr. Ein leiser Pfeifton schwang wie ein Echo der Mädchenstimme in Rosas Gehörgang nach. Unsanft boxte die Brünette ihr einen Ellenbogen in die Rippen und drängelte sich an ihr vorbei. Der nahezu blinde Mr Jones jaulte auf, weil die Dunkelhaarige ihm mit dem Pfennigabsatz auf den Schwanz trat.

Schatzi! Natürlich.

Unbeeindruckt stakste Miss Universum durch das knöchelhohe Gras des Spielfeldrandes, stolperte und fiel, wie zufällig, direkt in Georges Arme. Sein amüsiertes Grinsen erinnerte Rosa seltsamerweise an ein Zähnefletschen. Schatzi schien das anders zu sehen und schmiegte sich noch enger an ihn, während er ihr einen kurzen Kuss auf die Wange pflanzte.

»Sorry, ich bin ganz verschwitzt«, warnte er das aufgetakelte Mädchen mit seinem englischen Akzent. Schatzi sah aus, als würde sie ihm am liebsten den Schweiß vom Körper lecken.

Georges Blick schweifte gelangweilt über die im nassen Gras kniende Rosa, die dem Dackel unbeholfen den Schwanz abtastete. Hastig senkte sie den Kopf und ließ das krause Haar über ihr Gesicht gleiten.

Er *sollte* sie nicht bemerken!

Jemand atmete scharf ein und Rosa blickte auf, obwohl sie es sich verbot. George starrte sie mit zusammengezogenen Brauen an. »Netter Hund«, bemerkte er, wobei er Rosa keine Sekunde aus den Augen ließ.

Ohne zu verstehen, weshalb sie es tat, zerrte sie den zitternden Dackel von ihm weg und räusperte sich gegen das seltsame Kratzen in ihrem Hals. Mühsam unterdrückte sie ein Grollen, das gerade über ihre Stimmbänder rollte. Schauer überzogen ihren Rücken.

Wieso hatte er eine solche Wirkung auf sie? Anstatt hier im Dreck zu knien und ihn mit hochrotem Kopf anzustarren, sollte sie lieber etwas Cooles sagen. Wie immer war ihre Lunge zu eng für Schlagfertigkeit.

»Haha«, lachte Schatzi zu laut und zu falsch. »Hund. Das ist eher eine Ratte. So was verspeist du doch zum Frühstück.« Sie knurrte gespielt und knabberte an Georges Ohrläppchen.

Mr Jones knurrte auch. Zumindest gab er ein Geräusch von sich, das ebenso gut ein Gurgeln sein konnte. Die drei letzten, wackelnden Zähne standen komisch aus seinem Dackelmaul. Geistesabwesend streichelte Rosa ihm den knochigen Kopf.

George schüttelte unwirsch Schatzis Arm ab und ging neben Rosa in die Knie.

Der Drang wegzulaufen wurde übermächtig.

»Alles klar bei dir?« Er strich ein Drahtlöckchen hinter Rosas Ohr.

Der Vogel in ihrem Brustkorb stellte sich tot.

Georges Finger verharrten kurz an der Tätowierung. Ein stechender Kopfschmerz raste von ihrem Ohr über den Schädel hinweg. Sie zuckte vor seiner Berührung zurück und versteckte hastig den Flügel unter dem rostroten Haar.

Ihre wilde Mähne verbarg das Tattoo normalerweise verlässlich genug. Zusätzlich war Rosa eine Meisterin darin, sich unsichtbar zu machen. Eine Fähigkeit, die ihr heute anscheinend schlagartig abhandengekommen war. Ausgerechnet. Die Tätowierung bedeutete Aufmerksamkeit und davon bekam sie schon wieder eindeutig zu viel, wie ihre pfeifende Lunge deutlich machte.

»Ich … mir …« Verdammt! Sie musste hier weg. Ihr Sozialasthma lief zur Hochform auf. Als Nächstes würde sie sich japsend vor George im Straßengraben wälzen. Die Kopfschmerzen bohrten sich unerträglich durch ihr Gehirn. Nur unter größter Anstrengung konnte sie die Augen offen halten. Unbewusst fasste sie nach ihrem Rettungsanker: dem Erinnerchen, welches immer noch in dem schäbigen Dosenring klemmte, den Kai ihr vor Monaten an den Finger gesteckt hatte.

»Schicker Ring.« Wie selbstverständlich griff er danach.

Rosa erstarrte zu einem Eiskristall. Das durfte er nicht! Niemand fasste das Erinnerchen an. Es war ihres – und Kais, auch wenn diesem nicht mehr viel daran zu liegen schien.

Trotzdem.

»Finger weg!«, fauchte sie.

»Was ist das für eine Pflanze? So was hab ich hier noch nie gesehen.« Georges Gesicht nahm einen lauernden Ausdruck an.

»Nimm! Deine! Pfoten! Von! Meinem! Ring!«, zischte sie, kurz davor, ihm einen Tritt ans Schienbein zu verpassen.

268

»Keine Panik.« Auf einmal war sein Blick spöttisch und der englische Akzent wie fortgeblasen. »Es ist ja *deine* Erinnerung. Beginnt sie schon zu welken?«

Er tippte auf ein hauchzartes blaues Blütenblatt, was unter der Berührung in sich zusammenfiel und verschrumpelte. Etwas, das das Blümchen in neun Monaten nicht getan hatte.

Rosa wurde schwarz vor Augen, so sehr kämpfte sie mittlerweile mit der Luftnot und den Schmerzen. Seine Worte drangen wie durch den Nebel zu ihr. Sämtliche Alarmglocken schrillten in ihrem Kopf. So heftig sie auch dagegen ankämpfte, ihr Bewusstsein entglitt ihr wie ein glitschiger Aal. Noch im Wegdämmern bemerkte sie, wie George ihr einen triumphierenden letzten Blick zuwarf und dann mit dem Mädchen an seiner Seite zurück aufs Spielfeld schlenderte.

Kai

Die Saite vibrierte mit einem Ton, der eher an ein reißendes Gondelseil als an ein Musikinstrument erinnerte. Alis Therapeutenblick bohrte sich in seinen Rücken. Das wusste Kai, ohne hinzusehen. Deshalb verkniff er sich auch den Fluch, der ihm auf der Zunge brannte wie der Schwanz eines Salamimanders.

»Hab kalte Finger heute.«

»Du spielst seit Monaten bescheiden, Kai.«

Das unausgesprochene *Warum* dröhnte viel zu laut in Kais Ohren. Er zog die Schultern hoch. Ali wusste genau weshalb. Weil sein dämliches wundes Herz keine klare Note mehr zustande brachte. Es war viel zu lange her, dass er sich auch nur annähernd lebendig gefühlt hatte. Dummerweise hatte sich die Situation kein bisschen entspannt, weshalb eine Rückkehr der Prinzessin immer noch unmöglich war.

Kais ganzes Dasein schien eine reine Dissonanz zu sein. In Moll. Verstimmt. Alles zusammen. Er legte das Chordtube beiseite. Heute würde er wieder keine Musik spielen.

»Machst du Fortschritte mit Amy?«, fragte Kai seinen besten Freund.

Alis Fingerspitzen ruhten an Amys Schläfen. Er hielt seinen hypnotischen Augenkontakt mit ihr, während er Kais Frage mit einem knappen Kopfschütteln beantwortete. »Dieser verdammte Fluch lässt sie nicht los. Ihre Aura ist fast noch blasser als die von R–« Er presste die Lippen zusammen und legte einen Gesichtsausdruck auf, für den Kai ihn am liebsten geschüttelt hätte. Er konnte sehr wohl über Ruby reden, er war schließlich kein Baby mehr, das seine Mutter vermisste.

»Vielleicht bin ich ungeeignet dafür?«, überlegte Ali laut. »Du hast doch einen hervorragenden Draht zu ihr, weshalb versuchst du es nicht?«

Mit einem resignierten Schulterzucken schlenderte Kai zu der alten Frau hinüber und nahm Alis Platz ein. Warum auch immer er besser darin sein sollte, Amy von ihrem selbst auferlegten Schweigefluch zu befreien. Weil er sonst so ein großartiger Magier war? Kai verkniff sich ein abfälliges Schnauben und versenkte seinen Blick in ihren sonnengelben Augen.

»Hi, Schatzi.« Der blonde Typ joggte lässig zum Spielfeldrand. Er war ziemlich gut gebaut, das musste Kai ihm zugestehen. Aber warum er jetzt schon Tagträume von verschwitzten Kerlen hatte, war ihm schleierhaft. Er sollte dringend …

Sein Herz stolperte.

Kurz bevor Blondie an der Grasnarbe zwischen Spielfeld und Gehweg ankam, sprang ihn ein braunhaariges, überschminktes Etwas an und leckte ihn ab.

Kais Aufmerksamkeit klebte weiterhin an der Gestalt, die zusammengesunken vor einem erbärmlich alten Hund kniete. Ihr Haar wirkte, als ob ein Greif darin genistet hätte, und ihr Blick war Kilometer davon entfernt, so funkelnd und herausfordernd zu sein, wie er ihn kannte.

Und dennoch …

Sein Herz nahm den Rhythmus wieder auf, allerdings mit Fortissimo.

Ruby hob den Kopf und starrte das knutschende Blondie-Schatzi Pärchen an. Kai konnte ihren Ausdruck nicht deuten, vermutlich war sie angewidert. Zu Recht. Die beiden sabberten sich geradezu voll.

Am liebsten hätte Kai sich zu ihr in den Dreck gekniet und dem schleimenden Paar gezeigt, wie man es richtig … Stopp! Das waren verbotene Gedanken.

Blondie schob gerade sein Knutsch-Schatzi beiseite und beugte sich zu Ruby hinunter. Kai stockte der Atem, während er zusah, wie sie nach Luft schnappte und ihn mit Blicken auffraß.

Verdammte Scheiße, sie stand auf diesen schweißglänzenden Herku-les-Verschnitt!

Blondie fasste ihr an den Hals – um sie zu würgen? Würde ihr recht geschehen. Kai hörte sich selbst mit den Zähnen knirschen. Dann fuhr es plötzlich wie ein eiskalter Dolch in seinen Magen.

Dieser Schnulli fummelte an Rubys Ring herum. An ihrem gemeinsamen Erinnerchen.

Was ihn schließlich aus der Trance riss, war die unfassbare, aber nicht zu leugnende Tatsache, dass Blondie ein Schattengardist war.

Kai löste die Hände von Amys Kopf.

»Wir müssen nach Caligo. Sofort!«

Ruby

Ein unheimlicher Vogel saß neben ihr im Gras. Er pickte ständig nach Rubys Kopf, egal wie sie versuchte, ihn wegzuscheuchen. Sein harter Schnabel hackte wieder und wieder in die zarte Haut hinter ihrem Ohr.

»Lass das, du Aas!« Ruby wollte sich aufrichten, aber es gelang ihr nicht. Sie klebte am Boden fest.

»Hau ab, sonst dreh ich dir den gerupften Hals um«, drohte sie dem Vieh.

Ein Lachen, das ihr schrecklich bekannt vorkam, drang aus dem krummen Schnabel des Vogels. Eine Stimme, die einen Belag aus Kreide zu besitzen schien. »Wie willst du töten, was längst gestorben ist? Ich komme von den Toten zurück und ich bringe sie alle mit mir. Jeden meiner verstorbenen Untertanen. Je mehr du versuchst zu vernichten, desto mehr unbesiegbare Kämpfer lieferst du mir. Mach nur weiter so, Darkwyllin. Strample, wehre dich, kämpfe gegen dein Schicksal an. Doch am Ende wirst du untergehen!«

Etwas Nasses glitt über ihr Gesicht. Rosa schob den Dackel beiseite, der winselnd um ihren im Straßengraben ausgestreckten Körper strich.

Der Sportplatz wirkte geisterhaft, in die langen Schatten der untergehenden Sonne getaucht und verlassen von den quirligen Spielern.

Nur ein paar erbärmlich gerupft wirkende Krähen pickten im gelben Gras neben der Aschenbahn.

Die Erinnerung kam mit einem Schlag zurück.

George! Er wusste Bescheid.

Mit einem Satz war Rosa auf den Beinen, auch wenn es in ihrem Kopf hämmerte wie in einer Schmiede. Sie musste sofort nach Hause.

Ohne auf den zum Steinerweichen japsenden Mr Jones zu achten, hetzte sie die Allee hinunter. Ihre Mutter würde zwangsläufig reagieren, wenn sie Salvyaner erwähnte. Hier, in Caligo!

Sie schlitterte durch den Hausflur und fing sich gerade noch ab, ehe sie ins Wohnzimmer stolperte.

Inga blickte vom Laptop auf. Die feingezupften Augenbrauen zogen sich zusammen. Ihr Blick glitt an Rosa hinunter. »Was in aller Welt –?«, schnappte sie, brach aber ab, sobald sie den aus dem letzten Loch pfeifenden Dackel bemerkte. Ihre Miene versteinerte zusehends. »Sind das etwa *Grasflecken?*«

Rosa bedachte die orange-petrolfarbenen Designerstrumpfhosen mit keinem Blick. Es gab wahrlich Wichtigeres als diese unsäglichen Karo-Wurstpellen. »War jemand hier? Ein Junge?«

Inga zog die Augenbrauen so weit in die Höhe, dass sie beinahe unter ihrem sorgfältig gestutzten Pony verschwanden. »Wie bitte?«

»Ein junger Mann, groß, blond, sehr gut aussehend«, keuchte Rosa.

»Fieberst du?«

Rosa ließ die Arme sinken. »Also nicht?«

»Du hast deine Drogendealer hoffentlich nicht zu uns nach Hause eingeladen, so dumm kannst du auf keinen Fall sein.«

»Ich befürchte, er ist ein … Sch–« Sie verschluckte sich beinahe an dem Wort, aber anders würde ihre Mutter sie niemals verstehen.

»Ein Schulfreund? Was sollte er wollen? Dich besuchen?« Inga stieß ein Geräusch aus, das genauso gut ein verhaltenes Niesen wie ein Lachen sein konnte.

»Nein, er … er weiß von … er kommt aus Salv–«

Ihre Mutter winkte ab. »Schaff diesen Köter hier raus, er sabbert auf meinen Perser. Geh auf dem Rückweg in der Apotheke vorbei, besorge dir neue Teststreifen. Ich mache dir einen Termin beim Gynäkologen. Du hast natürlich wieder Ausgangssperre, dann kannst du darüber nachdenken, ob es wirklich sinnvoll ist, in Gaultier-Strumpfhosen mit deinem Freund durchs Gras zu rollen.«

Rosa schloss gequält die Augen. Dass sie aber auch alles falsch verstehen musste.

Yrsa schien sogar vollkommen vergessen zu haben, welcher Tag heute war. Üblicherweise bemerkten ihre Eltern Rosas Geburtstag gar nicht. Bestenfalls lag eine unpersönlich bedruckte Gratulationskarte mit dem falschen Alter auf dem Frühstückstisch. Einmal war es sogar eindeutig eine Trauerkarte gewesen. Doch selbst darüber hätte sie sich dieses Jahr gefreut. Warum konnte ihr siebzehnter nicht der erste Geburtstag sein, an dem es anders war? An dem sie wenigstens nicht auch noch mit Hausarrest bestraft wurde, für etwas, das sie gar nicht getan hatte. Es mochte ausweglos sein, aber sie musste es zumindest versuchen.

»Mutter.«

Der Blick, den Inga ihr zuwarf, war so frostig, dass Rosa den Einwand hinunterschluckte. Wahrscheinlich hatte sie sich das Ganze sowieso nur eingebildet. Und ihren Geburtstag würde sie am besten selbst auch schleunigst wieder vergessen.

Mit hängenden Schultern schlurfte sie hinaus.

Kapitel 2
Ruby

Nachdem sie Mr Jones bei seiner Besitzerin abgegeben und den leidigen Gang zur Apotheke hinter sich gebracht hatte, drängte sie rein gar nichts, heimzugehen. Es war sowieso schon egal, wann sie nach Hause kam. Dieser Tag war total verkorkst und er wurde immer mieser.

Den Zehnerpack Schwangerschaftstests stopfte sie in das Bündchen ihres Rocks. Gleichzeitig zog sie ihren MP3-Player hervor und flüchtete sich in eine andere Welt. Eine, in der Musik alles bestimmte. In der grünhaarige Rockstars einen nicht neun Monate lang sitzen ließen. Eine, in der Versprechen über Küsse etwas zählten. Leise vor sich hinsummend trippelte sie mit winzigen Schritten zwischen den glitzernden Steinchen im Asphalt herum. Dass in so einem Gehsteig Myriaden von Diamanten steckten, war ihr noch nie aufgefallen.

Die Musik legte sich wie heilender Balsam auf ihre aufgeraute Seele. Seit sie Salvya verlassen hatte, war ihr nicht danach gewesen, innerlich zu singen, aber jetzt schien genau der richtige Moment dafür. Sie schmetterte die Enttäuschung in sich hinein.

»Ruby!«

Ihre Schuhsohlen waren plötzlich mit dem Boden verwachsen. So hatte sie seit Ewigkeiten niemand mehr genannt.

Ihr Blick verschwamm. Sie blinzelte hektisch. Ach du lieber Himmel, jetzt stand sie flennend hier, nur weil sie sich wieder einmal in einem besonders lebhaften Tagtraum befand.

»Ruby?«

Einbildung.

Sie straffte die Schultern und befahl ihren festzementierten Füßen weiterzugehen. Stimmen aus dem MP3-Player waren garantiert das erste Anzeichen für Wahnsinn. Besser man ignorierte sie.

Genauso wie den eingebildeten Jungen. Dabei spürte sie ihn jetzt schon in ihrem Rücken. Wie bei der Begegnung mit einer Feuerqualle, schossen die Nervenzellen ihrer Haut schmerzhafte Salven ab.

Sie konnte ihn sogar riechen. Seine unverkennbare Duftmischung aus jungen Baumtrieben und dem Geruch, den die metallenen Gitarrensaiten auf seinen Fingerkuppen hinterließen.

Das war ein verdammt realistischer Tagtraum. Vermutlich ein Nachbeben der Ohnmacht. Automatisch vergewisserte sie sich, dass das Erinnerchen immer noch am Ring steckte, und entfernte die Ohrstöpsel.

Hinter ihr sog jemand scharf die Luft ein. »Heute haben garantiert schon genug Leute daran herumgefummelt. Das fühlt sich jedes Mal wirklich beschissen an. Vielleicht reißt du die letzten Blätter gleich vollends raus, dann ersparen wir uns wenigstens den schlaffen Anblick. Überhaupt, was ist das eigentlich für eine Begrüßung? Heißt man so in Caligo jemanden willkommen, der fast ein Jahr weg war?«

Ruby fuhr herum und stürzte sich auf ihn.

Kai öffnete grinsend die Arme, doch sie prallte mit geballten Fäusten gegen ihn und trommelte auf seinen Brustkorb ein.

»Whoa, Prinny.« Kai hielt ihre bebenden Hände fest, schob sie jedoch nicht weg. »So stürmisch heute?«

Ruby funkelte ihn wütend an. »Du elender, mieser –«

»Rüsselsack? Ja, das hat mir auch gefehlt.« Er lächelte versonnen. »Ich würde dich ja loslassen, aber ich befürchte, du tust dir dann weh.«

»Ich … ich …« Wahnsinn! Ihre Wortgewandtheit ließ heute wirklich keine Wünsche offen.

»Kai«, sagte eine ruhige Stimme hinter ihnen.

Weder der Schmerz, den Kais Stromschlag in ihre Handgelenke peitschte, noch sein rasendes Herz unter ihren Fäusten brachte sie dazu, sich endlich einzugestehen, dass dies die Realität war. Es war Alis Auftauchen.

Ali war in keinem ihrer Träume vorgekommen, auch wenn sie ihn schrecklich vermisst hatte. Wie er nun so ruhig und dunkel neben dem Funken sprühenden Kai stand, war Ruby plötzlich hundertprozentig sicher: Die beiden waren hier. Sie waren wirklich gekommen. Nach neun Monaten. Aber anstatt in Kais Arme zu stürzen und ihn bis zur Besinnungslosigkeit zu küssen – wie sie es sich unzählige Male ausgemalt hatte –, verprügelte sie ihn. Warum konnte der Diamanten-Asphalt sie jetzt nicht einfach verschlucken?

Kai ließ die Hände sinken, sobald ihre Gegenwehr erlahmte. »Ruby, dieser blonde Schnulli …«

»George!«, entfuhr es ihr voller Schreck, weil Kai Bescheid wusste. Woher kannte er den Schulschwarm?

»George«, höhnte Kai. »Der Drachentöter. Soll das ein beschissener Scherz sein? Seit wann stehst du auf Lipglossträger?«

»Seit die Mascaraträger sich in Salvya verschanzt haben«, konterte Ruby mit vorgeschobener Unterlippe. »Weißt du eigentlich noch, was du mir versprochen hast? Unter *schnell* hatte ich mir keine neun Monate vorgestellt.«

»Acht Monate und fünfundzwanzig Tage. Diese lächerliche Zeit reicht also aus, deinen Geschmack so dermaßen zu verkorksen. Ich bitte dich, der Typ sieht aus wie Weichspüler.«

Ruby schnaubte. Natürlich hatte sie keinen Gedanken mehr an George verschwendet, seit Kai aufgetaucht war. Sie hatte sich überhaupt nur für den blonden Hünen interessiert, weil er sie von ihrem Herzschmerz ablenkte. Neben Kai war er nichts, aber ohne Kai war er immerhin der netteste Anblick der Schule. Das alles hätte sie Kai sagen können und noch viel mehr. Nämlich wie unerträglich sie ihn vermisst hatte. Ihr Herz hätte vor lauter Sehnsucht beinahe Löcher wie ein Schweizer Käse bekommen. Wie ungeduldig sie ständig an sein anderes Versprechen dachte, in dem es um hundert verbotene Küsse ging.

»Ruby, dieser George ist ein Schattengardist«, unterbrach Ali ihre trüben Gedanken.

Ruby schloss gequält die Augen. Sie hatte es geahnt. Weshalb hatte er sie dann nicht gleich getötet, als sie schutzlos vor ihm im Gras gelegen hatte?

»Sag bloß, du hast mal wieder nicht auf dein Bauchgefühl gehört. Was hat dich geblendet, Schätzchen? Der Glanz seines Haargels?« Kai verzog abschätzig den Mund.

»Oh verdammt, Kai.« Ruby wandte sich Ali zu. »Wieso bist du dir da so sicher?«

»Hast du nichts gefühlt, während er dich berührt hat?«, fragte Ali mit einem nervösen Seitenblick auf Kai.

Ruby konnte Kai nicht in die Augen sehen. Er wusste *alles!*

277

»Ich hatte Gänsehaut und … Herzklopfen?« Ach Gott, waren hier viele Asphaltdiamanten. Höchst interessant dieser Bodenbelag.

»Dein Unterbewusstsein hat mehr Verstand als du«, bemerkte Kai bissig. »Ich fand den Schleimer auch haarsträubend.«

»Was weißt du über diesen George?« Alis Blick ruhte konzentriert auf Ruby.

»Und bitte verschone uns mit dem Geschmack seines Labellos, sonst muss ich kotzen.«

»Kai, halt doch einfach mal die Klappe. So war das Ganze gar nicht.«

Mit spitzen Fingern zog Kai den Zehnerpack Teststreifen aus dem Gummibund ihres Rocks. Ruby wurde übel. Kais Augen erinnerten nun an grünes Gift und sie verspürte den dringenden Wunsch, unsichtbar zu werden. »Das sieht aber sehr danach aus. Es wäre vielleicht sinnvoller, einen Monatsvorrat Gummis …«

Ali seufzte lautstark. »Bitte, können wir uns auf das Wesentliche konzentrieren? Deine Eltern schweben vermutlich in Lebensgefahr. Garantiert ist dir der Gardist heimgefolgt und erwartet dich nun, um euch alle drei gemeinsam nach Salvya zu bringen.«

Der Schreck fuhr Ruby bis in die Magengrube. Darum hatte er sie am Leben gelassen. Sie war direkt in seine Falle getappt. »Wir müssen sofort zu mir nach Hause!«

»*Du* musst gar nichts, Prinzessin.« Kai packte sie unsanft an der Schulter und riss sie zurück, wodurch sie gegen ihn prallte. Sie jagte ihm eine Welle Starkstrom entgegen, doch er zuckte kaum.

»Meinst du, damit kannst du mich noch treffen?« Er zog unbeeindruckt die Augenbraue hoch. »Du hast schon genug angerichtet mit deiner Unfähigkeit, auf deine Intuition zu hören. Bleib einfach hier, während wir uns um die Sache kümmern.«

»Bullshit!«, rief Ruby. Mist, wieso fiel ihr ausgerechnet dieses Wort ein? »Ihr wisst ja gar nicht, wo wir wohnen. Wir haben außerdem Sicherheitsmechanismen, die kein dahergelaufener Möchtegern-Mafioso außer Gefecht setzt. Ohne mich kommt ihr nirgends rein.« Sie verschränkte die Arme vor der Brust. »Ihr werdet mich nicht wieder zurücklassen, das könnt ihr sofort vergessen. Ich komme mit. Schließlich sind das *meine* Eltern.«

278

Schnaufend fuhr sie herum und stampfte die laternenbeschienene Straße hinunter. Kai jagte ihr eine Stromwelle nach der anderen mitten ins Rückenmark, doch das war ihr schnurzpiepegal. Dieser eingebildete Pseudorocker dachte wirklich, sie hätte neun Monate lang nur darauf gewartet, dass er – der strahlende Ritter – sie aus ihrer einsamen Misere rettete. Es musste ja keiner wissen, wie dicht das an der Wahrheit lag.

Sie warf ihm verstohlene Seitenblicke zu. Doch so verbissen, wie er geradeaus starrte und vermied, sie zu berühren, hätte sie sich die Heimlichtuerei auch sparen können. Sie sollte wirklich irgendetwas zu ihm sagen. Er wirkte jedoch so, als ob jedes Wort aus ihrem Mund zu viel für sein armes, sensibles Hochbegabtenhirn war.

Ruby schnaubte erneut und trat einen Kiesel aus dem Weg.

So ein Kotz-, Kotz-, Kotzbrocken!

Kai

Nur wenige Fenster waren erleuchtet. Gut so, das machte es einfacher, den Schattenspasten zu lokalisieren. Es sei denn, er verkroch sich irgendwo in der Dunkelheit. Das würde zu diesen schattigen Schissern passen.

Kai stapfte auf die Eingangstür zu, bis ihn Alis fester Griff am Unterarm zurückriss. »Wohin gehst du so zielstrebig, kann man das erfahren?« Seine Augen nahmen die Farbe von Regenwolken an.

»Mit einem von der Sorte werd ich schon fertig, mach dir mal nicht ins Höschen.« Er tätschelte Alis Hand, bis der ihm einen heftigen Fausthieb in den Magen verpasste. Kai krümmte sich vornüber und rang nach Luft.

»Idiot.« Es war immer wieder aufs Neue beeindruckend, wie so ein Kein-Wässerchen-Trüber wie Ali einen aus dem Nichts heraus umnietete, ohne auch nur die Stimme zu erheben. Sein bester Freund war so viel gefährlicher, als man ihm ansah.

»Denk doch nach«, fing Ali erneut an herumzunerven. »Seit wann kommt ein Schattengardist allein? Wenn George da drinnen ist, dann mindestens mit fünf, sechs Mann Verstärkung im Rücken.«

»Super.« Kai bekam endlich wieder genügend Luft für Ein-Wort-Sätze. »Pläne?«

Ali zog ihn und Ruby in den Schatten des Nachbarhauses, von wo aus sie den Eingangsbereich einsehen konnten. Ob die Dunkelheit wohl das richtige Versteck vor einem *Schatten*gardisten war?

Kai richtete sich mit einem Stöhnen auf. »Ruby, wie hast du Schattenschmachti nachts zwischen deine unersättlichen Lenden gelockt? Gibt es einen Geheimgang in euer königliches Gemach, meine gierige Prinzessin?« Er schwenkte das Schwangerschaftstestbündel vor ihren Augen.

Ruby gab ein unterdrücktes Wimmern von sich. Selbst im spärlichen Licht der Straßenlaterne war sie krebsrot. Wäre Kai nett gewesen, hätte er es jetzt einfach dabei belassen.

»Meinst du, dein Schattenlover guckt zum Fenster raus, wenn du ihm als Rotlicht-Laterne erscheinst?« Tja, er war eben nicht nett.

Ruby schnaufte und starrte auf ihre Zehen. »Es gibt einen Hintereingang.« Sie presste ihre bonbonroten Lippen zusammen, bis nur noch ein blassrosa Strich zu sehen war.

»Aber was?«, blaffte Kai. Mann, er war echt angepisst. Seine Fäuste brannten regelrecht darauf, diesem George die Nase zu brechen. »Muss man dafür erst nackt einen Regentanz aufführen? Ich bin sicher, er würde Beifall klatschen.«

Während sie ihn aus zusammengekniffenen Augen anfunkelte, fühlte er beinahe das Feuer in ihrem Inneren brodeln. Wenn sie wollte, konnte sie ihn mit einem Fingerschnippen bewusstlos machen. Nur wusste sie augenscheinlich immer noch nicht wie. Gut für ihn, aber äußerst schlecht für Ruby – und für Salvya. Verdammt, hatte sie denn gar nichts dazugelernt?

»Nein. Da hinten sind nur stinknormale Bewegungsmelder. Wenn wir einen Fuß auf den Rasen setzen, geht im Garten das Flutlicht an. Ich glaub nicht, dass dein nackter Hintern dann im Haus unbemerkt bleibt«, fauchte sie. »Ich wette, sie werden dir alle durchs Küchenfenster zujubeln.«

Ah, wie sehr hatte er sie vermisst.

Ruby

Die Haustür schwang mit einem leisen Quietschen auf, das sie alle drei herumfahren ließ. Ali und Kai waren schneller vor ihr, als sie blinzeln konnte. Unnachgiebig drängten die beiden Ruby hinter das nächste Gebüsch. Genervt versuchte sie, an Kais bretthartem Rücken vorbeizukommen. Ein heißer Schmerz fuhr durch die Tätowierung in Rubys Schädel hinein. Sie verlor beinahe die Besinnung, während sich der rasende Kopfschmerz in ihrem Gehirn ausbreitete.

Bleib, wo du bist!

Das war ihre Mutter! In Rubys dröhnendem Kopf. Sie hatte es partout nicht glauben wollen, aber dies war der eindeutige Beweis: Ihre Eltern waren waschechte Salvyaner.

Endlich gelang es ihr, sich an Kai und Ali vorbeizuzwängen. Durch das Geäst des Schlehenbusches hatte sie einen ganz passablen Blick auf den Eingang, ohne zwangsläufig selbst gesehen zu werden.

Das Licht der Straßenlaternen tauchte das Haar ihrer Mutter in flüssiges Gold. Ihr Vater schob sich vor Inga wie ein bulliger Türsteher, aber sie nahm wie selbstverständlich wieder den Platz neben ihm ein. Ihr Kinn war erhoben – anscheinend spürte sie die schleimtriefenden Fesseln an den Handgelenken und die Schwertspitze in ihrem Rücken gar nicht.

Ein Dutzend Männer in Umhängen umringte das Paar. Die Gardisten warfen selbst keine Schatten, sie *waren* die Schatten.

Der größte Umhangträger streifte die Kapuze ab und ein blonder Schopf kam darunter zum Vorschein. Einen Moment lang schienen seine Augen den Fokus zu verlieren, er beobachtete einen Schwarm Vögel, die im Staub neben den Mülltonnen scharrten. Dann nahm er wieder eine stramme Haltung an. »Yrsa, Mutter bedankt sich für deine Dämlichkeit. Erst dein reizender Hilferuf an die kleine Schwester und nun eine Darkwynwarnung an das Fräulein Tochter?« Er schüttelte amüsiert den Kopf. »Du willst Königin sein?«

Mutter! Demnach waren Rubys Träume doch kein Hirngespinst gewesen. Thyra war tatsächlich am Leben.

Eine Eisenklaue quetschte ihren Brustkorb zusammen, bis sie keine Luft mehr bekam.

Yrsa hielt dem Blick des Schattengardisten mit königlicher Erhabenheit stand.

»Darkwyllin!« Georges Worte hallten laut durch die Nacht. Die Gänsehaut, die Ruby dieses Mal beim Klang seiner Stimme überlief, war von der Sorte, bei der die Haare eher nach innen wuchsen. »Ich kann dich fühlen. Du bist ganz nah.« Er atmete zischend ein, als würde er sie tatsächlich wittern.

Kai musterte Ruby argwöhnisch aus zusammengekniffenen Augen. Der Schmerz hinter ihrem Ohr wurde unerträglich. Sie presste den Handballen darauf. Irgendetwas musste sie unternehmen, doch die Beine gehorchten ihr nicht. Als sie den Kopf neigte, entdeckte sie Millionen Asphaltdiamanten, die sich in funkelnden Fußfesseln um ihre Knöchel wanden. Die Magie an Rubys Füßen trug eine ganz eindeutige, sehr weibliche Handschrift. Sie blickte zu ihrer Mutter hinüber, die garantiert für Rubys festgenagelten Zustand verantwortlich war.

Vollkommen ruhig stand Yrsa neben ihrem Mann – dem General. Sie wirkte fast schon ätherisch.

Georges scharfer Blick suchte die dunklen Nischen ab. Es war nur eine Frage der Zeit, bis er sie hinter dem Busch entdeckte, nicht umsonst beherrschten die Gardisten die Schatten als magisches Hauptelement.

»Wenn du sie triffst …« Die Stimme des Generals bebte kein bisschen. Wie immer klang er ruhig und befehlsgewohnt. »Erinnere sie doch daran, die Katze zu füttern. Die vergisst sie nämlich ständig, schon seit sie ein Kind war.«

Ruby runzelte die Stirn. Jetzt knallte er vollkommen durch. Welche Katze?

Yrsa stierte ihren Mann an, als würde sie ihm Gift geben, wenn sie nur die Hände hätte bewegen können.

George wandte sich von den Schatten ab und lachte meckernd. »Sorgen hast du, Lykaon. Doch jetzt erspare uns diese reizende Tierliebe und bete, dass ich deine Tochter in den Schatten nicht finde.« Erneut stach sein scharfer Blick genau dort in die Finsternis, wo die drei Freunde sich verbargen.

Eine Schwingung erfüllte die kühle Nachtluft. Ruby hatte das seltsame Gefühl, unter Strom zu stehen, so stark vibrierte die Luft auf ihrer Haut.

Ehe sie es verhindern konnte, entfuhr ihr ein kleiner Schmerzensschrei. Kai war in Sekundenschnelle bei ihr und presste ihr die Hand auf den Mund. Doch über seine Schulter hinweg konnte sie deutlich die misstrauischen Mienen der Schattengardisten ausmachen, die die Umgebung nach der Quelle des Geräuschs absuchten.

Mist, Mist, Mist! Diese Schattenköter mussten sie bei ihrem Tollpatsch-Talent ja geradezu entdecken.

Keiner beachtete mehr das gefangene Paar, das scheinbar reglos der Dinge harrte. Die Bewegung war winzig genug, um übersehen zu werden, doch sie erweckte Rubys Aufmerksamkeit. Es war Yrsas Knie, das sich millimeterweise anwinkelte. Wie in Zeitlupe bewegte sie sich mit der Konzentration einer Kampfsportlerin. Ihr kleiner Finger verschlang sich mit dem des Generals, dann stieg auch er eine erste, unsichtbare Stufe hinauf.

Ein Warnruf dröhnte durch das Wohngebiet. Rubys Eltern schwebten bereits mehrere Meter über dem Boden, als die Gardisten es endlich bemerkten. Ein junger Schattengardist packte seinen Anführer gestikulierend am Arm.

In einer fließenden Bewegung zog George ein gezacktes Schwert unter dem Umhang hervor. Dunkler Rauch glitt über die Klinge und ließ sie bedrohlich flackern. Ruby versuchte erneut, sich zu befreien, aber die Edelsteinschellen an ihren Knöcheln blieben so unnachgiebig wie echte Diamanten. Sie unterdrückte einen zornigen Schrei.

Georges Gesicht glich einer Fratze, während er nach den Füßen der fliehenden Geiseln schlug. Es war längst zu spät. Das königliche Paar wandelte weiter in Richtung Himmel, als ob es sich auf einem nächtlichen Spaziergang befand.

Der Anführer der Schattentruppe, der junge Mann, den Ruby aufregend und anziehend gefunden hatte, wirbelte herum. Eine erschreckende Wandlung war mit seinen engelsgleichen Zügen geschehen: George wirkte jetzt vielmehr wie ein Dämon, die Augen leere, schwarze Höhlen, das Gesicht schrecklich entstellt und wutverzerrt. Ohne ein Wort zog er das Schwert durch den Leib des Schattengardisten, der immer noch an seinem Arm hing wie ein Kleinkind am Rockzipfel der Mutter. Der getroffene Mann machte kein Geräusch, als er vornüberkippte. Blut quoll in dicken Wellen aus einer Bauchwunde.

Ruby versuchte krampfhaft, den Blick abzuwenden. Ein Schrei steckte in ihrer Kehle fest und hinderte sie am Atmen. Ihr Herz schlug heftig gegen den Hals. Bestimmt würde es demnächst zum Mund herausspringen.

Kai schob sich zwischen Ruby und den sterbenden Gardisten. Er legte ihr die Hände auf die Schultern und zwang sie mit seinen Blicken, ein- und wieder auszuatmen. Er drehte den Erzfeinden einfach den Rücken zu und war ihnen somit schutzlos ausgeliefert. Das schien ihm jedoch reichlich egal zu sein.

»Hinterher.« Georges Stimme erinnerte an Frost. »Irgendwann geht ihnen die Puste aus.«

Das Rascheln Hunderter Federn erfüllte die Luft. Beinahe hätte Ruby die Verwandlung der Schattengardisten verpasst. Dort, wo noch einen Augenblick zuvor Männer gestanden hatten, befand sich ein Schwarm schattiger Rabenvögel. Schwarz und bedrohlich richteten sie ihre glänzenden Augen auf das fliehende Königspaar. Der erste Rabe stieß sich vom Boden ab und glitt in den Himmel hinauf. In kürzester Zeit erreichten sie die Füße der beiden und begannen mit ihren kräftigen Schnäbeln auf sie einzuhacken. Innerhalb von Sekunden waren die Flüchtenden von einer Wolke aus Schattenfedern umhüllt.

Eine drückende Stille legte sich über die plötzlich wie leer gefegte Straße.

Zum ersten Mal, seit sie in die nichtmagische Welt von Caligo zurückgekehrt war, spürte Ruby den brennenden Wunsch, ihre Magie zu entfesseln. Sie rief mit aller Macht den Drachen in sich. Doch das Feuer richtete sich nicht nach außen, sondern setzte ihr Innerstes in Brand.

Endlich brach der Schrei aus ihr heraus.

Der Boden raste auf Ruby zu.

Sie musste träumen, denn sie war vollständig gelähmt und irgendwie betäubt. Panik machte sich in ihr breit, bis sie den seltsam goldenen Schein entdeckte, der, gepaart mit einem zarten Duft, um sie herumwaberte. Irgendetwas an dem Geruch nach Vanille und Maiglöckchen kam ihr vertraut vor, aber sie konnte es nicht begreifen.

Ihr Atem beruhigte sich langsam. Sie sah auf ihren eigenen Körper herunter, der einige Schritte entfernt auf dem Boden lag. Kai streichelte der bewusstlosen Ruby mit unendlicher Sanftheit das Haar. Traumruby traten die Tränen in die Augen.

Plötzlich zog etwas an ihr. Eine Macht, wie ein heftiger Sturm, riss sie mit sich, rückwärts in die dunkle Nacht. Es fühlte sich an, als ob jemand ihre Wirbelsäule an einem riesigen Fleischerhaken durch die Straßen zerren würde.

Als sie endlich zum Stillstand kam, befand sie sich jedoch immer noch vor ihrem Haus. Nur dass die andere Ruby jetzt wieder aufrecht stand und auch die Schattengardisten und ihre Eltern waren wieder da.

War sie in der Zeit zurückgereist? So etwas konnte es wirklich nur im Traum geben.

Der Vanilleduft verstärkte sich erneut und Ruby hatte das Gefühl, etwas Wichtiges zu übersehen.

Eine unsichtbare Hand schubste sie näher an das Geschehen heran.

Sie beobachtete, wie die Ruby am Boden versteinerte und ungläubig auf ihre Füße glotzte. Yrsa hob den Kopf. Georges Blick wurde leer und blieb bei den Vögeln vor der Hauswand gegenüber hängen. Dann begann er, höhnisch zu lachen.

Die Szene verschwamm vor ihren Augen und der Haken zerrte sie wieder rückwärts durch die Zeit. Erneut lief der Film vor ihr ab und Ruby stierte so genau hin, bis sie Kopfschmerzen bekam.

Ihr Erstarren, Yrsa, George, wie er ganz ruhig wurde und die Dunkelheit fixierte.

Der Haken riss sie unerbittlich ein drittes Mal durch Zeit und Raum. Doch dieses Mal war Ruby vorbereitet. Sie ignorierte sich und ihre Mutter. Das Rätsel lag in Georges Schatten – der gar nicht seiner war.

Man entdeckte es wirklich nur, wenn man ganz genau hinsah. Der Schatten an der Mauer glich kaum der Abbildung des breitschultrigen, hochgewachsenen Gardisten. Vielmehr schien er weiblich zu sein. Er gehörte einer hageren Frau mit langem Hals und erhobenem Kopf. Man hätte meinen können, Yrsas Umriss befände sich an der Wand, doch die Königin war dafür viel zu weit entfernt.

Thyras Schatten nickte George langsam zu und löste sich dann in Luft auf.

Sie erwachte, weil ihr Kissen stöhnte. Irgendetwas Wichtiges hatte sie geträumt. Schatten auf Hauswänden …

Sie versuchte, sich aufzurichten.

»Verdammt, bleib liegen.«

Ihr Blick verschwamm auf einem schwarzen Körper, der nur wenige Meter von ihr entfernt am Boden lag. »Gott, was …«

Der tote Schattengardist lag auf dem Fußabtreter wie das Geschenk einer übereifrigen Katze. Brechreiz stieg in Ruby auf.

»Stairway to heaven – die Himmelstreppe. Deine Eltern sind eine Legende!« Kai versuchte sie wieder an seine Brust zu drücken, aber Ruby schüttelte ihn ab.

»Bitte was?« Ihr Kopf fühlte sich an, als hätte Thor ihr seinen berühmten Hammerschlag verpasst. Sie tastete die Stelle hinter ihrem Ohr ab und wimmerte leise. So sehr sie auch kämpfte, sie konnte den Blick immer noch nicht von dem im Schock erstarrten Gesicht des jungen Gardisten abwenden.

Ali beeilte sich, den Toten in den Garten zu zerren.

Endlich fiel ihr das Atmen leichter. Es war mindestens genauso fürchterlich, eine Leiche im Gemüsebeet zu haben, aber wenigstens musste sie ihn nicht mehr die ganze Zeit anstarren.

Mit spitzen Fingern warf Kai den blutigen Fußabstreifer in das Gebüsch neben der Einfahrt. »Was deine Eltern da kreiert haben, war ein Schallphänomen der ganz großen Sorte. Eine Schalltreppe. Noch schwieriger sind eigentlich nur Tonleitern.«

»Kai, wovon redest du?« Sie hörte sowieso nur das Rauschen in ihren Ohren, und zwar überlaut. Kais Gerede lenkte sie ab und irgendwie war sie froh darum.

»Herzensmusik, Baby. Die beiden haben zueinander gesungen, das kannst du natürlich nicht hören. Die Musik vereinigte sich zu einer Treppe. Mann, das ist so cool! Ich hätte nie gedacht, dass ich das jemals zu sehen kriege.« Seine Augen glänzten, während er in den tintenschwarzen Himmel starrte, als ob das Königspaar dort immer noch herumspazierte.

Ruby glotzte ihn fassungslos an. »Wie kannst du so abgebrüht sein? Der Mann«, sie fuchtelte in Richtung Garten, »ist tot! Meine Eltern sind entführt worden.«

Kai packte sie an den Schultern. »Pass mal auf, Prinzessin. Der Mann war ein Schattengardist. Er wurde von einem anderen Schatten-arsch getötet. Damit haben weder du«, er tippte auf ihre Brust, »noch ich etwas zu tun. Es ist auch nicht wirklich schade um ihn. Er hätte keine Sekunde gezögert, dich zu töten. Oder mich.«

Kai hatte recht, das wusste sie. Aber sie konnte nicht aus ihrer Haut.

»Das war ein Mensch.«

»Das letzte bisschen Menschlichkeit hat der schon vor langer Zeit verloren. Glaub mir, ich habe mit den Kerlen unter einem Dach gelebt. Jeder von denen, die sich heute deine besten Freunde nennen, würde dir am nächsten Tag einen Schattendolch in den Rücken stechen, weil du einen Funken Magie mehr besitzt.« Kai bewegte leicht den Kopf, wie um die Erinnerung abzuschütteln. »Wenn du mir nicht glaubst, geh in den Garten und sieh nach, was von ihm noch übrig ist.«

Ruby runzelte die Stirn über diesen plötzlichen Themenwechsel.

»Schattengardisten lösen sich auf. Da wirst du nichts finden. Außerdem sind deine Eltern entkommen. Vertrau mir, die muss man erst mal kriegen. Immerhin handelt es sich hierbei um das stärkste magische Paar Salvyas.«

»Trotzdem müssen wir hinterher.« Ruby zerrte an den Diamantfesseln. Sie gaben keinen Millimeter nach.

Kai schnaubte. »Nicht mal das kriegst du hin? Das ist Kindergartenmagie.«

Ruby funkelte ihn an. Eher würde sie sich die Zunge abbeißen, als ihn um Hilfe zu bitten. Verbissen fummelte sie an den harten, kalten Fußfesseln herum.

»Versuch nicht, die Fessel abzustreifen oder das Schloss zu öffnen wie bei caligonischen Handschellen. Die Steinchen sind wie Elektronen, sie haben das Bestreben, in ihre ursprüngliche Form zurückzuspringen und werden nur durch die Magie zusammengehalten. Du musst nur die Verbindung zwischen den Steinen kappen, die Magie lösen. Easy.«

Easy. Alles klar. Ruby ließ die Schultern hängen.

Kai seufzte und legte seine schlanken Finger um ihre Knöchel. Ein vibrierender Impuls schoss durch ihre Waden und die winzigen Glitzersteinchen verteilten sich geräuschlos wieder im Asphalt. Verstohlen fuhr Ruby sich über die Beine. Sie waren zwar etwas wund, weil sie so sehr an den Schellen gerissen hatte, aber ansonsten war alles heil.

»Was tun wir nun?«, fragte sie schließlich.

»Jetzt …«, Kai schlug ihr auf die Schulter, »essen wir erst einmal einen Happen. Du bist bestimmt ganz unterzuckert, so wie ich dich kenne.« Er ließ seinen Blick über ihre Figur schweifen und legte die Stirn in Falten, ehe er gezwungen lächelte. »Dann gehen wir natürlich zurück nach Hause, was denkst du denn? Der Spaß geht doch erst richtig los.«

Kai

Er musterte Ruby von der Seite. Caligo und der Einfluss ihrer scheinbar sadistisch veranlagten Mutter taten ihr nicht gut. Das Letzte, was sie jetzt brauchte, war, sich wegen Naygars Tod schuldig zu fühlen.

Kai fuhr sich mit beiden Händen übers Gesicht. Er kannte die meisten von diesen Schattenjungs und er hätte am liebsten gekotzt, wenn er an Naygars hündisch ergebenen Gesichtsausdruck dachte. Was war aus dem Jungen mit den Kohleaugen geworden, der nachts in Kais Bett geschlichen war, weil ihm die Angst vor der Schattenhexe wieder den Schlaf geraubt hatte?

Kai schob den Gedanken von sich. Es war so, wie er es Ruby gesagt hatte: Diese Schattengardisten waren schon lange nicht mehr die Jungen, die er einst gekannt hatte. Trotzdem musste er sich zusammenreißen, während er den Fußabtreter, getränkt mit Naygars Blut, wegwarf. Er durfte keine Schwäche zeigen. Nicht vor Ruby.

Zum hundertsten Mal, seit sie in Caligo waren, zuckte sein Blick zurück zu ihr. Sie wirkte müde und erschlagen. Wo war die kämpferische Prinzessin, die sich trotzig jedem gigantischen Problem stellte?

Kai konnte sich einfach nicht zusammenreißen. Seit er sie wieder bei sich spürte, brannte der Wunsch in ihm, die alte Ruby aus ihr herauszukitzeln, egal wie. Der Drache schlummerte in ihr und wartete nur darauf, wachgeküsst zu werden.

Nur ganz sicher nicht von ihm.

Genauso wenig von diesem Schattenschleimer, dafür würde er sorgen, und wenn es das Letzte war, was er tat. Er ballte die Fäuste.

Nicht, dass er eifersüchtig wäre. Bullshit! Er doch nicht.

Als Allerletztes auf einen Schattenarsch.

Kai schüttelte sich.

Natürlich war er eifersüchtig, obwohl er dieses Gefühl verabscheute. Es machte ihn hilflos, erinnerte ihn daran, wie er die anderen Novizen gehasst hatte. Wie er sie stets darum beneidet hatte, weil Thyra nicht auf diese *spezielle Art* an ihnen interessiert gewesen war.

Jetzt zeigte erneut eine Tochter des Königshauses ein ganz besonderes Interesse an ihm – und wieder würde er alles dafür tun, um es zu verhindern.

Verdammt, warum musste sie ihn auch ständig so anglotzen. Er hatte einen vollkommen klaren Plan, da spielten weder Rubys Gefühle noch ihr trotziger kleiner Mund eine Rolle.

Es kratzte ihn kein bisschen, ob er sie verletzte. Hauptsache, sie sah ihn nicht immer so rehäugig an.

Kapitel 3
Ruby

Suchen wir jetzt ein Portal, oder was?« Wenn Ruby ehrlich war, hätte sie sich am liebsten mit einer Handvoll Kopfschmerztabletten ins Bett gelegt und alle Gedanken ausgesperrt. Doch dafür blieb ihr keine Zeit. Sie mussten in die magische Welt, sichergehen, dass ihre Eltern dort heil angekommen waren. Falls ihre Flucht sie überhaupt nach Salvya geführt hatte.

Oh Mann, das Ganze war einfach zu verwirrend.

»Ich befürchte, du bist heute Nacht nicht dazu in der Lage.« Ali musterte sie, die Brauen besorgt zusammengezogen.

»Ich bin sehr wohl –«

Etwas raschelte in den Schatten neben den Mülltonnen des Nachbarn. Rubys Hand zuckte automatisch zu dem Mal hinter ihrem Ohr, als eine gerupfte Krähe einen Stapel Altpapier umstieß.

Kais scharfen Augen entging die Bewegung nicht und er spannte sich an. »Du kannst in deinem Zustand schlecht durch die Nacht rennen, Prinny. Lass uns hineingehen.«

Ruby schnaubte. »Tolle Idee. Nachdem George ja so viele Probleme hatte, meine Eltern aufzuspüren, sollten wir genau hier bleiben.«

Kai legte den Kopf schief. »Du hast es nicht bemerkt?«

»Was?« Ruby massierte ihren Nacken, um das Dröhnen im Schädel loszuwerden.

»Denkst du wirklich immer noch, das sei eine Haustür?« Sein Daumen deutete auf die makellos weiße Eingangstür ihres Elternhauses. Kai sprang die drei kleinen Stufen hinauf und beugte sich zu der steinernen Sphinx hinunter. Er tätschelte der Statue die Mähne.

»Na, worauf stehst du, Kätzchen? Muss ich dir das Schwänzchen kraulen, damit du mich durchlässt?«

»*Mach dich vom Acker, du Lustmolch*«, drang es blechern rauschend aus dem Lautsprecher, der verborgen im Sphinxmund eingebaut war.

Ruby unterdrückte mühsam ein Kichern und schlüpfte an Kai vorbei. Sie beugte sich zu dem Sphinxohr hinunter und flüsterte: »Ist schon in Ordnung, Nechbet.«

»Macbeth? Ein schottischer Ägypter?«

»Nechbet ist die Beschützerin der Pharaonen.« Ali bedachte Kai mit einem tadelnden Blick. »Das weißt du ganz genau, schließlich hast du damals in Mythologie total an Professor Suarez' Lippen gehangen.«

»Doch nur wegen ihres wundervollen Kirschmunds. Oberlecker.« Kais Gesicht nahm einen entrückten Ausdruck an. Lediglich eine beharrliche Ashwinkumar-Atmung verhinderte, dass Ruby ihm das Grinsen mit der Faust entfernte. Als ob er seine Lehrerin geküsst hätte. Bestimmt quatschte er nur dummes Zeug, oder? Und warum zum Teufel widersprach Ali ihm dann jetzt nicht?

Um das blöde Gefühl im Bauch zu verdrängen, konzentrierte sie sich wieder auf Nechbet. Allein der Gedanke an das hochpeinliche Zugangsritual trieb ihr die Temperatur von brodelnder Lava in die Wangen. Am besten schaufelte sie sich gleich ein Loch, damit sie nachher schnell darin verschwinden konnte. Kai würde die Chance, sich ein Leben lang über sie lustig machen zu können, niemals verstreichen lassen. Was blieb ihr schon übrig? Wenn sie in dieses Haus wollte, musste sie da jetzt durch.

Mit bebender Stimme sang sie das alte französische Chanson so dicht wie möglich an Nechbets Ohr.

»*Bezaubernd, Mädchen. Beim nächsten Mal mit etwas mehr passion peut-être?*«

Kai schnaubte. »Ein französisch-schottisch-ägyptischer Pudel-Kätzchen-Jungfrauen-Mix? Davon kriegt man ja Albträume.«

Ruby achtete nicht weiter auf ihn, weil sie auf die Blutlache vor der Haustür starrte und das Bild des fallenden Schattengardisten wieder in ihr hochkroch. Erneut wurde ihr bewusst, wie skrupellos George war. Sie schluckte den Ekel hinunter und wandte sich noch einmal Nechbet zu.

»Wie konntest du die Männer hineinlassen, Nec?«, fragte sie, auch wenn sie von der Statue selbstverständlich nur die einprogrammierten Computerantworten erwartete.

Die Steinaugen der Sphinx fixierten sie reglos.

Ruby ließ Ali passieren, der ihr leicht zunickte und mit wachsamem Blick durch die Diele ins Wohnzimmer ging.

Kai blieb neben ihr stehen. »Eure Haustür ist ein Portal.«

Ruby erstarrte. Unmöglich. Andererseits … Sie musterte Nechbet eindringlich. Kai hatte recht, normal war das nicht. Auch wenn sie ehrlicherweise keine Ahnung hatte, was in Caligo üblicherweise vor den Eingangstüren stand.

»Deine Eltern haben dem Kerl die Tür aufgemacht, Ruby.«

Etwas krampfte sich in ihr zusammen. Das war unvorstellbar. Die *Königin* hatte doch garantiert gespürt, dass George ein Gardist war. Weshalb in aller Welt …?

Kais bohrender Blick sagte mehr als tausend Worte.

Ruby hatte sie selbst gewarnt. Wie dämlich von ihr, anzunehmen, Yrsa hätte sie nicht ernst genommen? Ihre Mutter hatte ganz genau gewusst, wem sie die Tür aufmachte. Sie hatte ihre Tochter absichtlich zur Apotheke geschickt, um sie zu beschützen. Ruby hätte sich kopflos in Gefahr begeben, wenn Yrsa es mit den magischen Fußfesseln nicht verhindert hätte.

Sie fühlte den Strom, den Kai wie eine prickelnde Spur Ameisen über ihre Haut laufen ließ. Hastig wich sie zurück, bis die Wand sie stoppte. Kai rückte nach. Er kam noch näher, bis sie den Blick heben musste, um ihm ins Gesicht zu sehen.

»Weißt du, was besser zu dir passen würde als französische Schnulzen?« Sein Mundwinkel zuckte, während er kratzig, mit einem deutlichen Lachen in den Augen, den Refrain von AC/DCs T.N.T sang.

Krampfhaft angelte Ruby nach einer passenden Erwiderung. Warum fiel ihr jetzt ausgerechnet *dieser* AC/DC-Songtext ein? Ehe sie an die bescheuerte Herzenssache denken konnte, war es schon zu spät.

Kai beugte sich mit glitzernden Augen zu ihr herunter. Seine Nasenspitze streifte ihre Wange. »Oh Prinny, wenn *du* wüsstest, was *ich* die ganze Nacht mit dir machen würde«, beendete Kai mit rauer Stimme ihre Strophe.

Ruby spürte ihr Gesicht förmlich in Flammen aufgehen. Ein Kontrollblick in den Flurspiegel bestätigte, dass es sogar noch schlimmer war. Ihre Gesichtshaut wetteiferte mit den schrecklichen Rostlocken um den hässlichsten Rotton dieser Hemisphäre. Ach was, des ganzen Universums.

Zornig warf sie die Haare über die Schultern, wodurch sie wilder vom Kopf abstanden denn je. Wunderbar. Einfach genial.

Dabei war es ja wohl der Hammer. Im einen Moment maulte Kai sie doof an, weil ihm irgendetwas gegen den Strich ging, und im nächsten Augenblick flirtete er wieder mit ihr.

Als hätte er ihren gesamten inneren Monolog mitgehört, grinste Kai wölfisch und glitt an ihr vorbei, wobei er sie, garantiert mit voller Absicht, streifte. Wie immer nahm seine Präsenz den ganzen Raum in Anspruch. Ungeniert öffnete er Schubladen und Schränke und kommentierte so ziemlich alles, was er darin fand.

»Suchst du etwas Bestimmtes?« Ach herrje, sie hörte sich an wie eine Zicke.

Seine Augenbraue schoss in die Höhe. »Ja.« Er ließ den Blick quälend langsam über Rubys Körper gleiten und sie trippelte auf der Stelle, wie jemand, der ein dringendes Bedürfnis hatte. Sie musste auch, und zwar weg vor dieser Musterung. Genau jetzt. »Zu spät, scheint mir. Da ist nichts mehr zu retten.« Seine Augen verharrten noch einen Augenblick auf ihren Beinen, dann zog er ein kreischend gelbes Stück Stoff aus einer Schublade.

»Ab-ge-fahren«, hauchte er und hielt das Kleidungsstück vor sich in die Luft. »Ein Wingsuit.«

Ruby hatte die Scheußlichkeit sofort wiedererkannt. Nun wusste sie nicht, ob sie wegen Kais Begeisterung darüber oder aufgrund des kükengelben Designerhosenanzugs den Kopf schüttelte.

»Schenk ich dir«, würgte sie schließlich hervor. Liebend gern.

Kai rollte mit den Augen. »Das könnte ich niemals annehmen. Du hast keine Ahnung, wie lang man mit dem Teil fliegen kann. Außerdem passt es mir sicher nicht.« Ein weiterer skeptischer Blick streifte Rubys Knöchel. »Das Ding muss eng anliegen, damit die Luft nicht entweicht.«

Ruby stieß hörbar den Atem aus. »Dann blas doch einfach dein Ego ein wenig auf, das dürfte für dich ja wohl kein Problem sein. Bist du nur hergekommen, um mich daran zu erinnern, dass ich nicht gerade Professor Schlampes Kotzlippen habe?« Okay, sie wusste selbst, wie lächerlich sie sich machte. Der caligonische Schleiereffekt war keine gute Ausrede für ihre Rollbratenfigur und das Nest aus rostigen Drahtschwämmchen, das Rubys Kopf zierte. Damit sie dieses Mal in

Salvya zu beautiful Spiegelgirl mutierte, brauchte sie deutlich mehr als nur ein bisschen Verliebtheitsaura.

»Wir kamen, weil Kai gespürt hat, dass du in Gefahr warst«, unterbrach Ali ihren Schlagabtausch.

Kais Augen nahmen die Farbe von schattigem Moos an. Er musterte das Erinnerchen an Rubys Ring. »Ich sollte diesem Schleimer so tief in den Arsch treten, bis mein Zeh zu seinem Lügenmaul wieder herauskommt.«

Die Türklingel schrillte.

Alle drei erstarrten.

Ruby knetete ihre Hände. »Wer ist das?«

Kai lachte rau auf.

»Woher weiß ich, wer dich mitten in der Nacht besuchen kommt? Vielleicht ist Schattenlöckchen zurück?« Er fischte umständlich den mittlerweile vollkommen zerdrückten Teststreifenpack aus der Hosentasche und klopfte ihn auf seine Handfläche.

Ali warf Kai einen warnenden Blick zu. »Das wollen wir doch nicht hoffen.«

»Meint ihr, er ist es? Zu uns kommt nie jemand. Ich wusste gar nicht, dass unsere Klingel überhaupt funktioniert.«

Kai verdrehte die Augen. »Geh nachsehen. Ich geb dir Deckung.« Er zog eine komische Grimasse und breitete die Arme aus, als wäre Rubys Rücken so breit wie ein Eisenbahnwaggon.

Die Tätowierung blieb schmerzfrei, also öffnete Ruby die Haustür.

Ein hübsches Mädchen stand inmitten des blutigen Abdrucks der Fußmatte und schürzte die Lippen bei Rubys Anblick. »Wo ist George, Fettschwabbel?«

Rubys Mund klappte auf. *Fettschwabbel?* Ernsthaft? Anstelle von Schlagfertigkeit nahm jedoch nur ihr Karpfen-Gen überhand, während sie nach Luft und einer passenden Erwiderung schnappte.

»Du brauchst es gar nicht zu leugnen, ich bin ihm gef–« Das Mädchen schluckte. »Ich hab zufällig gesehen, wie er mit einer Gruppe süßer Jungs in dieses Haus hineinging. Hab 'ne Weile auf ihn gewartet, wir waren verabredet, aber er hat bestimmt sein Handy liegen lassen. Oder ist er noch da? Steigt bei dir eine Party?« Sie verrenkte sich den Hals, um an Ruby vorbei in den Flur zu spähen.

»Schatzi!«

Erst jetzt erkannte Ruby das braunhaarige Mädchen wieder. Schatzi glotzte sie an wie eine Irre und Ruby unterdrückte ein Stöhnen. »Er ist nicht hier, ebenso wenig wie die … süßen Jungs.« Mit einem beklommenen Gefühl dachte sie an den toten Schattengardisten im Garten. Ob er sich wirklich in Luft aufgelöst hatte? »Eine Party gibt es auch ganz bestimmt keine.«

Schatzi hörte ihr gar nicht zu. »George!«

Oh nein! Ruby spähte hektisch auf die leere Straße hinaus. Wenn nur ein einziger Schattengardist hier in der Nähe herumlungerte, war es aus.

»GEEEEEOOOOOORRRGEEE!«

Nackte Arme schlangen sich um Rubys Taille. »Was ist los, Baby?«, murmelte Kai mit samtiger Stimme. Sein Atem kitzelte Ruby an der empfindlichen Stelle hinter ihrem Ohr. Im Reflex wollte sie wegzucken, doch Kai hielt sie umklammert wie ein Äffchen.

Schatzi gaffte mit offenem Mund.

Kais Lippen streiften warm über Rubys Hals und sie unterdrückte ein wohliges Schaudern. Er presste sie noch fester gegen seine Brust. »Komm zurück ins Bett.«

Sengende Hitze kroch in Rubys Wangen.

Kai gab der Tür einen Tritt. Blitzschnell schob sich ein schlanker Fuß in den Türrahmen.

»Autsch! Ich will … ich …«

Schatzi unter Kais Killerblick stammeln zu sehen, erfüllte Ruby mit einer unerklärlichen Art von Stolz. *Sie* hatte keine Angst mehr, wenn Kai sie so ansah.

Kai schnaubte und rückte Ruby wie ein lästiges Möbelstück beiseite. »Was willst du?«, fragte Kai gelangweilt.

Schatzi schlug die Augen nieder. »Er hat es mir versprochen. Ich darf *sie* nicht aus den Augen lassen.« Sie warf einen angewiderten Seitenblick auf Ruby. »Blöderweise hab ich sie verloren. Hab nur kurz auf mein Handy geguckt, während sie in der Apotheke war.« Sie blinzelte unter ihren endlosen Wimpern zu Kai auf und Ruby fühlte einen Stich der Eifersucht, obwohl Kai doch *sie* im Arm hielt.

»Was hat er dir versprochen?« Kais Anspannung war sogar durch den Stoff ihrer Bluse zu fühlen.

296

Schatzi errötete. »George hat drüben in England bei dieser Castingshow mitgemacht und kennt jetzt eine Menge Stars. Er wollte mich dem Sänger von *Wings and Scales* vorstellen.«

Kai lachte auf. »Dem alten Junkie? Der ist doch längst tot.«

»Ist er nicht!«, fauchte Schatzi und funkelte ihn wütend an. Ein merkwürdiger Ausdruck huschte über ihr Gesicht. »Warte!«

Kai seufzte abgrundtief. »Na komm schon her. Danach ziehst du Leine, klar?« Er schnappte einen Kuli von der Kommode und signierte schwungvoll Schatzis Handfläche, wobei er etwas von *Groupies* vor sich hinmurmelte.

Bis auf die unsäglichen bunten Boxershorts trug er nichts am Leib. Wie von selbst tastete er nach Ruby und seine Schultern verloren erst ein wenig von der Anspannung, als sich ihre Fingerspitzen berührten.

Schatzi stierte abwechselnd ihre signierte Hand und Kai an. Ein Leuchten glitt über ihr Gesicht. »Du bist es wirklich! Du bist …«

»… supersexy. Ich weiß. Aber ich hab gerade keine Zeit für dich, kapiert? Jetzt gibt es nur mich und meine Süße.« Kai drückte dem verdattert dreinschauenden Mädchen die Schwangerschaftstests in die Hand und schlug ihr die Tür endgültig vor der Nase zu.

Er warf einen kurzen Blick auf ihre ineinander verschlungenen Finger und ließ sie dann los, als ob Ruby Schweißhände hätte. Verstohlen wischte sie die Handflächen an den Oberschenkeln ab.

Kai zog die Augenbraue hoch. »Was glotzt du so?«

Der plötzliche Stimmungsumschwung verschlug ihr nur sekundenlang die Sprache. Trotzig hob sie das Kinn. »Supersexy?«

Kai breitete die Arme aus und offenbarte einen Blick auf seinen Körper.

Supersexy. Tatsächlich.

Er schlenderte vor ihr ins Wohnzimmer und warf sich mit einem tiefen Aufstöhnen aufs Sofa. Mit beiden Händen fuhr er durch die zerwühlten Haare, wodurch sie noch mehr verstrubbelten. Ruby wollte sie fast schon zwanghaft glattstreichen. Das ehemals giftige Grün seiner Haare war herausgewachsen und nur noch die Spitzen schimmerten grünlich. Er hatte doch wohl nicht seine Gummibärchensucht in den Griff bekommen!

»Oh Mann!« Sein schlanker Körper formte einen Bogen auf dem Polster und die Muskeln zeichneten sich unter der nackten Haut ab.

Wie gebannt starrte Ruby auf die feine Spur dunkler Härchen, die von seinem Bauchnabel abwärts zog.

Jetzt hatte sie doch Schweißhände.

Ali hüstelte. »Zieh dir was an, Junge.«

»Was?« Kais grüne Augen blitzten unter seinen Händen hervor. »Wieso?«

Ali wandte Ruby den Rücken zu, aber vermutlich sandte sie von ihrer angewurzelten Position am anderen Ende des Zimmers unmissverständliche Hitzewellen aus. Wie hatte Kai sie genannt? Eine Rotlichtviertel-Laterne?

Er rieb sich über den flachen Bauch und seine Augenbraue rutschte bei der Begegnung mit Rubys gebanntem Blick noch ein Stück höher. »Siehst du irgendwas, das dir gefällt?«

»Überhaupt Nabel«, sagte Ruby.

»Hautnabel? Soll das eine Beleidigung sein?« Kai lachte und zog garantiert mit voller Absicht den Bund seiner Boxershorts gefährlich weit nach unten.

Ali warf Kai sein zerschlissenes T-Shirt an die Brust. Endlich gelang es Ruby, den glühenden Kopf wegzudrehen. Sie blickte in den Garten hinaus. Tatsächlich war kein menschlicher Umriss im Gras zu sehen. Lediglich ein vollkommen verhungert wirkender Vogel saß zwischen den kurzen Halmen. Die Flügel hingen seltsam schlaff herunter, so als wären sie mehrfach gebrochen worden. Und obwohl sie es sich im spärlichen Licht, das von der Wohnzimmerlampe bis auf den Rasen fiel, nur einbilden konnte, meinte sie, er starrte sie direkt an.

Ein Kribbeln lief ihren Rücken hinunter. Kais nadelfeine Stromschläge bewiesen, dass auch er eher unentspannt war. Sie fuhr herum. Er hatte die Jeans über die Oberschenkel gezogen, aber noch nicht geschlossen.

»Wo ist dein Zimmer, Prinny?«

»Wieso?« Seine Frage löste ungebetene Bilder in ihrem Kopf aus. Bilder von Händen, Lippen, geflüsterten Worten zwischen Küssen …

Kai unterdrückte sichtbar mühsam ein Grinsen.

Verdammter Mist! Bestimmt hatte er wieder einmal ihre Gedanken gelesen.

»Eure Tür mag ein Portal sein, trotzdem sind wir jetzt nicht in Salvya. Euer Haus ist bestimmt eine Mini-Adnexe. Hier wird sich mindestens ein Hinweis oder sogar der Übergang selbst befinden. Den sollten wir dringend suchen, wenn wir nicht wollen, dass *Georgie* sein Versprechen an Schatzi einlöst.«

Ruby starrte ihn an. Sie verstand wieder nur die Hälfte von dem, was er erzählte, aber eines stach klar heraus. Portal. Hier. »In diesem Haus?«

Ruby hatte die letzten neun Monate damit zugebracht, einen Durchgang in die magische Welt zu suchen. Sie war sämtliche Straßen rund um das Festivalgelände abgelaufen, doch das Portal, das sie damals mit dem rostigen Auto durchbrochen hatte, war nirgends zu finden gewesen. Dass die Pforte direkt vor ihrer Nase liegen konnte, wäre ihr nicht einmal im Traum eingefallen. Sie wohnten jetzt seit etwas über einem Jahr in dieser Villa, aber sie hatte null Ahnung, wo sie anfangen sollte.

»In meinem Zimmer ist gewiss kein Portal«, brummte sie unwillig. Hoffentlich behielt sie recht. Wie peinlich, wenn sie direkt auf dem Durchgang geschlafen hätte, ohne es zu bemerken.

»Ali sucht den Rest des Hauses ab. Du willst mir bestimmt auf die Finger schauen, wenn ich dein Reich auseinandernehme. Vielleicht möchtest du mir ja auch dabei helfen, die Matratze auszutesten?«

Wohin waren die tausend schlagfertigen Antworten verschwunden, die sie gerade noch auf der Zunge gehabt hatte? Die Vorstellung, mit Kai in ihrem weißen Bett zu liegen, verbannte jeden anderen Gedanken. Wortlos führte sie ihn nach oben.

Zum ersten Mal musste sie sich die Frage stellen, wie ihr Zimmer auf Fremde wirkte. Nicht dass dort irgendwelche Nacktbilder von Klein-Ruby hingen, aber die Wände waren beinahe vollständig tapeziert mit ihren Texten. Liedtexte, Gedankenfetzen, Gedichte. All ihre intimsten Schöpfungen, hingekritzelt auf ausgerissene Blockblätter oder in Schönschrift auf Büttenpapier. Da Rubys Eltern den Raum nur im Notfall betraten und sonst nie Besuch kam, war sie jetzt aufgeregt wie vor ihrem ersten Schultag.

Sie straffte die Schultern und ging voran. Der leere Vogelkäfig verursachte einen Knoten in ihrem Hals. Schnell senkte sie den Blick und steuerte auf ihr Bett zu.

Kai nahm das Zimmer mit neugierigen Fingern und Augen bis in den letzten Winkel auseinander. »Ich war noch nie in einem Mädchenzimmer.«

Ruby lachte gekünstelt auf. »Wer's glaubt.«

»Nicht wenn das Licht an war«, verbesserte er sich und schnappte einen Textschnipsel, den Ruby zu einem Schmetterling gefaltet hatte. Er blies dem Papier-Insekt vorsichtig unter die zerknitterten Flügel und sah ihm hinterher, während es wie ein lebendiges Tier durch den Raum flatterte. Ein zartes Lächeln lauerte in seinen Mundwinkeln und erstrahlte, als er die Gitarre entdeckte. Wie selbstverständlich glitten seine Finger über die Saiten.

»Spielst du?« Sein Blick wickelte sich um Ruby herum wie eine Würgeschlange. Sie hätte nicht wegsehen können von diesen hypnotisch funkelnden, smaragdgrünen Augen.

»Die Gitarre gehört meinem Vater, ich hab sie nur ...« Ruby strich vorsichtig die Saiten entlang und atmete automatisch den metallischen Duft ein. Kais Duft. Wie oft hatte sie Vaters Instrument einfach nur in Händen gehalten, mit dem Gefühl, dass sie sich gegenseitig Trost spendeten, die ungespielte Gitarre und das verlassene Mädchen.

Kai spielte ein Arpeggio.

Ruby erkannte das Lied nicht sofort, da es verspielter klang, als sie es gewohnt war. Doch als er mit seiner wunderbar eindringlichen Stimme anfing, *Happy Birthday* zu singen, war es um Rubys Selbstbeherrschung geschehen. Die leise Tonfolge reichte, um augenblicklich Tränen unter Rubys rasch gesenkten Lidern brennen zu lassen. Dabei konnte er auf dieser caligonischen Konzertgitarre gar keine salvyanische Musik machen. Sicher war sie nur gerührt, weil ihr noch nie jemand ein Geburtstagsständchen gesungen hatte.

Kai brach ab. »Heul nicht. Ich bring's dir bei, wenn du willst. Es ist wirklich ganz einfach.« Er platzierte das Instrument in ihrem Schoß und schlüpfte hinter sie. »Gitarre spielen kann jeder dressierte Affe, sogar Ali bringt ein paar Töne zustande.« Er griff um sie herum und positionierte ihre Hände auf dem Gitarrenhals und dem Corpus.

»Woher weißt du ...?«, setzte sie an und rückte nervös von ihm ab.

»Sweet seventeen ...«, trällerte Kai und schob sich wieder an ihren Rücken heran. »Du kannst nichts vor mir verbergen.« Er versuchte, es bedrohlich klingen zu lassen, musste aber dabei lachen. Es war, als würde allein der Gedanke an Musik ausreichen, um Kai zu einem anderen Menschen zu machen. Als würde die Musik das Gute in ihm hervorbringen.

Er schlang die Arme wieder um sie herum, mehr in einer Umarmung als zum Gitarrenunterricht.

Niemals. Niemals würde sie sich bewegen können, wenn sich sein Brustkorb an ihrem Rücken hob und senkte und seine Haut über ihre streifte.

Kai sendete kleine Impulse in Rubys Finger, die sie dazu brachten, die Saiten hinunterzudrücken, während seine rechte Hand vormachte, wie man zupfte.

»Lass uns deine Aura kitzeln, Prinny.« Sein Herzschlag nahm zu und sie spürte das altbekannte Brennen in ihrem Rücken.

Sie würde das nicht durchstehen. Die Kopfschmerzen rasten bereits heran, die Übelkeit lauerte mit gewetzten Krallen in ihrem Magen. Sie hatte Angst. Schreckliche, lähmende Furcht vor dem Schmerz, der nur darauf wartete, sie anzufallen, sich festzubeißen und nicht mehr loszulassen.

Kai ließ die Gitarre sinken. »Was ist los?«

»Ich kann das nicht.«

»Was meinst du? Dein mangelndes musikalisches Talent oder wie tierisch verstimmt diese Schrammelgitarre ist? Sie maunzt schlimmer als jede rollige Katze.«

Rubys Kopf fuhr zu ihm herum. Das Lachen erstarb auf seinen Lippen. »Oh shit.«

»Das war ein Hinweis.« Ruby war so aufgeregt, dass sie kaum bemerkte, wie sie Kais Schultern umklammerte. »Mein Vater ist gar nicht durchgedreht. Er hat wirklich versucht, mir etwas mitzuteilen. Ich habe nur nicht richtig zugehört, weil …« Ihr Blick zuckte zu Kais Kusslippen, die leicht geöffnet waren. »Weil …« Was wollte sie noch mal sagen? Die Gitarre fiel scheppernd zu Boden, doch Kai und Ruby starrten sich nur weiterhin wie gebannt in die Augen.

Sein Atem wurde hektisch. Er leckte sich nervös über die Unterlippe und kam zögerlich näher.

Rubys Mund begann zu prickeln. Wärme strahlte von Kai auf sie über und sie hätte beinahe vor Freude geseufzt. Bis das schöne Gefühl plötzlich umschlug. Eine unerträgliche, sengende Hitze bündelte sich in einem nagenden Schmerz in ihrem Kopf. Sie zuckte zusammen, als die Schmerzschlange zubiss.

Kai verengte sie Augen. »So unangenehm?«

Ruby nickte, ohne darüber nachzudenken, dass er gar nichts von dem schwarzen Flügelchen hinter ihrem Ohr wusste.

Eine Gewitterwolke zog über Kais Gesicht. »Kein Problem. Ich fasse Euer Hoheit natürlich nie wieder an, das geziemt sich nicht für einen niederen Hofnarren wie mich.«

»Quatsch, das …«

Kai war längst aufgesprungen und wandte ihr den Rücken zu.

Kai

Er war ein Schwächling.

Verdammt, es war ihm immer gelungen, die Mädels am nächsten Tag vor die Tür zu setzen. Was zum Teufel hielt ihn jetzt davon ab, die Arschlochkarte auszuspielen?

Er *war* ein Arschloch.

Das war sogar seine Spezialität. Er straffte die Schultern und trat gegen die Gitarre. Schnell kniete er hin und beruhigte die jammernden Saiten mit verräterisch zitternden Fingern. Endlich war er gefasst genug, um sich zu ihr umzudrehen. Ihre silbern glänzenden Augen musterten ihn verständnislos. Wie sie sich so durch das krause Haar strich, wirkte sie verwirrt und verletzt. Er biss die Zähne zusammen, um die Entschuldigung in seinem Mund einzusperren. Hier war kein Platz für Mitleid. Er tat dies nur zu ihrem Besten. Weil er Rubys dummen Trotzkopf kannte, würde sie nie darauf eingehen, wenn er sie nicht anderweitig überzeugte. Schon wieder war sie ihm nahegekommen. Zu nahe. Das durfte nicht passieren. Er musste sie so weit von sich wegtreiben, wie es ihre Affinität zuließ. Seelische Distanz, keine körperliche. Es war eigentlich total einfach.

Eigentlich.

Ruby schenkte ihm ein vorsichtiges Lächeln. Ihre Lippen spannten sich nur ganz leicht.

Kai biss auf die Innenseite seiner Wangen. Zeit für den Mistkerl, herauszukommen.

»Wie hast du es denn angestellt, dass Schattenlöckchen überhaupt auf dich aufmerksam wurde? Ich meine, er sieht nicht so aus wie einer, der auf Pizza und Pummelchen steht. Eher auf Magerjoghurt und Modelmaße.«

Ruby runzelte die Stirn und ihr Lächeln bröckelte im gleichen Tempo wie Kais Herz.

Amygdala

»Lass uns durch, das bist du mir schuldig.«

Amy gelang es kaum, den Blick anzuheben, dabei wollte sie ihre Schwester am liebsten für immer anstarren. Siebzehn Jahre lang hatte sie Yrsa verzweifelt gesucht, schmerzlich vermisst und von Herzen verflucht. Sie jetzt so unversehrt vor sich stehen zu sehen, war wie ein wahr gewordener Traum.

Yrsa schien nicht dieselben freudigen Gefühle zu hegen wie Amy. Sie wirkte beherrscht und fordernd, gerade so, als hätte Amy ihr den Thron weggenommen.

Wenn sie nur die Arme hätte heben können, hätte sie ihre Lieblingsschwester so fest an sich gezogen, bis sämtliche Steifheit von ihr abfiele.

Leider war Yrsa aus einem anderen Grund hier.

Amy konzentrierte ihre Kraft und bewegte die Augen mit aller Macht zu Justus' Wandspiegel.

»Ein verliebter Spiegel?«

Schwang da eine winzige Prise Respekt in der Stimme der Königin? Die alte Amy hätte gekichert, aber selbst das gelang ihr nicht. Dabei sprudelte ihr Herz nahezu vor unbändigem Glück. Yrsa war zurück!

»Du wirst diesen Spiegel abhängen, sobald Lyk und ich durch sind«, befahl Yrsa streng.

Amys Mund klappte auf. Selbstverständlich kam kein Laut heraus, aber Yrsa kannte Amy gut genug. Sie wusste, wie vehement ihre kleine Schwester ihr widersprach.

»Du tust, was ich dir sage. Ich kenne meine Tochter. Sie wird nach Salvya reisen. Sie ist genauso dickköpfig wie ihre Tante. Lyk musste sie ja auch unbedingt mit der Nase darauf stoßen, wo das Portal ist. Vor den Schattengardisten.«

Der General schloss gequält die Augen, was Yrsa einfach ignorierte. So war sie schon immer gewesen. Direkt, manchmal verletzend, und hart mit sich und anderen.

»Ich werde mit aller Macht verhindern, dass sie nach Schattensalvya spaziert und sich in Gefahr begibt. Amy, ich habe mein Leben für sie geopfert, meine Magie, meine Krone, einfach alles. Ich lasse mir das jetzt nicht kaputtmachen. Sie muss in Sicherheit bleiben. Zerstöre den Spiegel. Schwöre es!«

Amy brauchte eine kleine Ewigkeit, um beruhigend die Lider zu senken, und Yrsa zappelte ungehalten vor ihr herum.

»Wie soll sie das überhaupt anstellen? Sie steht unter einem katatonischen Schweigefluch«, fragte Lykaon ruhig.

»Ich gebe ihr Kraft. Wir sind Schwestern, unsere Magie schwingt auf derselben Wellenlänge. Ich werde sie nicht von dem Fluch befreien, das kann sie nur selbst, aber dafür müsste sie sprechen können.«

Die Stille im Raum machte deutlich, was Yrsa verschwieg: Dass Amy für immer unter dem Bann stehen würde. Doch das wusste Amy längst. Dazu hatte sie sich aus freien Stücken entschieden. Dennoch tat es jetzt weh, die Wahrheit in Yrsas Augen zu lesen.

»Ich gebe ihr genügend Magie, um den Fluch nur auf ihre Sprache zu beschränken, so, wie er ursprünglich gedacht war.«

»Was bedeutet das?«, fragte Lykaon, immer noch seltsam distanziert, als wäre Amy gar nicht anwesend.

»Sie wird sich bewegen können. Das wird sie erneut erlernen müssen, wie jemand, der aus einem Koma erwacht. Sie wird in der Lage sein, Gedankenzauber und kleine, manuelle magische Gesten auszuüben. Es wird reichen, um Rosa heil wieder nach Caligo zurückzuführen.« Yrsa warf Amy einen bohrenden Blick zu und Amy bemühte sich um ein angedeutetes Nicken.

»Was ist mit Schreiben?«, hakte Lykaon nach. »Sie könnte Ruby eine Nachricht aufschreiben.«

»Nein.« Yrsas Ton war schneidend. »Ich weiß, dass meine kleine Schwester missbilligt, wie wir Rosa schützen, darum hat sie sie auch hinter unserem Rücken nach Salvya gelockt. Doch wir haben einen Deal, Amy. Ich gebe dir deine Kraft zurück, aber nicht die Fähigkeit zur Sprache. Weder durch die Stimme noch durch die Schrift.«

Amy schloss wieder die Augen. Yrsa war ihrer Zwillingsschwester über die Jahre so viel ähnlicher geworden. Vermutlich ahnte sie das selbst gar nicht. Jeder Gefallen war an eine Bedingung geknüpft. Sie behauptete, Amy nicht vollständig von dem Fluch befreien zu können, aber gleichzeitig nahm sie sich das Recht heraus, Teile davon aufrechtzuerhalten, um Amy zu kontrollieren.

Sie sah Yrsa wieder an, die sichtbar ungeduldig auf ihre Reaktion wartete.

»Dann sind wir uns einig.« Yrsa presste die Lippen aufeinander. »Fangen wir an, wir haben nicht viel Zeit.«

Ihre Hände begannen, jeden Muskel, jede Sehne und jedes Gelenk in Amys Körper zu berühren. Yrsa massierte, zupfte, drückte und bog an Amy herum, bis Leben in ihre tauben Glieder zurückschlich wie nach einem Bad inmitten von Feuerquallen.

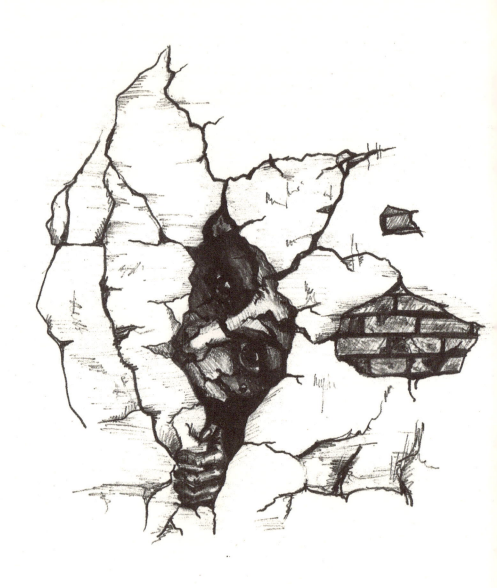

Kapitel 4

Ruby

Ali erschien auf dem Treppenabsatz wie ein Geist. Schon oft hatte sie bemerkt, dass er sich annähernd lautlos bewegte. Nahezu wie ein Schattengardist. Sie schüttelte den Kopf, um den verwirrenden Vergleich loszuwerden.

»Ali, wir haben einen Hinweis.« Ihre Stimme klang merkwürdig in ihren eigenen Ohren. So als ob nie etwas geschehen wäre. Dabei fühlte es sich an, als würde Kai nicht auf dem Teppichboden in ihrem Zimmer, sondern direkt auf Rubys Herz herumtrampeln. »Wir müssen noch mal raus. Da ist irgendwas mit Nechbet.«

Kai polterte an ihr vorbei und stürmte zur Haustür hinaus. Ruby krallte sich an Alis Arm fest, um nach Kais Anrempelei nicht das Gleichgewicht zu verlieren.

Vor der Fensterfront, die auf den nächtlichen Garten zeigte, kauerte immer noch der gerupfte Vogel. Er war Ruby fürchterlich unheimlich, aber sie wollte sich mit ihrer Einbildung vor den Freunden nicht lächerlich machen. Alis besorgtes Stirnrunzeln ignorierend, folgte sie Kai. Er kniete in der getrockneten Pfütze aus Schattengardistenblut. Eine Gänsehaut kroch über Rubys Rücken.

»Die Beschützerin der Pharaonen verteidigt mit eisernen Klauen den *Schlüssel* zur Grabkammer«, zitierte Kai, während er mit geschickten Fingern die Krallen der Statue abfuhr. So viel zu seiner Aufmerksamkeit in Professor Syphilis' Unterricht.

»Ich finde nichts.« Er richtete sich auf und schien äußerst enttäuscht.

»Ich kenne kein weiteres Lied, auf das Nechbet reagiert«, brummte Ruby unwillig.

In Kais Augen blitzte Interesse auf. »Dir fällt bestimmt etwas anderes ein, womit man sie zum Singen bringt, stimmt's?«

»Keine Ahnung, wovon du sprichst.« Ruby betrachtete ihre Zehenspitzen, die sich nur Millimeter vor dem rostroten Blutrand in die Erde gruben.

»Weil dein Vater dir diese Botschaft nicht umsonst geschickt hat. Er ist ein wahnsinniges Risiko eingegangen, vor den ganzen Gardisten von dem Portal zu reden, nur um dich auf die richtige Spur zu bringen.«

»Sie mag es, gekrault zu werden.« Das Schweigen ihrer Freunde brachte sie dazu, aufzusehen. Die Mienen der beiden waren undurchdringlich und Ruby fühlte sich wieder einmal unfassbar doof. »Hey, ich weiß, das Ding ist aus Granit und kein normaler Mensch würde daran herumkraulen, aber ich war … ich …«

»Verdammt, worauf wartest du?« Kai sprang auf und begann, hingebungsvoll den Stein zu massieren. »So? Gefällt dir das, altes Mädel?«

Ruby unterdrückte das Grinsen, welches sich automatisch auf ihre Lippen stehlen wollte. Es würde sie kaum wundern, wenn Nechbet sich gleich schnurrend hinlegte. Wer würde Kais Zärtlichkeiten nicht genießen?

Mit einem Schlag war die Erinnerung wieder da. Der Grund, weshalb sie Nechbet so lange nicht mehr gekrault hatte. Die Sphinxstatue hatte bislang vor jedem ihrer Häuser Wache geschoben. Als kleines, sehr einsames Mädchen hatte sie es geliebt, der steinernen Mieze Gesellschaft zu leisten. Sie hatte ihr aus ihren Lieblingsbüchern vorgelesen, auf Nechbets Rücken davon geträumt, wie sie ihre Granitflügel aufspannen und mit ihr davonfliegen würde. Ruby hatte sie gekrault. Stundenlang. So lange, bis sich die Statue eines Tages plötzlich auf die Seite gerollt und ihre Beine in die Luft gestreckt hatte. Ihr Vater war aus dem Nirgendwo aufgetaucht wie ein Racheengel und Rosa hatte den Anschiss ihres Lebens bekommen, ohne zu wissen, was sie falsch gemacht hatte. Der anschließende Hausarrest und die Anfeindungen ihrer Eltern waren so schlimm gewesen, dass sie beschlossen hatte, Nechbet lieber fernzubleiben. Über die Jahre hatte sie diesen Tag ganz vergessen.

Kai ächzte, so sehr bemühte er sich, der Sphinx eine Reaktion zu entlocken.

Ruby legte ihm eine Hand auf die Schulter und fühlte, wie er unter ihrer Berührung erstarrte. »Nein. Hier.«

Jetzt erinnerte sie sich wieder glasklar, warum es all die Jahre zuvor nie passiert war. Weil sie immer nur die Stellen gekrault hatte, die leicht zu erreichen waren. Nur an dem einen folgenschweren Tag hatte sie

308

sich an Nechbets Bauch gekuschelt und hatte sie gedankenversunken an der linken Flanke gestreichelt.

Auch jetzt führte sie Kais Hand vorsichtig zu der Stelle, an der bei einem lebenden Tier die Haut dünn und weich war, und strich mit prickelnden Fingerspitzen darüber. Ein Beben ging durch die Statue und der massive Steinkörper neigte sich zitternd zur Seite. Zum ersten Mal entdeckte Ruby, was ihren Vater damals so in Rage gebracht hatte.

Auch Kai und Ali starrten den Gullydeckel eine Weile lang an. Kais Schnauben brach schließlich die Anspannung.

»Sie ist kitzelig.« Er lachte.

Ruby rüttelte an der unscheinbaren Betonplatte. Sie gab keinen Millimeter nach. Wer wusste schon, ob Nechbet in dem alten Haus ebenfalls auf einem Abflussdeckel gestanden hatte? Vermutlich war es purer Zufall, dass die Sphinx diesen Zugang zur Kanalisation versperrte.

Ali legte ihr eine Hand auf die Schulter. »Du bist unsicher. Das verträgt sich schlecht mit der Aura. Zweifle nicht. Sei dir deiner sicher.«

Ruby schloss für einen Moment die Augen. Er hatte gut reden, schließlich hatte er keine neun Monate lang auf Teststreifen gepinkelt. Sein Kopf fühlte sich auch nicht an wie eine hochexplosive Bombe, sobald er nur an Magie dachte.

»Ich schaff es nicht«, flüsterte sie niedergeschlagen.

Kai seufzte und schlang von hinten die Arme um sie. »Alles Ausreden«, brummte er und sie meinte, das Lächeln aus seinen Worten zu hören. Würde sich die komische Stimmung zwischen Kai und ihr endlich aufklären?

Die Hoffnung ließ ihren Puls hochschnellen. Kais Herzschlag krachte gegen Rubys Rücken und weckte ein Flattern in ihrem Bauch. Er legte ihre miteinander verschlungenen Finger genau auf die flatternde Stelle und sendete einen leichten Stromschlag durch die Hände.

Ruby erschauderte vor Aufregung. Es war, als ob er sie spüren könnte. Dass jede ihrer Emotionen direkt in seinem Innersten widerhallte. Das Gefühl, gläsern zu sein, war gar nicht mal so unangenehm, solange Kai ihr Seelenspiegel war. Ihre Tätowierung schien plötzlich Feuer gefangen zu haben, und Ruby hielt die Luft an, in Erwartung des unausweichlichen Schmerzes.

309

Kai schob sie zu dem Gullydeckel. »Öffne das Portal für uns, Prinny.«

Sie liebte, wie rau seine Stimme klang, das leise hörbare Lächeln darin. Genauso wie das Gefühl, das der Strom seiner Berührung auf ihrer Haut hinterließ. Seit Ewigkeiten hatte sie sich nicht mehr so drachenmäßig gefühlt.

Ihr Griff am Gullydeckel war eisern. Sie spannte die Muskeln an und zog mit einem Ruck den schweren Beton nach oben. Dieses Mal war er so leicht wie ein morsches Brett. Die Metallstiegen, die in die finstere Tiefe hinabführten, sogen sie förmlich an.

»Oh Mann, ich hätte nicht gedacht, dass wir durch die Klospülung nach Salvya kommen würden.« Kai zerwühlte unwirsch sein Haar.

Ali zeigte sein schmales Lächeln. »Dann ist es genau richtig.«

»Stopp!«

Alle drei gafften die zierliche Person mit dem verschmierten Make-up an, die hinter Nechbets gewaltigem Löwenhintern hervortrat und dabei einen hässlichen Vogel aufscheuchte, der dem aus dem Garten verblüffend ähnelte.

Kai stöhnte laut auf. »Prinny, was hast du jetzt wieder verbockt? Was will deine Freundin hier?«

»Meine …« Ruby schnappte nach Luft. »Du hast sie doch angebaggert mit diesem *Ich-bin-zu-sexy-für-die-Welt*-Gelaber.«

Kai zog seine Spottbraue hoch, wofür sie ihn am liebsten erwürgt hätte.

Schatzi war währenddessen näher gekommen. Erst jetzt fiel Ruby auf, wie derangiert sie aussah. Ihre Haare waren zu einem nachlässigen Knoten zusammengedreht, aus dem dicke, verklebte Strähnen hingen, und die Kleidung war völlig zerknittert.

»Was hast du nur an dir, du komischer Besen?«, fragte sie Ruby mit einem hasserfüllten Glitzern in den Augen. Ruby holte empört Luft, doch Schatzi ließ ihr keine Sekunde Zeit, nach einer Erwiderung zu angeln. »Zuerst George, dann Emerald.«

Erst durch Schatzis schmachtenden Augenaufschlag, den sie Kai zuwarf, dämmerte Ruby, wen sie meinte.

»Eme…rald?«, prustete sie.

Kai zuckte mit den Schultern und deutete auf seine grünen Haarspitzen. »Mein Bühnenname.« Er machte einen Schritt auf Schatzi

310

zu und griff beinahe zärtlich nach ihrer Hand. Mit einer fließenden Bewegung drehte er ihre Handfläche nach oben und musterte die verschmierte Signatur stirnrunzelnd.

»George hat …« Erstickte Tränen lauerten in ihrer Stimme. Rubys Mitleid verpuffte, als Kai ihr einen Kuss auf das Handgelenk drückte.

»Vergiss es, Kleines. Du kannst nichts dafür, dass ich keine blutfeste Tinte hatte.«

Rubys Mund klappte auf. Sie war hier definitiv im falschen Film. Wieso entschuldigte er diese Kuh, obwohl sie sie eindeutig an die Schattengarde verpetzt hatte? Und weshalb küsste er sie? Überhaupt – Kleines? Wer wollte schon so genannt werden?

»Sieh genau hin, Prinzessin. Er ist so gut«, flüsterte Ali bewundernd.

»Ja, ich seh's leider nur zu deutlich«, ätzte Ruby.

Ali warf ihr einen überraschten Blick zu. »Tatsächlich? Was hatte er denn auf ihre Hand geschrieben?«

Ruby zögerte. Zugegeben, sie war schlichtweg davon ausgegangen, er hätte seinen Namen hingeschrieben. »Emerald? Oder *Call me babe?*«, riet sie trotzig.

»Falsch. Sieh genauer hin.« Er drehte ihren Kopf zu dem eng beieinanderstehenden Pärchen, obwohl sich alles in ihr sträubte, hinzusehen. Schatzi klebte an Kais Seite, während er mit Lippenstift ihren kompletten Unterarm bemalte.

Oblivio, las Ruby widerstrebend in fetten, pinkfarbenen Lettern.

»Das Vergessen«, raunte Ali in ihr Ohr. »In ein paar Minuten wird sie keine Erinnerung mehr an die letzten Stunden haben.«

»Falls es dieses Mal besser klappt als vorhin«, gab Ruby bissig zurück.

»Das einzige Mal, dass es Kai völlig misslang, obwohl er tränen-, blut- und schweißfeste Tinte benutzt hat, war in einem Auto.«

Er hätte ihr ebenso gut einen Schlag in den Magen verpassen können. Ali sprach von ihr. Bei ihrer ersten Begegnung nach dem Rockkonzert hatte Kai ihr Dekolleté signiert. Sie hatte nie nachgesehen, was da stand, und die hässliche schwarze Schrift auch ziemlich schnell verdrängt. Er hatte sie zu einem doofen Schaf machen, sie wieder zurück nach Caligo in die Unwissenheit schicken und für immer vergessen wollen. Dieser Scheißkerl!

»Sei nachsichtig. Dass du dich Kais Charme so spielend entzogst, überzeugte mich, die Prophezeite vor mir zu haben. Es ist eigentlich seltsam, du hast nicht die unglaublichen, magischen Dinge vergessen, sondern die Normalität.«

Alis Blicke wurden unruhiger, da spürte Ruby es auch. Die Kälte, die aus den Schatten der Umgebung auf sie zukroch.

Die Gardisten waren zurück.

Kai drehte sich zu Ruby und Ali um. »Fertig? Ich denke, wir sollten gehen. Sie sagt, die kommen gleich.«

»Das fragst du uns? Hast du denn zu Ende geknutscht?«, zischte Ruby, ohne darüber nachzudenken, wie unglaublich viel sie gerade von ihrer Gefühlswelt preisgab.

»Wenn du es so sagst …« Kai drehte sich zu Schatzi um, die ihn anschmachtete, als gäbe es kein Morgen mehr – und küsste sie.

Ali schob Ruby grob Richtung Gullyschacht. Beinahe wäre sie in das Loch gestürzt, aber sie konnte einfach nicht den Blick von den beiden nehmen. Schatzi klammerte sich mit weißen Fingerknöcheln an Kais Hals wie eine Ertrinkende, während er sie mit geschlossenen Lidern so leidenschaftlich küsste, dass Ruby gleichzeitig zu Eis und Flammen wurde.

»Es reicht, Kai. Ich brauche dich hier«, keuchte Ali.

Ruby sah ihn verdattert an. Er schwitzte und hatte einige blutige Kratzer im Gesicht. Wer hatte ihn so zugerichtet? Erst jetzt bemerkte sie, dass ihre Hand sich immer noch in ein Büschel von Alis Haaren krallte.

Kai löste ihre Finger von Ali und bugsierte sie energisch zu dem Schacht. »Rein mit dir. Sie kommen.«

»Ich hasse dich!«, spie sie ihm entgegen.

»Tust du nicht.« Er sah zu ihr hinunter.

Schlagartig war Ruby zum Heulen zumute. Der Schmerz und die Trauer in seinem Blick trafen sie mitten ins Herz. Das war nicht fair. Er war doch derjenige, der sich aufführte wie der größte Arsch der Welt. Warum fühlte sie sich jetzt beschissen?

»Schneller, Ruby«, flehte Ali.

Sie beeilte sich, die ersten Stiegen hinunterzuklettern, damit Kai und Ali ihr folgen konnten. Die Metallgriffe waren kalt und feucht unter ihren klammen Fingern und sie befürchtete, abzurutschen und in die Tiefe zu stürzen.

Schwere Schritte dröhnten auf dem Boden über ihren Köpfen. Sie sandte ein stummes Stoßgebet an Nechbet und registrierte erleichtert, wie sich die Öffnung hinter Ali mit einem sandigen Kratzen verschloss.

Bestimmt hatten die Schattengardisten das Loch im Boden trotzdem bemerkt oder Schatzi würde ihnen davon erzählen.

Schatzi! Diese miese Schlange.

»Was macht dich eigentlich so sicher, dass du gerade keine Schattengardistin geküsst hast, Mister Obermoral?«, giftete Ruby Kais kaum abgrenzbaren Umriss in der Dunkelheit an.

»Unmöglich.«

»Wieso? Weil *du* es natürlich sofort gespürt hättest, wenn Schattenspeichel deine heilige Zunge berührt?«

»Sicher. Außerdem gibt es keine weiblichen Gardistinnen.«

»Seit wann?«, höhnte Ruby. Auch sie hatte noch nie eine Frau unter den Schattengardisten gesehen. Aber das vergaß sie in ihrer Rage ganz leicht.

»Seit meiner Mutter.«

Ruby stockte der Atem. Mist. Seine Eltern hatten zu Thyras Anhängern gehört, das wusste sie. Dass seine Mutter die letzte weibliche Gardistin gewesen sein sollte, war jedoch neu. Automatisch fragte sie sich, was Kais Mutter angestellt hatte, damit fortan nur noch männliche Novizen aufgenommen wurden. Doch Kais Schweigen empfahl ihr, das Thema besser fallen zu lassen.

»Du hättest sie ja trotzdem nicht gleich ablecken müssen«, knurrte sie.

»Hey, ich hätte mich gewiss nicht gegen einen Girlfight gewehrt, aber da du dich keinen Millimeter gerührt hast – Miss Super-Drachenmagie, habe ich eben gehandelt.«

»Völlig uneigennützig, versteht sich.«

»Hast du auch nur annähernd einen Schimmer, was ich ihr auf die Zunge gelegt hab, Prinny?«

»Oh Himmel, bitte verschone uns mit Details, Emerald!«, ätzte Ruby.

»Wir befinden uns in einem unbekannten Gang im Reich der Schatten. Wer weiß, was hier rumlungert. Seid besser etwas stiller.« Alis Stimme klang wie immer ein wenig eingerostet.

Das schlechte Gewissen, bei dem Gedanken an Alis zerkratztes Gesicht, nagte an ihr, aber sie schwieg beharrlich. Versuchsweise schickte sie eine gedachte Entschuldigung zu ihm nach oben.

»Schon gut«, antwortete er zu ihrer Überraschung. »Konzentrier dich jetzt bitte auf das Portal. Es wäre ungünstig, wenn du vor lauter Grübeln abstürzt.«

Sie nickte, obwohl er es garantiert nicht sah, und kletterte weiter, Stufe um Stufe ins Ungewisse hinab. Sie hatte immer stärker das Gefühl, sich selbst zu verlieren.

Erneut wurde sich Ruby der Tiefe unter ihnen bewusst. Die Wände waren rau und klamm. Die Leiter schien kein Ende nehmen zu wollen und irgendetwas fühlte sich vollkommen falsch an. Ruby wusste kaum mehr, ob sie hoch- oder runterkletterte. So sehr sie sich auch bemühte, Selbstvertrauen zu zeigen, das Gefühl, das Richtige zu tun, wollte sich einfach nicht einstellen.

»Könnte es vielleicht sein …« Sie brach ab, unsicher, wie sie es ausdrücken sollte. Anstelle dessen konzentrierte sie sich auf Kais unscharfen Umriss über ihr. Hörte auf seinen leisen Atem. Fühlte die Vibration, die seine Füße auf der Leiter hinterließen. Wer war dieser Kai? Was war in den neun Monaten mit ihm geschehen, dass er sie jetzt behandelte wie ein lästiges, dämliches Anhängsel? Der komische Eindruck von Falschheit verstärkte sich, und ohne es verhindern zu können, schickte sie den Gedanken daran an Kai.

Seine Silhouette verharrte. »Es ist ein flüchtiges Portal«, sagte er nach oben zu Ali. Hier unten klang seine Stimme wie ihr eigenes, fernes Echo.

»Was bedeutet das?«, fragte Ruby.

Anscheinend hatten die Freunde entschieden, sie besser wieder einmal in nichts einzuweihen, denn sie schwiegen beide verbissen.

Ruby schnaufte. Ihre Hände zitterten vor Anstrengung und die Leiter war endlos.

»Prinny, mal so ganz unter uns, was lief da eigentlich zwischen Schattenschleimi und dir?«, drang Kais frostige Stimme zu ihr herab.

Ruby erstarrte auf den Stufen. »Nichts!«

Kai trat ihr fest auf die Hand. Mit Absicht. Zumindest fühlte es sich so an.

314

»Natürlich. Deshalb durfte er ja auch dein Erinnerchen anfummeln.«

»Das hatte ich ihm ja wohl kaum erlaubt.«

»Du kannst ruhig zugeben, wenn dir langweilig war. Ich wundere mich ja nur, wie schnell du vergessen hast …« Er brach abrupt ab. Ruby glaubte, hören zu können, wie er sich auf die Lippe biss.

»Was vergesse ich, Kai? Deine liebreizende Art? Unseren Kuss? Dein Versprechen, mich nicht im Stich zu lassen? Keine Sorge. Du vergisst anscheinend gewisse Dinge leicht, aber ich habe leider ein sehr gutes Gedächtnis. Es wäre dir wohl lieber gewesen, dein blöder Edding hätte nicht meinen Namen, sondern meine Erinnerung an euch gelöscht. Glaube mir, auch ich wünschte, es wäre so. Schließlich bin ich nicht diejenige, die ihre Zunge in vollkommen überschminkte Münder stopft.« Schäumend vor Zorn stampfte sie die Sprossen hinunter. Sie könnte ihn erwürgen. Vorhin wäre sie beinahe wieder einmal auf seine blöden Kusslippen hereingefallen, dabei dürfte doch mittlerweile klar sein, dass die nur Bullshit von sich gaben.

Ihr Fuß traf auf festen Boden. Erstaunt machte sie einen Schritt zurück. Obwohl sie nirgends Fackeln ausmachen konnte, flackerte ein gedämpftes Licht über die unebenen Wände des unterirdischen Raums.

Kai landete leichtfüßig neben ihr auf der Erde. Er grinste selbstherrlich. Am liebsten hätte sie ihm eine reingehauen. Kotzbrocken!

»Herzlichen Glückwunsch, Prinny. Du hast das Portal gefangen.«

»Du kannst mich mal.«

Ali rieb seine Hände an den Hosenbeinen ab. »Es ist äußerst kompliziert, eine fliehende Pforte zu erhaschen. Man darf unter keinen Umständen daran denken.«

»Wie, nicht daran denken?«, fragte sie und musterte die sandigen Wände. An einer Seite befand sich eine morsche Tür, ansonsten war der winzige Raum am Fuß der Leiter vollkommen leer.

»Manche Portale sind flüchtig. Man muss unheimlich geschickt sein, um eines am richtigen Ort mit dem passenden Schlüssel zu erwischen. Wenn man sich zu sehr darauf konzentriert, es finden zu wollen, wird es gewarnt und verschwindet. Selten kommt jemand nur in die Nähe, weil er den Gedanken an das Gesuchte nicht abschalten kann«, erklärte Ali.

»So wie du. Ohne mich würden wir heute Nacht noch beschissene Leitern runterkraxeln«, fügte Kai mit selbstzufriedener Miene hinzu.

»Natürlich, das hast du ja auch voll mit Absicht gemacht.« Ruby spürte, dass sie erneut kurz vor einer Explosion stand.

»Was, überschminkte Münder zu küssen?« Er lachte. »Ich hab ihr einen Plombenzieher verpasst. Bis die Gardisten den los sind, wirkt der Zauber, den ich auf ihren Arm gepinselt habe.«

»Oblivio.« Ali nickte. »Absolutes Vergessen. Dauert immer ein bisschen, bis es einsetzt, leider.«

Rubys Mund stand offen. Die beiden taten ja geradezu so, als hätten sie das Ganze tatsächlich geplant.

»Du bist ganz toll, wirklich!« Ruby hatte genug von Kais Selbstbeweihräucherung und stürmte auf die schief in den Angeln hängende Holztür zu. Sie riss die Tür mit einem Ruck auf, woraufhin sie knarzte wie eine gichtgeplagte alte Frau.

»Prinny …«

»Was? Ich soll euch doch bestimmt nicht ausnahmsweise den Vortritt lassen, und wenn wir noch länger warten, hätten wir auch gleich mit dem Schattenexpress reisen können.«

Der Flur war lang, eng und von einer dicken Staubschicht bedeckt. Ruby meinte, über einen weichen Teppich zu gehen. Das beklommene Gefühl, das dieser Gang in ihr auslöste, verstärkte sich, je weiter sie vordrang.

»Verbeug dich«, rief Kai.

»Sicher. Ich bin die Prinzessin, vor wem sollte ich mich verbeu–«

Die Flurwände rasten so schnell auf sie zu, dass das royale Lilienmuster der Tapete vor ihren Augen verschwamm. Herabrieselnder Sand brachte sie zum Husten und Mauerbrocken fielen von der Decke wie Hagelkörner. Reflexartig stemmte Ruby Arme und Beine gegen die Wände, doch die Mauern waren stärker. Wie viel Pech musste man haben? Dieser unterirdische Hausflur überlebte offensichtlich Jahrhunderte. Doch genau in dem Moment, in dem sie ihn betrat, brach er zusammen?

»Begrüße die Geister«, drang Kais Stimme durch den aufgewühlten Staub.

»Bist du bescheuert?« Ihr Hals kratzte fürchterlich. Vermutlich hörte man sie kaum. Die Mauern pressten gegen ihre Rippen und ließen sie bei jedem Atemzug ächzen. Instinktiv rief sie nach ihrer Magie, aber der Kopfschmerz lähmte sie, sobald sie nur daran dachte. »Kai, bitte hilf mir.« Hatte er nicht geschworen, ihr Ritter zu sein?

Kai fluchte ungehalten. »Dafür schuldest du mir was.« Der Staub sank zu Boden und er räusperte sich. »Féo! Féodora, mein Mauerblümchen. Wo hast du dich nur wieder verkrochen? Komm raus aus deinem Mörtelloch und gib mir ein Begrüßungsküsschen, sonst beleidigst du mich.«

Ruby schnappte nach Luft. War das wirklich Kai, der da honigtriefende Begrüßungen herausposaunte?

Die Wände standen endlich still, aber Ruby konnte trotzdem kaum atmen.

Knirschend öffnete sich ein Riss in der Mauer. Ein modriger Geruch strömte daraus hervor, dann puffte etwas Sand aus der Mauerspalte. Mit runden Augen beobachtete Ruby, wie sich aus der Öffnung ein aschgraues, steinernes Gesicht schob. Kurz darauf folgten zwei Hände, die sich in die Tapete krallten und mit Ächzen und Stöhnen knochige Schultern und einen spindeldürren Brustkorb hindurchquetschten. Die Gestalt war aus bröseligem Sandstein. Obwohl ihre Haare gemeißelt waren, wirkten sie seltsam zerzaust.

»Ika!«, rief sie und ihre schmalen Lippen entblößten eine Reihe zerbrochener Zähne. Die spitze Nase ragte schief aus ihrem kantigen Gesicht. Selbst wenn sie lächelte, war ihr Blick steinhart.

»Féo, mein Kieselsteinchen«, flötete Kai.

»Du brauchst mir nicht zu schmeicheln, Ikarus. Ich habe nicht vergessen, wie du mich beim letzten Mal einfach sitzen ließest. Mit Al-Chattab, diesem elendigen Bimsstein.«

»Ach Mörtelbienchen, ich hätte dich doch niemals freiwillig verlassen. Ich musste nur dringend weg. Al-Chattab gab mir diesen todsicheren Tipp.«

Sie lachte rau und hämisch und spuckte dabei kleine Gesteinsbröckchen. »War das der Tipp, bei dem du beinahe eines deiner hübschen Smaragdaugen verloren hast, weil der Stachelmunk, dem du die Flügel ausreißen wolltest, gar nicht tot war? Oder war es das eine Mal, als du von einer Horde Rapunzeln verfolgt wurdest, weil du versucht hast, ihnen die Haarbürste zu klauen? Nein, warte, ich erinnere mich. Es war der Tag, an dem du fast krepiert bist, weil du auf seinen todsicheren Tipp hin diese weißen Gummi–«

»Ja«, unterbrach Kai ungeduldig. »Irgendetwas davon wird's schon gewesen sein. Jetzt sind wir aber hier, nur um dich zu sehen. Was sagst du dazu?«

Féodora zog einen Schmollmund, was mit ihren schmalen Lippen ziemlich komisch aussah. »War ruhig hier in letzter Zeit. Mich kommt ja keiner besuchen. So einen Hausgeist vergisst man eben schnell, nicht wahr, Ika?«

»Aber nein, Féo. Wie könnte man dich vergessen? Ich träume bald jede Nacht von deinen Bernsteinäuglein.«

Ruby hustete überrascht.

Féodora fuhr herum wie ein geölter Blitz und musterte Ruby wie ein Racheengel.

»Guten Tag, Mö…Mörtelbienchen?«, stammelte Ruby.

»Soso«, zischte die Steinfrau und drückte ihre knochigen Finger in Rubys Wangen. »Wer ist denn die Frau mit den netten Beißerchen?«

»Uuuwiii«, antwortete Ruby mit geöffnetem Mund.

»Uwi? Was für ein abscheulicher Name. Passt zu dir hässlichem Fratz. Du bist also Ikas Sklavin?«

»Genau«, platzte Kai dazwischen, bevor Ruby etwas anderes sagen konnte. »Die dumme Säuselnuss ist einfach in den Flur gerannt und jetzt steckt sie fest.«

Dumme Säuselnuss?

»Na wunderbar. Überlasst sie mir. Ich weiß schon, was ich alles Schönes mit ihr anstellen kann.« Ihre Augen blitzten gefährlich.

»Tja, das würden wir liebend gern, dann wären wir die Nervensäge los. Jedoch ist sie für eine ganz besondere Strafe vorgesehen.« Kai machte eine kurze, bedeutungsschwere Pause. »Unendliche Rollritze.«

Rollritze? Ruby war vor neun Monaten durch eine geheime Mauerspalte in Thyras Turm gekugelt und erinnerte sich nur ungern an die achterbahngleiche Rollerei.

»Ha!«, jubelte Féodora, wodurch Ruby die Augen voller Sand bekam. »Hoffentlich irgendwo in meiner Reichweite. Dann kann ich sie ein paarmal ordentlich rammen.«

318

»Ja, und deshalb müssen wir zügig nach Salvya, Mörtelbienchen«, meldete sich Kai mit speichelleckerischem Tonfall. »Damit ich dich möglichst schnell zu einem leckeren Steinpilzragout ausführen kann. Würdest du den Weg zum Portal für uns freigeben?« Er klimperte mit den Wimpern.

»Ach Ika, du bringst mein Herz zum Bröckeln. Wie könnte ich dir einen Wunsch abschlagen?« Mit diesen Worten legte sie die Hände auf die Mauern. Dann zögerte sie jedoch plötzlich und ihr scharfer Blick maß Ruby von Kopf bis Fuß ab. »Allerdings hänge ich aus einem Grund seit einer Ewigkeit in diesem Flur fest. Eine wichtige Mission.«

»Das hätte ich nie bezweifelt, schließlich bist du der hochrangigste Mauergeist Salvyas«, beeilte sich Kai zu sagen.

Ruby fiel auf, dass er etwas zu schnell antwortete, wie angespannt seine Schultern waren, und das Lächeln wirkte verkrampfter denn je.

»Das ist wahr.« Féodora musterte ihre abgesplitterten Fingernägel, die sich in die rauen Mauerspalten gruben. »Da ich einen untrüglichen Geistersinn habe, würde mir sofort auffallen, wenn diejenige hier durchkäme, die Salvya unter keinen Umständen betreten darf.«

Ruby dämmerte, von wem der Mauergeist sprach. Sie ahnte auch, wer der wichtige Auftraggeber war, der Féodora schon vor Ewigkeiten befohlen hatte, in diesem Kellerloch Wache zu schieben. Sie hielt die Luft an.

»Glücklicherweise war von euch nie die Rede.« Sie deutete auf Kai und Ali und lächelte Ruby dann eiskalt an. »Du machst nun wirklich nicht den Eindruck, irgendjemand würde sich um deine Zukunft scheren.« Lässig drückte Féodora die Wände auseinander, als wären sie aus Pappe. Ruby plumpste unelegant auf den Flurboden.

»Danke«, japste sie erleichtert.

»Ich weiß nicht, ob du mir dankbar sein solltest. Du hast wohl keinen Schimmer, was dich erwartet?«

Kai war augenblicklich bei ihr, schnappte Rubys Hand und zog sie davon. »Okay, Fé. Ich schulde dir was«, rief er über die Schulter. »Immer schön verbeugen«, raunte er Ruby zu. »Man weiß nie, wer sonst noch alles in so einem Gang rumhängt.«

Ruby knickste und verbeugte sich nach links und rechts, während Kai sie unsanft vorwärtsschob.

319

»Ika!«, gellte Féodoras Stimme hinter ihnen durch den Flur.

»Keine Zeit, Fé. Du weißt doch, die Rollritze.«

»Warum hältst du eigentlich ihre Hand? Du hast mich hoffentlich nicht angeschwindelt?«

Plötzlich spürte Ruby Alis Hände in ihrem Rücken. »Lauf!«

Ruby sprintete los. Die Wände schoben sich wieder in rasanter Geschwindigkeit zusammen, doch der Fuß einer Treppe war in erreichbare Nähe gerückt. Wenn sie jetzt nicht nachließ, würde sie die erste Stufe erreichen, bevor die Wände sie erneut einquetschten.

»Ika? Wenn das die verfluchte Prinzessin ist, werde ich dich heimsuchen! Ich bin in jeder Mauer, in jedem Haus, das du betrittst, das schwöre ich dir.«

Kai hatte tatsächlich noch Atem für ein raues Lachen.

Ali, Kai und Ruby stürzten fast gleichzeitig auf die Treppe, während die Wände hinter ihnen mit einem Krachen zusammenschlugen.

»Schnell rauf«, keuchte Ali.

Doch obwohl die Stufen eindeutig nach oben führten, wusste Ruby mit der Gewissheit ihres inneren Schlüssels, dass das ein Trugschluss war. Dies war das eigentliche Portal und es sprach zu ihr.

»Nein, runter!«, brüllte sie und sprang.

Ihre Vernunft schrie, wie heftig sie gleich gegen die Treppe knallen würde, aber ihr Instinkt spürte, dass es richtig war. Ihre Füße berührten die nächste Stufe federleicht, so als wäre sie eine Ballerina und kein unsportlicher Trampel. Sie riss Kai mit sich, doch Ali fluchte leise hinter ihnen.

»Du musst denken, es ginge hinunter, nicht hinauf«, rief Ruby ihm über die Schulter zu. Kurz darauf fühlte sie Alis gepressten Atem im Nacken und auch Kai hielt jetzt von selbst mit ihr Schritt.

»Danke«, keuchte Ali.

Von der Anstrengung nass geschwitzt, gelangten sie schließlich ans Ende der Treppe.

Ruby konnte immer noch nicht sagen, ob sie höher oder tiefer waren als zuvor. Sie japste atemlos. »Mein Gott! Wer war das denn bitte?«

»Kais Freundin Féodora.« Ali grinste schief. »Ein Mauergeist. Es gibt außerdem Ziegelgeister, Kamingeister, Klogeister, Fenster- und Türengeister. Sie alle beschützen Salvya vor Eindringlingen. Eigentlich

320

sind sie ganz praktisch, wenn man weiß, wie man mit ihnen umgehen muss. Kai kann eben besonders gut mit Féo.«

»Nett«, kommentierte Ruby giftig. »War die auch mal jung und hübsch? Vor hundert Jahren vielleicht?«

»Eifersüchtig?« Kai grinste und fuhr sich lässig durchs Haar. Während Ruby aus allen Poren schwitzte, war er nicht einmal zerzaust.

»Nein. Eher abgestoßen. Wie kannst du so lügen, ohne rot zu werden?«

»Wer lügt denn? Sie ist doch wirklich ganz bezaubernd. Ich werde jedenfalls mein kleines Tête-à-tête mit ihr in vollen Zügen genießen.«

»Dann pass bloß auf, dass du dir nicht deinen *Tête* an ihrem kantigen Köpfchen stößt«, fauchte Ruby.

»Ach was, ich steh auf schlanke Frauen.«

Ruby presste die Lippen zusammen. *Kotzbrocken!*

Kai verschränkte die Hände im Nacken und streckte sich ausgiebig. Ein winziger Streifen Haut blitzte unter seinem T-Shirt auf. Hastig wandte sie den Kopf ab.

Ali berührte sie an der Schulter. »Kai meint das doch nicht ernst. Er hasst Féodora. Erinnere dich, er sagte dir, du würdest ihm etwas dafür schulden. Ganz abgesehen davon, dass Königin Yrsa Féodora nun vermutlich in eine Statue verwandelt, weil sie dich durchgelassen hat.«

Obwohl es Ruby ein wenig Genugtuung bescherte, sich den widerwärtigen Mauergeist als Salzsäule vorzustellen, hatte sie trotzdem das Gefühl, sich in ihrer eigenen Säure auflösen zu müssen. Sie würde Kai an die Gurgel gehen, wenn er sich noch weiter so blöd rekelte. Er hatte sehr überzeugend mit Féodora geflirtet. Vielleicht stand er ja tatsächlich auf solche Gerippe? Schatzi hatte er ja auch hingebungsvoll abgeknutscht und die reihte sich ja wohl ziemlich nahtlos in die Riege dieser Magermodels ein.

»Du kannst froh sein, Prinny. Deine Mutter hat Fé auf dich angesetzt. Ohne mich hätte sie dich festzementiert.«

»Kommt schon, Leute, ich würde vorschlagen, wir gehen erst einmal nach Hause.« Ali griff zu der Tür am Ende der Treppe und verschwand zwischen den Bäumen, die dahinter urplötzlich aus der Erde wuchsen.

»Tja, also dann …« Kai starrte auf den Punkt, an dem Ali gestanden hatte.

Plötzlich mit ihm allein zu sein, löste ein verrücktes Kribbeln in Rubys Bauch aus. Es gab so vieles, was sie ihm sagen wollte. Tausend Mal hatte sie von ihrem Wiedersehen geträumt. Davon, dass sie nichts sagen musste, weil zwischen ihnen Worte überflüssig waren. Aber jetzt fühlte sich in ihrem Kopf alles einfach nur völlig verdreht an.

»Kai, ich …«, setzte sie schließlich an.

»Hm?«

Ruby meinte, Hoffnung in seinem Blick aufflackern zu sehen. »Ich hab dich wirklich vermisst.«

Seine Augen gefroren zu Eis. »Interessant. Gehst du vor oder geh ich?«, unterbrach er sie rau.

Ruby blieben die Worte im Hals stecken. Wie konnte er nur so eiskalt sein?

Kai zuckte mit den Schultern und verschwand in der Foresta Lampyria, ohne sich noch einmal nach ihr umzudrehen.

Kapitel 5

Kai

Verflucht noch mal, er musste sie doch nur dazu bringen, auf Abstand zu gehen, und zwar ernsthaft! Dieses halbherzige Pseudo-fies-Sein war echt lächerlich. Er würde der Prinzessin jetzt mal klarmachen, wie aussichtslos ihr Augenaufschlag, wie unnötig das Schürzen ihrer blöden, viel zu roten Lippen, wie hässlich ... wie hässlich ... Was wollte er noch mal sagen?

Wie magnetisch angezogen, saugte sich sein Blick an ihrem Rücken fest. Es hatte ihn schon immer fasziniert, wie sie im einen Moment schlich und stolperte, als wüsste sie gar nicht, wofür ihre Füße dienten. Im nächsten Augenblick schien sie zu schweben. Jede Bewegung war plötzlich elegant und kontrolliert. Von den schlanken Fingerspitzen, die eine glänzende Haarsträhne hinter ihr Ohr strichen, bis zu dem hoch aufgerichteten Nacken, der ihr die Anmut einer Ballerina verlieh. Schlagartig spiegelte sich beim Betreten der magischen Welt das königliche Erbe in ihrem Äußeren.

Kai wusste selbst, wie oberflächlich das klang. Als ob sie nicht interessant wäre, solange sie ihre caligonische Haarfarbe trug. Dabei erinnerte Kai dieses Rotbraun an die Saiten seines geliebten Chordtubes. Sie mochte nicht spektakulär und atemberaubend sein, sondern einfach ein süßes Mädchen mit Sommersprossen, runden Wangen, die dazu neigten rot anzulaufen, und einem unsicheren Blick.

Vom ersten Augenblick an, in dem ihm die Affinität zwischen ihnen beiden einen Schlag verpasst hatte, hatte er es gewusst: Dieses Mädchen war sein Untergang.

Wenn Kai ehrlich war, ging ihm die caligonische Ruby sogar noch mehr unter die Haut als die salvyanische. Er verspürte so sehr den Wunsch, sie zu beschützen, dass es ihm unfassbar schwerfiel, sie absichtlich von sich wegzuschieben.

Kai straffte sich. Zum Glück waren sie nun in Salvya. Dem Mädchen konnte er es vielleicht nicht antun, doch die Drachentochter war stark und strotzte vor Selbstbewusstsein. Es wäre ein Leichtes –

»Kai.« Ali klopfte mit den Fingerknöcheln an seiner Stirn an. »Jemand zu Hause?«

Wie immer unterschätzte er seine Kraft, aber Kai würde einen Teufel tun, ihm zu sagen, wie sehr ihm der Schädel jetzt pochte. »Sorry, Alter. Mein Gehirn ist eben so groß, da dauert es schon mal eine Weile, bis ich aus dem hintersten Eck angelaufen komme.«

Ali schüttelte mit einem faden Lächeln den Kopf. »Wo ist die Prinzessin?«

Kai sah stirnrunzelnd zur Tür und zurück zu Ali, dessen Augen sich schlagartig verdunkelten. Oh, oh. Ein Gewitter zog auf.

»Was hast du jetzt schon wieder angestellt, du starrsinniger Drachenschädel?«

Im nächsten Moment schlug die Tür auf und ein Rudel Schattengardisten drang mit gezückten Schwertern in die Lampyria ein.

Ruby

Hach, ein Déjà-vu.

Sie stapfte durch die Lampyria mit einer rauchenden Wut im Bauch. Beinahe hätte sie vergessen, Zickzack zu gehen. Zum Glück fiel es ihr ein, bevor ein Nachtschatten ihre Grübel-Spur aufnahm. Noch einmal würde Gnarfel sie sicher nicht retten. Vor allem war es so ziemlich das Letzte, was sie wollte.

Ruby war so zornig. Es wäre ihr sogar egal, falls eine Lauschlärche sie anfallen würde. Sie war die Darkwyllin. Dann brannte sie den blöden Baum eben nieder, das sollte doch kein Problem für einen Drachen sein, oder?

Endlich kühlte die Wut etwas ab, bis sie wenigstens nicht mehr rannte und keuchte wie ein alternder Teekessel. Darum hörte sie auch das Knacken im Gebüsch. Vermutlich war es bloß eines dieser Löwenkäferchen, die zwar nur fingernagelgroß waren und niedlich aussahen, jedoch brüllten und bissen wie ihre großen Namensvetter. Es konnte aber auch …

Vorsichtshalber machte Ruby einen Schritt zurück. Doch der skelettartige Hundeschädel schoss aus dem dichten Busch so weit vor, bis er die Zähne in ihr Gesicht bleckte und sein Verwesungsgeruch sie mit voller Wucht traf.

Ihr Herz machte einen Satz und knallte gegen ihren Brustkorb, während der Knorpelknackser seine langen, schlanken Gliedmaßen aus dem Geäst schälte.

Ruby konnte den Blick nicht von den schwarzen, pupillenlosen Augen des Hundemonsters wenden, obwohl sie wusste, wie sehr sie ihn mit ihrem Starren herausforderte. Er knurrte tief und rumpelnd. Mit einem Ruck befreite er sich aus dem Gebüsch und sprang vor ihre Füße.

Ruby stolperte zurück und augenblicklich schien der Knackser zu wachsen. Machte ihre Angst ihn größer und bedrohlicher? Ruby straffte die Schultern, obwohl all ihre Instinkte sie zum Wegrennen aufforderten.

Das Monster schrumpfte wieder.

Sie spürte ein grimmiges Lächeln auf ihren Lippen. »Komm ruhig, Knochensack. Ich hab schon deine Mutter überlebt.«

Das Vieh verharrte und stierte sie weiter an.

»Bessy.« Das Tier zuckte mit den Lidern und Ruby machte einen festen Schritt darauf zu. »Ja, sie war auf mich abgerichtet und dennoch stehe ich hier vor dir. Wenn du meinst, du kannst es mit mir aufnehmen, dann versuch es ruhig.«

Etwas rollte in ihr heran. Es schien Instinkt, Natur und uraltes Wissen zugleich zu sein. Sie konnte spüren, wie sich ihre Pupillen zu Schlitzen verengten und sie plötzlich viel schärfer sah. Der Drache scharrte in ihrem Inneren mit den Krallen.

Ein Grollen wie ein mächtiger Donner hallte über die Lichtung und der Knackser zog den knochigen Schwanz zwischen die Hinterbeine. Winselnd schlich er von der Lichtung.

Ruby richtete sich auf und lachte die sengende Hitze hinter ihrer Stirn weg. Ein Drache zu sein, konnte direkt Spaß machen, selbst wenn es schmerzhaft war.

»Was denkst du eigentlich, wo du bist, Rambo? Brüllst hier rum, damit auch bitte schön *ganz* Salvya von der Heimkehr der Darkwyllin erfährt?«

Ruby brauchte sich nicht zu der schnarrenden Keifstimme umzudrehen, die eine Krähe in der Nähe aufschreckte. »Hallo, Gnarfel.«

Er schüttelte den Kopf und schnalzte mit der Zunge. »Komm wenigstens rein. Hab keine Lust, deine schattigen Anhängsel bei mir zu beherbergen.«

Was auch immer er damit meinte. Achselzuckend folgte sie ihm. Ruby konnte gerade noch verhindern, dass ihr Mund vor Überraschung aufklappte, weil sie direkt hinter dem Busch auf Gnarfels Hütte stieß.

Er sank auf die Knie und stellte vorsichtig ein Schälchen Milch ins Moos. »Komm schon raus, Oskar. Sie tut dir nichts, die böse Darkwyllin. Sie wollte nur spielen.«

Ruby verbiss sich ein Lachen, als der Knorpelknacker unter einem Holzstoß hervorrobbte. In geduckter Haltung, den dürren Schwanz zwischen die Hinterbeine geklemmt, schlich er auf die Milch zu, wobei er Ruby ständig nervös beäugte.

»Deiner?«, fragte sie Gnarfel. »Süß.«

»Ich sollte dich abschuppen, weil du Oskar in einen winselnden Hosenschisser verwandelst. Er tut keinem was, kriegt ja nur Igelmilch und Löwenkäferhonig. Immerhin wirkt er bedrohlich genug, um naseweise Schattengardisten von meinem Grundstück fernzuhalten.« Er musterte den zusammengekauerten Hund bedrückt. »Das kann ich jetzt vergessen. Ausgerechnet.«

Gnarfel schnaubte und polterte durch die Tür der Holzhütte. Er ließ sie geöffnet, was für Ruby eine Einladung war.

»Was ist passiert?«

Ruby war überrascht, wie ruhig und angenehm tief seine Stimme klang, sobald sie die Tür hinter sich schloss. Ohne nachzudenken, antwortete sie. »Schattengardisten haben meine Eltern entführt. Ich war irgendwie schuld.«

Gnarfel musterte sie mit seiner ewig undurchdringlichen Miene, bis Ruby sich seufzend auf einen Schemel sinken ließ und ihm die ganze Geschichte erzählte, angefangen bei George.

»Jetzt sind sie auf der Flucht, hier oder in Caligo, und ich bin völlig durcheinander, weil ich sie in diese Lage gebracht habe. Außerdem ist Kai ein echtes Ekel.« Sie brach ab, weil ihr die Tränen in die Augen traten.

Gnarfel schob ihr wortlos eine Schale mit einer dampfenden grünen Flüssigkeit hin. Ein kräftiger Kräutergeruch stieg daraus auf und Ruby zog misstrauisch den Kopf zurück.

»Wäre ziemlich dämlich von mir, dich hier und jetzt zu vergiften, was meinst du, Darkwyllin?«

»Kannst du mir die Sache mit dem Drachenquatsch erklären, Gnarfel? Was genau *ist* eine Darkwyllin?« Sie nahm einen vorsichtigen Schluck der Brühe. Ihre Augen weiteten sich vor Erstaunen. Die Lampyria sprang ihr aus diesem Gebräu entgegen. Magische Pflanzen tanzten auf Rubys Zunge und sie fühlte, wie ihr die wilde, ungezähmte Kraft der salvyanischen Natur die Gehirnwindungen entlangschoss. Jeder Jahreszeitenwechsel des Zauberwaldes hinterließ einen neuen Geschmack in ihrem Mund und sie trank gierig die ganze Schüssel leer.

»Langsam, Junges. Du musst dich an den Waldweingeist erst gewöhnen, sonst steigt er dir zu Kopf und du wirst leichtsinnig.«

»Zu spät«, murmelte Ruby, die sich mit einem Mal wesentlich leichter fühlte.

Gnarfel lachte kollernd. »Das kommt nicht vom Weingeist. Selbst in Caligo weiß man, wie befreiend es ist, sich alles von der Seele zu reden. Jetzt solltest du jedoch einfach nur zuhören.« Er brummte zufrieden und lehnte sich in seinem Stuhl zurück. »Du willst wissen, was eine Darkwyllin ist, aber dafür musst du deine Eltern kennen.«

Gnarfels warnender Blick ließ sie erneut die Nase in der duftenden Schale vergraben.

»Ich sehe an deiner neugierigen Nasenspitze, was du sagen möchtest, doch eine Bezeichnung wie *Königliche Hoheit* oder *General der Lichten Ritter* ist es nicht, wovon ich spreche.« Er rückte näher und presste die Hände flach auf die Holzmaserung des Tisches. »Die alte Königin konnte keine Kinder bekommen. Sie war verzweifelt, das Überleben der royalen Linie hing von ihr ab und sie musste ihren Mann, deinen Großvater, wenn man es so will, bei Laune halten. Also tat sie etwas unfassbar Grausames und Dummes.«

Ruby beugte sich vor, um nur ja kein Wort aus Gnarfels Mund zu verpassen.

»Sie ritt in einer finsteren, mondlosen Nacht in die schwarz-weißen Berge, die wilde Landschaft der Drachen. Dort stahl sie zwei frisch gelegte Dracheneier, schlich zurück ins Schloss und legte eines der Eier auf ihren Bauch. Das Ei wuchs unter den Kleidern und alle glaubten an eine Schwangerschaft. Es war ein einzigartiges Darkwyn-Ei mit *zwei* Drachenkindern darin. Die Drachenjungen schlüpften und nahmen augenblicklich eine menschliche Form an, sobald sie ihre

Mutter erblickten. So ist das bei Drachen, sie nehmen die Gestalt an, für die sie sich halten. Rede einer Darkwyllin ein, sie sei ein dickliches, auraloses …«

Ruby nickte.

»Die Königin verkündete ihrem Mann, er sei Vater von zwei Mädchen geworden. Er glaubte, alles sei so geschehen, wie seine Frau es ihm erzählt hatte: Dass Yrsa als Erste das Licht der Welt erblickt habe, eine Minute vor Thyra.«

»Dann war das eine Lüge?«, keuchte Ruby, die vor lauter Spannung die Luft angehalten hatte.

Gnarfel nickte bedächtig. »Das kann man so sagen. Das Ei platzte einfach und die Drachenjungen kullerten gleichzeitig heraus. Die Magie wird bei Zwillingsdrachen stets geteilt: Einer erhält die Gabe für die Schattenmagie, der andere für die Lichtphantasie. Niemals bekommt einer alles. Thyra zeichnete sich schon bald als der schwarze, Yrsa als der weiße Zwilling ab. Die Königin ahnte außerdem, dass es Streit geben würde, welche der beiden die Krone erben würde. Darum brütete sie das zweite Ei aus, in der Hoffnung, es handele sich um ein Drachenmännchen.«

»Dann kam Amy.«

»Richtig. Amygdala war das Nesthäkchen und schied selbstverständlich in der Thronfolge aus.«

»Was ist mit dem Drachenbiss?«, fragte Ruby neugierig. »Ist der auch erfunden?«

»Nein, die Geschichte ist wahr. Amy war ein wildes Ding, kaum zu bändigen. Sie spürte ihre Drachennatur am deutlichsten von den Schwestern und sehnte sich immer nach der Freiheit, nach weiten, offenen Ebenen und ihren Flügeln. Weil sie instinktiv wusste, dass sie fliegen konnte, sprang sie eines Tages aus dem obersten Turmfenster, flog davon und landete in einem Drachennest. Die Darkwyn erkannte den Drachen in Amy und lehrte sie, die Magie richtig einzusetzen.«

Er seufzte leise und schenkte Ruby mehr Waldgeist ein. »Der König glaubte, seine kleine Tochter würde von einem Drachen gefangen gehalten und zog in den Krieg. Er schlachtete alle Darkwyns ab, die er finden konnte, bis nur noch einer übrig war. Es war ein harter Kampf, in dessen Zug der König verwundet wurde. Er tötete die Darkwynmutter und nahm Amy mit zurück ins Schloss. Kurz darauf starb er an den Verletzungen. Die Königin, plötzlich konfrontiert mit ihrer unfassbaren Schuld, stürzte sich in den Tod. Yrsa und Thyra waren gefangen in ihrem Streit, wer die Thronfolgerin werden sollte. Beide versuchten, aus Amys Darkwynwissen einen Vorteil zu ziehen. Amy ist die Einzige der drei, die tatsächlich Drachenmagie beherrscht. Sie hätte den Schwestern helfen können, die Wahrheit zu erkennen. Nur hörte ihr keine richtig zu.«

»Demnach ist Amy eine bessere Magierin als die Königin selbst?«, hakte Ruby nach.

Gnarfel lächelte. »Amy ist die mächtigste Phantastin überhaupt. Gerade weil man es ihr nicht ansieht. Das ist der große Fehler, den sowohl Yrsa als auch Thyra begehen: Sie strahlen immer Macht aus, egal ob sie sich als Caligoner tarnen oder ihren eigenen Tod vortäuschen.«

Er rieb sich die kahle Stirn. »Darkwyns beherrschen eine gewaltige Magie, die sich aus der Kraft der Elemente nährt. Sie haben unzählige Fähigkeiten, können ihre Form wandeln, sich unsichtbar machen, in Feuer aufgehen, zu Eis erstarren und vieles mehr. Außerdem besitzen alle Drachen die Gabe, in Gedanken miteinander zu sprechen. Vielleicht hat Amy es schon einmal bei dir getan oder deine Mutter? Möglicherweise hast du auch Thyra gehört, dieses zornige Biest.«

Ruby verschluckte sich fast an ihrem Getränk. So war das also. »Warum hat Amy mich damals in Thyras Turm nicht gewarnt? Mir mehr über sie erzählt?«

»Weil alle Drachen sich untereinander hören. Wenn du mit deiner Mutter sprichst, lauschen Amy und Thyra zwangsweise.«

Ruby nickte. Gnarfels Erzählung war so spannend, sie hing an seinen Lippen.

»Der Kampf zwischen Thyra und Yrsa war zu weit fortgeschritten. Sie waren die letzten ihrer Art, doch selbst das änderte nichts an ihrem Hass und dem Wunsch, den anderen zu töten.« Er wischte sich die Augen und schien plötzlich müde. »Du, Prinzessin, schlüpftest nie auf die Art der Darkwyns aus einem Ei. Du bist ein Mischling, etwas ganz Einzigartiges. Eine Drachentochter.«

»Was meinst du damit?«

»Das Ei, welches in deiner Mutter reifte, wurde nie von einem Drachen befruchtet, sondern von einem Menschen. Sie hat es in ihrem Innersten ausgebrütet, wie eine Frau ein Kind. Amy hat bei deiner Geburt mit ihrer Drachenmagie geholfen, dass du die Schale in Yrsas Bauch zerstörtest und wie ein Menschenbaby auf die Welt kamst.«

Ruby starrte ihn an. »Was bin ich dann? Drache oder Mensch?«

»Beides. Fähig zu schwarzer *und* weißer Phantasie. Weitaus gewaltiger noch, Darkwyllin, denn du bist die Vereinigung aus Drachenblut und Drachenmagie, weil dein Vater …« Gnarfel brach ab, als hätte er zu viel gesagt.

»Was ist mit ihm?«, hakte sie nach, obwohl sie wusste, dass er ihr nicht mehr sagen würde.

»Lykaon ist der ehrenhafteste Oberste General der Lichten Ritter aller Zeiten.« Gnarfel stand auf wie jemand, der salutieren wollte. »Du kannst stolz sein, solche Eltern zu haben.«

»Ja, aber …«

»Dir steht ein schwerer Kampf bevor. Schlaf jetzt, Darkwyllin. Morgen sieht die Welt schon anders aus und du wirst über vieles nachdenken müssen.«

Der Junge versuchte, sich in das schwarze Laken zu hüllen, aber Thyra zog es ihm sichtbar erfreut immer wieder weg. »Kein Grund, dich zu verstecken, mein Schöner.«

Sein Kopf fiel auf die Brust und Ruby konnte das feine Beben seiner Schultern sehen. In seinem Nacken ringelten sich die Haare ganz leicht und Ruby verspürte das dringende Bedürfnis, ihn anzufassen. Den gebeugten Hals, die weiche Haut der Arme, seine langen, schlanken Finger mit ihren zu verflechten.

»Du warst wieder besonders rebellisch diese Woche. Es gefällt dir, von mir bestraft zu werden, nicht wahr?«

»Warum lässt du mich nicht einfach in Ruhe?« Seine Stimme war kaum mehr als ein heiseres Flüstern. »Du hast bereits alles, was ich besitze, alles, was ich war, ausgelöscht.«

Etwas im Tonfall des Jungen ließ Ruby aufhorchen.

330

Thyra strich mit den Fingernägeln seinen Rücken entlang. Er zitterte jetzt unkontrolliert unter ihrer Bewegung.

»Nicht alles. Nicht ganz. Aber ich werde es mir holen ...« Sie presste den Mund auf sein Schulterblatt. Der Junge warf den Kopf in den Nacken. Kein Laut kam über seine aufgerissenen Lippen, während er Ruby mitten ins Gesicht starrte.

»Kai!«

»Ich bin hier.« Er sah sie immer noch an, nur dass sie nicht mehr träumte. Er war etwas älter, die Haare länger und verwaschen grün anstatt blond. Sein Ausdruck war weniger schmerzerfüllt und gebrochen. Dennoch ...

Ehe sie dem verletzten Aufblitzen in seinen Augen nachfühlen konnte, wandte er den Blick ab und erhob sich. »Du hast schlecht geträumt.«

Ruby vergrub den Kopf im Kissen. Sie hatte seinen Namen geschrien, während Kai neben ihr auf dem Dielenboden saß. Ging es auch noch deutlicher?

Sie hörte eine Bewegung, dann spürte sie seine Finger in ihrem Haar. »Tut mir leid, wenn ich dich geärgert habe, Prinzessin. Wir sollten uns nicht streiten, immerhin sind wir doch ... Freunde?«

Schlagartig wich sämtliche Spannung aus Rubys Körper. Ihre Muskeln verwandelten sich in Spaghetti, ihr Puls tröpfelte wie Sirup durch ihre Venen. Selbst ihre Zunge fühlte sich plötzlich schwer und träge in ihrem Mund an.

»Freunde«, würgte sie heraus und Kai schien so unheimlich erleichtert, als er sie anlächelte. Am liebsten hätte sie ihm auf die Schuhe gekotzt.

»Ich bin froh, dass du das auch so siehst, Ruby. Komm, lass uns Ali suchen.« Endlich bemerkte er, dass sie nicht aufstand. Wie erstarrt lag sie auf dem harten Boden. Wie sollte sie sich bewegen, wenn ihr Gehirn keinen Befehl an ihre Füße aussenden konnte, weil es damit beschäftigt war, *Freunde! Freunde! Freunde!* zu skandieren?

Sein Lächeln verblasste. »Kommst du?«

Irgendwie gelang es ihr, den Kopf zu schütteln. »Nein«, flüsterte sie und dann, genervt über sich selbst: »Nein, Kai! Ich komme nicht.« Ah.

Da war er wieder. Ihr treuer Retter aus der Unsicherheit: Herr Zorn. »Ich gehe alleine, vielen Dank.« Huh. Dass sie ihre Stimme so eiskalt werden lassen konnte.

Kai verzog das Gesicht wie unter schlimmsten Zahnschmerzen. »Was ist los?«

»Nichts ist los. Das ist es ja. Du küsst mich. Du versprichst mir das Blaue vom Himmel und lässt mich neun Monate lang in dem Glauben, zwischen uns wäre etwas Besonderes. Du machst mir sogar noch Vorwürfe, wenn ich nach einem anderen Jungen gucke. Und ja, es war ein Fehler. Ich war so alleine, so verdammt einsam, Kai. Es hat mich verrückt gemacht, nicht zu wissen, wo du bist und was du fühlst, und jetzt weiß ich es und wünschte, ich hätte es nie erfahren.«

Sie sprang auf. Immerhin hatte der Zorn ihren Muskeln wieder Kraft verliehen. Sie floh die Leiter hinunter. Doch er war hinter ihr, sie spürte seinen Strom, der ihr vor lauter Unsicherheit brennende Wellen gegen den Rücken schleuderte, hörte seinen hektischen Atem. Dann schlang er die Arme um sie und warf sie erneut zu Boden.

»Du musst aufhören, immer wegzulaufen, wenn es schmerzhaft wird. Davon wird es nämlich nicht besser.«

Ruby keuchte erstickt in das staubige Holz unter ihr.

»Bitte, Prinzessin. Versuch mich zu verstehen. Ich habe keine Wahl. Ich zermartere mir ständig das Hirn, wie ich das Ganze umgehen kann, aber es gibt keine Lösung. Wir können nicht auf diese Art zusammen sein. Glaub mir, es ist besser so.« Er hörte sich kein bisschen überzeugt an.

»Was ist denn das Ganze?«, murmelte Ruby.

»Das kann ich dir nicht sagen«, presste Kai gequält hervor. Ruby wollte ihn abschütteln, aber er pinnte sie mit einer Kraft an den Boden, die ihr die Luft raubte. Vorsichtig strich er ihr ein paar Strähnen aus dem verschwitzten Gesicht. »Du musst vernünftig sein, Prinny. Der Wald wimmelt auf einmal nur so von Schattengardisten. Man könnte meinen, sie wären uns direkt gefolgt.«

Ruby versuchte erneut, ihn loszuwerden. Sie hatte gerade überhaupt keine Lust, *vernünftig* zu sein. Mit aller Macht rief sie ihr Drachenerbe. Nach dem, was Gnarfel ihr gestern erzählt hatte, müsste es ein Leichtes sein, ein bisschen Magie anzuwenden.

Schmerz fuhr ihr in den Schädel wie ein glühendes Messer und sie schrie auf. Kais Finger streiften ihr Flügelchen und die zarte Berührung quälte sie unerträglich.

»Was ist los?« Seine Stimme drang wie durch Watte zu ihr.

Sie war unfähig, den Mund zu öffnen, ohne wieder zu schreien, also biss sie so fest auf die Zunge, dass sie Blut schmeckte.

Kai streichelte weiterhin sanft ihr Haar, obwohl sie den Kopf wegdrehte. Sein Atem bewegte eine Strähne neben ihrem Ohr. Er hatte es entdeckt. Das wusste sie, weil er sich auf einmal hinter ihr versteifte.

»Ruby.«

Automatisch bedeckte sie das Flügelchen mit der Hand. »Das ist nichts, Kai.« Irgendetwas in ihr sträubte sich, ihm von dem gruseligen Traum zu erzählen, der so schrecklich wahr geworden war. Dabei würde doch gerade Kai, mit seinen riesigen Flügeltätowierungen, sie verstehen.

Er rückte endlich von ihr ab. Obwohl sie sich das die ganze Zeit gewünscht hatte, fröstelte sie aufgrund der plötzlichen Kälte in ihrem Rücken.

»Du hast da ein beschissenes Schattenstigma, Prinzessin.« Kai wirkte wie eine Raubkatze, wie er sie so aus grünen Augen anfunkelte. »Ich weiß genau, wie solche Dinge entstehen, und ich kenne den Schmerz sehr gut. Du musst nur einen falschen Gedanken hegen und schon bist du Geschichte. Bevor du ausgerechnet *mich* anlügst, sag lieber nichts.«

»Ich weiß ja selbst nicht, was passiert ist. Es war nur ein Traum und auf einmal war da diese Tätowierung«, flüsterte Ruby.

»Ein Traum von Thyra.« Es war keine Frage. Seine Miene verfinsterte sich. »Dann ist es wahr. Es gibt nur eine Person in Salvya, die sich auch noch einen Spaß daraus machen würde, dich mit einem Flügel zu zeichnen.«

Dass es nur eine Person gibt ... Gegenwart. Damit waren Rubys schlimmste Befürchtungen bestätigt. »Warum ist sie nicht tot? Ich hatte sie doch vernichtet.«

»Wir haben sie nie sterben sehen. Sie hat sich lediglich in Luft aufgelöst.«

Eine eiserne Kralle griff nach Rubys Kehle. »Sie hat uns reingelegt.« Die Eisenhand quetschte zu. »Ich hab's verkackt.«

Sein Schweigen drückte bleischwer auf ihr Gemüt.

»Ich gehe zurück nach Caligo. Die Schattengardisten sind ja jetzt hier. Mir passiert also nichts.«

»Keine Chance«, widersprach Kai ihr. »Wenn du mit dem Ding rausgehst, ist in Sekunden ein ganzer Schwarm von Gardisten da, das Mal zieht sie an wie Scheiße Fliegen.« Kai drehte sie zu sich herum, weswegen sie ihn ansehen musste. »Das Stigma ist pure Schattenmagie. Wendest du Lichte Magie an, egal welcher Art, wird dein Körper sie bekämpfen. Wir müssen versuchen, diesen Zauber zu neutralisieren, sonst versengt es dich innerlich, jedes Mal, wenn du eine phantastische Tat begehst, selbst die unbewussten. Sogar die Gedanken, Prinny, ich weiß, wovon ich spreche.«

Kais Flügel. Thyra hatte ihn als ihren persönlichen Ikarus *gezeichnet*. Waren die Flügeltätowierungen für die Blasen verantwortlich, die Kai bei jeder Nutzung seiner Aura bekam?

»Wie neutralisiert man das?« Ruby hatte das Gefühl, jemand hätte einen Doppelknoten in ihre Luftröhre gemacht.

Kais Miene war undurchdringlich. »Vermischung von Licht- und Schattenmagie. Blut und Wasser«, presste er zwischen zusammengebissenen Zähnen hervor.

Ruby dachte schaudernd daran, wie Thyra sie zum Bluten gebracht und dann ihren Speichel in die Wunde gerieben hatte.

Gnarfel betrat den Raum und beäugte die beiden, die buschigen Augenbrauen zusammengezogen. »Dafür nehmt ihr euch doch besser ein Zimmer.«

»Gute Idee«, murmelte Kai und hob wortlos Rubys Haarsträhne an.

Gnarfel gab kein Geräusch von sich, während er das Stigma untersuchte, aber seine Rosinenaugen blitzten auf. »So hat dieser Schattengardist dich aufgespürt, er musste nur noch überprüfen, ob deine Eltern Doppelgänger sind. Wie er das gemacht hat, weiß ich nicht.«

Ruby dachte darüber nach, wie George vor dem Haus gestanden hatte und seine Haltung schlagartig militärisch geworden war. Wie ein Soldat, der das Kommando zum Einsatz bekommt. Ob Thyra ihm einen unhörbaren Befehl gesendet hatte?

Auf einmal tauchte eine Erinnerung in ihr auf. Ein Thyra-förmiger Schatten nickte George zu.

Ruby holte scharf Luft. »Meine Mutter hat sich selbst verraten, weil sie mir eine Nachricht in Gedanken geschickt hat. Thyra muss es gehört haben und war damit sicher, dass Yrsa die Richtige war.«

»Du weißt über die Gedankenkommunikation Bescheid?« Kai musterte sie misstrauisch, aber Ruby beschloss, ihn zu ignorieren. *Er* hatte es ihr ja zumindest nicht erzählt.

»Die Darkwyllin weiß alles.« Ein Hauch von Stolz schwang in Gnarfels Stimme mit und zum ersten Mal empfand Ruby so etwas wie Sympathie für den brummigen Mann.

»Auch über …« Kai brach ab, weil Gnarfel ihm ein knappes Kopfschütteln schenkte.

Ruby schnaubte. »Die Darkwyllin ist gleich hier, das ist euch schon klar? Wenn ihr weiterhin eure kleinen Geheimnisse betuscheln wollt, dann nehmt doch besser *ihr* euch ein Zimmer.«

»Nicht mein Geschmack, Prinzessin. Kai kannst du ganz für dich alleine haben.«

»Kai sollte vor allem die Finger von mir lassen. Er fasst mich nicht an!«

»Immer diese kindischen Streitereien. Kai muss das lernen, es ist wichtig für seine …« Er sprach nicht weiter und Ruby rollte genervt mit den Augen.

»Für Kais was? Für seine kleine rosa Seele? Seine beschissene Selbstverliebtheit? Für – ach, vergiss es! Es interessiert mich gar nicht. Er bleibt weg von mir und damit basta! Entweder du kriegst das alleine hin oder ich gehe eben mit dem Stigma los.«

»Du kannst so stur sein«, fauchte Kai. »Es ist doch bloß zu deinem Besten!«

»Ach, so ist das?« Ruby ballte die Fäuste. »Weißt du, was zu meinem Besten wäre? Wenn du einfach abhauen würdest und nie mehr zurückkämst.«

Kais Schultern fielen herab. »Das ist richtig. Leider geht es aber nicht.«

»Warum bitte nicht? Könntest du mir das wenigstens verraten?«

Kai stand mit gesenktem Kopf mitten im Raum. Seine Brust hob und senkte sich unter schweren Atemzügen. Endlich sah er auf. »Ich kann dich nicht verlassen, weil ich dein Ritter bin, Darkwyllin, ob du es willst oder nicht.«

»Das konntest du neun Monate lang doch auch ganz prima ignorieren.«

»Du warst damals nicht in Gefahr. Erst durch das Auftauchen der
Gardisten musste ich handeln.«

»Das muss ja fürchterlich für dich gewesen sein, nach all der Zeit«,
fauchte Ruby.

»War es auch.«

Damit stürmte Kai zur Tür hinaus.

Kapitel 6
Ruby

Gnarfel hielt ihre Hände fest. Sie bemerkte erst jetzt, wie sehr sie zitterten, weil seine schwieligen Finger dagegenhielten. Trotzdem gelang es ihr nicht, damit aufzuhören. Genauso wenig, wie sie die Tränen zurückhalten konnte, die unaufhaltsam ihre Wangen hinunterliefen.

»Setz dich, Mädchen.« Er führte sie zu dem wackeligen Hocker, auf dem sie am Vortag bereits gesessen hatte. »Du solltest nachsichtiger mit Kai sein. Er hat es schon schwer genug mit all seinen Flüchen. Er kämpft so sehr um einen Platz in der magischen Welt und wird immer wieder verstoßen. Selbst du bist selbstständig geworden.«

Ruby hörte kaum zu, weil sie sich seltsam taub fühlte. Sie hatte sämtliche Möglichkeiten durchgekaut, weswegen Kai nicht mehr mit ihr zusammen sein wollte. Dass er jedoch durch dieses dämliche Versprechen an sie gebunden war, obwohl er am liebsten eine ganze Welt zwischen ihnen beiden hätte, war absolut grausam. Er liebte sie nicht, da sollte er wohl kaum ihre Nähe ertragen müssen.

»Wie kann ich ihn von dem Eid lossprechen? Du kennst dich doch mit diesem Ritterkram aus.« Sie blinzelte die Tränen weg. »Was, wenn ich ihn nicht mehr zum Beschützer haben will?«

Gnarfel schüttelte den Kopf, während er behutsam ihr Flügelchen abtastete. »Du willst ihn als deinen Ritter. Du kannst ihn belügen und mich und dich selbst vielleicht auch, aber der Eid weiß, dass du ihn bei dir haben möchtest. Außerdem würdest du ihn umbringen, wenn du ihn lossprichst.« Seine Worte hingen schwer in der staubigen Hütte.

»Wieso das denn?« Rubys Stimme zitterte jetzt ebenso stark wie ihre Hände.

»Weil ihr durch mehr als einen Eid miteinander verbunden seid. Beug dich vor.«

Ruby neigte folgsam den Kopf und fühlte eine kühle Metallspitze an ihrer Haut. Sengende Hitze fuhr in ihren Schädel hinein, bis Ruby das Gefühl hatte, der Knochen würde bersten. Sie schrie gellend auf.

»Okay, das war wohl nix«, brummte der Waldschrat und wischte die schwarz verfärbte Lichtschwertspitze an seinem Juteärmel trocken.

Die Stelle hinter ihrem Ohr brannte wie nach der Berührung mit einem Lötkolben.

Kai polterte durch die Tür mit erhobenem Arm.

Fassungslos starrte Ruby auf das lächerlich kleine und total stumpfe Holzschwert in seiner Hand. »Spielst du Ritter?«

Sein Gesicht wurde wieder ausdruckslos. »Ich dachte, Gnarfel wäre dein Gejammer leid und würde dich endgültig erwürgen.«

»Dann muss ich mich wohl glücklich schätzen, wenn du ihn mit diesem Spielzeugschwert gestupst hättest? Sollen die Gardisten sich totlachen?«

Gnarfel nickte Kai anerkennend zu, als hätte er Rubys Sticheleien gar nicht gehört. »Clever, Junge. Durch das unscheinbare Äußere vermutet keiner die Magie dahinter. Du hast Salvyas Grundsatz perfekt umgesetzt.«

Ruby dankte innerlich dem salvyanischen Zeusverschnitt, den sie sich als Götterbild dieser Welt vorstellte, dass Gnarfel ihr die *Sieh-hinter-die-Fassade-Rede* ersparte.

»Wo du schon mal da bist, kannst du dich auch nützlich machen, Kai.«

Kai

»Hemd aus«, forderte Gnarfel ungerührt.

»Vergiss es.«

»Seit wann bist du so scheu, Kai?«, Rubys Stimme triefte vor Spott. »Sonst zierst du dich doch auch nicht nackt herumzurennen, was, *Baby?* Ich klatsche gern Beifall, falls dir das hilft.«

Mein Gott, sie war höllisch, wenn sie sauer war. Irgendetwas an der Art, wie sie ihn wütend anfunkelte, brachte ihn dazu, die verrücktesten Sachen zu denken.

Dabei war es ihm natürlich keineswegs peinlich, mit freiem Oberkörper herumzulaufen. Es gab einen ganz anderen Grund, weswegen er sich fürchtete, in ihrer Gegenwart seine Flügel auszubreiten.

»Zieh dein verdammtes Hemd aus.« Gnarfel zupfte an Kais T-Shirt herum und versuchte, es ihm über den Kopf zu zerren. Mit einem Zischen riss Kai sich den Fetzen selbst vom Leib.

»So, bitte schön. Ich hoffe, dir gefällt, was du siehst.« Dieses Mal sagte er es absichtlich zu Gnarfel. Dass er Ruby gefiel, wusste er spätestens seit ihrer konfusen Reaktion im caligonischen Wohnzimmer. Etwas, das ihm eigentlich kein Kribbeln in der Magengegend verursachen sollte.

Gnarfel schnaubte. »Legt euch dicht zueinander auf den Boden.«

»Geht's noch?«, brauste Ruby prompt auf.

Kai grinste süffisant. Er sollte besser die Klappe halten, aber manchmal … »Magst du's lieber im Stehen, *Baby*?«

Gnarfel hieb ihm so hart auf den Hinterkopf, dass Kais Zähne aufeinanderschlugen. »Hinlegen, alle beide, oder ich hole mein Lasso raus und binde euch zusammen.«

Rubys Augen wurden kugelrund.

Kai konnte sich ein leises Lachen nicht verkneifen, weil er bemerkte, wie sie ihn verstohlen musterte. Gewiss ging in ihrem Kopf gerade der gleiche Film ab wie in seinem. Wenn er hier noch länger an halb nackte Körper dachte, die aneinandergefesselt über den Boden rollten …

»Kai, leg dich auf den Bauch«, kommandierte Gnarfel herum, während er Kerzen im Raum anzündete.

»Nein, darauf steh ich nicht«, sagte Kai wider besseres Wissen und lag Sekunden später Gesicht voraus auf dem harten Dielenboden. Gnarfel kniete auf seiner Wirbelsäule und erklärte Ruby, wie sie sich hinzulegen hatte. Endlich grunzte der Waldschrat zufrieden.

»Warum kann Ali es nicht machen?«, jammerte Ruby, sichtlich bemüht, den größtmöglichen Abstand zwischen ihnen einzuhalten.

Kai zog seine Spottbraue hoch. »Schattenmagie zu neutralisieren, ist wie die Finger in Säure zu baden. Du wirst ihm kaum verübeln, dass er darauf keinen Bock hat.«

»Aber du schon?«

Kai lachte. »Nichts gegen einen kleinen Adrenalinkick, *Baby*.«

Ruby runzelte die Stirn und Kai wurde wieder ernst. »Ich hab nichts zu verlieren, das ist alles.«

»Wieso?«

Kai schüttelte den Kopf.

»Wie hat die Hexe das gemacht, erinnert ihr euch?«, mischte sich Gnarfel ein.

Erst jetzt dämmerte Kai, dass er sowohl auf Rubys Flügelchen als auch auf seine eigenen gigantischen Schwingen anspielte.

»Ihre Spucke und mein Blut«, antwortete sie kaum hörbar.

»Dann machen wir es genauso. Kai.« Gnarfel gestikulierte in Richtung Ruby, deren rubinrotes Haar wie ein Fächer um sie herum ausgebreitet lag. »Du musst die Form nachfahren. Du trägst Licht in dir, aber da du dasselbe Stigma hast wie sie, wird deine Lichtmagie von ihrem Flügelchen nicht neutralisiert. Um ganz sicher zu sein, wird Ruby gleichzeitig deine Flügel berühren. So leitet ihr die Energie zwischen euch beiden ab. Das ist der einzige Weg, ohne ihr den halben Kopf in die Luft zu jagen und bei dem du nicht zwangsläufig ein paar Finger verlierst.«

»Ich werde niemals –«, protestierte Kai wild.

Gnarfel legte ihm eine Hand auf die Schulter. »Mein Lichtschwert hat sie bereits verwundet, sie blutet nicht durch dich. Du heilst sie nur.«

Ruby zögerte, während er schließlich den Zeigefinger in den Mund steckte.

»Tut mir leid, Prinzessin. Ich hoffe, ich tu dir nicht weh«, flüsterte er.

Tränen schwammen in ihren Augen. »Zu spät.«

Dann legte sie die Hände auf seine Flügel und Kai hatte das Gefühl abzuheben.

Rubys Schrei bereitete ihm körperliche Schmerzen. Er war derjenige, der diese Qualen verursachte. Auf der Haut und tief darunter. Auch Kai hatte das Gefühl, jemand würde ihn bei lebendigem Leibe häuten und gleichzeitig von innen und außen rösten.

Der Nebel, der seine Sinne einhüllte, glitt endlich davon. Er lag mehrere Meter von Ruby entfernt auf der Erde, keuchend und zitternd wie Espenlaub.

Sie war aschfahl und wimmerte leise vor sich hin. Ihr Flügelchen glühte schwarz und rot. Anstatt besser hatte er es nur noch schlimmer gemacht.

Er vergrub das Gesicht in den schweißnassen Händen. Wie konnte er nur so ein verfluchter Versager sein? Es hätte klappen müssen, Gnarfel wusste doch, wie solche Dinge funktionierten.

Obwohl er am liebsten davongerannt wäre, kroch er mit letzter Kraft zu Ruby hinüber. Er spürte, wie sehr sie ihn jetzt brauchte, ganz egal, was er ihr damit antat.

Vorsichtig streckte er seine schmerzenden Finger nach ihr aus.

Amygdala

Ihre Augen brannten vor ungeweinten Tränen, die eintrockneten, noch bevor sie überhaupt zu fließen begonnen hatten. Ihr Herz krampfte sich zusammen, wie sie die zwei am Boden liegen sah. Das Mädchen, Ruby, leise weinend. Kai wie ein gefallener Engel mit angelegten Flügeln.

Die aufgeladene Aura der beiden Jugendlichen erkannte sogar jemand, der in einem katatonischen Fluch festhing. Die Luft zwischen ihnen flirrte in den buntesten Farben: knallrote Anziehung, bordeauxrote Verletzungen, zartrosa das Erwachen einer Liebe, gelbe Eifersucht, grüner Neid, Streifen schwarzen Hasses, tiefseeblaues Vertrauen und weiß der tiefe, unerschütterliche Glaube.

Wenn man zu lange hinsah, hatte man das schreckliche Gefühl, zu viele Säuselnüsse gegessen zu haben. Doch die dominante Aurafärbung war rot.

Entschlossenheit machte sich in Amy breit. Es war einfach nicht fair. Die beiden waren füreinander bestimmt. Es war falsch, sie künstlich zu trennen, und Amy weigerte sich, es ein weiteres Mal geschehen zu lassen.

Amy konnte Ruby leider nicht sagen, warum Kai dem Mädchen fernbleiben wollte. Doch sie würde ihr den richtigen Weg weisen, damit sie es selbst herausfand – und dagegen ankämpfte.

Kai

Sie weinte untröstlich und stürzte ihn damit in tiefste Verzweiflung. Nicht allein die fehlgeschlagene Neutralisierung schmerzte sie, das war ihm vollkommen bewusst. Er hasste sich selbst dafür, ihr das anzutun, aber er kannte einfach keine andere Möglichkeit. Seine schweißnassen Finger wischten erneut ihre Tränen fort.

Ein komisches Gefühl beschlich ihn. Es war, als ob ihn jemand beobachtete. Kai drehte den Kopf und fuhr zusammen. Amy saß zusammengesunken auf dem mottenzerfressenen Ohrensessel. Lautlos wie ein Gespenst kauerte sie da und jagte ihm einen gewaltigen Schrecken ein.

»Amy will mit dir allein sein«, murmelte er in Rubys Ohr.

Obwohl sie die Finger in Kais T-Shirt krallte, nickte sie tapfer und wischte sich die Tränen weg.

Widerwillig verließen Kai und Gnarfel die Hütte.

Ruby

Auf allen vieren kroch sie zu ihrer Tante hinüber, die Zähne gegen den rasenden Schmerz zusammengebissen.

»Hallo, Amy«, krächzte sie mit letzter Kraft.

Natürlich kam keine Antwort. Das hatte sie auch nicht erwartet. Trotzdem fragte sie sich, was Amy ihr mitteilen wollte, und vor allem, wie.

Amys gelbe Augen waren ohne Fokus in die Ferne gerichtet, sie blickte geradezu durch Ruby hindurch. Ein beklemmendes Gefühl der Machtlosigkeit befiel Ruby und sie packte ihre Tante mit beiden Händen am Kopf.

Plötzlich sah sie die Welt durch Amys Augen.

Kai lag ausgestreckt am Boden. Sein Körper ausgemergelt und blasenübersät. Der Tod lauerte über ihm wie ein hungriger Geier. Ihre Schwester hatte ganze Arbeit geleistet, um ihn zu zerstören. Vor allem innerlich.

Amys Herz zog sich schmerzhaft zusammen. Sie würde es nicht zulassen.

Auch wenn sie Thyras hartnäckiges Interesse an Kai nur ansatzweise verstand, liebte Amy selbst ihn wie einen Sohn. Er rührte etwas in ihr, war ihr viel näher als die anderen Schattenjungen, daher musste sie ihn einfach retten.

Amy beäugte das riesige Fluchmal auf Kais Rücken. Sie hatte wenig Ahnung von diesen Dingen. Aber ganz bestimmt hatte sie nur eine Chance.

Kais Atem wurde flau und ebbte schließlich ganz ab. Die Zeit lief ihr davon.
Amy ließ die Luft aus ihrem Mund strömen. Dann beugte sie sich vor und küsste seine schweißnassen Male. Legte all ihre Liebe und ihren Glauben in diesen Kuss. Sie war willens, seine Bürde für ihn zu tragen.
Und Kai atmete.

Kai stand mit dem Rücken zu ihr, aber sie erkannte an der Art, wie er die Schultern anspannte, dass er ihre Anwesenheit spürte.

»Ich müsste Unmögliches von dir verlangen, um dieses Stigma loszuwerden.« Rubys Stimme war kaum hörbar.

Kai drehte sich endlich zu ihr um. Der Blick, den er ihr zuwarf, verriet seine Gefühle. »Hast du immer noch nicht verstanden, dass ich *alles* für dich tun würde?«

Auf diese Antwort hatte sie gehofft und sie gleichzeitig gefürchtet. Doch eigentlich war sie vorhersehbar gewesen, er war ein echter Ritter, der zu seinem Wort stand. Ruby bedeutete ihm trotzdem nichts, aber sie war Salvyas einzige Hoffnung.

Sie war müde, so unendlich müde. Warum lief nichts so, wie sie es sich vorgestellt hatte? Ihr Wiedersehen mit Kai war eine Katastrophe. Die Gardisten lauerten in der Lampyria und sie hatte keine Ahnung, ob ihre Eltern in Sicherheit waren oder längst in Thyras Turm schmorten.

»Was muss ich tun?«

Kai stand so dicht vor ihr. Sie bemerkte die felsenfeste Entschlossenheit in seiner Miene. Ruby schüttelte den Kopf. Was, wenn er danach beide Flüche trug, seinen und ihren? Er war nicht so stark wie Amy.

Kai nahm ihr schlaffes Handgelenk. Widerstandslos folgte sie ihm die Leiter hinauf.

Auf dem Dachboden, auf dem sich Rubys Nachtlager befand, rückte er näher und schlang die Arme um sie, ohne auf ihre Abwehr achtzugeben. Sie war immer noch wütend und verletzt. Er wollte, dass sie Freunde waren. *Freunde!* Freiwillig hätte er nie wieder einen Fuß nach Caligo gesetzt, das hatte er selbst zugegeben. Nur sein dämlicher Ritterschwur zwang ihn dazu. Von allen Möglichkeiten, warum er so lange hatte auf sich warten lassen, war das die allerbeschissenste gewesen. Dass er lediglich gekommen war, weil er *musste!* Aufgrund von Rubys verflixter Unfähigkeit, die Gefahr zu spüren, die von George ausgegangen war.

Kai vergrub das Gesicht in Rubys Haar. Sie wagte kaum zu atmen. Ihre Haut kribbelte, wo er sie berührte. Rubys eisern erkämpfte Abwehrmauer begann zu bröckeln. Sie wollte ihn gleichzeitig wegstoßen und an sich ziehen.

»Zeig es mir.« Seine Stimme war kratzig und er hielt sie viel zu verkrampft fest. Er schien echte Angst zu haben. Irgendwie machte es das schwer, ihm weiterhin böse zu sein. Er liebte sie nicht, das war verdammt hart. Aber schließlich hatte er das auch nie behauptet, oder?

»Nein, Kai«, flüsterte sie. »Denk daran, was passiert ist, als du mich aus dem Wasserfall gezogen hast. Ich will kein weiteres Opfer von dir.«

Kai nickte fest. »Ich bin nicht gestorben. Diese Affinität wird uns beide retten. In dem Fall.«

Ruby schluckte bei seinem Zusatz den Kloß in ihrem Hals hinunter. Sie hatten eine Verbindung, die er hasste. Wie schrecklich, dass er ständig daran erinnert wurde.

»Um einen Fluch zu neutralisieren, muss man den magischen Vorgang seiner Entstehung wiederholen. Ich werde aber unter keinen Umständen dein Blut vergießen, Prinzessin. Wir müssen dich anderweitig in Wallung bringen.«

»Na, das sind doch immerhin gute Neuigkeiten.« Ruby wusste eine todsichere Möglichkeit, wie er sie zum Kochen brachte.

Kai grinste schief. Anscheinend hatte er wieder einmal ihre Gedanken erraten. Er sprang mit einem Satz auf das behelfsmäßige Bett. »Viel besser, Prinny. Schlüpf unter die Decke.«

Ruby starrte ihn an und verharrte, wo sie war. Das war allerdings auch eine todsichere Art.

»Komm schon, ich werde nicht …«

Oh Gott, er wurde rot! Ruby schmolz dahin, wie immer, wenn Kai einen dieser raren Momente von Unsicherheit zeigte. Er hob die Daunendecke noch ein Stück weiter an und sie glitt neben ihn.

»Jetzt bringen wir dich ordentlich zum Schwitzen.«

Ruby schüttelte den Kopf, obwohl er sie unter der Decke sowieso kaum ausmachen konnte. »Warum jagst du mich nicht ein paar Mal die Treppen rauf und runter?«

»Ich stehe eben auf Selbstquälerei.« Er hielt sie davon ab, empört aufzuspringen. Kai drehte sich zu ihr herum, wodurch sein Atem ihr Gesicht streifte. »Soll ich dir einen dreckigen Witz erzählen oder möchtest du durchgekitzelt werden?«

Ruby schluckte hörbar. Sie wusste, was er tun musste, um das Stigma zu neutralisieren, doch sie konnte es ihm unmöglich sagen. Nicht, nachdem er diese Freundschafts-Sache ausgesprochen hatte. Es würde wieder misslingen, weil er nicht die richtigen Gefühle für sie hatte. Er fühlte sich vielleicht verpflichtet, ihr zu helfen, aber er liebte sie nicht.

Er liebte sie nicht.

Er.

Liebte.

Sie.

Nicht.

»Hör auf damit. Du flackerst.«

»Was soll das überhaupt bedeuten?«, flüsterte sie.

Kai atmete langsam aus, ehe er antwortete. »Ich bin wahrscheinlich der mieseste Aura-Leser, den man sich vorstellen kann. Deine Aura, so mickrig sie auch sein mag, hat einen direkten Draht zu mir. Es hat vermutlich etwas mit der Affinität zu tun. Wenn du sehr aufgebracht bist, wirkst du wie Kerzenlicht in einem Windhauch.«

Ruby dachte daran, wie sie ihm in der Kanalisation das Gefühl von Falschheit vermittelt und er sofort reagiert hatte. Diese Affinitätssache schien stärker zu werden. Ein Grund mehr, Kai von ihr zu befreien – von Ruby zu erlösen.

»Nein.« Kai rückte näher.

Rubys Atem stockte.

Er fuhr mit seinen Fingerspitzen über den feinen Schweißfilm, der sich auf ihrer Stirn gebildet hatte. »Ich würde alles für dich machen, Prinzessin. Das war mein voller Ernst. Sag mir, was ich tun muss. Ich denke, ich weiß es, aber ich will es von dir hören. Bitte mich, dann kann ich sowieso nicht Nein sagen.«

Rubys Innerstes zog sich bei der Erinnerung an ihren ersten Kuss schmerzhaft zusammen. »Wir sind keine Schattenmagier, die den Fluch rückgängig machen könnten. Der einzige Weg wäre, es mit dem absoluten Gegenteil zu neutralisieren. Das kann ich nicht von dir verlangen.«

»Dann verlange nicht. Bitte mich.«

»Vergiss es. Du kannst nichts dafür. Vortäuschen ist keine Lösung.«

»Vorzutäuschen war auch noch nie so meine Stärke. Sag schon, Prinny.«

Er würde nie lockerlassen. Ruby vergrub das Gesicht in den Händen. »Nein! Du würdest den Schmerz fühlen, die Angst, die ich gespürt habe, während Thyra mir das Stigma verpasst hat. Du müsstest bereit sein, alles auf dich zu nehmen, selbst den Fluch. Das kann ich dir nicht antun. Es wäre dein Tod.«

»Sag es!« Er lag jetzt fast auf ihr, seine Nähe brannte auf ihrer Haut. Tränen rannen ihre Wangen hinab und er wischte sie mit seinen rauen, nach Metallsaiten duftenden Fingerkuppen weg. »Bitte, Prinny. Ich werde nicht sterben. Selbst wenn ich es müsste, würde ich es für dich tun. Also sag mir, was ich wissen will.«

Auf einmal war Ruby egal, was er gesagt hatte, was aus ihren Eltern wurde, was von Salvya in ein paar Stunden noch übrig war. Es wurde nebensächlich, ob sie Kai oder sogar ihrem Spiegelbild jemals wieder in die Augen blicken konnte. Sie holte tief Luft.

»Es ist Liebe«, flüsterte sie. »Bitte, Kai.«

Er zögerte keine Sekunde. Sein Mund traf ihr Flügelchen und Ruby bäumte sich unter den sengenden Schmerzen auf, als sein Liebesbeweis die Schattenmagie niederbrannte.

Kai

Seine Lippen fühlten sich an, als ob er ein Feuerzeug daran gehalten hätte, aber er hörte nicht auf. Mit der Zungenspitze fuhr er die beinahe unmerkliche Erhabenheit des Flügelchens nach. Der leicht salzige Schweiß prickelte auf seinen Geschmacksknospen. Kai ertrug den lähmenden Schmerz und vollendete das Werk. Rubys Fingernägel gruben sich in seinen Rücken, bis das Blut an den Rippen hinunterrann. Kais Flügel rebellierten, drängten von innen gegen die Haut, aber er kämpfte sie eisern nieder.

Nein! Nicht!

Das Mal hinter ihrem Ohr brach endlich auf und er fing die Magie darin mit einem Kuss ein. Ihr Flügelchen flatterte an seinen Lippen, ebenso wie Ruby in seinen Armen. So war es wohl, freiwillig eine Granate zu verschlucken. Trotzdem konnte Kai sie kaum loslassen. Es fühlte sich so verdammt richtig an, sie im Arm zu halten.

»Es kitzelt«, wisperte sie ungläubig.

Endlich gelang es ihm, die Decke zurückzuschlagen. Ihre Wangen glühten und die Haare klebten an der Stirn, doch das Wunderbarste war das Flügelchen. Um sich zu vergewissern, dass es keine Einbildung war, griff Kai vorsichtig danach. Der winzige Flügel zitterte unter seiner Berührung. Wie die Schwinge eines Schmetterlings wuchs das zart geäderte, silberne Flügelchen aus Rubys Haut. Nie hatte Kai etwas Schöneres gesehen.

»Versuch, deine Aura zu nutzen«, flüsterte er heiser.

Bedauern schimmerte in ihren geweiteten Pupillen. Sie schüttelte den Kopf.

Kai unterdrückte ein Seufzen, lehnte sich zu dem chaotischen Haufen seiner Habseligkeiten hinüber und zerrte das Chordtube hervor. Er hatte neue Rapunzelhaarsaiten aufgezogen und endlich würde das Instrument wieder seinen herrlichen Klang verbreiten können. Behutsam legte er es ihr in den Schoß und schlüpfte hinter sie, so nah es ging.

Ihre Hände lagen reglos unter seinen auf dem rostigen Metall. Kai sendete leichte Stromwellen durch ihre Finger, woraufhin sie die Saiten herunterdrückten.

»Die Noten sind nicht wichtig. Nur das, was du fühlst.«

Dann spielte er. Mit Rubys Händen als Mediator.

Ruby

Er sandte seine Musik durch ihre Finger. Obwohl sie keinen einzigen Akkord kannte, klang die Melodie herzzerreißend. Sie wehrte sich eisern, aber allein Kais Nähe, die Wärme seiner Haut, die feinen Bewegungen der Muskeln, der prickelnde Strom zwischen ihnen öffnete die Schleusen.

Schmerz, Angst, Verzweiflung, Liebe, Verlangen, Sehnsucht. All diese Emotionen strömten mit ihren Tränen und den leisen Schluchzern, die ihre zusammengepressten Lippen verließen, aus ihr heraus. Sie vermischten sich mit den zarten Klängen des Saiten-Rohres und tauchten den Raum in eine atemlose Atmosphäre.

Gold und silbern wirbelte Licht um sie herum wie glitzernde Staubkörnchen im ersten Sonnenstrahl, nur sehr viel heller. Tausende kleine Sonnen in der staubigen Luft des Dachbodens. Ruby kniff die Augen zusammen und Kai ließ zu, dass ihre Hände herabsanken, während er fester um sie herumgriff und das Instrument weiterspielte.

»Was ist das?« Ruby gelang es nicht, die Tränen fortzuwischen, weil Kai ihre Arme immer noch festklemmte, doch das schien im Moment auch unwichtig.

»Aura«, flüsterte Kai an ihr Ohr. »In ihrer reinsten und klarsten Form.«

»Meine Aura?« Mit neuem Interesse verfolgte sie den Flug des Glitzerstaubs. »Ich dachte, ich hätte keine.«

Seine Lippen spannten sich an ihrem Hals zu einem Lächeln. »Bitte! Du bist die Prinzessin, die Drachentochter. Selbstverständlich hast du die schönste Aura von ganz Salvya.«

»Davon hat man ja bisher sehr viel bemerkt.« Ruby rollte über sich selbst die Augen.

Kai ließ das Instrument sinken und das funkelnde Licht ebbte langsam ab. Bedauernd sah Ruby dem letzten Glitzern hinterher. Ein Gefühl ziepte in ihrer Brust, eine leise Traurigkeit. Dieser einzigartige Moment würde so nie wiederkommen. Der Augenblick, in dem sie zum ersten Mal ihre eigene Aura entdeckt hatte.

»Deine Mutter ist unheimlich stark. Sie hat dich so schnell wieder unterdrückt, obwohl du *wusstest,* wer du bist.«

»Wovon redest du?«, fragte Ruby nach.

»Du weißt, dass Yrsa dir den Aurablock aufschwatzt, indem sie dein Selbstbewusstsein klein hält.«

Ruby nickte beschämt. Es war nicht schwer, sie in diesen Modekreationen lächerlich zu machen. Die erniedrigenden Untersuchungen in der Klinik und der Hausarrest waren ebenso taktische Züge gewesen, um Rubys Selbstwertgefühl systematisch zu zerstören.

»Dann kam natürlich das Stigma dazu, das es dir unmöglich machte, irgendeine Art von Lichtmagie zu verwenden. Ich denke mal, deine

Mutter weiß nichts davon. Denn sie hat dich für die Schattenmagie erst verwundbar gemacht, indem sie deine Abwehr so schwächte.«

Ruby schüttelte verwirrt den Kopf.

»Sie hat deine Aura unterdrückt, obwohl sie dein natürlicher Schutz gegen feindliche Magie ist.«

»Wenn ich aber jetzt zum ersten Mal wirklich Aura entwickle, was habe ich dann im Kampf gegen Thyra verwendet?«

»Drachenmagie. Gefühlsmagie, weil du nicht weißt, wie Auramagie geht, aber sie war da. Ruby, als du mich geküsst hast …« Er brach ab und zupfte ein paar Saiten, ehe er leise fortfuhr. »Du warst ein verdammtes Feuerwerk. Deine Aura ist explodiert.«

Ein lang gezogener Schrei drang von draußen zu ihnen herein. Endlich gelang es Ruby, sich von Kai zu lösen. Er war schneller bei der Leiter. Sie verging beinahe vor Ungeduld, bis sie ebenfalls hastig hinunterklettern konnte.

Die offene Haustür gab den Blick auf ein Schauspiel frei, das Rubys Atem stocken ließ. Die Lampyria hatte sich in ein Herbstkleid gewandet. Erst beim Hinaustreten erkannte sie, dass die Blätter nicht aufgrund der Jahreszeit blutrot waren.

Gnarfel stand mit dem Rücken zu ihnen und schwang das Lichtschwert trotz der klaffenden Wunde in seinem Oberarm. Geschmeidig glitt die blendende Klinge durch die Luft, schlug in schwarze Körper, die sich in Nebelstreifen auflösten und kurz darauf wie von Zauberhand vor dem Waldschrat wieder auftauchten. Oskar humpelte auf drei Beinen winselnd hinter das Haus. Ali wirbelte wie ein blauer Tornado zwischen der Übermacht an Schattengardisten herum. Ruby konnte kaum ausmachen, ob das Blut um seine rotierende Gestalt aus seinen zahlreichen Wunden oder denen der Gegner stammte.

Kai schüttelte die Starre ab, zückte sein Holzschwert und sprang mit einem Kampfschrei mitten in die Schattenmeute. Ruby sog scharf den Atem ein. Wie wollte er mit diesem lächerlichen Ding kämpfen? Auch die angreifenden Gardisten stutzten bei seinem Anblick und brachen in höhnisches Gelächter aus.

Kais konzentrierter Blick vertiefte sich. Schließlich wirbelte er das Schwert herum und aus dem Waldboden schossen mächtige Wurzeln und grüne Ranken auf. In Sekundenschnelle verwandelte sich der

Wald vor Rubys Augen. Hecken wurden zu Elefanten, die mit dornenbesetzten Stoßzähnen auf die Schatten losgingen. Die Knollen und Wurzeln formten eine Wildschweinrotte, die grunzend ihre Hauer in die schwarzen Männer schlug. Äste legten sich wie zischende Schlangen um Hälse und Arme, würgten, bissen und sprühten ihr Gift in die Augen der Angreifer.

Im Zentrum des zum Leben erwachten Waldes stand Kai. Er wirkte ein wenig verloren, die einzig reglose Gestalt mitten in einem Hexenkessel aus Blättern und Pflanzen.

Erst auf den zweiten Blick bemerkte Ruby, wie er mit dem Schwert die Lampyria dirigierte. Die Waffe selbst ähnelte auf einmal viel mehr einem hellen Ast. Ruby schnaufte. Sie hatte sich erneut von den Äußerlichkeiten blenden lassen und das Holzschwert für ein Spielzeug gehalten.

Ihr Flügelchen flatterte aufgeregt und sie verspürte den brennenden Drang, den Drachen herauszulassen. Angst ließ sie zögern. Was, wenn es wieder nicht klappte und sie noch einmal ohnmächtig vor Schmerzen wurde? Sie wäre nur ein Klotz am Bein.

Gnarfel wurde durch einen harten Schlag zu ihr herumgewirbelt und prallte gegen Ruby. Automatisch fing sie den alten Mann auf. Sie konnte ihn nur anstarren.

Er war schlank und aufrecht, keine Spur des buckligen Waldschrats. Das silberne Haar war zu einem glänzenden Zopf im Nacken geflochten und das Einzige, was noch an Gnarfel erinnerte, war die Schwärze seiner Augen. Ein Schleier fiel über seinen dunklen Blick und der Griff an ihrer Bluse wurde schlaff.

Ruby hatte keine Zeit mehr. So sanft wie möglich legte sie den Lichtritter ab und stellte sich den drei Angreifern, die auf sie zugestürmt kamen. Kai schrie auf und schleuderte Ranken nach den Gardisten. Wurzelschlangen wanden sich um ihre Fußknöchel und die Schatten lösten sich unter der Berührung seiner Magie auf, doch die Männer rannten mit neu entstandenen Gliedmaßen weiter auf Ruby zu.

Energisch drängte sie die aufkeimende Panik zurück. *Denk nach!*

Aus dem Augenwinkel beobachtete sie, wie ein gefallener Schattengardist nach Gnarfels Rapunzelhaarlasso griff und plötzlich wieder, wie neugeboren, auf der Erde stand.

»Fasst sie nicht an«, rief sie ihren Freunden zu. »Sie ziehen Kraft aus eurer Magie.«

Ali wich augenblicklich einem Schattenkämpfer aus, der nach ihm greifen wollte. Kai war langsamer. Ein Gardist packte einen Eber am Hinterlauf und zerrte Kai wie an magnetischen Fesseln gezogen zu sich heran. Ehe er Kai in seine tödliche Umarmung reißen konnte, traf Ruby ein Gedanke, der nicht in ihrem eigenen Kopf entstanden war.

Licht!, sagte Amy mit klarer Stimme in ihr.

Wir müssen heller als die Schatten sein, schrie es in Ruby.

Drachenmagie basiert auf den Elementen, fügte Gnarfel in ihrer Erinnerung hinzu.

Rubys Blicke huschten über das blutgetränkte Blättermeer. Sie beobachtete Kai, wie er verzweifelt versuchte, den Wald unter Kontrolle zu halten.

Auf einmal wusste sie, was zu tun war.

Sie griff nach ihrer Hilflosigkeit, ihrem Zorn, dem brennenden Wunsch, sich zu rächen für alles, was die Schattenmagier ihr und ihren Freunden angetan hatten. Wind rauschte in Rubys Ohren, Flammen züngelten um ihren Blick, Hitze kochte in ihrem Blut. Sie fühlte nach dem Waldgeist, den sie noch letzte Nacht auf der Zunge geschmeckt hatte. Das Glitzern ihrer Aura wirbelte um sie herum. Auramagie war Ruby immer unverständlich vorgekommen, aber auf einmal wusste sie einfach, wie es ging. Sie musste nur hundertprozentig wissen, was sie wollte.

Ruby rief die Magie in den Moosen, Flechten und Baumtrieben. Sie lockte den Wind mit einem geflüsterten Versprechen, hob die Arme im aufkeimenden Sturm und schickte ihre Auramagie mit dem Tosen in den Wald hinaus.

Es war das seltsamste und berauschendste Gefühl, das sie je erlebt hatte. Sie fühlte den Wald in jeder Nervenzelle, schmeckte und roch ihn. Sie hob die Hand, doch da war nichts zu sehen. Dabei war sie nicht unsichtbar, sie war zu einem Teil der Lampyria geworden, ganz und gar eins mit der Natur. Triebe und Blüten wuchsen auf ihrer Haut, Äste und Ranken bildeten ihr Haar. Sie hatte das Gefühl, alles erreichen zu können.

Ruby spürte jeden Tropfen Blut, der vergossen wurde. Es brannte auf ihrer Haut wie Feuer. Im nächsten Augenblick ging das blutige Laub in Flammen auf. Ruby hob das Bein, woraufhin uralte Eichen ihre Wurzeln aus dem Boden rissen und wie Riesen auf die Schatten zustürzten. Auf Rubys Befehl hin drängten die Baumriesen die Schattengardisten in einem Gefängnis aus Stämmen und Ästen zusammen. Sie atmete Wind in die flammenden Blätter und der helle Feuerschein wirbelte um die zusammengetriebenen Gardisten herum, die sich schützend die Arme vor die Gesichter hielten.

Zornige Äste peitschten im Sturm auf die schwarzen Gestalten herab, schlugen tiefe Wunden in ihr Fleisch, die die Schattengardisten im gleißenden Licht des Feuerlaubes nicht mehr ungeschehen machen konnten. Ali ließ Gnarfels Lasso durch die Luft sirren. Es schnitt durch die Schattenkämpfer wie ein Messer durch Butter. Kais Waldgeister griffen sich diejenigen, die fliehen wollten, und streckten sie gnadenlos nieder. Und Rubys Blutblätter brannten die Schatten fort.

Kapitel 7
Ruby

Kai war plötzlich an ihrer Seite. Anscheinend spürte er wieder einmal, dass sie sich kaum noch auf den Beinen halten konnte, weil sie keinen weiteren sterbenden Schattengardisten mehr ertrug.

»Die haben uns angegriffen, Prinny«, murmelte er und zog sie bestimmt vom Kampfplatz fort.

Ruby schüttelte den Kopf. Kai empfand das vielleicht anders, für sie blieben die Gardisten Salvyaner, Menschen.

»Wie geht es Gnarfel?«, fragte sie.

Kai biss auf seine Unterlippe.

Der zusammengesunkene Körper des Lichtritters auf den Stufen der Holzhütte war Antwort genug. Sein aschfahles Gesicht und die verdrehte Körperhaltung ließen ihn auf den ersten Blick wie tot erscheinen, aber bei genauem Hinsehen konnte man das schwache Heben des Brustkorbs ausmachen.

Ruby stürzte auf ihn zu. Ein Lufthauch streifte sie und ließ sie innehalten. Amy schwebte wie eine Traumwandlerin an ihr vorbei und glitt in einer einzigen Bewegung über Gnarfel, wie ein Seidentuch, das ihn zudeckte.

Kais Mund stand genauso offen wie Rubys. Der Anblick, wie Amys ausgemergelter Körper den sterbenden Lichtritter beschützte, war sehr intim. Ruby fühlte sich wie ein ungebetener Zuschauer.

Gnarfels Gesicht nahm zumindest einen Hauch Farbe an, während Amy still, beinahe atemlos auf ihm lag. Erst nachdem sich seine schwachen Atemzüge beruhigten und etwas regelmäßiger wurden, richtete sie sich wie in Zeitlupe auf. Zärtlich berührten ihre Finger ein ledernes Armband, das Ruby noch nie an Gnarfel bemerkt hatte. Ungeschickt nestelte sie an der Verschnürung herum und Ruby war hin- und hergerissen, ihr zu helfen oder sie diese offensichtlich wichtige Aufgabe selbst erledigen zu lassen.

Endlich löste sich der Knoten und Gnarfels Jugend entwich seinem Körper mit einem lang gezogenen Seufzen in dem Moment, da Amy das Armband entfernte.

Ihr zitternder Arm streckte es Kai entgegen. Er wich zurück wie vor einer bissigen Viper.

»Das geht nicht«, stammelte er und ging noch einen Schritt rückwärts. »Er hat mir schon das Dryadenmark gegeben.« Hilflos berührte er den Ast, der jetzt wieder als unscheinbares Holzschwert an seiner Seite baumelte.

Amys Hand verharrte weiterhin mit dem Armband in der Luft.

»Du musst das annehmen.« Alis Blick war ernst und wie immer unlesbar. »Amy weiß, was Gnarfel wollte. Vielleicht muss jemand anderes Gnarfels Bürde tragen, damit er überleben kann.«

Kai lachte trocken. »Dafür bin ich ja der geeignete Kandidat.« Er schnaubte. »Weißt du denn nicht, was das ist?«

Ali wartete reglos Kais Erklärung ab.

Ruby beäugte das Armband mit neuem Interesse. Es schien ein ganz harmloses Lederband zu sein, vielleicht fünf Zentimeter breit und dunkel, beinahe schwarz. »Was, wenn es Kai alt macht, sobald er es trägt?«, rutschte es aus ihr heraus, ehe sie es verhindern konnte.

Amy atmete leise aus und schwenkte den ausgestreckten Arm nun zu Ruby herum. Das Band baumelte vor ihrer Nase in der Luft.

»Okay.« Ruby schnappte danach, obwohl ihr Herz raste. »Ich prüfe für dich, ob es sicher ist.«

Kai stieß einen gepressten Schrei aus, aber Rubys Finger schlossen sich bereits um das Leder. Im ersten Augenblick fühlte sie nur das zähe Material. Dann fuhr die Kraft in ihre Fingerspitzen. Ruby sog scharf die Luft ein und ignorierte Kais alarmierten Blick.

Sie spürte Leben, Macht, Magie, Klugheit, Mut, Kampfkraft und unzählige Eigenschaften mehr durch ihren Geist strömen. Gnarfel schien alles, was ihn ausmachte, in dieses unscheinbare Leder gebannt zu haben. Ruby kicherte leise, weil die Phantasie prickelnd und kitzelnd in ihren Körper fuhr. Sie entdeckte den Wald, wie er wirklich war, ein lebendiges, atmendes Wesen, das sich ständig veränderte. Sie konnte Tiere in einer Entfernung von mehreren Kilometern anhand ihres Flügelschlags oder ihres Pheromonduftes erkennen. Sie fühlte das

Wachsen der Blätter oder das Aufbrechen der Knospen auf ihrer Haut, hörte das klingelnde Geräusch, mit dem die Blüten einen Tautropfen in Empfang nahmen.

Doch all das war nicht für sie gedacht. Sie war die Darkwyllin, sie müsste den Wald auch ganz ohne Hilfsmittel spüren können. Einen Vorgeschmack hatte sie ja schon durch ihren letzten Zauber erhalten. Bloß daran, dass ihretwegen Menschen gestorben waren, wollte sie jetzt überhaupt nicht denken.

Seufzend hielt sie Kai das Armband entgegen. Er musterte sie argwöhnisch, streckte jedoch die Hand danach aus,

»Du wirst es lieben«, ermunterte sie ihn.

Kai zögerte immer noch. »Es ist Gnarfels Lichtritter-Cestus. Sein Panzerarm, ein Sphairai. Ich kann so ein mächtiges Geschenk nicht annehmen.«

»Er will es dir geben«, beharrte Ruby, die nicht fand, dass es wie eine dieser geharnischten Armschienen aussah.

»Ich bin kein Lichter Ritter.«

Ohne näher auf seine Einwände einzugehen, drückte Ruby ihm das Lederband in die Hand. Kais Augen wurden weit. Er stand da wie vom Donner gerührt. Beinahe fürchtete Ruby, er würde nun doch altern, aber ihre eigenen Gefühle bei der Berührung des Bands waren ebenfalls umwerfend gewesen.

Langsam, fast ehrfürchtig schlang Kai sich den Cestus um das Handgelenk. »Würdest du es mir befestigen?«, fragte er mit beklommener Stimme und Ruby beeilte sich, seinem Wunsch nachzukommen. Die feinen Schnüre, die das Band an Gnarfels Arm zusammengehalten hatten, waren kaputtgegangen. Ruby rupfte sich kurzerhand ein Büschel Haare aus und knotete das Leder damit fest.

Ein Ruck ging durch Kais Körper und er ballte die rechte Faust. Das Armband wuchs in rasender Geschwindigkeit über seinen kompletten Unterarm bis über den Ellenbogen hinaus und ähnelte mit einem Mal tatsächlich einem Panzerarm.

Neugierig kam Ruby näher. In der Sekunde schossen Hunderte Federn aus dem Leder. Gerade noch rechtzeitig riss Kai den Arm weg von Rubys Gesicht, ehe die messerscharfen Federn in ihre Haut schnitten. Die Kanten glänzten in der Sonne wie Skalpellklingen.

355

Ruby keuchte auf. »Das ist eine Waffe.«

»Und was für eine.« Bewundernd glitt Kais Blick über seinen Waffenarm. Dann öffnete er die Faust und die Federn verschwanden ebenso wie die lederne Unterarmschiene.

Doch das Armband hatte sich verändert. Ornamente waren hineingestanzt, Drachen, Phönixe, Ranken und Feuerblumen. In der Mitte glänzten drei Edelsteine. Ein großer Rubin, ein Smaragd und ein Saphir.

Ali klopfte Kai auf die Schulter. »Bereit?«

»Wofür?«, hakte Ruby nach.

Ali deutete auf Amy, die Gnarfel hochgehoben hatte und auf nackten Sohlen ins Unterholz glitt wie ein Geist.

»Sie kann ihn doch nicht tragen!« Ruby eilte ihrer Tante hinterher. Bis vor Kurzem war sie kaum in der Lage gewesen, den eigenen Speichel zurückzuhalten. Jetzt trug sie einen gestandenen Mann durch den Wald, als ob er so leicht wie ein Vogel wäre. Doch so sehr sie auch auf Amy einredete, sie ging stoisch und unbeirrt weiter und hielt Gnarfels Körper eisern umklammert.

Ali, Ruby und Kai folgten ihr etwas ratlos.

»Was glaubt ihr?«, äußerte Ruby ihre Gedanken. »Wieso hat Gnarfel all seine Kräfte verbannt? War das Absicht? Oder musste er es vielleicht tun, weil er von den Lichtrittern verstoßen wurde?«

Kai musterte nachdenklich Amys knochigen Rücken. »Er sagte mir mal, er hätte selbst um seine Entlassung gebeten, weil er das Zölibat nicht halten konnte.«

»Das würde bedeuten, dass er jemanden …« Auch Ruby starrte jetzt auf Amys Wirbelsäule, die sich deutlich unter dem dünnen Nachthemd abzeichnete.

»… liebt«, vollendete Kai ihren Satz.

Automatisch sah Ruby zu ihm auf. Ihr Herz setzte einen Schlag aus, sobald sie das Glimmen in seinem Blick bemerkte. Rasch senkte Kai die Lider. »Das ist der Grund. Er liebt sie. Für sie hat er alles aufgegeben. Garantiert hat er seine Macht abgelegt, um sie zu schützen.«

»Er hätte sie doch als Ritter besser beschützen können«, gab Ruby zu bedenken.

»Du hast es immer noch nicht kapiert, oder?« Kais plötzlicher Angriff raubte ihr den Atem. Er sprühte vor Zorn. Ruby fiel auf, wie viel größer und stärker er war. Etwas an der Art, wie er sich vor ihr aufbaute, war angsteinflößend. »Amy verbraucht all ihre Macht, um Salvya zu schützen. Um uns zu helfen. Sie hat sich selbst verflucht, nur um deinen Arsch zu retten. Sie ist eine alte Frau geblieben, weil sie immer das kleinste bisschen Kraft, das ihr noch blieb, für andere hergab. Was würde jemand tun, der sie aufrichtig liebt? Seine Lichtritterfähigkeiten, die wie ein beschissenes Inferno durch ganz Salvya leuchten, aufrechterhalten und so ihren Aufenthaltsort jedem preisgeben, der auch nur die Augen aufmacht? Oder vielleicht doch eher eine wasserdichte Tarnung anlegen? Ein alter Mann, eine alte Frau, keine besonderen magischen Kräfte, keine Gefahr.« Kai tippte hart gegen Rubys Stirn. »Schalt dieses Erbsenhirn mal ein, für das du angeblich so berühmt bist, Prinzessin.«

Seine Fingerspitzen hämmerten zum zweiten Mal auf ihre Stirn. Es tat weh. Beim dritten Mal wich sie aus. »Niemand hat dich gezwungen, diesen dämlichen Eid zu schwören, Kai. Wenn du nicht mein Ritter sein willst, hau einfach ab.«

»Tja, schön wär's. Nur leider stolperst du ja sogar über deine eigenen Flügel, wenn ich dich nicht auffange!«, rief Kai und rang die Arme zum Himmel. Er drehte auf dem Absatz um und stürmte in die Lampyria hinein.

Ali trat leise neben Ruby. »Du weißt, was sein Problem ist, Prinzessin.«

Sie seufzte und rieb sich müde die Stirn. Dieses permanente Auf und Ab mit Kai machte sie noch wahnsinnig. Im einen Moment küsste er sie, dann hasste er sie, dann flirtete er mit ihr, als würde es kein Morgen geben, und im nächsten Augenblick stieß er sie von sich. »Dass die Affinität uns aneinander bindet? Er wünscht sich, mich verlassen zu können, doch die besondere Verbindung zwischen uns verhindert es, solange ich in Gefahr bin.«

»Das ist nur ein Teil der Wahrheit. Er ist wie Gnarfel, Ruby. Kai ist dein Beschützer. Er mag sich nie für diese Affinität entschieden haben. Anfangs hat er sie sogar verflucht, doch es ist seine Bestimmung. Wenn er von dir getrennt ist, leidet er.«

Ruby öffnete den Mund zu einer trotzigen Erwiderung, aber Ali hob warnend die Hand. »Du warst nicht hier. Was du gefühlt hast, kommt vermutlich nur ansatzweise an Kais Schmerz heran. Du weißt nicht, was er erlebt hat, bevor er dich – seine Bestimmung – traf.«

Ruby klappte den Mund wieder zu. Bilder tauchten in ihr auf. Kai, mehr tot als lebendig in Amys Arm. Sein gequälter Blick, während er von seinen Eltern berichtete. Ein junger, gebrochener Kai in Thyras Bett.

»Wie fürchterlich, dass ausgerechnet ich seine Bestimmung bin.« Ihre Stimme klang rau.

Ali schüttelte den Kopf. »Es ist richtig, so wie es ist. Du darfst es ihm nur nicht unnötig schwer machen.«

»Er ist es doch, der es für uns beide unerträglich macht. Von Anfang an hat er das getan.« Die Geschichte mit dem Oblivio-Zauber konnte sie ihm irgendwie nicht verzeihen.

»Darf ich dich bitten, es einmal aus einer ganz anderen Perspektive zu betrachten? Stell dir vor, du wärest nach Salvya gekommen und Kai hätte dich sofort als Prophezeite akzeptiert.«

»Ein Traum«, brummte Ruby und trat einen trockenen Ast beiseite. »Zu schön, um wahr zu sein.«

»Du sagst es.« Ali nickte zufrieden. »Wenn er sich vom Fleck weg in dich verliebt hätte – hättest du ihm geglaubt? Der Rockstar und …«

»Miss Unsichtbar.« Ruby schüttelte den Kopf. »Natürlich nicht.«

»Und was wäre dann geschehen? Hättest du gelernt, an dich zu glauben, deine eigenen Kräfte zu entdecken, selbst herauszufinden, was du bist, wozu du fähig bist, wenn er nicht den Widerstand aus dir herausgekitzelt hätte?«

Ruby schwieg. Ali legte da den Finger in eine ziemlich tiefe Wunde.

»Ich denke nicht«, antwortete er an ihrer Stelle. »Ich will ja gar nicht behaupten, er hätte es mit Absicht gemacht. Für Kai warst du von Anfang an eine Bedrohung. Sein Getue, diese Mädchen, die Arroganz. Reiner Selbstschutz. Und es funktionierte – bis du kamst. Die Erste, die er mit seiner Magie nicht greifen konnte. Kein cooler Spruch zog, sein Balzverhalten stieß dich eher noch ab und der Oblivio-Zauber ging völlig schief. Dazu hattet ausgerechnet ihr beide eine Affinität. Er wusste gleich, dass du seine Barrieren niederreißen, ihn verletzbar machen würdest. Und so hat er vollkommen instinktiv das Richtige getan. Kai hat unabsichtlich den Drachen geweckt.«

Es dauerte gefühlte Stunden, bis Ruby endlich wieder sprechen konnte und sie war Ali unendlich dankbar, weil er sie in ihren Grübeleien brüten ließ.

»Was hat das Ganze mit der aktuellen Situation zu tun? Wir hatten das doch schon hinter uns gelassen, waren dabei, ein Paar zu werden, uns zu verlieben und jetzt … Ich kann dieses Hin und Her kaum mehr ertragen, Ali.«

»Er ebenso wenig. Versuch ihn zu verstehen. Kai würde alles für dich geben, aber du wehrst ihn ab. Er liebt dich, obwohl es ihm verboten ist.«

»Warum?« Ruby schrie beinahe. Aufgebracht packte sie Ali bei den Schultern. »Weshalb zum Teufel sollte er mich nicht lieben dürfen? Er durfte es doch auch im Turm, da war unser Kuss sogar die Rettung. Er hat mich durch den Wasserfall gebracht. Zweimal. Wenn er mich nicht lieben darf, wieso hat er dann mein Schattenstigma geheilt?«

Amy tauchte urplötzlich vor Ruby auf. Zaghaft legte sie Gnarfel in Alis Arme, der unter dem Gewicht leise stöhnte.

Ohne eine Miene zu verziehen, nahm Amy Ruby in den Arm. Ein Gefühl durchströmte Ruby, das sie irgendwie an warme Milch mit Honig erinnerte. Amys Umarmung hatte etwas ungeheuer Tröstliches. Die runzligen Hände an Rubys Schläfen schickten Bilder.

Kai, der stundenlang mit blutunterlaufenen Augen ins Leere starrte. Der seine Instrumente zertrümmerte, weil sie keinen klaren Ton von sich gaben. Der nachts im Schlaf ihren Namen rief.

Das Bild verschwamm leicht, ehe es wieder scharf wurde.

Kai, der sich als kleiner Junge an den Rockzipfel einer rundlichen Großmutter klammerte, die grünen Augen wirkten in dem dürren Gesicht unnatürlich groß. Er zitterte, als ein blondes Paar im Türrahmen auftauchte und ihn mit verächtlichem Blick musterte.

»Thyra wünscht, dich zu sehen, Ika. Bemüh dich dieses Mal. Sei uns keine Schande«, sagte die blonde Frau mit eiskaltem Ton.

Die Szene wechselte erneut.

Der Junge stand vor einer jüngeren Ausgabe von Thyra.

»Willst du deine Mutter stolz machen? Du weißt, was ich möchte, kleiner Ikarus. Gib sie mir, dann darf deine Neni vielleicht noch eine Weile leben«, sagte Thyra, ganz die böse Märchenhexe, die sie war.

359

Bei der nächsten Szene war Kai kaum älter.

Die blonde Frau stellte sich vor ihn, neben ihr lag der Mann am Boden. Er wirkte wie tot. War das Kais Vater? Ruby entdeckte vor allem die Ähnlichkeit zu seiner Mutter, die feine Nase, die leichten Sommersprossen. Sie schob ihn erneut hinter sich und trotzte Thyra, die ungerührt einen blutigen Dolch am Rocksaum abstreifte.

»Hast du noch etwas zu sagen, Lacrima?«, fragte sie die Frau eiskalt.

»Ja. Ich habe seine Großmutter getötet, wie du es verlangt hast. Er ist jetzt ganz allein, du hast, was du wolltest.« Ihr Blick zuckte immer wieder zu dem toten Mann am Boden.

Thyra sah auf.

»Habe ich das?« Sie schob sich an Lacrima vorbei und zerrte Kai hinter seiner Mutter vor. »Weinst du?«

Kais Augen waren aufgerissen, während er den Kopf schüttelte.

Ruby wollte schreien, sich kreischend zwischen die beiden werfen und genau in dem Moment tat es Lacrima.

»Lass den Jungen!«, rief sie. Der Dolch bohrte sich in ihre Brust und sie fiel röchelnd neben ihrem Mann auf die Knie.

Thyra hielt Kais Kopf fest, damit er seiner Mutter beim Sterben zusehen musste.

Er verzog keine Miene, aber Ruby glaubte, etwas in seinem Blick brechen zu sehen.

»Weinst du nun?«, fragte Thyra mit ihrer Kreidestimme.

»Was sollte das jetzt noch bringen?« Kai entriss sich ihrem Griff und blickte Thyra mitten ins Gesicht. Zum ersten Mal erkannte Ruby ihn vollständig. Der Rebell war geboren. »Du hast mich zu einem Mörder gemacht. Meine Tränen würden das nicht ungeschehen machen.«

Ruby schlug Amys Hände von ihren Schläfen. Ihr ganzer Leib zitterte, ohne dass sie etwas dagegen tun konnte. Sie war hilflos, traurig und zornig zugleich, wenn sie an den Jungen dachte, der Thyras Spielball gewesen war. Zwar hatte sie in Amys Erinnerungen nicht den Grund gesehen, weshalb Kai sie anscheinend nicht lieben durfte, aber sie hatte genug erfahren. Ihr war fürchterlich übel und sie schämte sich für alles, was sie ihm an den Kopf geknallt hatte.

Amy bückte sich und öffnete eine im Waldboden verborgene Klappe. Lautlos glitt sie in die entstandene Öffnung hinab. Ali ließ Gnarfels leblosen Körper sachte durch die Luke rutschen.

»Ihr Internum«, murmelte Ruby und zögerte.

Ali deutete auffordernd auf die geöffnete Falltür.

»Irgendwie fühlt es sich nicht richtig an, in ihrem Innersten herumzuschnüffeln«, widersprach Ruby.

»Bei Amy geschieht nichts grundlos. Sie wusste ganz genau, weswegen sie den Spiegel nur in deinem Internum deponiert hat. Wir sind hier nur eingeladen, weil sie weiß, dass du ohne uns nicht weit kommst.«

Ruby biss auf die Innenseite ihrer Wange. Sie hatte sich auch schon gefragt, warum Amy damals kein Portal in Kais oder Alis Innerstem untergebracht hatte.

Kai brach aus dem Dickicht wie ein Wirbelsturm, drängte sich wortlos an ihnen vorbei und sprang in die Öffnung.

Ruby seufzte schwer. »Na dann.«

Goldbraun gebackene Brötchen, dick mit Butter und Honig bestrichen, lachten sie vom reich gedeckten Frühstückstisch an. Amys Internum war eine einzige Einladung: Bunte Kissen, überall im Raum verstreut, forderten einen dazu auf, sich gemütlich niederzulassen. Rotierende Kristallfigürchen warfen Lichtreflexe von den Illusionsfenstern auf die prall gefüllten Bücherregale und luden zum Träumen ein. Amy lehnte, kaum älter als Ruby selbst, mit entspanntem Gesichtsausdruck an der Wand, ihre Hand ruhte locker in Gnarfels.

Ruby hatte ihre Tante noch nie so jung gesehen, aber sie bemerkte sofort, dass Kai und Ali recht gehabt hatten: Sie war unverkennbar Amy, ganz egal, wie alt sie war.

Immer noch hin- und hergerissen, leckte sich Ruby den klebrigen Honig von den Fingern. Es war, als ob ihr ein Sonnenstrahl über die Zunge gleiten würde. Schlagartig fühlte sie sich kräftiger und froher. »Mein Gott, was ist in dem Honig drin, Met?«

»Gold«, antwortete Ali abwesend und stupste ein Neonhörnchen an, das es sich in einer Sofaecke bequem gemacht hatte. »Zieh Leine, Fips.«

Ruby zog die Augenbrauen hoch und beobachtete, wie das goldfarbene Eichhörnchen wild keckernd das Fell aufplusterte, ehe es hinter einem Bücherregal verschwand. »Es fühlt sich immer noch falsch an, sie auszuspionieren«, murmelte sie.

»Ruby.« Ali neigte den Kopf. »Was glaubst du, bezweckt sie damit, uns hier herunterzulocken? Sie hat nicht mehr die Möglichkeit zu sprechen. Wenn sie dir etwas mitteilen will, muss sie es auf Umwegen tun. Es ist doch schlau von ihr, dich einfach einen Blick in ihr Innerstes werfen zu lassen.«

»Was, wenn wir etwas entdecken, das nicht für unsere Augen bestimmt ist?« Ruby musterte die liebevolle Art, mit der Amy Gnarfels schütteres Haar glatt strich. Es war rührend. Wie hatte sie die Verliebtheit der beiden nur so lange übersehen können? Sie bemühte sich eisern, nicht in Kais Richtung zu sehen, aber sein Schnauben machte ihren Vorsatz zunichte.

»Sie ist tausendmal klüger als das. Amy ist sehr wohl in der Lage, Dinge geheim zu halten. Selbst in ihrem eigenen Internum.«

Nach einem letzten Blick auf die immer noch versonnen dreinschauende Amy inspizierte Ruby schließlich deren Innerstes genauer.

Ein Diplom an der Wand erregte ihre Aufmerksamkeit. *Besondere Auszeichnung für Agent Fipronello 4711, Hörnchen-Spion unter Kommandant Geronimo, für ehrenhafte Dienste am salvyanischen Volk.*

Darunter war ein Foto von dem goldenen Neonhörnchen. Es hatte einen sauber gestutzten Backenbart und thronte, den glänzend gekämmten Schwanz eitel um seine Beinchen drapiert, auf der Schulter eines sehr jungen Lichtritters. Der Gnarfel auf dem Bild grinste unbeschwert.

Ruby schüttelte den Kopf, immer noch fassungslos darüber, was aus dem strahlenden Ritter in so kurzer Zeit geworden war. Was trieb Geheimagent *Kölnisch Wasser* hier in Amys Internum?

Sie schlenderte zurück zum überquellenden Esstisch. »Was will sie mir denn sagen? Dass ich regelmäßig frühstücken soll?«

Kai schüttelte fassungslos den Kopf. »Ehrlich, Prinzessin, manchmal frage ich mich schon —«

Ali unterbrach ihn, indem er auf ein unscheinbares Foto an der Wand tippte. Es war das Bild von einem blond gelockten, pausbäckigen

Säugling. *Tantenglück* stand in krakeliger Handschrift in der rechten unteren Ecke geschrieben.

»Was glaubst du, was das ist?«

Ruby zuckte die Achseln. »Ein Baby?«

Alis Finger tippte energisch auf den Glasrahmen. »Tantenglück.«

»Ich verstehe schon, aber das bin ich nicht«, beharrte Ruby.

»Wer soll es denn sonst sein? Glaubst du etwa, Thyras Zögling hängt eingerahmt in Amys Internum? Die aus der Schattenbrut sind natürlich keineswegs ihre leiblichen Kinder.«

Ruby unterdrückte ein Schaudern, weil sie sich an einen Traum erinnerte, in dem Thyra ein Baby aus seiner Wiege gestohlen hatte. An Thyra wollte sie im Moment am allerwenigsten denken. »Das ist trotzdem kein Bild von mir. Ich war noch nie blond und blauäugig.«

»Genau.« Alis Mundwinkel zuckte leicht nach oben. »Das bist du nicht. Amy konnte schlecht wissen, wie du als Neugeborenes aussahst.«

Kais Hände flatterten aufgeregt. Offensichtlich verstand er, was Alis kryptische Bemerkungen bedeuteten. »Denk anders, Ruby. Du bist in Amys Gehirn. Das hier ist eine Idee, keine Wahrheit. So hat sie sich nur vorgestellt, dass du aussiehst.«

Ruby schüttelte weiterhin den Kopf. »Das ist zwar logisch, aber es stimmt trotzdem nicht. Laut Gnarfel hat Amy geholfen, mich auf die Welt zu bringen. Da hat sie gesehen, wie ich aussah. Dass ein Kind blond und blauäugig geboren wird und später zu so etwas wird, hab ich noch nie gehört.« Sie deutete auf ihre auffällige tiefrote Mähne.

Ali runzelte die Stirn. »Was ist es dann?«

Ruby musterte ihre Tante und bemerkte ein freches Zwinkern in dem ansonsten reglosen Gesicht. »Es muss eine Fälschung sein. Der Beweis, dass sie mir nur das zeigt, was ich sehen soll. Sie hat die volle Kontrolle über alles, was hier unten geschieht.«

Aus Amys Ecke kam ein lang gezogenes Seufzen, was Rubys Theorie bestätigte. Im Zeitraffer wandelte sich das blonde Kind in ein puppengesichtiges Mädchen mit silbern glänzenden Augen und rubinroten Löckchen auf der runden Stirn.

Ruby spürte Kais Anwesenheit, als er sich über ihre Schulter beugte. Sie sagte nicht, wie wenig auch dieses Bild von ihr der Wahrheit entsprach, denn Kai sah aus wie jemand, der sich soeben verliebt hatte.

Mit den Fingerspitzen streichelte er das Kindergesicht. Dann zog er hastig die Hand zurück. »Also, wo hast du deine Botschaft versteckt, Amy?« Wahllos öffnete er Schubladen und Schränke und wühlte achtlos durch den Inhalt.

Ali blätterte versunken in einem rot eingebundenen Wälzer. »Das ist ja interessant«, murmelte er und reichte das Buch an Ruby weiter. »Sieh dir das einmal an.«

»*Der verliebte Spiegel* von Justus Freiherr von Liebig«, las Ruby den Titel vor und schlug den eingestaubten Deckel auf. Auf der ersten Seite prangte das Abbild von einem Spiegel, der Ruby seltsam bekannt vorkam.

Kai linste über ihre Schulter. »Hey! Das Portal.«

Ali nickte. »Vielleicht ist es eine Anleitung, wie man diesen Zauberspiegel in ein Internum bringt, damit wir eine Pforte nach Schattensalvya haben.«

So langsam begann Ruby, Amys Gedanken zu verstehen. Ihre Tante legte ihr Internum mit Tipps für sie aus. Das Baby, ein Symbol für kindliche Neugier. Es war okay, zu schnüffeln. Das Bild von Gnarfel war bestimmt ein Hinweis. Ruby sollte ihn retten.

Der Spiegel war ein ziemlich eindeutiger Hinweis, dass sie dafür nach Schattensalvya mussten. Sie blätterte durch die ersten Buchseiten.

In komplizierten, langatmigen Sätzen beschrieb der Autor in der Einleitung, worum es sich bei einem verliebten Spiegel handelte. Nach wenigen Worten schwirrte Ruby der Kopf. Seufzend überblätterte sie das Buch. »Blablabla. Puh! Dieser Freiherr ist ein wahnsinniger Schwafler.« Sie blätterte weiter. »Seht mal. Die Hälfte der Seiten sind leer. Was ist denn das für ein komisches Buch?«

»Amy hat es wohl nicht für nötig gehalten, den ganzen Schmöker zu lesen«, bemerkte Ali trocken.

Ruby gaffte ihn an. Auf die Idee wäre sie nie gekommen, aber es war vollkommen logisch. Dieser Raum war Amys Innerstes. Hier befanden sich nur Dinge, die sie in ihrem Kopf hatte. Das Buch existierte vielleicht auch außerhalb des Zimmers und Amy hatte es irgendwann einmal gelesen. Nur das, was auf den beschriebenen Seiten stand, hatte sie sich gemerkt.

»Zum Glück müssen wir nicht alles lesen. Amy hat uns das Wichtigste rausgepickt.« Kai tätschelte liebevoll Amys Scheitel.

Ruby zitierte: »*Um einen Spiegel als telefunktionales Portal nutzen zu können, muss man ihn derart von seinen persönlichen und individuellen Vorzügen zu überzeugen wissen, dass er fortan seine Protectio mirrorioris (Spiegelschutz, s. Kap. 4.5.1 – Über die Funktionalität von Spiegeln) für die besagte zu bevorzugende Person passager zumindest partiell senkt.*«

»Dieser Justus scheint's irgendwie nicht so mit der einfachen Ausdrucksweise zu haben«, motzte Kai.

»Man kommt durch den Spiegel nur durch, wenn er sich in dich verliebt. Das sagt ja schon der Titel«, erklärte Ali nachsichtig.

Kai zog die Mundwinkel herunter. »Hast du ihn mit deinem Charme bestochen, Prinny?«, presste er hervor. Seine Sticheleien wirkten verkrampfter als sonst, aber Rubys Wangen glühten trotzdem auf der Höchststufe eines Backofens.

Ali pflückte Ruby den roten Wälzer aus den Händen und klatschte ihn Kai auf den Hinterkopf. »Der Spiegel entdeckte unsere Prinzessin und ließ sie unverzüglich passieren. Liebe auf den ersten Blick. Schon einmal davon gehört?«

»Noch nie«, behauptete Kai stur und nahm ihm das Buch ab. Er blätterte wild darin herum, wodurch keinen Augenblick die Möglichkeit bestand, dass er auch nur ein Wort lesen konnte. »Hier steht: *Falls die zu teleportierende Person plump und unsichtbar ist, grenzt es an ein Wunder, wenn der Proteus mirabilis sie durchlässt.*«

»Der Text steht auf dem Kopf, du Kasper. Es heißt Protectio mirrorioris, nicht Proteus mirabilis. Letzteres ist ein Bakterium, du Spezialist.« Ali griff über seine Schulter und drehte das Buch richtig herum. »*Der Spiegel kann allein von seinem Ersteller (Zur Herstellung von Spiegeln s. Kap. 3.2.6, Literaturquellen: Silberspiegel, J.v. Liebig, Antonio Saltinis Storia delle scienze agrarie Teil III) aufgestellt, umgehängt oder abgehängt werden. Wenn der Ersteller eine Räumlichkeit nicht würdig empfindet, so wird sich sein Spiegel nicht dorthin begeben, selbst in Momenten großer Bedrängnis des Erstellers und sich dadurch höchst selbstständig vor einem möglichen Missbrauch durch gewalttätige Unterdrucksetzung schonen.*«

»Ich versteh kein Wort«, brummte Ruby. *Plump und unsichtbar?* Kai konnte sie mal.

365

»Amy muss den Spiegel selbst aus ihrem Zimmer entfernt haben. Sie hat ihn wohl nach der Anleitung von diesem Liebig hergestellt. Er schreibt, nur der Hersteller würde aus freien Stücken entscheiden, wo der Spiegel hängt«, meldete sich Ali zu Wort.

»Müssen wir dann so ein Ding basteln, um nach Schattensalvya zu kommen? Wie sollen wir das schaffen?«, fragte Ruby.

»Du kannst ja mal seine Storia senze carie Teil III lesen«, schlug Kai vor. »Warte mal, Kapitel 3.2.6.« Er blätterte hastig vor und zurück. »Leer, na toll. Dabei hätte es mich so interessiert, wie der Schwafler es mit der Mundhygiene hält.«

»So kommen wir nicht weiter.« Ruby klappte das Buch resolut zu.

Sie beobachtete Amy, die dem Neonhörnchen beiläufig einen Schokoladenkeks entgegenrollte. Fips schnupperte daran und machte einen empörten Satz rückwärts, wobei seine Barthaare aufgeregt zitterten.

Interessiert ging Ruby näher. Sie nahm den Keks in die Hand und schnalzte leise mit der Zunge. Das Eichhörnchen keckerte aufgebracht und verzog sich hinter ein Bücherregal.

»Lass ihn, der ist total bescheuert«, kommentierte Kai ihre vergeblichen Versuche, das niedliche Tier mit den schwarzen Knopfaugen hervorzulocken. »Diesem dämlichen Schnüffler sind die vielen Medaillen zu Kopf gestiegen. Wenn man ihm nicht jeden Tag den Schwanz mit Seidenglanzshampoo wäscht, mutiert er zur bissigen Bestie.«

Ruby ignorierte Kai und kroch hinter das Regal. »Komm schon, was hast du denn?«

Als Fips ihr mitten ins Gesicht sprang, drückte sie reflexartig den Keks zusammen. Mit einem Knall platzte er auseinander und Ruby gab einen erstickten Schrei von sich.

»Alles in Ordnung?«, fragte Ali, aber Ruby war völlig gefangen von dem, was gerade aus den beiden Kekshälften aufstieg.

In einem Mehlwirbel formten sich die Körper von drei Menschen. Zwei Frauen und ein Mann. Eine Frau hustete und wedelte den weißen Staub vor ihrem Gesicht weg, bis Yrsas herrische Züge sichtbar wurden. Augenscheinlich war sie zu dem Zeitpunkt im Königinnenmodus, denn ihr Gebaren duldete keinen Widerspruch. Lykaon erkannte Ruby sofort an der militärischen Haltung. Die dritte Person war wohl Amy.

Zusammengesunken hing sie auf einem Schemel, das Mehl bedeckte ihre ganze Gestalt und ließ sie uralt wirken.

Die Yrsa-Figur ging auf Amy zu, entfernte die weiße Schicht vom Körper ihrer jüngeren Schwester und bedeutete ihr schließlich aufzustehen. Dann verschwanden Yrsa und Lykaon durch eine spiegelnde Fläche in der Kekshälfte.

Amy stand einen Moment reglos da. Wie unter starken Schmerzen hob sie die Spiegelhälfte hoch und zertrümmerte sie.

Erst nachdem sich die Überreste des Kekses in Staub aufgelöst hatten, bemerkte Ruby Kais brennende Anwesenheit. Er lag beinahe auf ihr, um ja nichts von dem Keksschauspiel zu verpassen.

»Da hast du die Antwort darauf, wo der Spiegel ist«, brummte er und richtete sich ächzend auf. »Auch die auf die Frage, wo deine Eltern sind.«

»Oder wie Amy plötzlich wieder gehen konnte«, bemerkte Ali. »Der Kino-Cookie hat deutlich gezeigt, dass Yrsa ihr im Austausch gegen die Nutzung des Portals einen Teil ihrer Kraft zurückgab.«

Ruby versuchte, Fips' Krallen aus ihrem Haar zu lösen, doch das Neonhörnchen verhedderte sich nur noch fester darin. Ratlos wandte sie sich an Amy. »Warum hast du das Portal zerstört? Sollen wir nicht nach Schattensalvya gehen?«

Amy lächelte sanft und strich Gnarfel über die kahle Stirn.

»Können wir irgendetwas tun, um ihm zu helfen?« Etwas Eigenartiges geschah, während Ruby ihren Blick in Amys versenkte. Es fühlte sich an, als würde ihre Tante mit ihr sprechen, ohne den Mund zu öffnen. Ihr Duft von Vanille und Maiglöckchen umfing Ruby warm und tröstend.

Vertrau mir, sagte Amys Blick. Zum ersten Mal bekam sie eine Ahnung davon, wie Kai und Ali sich stets wortlos unterhielten. Amy lächelte.

Ruby nickte und drückte Amys weiche Hand. »Natürlich vertraue ich dir. Ich werde alles tun, um Gnarfel zu retten.«

Amy schien nicht mehr sonderlich aufmerksam zuzuhören. Sie stierte an Ruby vorbei zu Kai, der desinteressiert ein dünnes, bunt illustriertes Heftchen ansah. Seine Augenbraue schoss in die Höhe und er ließ das Büchlein erneut über die Finger blättern wie ein

Daumenkino. Dann noch einmal. Der konzentrierte Ausdruck auf seinem Gesicht verschärfte sich.

»Was ist das, Kai?«, fragte Ruby.

Kai starrte nur Amy an. Minutenlang fochten sie einen wortlosen Kampf mit den Augen aus, dann steckte er sich das Heft in die Gesäßtasche seiner Jeans.

Ruby zappelte vor Neugier, doch nun würde sie nicht mehr an das Heftchen herankommen.

Auf dem Tisch stand eine Schale Waldweingeist und sie griff dankbar danach. Genau das brauchte sie jetzt, um einen klaren Kopf zu bekommen. Sie kippte den Inhalt auf ex in ihren Rachen und hustete heftig, als die unerwartete Schärfe des Getränks ihre Speiseröhre hinabbrannte. Eine kleine Stichflamme schoss aus ihrem Mund und entzündete einen Stapel loser Papiere auf dem Boden.

Mit einem Schritt war Kai dort und trat die Flammen aus. »Geht dein Drache mit dir durch?«

Ruby beäugte misstrauisch die Schale. Ein kläglicher Rest der grünen Brühe schwamm noch darin.

Kais Augenbrauen schossen in die Höhe. »*Das* hast du getrunken? Feuerwasser?« Er lachte auf. »Du Wildfang!«

Ruby hustete erneut und presste die Hand vor den Mund. Kleine Rauchwölkchen stoben aus ihren Nasenlöchern. »Was ist ein Wild…fang?«

»So jemand wie du, der das Elixier aus Feuerkraut kippt.« Er lachte wieder und klopfte ihr auf die Schulter.

Ali schüttelte leicht den Kopf. »Ruby, normalerweise reinigt man damit Ofenrohre. Weshalb hast du das getrunken? Nun setzt du vermutlich das ganze Internum in Brand.«

»Oh.« Sie hustete erneut und der Holztisch neben Amy blieb mit einer schwarz verkohlten Stelle zurück. »Ich schlafe wohl besser draußen.«

Kai runzelte die Stirn.

»Nicht ungefährlich mit den ganzen Gardisten. Immerhin kannst du ihnen wenigstens den Arsch braten.« Er kicherte noch einmal los und half ihr schließlich aus dem Internum.

Ruby starrte ihn an, unsicher, wie sie mit ihm umgehen sollte. Im einen Moment sagte er ihr, sie wären nur Freunde. Einen Augenblick später küsste er ihr Flügelchen und kurz darauf war sie wieder plump und unsichtbar? Sie war so verunsichert. Am liebsten hätte sie sich in Luft aufgelöst, aber selbst da wusste er mittlerweile, wie er zu ihr durchdrang.

»Das soll ich dir von Amy geben.« Er hielt ihr ein zerfleddertes Lexikon über die Wesen von Salvya hin. »Sie wird wirklich immer sonderbarer.«

Ruby atmete laut aus und wog das Buch unschlüssig in der Hand. »Kommt Ali nicht?«, fragte sie und ärgerte sich, dass ihre Stimme sich so wackelig wie Knie nach einer langen Seefahrt anfühlte.

Kal schuttelte den Kopf und kniff die Lippen zusammen. »Er gönnt uns wohl etwas *Privatsphäre*.« Er wirkte nicht so, als würde ihn das glücklich machen.

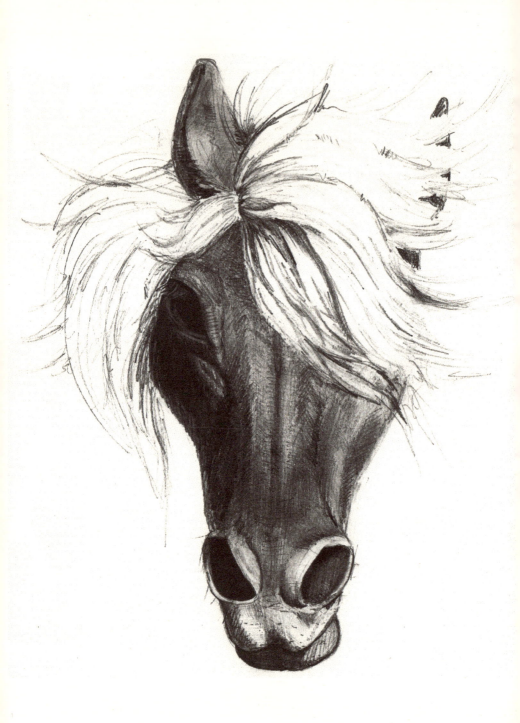

Kapitel 8
Ruby

Ruby wickelte Kais hellgrünen Kapuzenpulli enger um ihren Oberkörper. Sie hatte die letzten schlaflosen Stunden mit Amys Tierlexikon totgeschlagen.

Zugegebenermaßen war es schrecklich interessant, was Salvya an verrückten Kreaturen so zu bieten hatte. Mit wachsender Begeisterung hatte Ruby Tausende ihr bislang unbekannte Wesen entdeckt, wie den nach Peperoniwurst schmeckenden Salamimander oder den irremachenden Ohrwurm mit der Federboa um den geringelten Hals.

Außerdem freute sie sich, Näheres über die vom Aussterben bedrohten Wildfänge zu erfahren. Diese borstigen Ponys ernährten sich tatsächlich nahezu ausschließlich von jenem Feuerkraut, das ihr immer noch im Rachen brannte. Um ihren unstillbaren Durst zu löschen, half lediglich das Wasser des Siebenhexenflusses. Doch durch die Abriegelung Schattensalvyas hatte die Nachtweide – die Heimat der Wildfänge – keinen Zugang zum Fluss mehr. Deshalb begannen sie auszusterben.

An dieser Stelle folgte ein Verweis auf die Wasserhexen und Ruby blätterte eilig zu der Seite. Zu ihrer Enttäuschung war sie nahezu leer und der Text lückenhaft. Die einzige Neuigkeit, die sie über die sieben Frauen erfuhr, war, dass es sich bei den Hexen um Nixen handelte. Nixen, die davon lebten, Männer in ihren Bann zu ziehen, ihnen ihre Liebesmagie abzusaugen und sie dann im kalten Wasser zu ertränken. Warum sie das taten, stand aber nirgends.

Fips zappelte in der Kapuze herum und biss sie bei jeder Bewegung in den Hals, bis sie ihm etwas über die eitlen und durch ihre Neugier oft aufdringlichen Neonhörnchen vorlas. Als der Autor beschrieb, wie man den Hörnchenschwanz im Notfall zum Schutz gegen Nachtschattenangriffe in seine Nasenlöcher stopfte, kratzte Fips sie so heftig, bis sie ihn davonjagte.

Es war ihr ein Rätsel, wie Kai bei den Geräuschen der nächtlichen Lampyria schlafen konnte. Wenn man die Augen fest zusammenkniff, störte das ständige Blinken der Milliarden von Glühwürmchen in den Bäumen kaum mehr. Gegen das Rascheln, Knacken, Zirpen, Brüllen und Zischen der unzähligen Waldbewohner half jedoch nicht einmal Ohrenzuhalten. Während Ruby sich und ihre hundert quälenden Gedanken herumwälzte, lag Kai zusammengerollt neben ihr und schlief seelenruhig wie ein Baby. Er hatte ihr den Rücken zugedreht, weswegen sie die winzigen, wollweichen Löckchen im Nacken sehen konnte, die an mehreren Stellen von den Ausläufern seiner tätowierten Flügel berührt wurden.

Noch ein Geheimnis, das sie nicht verstand.

Wieso war es Amy nicht gelungen, Kais Flügel zu befreien, während ihr Flügelchen auch jetzt wieder federleicht hinter dem Ohr flatterte und ihr ein Gefühl von Freiheit und Sicherheit vermittelte? Sollte sie vielleicht versuchen …? Sie streckte bereits die Fingerspitzen danach aus. Kai atmete tief aus und rollte zu ihr herum. Sein Arm legte sich schwer über sie und presste sie fest an seine Brust. Sie musste den Kopf drehen, um Luft zu bekommen. Ihre Lippen lagen in seiner Halsbeuge und er rückte noch ein bisschen näher.

Was sollte sie bloß tun? Eigentlich war es ganz klar, sie würde sich von ihm losmachen. Vielleicht wachte er auf, was todsicher eine peinliche Sache wäre. Einfach so liegen zu bleiben und den Moment zu genießen, war nicht richtig. Warum fühlte es sich nur so unverschämt gut an, hier mit ihm zu kuscheln? Sie wusste doch, wie es wieder enden würde: mit einem ätzend zornigen Kai und einem weiteren Riss in ihrem Herzen.

Nur einen Augenblick. Sie schloss die Augen und atmete tief Kais Duft ein. Gott, hoffentlich wachte er nicht auf, die Scham würde sie niemals überleben.

Ihr Arm wurde von der Reglosigkeit taub. Widerstrebend löste sie sich aus der Umklammerung.

Wäre da nur nicht der nagende Gedanke an das geheimnisvolle Heftchen in seiner Hosentasche, das Ruby wie magisch anzog. Sie brauchte sich nur ein klein wenig zu strecken, um es erreichen zu können. Wann, wenn nicht jetzt, während er so bleischwer schlief, wäre die günstige Gelegenheit, es anzusehen? Sie musste wissen, was so Besonderes darinstand.

Vorsichtig schob sie ihren Arm über ihn und brummte leise, weil er unruhig wurde. Schon spürte sie das zerfledderte Papier an den Fingerspitzen. Gerade griff sie mit Daumen und Zeigefinger zu, da rollte Kai stöhnend herum und klemmte ihren Arm unter sich ein. Verdammt! Sie war gefangen.

Allein der Gedanke an das, was sie vorhatte, trieb ihr die Hitze in die Wangen, aber sie war schon zu weit gegangen. Nun musste sie es auch durchziehen.

Ruby schlang ihr Bein um seine Hüfte und presste ihre Lippen gegen seinen Hals. Falls er jetzt aufwachte, würde er sich wenigstens nicht fragen, was ihre Hand an seinem Hintern suchte.

Kai wachte nicht auf. Er fuhr zu ihr herum, nahm ihr Gesicht zwischen seine schlafwarmen Hände und küsste sie leidenschaftlich. Ruby vergaß das Heftchen komplett.

»Grausame Träume«, murmelte Kai undeutlich und seine Hand glitt träge von ihrer Wange. Mit einem tiefen Seufzen kuschelte er sich wieder in die Blätter.

Ruby war minutenlang zu keiner Regung fähig. Sie hielt das Heftchen umklammert, aber sie fühlte es gar nicht, weil sich schlagartig alle Nervenenden in ihren Lippen bündelten und elektrische Impulse abfeuerten. Ihr Mund brannte von seinem Kuss und Ruby drängte die bitteren Tränen zurück. *Grausam* hatte er es genannt. Fand er es so schrecklich, sie zu küssen?

Sie schüttelte die Lähmung ab und richtete sich endlich auf. Ein Ast ganz in ihrer Nähe hing vor lauter Glühwürmchen tief herunter. Vorsichtig, um sie nicht zu verjagen, setzte sie sich darunter. Hier hatte sie genug Licht, das Heft anzusehen.

Aufgeregt beugte sie sich über die bebilderten Seiten. Landschaftsaufnahmen von Salvya, wie es früher einmal gewesen war. Blühend, bunt, expressiv, wild, eine Welt voller Phantasie und Energie. Nicht zu vergleichen mit dem tristen Anblick von heute.

Nach ein paar Aufnahmen des Waldes begann auch Ruby, die folgenden Seiten zu überblättern. Die Bilder ratterten im Schnelldurchlauf an ihr vorbei, bis sich auf einmal etwas zwischen den Seiten bewegte. Erstaunt hielt sie inne. Eine Täuschung bestimmt, hervorgerufen durch das filmartige Abspulen der Fotos. Sie blätterte langsam zurück und ließ erneut die Seiten fliegen. Da! Da war sie wieder, die Bewegung, nur deutlicher dieses Mal. Eine Hand! Schwarz, und sie … winkte ihr zu?

Ruby atmete tief ein, drückte das Heftchen zwischen den Fingern zusammen, dann ließ sie es noch einmal komplett durchlaufen. Mitten im Heft stockte ihr der Atem. Die schwarze Hand gehörte zu einer Frau und Ruby kannte ihr Gesicht. Es war eine der sieben Hexen aus dem Wasserfall. Sie erschien wie aus der Gischt zwischen den Blättern und bedeutete Ruby, ihr zu folgen.

Ohne nachzudenken, tauchte Ruby in das Heftchen ein.

Ein junger Mann stand vor den sieben Hexen, sein rabenschwarzes Haar war im Nacken zu einem Zopf geflochten. Die stolze Haltung ließ den Krieger in ihm erahnen. Er wandte Ruby nur seine Rückseite zu, trotzdem war sie sicher, den Mann irgendwoher zu kennen.

»Du bist freiwillig und aus eigener Kraft in unser Reich eingedrungen. Wirst du uns ewige Treue und Liebe schwören und dafür die Magie des Wassers, die unendliche Magie der Drachen erhalten?«, intonierten die sieben Hexen im Gleichklang.

»Ja«, antwortete der Mann, ruhig und bestimmt.

Diese Stimme! Sie kannte den Mann, ganz sicher.

»Schwörst du, im Gegenzug für unsere Kraft für immer der Liebe irdischer Frauen zu entsagen und ausschließlich uns deine Liebesmagie zu schenken?«

»Ja.«

»Schwörst du außerdem, das Überleben der letzten Drachen mit deinem eigenen Leben zu schützen, dich dem Kampf gegen die Vernichtung der Darkwyns zu verschreiben und dies als einziges Ziel bis zu deinem Tode zu achten?«

»Ich schwöre.«

»So empfange unseren Segen zum Lichtritter, Lykaon.«

Die Stimmen verschwammen ebenso wie das Bild. Der Mann, der sich am Ende zu ihr umdrehte, bevor die Vision verschwand, war ihr Vater.

Die Seiten blätterten weiter und eine andere Frau spickte zwischen den Blättern hervor. Diesmal folgte Ruby ihr, ohne zu zögern.

»General, was hast du zu deiner Verteidigung hervorzubringen?«

Lykaon stand aufrecht wie bei seinem Schwur vor den Hexen, auch wenn sie dieses Mal weniger sanften Liebesbotinnen, sondern eher Rachegöttinnen ähnelten.

»Ich habe im Sinne eurer Regeln gehandelt. Das Fortbestehen der Drachen ist das höchste Gut. Es gibt keine männlichen Darkwyns mehr, also handelte ich ausschließlich zum Erhalt der Rasse.«

»Du weißt, was die angemessene Strafe für dein Vergehen ist, und versuchst dennoch, uns mit deinen Geschichten zum Narren zu halten? Denkst du, du kannst uns an der Nase herumführen, General?«

Lykaon schüttelte den Kopf, sichtlich ungeduldig. »Die Prophezeiung sagt —«

»Es ist nicht an dir, die Weissagung auszulegen, Sterblicher!« Blitze schienen aus den Augen der Hexe zu schießen.

Ruby hätte sich nicht gewundert, wenn ihr Vater unter diesem Blick tot umgefallen wäre.

»Drachenmagie und Drachenblut —«, setzte der General erneut an, doch er wurde wieder unterbrochen. Dieses Mal von einer Hexe, die mit schmalen Augen um ihn herumstrich wie eine mörderische Katze. »Du liebst sie!«

Er trotzte ihrem Blick.

»Egal wie nobel deine Absichten in Bezug auf das Weiterbestehen der Darkwyns gewesen sein mögen. Das Vergehen wurde bereits begangen, indem du dich ihr genähert hast, sie in dein Bett und in dein Herz ließest. Du schwörtest uns ewige Treue und Liebe und hast uns hintergangen.«

Lykaon ging drohend einen Schritt auf die sprechende Hexe zu. »Dann beraubt mich doch meiner Magie. Verbannt mich aus dem Wasser oder meinetwegen sogar aus Salvya. Ihr werdet schon sehen, was dann aus euch und euren heiligen Darkwyns wird. Yrsa wird sich nicht von mir trennen und Amy ist ohne ihre Familie verloren. Thyra wird Salvya in den Untergang treiben, wenn die Prophezeite ihr keinen Einhalt gebietet. Was ich getan habe, war richtig, und das wisst ihr auch. Ihr lehrt uns, die Darkwyns zu ehren und zu achten und mit unserem Leben zu beschützen. Gleichzeitig verbietet ihr uns, sie zu lieben? Was ihr mit Geronimo gemacht habt, ist —«

»Das Exil von Kommandant Geronimo liegt nicht in deinem Ermessen, General. Du bist selbst verantwortlich für dein Handeln. Es ist richtig, dass die Prophezeite geboren werden muss. Doch du darfst die Darkwyn nicht lieben.«

»Weshalb? Was ist falsch daran?«

»Das Machtgefälle. Die Liebe stört das Gleichgewicht. Es ist zu spät. Tyche spinnt bereits den Schicksalsfaden. Verlasse das Wasser und die Darkwyn, General. Kehre nie zurück.«

Erneut verblasste das Bild und Rubys Finger blätterten weiter. Sie tauchte Kopf voraus zwischen die fliegenden Seiten, obwohl keine Hexe zu sehen war.

Kais grüner Schopf schwebte vor einem Abgrund aus donnernden Wassermassen.

»Er ist zu gut, um ihn zu verschwimmen«, wisperte eine Frauenstimme in Rubys Ohr. Erstaunt musterte sie die erste Person, die in einer Vision Kontakt zu ihr aufnahm. Doch die schwarze Frau nahm keinerlei Notiz von Ruby und flüsterte weiter vor sich hin. »Sie hat seine Flügel in die Haut gebrannt, er kann nicht fliegen.«

Rubys Aufmerksamkeit zuckte zu Kai zurück, der sich am Abgrund zu ihnen umdrehte.

Die sieben Hexen bildeten eine undurchdringliche Wand, die Kai nur einen möglichen Weg zuließ: den in das Wasser. Ruby hatte das untrügliche Gefühl, dass dies seinen Tod bedeutete. Er stand hier vor einem Tribunal, das über sein Leben entschied.

»Dann befreien wir seine Flügel. Wir machen ihn zu dem, der er ist.«

»Er kann hier nicht überleben und er hat sich für sie als Pfand hingegeben. Die Tradition sagt —«, antwortete eine zweite Hexe in dem seltsamen Flüsterton, der an einen murmelnden Bachlauf erinnerte.

»Die Darkwyllin wäre niemals gestorben, daher war das Opfer unnötig. Er ist kein Ritter, er ist derjenige, der uns das Unschätzbare schenken kann«, unterbrach eine andere Nixe.

Die Hexen berieten sich flüsternd weiter, aber Ruby hatte nur Augen für Kai, der seltsam unbeteiligt am Abgrund seinem Urteil harrte.

»Höre denn, Einziger. Wir bieten dir die Chance, sie zu beschützen. Sie ist das Schicksal dieser Welt. Du wirst uns ein Pfand hinterlassen und ein Versprechen.«

376

Kai nickte. »Alles, was ihr wollt. Ich würde mein Leben für sie geben.«
»Das hast du bereits. Es ist nicht genug.«
»Du wirst uns das Kostbarste überlassen, das du besitzt. Außerdem verpfändest du uns dein Herz. Wer mit uns handelt, verspricht uns seine Liebe und Hingabe auf Lebenszeit. Hältst du dich nicht daran, werdet ihr beide sterben.«

Die Illusion verschwamm vor Rubys Augen und Kai stand mit zorniger Miene vor ihr.

»Irgendetwas gesehen, was dir gefällt?« Ohne ihre Antwort abzuwarten, entriss er ihr das Heftchen und knüllte es in seiner Faust zusammen.

»Kai …« Sie brach ab, weil sie keine Ahnung hatte, was sie sagen sollte. Sie hatte ihn hintergangen. Er hatte deutlich klargemacht, dass er sie nicht in sein Geheimnis einweihen wollte, und sie war zu neugierig gewesen, um diesen Wunsch zu respektieren. Und wofür? Sie hatte zwar einiges erfahren, aber dafür waren noch viel mehr neue Fragen dazugekommen. Wie war Kai entkommen? Was war das *Unschätzbare*, das Kai den Hexen bieten konnte?

»Kai, was ist im Wasser geschehen?«

Er sah sie an. Lange. Reglos. Ruby wand sich unter seinem bohrenden Blick.

»Warum beschäftigst du dich nicht mit deinen eigenen Problemen? Man sollte meinen, du hättest genug davon«, sagte er schließlich kalt und wandte sich ab.

Kai

Es war so weit. Sie hatte ihre Nase zu tief in sein Geheimnis gesteckt. Er konnte nichts mehr dagegen unternehmen, wenn das Schicksal seinen Lauf nahm. Was hatte er überhaupt erwartet? Dass sie es einfach akzeptieren würde? Niemals würde sie sich gleichzeitig von ihm abwimmeln und beschützen lassen. So eine absurde Kacke glaubte er sich ja nicht mal selbst.

Natürlich hatte er sie wieder einmal unterschätzt. Dabei wusste er doch längst, wie unfassbar begabt sie war. Es war schockierend, wie schnell sie von alleine verstanden hatte, wie man zwischen den Seiten las. Wie viel hatte sie gesehen? Ihrem Ausdruck nach zu urteilen alles.

Kai musterte ihren kerzengeraden Rücken. Sein erster Eindruck von ihr in Caligo war falsch gewesen. Es war Yrsa nicht gelungen, sie komplett zu brechen. Sie hatte nur unter dem Bann des Flügelchens gelitten und die ätzenden Sticheleien ihrer Mutter hatten sie verunsichert und unglücklich gemacht. Der Drache war immer in ihr. Sie spürte die Macht die ganze Zeit, da war er sicher. Wie sonst wäre diese Wahnsinnsaura nur durch ein paar gezupfte Noten aus ihr herausgeplatzt wie eine Konfettibombe?

Sie war stark – und unberechenbar. Sie beherrschte ihre unfassbare Phantasie nicht einmal ansatzweise. Was ihn wieder zu seiner ursprünglichen Frage zurückbrachte: Was sollte er jetzt tun?

Kai knirschte mit den Zähnen.

Er würde ihr weiterhin folgen und die Scherben aufsammeln.

Ruby

Wie sie es geahnt hatte, schien Kai im wachen Zustand keine Lust mehr zu haben, mit ihr zu kuscheln. Sein eisiger Blick sprach Bände.

Sie würde trotzdem herausfinden, was im Wasser geschehen war. Jetzt erst recht. Diese Hexen waren schuld, dass Kai sie nicht lieben durfte. Sie musste wissen, warum.

Gnarfel hatte gesagt, ihre Trennung würde Kai umbringen. Genauso starb er, wenn er den Fluss erneut betrat. Egal wie sie es drehte und wendete, ihr Weg führte dorthin. Es lagen zu viele Geheimnisse in diesem Wasser verborgen: Gnarfels Verbannung, das Schicksal ihres Vaters, Kais Wiederauferstehung. Außerdem war Ruby zuletzt durch den Wasserfall von Schattensalvya nach Caligo zurückgereist. Was, wenn dieses Portal sie in Thyras Reich bringen würde? Dort, wo ihre Eltern hingereist waren.

Kai verfolgte jede ihrer Regungen mit Argusaugen. Er würde sie niemals alleine ziehen lassen, auch wenn er es unerträglich fand, an sie gebunden zu sein.

Wenn sie nur wüsste, wie sie den Fluss finden sollte.

»Mein Husten ist besser. Ich glaub, ich geh noch mal ins Internum runter«, sagte sie, ohne ihn anzusehen.

»So?« Kai baute sich so dicht vor ihr auf, bis sein unverwechselbarer Duft voll in ihre Nase strömte. »Hauch mich mal an.«

Ruby wich zurück. »Sonst geht's noch?«

»Du stinkst immer noch wie ein ganzes Branntweinfass. Kommt nicht infrage, dass du Amys Innerstes abfackelst, nur weil du rumschnüffeln möchtest.«

»Ich wollte nicht –«

»Ach. Und was bitte schön hast du dann da unten vor?«

»Einfach nur weg von dir Ekelpaket, wenn du es genau wissen willst.«

»Sorry, Babe. So leicht wirst du mich nicht los.«

Ruby schnaubte. Dummerweise schoss dabei eine Stichflamme aus ihren Nasenlöchern, die einen kleinen Busch in Brand setzte. Er fackelte innerhalb von Sekunden bis auf die schwarz verkohlten Äste ab. Fips verzog sich keckernd in Amys Internum.

Kai zog nur vielsagend die Augenbrauen hoch.

»Das war nur das Nachbeben. Wenn du mich nicht so nerven würdest …«

Mit einem Schritt war er bei ihr. Viel zu dicht. Sein spöttischer Ausdruck verhöhnte Rubys kläglichen Versuch, unbeeindruckt zu wirken. Selbst seine Sommersprossen schienen vor Lachen auf seiner Nase zu tanzen. »Ich nerve dich also.«

»Ja«, hauchte Ruby und schämte sich zu Tode. Er hatte sie nicht gefragt, ob sie ihn heiraten wollte, verdammt noch mal!

»Warum küsst du mich dann, wenn ich schlafe und mich nicht wehren kann?«

Oh Gott! Warum hatte der Boden kein Einsehen? Sie würde lieber ins Nihilum fallen, als dieser Peinlichkeit länger ausgesetzt zu sein.

Ein ängstliches Schnauben aus dem Gebüsch ließ die beiden auseinanderfahren. Kai griff nach Rubys Handgelenk, aber sie schüttelte ihn ab und schlich vorsichtig zu dem abgebrannten Busch.

Eine moosbesetzte Pferdenase schob sich vorwitzig durch das kokelnde Geäst. Ruby kroch näher heran und ignorierte Kais scharfes Einatmen.

Ein winziges Pferdchen lugte frech aus dem Dickicht. Es wirkte unverschämt niedlich mit dem moosgrünen, lockigen Stirnfell und dem zerzausten Schopf. Ruby ging in die Hocke und lockte das Fohlen mit leisen Schnalzlauten. Mit einem erschrockenen Schnauben brach das Tier rückwärts durch das Unterholz. Enttäuscht richtete Ruby sich auf.

Mit einem Satz war Kai bei ihr und packte sie unsanft am Oberarm. »Du bist wohl nicht ganz dicht!« Er schüttelte sie grob.

Energisch befreite sie sich aus dem harten Griff. »Du tust mir weh.« Immer. Das war es, was sie nicht laut sagte, aber die verflixte Affinität verriet es ihm. Schnell beeilte sich Ruby, etwas anderes zu sagen. »Was war denn so dramatisch an diesem Pony?«

»Pony?« Seine Augen wurden kugelrund. »Bist du bescheuert, das war ein …«

Donner rollte über die Lichtung. Kai stöhnte unterdrückt auf und zerrte an Rubys Arm, doch sie war wie festgewachsen. Das, was da auf sie zukam, war gar kein Wetterphänomen, es war das wilde Trampeln Hunderter Hufe.

Sie konnte nicht ausweichen.

Wie gebannt stierte sie auf den feinen Rauch, der noch von dem ehemaligen Busch aufstieg, und versuchte auszumachen, woher die Tiere kamen. Sie sollte wegrennen, Kais Drängen nachgeben. *Er* wusste, was da kam. Sie spürte nur die schwitzenden Leiber, die näher rückten, glühend heiß, wie frisch geschmiedetes Eisen, kraftstrotzend, wild und ungezähmt.

Mit einem vernichtenden Knacken drangen sie schließlich durch das Unterholz. Ruby fühlte den überwältigenden Wunsch, zu weinen.

Die Herde maß mindestens fünfzig Pferde. Prächtig und stolz bauten sie sich stampfend und schnaubend vor ihr auf. Sie waren so einzigartig wie Salvya selbst. Rubys Augen erfassten Tiere mit rindenfarbenem Fell, an dessen Spitzen kleine braune und grüne Blätter wuchsen. Sie sah Fellzeichnungen, die an schattiges Steppengras erinnerten. Ein Pferd war übersät mit feinen Schneeflöckchen. Ein anderes war tiefschwarz mit bläulich schimmernden Haarspitzen und seine Mähne war aus purem Wasser, das stetig in sanften Wellen über den Hals floss. Es gab sandfarbene Tiere mit kieselartigen Flecken, farnbedeckte oder gar eines, das eine ganze Blumenwiese auf der Kruppe trug.

Alle hatten feuerrote Augen.

Kai war hinter sie getreten und feuerte eine Salve Stromschläge nach der anderen in ihr Kreuz ab. »Komm schon, du störrischer Esel! Das sind ausgewachsene Wildfänge, keine Streichelzoo-Ponys, also beweg deinen Hintern.«

Endlich fühlte Ruby ihre Beine wieder. Kai hatte recht. Sie war in Gefahr, das spürte sie mit jeder Faser ihres Körpers. Bloß wollte ihr dämliches Gehirn das nicht einsehen. Sie hatte das dringende Bedürfnis, bei diesen wunderbaren Geschöpfen zu bleiben, solange sie konnte.

Ein Muskelpaket von einem Hengst stampfte imponierend mit dem Vorderhuf auf, dass die Erde bebte. Er warf den dunklen Kopf zuruck und Ruby erhaschte unter dem dichten Schopf einen Blick auf seine klugen Augen.

Er war atemberaubend. Sein Fell war nachtwaldfarben, an manchen Stellen mehr grünlich, an anderen schattig dunkelblau oder pechschwarz. In seiner Mähne hingen die Glühwürmchen der Lampyria wie winzige blinkende Sterne. Er erinnerte Ruby an ein Wesen aus der Tiefsee.

Furchtlos schritt er auf Ruby zu und Kais Zerren bekam etwas Verzweifeltes. »Prinny, nein! Lass das, du bist noch nicht so weit.«

Ruby schüttelte ihn ab. Sie wusste, was sie konnte. Wer sie war. Sie spürte die uralte Magie in ihrem Blut rauschen. Ihre Flügel drängten an die Oberfläche und sie ließ es einfach geschehen. Wie ein Feuersturm fühlte Ruby die gewaltige Kraft des Darkwynzaubers durch die aufgeladene Atmosphäre peitschen.

Der Hengst blickte ihr ruhig entgegen. Sie machte einen Schritt auf ihn zu. Urplötzlich stieß er eine Feuersalve aus seinen Nasenlöchern, die ihre Strumpfhose in Brand steckte. Doch die Kraft der Phantasie verstärkte Rubys Aura automatisch zu einer schuppigen Drachenhaut, die das Feuer in Schach hielt. Rauch quoll aus den Nüstern des Wildfangs.

Ruby lachte. »Das kann ich auch.« Sie hustete, und der Monsterbaum neben ihr bombardierte sie mit brennenden Augäpfeln, weil ein Ast in Flammen aufgegangen war.

Der Hengst gab ein Schnauben von sich, das einem rumpelnden Lachen nicht unähnlich war.

Ruby machte einen Schritt auf ihn zu, doch er wich zurück. Natürlich. Er war ja auch ein Wildfang.

Der Duft nach warmer Vanille kündigte die Anwesenheit ihrer Tante an. Tatsächlich stand Amy nur ein paar Meter hinter ihr und beobachtete die Wildfangherde mit einem versonnenen Lächeln.

Ruby wusste zwar nicht, woher die Gewissheit kam, aber eindeutig hatte Amy das Ganze auf eine unbegreifliche Weise eingefädelt. Irgendetwas sollten die Wildfänge ihr mitteilen, nur was?

Ruby beäugte den dampfenden Atem des Hengstes. Sein Körper schien zu glühen.

»Feuerspeier«, murmelte sie, mehr zu sich selbst.

Ali trat neben sie. »Erkennst du deine Freunde, Prinzessin? Sie ernähren sich überwiegend von Feuerkraut, dem Zeug, das du dir gestern in den Rachen gekippt hast.«

Wie auf Kommando setzte das Brennen in Rubys Hals wieder ein und sie verhinderte nur mit Mühe und Not einen weiteren Hustenreiz.

Sie wagte sich einen winzigen Schritt näher. »Du bist genauso unstillbar durstig wie ich, stimmt's?« Sie legte den Kopf schräg, während sie ihn musterte. Er schien der Leithengst der Herde zu sein. Die anderen blieben stets hinter ihm und folgten jeder seiner Bewegungen.

Der Wildfang wich ihr wieder aus. Jedoch rannte er nicht davon, was Ruby für ein gutes Zeichen hielt.

»Verdammte Scheiße, Prinzessin! Schieb deinen bockigen Arsch hier rüber, damit ich ihn dir windelweich prügeln kann«, fauchte Kai.

Ruby spürte seinen eisernen Griff am Handgelenk kaum, obwohl Kai doch viel stärker war. Sie wusste mit absoluter Gewissheit, dass sie die Wildfänge nicht ziehen lassen durfte. Die Tiere würden sie führen, denn sie fanden das eiskalte Wasser instinktiv. Sie müssten ihr nur erlauben, ein Teil der Herde zu werden.

Ein Gedanke brannte sich in ihren Kopf. »Ali, wie ist das eigentlich, benennst du nur Menschen oder siehst du zufällig auch die Namen von Tieren?«, fragte sie beiläufig.

Er räusperte sich und musterte den stolzen Hengst ausgiebig. »Er heißt Ljómi«, antwortete er leise.

Sie hob vorsichtig die Hand. Der Wildfang warf den Kopf in den Nacken und offenbarte einen glitzernden Stern mitten auf seiner Stirn. Ruby lächelte.

382

»Ljómi«, sagte sie und trat einen Schritt auf ihn zu. Sie legte ihre Handfläche federleicht auf seine gerade Pferdenase und verharrte still, obwohl er einen gewaltigen Feuerstrahl ausstieß.

»Was tust du, du Wahnsinnige?«, fragte Kai mit bebender Stimme.

»Er kann mir doch gar nicht vertrauen, wenn ich eine vollkommen Fremde für ihn bin. Aber mit einem Namen mache ich ihn zu dem einen, besonderen Wildfang. Sieh doch, er duldet mich.«

»Wenn man davon absieht, dass dein Fuß brennt …«

Ruby trat die lästigen Flammen aus. Ljómi senkte den Kopf und blies in die Glut, bis das Feuer erneut hochloderte. Ruby lachte auf und spie dabei versehentlich einen kleinen Feuerball aus, den der Wildfang beinahe liebevoll aufleckte.

»Er ist wundervoll«, flüsterte sie.

Kai musterte sie mit einem Blick, der ihre freudig erhitzten Wangen in Sekundenschnelle abkühlte. »So etwas kann tierisch schiefgehen. Würdest du nicht zufällig wie ein Fass Rohrfrei stinken, hätte dein feuriger Hengst dich gegrillt wie ein Spanferkel.«

»Ich stinke aber. Außerdem spreche ich seine Sprache. Also sei kein Spielverderber und freu dich mit mir. Ich wette, du würdest auch gerne auf einem zahmen Wildfang durch den Wald galoppieren.«

Kai riss die Augen auf. »Ich hoffe doch, das ist ein beschissener Scherz.«

Ruby wirbelte schon herum und packte Ljómis strahlende Mähne. Mit einem Satz schwang sie sich auf den warmen Pferderücken. Der Wildfang war nicht besonders groß, aber es überraschte sie selbst, wie mühelos ihr diese Turnübung gelang. Musste wohl an ihren Drachengenen liegen.

Sie hörte Kais scharfen Atemzug, spürte die angespannten Muskeln des erstarrten Tieres unter sich und fühlte das kochende Pulsieren seiner Adern.

Der Hengst explodierte. Er machte einen gewaltigen Satz, weshalb Ruby die Orientierung verlor, drehte sich noch im Fallen, schnappte nach ihren Füßen und warf gleichzeitig das Hinterteil hoch.

Es dauerte nur wenige Sekunden, bis Ruby auf dem Sandboden aufschlug. Ljómis stampfende Hufe brachten den Boden unter ihr zum Zittern und sein zorniges Wiehern drang ihr durch Mark und Bein.

Kai warf sich neben sie in den Dreck, rammte sein Holzschwert in die Erde und ließ eine schützende Rankenwand wachsen, doch der Wildfang versengte die Pflanzen in Sekunden.

Fluchend beugte Kai sich ungeachtet der gefährlich tretenden Wildfanghufe über sie. Er war ungewöhnlich blass, seine Augen weit vor Sorge. »Prinny ... Ruby! Ist alles in Ordnung? Bist du verletzt?«

Ruby schob ihn beiseite und richtete sich auf. Ihr tat alles weh. Ihr Kopf dröhnte und ihre Knochen schienen einmal komplett durchgeschüttelt worden zu sein, aber sie konnte stehen. Immerhin.

Sie sah dem aufgeregt tänzelnden Wildfang fest in die feurigen Augen. »Ljómi!«

Augenblicklich stand er still, auch wenn das bebende Spiel der Muskeln seine innere Anspannung verriet.

Ruby näherte sich ihm erneut.

Kais Stöhnen ignorierte sie. »Wieso willst du unbedingt sterben? Ich kann das nicht mit ansehen.«

Behutsam legte sie eine Hand auf den Pferderücken. »Ist es okay, wenn ich aufsteige?«, fragte sie.

Ljómi schüttelte sich und versuchte erneut, nach ihr zu schnappen.

Der Drache war so dicht an der Oberfläche, dass Ruby nur tief einzuatmen brauchte, um ihn herauszulassen. Ihr Instinkt übernahm alles Denken und die Darkwyn stieß ihr uraltes, erdtiefes Grollen aus.

Die Wandlung, die in dem Pferd vor sich ging, war spektakulär. Das feurige Flackern seiner Augen verglomm, er schnaubte ruhig und senkte den Kopf, bis die Nüstern den Waldboden streiften.

Ruby legte ihm eine Hand auf den Mähnenkamm. »So ist es gut.«

So sanft es ging, sprang sie auf. Ljómi zuckte mit keiner Wimper. Das Gefühl des heißen Pferdekörpers unter ihren Beinen war unbeschreiblich. Er glühte vor Kraft und Wildheit und doch war er zahm und gehorsam und folgte Rubys Willen.

Sie beugte sich vor und vergrub die Nase in seiner nach Wald duftenden Mähne. »Danke«, flüsterte sie.

Kapitel 9
Ruby

Kai war schweigsam, seit sie aufgebrochen waren, dabei hätte Ruby schwören können, dass er es lieben würde, einen Wildfang zu reiten. Nach einem katastrophalen Versuch, Feuerkraut zu essen, hatte Kai eine halbe Stunde lang mit hell lodernder Zunge auf dem Waldboden gesessen. Endlich hatte er sich zähneknirschend zu Rubys Methode überreden lassen. Es gelang ihm schließlich mit Alis Hilfe, eine nervöse Stute auszusuchen. Er nannte sie Brana. Auch wenn sie ihn auf sich reiten ließ, versuchte sie bei jeder Gelegenheit, ihn zu töten.

Ali thronte mit der Selbstverständlichkeit eines Feldherrn auf einem blauen Wasserpferd.

Wie auch immer Amy es angestellt hatte, ihr Schneepferd brauchte keinen Namen. Es leckte freudig Amys Handfläche und akzeptierte problemlos das Gestell aus Ästen, welches sie an seinen Flanken befestigte. Ali bezeichnete das Ding als *Travois*, woraufhin Kai nur mit den Augen rollte und irgendetwas über *Schneckenfresser* vor sich hin brummte. Gnarfel lag auf dieser Asttrage, während Amy versonnen lächelnd auf dem weiß beflockten Rücken saß und Zöpfchen in die Mähne der Stute flocht.

»Wohin reiten wir, Ruby?«, wollte Ali wissen.

Sie fühlte sich mies, die Freunde nicht einzuweihen, aber je weniger sie wussten, desto einfacher würde es für Ruby werden, später allein durch den Wasserfall zu gelangen. Anstelle einer Antwort kniff sie deshalb die Lippen zusammen und entfernte eine Klette aus Ljómis Fell.

»Die Prinzessin hat Geheimnisse«, giftete Kai und wehrte einen Biss von Brana ab, indem er ihr die Ferse auf die Nase schlug. Das Pferdchen schnaubte Feuer und bockte. Kais Knie schlossen sich fest um den schmalen Leib und das Tier schoss in wildem Zickzack zwischen den Bäumen hindurch, bis von Kai nichts mehr zu sehen war.

Ruby machte sich keine Sorgen. Das passierte seit ihrem Aufbruch regelmäßig, doch die beiden kamen immer wieder zornschnaubend und erhitzt zurück. Pferd und Reiter schienen es zu brauchen, sich gegenseitig zu bekriegen.

»Er ist enttäuscht, das musst du verstehen«, sagte Ali.

Ruby wandte ihm überrascht den Kopf zu. Ständig kommentierte er so aus dem Nichts heraus etwas, das Ruby nie laut gesagt hatte. Irgendwie fand sie das ganz schön unheimlich. »Worüber denn bitte?«

Ali lächelte sie nachsichtig an, als hätte sie wieder einmal das vollkommen Offensichtliche übersehen. »Abgesehen von eurer unmöglichen Liebe?«

Rubys Ohren erhitzten sich.

»Er ist dein Ritter, er hat mit seinem Leben geschworen, dich zu beschützen, aber du lässt es nicht zu. Du bist dauernd in Gefahr und dann rettest du dich am Ende selbst. Auf bravouröse Art und Weise, doch das verletzt ihn nur noch mehr.«

»Ich dachte, das sei es, was er will. Dass ich endlich lerne, meine Aura zu beherrschen.«

Ali nickte. »Du beherrschst sie nicht, Prinzessin. Du lässt nur deine Instinkte sprechen. Aber das ist zweitrangig. Was Kai stört, ist, dass er dich liebt und es nicht darf. Er will dich beschützen und retten und kann es nicht. Du hast Geheimnisse vor ihm, was ihn verrückt macht.«

Kai brach mit Brana durch das Gebüsch. Die Wildfangdame machte einen gewaltigen Bocksprung, knickte mit den Vorderbeinen ein und sank zu Boden.

Kai rutschte von dem schweißnassen Pferderücken. »Blödes Weibsstück! Hoffentlich hast du dir nichts gebrochen, sonst wirst du Knackserfutter.«

Auf wackeligen Beinen rappelte sich die Stute auf und suchte so schnell es ging das Weite.

»Du müsstest sie eigentlich genauso gut verstehen wie Ruby. Ihr …« Ali verstummte unter Kais warnendem Blick.

»Ich zähme kein anderes Biest mehr. Wieso auch? Niemand sagt mir, wohin sie uns führt. Weshalb gehen wir nicht zu Fuß?«

»Weil Amy und Gnarfel wohl kaum zu einer Wanderung fähig sind«, antwortete Ruby.

»Wo reiten wir hin?«, beharrte Kai. »Ich bleibe hier stehen, bis du es ausspuckst, Prinny.«

»Kai.« Ruby fragte sich, ob sie gerade die dümmste oder beste Idee ihres Lebens hatte. Egal, *irgendetwas* musste sie tun. »Würdest du Ljómi mit mir zusammen reiten? Er ist kräftig genug, uns beide zu tragen, und ich fühle mich nicht besonders sicher, so alleine auf einem Wildfang.«

Es war gelogen und Kai wusste es. Seine Schultern sanken herunter und er schloss für einen Moment die Augen. Dachte auch er an die Nähe ihrer beiden Körper auf dem Pferderücken? War die Vorstellung für ihn ebenso aufregend wie für Ruby?

Nein!

Er liebte sie nicht und es war eine total blöde Idee und er würde nicht …

»Okay.«

»Echt jetzt?« Sie starrte ihn an.

Er presste die Lippen zu einer schmalen, weißen Linie zusammen und stapfte auf Ljómi zu. »Sag deinem Hengst, wenn er es wagen sollte, mich zu beißen, verliert er die Eier.«

Ruby hasste die Niedergeschlagenheit, die aus seinen Worten herausklang. Das war nicht der Kai, den sie ertragen konnte. »Ali hat recht. Du kannst es ihm selber sagen. Willst du ein Ritter sein, musst du endlich deine Fähigkeiten zulassen.«

Er sah sie an, als ob sie ihn geschlagen hätte. Dann schwang er sich wortlos hinter Ruby auf den Pferderücken, umfasste ihre Hüfte und hüllte sich erneut in brütendes Schweigen.

Ruby versuchte mehrfach etwas zu sagen, aber Kai vereitelte jeden Ansatz, indem er ihr bei der kleinsten Regung einen Stromschlag verpasste, der Ljómi dazu brachte, fürchterlich zusammenzuzucken.

Ruby tätschelte beruhigend den Hals des Wildfangs. »Lass das arme Tier in Frieden. Es kann nichts für deine Laune.«

»Nur weil du plötzlich dein sagenhaftes Darkwyllin-Gen entdeckt hast, brauchst du dich nicht so aufzuplustern, Prinzessin.«

Seltsam, wie all seine unschmeichelhaften Spitznamen der Vergangenheit so viel netter klangen, als dieses eisige *Prinzessin.*

Ruby zog die Schultern hoch. »Ist es das? Ist das der Grund, weswegen wir …« Sie atmete sich ein paar Mal Ashwinkumar-Mut an, ehe sie fortfuhr. »Können wir nur Freunde sein, weil ich ein Drachenkind bin und du nicht?« War er vielleicht eifersüchtig? Außerdem hatten die

Flusshexen bereits ihren Vater verstoßen, da er sich in eine Darkwyn verliebt hatte. War es das, was Kai befürchtete? Noch einen Fluch brauchte er wirklich nicht.

Es dauerte lange, bis er wieder sprach, und er klang düster und verbittert. »Ist dir nicht klar, wie widernatürlich es für einen einfachen Menschen wie mich wäre, einen *Drachen* zu lieben?« Er betonte *Drachen* wie *Eiteregel*. Der Stromschlag, den sie ihm versetzte, schleuderte sie beide von Ljómi herunter.

Ali glitt elegant vom Pferderücken und auch Amy kletterte steif herab.

»Ich denke, für heute ist es genug für uns alle. Die Wildfänge sind es nicht gewohnt, jemanden zu tragen, und eure Streitereien machen mich reizbar. Ihr seid mehrfach vom Pferd gestürzt und eure innerlichen Wunden bluten ganze Meere voll, also lasst uns ruhen. Die Nachtweide ist eine so gute Raststelle wie jeder andere Ort des Waldes.« Mit dieser kategorischen Anordnung verschwand Ali in der Lampyria. Kai klopfte sich den Dreck vom Hosenboden und hastete ihm hinterher, während Ruby immer noch verdattert auf der Erde saß und ihnen nachsah.

Amy hatte bisher geschäftig mit dem Ärmel an Gnarfels Gesicht herumgeputzt, doch sobald die beiden außer Sichtweite waren, eilte sie zu Ruby herüber. Sie war auf dem Ritt gealtert und ihre runzeligen Hände fühlten sich samtweich an Rubys Schläfen an.

Der Film sprang dieses Mal schneller in ihr Gehirn. Als ob Amy einen Fernseher eingeschaltet hätte, flimmerten die fremden Erinnerungen vor Rubys innerem Auge.

Geronimo wirkte müde. Er war genauso jung und schön wie immer, aber er konnte Amy nichts vormachen. Die Last, die seine Schultern herunterdrückte, wog mindestens eine Tonne.

»Was ist passiert?«

Stöhnend ließ er sich auf einen Schemel fallen. »Es lief nicht wie geplant. Tut mir leid.«

»Wieso, was ...?«

»Ich bin ausgetreten.«

»Ja, aber ...« Das war doch der Plan gewesen. Sie hatten es lang und breit besprochen. Alle Möglichkeiten durchdacht, bis nur diese eine Lösung

übrig geblieben war. Wenn sie zusammenbleiben wollten, durfte Geronimo kein Lichtritter mehr sein.

»Lyk hat akzeptiert.«

Amy setzte sich neben ihn auf den Boden und legte ihren Kopf auf seine Knie. Gedankenverloren kraulte er ihr schlohweißes Haar.

»Was ist dann das Problem?«, fragte sie sanft.

Wortlos streckte Geronimo ihr sein rechtes Handgelenk hin. Das Panzerarmband war immer noch mit den sieben schwarzen Haaren der Wasserhexen dort festgeknotet. Der Pakt mit dem Wasser bestand weiterhin, auch wenn Geronimo nicht mehr unter General Lykaon diente.

»Ich verstehe nicht.«

»Lyk hat es mir verboten!«, stieß er plötzlich hervor und hieb mit der Faust auf den Tisch. »Er ist besessen von der Idee, die Darkwyn-Rasse wieder aufleben zu lassen. Lyk meint, Salvyas Schicksal läge in unseren Händen. Dass ich der Einzige sei, der die Prophezeiung …« Er brach ab, doch Amy wusste, was er nicht aussprach.

Die Prophezeite, der Drachen letzte Tochter. Es gab nur noch drei Darkwyn-Frauen auf der Welt. Wie sollte eine von ihnen ein Kind bekommen? Nur mit einem Mann, der Drachenkräfte in sich trug.

»Er sagte, ich könne dich bloß schützen, wenn ich weiterhin die Macht des Wassers besäße«, fuhr er fort und bestätigte damit Amys Gedanken. Er konnte nach wie vor die Prophezeite zeugen. Er hatte immer noch die Kraft. Das war es, was Lykaon wollte, und jeder wusste, zu welch extremen Mitteln der Oberste General griff, um seine Ideen durchzusetzen. Notfalls würde er selbst eine Darkwyn schwängern.

»Die Nixen werden dich umbringen.« Eis floss durch Amys Adern. Das durfte er nicht für sie riskieren.

Geronimo glitt zu ihr auf den Boden, kniete sich neben sie und nahm ihr Gesicht in die Hände. »Nicht, wenn du es verhinderst.«

»Ich würde alles für dich tun, das weißt du.«

Er lächelte und küsste sie. Er küsste sie, obwohl sie heute wieder unerträglich alt war. Geronimo war das egal, er liebte sie mit fünf oder fünfhundert Jahren auf dem Buckel.

Und sie liebte ihn. Nur dieses Ungleichgewicht machte ihr zu schaffen: Dass er immer jung und schön war und es nach außen hin so viel leichter wirkte, ihn zu lieben als sie.

»Wir haben es uns gut überlegt, Lyk und ich. Woher bekommen die Nixen ihre Macht?«

»Aus dem Wasser«, antwortete Amy prompt.

Geronimo wiegte den Kopf hin und her. Amy dämmerte, worauf er hinauswollte.

»Der Fluss führt Drachenmagie«, hauchte sie. »Du meinst, meine Magie gegen ihre?«

Er nickte und blickte ihr tief in die Augen, während er ihr das Armband hinhielt. »Löse den Knoten. Wenn du es tust, wird nichts geschehen, denn deine Darkwynkräfte werden mich schützen.«

»Du könntest sterben«, flüsterte sie.

»Ich vertraue dir.«

Mit zitternden Fingern löste Amy die sieben Hexenhaare aus dem Lederarmband.

Geronimo sank in sich zusammen, atmete rasselnd und hustete krampfartig. Sein silbernes Haar wurde stumpf und fiel schließlich büschelweise aus. Er versuchte sich aufzurichten, doch ein gewaltiger Buckel hinderte ihn daran, geradezustehen. Der Mann vor ihr hatte nur eine Gemeinsamkeit mit dem strahlenden Lichtritter von zuvor: die Augen.

Amy weinte nicht. Dafür war sie zu glücklich. Endlich konnte sie Geronimo dieselbe Art von tiefer Liebe zurückgeben, die er ihr seit Jahren schenkte. Eine Liebe, die über Schönheit und Jugend hinwegflog.

Geronimo musterte sein faltiges Gesicht im Wandspiegel. Lange Zeit verzog er keine Miene und Amy hielt den Atem an. Er war so ein schöner Mann gewesen, immer gepflegt, eitel darauf bedacht, den Zopf sauber geflochten zu tragen. Würde er es ertragen können?

Ein Geräusch wie ein Hustenanfall ließ sie zusammenfahren. Erst jetzt bemerkte sie, dass er lachte. Aus vollem Hals.

»Fortan«, er keuchte und wischte sich die Lachtränen aus den Augen, »wirst du mich Gnarfel nennen müssen. Geronimo passt nicht mehr zu mir.«

Ruby schreckte auf, als Amy die Hände von ihr löste. Es war kühl geworden und Nebel zog über die Nachtweide. Kai und Ali waren noch nicht zurück. Zum Glück.

»Was muss ich tun, Amy? Soll ich den Hexen das Armband zurückgeben? Vielleicht nehmen sie dann endlich den Bann von Gnarfel.«

Amy schüttelte sacht den Kopf.

»Was sonst? Ich weiß nicht, was du mir mit dieser Geschichte sagen möchtest.« Ruby ließ verzweifelt die Schultern hängen. Es war so kompliziert, mit Amy zu reden.

Amy lächelte und zupfte an Rubys Haarsträhnen, klopfte auf ihr Handgelenk und zog wieder an den Haaren.

Ruby legte die Stirn in Falten. Eine Idee formte sich in ihr, aber es war viel zu absurd, um möglich zu sein. Andererseits, was war hier schon normal?

»Ich sage, was ich denke. Du musst nur nicken, okay?«

Amy plumpste in einen Schneidersitz. Das feuchte Gras schien sie nicht zu stören.

»Du hast Gnarfel von den Hexen befreit, indem du ihm das Armband abnahmst. Gleichzeitig wurde er alt, weil ihm die Magie des Wassers fehlte.«

Amy lächelte.

»Du hättest ihn vielleicht mit deiner eigenen Magie jung machen können, doch ich glaube, das wolltet ihr gar nicht. Gnarfel hat das Band nur wieder angelegt, weil er gegen die Schattengardisten schnell Kraft brauchte, du sie ihm aber wegen deines Fluchs nicht geben konntest.«

Amy tätschelte Rubys Schulter.

»Indem du Kai das Armband gabst, schenktest du ihm die Hexenmagie, die ursprünglich Gnarfel galt. Dabei musstest du nicht befürchten, dass die Hexen Kai etwas antun würden, weil sie ihn schon einmal verschont haben. Aus welchem Grund eigentlich?«

Amy hatte bis dahin genickt, schüttelte jedoch am Ende den Kopf.

»Du weißt es nicht? Na gut, das finde ich selbst heraus. Warum hast du keine Angst vor dem, was passiert, wenn Kai das Armband abnimmt?«

Amy zupfte an Rubys Haaren.

Sie kapierte es nicht. Sie checkte einfach nicht, worauf die Alte hinauswollte.

»Mann, Amy«, stöhnte Ruby und strich sich die Strähne wieder hinters Ohr. »Jetzt hab ich lauter Knoten im Haar. Moment mal!«

Amy grinste bis über beide Ohren. Anscheinend hatte Ruby die Lösung selbst gefunden.

393

»Ich habe das Armband mit meinen Haaren festgeknotet. Bei Gnarfel waren es die Hexenhaare. Meine sind Darkwynhaare. Anschließend hat sich das Band verändert. Habe ich ihm meine Magie übertragen? Schütze ich Kai dadurch mit meiner Darkwynkraft vor dem Zorn der Wasserhexen?«

Je aufgeregter sie fragte, desto heftiger nickte Amy.

Am Ende fiel Ruby ihr in die Arme und drückte ihre Tante so fest sie konnte. Es war ihr egal, ob Amy überhaupt noch Luft bekam. Kai war geschützt. Sie konnte ihn verlassen, ohne ihn umzubringen. Das war es, was Amy versucht hatte, ihr mitzuteilen. Dafür war sie extra mit Gnarfel hierher gereist, weil sie keine Gelegenheit gehabt hatte, es Ruby früher zu sagen.

Jetzt galt es nur noch, diesen verdammten Fluss zu finden.

Ihre Aufregung ebbte schlagartig ab. Sie würde Kai verlassen.

Das ist es doch, was er will! schalt sie sich innerlich.

Aber du nicht, antwortete ihr Herz.

Ruby stellte die inneren Gespräche ab. Es war vollkommen egal, was sie wollte. Sie musste in diesen Fluss. Um Gnarfel vom Bann der Hexen freizusprechen, um zu erfahren, was mit Kai geschehen war, und nicht zuletzt, um nach Schattensalvya zu kommen und ihre Eltern zu finden.

»Ich sehe hier nirgends Wasser«, sagte sie zu Ljómi, der auf einem Salamimander herumkaute und sie mit keinem Blinzeln beachtete. »Wir müssen weiter, jetzt, wo sie weg sind. Bring mich an den Wasserfall.«

Der Wildfang senkte den Kopf und fraß das feuchte Gras erst, nachdem sein Atem es zu schwarz-kokelnden Halmen verbrannt hatte.

Seufzend gab Ruby es auf. Wenn ihr Gefühl sie nicht täuschte, würde es sowieso bald Nacht werden. Vielleicht war Ljómi bei Mondschein bereit, sich mit ihr davonzustehlen und sie zu den Wasserhexen zu bringen. Dort, wo niemand sie hinbegleiten konnte.

Obwohl sie noch gar nicht fort war, fühlte sie sich jetzt schon einsam. Sie musste es tun. Für Kai. Er würde froh sein, sie nicht mehr um sich haben zu müssen.

Die Herde ließ die Köpfe hängen und döste vor sich hin. Hin und wieder erhellte ein Feuerschnauben die langsam heraufziehende Dämmerung. Ruby versuchte, ein wenig auszuruhen, aber ihre Gedanken rasten. Seufzend bettete sie den Kopf anders.

Kai und Ali stolperten lachend zurück auf die Lichtung. Das kleine Lagerfeuer erweckte die Neugier der Wildfänge. Ein Fohlen biss sogar in ein brennendes Holzscheit und spielte eine Weile damit. Amy hatte sich mit Gnarfel unter eine alte Weide zurückgezogen und beide schliefen Arm in Arm.

Auch Ruby tat so, als würde sie schlafen. Sie hätte sowieso keinen Bissen von dem plüschigen Tier hinuntergebracht, das an einem Stock im Feuer brutzelte und eine fatale Ähnlichkeit mit einem gewissen Hörnchenspion aufwies.

Erst nachdem Ali von seinem Gebetsritual zurückkam und sich bis auf ein gelegentliches Schnauben Stille über die Lampyria legte, richtete Ruby sich vorsichtig auf. Ohne ein Geräusch zu machen, schlich sie von den schlafenden Freunden weg.

Ljómis Feueraugen leuchteten im Dunkeln. Sein Kopf war hoch aufgerichtet und er blickte ihr erwartungsvoll entgegen.

»Bring mich zum Fluss. Du hast genauso großen Durst wie ich und ich weiß, wie endgültig dieses Eiswasser jeden Brand löscht.«

Ljómi senkte den Kopf. Ruby ließ enttäuscht die Schultern hängen. Was hatte sie erwartet? Seit wann konnten Pferde verstehen, was ein Mensch sagte? Überhaupt war diese Wildfanggeschichte reine Theorie. Es war gar nicht gesagt, dass die Pferde wirklich ans Wasser gehen würden. Möglicherweise kamen sie Monate ohne den Fluss aus. Sie klopfte ihm den Hals und wandte sich ab.

Er schluckte – und schluckte wieder. Ruby fuhr herum. Der Mond brach milchig durch das Geäst und spiegelte sich auf der Oberfläche des Sees vor ihren Füßen. Ein See, der vor ein paar Sekunden noch nicht da gewesen war.

Sie kniete nieder und steckte einen Finger in die silbrige Flüssigkeit. Sie war eiskalt. Rubys Fingerknöchel erinnerten sich schmerzhaft an dieses Wasser und sie zuckte zurück. Noch konnte sie sich einfach wieder hinlegen und so tun, als ob sie den See nie entdeckt hätte – vermutlich war er morgen früh verschwunden. Oder sollte sie die

Freunde wecken und gemeinsam mit ihnen über ihre Entdeckung sprechen?

Nein. Natürlich nicht. Das war ihre Chance.

Ein Käuzchen auf einem Baum stieß einen klagenden Ruf aus. Am liebsten hätte sie mitgeheult.

»Hier ist für euch Endstation.« Rubys Stimme klang rau vor Kummer, als sie sich ein letztes Mal zu Kai und Ali umdrehte. Kai gab im Schlaf ein leises Geräusch von sich, das sie mit einer Welle der Zuneigung erfüllte. Wie gerne hätte sie sich an ihn gekuschelt und einfach alles vergessen. Diesen See, Salvya, ihre Eltern und den Rest der Welt.

Aber Kai war ohne sie besser dran. Er liebte sie nicht. Es wäre eine Erleichterung für alle, wenn Ruby endlich fort war. Da sie ihn mit dem Armband beschützte, konnte ihm nichts passieren.

Dann stand sie am Ufer. Ihre Finger krallten sich in Ljómis Mähne, der wie ein Fels in der Brandung neben ihr verharrte. Das eiskalte Wasser umspülte ihre Zehen.

»Wie kannst du so was trinken?«, raunte sie dem Wildfang zu. Ljómi blies einen heißen Luftzug aus.

»Ich weiß nur nicht, ob das reicht«, seufzte sie. Sie schloss die Augen, atmete tief ein und aus und konzentrierte sich auf das Brennen in ihrem Inneren. Es war nur eine Idee. Wenn sie falsch lag …

Nein, sie war die Darkwyllin. Die Hexen hatten gesagt, das Wasser könnte ihr nichts anhaben.

Das werden wir jetzt sehen, dachte sie grimmig und straffte die Schultern.

Sie ließ los, was sie zurückhielt, und gewährte ihrer brennenden Sehnsucht sie mitzureißen.

Sie stand in Flammen. Innerlich wie äußerlich loderte alles an ihr. Das Feuer knisterte in ihren Ohren, wisperte verheißungsvoll von stürmischen Küssen, von mütterlichen Umarmungen, von Anerkennung, von Freiheit für Salvya. Rubys sehnlichste Wünsche nährten die Glut und ließen sie hochzüngeln.

Ein letztes Mal drehte sie sich zu Ljómi um, der sie mit stolz erhobenem Kopf musterte. »Danke.«

Sie hüllte sich in das Feuer wie in einen Mantel. Die Flammen umspülten ihren ganzen Körper, ohne sie zu verbrennen. Sie trug es nicht mehr nur, sie *war wahrhaftig* Feuer.

Mit diesem Gedanken machte sie einen beherzten Schritt in den See. Das Wasser stieg ihr bis zu den Knien. Ein paar Zentimeter weiter versank sie bis zu den Oberschenkeln in der Kälte. Die Haare auf ihren Unterarmen richteten sich schmerzhaft auf und sie zögerte. Sofort wurde es richtig eisig.

Ljómi schnaubte beruhigend. Sie atmete ebenso ruhig aus und bündelte erneut ihre Sehnsucht. Das Eis wich langsam zurück. Ruby machte noch einen Schritt. Der Grund fiel plötzlich steil ab und sie stand bis zum Bauchnabel im See.

»Nein!«

Nicht umdrehen!

»Ruby, komm sofort aus diesem verfluchten Wasser raus oder ich schwöre bei allen salvyanischen Göttern, ich hau dir den Arsch voll, sobald ich dich in die Finger kriege!« Kais Stimme zerrte so unnachgiebig an ihr, dass sie um ein Haar umgedreht und aus dem See gerannt wäre. Doch er wusste nicht, was er damit anrichtete. Die unerfüllte Leidenschaft in seinen Worten brachte Rubys Blut zum Kochen. Sie musste erfahren, warum er sie nicht lieben konnte. Das Wasser schwappte ihr bis zur Brust. Sie brannte heller denn je. Tränen verschleierten ihr die Sicht.

»Prinzessin!«

Wenn sie sich jetzt umdrehte, wäre alles zu spät. Sie durfte ihn nicht ansehen. Immer weitergehen. Einfach nur weiter.

Die erste Träne kullerte aus Rubys Augenwinkel und ihr Herz krampfte sich in der Brust zusammen.

Dummes, dummes Herz. Es sollte froh sein, weil sie Kai retten konnte. Mit jedem Schritt, den sie weiterwatete, rollte eine neue Feuerträne ihre Wangen hinab und hinterließ eine brennende Spur auf der Haut. Sie war jetzt schon so schrecklich einsam. Hundertmal war sie in den letzten Stunden diesen Abschied durchgegangen. Ihr Herz war nur so unendlich schwer. Wie ein kalter, harter Klumpen lag es in ihrer Brust. Vielleicht war das Herz das Erste, das erfror, wenn das Eis die Macht über einen bekam.

Kai fluchte ungehalten und warf Steine, die mit einem Platschen rings um sie im Wasser versanken. »Prinny, nein!«

Ihre Kehle wurde eng, als sie die Enttäuschung in seinen Worten hörte. Er gab auf. Leise, kaum noch hörbar, sagte er: »Tu das nicht.«

Ruby tauchte unter.

»Lass mich nicht allein.«

Das Wasser schlug über ihr zusammen, dunkel und unbarmherzig. War Kais letzte, geflüsterte Bitte nur Einbildung gewesen?

Für einen kurzen Moment befiel sie Panik, zu ertrinken. Zu erfrieren. Zu versteinern. Doch dann drängte sich Ljómis beruhigendes Schnauben wieder in ihr Gedächtnis. Wärme aus ihrem Innersten umhüllte sie schützend.

Ruby tauchte auf den Grund des Sees. Irgendwo hier musste ein Durchgang sein. Ein Portal, das nur existierte, solange der See gefüllt war. Die Luft wurde knapp in ihren Lungen, aber sie zwang sich weiterzusuchen. Noch einmal konnte sie nicht vor Kais Worten abtauchen. Ihre Hände fuhren über den schlammigen Boden, griffen Äste, feuchte Blätter und feine Wurzeln.

Ihr Kopf fühlte sich an wie schockgefrostet. Einsamkeit und Eiswasser. Ihr wurde schwindlig, weil ihr Gehirn keinen frischen Sauerstoff bekam.

Der Durchgang muss hier irgendwo sein.

Der Drang, Luft zu holen, wurde übermächtig, aber sie krallte sich mit beiden Händen in die Wurzeln am Seegrund. Sie durfte nicht auftauchen. Wasser quoll in ihren Mund, kratzte am Kehlkopf. Es fühlte sich kalt und falsch an. Ihre Luftröhre brannte, als hätte sie Säure eingeatmet. Panisch ruderte sie mit den Armen. Die Füße paddelten wild und wirbelten Schlamm auf. Alles drehte sich vor ihren Augen. Ein Strudel aus Blättern in grauen und braunen Schattierungen.

Ein Strudel.

Sie spürte ihr Bewusstsein weggleiten, während ein Sog ihren Körper fortzog.

Schmerzen nagten unerbittlich bis in ihr Mark und drängten die Bewusstlosigkeit zurück. Rubys Haut wurde gleichzeitig von ihren eigenen Flammen verbrannt und von den nadelspitzen Eiskristallen des Wasserfalls eingefroren. Der Strudel hatte sie aus dem magischen

398

See direkt in das Reich der Nixen getragen. In ihrem Inneren tobte ein Sturm los. Sie konnte wieder atmen, aber sie kam nicht gegen die Kälte an. Das Wasser war bereits so weit eingedrungen, dass es ihre Gedanken und Gefühle langsam und taub machte.

Nein.

Irgendetwas war wichtig. Sie war für etwas hier, das musste sie um jeden Preis erledigen. Wenn nur diese Schmerzen nicht wären.

Ihr Mund platzte in einem stummen Schrei auf. Wasser und Flammen drangen hinein und lähmten ihr die Zunge.

»Darkwyllin. Du kannst dich nur selbst retten. Wenn deine Zellen sich nicht an den Drachen erinnern, stirbst du.«

Wie sollte ihr das ohne Kai gelingen?

Kai!

»Wie ist Kai dem Wasser entkommen? Weshalb darf er mich nicht lieben?«

Die Hexen flossen um sie herum wie dunkle Schlieren.

»Das Gefälle der Macht wäre zu groß. Die Prophezeite existiert bereits. Seine Aufgabe ist es, dich zu schützen. Dich zu lieben bedeutet Gefahr.«

»Bringe ich ihn in Gefahr?«

»Ihr sterbt aneinander, wenn eure Herzen im Gleichklang schlagen.«

Ruby schüttelte den Kopf. Das stimmte nicht! Wenn Kai und sie sich lieben dürften, würde alles gut werden, das spürte sie mit absoluter Gewissheit. »Aber ich –«

»Er wird dich töten, Prinzessin – und stirbt selbst daran, wenn er dich liebt.«

Ruby blieben die Widerworte im Hals stecken. Kai würde sie nicht umbringen. Niemals!

Die Hexen wirkten jedoch vollkommen aufrichtig.

»Also habt ihr es ihm nicht verboten. Er darf mich lieben, er darf mich nur nicht töten.«

»Du kannst das Schicksal nicht ändern. Du wirst durch seine Hand sterben, damit Salvya geheilt wird.«

»Ist das diese Sache mit dem Blutvergießen? Das muss doch nicht bedeuten, dass ich zwangsweise –«

»Verhandle nicht. Niemand kann dir verbieten, ihn zu lieben. Aber wenn du seine Liebe zulässt, bist du sein Untergang.«

Schlagartig war das Wasser eiskalt. Ruby konnte es nicht mehr ertragen. Sie schrie und atmete, sog Eiskristalle in ihre Lungen. Der Schmerz zerriss sie innerlich.

Schwarzes Haar streifte Rubys Haut.

Der Anblick weckte Erinnerungen an Gnarfels Armband, an Lykaon, wie er vor den Wasserhexen stand. Gnarfel, der Lichte Ritter. Amy, wie sie sich über den todkranken Waldschrat beugte. Sie wollte doch noch Gnarfel retten, aber dafür war es zu spät.

Der Schmerz raubte ihr mittlerweile beinahe die Sinne. Warum tat es so weh? War es wirklich die Kälte, die sie langsam umbrachte? Dessen war sie gar nicht mehr so sicher. Vielmehr schien die Qual aus ihrem Innersten zu kommen. Sie brach auf die Knie.

Die Hexen wisperten von Einsamkeit und Unendlichkeit. Sie weinten schwarz glänzende Tränen. Eine Frau trat ein wenig vor. »*Rette dich selbst, ehe es zu spät ist, Darkwyllin.*«

Ruby suchte nach dem Drachen in sich. Doch er war fort. Er hatte sie allein gelassen. Sie konnte nur mit Kai zur Darkwyn werden. Das Portal trennte sie. Kai war eine ganze Welt weit entfernt.

Wenn sie ihn jedoch wiedersah, würden sie beide sterben. So hatte sie immerhin die Möglichkeit, ihn zu retten.

Dann sollte es wenigstens schnell gehen.

Bittend sah sie zu den Wasserhexen auf, doch die schüttelten im Gleichtakt die Köpfe, als wären sie ein Wesen. »*Durch uns wirst du nicht sterben. Ruf ihn. Ruf den Einen.*«

»Der Eine, wer ist das?« Sie spürte die Schwere ihres Herzens. Das Eis, das jeden Schlag zu einem tödlichen Gewicht anschwellen ließ, das auf ihre Brust krachte und ein Loch hinterließ.

»*Es ist der, der die Tränen weint, Darkwyllin.*«

Ruby spürte, dass ihre Zeit ablief. Sie hatte noch so viele Fragen, doch was brachte es, wenn sie nicht überlebte?

»Wie komme ich aus dem Wasser?«

»*Als Drache, nur als Drache*«, wisperten die Hexen in ihrem merkwürdig säuselnden Singsang.

»Ich kann … nicht … oh…ne … Kai«, presste sie hervor. Ihr Körper lag am Grund, die rubinrote Wolke ihrer Haare trübte ihr die Sicht, doch die Worte der Wasserhexen drangen dennoch an ihr Ohr.

»*Er darf das Wasser nicht betreten. Wenn er dich liebt, wird er es dennoch tun. Dann stirbt er, und weil er dich nicht retten kann, wirst du mit ihm gehen.*«

»Niemals«, röchelte Ruby. Sie würde ohne Kai sterben oder aus eigener Kraft überleben.

Die Hexen umflossen sie in einem schwindelerregenden Reigen, während sie die Prophezeiung intonierten.

Der Drachen letzte Tochter
Im nebligen Exil,
Ihr Haar ist wie von Feuer,
Wie Wellen sanft im Spiel.
Des Vaters schönes Auge,
Gerecht und doch so wild.
Ihr Herz ist zwiegespalten,
Gleich zornig und gleich mild.

Ihr Schein ist nicht zu sehen,
Doch wird sie einst benannt,
Berührt er ihre Seele,
So ist der Fluch gebannt.
Sie ist der güld'ne Schlüssel,
Der Licht und Schatten eint.
Das Meer steht dem zur Seite,
Der seine Tränen weint.

Die Federn sind gezeichnet,
Durch Auraglanz versengt.
Drei Tränen sind's und eine,
Den Todesgriff sie sprengt.
Ersteigt er aus der Asche
Und spreizt er seine Schwingen,
Vergießt die letzte Träne,
Sein Leben wird verklingen.

Der Eine wird vergießen,
Der Jungfrau heilig' Blut,
Wird alles dafür opfern,
Magie und Liebesglut.
Ihr Herz allein kann heilen,
Die Last der dunklen Zeit,
Löscht aus der Schwestern Fehde,
Fluch der Vergangenheit.

Selbst in ihrem ertrinkenden Geist registrierte sie die zwei unbekannten Strophen im Gesang der Hexen. Wie sollte ihr das weiterhelfen?

Sie sah Kai vor sich. Nackt. Verwundbar. Schwarze Flügel auf blasser Haut – »*Die Federn sind gezeichnet.*« Engel. Dämon. Fabelwesen …
das … heilende … Tränen … weint.

Stille.

Schwärze.

Eiskälte.

Gluthitze.

Hände.

Federn.

Tränen.

Herzschlag.

Kapitel 10

Kai

Wie tot hing sie in seinen Armen. Das Feuer brannte auf seinen aufgebrochenen Flügeln. Er hatte nicht viel Zeit, ehe er verbrennen würde.

Ali hielt bewusst Abstand. Ob es war, um Kai diesen letzten Moment mit seiner Prinzessin zu lassen, oder weil er zu sehr damit beschäftigt war, die gewaltigen Wassermassen zu kontrollieren, war ihm egal.

Niemand hatte Kai je beigebracht, wie er die Kraft nutzen sollte, die in seinem Inneren schlummerte. Wie auch? Er war der Eine. Seit jeher hatte es nur einen einzigen Phönix gegeben.

Er beugte sich über sie und legte die Flügel wie eine Schutzhülle um Ruby.

Seine Ruby.

Es war ihm egal, dass er damit all seine Bemühungen, sich von ihr fernzuhalten, zunichtemachte. Ob die Hexen ihn für den erneuten Bruch des Versprechens zurück in das ewige Wasser bannten oder er gleich sterben musste. Er hatte gar keine andere Wahl. Wenn sie starb, hatte das Überleben für ihn sowieso keinen Sinn mehr.

Das ganze Leben lang hatte er es unterdrückt. Versteckt, was er war, wozu er fähig war. Er hatte nicht geweint. Nie. Die Augen waren selbst trocken geblieben, als Neni von seinen eigenen Eltern ermordet wurde. Thyra hatte alles dafür getan, eine seiner kostbaren Tränen zu erhalten, doch er hatte der Folter ausgeharrt, ohne zu weinen.

Er hatte nur drei.

Zwei jetzt noch, denn die erste Träne war das Pfand für sein Leben und lag bei den Wasserhexen.

Die restlichen würde er ihr schenken. Immer.

Die Hexen griffen nach ihm, versuchten ihn ins Wasser zu ziehen. Das Sphairai-Armband schien ein Eigenleben zu entwickeln. Es wuchs vom schlichten Lederband zum Cestus in wenigen Augenblicken. Die Hexen zischten bei dem Anblick.

Kai spürte, dass das Armband das Zünglein an der Waage war. Wenn sie zuvor in Erwägung gezogen hatten, ihn um Rubys willen ziehen zu lassen, so war dies nun eine schiere Unmöglichkeit.

Bedrohlich ragte die Wasserwand vor ihm auf. Die erste Hexe schoss aus den Wellen wie ein angreifender Hai. Kai reagierte instinktiv. Der Panzerarm schnitt mit seinen Skalpellfedern in die ausgestreckte Hand der Frau. Mit aufgerissenen Augen zog sie sich zurück. Sie hielt ihre blutenden Finger an die Brust gedrückt.

»*Unsere eigene Magie kann uns nichts anhaben*«, flüsterte sie schockiert.

»*Sie hat ein neues Sphairai für ihn hergestellt*«, murmelte eine weitere schwarze Frau.

»*Es ist Geronimos Cestus. Sie stahl es und hat es mit ihrem verfluchten Haar geprägt.*«

»*Sie ist die Darkwyllin!*«, empörte sich eine vierte und bedachte die anderen Hexen mit strafenden Blicken. »*Seht ihr nun ihre Macht? Sie ist stärker als wir sieben. Helfen wir ihr, so hilft sie uns.*«

Seine Flügel verglommen bereits. Er sollte handeln. Kurz vor dem Verbrennen war die Magie am mächtigsten.

Er musste nur loslassen. Jahrelange Unterdrückung und Schmerz abschütteln und fliegen.

Kai stob mit Ruby auf dem Arm aus der fauchenden Gischt. Die Wassermassen krachten donnernd aufeinander, da Ali ihnen nicht mehr standhalten konnte. Ein kurzer Blick zurück bestätigte, dass Ali unversehrt aus dem tödlichen Wasser trat, die Tropfen aus seinen Haaren schüttelte und zu ihnen aufsah.

Kai hätte ewig mit ihr durch die Nacht fliegen können, aber dafür war keine Zeit. Weder für ihn noch für sie. Obwohl sein Herz sich danach sehnte, dass er sich einfach vom Rausch, frei zu sein, davontreiben ließ, landete er. Behutsam legte er sie ab.

Es war leichter, als er gedacht hatte. Er brauchte sie nur anzusehen, zu fühlen, wie sie ihn verlassen, sich für ihn geopfert hatte. Der Schmerz seiner glimmenden Flügel trieb ihm die kostbare Träne ins Auge. Er neigte das Gesicht zu ihr herab. Der diamantene Kristall rollte über seine Wange.

Obwohl schon seit Minuten keine Regung mehr von ihr gekommen war, teilten sich ihre rosigen Lippen. Rubys Mund umschloss die Träne.

Ihr Herz begann, unter seiner flachen Hand zu schlagen. Ein langer Atemzug kitzelte warm und süß Kais Nasenspitze. Er wollte seine Drachenprinzessin so gerne noch ansehen. Sehnte sich danach, da zu sein, wenn sie die Augen aufschlug. Es war zu spät.

Er zerfiel zu Asche.

Ruby

Kai kniete über ihr.

In Flammen.

Die Flügel, die aus seinem Rücken ragten wie verdorrte Äste, besaßen keine Federn mehr. Er krümmte sich vornüber wie eine schmelzende Wachsfigur. Das Feuer verschwand plötzlich in seinem Inneren, als ob er es in sich hineingesaugt hätte.

Zurück blieb eine graue, bröselige Statue. Ein Kai aus Asche.

Unter Rubys Aufschrei zerfiel er. Der feine Staub flog in alle Himmelsrichtungen, bedeckte ihre Nase und ihren Mund und legte sich wie eine Haut auf ihre Hände.

»Nein, nein, nein! Kai! Nein!« Verzweifelt versuchte sie, die Ascheflöckchen aufzufangen, als ob es irgendetwas ändern würde. Wie konnte das passieren?

Ein Phönix. Du hast ihn selbst in sein Verderben gelockt, höhnte ihre innere Stimme, doch Ruby presste die Hände auf die Ohren. Ihr starkes, mutiges Drachenherz brach in tausend Splitter.

Sie war schuld.

Sie war schuld.

Sie war schuld, schuld, schuld!

Ganz alleine verantwortlich für Kais Tod!

Ali rief etwas unten am Fuß des Wasserfalls, aber sie hörte nur das überlaute Geräusch ihres brechenden Herzens.

Die Hilflosigkeit ließ sie die Fäuste ballen, bis eine feine Blutspur unter ihren Nägeln in die Asche rann. Unter ihrem tränenverschwommenen Blick verdichtete sich die blutbespritzte Asche, formte einen Klumpen und schließlich einen kleinen Hügel, der immer weiter anwuchs.

Ruby blinzelte die Tränen weg.

407

Der Aschehaufen zuckte, dann brachen Flügel daraus hervor. Schillernd bunt wie Pfauenfedern und so gewaltig, dass sie Rubys gesamtes Blickfeld einnahmen.

Ein menschlicher Körper kauerte unter den Flügeln.

Nackt.

»Ikarus«, flüsterte Ruby, auch wenn sie wusste, wie sehr er diesen Namen verabscheute. In dem Moment gab es jedoch kaum eine passendere Bezeichnung für den Phönix, der vor ihr kniete.

Kai hob den Kopf wie in Zeitlupe. Seine Smaragdaugen fanden ihr Gesicht und er wirkte gleichzeitig bedauernd und erleichtert.

Ascending from ashes,
I'm new to the world,
Don't know where I belong.
First breath whispers welcome,
Welcome to life.
You've got to live hard and strong.

Think I was blind
Before my eyes saw you.
Lightning fills my veins.
My heart stutters to life,
Beating ruby red blood.
My mind is going insane.

First breath, first move,
First time for me to rise.
First look, first kiss,
First day of my life.

Kais Herzenslied tanzte durch ihren Körper. Wie kleine Funken explodierten die Noten in ihr, brachten ihr Herz zum Rasen und verdrängten die Angst.

Ihre Knie wackelten, während Ruby auf ihn zutrat. Sie hatte keine Ahnung, was sie sagen sollte. Wie immer hatte Kai seine Gefühle in

Musik eingewickelt. Alles, was sie darauf erwidern konnte, fühlte sich lahm und bedeutungslos daneben an.

Kai zuckte mit den Schultern. »Es ist nicht normal: ein Drache und ein Phönix.« Seine Augen strahlten sie im Widerspruch zu seinen Worten an und lösten ein achterbahnartiges Gefühl in Rubys Magen aus.

»In einer Welt, in der es Drachen und einen Phönix gibt, ist nichts natürlich, also kann es auch nicht widernatürlich sein«, krächzte sie.

»Deine Logik lässt mal wieder zu wünschen übrig, Prinny.« In Kais linkem Mundwinkel vertiefte sich das Grübchen und dieses Halblächeln war alles, was Ruby brauchte. Sie stürzte in seine Umarmung.

»Die Hexen werden nicht begeistert sein«, flüsterte er.

Ruby fühlte einen kurzen Stich. Tat sie das Richtige, wenn sie Kai verschwieg, was sie wusste? War es egoistisch, diese Liebe zuzulassen? Wenn sie sich von Kai trennte, würde auch sie sterben. Das hatten ihr die letzten Stunden gezeigt. Mit ihm zusammenzubleiben, ihn aber nicht lieben zu dürfen, funktionierte einfach nicht. Sie musste eben verhindern, dass er sie umbrachte, das konnte doch nicht so schwer sein!

Ihre Entscheidung fiel mit einem Lächeln von Kai.

»Sie haben keine Macht über uns.« Sie spähte über seine Schulter zu den Wasserhexen, die in den Wellen tanzten. Ihre Gesichter verrieten ihren Unmut, aber sie verhinderten es nicht, als Ruby ihre Arme um Kai schlang. »Ohne uns würden die Hexen gar nicht mehr existieren.«

Kai warf einen Blick zurück zu den Frauen und nickte. »Du kannst sehr überzeugend sein, Prinny.«

Er legte seine Flügel um sie. Bunt wie Öl auf einer Pfütze schillerte es um sie herum. Ruby hatte das Gefühl, zum ersten Mal perfekt an einen Ort zu gehören. Hier wollte sie für immer bleiben, in diesem farbenprächtigen Kokon aus Federn und Kai.

»Ich möchte mal eines klarstellen«, sagte er dicht an ihrem Ohr. »Wenn du mir noch einmal abhaust, schubse ich dich eigenhändig in den Wasserfall zurück. Du bist unmöglich!« Sein Blick war düster, aber Ruby sah ihm an, dass er nicht wirklich sauer war.

Beherzt stellte sie sich auf die Zehenspitzen.

»Was tust du da?«

Ruby zuckte zusammen. Ernsthaft? Schon wieder?

Kais aschebeschmiertes Gesicht verzog sich zu einem teuflischen Grinsen. »*Ich* entscheide, wann du deine tausend Küsse einlösen darfst, haben wir uns verstanden, Prinzessin?« Dann zog er sie heftig an seine Brust. »So sehr ich es auch versuche, ich kann mich gar nicht von dir fernhalten.«

Seine warme, weiche Haut verursachte das aufregendste Kribbeln in ihren Händen. Das Prickeln rauschte durch ihren Körper wie eine Welle und Ruby hatte das Gefühl abzuheben.

Sein schneller Atem brachte die Nasenflügel zum Beben. Millimeter vor ihren Lippen hielt er inne, sog ihre Atemluft ein, als wäre sie das Einzige, das er zum Überleben brauchte. Sein Daumen strich ihre Unterlippe entlang. Er schien auf etwas zu warten.

Unfähig, ein Wort hervorzubringen, hob Ruby den Blick. Er wirkte so heil, so rein und wahnsinnig befreit, als er sich über sie beugte.

Rubys Herz weitete sich schlagartig. »Du entscheidest, wann du mich küsst. Kein Bitten mehr. Ich bin nicht deine Prinzessin und du bist nicht mein Ritter. Wir sind gleich, Kai. Wesen aus purer Phantasie.«

Kai lachte auf. Es war so ein ehrliches, heiteres Jungenlachen. Ruby hatte das Gefühl, einen ganz neuen Kai vor sich zu haben. Unbändige Freude kitzelte ihre Haut.

Er zog sie auf die Beine. »Komm.«

Ohne sie loszulassen, breitete er seine Flügel aus. Kai schraubte sich in die Höhe und warf Ruby einen herausfordernden Blick zu.

Mit einem Jubelschrei platzten die Drachenschwingen aus ihren Schulterblättern und zerfetzten die nasse, angekokelte Bluse. Noch nie hatte sie sich so weit in einen Drachen verwandelt, dass ihr tatsächlich Flügel wuchsen. Es war ein Gefühl, wie sie sich Phantomschmerzen vorstellte, nur umgekehrt.

Kais Gesicht leuchtete. Er sah sie voller Wärme an. Rubys Herz stolperte unbeholfen vor sich hin. Liebe und tiefstes Vertrauen hüllten sie ein.

Fliegen war, wie in eine neue Welt geboren zu werden. Sie wusste einfach, welche Muskeln sie bewegen musste, um zu ihm aufzuschließen. Ihre Drachenschwingen waren ein Teil von ihr, den sie ein Leben lang vermisst hatte.

Sie schoss an ihm vorbei. Er fing sie ab und zog Ruby in eine Umarmung. Sie schlugen im Gleichtakt mit den Flügeln wie eine Einheit, die am trüben salvyanischen Nachthimmel miteinander tanzte.

»Ein Wesen, hm?« Kais Lächeln war purer Sonnenschein. Sein Herz klopfte kräftig gegen Rubys Brust. Sein Atem streichelte ihr Gesicht. Die Liebe fühlte sich an wie eine geheime Melodie, die all ihre fünf Sinne kitzelte. Als sänge Salvya ihr Liebeslied.

Kai neigte den Kopf und strich zärtlich mit der Nasenspitze an ihrer Wange entlang. »Kein Bitten mehr.«

Sein Kuss war hungrig und zart zugleich. Er sprach von Tränen und Glück, Lachen und Schmerz, von Liebe und Zorn und Vertrauen. Rau und weich, so wie Kai.

Ruby fühlte den Wind in ihrem Haar, das Wasser auf ihrer Kleidung, das Feuer in ihrem Herzen – und Kai. Immer wieder Kai. Er war fordernd und sanft. So elektrisierend, wie es nur Kais Lippen sein konnten. Zart biss er sie in die Unterlippe und lachte pures Glück in ihren Mund, neckte sie mit der Zungenspitze, bis sie sich vollständig in diesem Taumel des Kusses verlor.

Sie wollte platzen vor Liebe. Sterne tanzten vor ihren geschlossenen Lidern. Schlagartig fühlte sie die Erdanziehung stärker, ihre Glieder waren plötzlich bleischwer. Sie sank wie ein Stein.

Kai legte sie sanft ab und trat einen Schritt zurück. »Atmen, Ruby.« In seiner Stimme klang eine leise Belustigung mit. »Du wirst ohnmächtig, wenn ich dich küsse?«

Ruby wollte dringend etwas erwidern, doch in ihrer Atemlosigkeit brachte sie nur ein heiseres Krächzen heraus. Sie ließ den Zementkopf gegen die spitzen Felsen sinken.

Kai kniete sich vor sie und hielt ihren Kopf zwischen den Händen. »Sieh mich an, dann geht der Schwindel weg.«

»Darauf würde ich nicht wetten«, murmelte Ruby.

Kais Augen lachten sie aus, nein, an. Er lachte mit ihr, nicht über sie. »Du bist ein Drache, Mädchen. Wie kann so ein kleiner Kuss dich vom Himmel fegen? Lass das nie deine Feinde erfahren. Ich hab keinen Bock, mich mit Tausend wildgewordenen Küssern zu prügeln.«

Bei der Erwähnung der Feinde richtete Ruby sich erschrocken auf. Sie waren in Schattensalvya! Wieso hatte sie nicht nachgedacht, ehe sie sich mit Kai – dem Phönix – in ihrer Drachengestalt am Himmel zeigte? Auffälliger ging es ja wohl kaum.

Doch die Umgebung war verlassen. Kein Geräusch durchdrang die Geröllwüste – was ungewöhnlich war. Wo war das Weinen der Mücken? Ruby ließ den Blick über die trostlose Ebene schweifen. Dort, wo einst Thyras Turm gestanden hatte, zeugte nur noch ein zerfallener Schutthaufen von dem ehemaligen Kerker. Die Mücken waren verschwunden. Ruby war seltsam erleichtert. Dennoch gellte ein stummer Vorwurf in ihrem Hinterkopf. Ertappt drehte sie sich um und begegnete Alis ausdruckslosem Blick.

»Was?«

»Ich habe nichts gesagt.« Ali hob beschwichtigend die Hände.

»Aber gedacht. Du denkst, es ist nicht okay, sich so zu zeigen.«

Ali kniff die Augen zusammen. »Du lernst, Aura zu lesen.«

»Ich fühle es. Ich höre dich beinahe sprechen.«

Er zuckte kaum wahrnehmbar mit einer Schulter. »Es war nur eine Frage der Zeit, bis du deine Phantasie akzeptierst. Da du jetzt an dich und dein wahres Wesen glaubst, kannst du auch endlich die Aura wahrnehmen, die uns alle umgibt. Nur die offensichtlichste Form unserer Aura ist sichtbar und nur bei Magiern, die sie schlecht verschleiern können.« Er warf Kai einen Seitenblick zu. »Ansonsten ist sie ein Ton. Eine Schwingung. Ein Gefühl. Ein Geruch.«

Kai ließ Ruby sichtlich widerstrebend los und verschwand hinter einem elefantengroßen Felsen. Nachdenklich blickte sie ihm hinterher.

»Ich denke, ich fühle viele dieser Dinge bei Kai. Bei dir habe ich vorher noch nie etwas gespürt.« Das unausgesprochene *Warum jetzt?* blieb in der Luft hängen.

Ali sah weg. »Ich nutze meine Fähigkeiten selten, da meine Aura sehr dominant ist, wenn ich sie nicht unterdrücke.«

»Du hast das Wasser geteilt.«

Ali neigte den Kopf zu einem halben Nicken. »Wasser ist mein stärkstes Element. Ich empfinde von jeher eine besondere Anziehung zur Tiefe, während mir in der Höhe schwindelt.« Er wirkte, als hätte er versehentlich zu viel verraten, und rieb sich kräftig die Nase. Eine Geste, die Ruby schon öfter bei ihm bemerkt hatte. Der winzigste Hinweis auf Nervosität.

»Ich muss …« Er deutete unbestimmt in die Dunkelheit.

Ach, das war es. Er musste beten. *Den Mond anheulen,* wie Kai es nannte. Kai verstand ebenso wenig wie Ruby, warum Ali diesen Zwang verspürte, in den unmöglichsten Situationen sein Ritual zu vollziehen. Dennoch fühlte sie Alis gewaltige Anspannung. Es war ein Zwang. Egal ob er ihn oder andere in Gefahr brachte. Vermutlich hätte er es längst getan und war nun durch Rubys Sprung ins Wasser in Verzug geraten. Was immer diesen Druck auf ihn ausübte, es drang gerade mit einem feinen Schweißfilm auf seiner Stirn und mit zitternden Händen an die Oberfläche. Sie nickte und verfolgte, wie er zwischen den Felsbrocken verschwand.

Der trübe Mond erhellte die Umgebung nur spärlich. Schatten lauerten wie finstere Gestalten überall. Ruby war mit einem Mal schrecklich erschöpft. Sie sank gegen den Stein in ihrem Rücken – und fuhr wieder hoch. Da! Ein Schatten bewegte sich. Es war nicht Ali, der war in die andere Richtung gegangen, genau wie Kai.

Ein Spion? Sie starrte den schwarzen Umriss direkt an. Unheimlicherweise schien der Schatten zurückzustarren. Ein ungutes Gefühl wie eine innerliche Gänsehaut überfiel sie. Warum ging derjenige nicht weg, wenn er bemerkte, dass sie ihn sah? Vielleicht wollte der Schatten gesehen werden?

Kai setzte mit einem eleganten Satz über den Felsen und federte katzenhaft ab. Ruby fuhr zusammen und war einen Moment abgelenkt. Beim erneuten Hinsehen war der Schatten verschwunden.

Kai ging vor ihr in die Hocke. Er trug eine Art Lederhose und etwas, das entfernt an ein schwarzes, nass wirkendes Muskelshirt erinnerte. Die Flügel versteckten sich wieder in der Tätowierung, das Holzschwert baumelte unscheinbar am Gürtel und das Lederarmband schmiegte sich an sein Handgelenk.

Rubys Augen verengten sich. »Woher hast du das?«

»Schrei nicht, Prinny.«

»Wieso sollte ich schreien?«

»Verkneif es dir einfach. Du brauchst neue Kleidung, so kannst du nicht rumrennen.«

Ruby musterte ihre verbrannten Strumpfhosen, die löchrigen Überreste des Designerröckchens und die triefnasse, zerrissene Bluse. Ihre Mutter würde ausrasten. Wenn sie sie überhaupt jemals lebend wiedersah. Der Knoten in ihrem Hals wuchs erneut. »Dafür ist keine Zeit. Wir müssen meine Eltern finden.«

»Es wäre besser, sie nicht halb nackt zu suchen.«

»Ich glaube kaum, dass das die Schattengardisten interessiert.«

»Die nicht.« Kais Blick war eindeutig.

»Hast du mir wieder etwas mitgebracht?«, fragte sie, um ihre Verlegenheit zu überspielen.

Er nickte. »Schon. Nur bitte, sieh mich an und bleib ganz ruhig stehen.«

Ruby runzelte die Stirn, stellte sich aber gehorsam vor ihm auf. Sie vertraute ihm.

Kais Blick saugte sich hypnotisch in ihrem fest. Erst als sie kaum mehr wegsehen konnte, setzte er äußerst behutsam etwas Flauschiges auf ihrer bloßen Schulter ab.

Langsam, wie er es ihr empfohlen hatte, drehte sie den Kopf, um zu sehen, was sich sogleich emsig an ihren zerfledderten Klamotten zu schaffen machte.

Ruby erstarrte.

Eine handtellergroße Monsterspinne zerteilte gerade mit hauerartigen Beißzangen ihre Bluse.

Eine Spinne!

Panik wickelte sich um Ruby, presste Schweiß aus ihren Poren, ließ ihr Herz so schnell rasen, dass sie glaubte, keine Luft mehr zu bekommen.

Kai stand seelenruhig da und hielt ihre Hand.

»Ich sterbe!«, keuchte Ruby. »Und wenn nicht, bringe ich dich um!«

»Wenn du weiterhin so zappelst, könnte das wahr werden, Prinzessin. Aber kein Grund zur Panik.«

»Du setzt mir eine Tarantel auf die Schulter und siehst zu, wie sie mich langsam auffrisst?«

»Also, erst mal ist das keine Tarantula.«

Ruby atmete hörbar aus.

»Taranteln sind eigentlich ganz harmlos. Ihr Stich ist ungefähr so schlimm wie der einer Wespe. Außerdem spinnen sie keine Netze. Dieses Exemplar nennt sich Atrax.«

Ruby beobachtete mit einer Mischung aus Faszination und Horror, wie das Biest in Rekordgeschwindigkeit ein schwarzglänzendes Gewebe über ihren Oberkörper webte.

414

»Ziemlich geschickt, wie sie das macht.« Ruby ließ den Arm leicht sinken.

»Hups!« Kai schnappte ihr Handgelenk. »Lieber nicht Miss Atrax einklemmen, Prinny.«

Sofort stand sie wieder unter Hochspannung. »Lieber nicht«, echote Ruby schwach. »Kai?«

Er wich ihrem Blick aus und beobachte interessiert, wie die Spinne um Rubys Knöchel krabbelte.

»Wie giftig sind denn diese Atraxe so?«

Kai kratzte sich am Hinterkopf. »Ähm ja, also, sagen wir mal so: Falls man ein Gegengift in Reichweite hat, kann man es überleben.«

Ruby atmete durch geblähte Nasenlöcher wie ein Stier vor dem roten Tuch. »Hab ich schon gesagt, dass ich dich umbringen werde?«

»Tu das, Baby. Nachdem du dein supersexy Outfit begutachtet hast.«

Er lenkte ihren Blick nach unten, wo sich, oberhalb kniehoher Schnürstiefel, schwarze Netzstrümpfe an ihre Beine schmiegten. Ein kurzer Rock aus einem wirren Gemisch dunkler Spitze, Lederstreifen und einem Blümchenmuster auf einer Art Tüll schwang um ihren Po. Das Oberteil glich einer Korsage, vorne geknöpft mit winzigen, schwarz glitzernden Drachenköpfen und einem glänzenden Rankenmuster auf mattschwarzem Grund. Ruby atmete probehalber ein. Es schnürte kein bisschen die Luft ab, im Gegenteil. Es war äußerst angenehm zu tragen. Sie fühlte sich tatsächlich … sexy? Sie kicherte beschämt.

Im selben Moment befiel sie ein ganz komisches Gefühl. Es war, als ob etwas Vertrautes, aber Unangenehmes zwischen die Maschen ihrer Strümpfe schlüpfte. Sie schüttelte sich wie ein nasser Hund.

Kai riss die Augen auf.

Ruby spürte die Gefahr, noch ehe sie die Spinne bemerkte. Auf die Hinterbeine aufgerichtet, drohte sie, ihre messerscharfen Beißwerkzeuge direkt in Rubys Fleisch zu hauen. Ruby reagierte instinktiv und verpasste dem Vieh einen Stromschlag von mehreren Tausend Volt. Mit einem schrillen Kreischen flog die Atrax durch die Luft, landete auf dem Rücken, wo sie die haarigen Beine anzog und reglos liegen blieb.

Ruby starrte die tote Spinne an, von der noch Dampf aufstieg, und schüttelte sich. »Wie kann so etwas Ekliges so ein schickes Kostüm zaubern?«

»Sie verwebt nur deine Aura.« Kai rieb mit schmerzverzerrter Miene seine Hand, die Rubys Stromschlag mit voller Wucht erwischt hatte. »Verdammt, deine Blitzideen sind krass!«

»Meine Aura ist schwarz?« Ruby erinnerte sich an alle möglichen Farben, die durch Gnarfels Dachboden gewirbelt waren, aber keine davon war düster gewesen.

»Nein, das ist die Färbung der Atrax. Sie gibt schon ihren persönlichen Touch dazu.« Er grinste und deutete auf seine Hose.

Ruby musterte ihn unauffällig. Vor einer halben Stunde hätte sie geschworen, dass Lederhosen etwas für dickbäuchige Motorradrocker wären. Da hatte sie ja auch noch nicht gewusst, wie unglaublich Kais Hintern darin aussah.

»Starrst du mir gerade auf den Arsch, Prinny?«

Rubys Haarwurzeln mussten dampfen, so heiß wallte das Blut in ihr auf.

Kais Arme schlossen sich fest um sie. »Irgendwo tief in dir drin steckt noch dieses total süße, verunsicherte Mädchen. Das macht mich unglaublich froh. Neben so einem Drachenweib würde ich mir ja ganz klein und unscheinbar vorkommen, also bewundere nur weiterhin meinen Prachthintern.«

Er küsste sie und das *verunsicherte Mädchen* bekam die wackeligen Knie einer neunzigjährigen Oma. Als er sie losließ, plumpste Ruby auf den Boden.

»Schon wieder?« Kai wirkte gleichzeitig besorgt und amüsiert. »Ich bring mich um! Seit wann wird den Mädels übel, wenn ich sie küsse?«

»Wie atmet man dabei?« Ruby wedelte die schwarzen Wolken vor ihren Augen weg.

Kai sah sie einen Moment komisch an. Dann zog er sie heftig an sich. »Ich weiß nicht, wie ich es so lange ohne dich ausgehalten habe. Du bist pures Gold. Wie könnte man dich nicht lieben?«

Rubys Herz blieb stehen, nur um dann auf ihrem Zwerchfell Trampolin zu springen. Laut jubelnd. Er hatte es gesagt. Nicht direkt, dass er sie liebte, aber doch fast.

Ali räusperte sich und Kai ließ Ruby widerstrebend los. »Ich unterbreche euch wirklich äußerst ungern, aber da ist was im Busch.«

»Seh ich auch so.« Kai zwinkerte Ruby zu.

416

»Ernsthaft.« Ali deutete auf ein dorniges Gestrüpp am Fuß des Wasserfalls.

Kai seufzte. »Wäre ja auch ein Wunder gewesen, wenn unsere kleine Flugshow unbemerkt geblieben wäre.«

»Ich hoffte für uns, keiner hätte sie mitbekommen.« Alis Miene war von Sorgen umwölkt. »Es ist wunderbar, wie ihr euch zusammengerauft habt, und es war höchste Zeit für Kai, endlich seiner Phantasiegestalt zu trauen. Dennoch wünschte ich mir für uns drei, niemand hätte sie gesehen, Kai, sonst wirst du zum Spielball der Macht.«

»Wieso, was hat es mit dem Phö–« Ruby kniff im letzten Moment den Mund zusammen. »Was ist denn damit?«

Kai ließ sich auf einem Felsvorsprung nieder und zog sie auf seinen Schoß. Ruby vibrierte vor Aufregung. Die bloße Möglichkeit, ihn zu berühren und zu küssen, ließ ihren Kopf ganz leicht werden.

»Erinnerst du dich an die Prophezeiung?«, fragte Kai.

Seine Lippen an ihrem Hals machten es unmöglich, sich zu konzentrieren. Sie nickte atemlos. Tatsächlich kannte sie seit Neuestem sogar zwei weitere Strophen.

»Der Eine wird vergießen, der Jungfrau heilig' Blut«, zitierte er flüsternd. »Ich bin der Eine. Der einzige Phönix Salvyas. Ich besitze drei Tränen. Sie heilen alles. Flüche. Das Herz. Den Tod.«

Ruby rückte näher, um keines seiner gewisperten Worte zu verpassen. Endlich würde sie das große Geheimnis verstehen.

»Meine Tränen sind das Kostbarste, was sowohl die Lichte, als auch die Schattenseite ersehnt. Jede von ihnen wird mich dazu bringen wollen, meine letzte Träne für sie herzugeben. Thyra hat mich auf alle erdenklichen Arten gefoltert, seelisch und körperlich, nur um die Tränen zu bekommen. Da ich nicht für sie weinte, selbst als sie meine Familie auslöschte, bannte sie meine Flügel in die Haut. Wenn der Phönix dann nach außen drang, richtete sich das Feuer immer nach innen. Deshalb verbrannte ich. Nur die Gefühlsmagie ließ sie unberührt, weil Thyra sie für unwichtig hielt. Das ist ihr größter Schwachpunkt, Prinny. Sie ist arrogant.«

Er strich ihr eine Strähne hinters Ohr und streifte dabei ihr Flügelchen, das bei seiner zarten Berührung flatterte wie ein Schmetterling, bereit zum Abflug. »Dein Kuss, der Funkenschlag, hat den Fluch

417

gebannt. Ich hätte mich damals in einen Phönix verwandeln können, aber es war zu gefährlich. Nachdem du nach Caligo zurückkehrtest, ging ich zu den Hexen und löste mein Versprechen ein: Sie gaben mir mein Leben zurück, damit ich dich beschütze. Ihr Plan war aufgegangen: Ich war durch dich wieder zum Phönix geworden. Dafür schenkte ich ihnen die erste Träne – und schwor, dich nie lieben zu dürfen.«

Ruby schnaubte. »Diese Hexen. Wenn ich sie noch mal in die Finger kriege, ertränke ich sie in ihrem eigenen Fluss.«

Kai streichelte ihre Wange. »Der Gedanke ist nicht falsch. Niemand darf wissen, dass ich der Eine bin. Weder die Schattenseite noch die Lichte. Denn ich bin derjenige, der die Prophezeiung wahr macht.«

»Wieso das? Ich dachte, ich sei die Prophezeite?«

Er schüttelte den Kopf und seine Haare kitzelten Rubys Wange. »Der Eine wird ihr Blut vergießen. Sie töten. Erst dann wird Salvya geheilt. Ich werde alles tun, um das zu verhindern. Nur wenn jemand weiß, wer ich bin ...«

»Kann er dich zwingen, mich umzubringen.«

Kai sagte nichts.

Brauchte er auch nicht. Ruby spürte die Last auf seiner Seele ohnehin. Das war der Grund, weswegen er so lange versucht hatte, sich von ihr fernzuhalten. Um das schreckliche Schicksal der Vorhersage abzuwenden.

»Thyra glaubt nicht an die Prophezeiung, aber sie fürchtet den Aberglauben der Gardisten. Wenn die den Phönix sehen, werden sie vor Furcht wie gelähmt sein. Daher ist ihr daran gelegen, Kais Magie zu bannen«, raunte Ali, der immer wieder mit wachsamem Blick die Umgebung absuchte. »Yrsa würde Kai ebenfalls töten, um zu verhindern, dass er deinen Tod bedeutet. Aus diesem Grund ist es immens wichtig: Niemand darf erf–«

Ali wurde von den Füßen gehoben und zu Boden geschleudert.

418

Kapitel 11

Ruby

Mit einem Satz war Kai auf den Beinen. Sein scharfer Blick suchte die trübe Nacht ab.

Ruby hob die Hand, bedeutete ihm, ganz stillzustehen und schloss die Augen. Der Angreifer war unsichtbar, aber langsam. Handelte es sich um den mysteriösen Schatten? Leise, schnorchelnde Geräusche verrieten seine Position. Ruby schnellte herum, sobald sie Wärme an ihrer linke Seite spürte. Gleichzeitig fielen Kai und Ruby über den unerkennbaren Feind her. Bei der Berührung mit dem Wesen bohrten sich Hunderte feiner Nadeln in ihre Haut. Auch Kai stöhnte, während er mit zusammengebissenen Zähnen den Unsichtbaren zu Boden drückte.

Unter ihnen erschien die rundliche Gestalt einer Frau. Sie lachte meckernd, wodurch ihr braunes, stoppelkurz geschnittenes Haar wippte. »Ihr dämlichen Idioten! Fällt euch nichts Blöderes ein, als ausgerechnet am *schattensalvyanischen* Himmel rumzuknutschen?«

»Wer bist du?«, presste Kai angestrengt heraus.

»Ich bin niemand. Niemand von Interesse.«

»Was willst du von uns? Du hast uns angegriffen.« Ruby beäugte die kugelförmige Figur der Frau. Der Schatten gehörte definitiv nicht zu ihr, denn er war groß und hager gewesen, so wie …

»Nur um euer dummes Gebrabbel zu unterbrechen. Ihr habt wohl vergessen, wo ihr euch befindet. Wie kann man so sorglos die Flügel –«

»Du hast nichts gesehen, klar?« Ruby spürte, wie der Drache bedrohlich nah an die Oberfläche kam, wie ihr Atem heiß wurde und ihre Pupillen in die Länge wuchsen.

Unbeeindruckt erwiderte die Angreiferin den Blickkontakt. Die Nadelstiche bohrten tiefer in ihre Haut und Ruby ließ die Frau mit einem Schmerzensschrei los.

Zufrieden grinsend richtete sich die kugelförmige Person auf und strich über ihre Schultern. »Igelhautmantel. Würd ich nicht anfassen an eurer Stelle. Ich bin übrigens Hedi.« Sie streckte Ruby die Hand hin.

Kai starrte die behandschuhten Finger an, als wären sie Atraxe. »Auf einmal so höflich? Gerade wolltest du noch ein Niemand sein. Ich kann dir gerne dabei helfen, dass dieser Wunsch wahr wird.«

»Hedi, was willst du von uns?«, unterbrach Ruby Kais Drohung eilig.

Die Frau grunzte und wischte sich den Staub von den Kleidern. »Euch in Sicherheit bringen, natürlich. Deine Eltern schicken mich. In Schattensalvya macht das Gerücht über die Rückkehr der Prophezeiten schnell die Runde. Schon gleich, wenn sie mit einem nackten Kerl am Himmel herumknutscht.«

Ruby warf Kai einen kurzen Blick zu und meinte, ihn erleichtert nicken zu sehen. *Nackter Kerl* bedeutete nicht *Phönix*. Sie hatte es nicht bemerkt.

»Ihr kommt jetzt besser mit mir, bevor die anderen auftauchen.«

»Netter Plan.« Kai fletschte die Zähne. »Aber nein, danke, Stachelrochen.«

Hedi blinzelte ihn gelangweilt an. »Mit dir rede ich nicht, Grünholz. Mein Interesse gilt ausschließlich der Darkwyllin. Na, ich will mal nicht so sein, sofern du die Pfoten bei dir behältst, darfst du mitkommen. Der Squamaner auch.«

Ruby schüttelte den Kopf. »Hör mal, das kann unmöglich dein Ernst sein. Wie blöd wären wir, wenn wir jedem x-beliebigen Igelding hinterherrennen würden, nur weil es etwas von meinen Eltern erzählt? Davor warnt man in Caligo schon Kindergartenkinder.«

Hedi seufzte. »Das war abzusehen«, brummte sie und pfiff schrill durch eine beeindruckende Zahnlücke.

Der Boden bewegte sich. Oder vielmehr tauchten plötzlich aus jeder Ritze, aus jedem Schatten braune Frauen auf. Sie waren nicht nur komplett in Erdfarben gekleidet, sie hatten auch Köpfe und Hände mit Schuhcreme eingeschmiert. Lediglich das Weiß von Augen und Zähnen stach aus ihren dunklen Gesichtern heraus.

Ruby fühlte sich so sehr an die Schattengardisten erinnert, dass sie zurückwich. Kai hingegen erweckte den Eindruck, als wartete er nur darauf, angreifen zu können. Mit einem teuflischen Grinsen spielte er an Gnarfels Armband herum.

Aus den Augenwinkeln nahm Ruby wahr, wie Ali seine Benommenheit abschüttelte und sich mühsam aufrappelte, um den Platz an ihrer Seite einzunehmen. »Es sind viele«, murmelte er.

»Bloß Termiten«, antwortete Kai abschätzig. »Lass sie nur kommen.«

»Ali hat recht«, gab Ruby zu bedenken. »Das müssen Hunderte sein und du kannst deine Fähigkeiten nicht ...«

Die braunen Frauen stürmten wie auf ein stummes Signal hin los. Ruby sah die Meute auf sie zurasen und zerrte Kai den steilen Abhang hinunter. Sie schlitterten über loses Geröll, zerkratzten sich Arme und Beine im dornigen Gebüsch und erreichten schließlich keuchend den Fuß des Wasserfalls.

»Ali!«, rief sie atemlos.

Er teilte das Wasser des Flusses nur einige Zentimeter breit, damit sie mit trockenen Füßen hindurchtrippeln konnten. Auf einer kleinen Sandbank verharrten die drei, Seite an Seite.

Die Termitenfrauen bauten sich drohend am Ufer auf, während in ihrem Rücken der Wasserfall auf die Felsen donnerte.

»Warum greift ihr uns an, wenn ihr doch angeblich nur unser Bestes wollt?«, rief Ruby zu Hedi hinüber, die schnaufend heranstapfte.

»Weil ihr das nicht einseht, ihr Schwachköpfe!« Hedi gab den Termiten einen Befehl und ohne zu zögern warfen sich die ersten in die Fluten. Nach wenigen Metern verlangsamten sich ihre Schritte. Die braunen Frauen brachen in die Knie und erstarrten zu bizarren Skulpturen im klirrenden Wasser.

Kai lachte freudlos auf. »Wer sind jetzt die Schwachköpfe?«

»Die nicht.« Ali deutete auf eine weitere Reihe Termiten, die ihre versteinerten Kolleginnen als Brücken nutzten, über deren Körper hinwegkrabbelten und sich danach selbst ins Wasser begaben. Menschliche Brückenpfeiler.

»Habt ihr eine negative Aura an ihr bemerkt?«, fragte Ruby die beiden Freunde und musterte Hedi, die gelangweilt zu ihnen herüberblickte.

Ali schüttelte den Kopf.

Kai seufzte. »Muss ja nichts heißen. Vielleicht verschleiert sie einfach zu gut.«

»Aber was, wenn sie uns wirklich zu meinen Eltern bringen will?«

»Hast du denn gar nichts gelernt, Prinny? Traue niemandem. Schon gar keinem mit Stacheln.« Er rieb sich die aufgestochenen Arme.

Nur noch wenige Meter trennten sie von den vorwärtsdrängenden Termiten. Je näher sie kamen, desto unheimlicher wurden sie Ruby.

Ohne mit der Wimper zu zucken, stürzten sie sich in die versteinernde
Kälte. Ruby wusste um die Schmerzen, die die Frauen litten, aber kein
Wimmern, kein Stöhnen verließ die verkniffenen Münder der Angrei-
ferinnen. Die Stille, lediglich unterbrochen vom leisen Platschen der
Füße im eiskalten See, machte die Situation nervenzerreißend.

Kai begann neben ihr, nervös zu zappeln. »Die kommen beschissen nah.«

»Das Schlimmste ist doch, dass die alle unseretwegen sterben!«
Ruby warf einen Blick über die Schulter auf Alis angespannte Miene.
»Kannst du etwas tun?«

Ali schüttelte den Kopf. »Das Wasser hält sie nicht auf. Was sollte
ich sonst tun?«

»Eine Welle?«, schlug Kai vor und tänzelte von einem Bein aufs
andere.

»Das bringt nichts«, pflichtete Ruby Ali bei, während sie gedankenverloren an ihrer Lippe nagte. »Dadurch sterben nur noch mehr.« Termiten nannte Kai die Frauen und tatsächlich hatte ihre bedingungslose
Aufopferung und das uniforme Aussehen etwas von Ameisen. Manche
krabbelten sogar wie Insekten. Ruby fühlte sich an die Atrax erinnert
und eine Gänsehaut befiel sie bei der Erinnerung an das Spinnentier.
Eine Idee nahm in ihr Gestalt an. Es konnte schiefgehen. Wenn sie
Pech hatte, würde keine der Frauen das überleben. Falls es aber klappte,
hätte sie einige Leben gerettet.

»Kai, würdest du mich bitte so richtig fertigmachen?«

»Hä?« Er sah sie an, als wäre sie bescheuert.

»Verunsichere mich. Ich brauche Strom. Die Atrax hat es gegrillt,
aber du hast nur einen Schlag abgekriegt, vielleicht scheuchen wir die
Termiten so aus dem Wasser.«

Kai schüttelte den Kopf. »Wie stellst du dir das vor, Prinny? Soll
ich dir jetzt weismachen, du wärst hässlich?«

»Lass dir halt was einfallen, Mann. So schwer kann das doch nicht
sein. Bisher hat es ja auch immer ziemlich gut geklappt.«

»Ja, aber da hatte ich dich noch nicht geküsst.« Er starrte auf ihre
Lippen. »Zumindest nicht so.«

Alleine die Erinnerung daran brachte in Rubys Magen einen
Schwarm Kolibris zum Flattern.

422

Kai sah weiter wie hypnotisiert auf ihren Mund. »Komisch, dass mir noch nie auffiel, wie ähnlich dein Mund dem von …«

Der Kolibri schien sich an den Verknalltheitsschmetterlingen in ihren Eingeweiden überfressen zu haben und plumpste auf den Grund ihres Magens. »Was hast du gesagt?«

Kai riss die Augen auf.

»Nichts!« Er wich ihrem bohrenden Blick aus.

Ruby hatte den Eindruck, ihn plötzlich verschwommen wahrzunehmen. Ihr wurde kotzübel. Der Bleikolibri machte es nicht unbedingt besser. »Was passiert da?«

»Er verschleiert seine Aura.« Ali musterte die bedrohlich näher rückenden Termiten. »Keine Zeit jetzt für eure Spielchen, Kinder. Überlegt euch etwas.«

Ruby schleuderte herum, krachte auf die Knie und knallte ihre Fäuste in das umgebende Wasser. Alleine zu wissen, dass Kai hinter ihr stand und so tat, als ging ihn das alles nichts an, reichte aus.

Sie spreizte die Finger. Heißer Strom schoss aus ihren Handflächen, fegte wie eine gewaltige Welle durch das Eiswasser und schleuderte sämtliche Termiten aus dem See.

Plötzlich ging alles ganz schnell. Schwarze Hände schnellten aus dem sprudelnden Wasser und griffen Alis und Kais Knöchel. Ehe Ruby etwas unternehmen konnte, zerrten die Wasserhexen ihre Freunde in den klirrenden Wasserfall.

Ohne zu zögern, hechtete Ruby hinterher.

Der Drache war so nah bei ihr. Sie empfand die plötzliche Kälte als wohltuend. Verschwommen nahm sie kämpfende Menschen in der Dunkelheit der Wassermassen wahr.

Ali hatte blitzschnell eine Luftblase um Kai und sich herum gebildet. Kai wehrte die Angriffe der Hexen mit dem Sphairai ab. Die Sieben sprühten vor Wut. Ruby ließen sie dennoch passieren, als sie durch das Wasser zu der Blase vordrang. »*Das war nicht dein Recht, Darkwyllin. Du darfst uns nicht unsere Opfer nehmen. Du stiehlst unsere magischen Bindungen zu den Lichtrittern, legst die Bestimmung zu deinem Wohlgefallen aus und jetzt beraubst du uns noch unserer Toten?*«

»Was habt ihr denn davon, die ganzen Menschen zu töten? Die Lichtritter und Kai habt ihr doch auch ziehen lassen?«

»*Das ist nicht deine Angelegenheit, Darkwyllin.*«

»Lasst sie raus.« Ruby deutete auf Ali und Kai. Es erschöpfte sie, gegen alles und jeden zu kämpfen.

»*Es werden zu viele Ausnahmen gemacht in letzter Zeit. Irgendwann hören wir auf zu existieren, weil wir keine Bedeutung mehr haben.*« Die Hexen schüttelten die Köpfe, bis die langen Haare nur so flogen.

»Gebt sie heraus oder ich hole sie«, drohte Ruby und verengte die Pupillen.

Zischend kamen die sieben Hexen auf sie zu. »*Wir haben schon mehr Drachen als dich Halbstarke gebändigt. Das Wasser ist ein heiliger Ort und wir sind seine Priesterinnen. Wage es nicht, uns hier anzugreifen, sonst verdirbt deine Seele.*«

In dem Moment packte jemand Ruby am Handgelenk und zerrte sie ins Innere der Blase.

»Oh nein!« Das Zittern setzte ein, sobald sich der Wasservorhang hinter ihr schloss. »Habe ich die Termiten umgebracht?«

»Beruhige dich. Die sind zäh.« Kai wehrte zähneknirschend eine Hexe ab, die mit ihren messerscharf gebleckten Zähnen wie ein Piranha aussah.

»Das können die nicht überlebt haben. Selbst wenn, ich hätte sie davon abhalten müssen, überhaupt in diesen Fluss zu gehen. Wir hätten gar nicht erst hineingehen sollen.«

Kai hielt sie an den Schultern fest. Sie hatte gar nicht bemerkt, dass sie schon wieder halb aus der Luftblase herausgetreten war.

»Prinny! Du musst aufhören, für jeden, der dich angreift, Verantwortung zu übernehmen«, beschwor er sie.

Ruby schluckte heftig gegen den tennisballgroßen Kloß in ihrem Hals an.

Kai rieb sich müde über das Gesicht, während Ali hochkonzentriert auf die Luftblase um sie herum starrte, die die spritzende Gischt von ihnen abhielt. Ruby war trotzdem eiskalt, so als stünde sie immer noch mitten im Wasser.

An wessen Lippen erinnerte ihr Mund Kai? Er hatte es absichtlich gemacht, weil sie ihn gebeten hatte, sie zu verunsichern, oder? Nichtsdestotrotz nagte das scheußliche Gefühl an ihr.

»Was sind das für Wesen?«, fragte sie Ali, um sich abzulenken.

»Termiten sind ganz gewöhnliche Salvyaner mit einer nicht sehr ausgeprägten Magiebegabung. Jedoch besitzen sie ein extrem hochentwickeltes Sozialverhalten. Man kann es mit den Nonnen in eurer Welt vergleichen. Sie verschwören sich einer gemeinsamen Sache und opfern dafür alles andere auf. Sie sind vollkommen selbstlos. Eigentlich sind sie keine guten Kämpfer, aber in der Masse nicht zu unterschätzen.«

»Verstehe.« Ruby brachte ein wenig Abstand zwischen sich und Kai. »Auf wessen Seite stehen sie?«

»Auf keiner«, brummte Kai. »Kein Mensch weiß, wofür die überhaupt kämpfen.«

»Von dieser Hedi habe ich bereits gehört.« Ali fuhr sich durch die Haare, ließ die Luftblase aber keinen Moment aus den Augen. »Sie steht irgendeiner Rebellentruppe gegen die Schattenseite vor, glaube ich.«

Ein Speer teilte den Wasservorhang und pikte Ruby mitten in die Brust.

Ihr Drachenherz zog sich schmerzhaft zusammen und sie gab dem spitzen Druck nach, bis die Felswand in ihrem Rücken sie aufhielt.

Mit beiden Händen packte sie die perlmuttfarbene Spitze und jagte alles, was ihr an Unsicherheitsstrom geblieben war, in den Speer. Er vibrierte leicht, dann kam der Strom zurück. Eiskalt.

Rubys Innerstes gefror. Die Spitze wurde ihren frostigen Fingern entrissen und eine Sturmböe trieb das Wasser beiseite, ohne einen Tropfen zu versprühen.

Ruby stierte auf die Lanze. Sie ruhte nicht etwa in den Händen eines Kriegers, nein, sie steckte in einem Kopf. Mitten in der Stirn eines grellweißen Pferdeschädels. Geblendet von der schmerzhaften Helligkeit schloss sie kurz die Lider und blinzelte dann qualvoll dagegen an.

Silberne Augen starrten sie reglos an. Das kalte Schnauben der Pferde verdrängte das Wasser besser als Alis Luftblase und Ruby trat einen Schritt von der harten Felswand weg. Die weißen Rösser verharrten bis zum Bauch im See. Die Reiter auf ihren Rücken waren in lange, helle Mäntel gehüllt und standen ihren Reittieren an Feingliedrigkeit in nichts nach. Ihr Haar war wie das des jungen Gnarfels im Nacken zu einem silbernen Zopf geflochten.

»Licorne«, flüsterte Kai atemlos und tappte wie in Trance auf eines der Tiere zu.

425

Ruby riss ihn zurück. »Bist du übergeschnappt? Da kommen so ein paar Barbies auf weißen Ponys ins Wasser getrippelt und du …«

»Barbies?«, keuchte einer der Männer und Kais Gesichtsfarbe wandelte sich in Sekundenschnelle von blass zu grünlich. »Ponys?«

Ein Pferd schnaubte empört und wehte kleine Eiskristalle in ihr Gesicht.

»Das sind Lichtritter, Prinzessin. Auf ihren …«

Ruby rollte mit den Augen. »Hab schon kapiert, dass das Einhörner sind. Toll. Sehr hübsch. Kommen die frisch aus der Tiefkühltruhe oder warum ist's hier gerade so winterlich? Würde ja passen. Ich hab gehört, die waren in letzter Zeit nicht besonders aktiv. Um genau zu sein, seit meine Eltern aus Salvya geflohen sind.«

Kai wollte sich augenscheinlich am liebsten ein erdkern-tiefes Loch schaufeln.

»Darkwyllin. Ihr kommt mit uns.« Einer der schlanken Männer trieb sein Licorn auf sie zu, bis sie erneut dem Horn ausweichen musste. Das war mit Sicherheit Taktik, weswegen sich Ruby auch rebellisch mit einer Hand auf dem Horn abstützte. Das Einhorn zog die Oberlippe hoch und bedrohte sie mit seinen messerscharfen Eiszapfenzähnen.

»Sagt wer?« Ruby verengte ihre Pupillen und das Licorn zog die Lippe wieder herunter. Na bitte.

»General Lykaons Befehl wird nicht infrage gestellt.«

»Es ist mir ziemlich wurscht, was mein Vater angeblich will. Ich komme jedenfalls nicht mit.« Ruby verschränkte die Arme vor der Brust.

Sie hatte kaum fertig gesprochen, als sie von hinten umfasst und spielend leicht in die Höhe gehoben wurde. Trotz der Schlankheit ihrer Gliedmaßen waren die Lichten Ritter gestählt und flink. Ruby wehrte sich wie eine Raubkatze. Etwas schlang sich in Windeseile um ihre Handgelenke und ihr Hintern wurde bei der Berührung mit dem tiefgefrorenen Fell des Einhorns schlagartig taub.

Der Lichtritter presste sie an seine harte Brust. »Ich würde an Eurer Stelle nicht so zappeln, Darkwyllin. Euer Vater machte keinerlei Angaben, in welchem Zustand wir Euch bei ihm abliefern sollen. Wenn Ihr so gefesselt ein paar Mal vom Licorn fallt, werdet Ihr garantiert stillsitzen.«

Entgeistert starrte Ruby auf ihre Handgelenke, die durch eine unsichtbare Macht aneinandergeklebt waren. »Fiesfesseln? Was fällt dir ein, du hühnerbrüstiges Unterwäschemodell?«

Der Lichtritter ließ sich keine Sekunde aus der Fassung bringen. »Das sind Regenbogenschellen, Darkwyllin. Wir würden niemals Schattenmagie anwenden.«

»Ihr könnt euch eure Kitschschellen meinetwegen in euren gepuderten Allerwertesten stopfen.« Ruby gelang es irgendwie, sich halb zu ihm umzudrehen, auch wenn sich ihre Oberschenkel dabei anfühlten, als würde sie in Unterhosen eine Rodelbahn hinunterrutschen.

Der Ritter hatte ein so makelloses Gesicht, dass sie überzeugt war, er trüge Make-up. Die jungen Männer könnten durchaus caligonische Male-Models abgeben.

Seine feinen Lippen verzogen sich spöttisch. »Fügt Euch lieber. Eure beiden Begleiter wurden nie erwähnt. Wir können sie auch einfach irgendwo abwerfen. Wenn wir auf dem Lichtstrahl reiten, wäre die Höhe bei einem Sturz fatal.«

Ruby starrte den strahlenden Ritter an. Er mochte noch so schön aussehen. Faktisch war er ein Mistkerl.

Er lächelte zufrieden, als Ruby die Arme sinken ließ, und gab dem Licorn die Sporen.

Das Einhorn richtete sich auf, spitzte die Ohren und stapfte dann auf gespaltenen Hufen durch das flache Wasser. Sie fragte sich, ob das Tier überhaupt die Erde berührte, so federnd waren seine Schritte. Schon im nächsten Moment summten die Licorne in unterschiedlichen Tonhöhen, fielen in einen leichten Trab und galoppierten schließlich eine Anhöhe hinauf. Bis Ruby bemerkte, dass sie gar keinen Boden mehr unter den Hufen hatten, befanden sie sich bereits fünf Meter über der Geröllwüste.

Der Löwenschwanz des Tiers vor ihr peitschte im Kreis durch die Luft. Das Licorn erreichte den Zenit des Lichtbogens, dann glitt es elegant auf der anderen Seite hinunter. Der Wind wehte die silbern durchwobene Mähne in Rubys Gesicht und der Rausch der Geschwindigkeit ließ sie beinahe auflachen. Mit einem Licorn über einen Lichtstrahl zu galoppieren, war gar nicht so schlecht. Allerdings hätte sie bei Weitem einen zuckelnden Wildfang bevorzugt. Sie wäre sogar lieber zu Fuß gegangen, wenn sie dafür nicht an einen ausgebleichten Balletttänzer gefesselt gewesen wäre.

Ruby rutschte unruhig hin und her. Ihr Hintern war mittlerweile vollkommen taub und sie wunderte sich, wie die anderen das aushielten.

Kai wirkte wie ein Junge vor dem Weihnachtsbaum. Niemand hatte ihm die Hände zusammengebunden, weil er sich beinahe überschlagen hatte, auf das Licorn zu springen und seine Finger unendlich tief in der schillernden Mähne verankert hatte. Vermutlich würde es eher schwierig werden, ihn jemals von dem Einhorn loszueisen.

Ali thronte auf dem weißen Tier wie der Eiskönig höchstpersönlich. Keine Regung verriet, was er dachte. Wieder einmal befiel Ruby das ungute Gefühl, Ali kaum zu kennen. Diese neue Fähigkeit, das Wasser zu beherrschen, war mächtig und beeindruckend, aber sie offenbarte auch, dass Ali Geheimnisse hatte.

Miracoulos tauchte viel schneller vor ihnen auf, als sie es auf einem normalen Reittier erreicht hätten. Anscheinend war das Reisen auf einem Lichtstrahl komfortabel und extrem praktisch.

Die Stadt warf ihnen ihren ganzen stinkenden Charme entgegen und die Einhörner schnaubten winzige Eiskristalle in die trübe Luft. Am liebsten hätte Ruby es ihnen gleichgetan. Nichts hatte sich in Schattensalvyas Hauptstadt geändert. Alles lag immer noch unter einer erstickenden Decke aus Angst, Schatten und Zerstörung.

Die Licorne kamen zu einem unruhigen Halt und die Ritter warfen ihre Gefangenen hastig von den Pferderücken. Anscheinend konnten sie es kaum erwarten, dem Gestank zu entfliehen.

Hedi eilte wie ein fetter, schnaufender Käfer heran und winkte den schönen Männern unbeeindruckt zu.

»Zischt ab, pudert eure Näschen, bevor sie noch für immer so grün bleiben.« Sie runzelte die Stirn und brummte: »Weicheier«, während sie auf eine rostige Mülltonne zuwatschelte.

Der Lichtritter, auf dessen Licorn Ruby geritten war, hob sein spitzes Kinn und zerrte am Zügel.

»Hey!« Ruby hielt auffordernd ihre gefesselten Handgelenke hoch.

Der Ritter schien sich kurzzeitig zu überlegen, sie einfach stehen zu lassen. Dann beugte er sich übertrieben stöhnend zu ihr herunter. »Ich ging davon aus, Ihr könntet Euch selbst befreien«, murrte er.

428

Ruby hätte ihn am liebsten vom Pferd gezerrt. Was für ein arroganter Fatzke! Was fiel ihm ein, sie auch noch zu demütigen?

Die unsichtbaren Fesseln lösten sich auf ein Zwinkern von ihm in Luft auf. Ruby bedankte sich nicht.

Kai legte ihr eine Hand auf den Rücken und brachte damit Rubys Fass vollends zum Überlaufen. »Fertig mit deiner Anbetung?«

»Das sind Licorne. Ich werde sie immer anhimmeln.« Er lächelte verträumt.

»Für mich bekommt lediglich die Bezeichnung *arschkalt* eine ganz neue Bedeutung.«

Hedi wandte sich ihnen mit rasselndem Atem zu. »Seid lieber froh, dass ihr nicht laufen musstet.«

»Du warst erstaunlich schnell, für jemanden zu Fuß«, bemerkte Ali.

Hedi musterte ihn von oben bis unten, ehe ein winziger Hauch Röte über ihre runden Wangen kroch. Sie erinnerte an einen reifen Pfirsich. »Hab mich am Licornschweif festgehalten. Glitschige Dinger sind das.«

Ruby verkniff sich ein Lachen. Die Vorstellung, wie die kugelige Igelfrau hinter dem eleganten Licorn durch die Luft geschleudert wurde, war zu komisch. Auch Ali steckte sichtlich ein Lächeln in den Mundwinkeln.

Hedi runzelte die Stirn und hob den Deckel der schmutzigsten Mülltonne der Umgebung.

»Rein da. Du gehst vor, Squamaner.« Sie gab Ali einen Schubs, wodurch sich sein überraschter Blick in einem Stolpern verlor.

»Was soll das?« Ruby packte Hedi am Arm.

Die Frau schüttelte Rubys Klammergriff augenrollend ab. »Fahr mal die Paranoia runter, Darkwyllin. Ich bring euch zu deinen Eltern. So lautet die Ansage. Mir wurscht, wie ihr da ankommt, aber ich an eurer Stelle würde mal langsam die Beine in die Hand nehmen. Der General wartet nicht gern und die Königin –«

»Ist meine Mutter. Sag mir nicht, was ich zu erwarten habe.«

Ali kletterte bereits über den Rand der miefenden Mülltonne. Zweifelnd musterte Ruby die fauligen Abfälle, die rings um die Tonne klebten. Wie in aller Welt sollte sie da hineinkommen, ohne hinterher wie ein ganzer Komposthaufen zu riechen?

Einen Moment lang glaubte Ruby wieder, den dünnen Schatten zu sehen. Entspannt an eine Hauswand gelehnt, blickte er zu ihnen herüber. Doch schon im nächsten Augenblick bemerkte sie, dass ihr lediglich die schmutzstarrende Mauer ein Trugbild in den Kopf gerufen hatte. Hedi hatte recht, sie sollte wirklich etwas weniger argwöhnisch sein. Schließlich war sie hergekommen, um ihre Eltern zu finden. Nur irgendwie ging es ihr gegen den Strich, wie ein Verbrecher abgeführt zu werden.

Ali stand aufrecht in der Tonne und sah sich abwartend um. Schlagartig sank er ab.

Hedi rieb sich zufrieden die Hände. »Du bist dran, Grünspan.«

Sie brauchte gar nicht zu Ende zu sprechen, so schnell war Kai mit einem eleganten Sprung im Müll versunken.

Ruby schüttelte fassungslos den Kopf. »Warum hat er sich überhaupt gegen die Termiten gewehrt, wenn er es jetzt kaum abwarten kann?«, murmelte sie mehr zu sich selbst.

»Keine Sorge, er findet mich trotzdem ätzend. Ich hab ihn überrumpelt, das gefällt dem Jungspund nicht. Nur die Lichtritter konnten ihn von meinen ehrenhaften Absichten überzeugen. Sie wären auch gar nicht erst aufgetaucht, wenn ihr einfach mitgekommen wärt. Termiten werden von Schatten- wie Lichtmagiern meistens ignoriert, aber ein ganzes Regiment Lichter Ritter mitten in Schattensalvya? … Ganz schönes Risiko.«

»Könnte ein mieser Trick sein. Wer sagt mir, dass diese bemehlten Cowboys nicht gelogen haben?«

»Na, weil es Lichtritter sind. Die Herren können nicht lügen. Das ist eine der Eigenschaften des Zölibats. Wenn sie Gefahr laufen, die Unwahrheit zu sprechen, sagen sie entweder nichts oder sie sind so charmant ehrlich, wie du sie kennenlernen durftest.«

Ruby zog die Brauen hoch. Das war neu. Hatten demnach weder Gnarfel noch ihr Vater jemals gelogen?

»Wärst du wohl so freundlich und würdest deinen Drachenhintern in diesen Abfalleimer begeben?«, säuselte Hedi spöttisch in ihr Ohr.

Ärgerlich stapfte Ruby auf den Geheimgang zu, kraxelte über den Rand und riss sich selbstverständlich an einer scharfen Metallkante die Strumpfhose auf. Als sie endlich in der müllbedeckten Tonne stand, war sie bereits so dreckig wie eine Wildsau nach einem Schlammbad. Der Boden klappte weg und sie sauste in einen finsteren Schacht hinunter. Dreck krümelte unter ihren Fingernägeln, weil sie versuchte, den rasanten Sturz abzubremsen. Doch sie fiel durch das Erdloch wie auf einer nahezu senkrechten Rutsche. Der Aufprall würde sicherlich jeden Knochen in ihrem Leib zerschmettern.

Stopp!

Sie war ein Drache. Sie besaß Flügel!

Obwohl es in dem Schacht extrem eng war, breitete sie ihre Schwingen gerade so weit aus, dass sie wie Fallschirme ihren Sturz abbremsten. Sie segelte gemächlich auf ein mattes Licht am Boden zu, wo Kai und Ali sie mit ausgestreckten Armen abfingen.

»Das war cool, oder?« Kai strahlte über das ganze Gesicht und hielt ihr eine Glühbirne unter die Nase.

»Saucool«, brummte Ruby und beäugte die Birne misstrauisch. Seit wann leuchteten Glühlampen, obwohl sie keinen Stromanschluss hatten? Das Licht erlosch und Kai klopfte mit dem Fingernagel gegen die Glaskuppel.

»Du musst den Wolfram wecken«, erklärte er kryptisch.

Tatsächlich blinkte die Glühbirne auf sein Pochen hin wieder auf. In ihrem Inneren hing ein spindeldürrer Wolf und blinzelte sie aus einem trägen Auge an. Seine Mitte war zu einer Spirale gewunden, Schnauze und Schwanz lagen auf einer Art Kopf- und Fußbank, wie es sie im alten Ägypten gegeben hatte. Er strahlte wie ein Glühwürmchen, schien aber bei jeder Gelegenheit wegzudösen.

»Was ist das?«

»Ein Wolfram. Das sagte ich ja schon«, antwortete Kai etwas ungeduldig und drückte ihr die Glühbirne in die Hand.

Ein schürfendes Geräusch von oben unterbrach das Gespräch. Ruby hielt die Wolfs-Birne hoch und leuchtete damit den Schacht aus. Es gelang ihr nicht einmal mehr, die Arme schützend vor ihr Gesicht zu legen, da wurde die stachelige Kugel mit voller Wucht auf sie geschleudert.

Ruby ging zu Boden, Millionen feinster Stacheln bohrten sich in ihre Haut. Die Glühbirne zerplatzte und Ruby beobachtete aus den Augenwinkeln, wie sich der Spiralwolf mit raupenartigen Bewegungen in eine dunkle Ecke verzog.

Hedi schälte sich von ihr herunter und rupfte den Mantel grob aus Rubys Haut. Mehrere Stellen fingen an zu bluten. »Selbst schuld. Brauchst ja nicht im Weg rumzustehen.«

Kai starrte Hedi an. Ruby befürchtete, er würde sie mit ihrem eigenen Igelhautmantel aufspießen. »Wag es nie wieder, das Blut der Prophezeiten zu vergießen, Schneckenfresserin.«

Hedi musterte ihn unbeeindruckt von Kopf bis Fuß. »Wer droht mir denn da? Ich kenne dich, Barde. Du bist nur ein armer Musiker, der zu lange unter Thyras Fuchtel stand. Es mag ja herzallerliebst sein, wie du deine Prinzessin verehrst, aber glaube mir, sie hat deinen lächerlichen Schutz nicht nötig.«

Ruby legte ihre flachen Hände auf Kais Schulterblätter und presste die rebellierenden Flügel zurück in seine Haut. Hedi reizte ihn bis aufs Blut, doch er musste den Phönix zurückhalten.

Er atmete tief aus und seine Muskeln lockerten sich spürbar. »Das weiß ich wohl besser als du. Sie ist die Beste von allen.«

Ruby hörte den leisen Schmerz in seiner Stimme. All die Jahre hatte er seine wahre Natur nicht zeigen können. Nun, wo es ihm so leicht fiel, wo der Phönix so dicht an der Oberfläche brodelte, durfte er es nicht. Sie begann erst langsam, das Ausmaß seiner Verletzung zu verstehen. Kai war immer noch das Opfer seines Körpers, seiner eigenen Magie.

Hedi schnaubte und trippelte vor ihnen den unterirdischen Gang entlang.

Ruby begutachtete im flackernden Licht der Wolfram-Birnen die schwarzen Ränder unter ihren Fingernägeln. »Irgendwie kann ich mir meine Mutter hier unten so überhaupt nicht vorstellen«, murmelte sie.

»Königin Yrsa ist natürlich nicht über den Schrotteingang hereingekommen. Ihre Schwester hat ihr ganz exklusiv einen Zugang in unseren Hauptbau erstellt.«

Ruby blieb abrupt stehen. »Das ist ja der Hammer! Dann stimmt das, was in dem Kino-Cookie zu sehen war tatsächlich: Yrsa hat Amy gezwungen, den Durchgang anschließend zu vernichten. Wir durften schön den gefährlichen Weg durch den Wasserfall nehmen. Wofür soll das gut sein?«

Kai nahm ihre Hand und streichelte zart die Innenfläche. Er küsste das Flügelchen hinter Rubys Ohr, das aufgeregt losflatterte.

»Dafür.« Sein Atem streifte ihre Haut und sie stolperte bei der sanften Berührung seiner Lippen.

Er hatte recht. Amy hatte sie nicht auf diese Reise geschickt, um sie zu quälen. Sie hatte es getan, weil es der einzige Weg war, damit Ruby verstand. Nur durch die Trennung hatten Kai und sie eingesehen, wie sehr sie zusammengehörten. Kai hatte ihr den Phönix erst zu erkennen gegeben, nachdem sie beinahe gestorben wäre. Ruby hatte akzeptiert, dass sie ohne Kai verloren war.

Aber sie hatte nichts für Gnarfel bewirkt. Schlimmer noch, die Hexen hassten sie nun mehr denn je. Beklommen drückte sie Kais Hand.

Hedi hielt plötzlich inne und der Schein von Alis Wolfs-birne beleuchtete eine raue Holzwand.

»Endstation«, frohlockte Hedi und drängte sich grob an Ali vorbei. »Mach doch mal Platz, du Auster.«

Ruby runzelte die Stirn. Augenscheinlich war der Stollen hier zu Ende, wie sollte es von hier aus weitergehen?

Hedi baute sich vor der Bretterwand auf und klopfte einen komplizierten Rhythmus auf das Holz. Ihr Trommeln hallte durch die hohlen Gänge wie eines von Kais Drumsolos.

»Morse?«, fragte Ali leise.

Kai und Hedi lachten gleichzeitig auf. Hedi funkelte erst Kai, dann Ali abschätzig an.

»Ganz so einfach ist es natürlich nicht, in unser urgeheimes Spionage-Zentrum einzudringen. Da braucht man schon etwas mehr Grips als einen simplen Morsecode.«

Kai schob Hedi ein Stück beiseite und positionierte sich vor der Wand. Er klopfte exakt denselben Rhythmus wie Hedi auf das Holz und sang mit rauchiger Stimme dabei den Refrain von *knock on wood*. Er lachte auf. »Eddie Floyd würde mit den alten Knochen klappern, wenn er diese schwungvolle Version seines Liedes hören könnte.«

Mit verkniffener Miene rammte Hedi ihm die stachelbesetzte Schulter in die Seite. Ein Astloch öffnete sich, aus dem gleißendes Licht den dunklen Gang flutete.

Hedi steckte eine ihrer Stacheln durch die Öffnung und kicherte leise. »Hör schon auf, Sergerius, das kitzelt.«

»Leibspeise?«

»Schnirkelschnecken in Sahnesoße.« Sie leckte sich blitzschnell mit der rosa Zunge über die Lippen. »Lass uns rein, die Königin wird ungehalten, wenn wir ihre bockige Darkwyllin nicht bald bringen.«

Die Holzwand schwang auf und Ruby war überrascht, niemanden dahinter vorzufinden. Der Raum war hell erleuchtet und vollkommen leer.

»Wo ist er?«, fragte sie Hedi, obwohl sie nicht wirklich eine Antwort erwartete.

»Hier.« Jemand tippte ihr auf die Schulter. Sie fuhr herum, doch keiner war zu sehen.

»Ihr könnt euch wohl alle unsichtbar machen.« Rubys Arm schnellte vor und sie erwischte Sergerius an der Nase. Scharlachrot leuchtete sie, als er jammernd sichtbar wurde.

»Natürlich.« Der untersetzte Mann mit Halbglatze schlug ihre Hand weg. »Das ist Lichtmagie, Kindchen. Ein Auraspiegel. Du musst nur die Umgebung reflektieren.«

»Keine Zeit, Sergi.« Hedi wedelte vor seiner Clownsnase herum. »Begleitest du uns?«

Nörgelnd traf Sergerius einige kompliziert wirkende Sicherheitsvorkehrungen an der Bretterwand, die von hinten eher einer Vorrichtung in einer Folterkammer ähnelte, und folgte ihnen.

Amygdala

Amy glitt mit der Geschmeidigkeit eines Aals durch das schwarze Wasser. Die Kälte war herrlich. So lebendig hatte sie sich seit Monaten nicht gefühlt. Endlich würde sie ihre Kräfte auftanken können. Beinahe konnte sie spüren, wie die Drachenmagie, die das Wasser speicherte, zurück in ihre Zellen floss.

Sie watete zum Ufer. Auch wenn sie am liebsten noch hundert Nächte in diesem besonderen See verbracht hätte, drängte die Zeit doch zu sehr. Gnarfels blasses Gesicht leuchtete im Mondlicht. Die Wildfänge bewachten ihren Geliebten wie ein Herdenmitglied und auch Fips' Barthaare bebten vor Stolz, seinen ehemaligen Herrn mit all seiner Hörnchenehre beschützen zu dürfen.

Sie schickte ein stummes Dankeschön an die feurigen Tiere und gab Fips einen sanften Stups.

Einen Moment schien er sich ihr widersetzen zu wollen, doch dann verschwand das Neonhörnchen – der beste Spion Lichtsalvyas – in der

Lampyria. Er würde die Portale in ihrer Abwesenheit mit seinem Leben bewachen. Amy konnte sich keinen würdigeren Ersatz vorstellen.

Vorsichtig legte sie die nassen Arme um den Mann. Er wog nicht mehr als eine Feder und sie zog ihn zaghaft in den Mitternachtssee. Ihr Strudel hielt nur noch sehr kurze Zeit, also musste sie handeln, auch wenn ihr Herz vor Angst raste. Jetzt würde sie sich den Nixen stellen müssen. Das Verbrechen büßen, das sie als junge, verliebte Frau vor so vielen Jahren begangen hatte. Entweder rettete sie Gnarfel damit oder sie schickte ihn endgültig in den Tod.

Aber wenn sie nun nicht den Fluch vollends von ihm nahm, ihm seine wahre Gestalt zurückgab, würde er nach und nach verblassen. Sie hatte kaum noch die Kraft, ihn am Leben zu halten.

Das Armband hatte ihm kurzfristig Energie für den Kampf verliehen, doch danach bedeutete es für ihn mehr Schaden denn Nutzen. Darum hatte sie es Kai gegeben. Kai, der die Magie nötiger brauchte als sie alte Menschen.

Ruby hatte instinktiv gehandelt, als sie das Haar für den Knoten genutzt hatte – und damit genau das Richtige getan. Zwar war sie trotzdem alleine durch den Strudel gegangen, was ein Fehler war, aber Amy war überzeugt, dass auch diese Trennung einen wichtigen Sinn hatte. Die Prophezeite musste großes Leid erfahren, ehe sie zu der werden konnte, die sich für Salvya opferte.

Sie nahm ihren Mann noch einmal fest in die Arme, dann zog sie ihn mit sich auf den Grund des Sees.

Kapitel 12

Ruby

»Oyyyyyyyyeeeeeeee!« Der durchdringende Ruf ließ sie zusammenzucken. Um sie herum warfen sich Männer und Frauen, Termiten und Wächter in den Staub.

Für einen Moment glaubte sie an einen Anschlag, bis Hedi ihr vom Boden aus etwas zuzischte. »Verneige dich vor der Königin!«

Kai und Ali sanken wie ein Mann auf die Knie.

Ruby stierte von Hedi zu ihren Freunden. »Sonst geht's noch? Kommt gefälligst hoch, ihr Idioten! Da kommt doch gleich nur meine Mutter.«

Sie zerrte an Kais Arm, doch er schüttelte den Kopf und verharrte in seiner demütigen Haltung. Augenrollend stemmte Ruby die Fersen in den Boden, auch wenn sie als einzige aufrechte Person im Raum ziemlich auf dem Präsentierteller stand. Eine Art der Aufmerksamkeit, die ihr in Caligo die schrecklichste Atemnot beschert hätte, aber selbst in der klaustrophobischen Enge dieses Gewölbes blieb ihre Atmung ruhig und tief.

»Oyyyyyyeeeeeee!«, hallte der Schrei ein zweites Mal und verschwamm dann mit dem militärischen Klang von Stiefeln im Gleichschritt. Eine Reihe von Lichten Rittern betrat den Raum. Ihre weißen Gewänder strahlten so viel Helligkeit aus, dass die unterirdische Höhle mit einem Mal bis in die letzte Ritze beleuchtet wurde. Ruby erkannte den Lichtritter, der sie auf seinem Licorn gefesselt hatte, und warf ihm einen kühlen Blick zu. Er sah sie missbilligend an, ehe er sich mit den anderen zu einem Spalier aufstellte und strammstand.

Der Mann, der erhobenen Hauptes durch die salutierende Reihe der Ritter schritt, strahlte eine natürliche Autorität aus. Einen Moment lang verspürte Ruby den Wunsch, sich doch zu verneigen.

Nein. Sie hatte oft genug den Kopf vor dem General – ihrem Vater – eingezogen. Jetzt, da sie so vieles über ihn erfahren hatte, würde sie ihm in die Augen sehen können.

Sein harter Blick fand sie mühelos, seine zur Statue erstarrte Tochter, mitten in einem Raum aus Untergebenen. Ruby wusste, dass ihr Vorhaben, ihm zu trotzen, in dem Moment scheiterte, da er ihre Finger bemerkte, die sich haltsuchend um Kais Gitarrenspielerhände schlangen. Die grauen Augen des Generals nahmen den kalten Glanz von Stahl an.

Alles in Ruby schrie, Kais Hand loszulassen, aber sie konnte nicht. Nicht wenn Kai ihre einzige Chance war, als selbstdenkender Mensch hier herauszukommen. Sie würde nie wieder zur atemlosen Marionette ihrer Eltern werden.

Kai hob den Kopf nicht an, doch er spürte Rubys Unsicherheit und drückte ihre Finger in einem beruhigenden Rhythmus. *Du schaffst das,* klopften seine Fingerkuppen auf ihren Handrücken.

Sie hob das Kinn.

Es schienen Stunden zu vergehen, ehe ihr Vater einen Schritt beiseitetrat und den Kopf neigte.

Der dritte Schrei dröhnte durch die Halle. »Oyyyyyyyyeeeeeeee!« Die Königin.

Zum ersten Mal in ihrem Leben erkannte Ruby sie als das, was sie wirklich war. Eine Monarchin. Eine Phantastin. Ein Drache, durch und durch.

Sie strahlte in blendendem Weiß. Ihre Haare, heller als in Caligo, nahezu platinblond, glitzernd wie ein ganzer Sternenhimmel. Der makellose Teint schien zu schimmern. Ihre blauen Augen glänzten wie Spiegel, während ihr stolzer Blick über ihre Untertanen streifte. Er verharrte auf der störrischen Tochter und verlor etwas an Glanz, als ob die Iris an den Rändern abstumpfte.

»Verneige dich vor deiner Königin!« Yrsas Stimme war aus purem Frost, welcher Rubys Beine durchbohrte wie Eisdolche. Der Schmerz ließ sie in die Knie gehen. Eine unsichtbare Hand packte ihren Hinterkopf und beugte den Nacken nach vorne, dabei stand niemand hinter ihr.

Rubys Muskeln rebellierten gegen den Zauber, mit dem ihre Mutter sie in eine Demutshaltung zwang. Kai zitterte leicht neben ihr, wie ein fernes Echo ihres eigenen Kampfes.

Ruby hasste sich. Sie hasste sich und diese Frau, die sie demütigte, sie im Staub kriechen ließ, nur um Macht zu demonstrieren. Hätte es nicht gereicht, ihr unter vier Augen den Kopf zu waschen? Musste sie es vor allen anderen tun, damit Ruby sich wieder einmal wie das letzte Stück Dreck unter dem Fingernagel der göttlichen Yrsa vorkam? *Nein.*

Das war die Antwort. Es wäre nie genug, weil das da vorne ihre Mutter war, deren Lebensziel es war, Ruby zu einem unbedeutenden Nichts zu demoralisieren. Die niemals dulden würde, dass ihre Tochter ein eigenes Leben führte, Entscheidungen traf, Magie anwandte, lebte und liebte.

Es gelang ihr, den Kopf zu Kai hinüberzudrehen. Sein Blick bohrte sich wie ein Pfeil in ihre Seele. Er flehte sie an, sich zu beugen, damit ihr nichts geschah, so sehr fürchtete er die Rache der Königin.

Seine Angst gab den Ausschlag.

Wie immer in die entgegengesetzte Richtung. Herr Zorn war da, stark und zuverlässig wie eh und je kämpfte er gegen die wankelmütige Unsicherheit in Rubys Herzen.

Es war nicht recht, dass Kai sich der Königin ihretwegen unterwarf. Was hatte Yrsa für einen Grund, Gehorsam von Ruby und ihren Freunden einzufordern? Welche besondere Tat hatte sie bisher vollbracht? Was machte sie zu der großartigen Monarchin dieser herrlichen Welt, die sie im Stich gelassen hatte, sobald das geringste Problem aufgetreten war? Ihre Mutter hatte überhaupt kein Recht, überheblich auf jemanden herabzusehen, und schon gar nicht auf Kai.

Ruby rief ihr Drachenherz. Es sprang wild und heiß in ihrem Brustkorb umher, jagte kochendes Blut an die Körperstellen, wo die Eishände sie im Klammergriff hielten. Ihre Haut schoss Blitze in die unsichtbaren Hände, die zurückzuckten. Der Sekundenbruchteil, in dem die Königin überrascht innehielt, reichte Ruby. Ihre Flügel zerfetzten die Korsage und spannten sich auf ihre volle Länge aus.

Yrsa seufzte leise, doch Rubys geschärftes Gehör vernahm es durch den ganzen Raum. »Ach, Rosa.«

Das Grollen ließ sich nicht aufhalten. Der Drache brach mit all seinem Zorn aus ihr heraus und setzte die gesamte Umgebung in Flammen. Termiten eilten herbei und warfen Decken und Erde über das Feuer, doch es brannte alles hinfort. Blau und grün züngelten die Flammen an den Armen der Termitenfrauen hinauf, bis Yrsa durch

439

eine Handbewegung das ganze Geschehen mit einer Eisschicht überzog. Mitten in seiner flackernden Bewegung erstarrte das Drachenfeuer. Zurück blieben gefährlich spitze Eiskristalle in Feuerfarben.

»Rosa«, sagte ihre Mutter wieder, dieses Mal mit einem deutlich warnenden Unterton.

»Ich heiße Ruby!«, brüllte sie, ohne auf die Eisflammen zu achten, die jetzt zerbarsten und messerscharfe Splitter in ihre Richtung schleuderten. Ruby schloss die Augen. Die Geschosse prallten von der Drachenhaut ab.

Yrsa runzelte die zarte Stirn. »Nicht hier.« Dann verschwand sie, deutlich weniger graziös, als sie aufgetaucht war.

Rubys verkrampfte Muskeln zwickten und sie schüttelte prustend die Arme aus. »Was war das denn für eine Nummer?«

Ali wirkte unter seinem Bronzeteint seltsam gräulich. Etwas flackerte in seinen Augen, das Ruby nur mit Angst in Verbindung bringen konnte. Er auch?

»Was …?«

Seine Hand. Alis Haut war im Vergleich immer dunkler gewesen, aber der Unterschied zwischen seinen Fingern und Kais Schulter, auf der sie ruhten, war vollkommen falsch. Ali schien irgendwie auf einmal zu dunkel. Ruby rückte näher, schärfte die Pupillen, um dem seltsamen Phänomen auf den Grund zu gehen. Dann stockte ihr der Atem.

Es war nicht Ali, der zu dunkel war, Kai war zu hell.

Die feinen Härchen seiner Arme waren von Raureif überzogen, er wirkte beinahe gläsern, so weiß war seine Haut. Er starrte geradeaus, mitten durch Ruby hindurch. Keine Regung. Nicht einmal ein Kiefermuskel, der zitterte. Oder Kais Spottbraue, von der Ruby mit plötzlicher Sehnsucht hoffte, sie würde hochschnellen. Seine Lippen – seine wundervollen, weichen Kusslippen – hatten die Farbe von reifen Blaubeeren angenommen.

»Was …?«, stammelte Ruby erneut. Anscheinend besaß sie noch genau drei Buchstaben in ihrem Schneckenhirn.

»War ich das? Hat ihn einer der Splitter erwischt?«

Ali schüttelte klebrig langsam den Kopf.

»Was dann?« Immerhin donnerte die Frage dieses Mal so laut durch die Halle, bis die Erde von der Decke bröselte. Ruby stieß

Ali beiseite, um mit den Fingern zu begreifen, was ihren Augen so schlecht gelang.

»Sag mir, dass sie Kai nicht eingefroren hat!« Ruby sprach immer noch zu laut. Zu viele Termiten lauerten hier, warteten nur auf den Moment, in dem die unberechenbare Darkwyllin erneut die Beherrschung verlor. Sie durfte ihnen keinen Grund geben, sie einzusperren.

Ali legte beide Hände auf ihre Schultern und zwang sie, ihn anzusehen. Beinahe hätte Ruby gelacht. Meistens war Alis Beruhigungsgeste einhändig. Sie musste aussehen wie jemand, der gleich explodierte, wenn er zur beidhändigen Variante griff.

»Ich bringe sie um!« Sie spie die Worte in Alis Gesicht, der wie immer nichts dafürkonnte – und meinte sie. Ihre Mutter hatte Kai, der einfach nur neben ihr gestanden hatte, eingefroren. Als Warnung für Ruby.

Benimm dich nach meinen Regeln, sonst lasse ich deine Freunde büßen.

Ruby entfuhr ein unterdrückter Schrei.

Ali schüttelte sie leicht. »Beruhige dich. Er kann sich selbst retten, ihm passiert nichts. Denk doch daran, wie viel Feuer er in sich trägt.«

Womöglich hatte er recht. Kai war ein Phönix. Er konnte sich bestimmt aus dem Eis befreien. Langsam atmete Ruby aus. »Aber er darf nicht. Was, wenn ihn jemand beobachtet?«

»Er hält durch, bis die Luft rein ist. Du kannst sagen, du hättest ihn mit Drachenmagie gerettet. Gefühlsmagie, sonst wird die Darkwynkönigin stutzig. Ich bin überzeugt, Yrsa und Thyra kennen sich beide nur mäßig mit dieser Magieform aus.«

Sie nickte langsam. Dankbar drückte sie seine Hand. »Was würde ich ohne dich tun?«

Ali schenkte ihr ein seltenes Lächeln. »Den Raum abfackeln, deiner Mutter den Kopf abbeißen und uns alle umbringen, vermutlich.«

»Ja, das passt.« Ruby lachte zitternd auf und streichelte Kais gefrorenen Arm. Es fühlte sich schrecklich an, wie ein Stück Hühnchenfleisch aus der Tiefkühltruhe. Konnte er das wirklich unbeschadet überleben?

»Er ist stark, Prinzessin. Dennoch ist es nicht verkehrt, wenn du ein wenig Sorge und Wut zeigst, alles andere wäre auffällig.«

»Keine Angst, das wird das geringste Problem sein. Es könnte eher schwierig werden, mich von der Kopf-Abbeiß-Variante abzuhalten.«

Ali blinzelte und straffte sich plötzlich.

»Die Königin erwartet Euch, Darkwyllin.«

Ruby versuchte, ihre Arme den Klammergriffen zu entreißen. Sie erreichte aber nur, dass die Haut dort, wo die aus dem Nichts aufgetauchten Ritter sie festhielten, schmerzte, als ob sie Reißzwecken in ihren feinen Handschuhen trügen.

»Dann richtet ihr aus, wir kommen, sobald wir meinen Freund aufgetaut haben«, blaffte sie die Lichtritter an und zerrte erneut ihren Arm aus dem eisernen Griff. »Liebend gern kommen wir dann, um *das hier* zu klären.« Sie deutete auf Kais eingefrorene Gestalt und war gleichzeitig überrascht, wie bedrohlich ihre Stimme klang.

Die Augen des Ritters, der sie angesprochen hatte, wurden schmal. »Es handelte sich nicht um eine Bitte. Ebenso wenig war von Euren Lakaien die Rede.«

»Von meinen … Sag mal, habt ihr zu viel Einhornpupse inhaliert, oder was?«

Sie glaubte, Kai lachen zu hören, während sie von den drei Rittern davongeschleift wurde wie ein Vieh zur Schlachtbank. Aber Kai lachte nicht. Kai war im Eis gefangen.

»Pass auf ihn auf«, rief sie Ali über die Schulter zu, bevor die Lichtritter sie wegzerrten.

Ihre Mutter thronte auf dem einzigen Stuhl des Raumes. Wie sollte es auch anders sein? Selbst diese unterirdische Erdhöhle hatte sie in einen strahlenden Thronsaal verwandelt. Es gab so viel Licht und helle Farben, dass Ruby beim Eintreten zunächst geblendet die Augen zusammenkniff.

Sie überlegte, ob es ein taktischer Zug von Yrsa war, ihr Gegenüber stehen zu lassen. Durch das Podest, auf dem der weiße Thron stand, konnte sie dennoch auf Ruby herabsehen.

Sie trat den Lichtritter, der sie nicht schnell genug losließ, kräftig ans Schienbein. Er grunzte unterdrückt auf und nahm dann eilig Position neben seinen Kollegen vor der Tür ein.

Mit Unbehagen musterte sie das maskenhafte Gesicht ihrer Mutter. Fühlte diese Frau denn überhaupt nichts? Herr Zorn loderte wieder in ihr auf und sie legte all ihre Abscheu in den Blick, den sie der Königin zuwarf. »Nimm sofort das Eis von Kai! Wie konntest du nur?«

»Du hättest nicht herkommen sollen.« Yrsa zeigte immer noch keine Regung. Selbst ihre Stimme war frei von jeder Emotion.

»Bei dir hingegen war es überfällig. Das ist deine Schwester, die diese Welt zerstört, weil du dich in Caligo verschanzen musstest, um einen Modeblog zu schreiben. Während Kai, den du da draußen einfach tiefgekühlt hast, mir half, Thyra zu bekämpfen, amüsiertest du dich auf der Fashionshow, Mutter. Weißt du überhaupt, wen du da schockgefroren hast?«

»Es war zu deinem Besten. Du warst in Caligo sicher, bis dein Vater diesen Fehler beging.«

»Jetzt bin ich überall in Gefahr. Die Schattengardisten haben mich gefunden. Ohne meine Freunde wäre ich schon hundertmal gestorben, weil ich nichts, aber auch gar nichts von dieser Welt wusste.« Sie wollte noch so viel mehr sagen. Dass sie aufgrund von Yrsas Fluch überhaupt erst anfällig für Thyras Schattenmagie geworden war. Was sie über die Drachen erfahren hatte. Oder in wie vielen unzähligen Nächten Thyra sie in ihren Träumen heimgesucht hatte, weshalb Ruby das Gefühl hatte, ihre Gruseltante besser zu kennen als ihre eigene Mutter.

Yrsa unterbrach sie. »Deine sogenannten Freunde sind kein guter Umgang. Ich tue dir einen Gefallen, indem ich den Kontakt zwischen dir und diesem grünen Musiker unterbinde, Rosa.«

»Wenn es nach dir ginge, wäre überhaupt kein Umgang die einzig richtige Gesellschaft für mich.« Rubys Stimme schwoll an. »Außerdem heiße ich Ruby!«

Ihre Mutter kniff den Mund zusammen. »Versuch nicht, dich mir zu widersetzen. Du magst alleine ein wenig Magie entwickelt haben, aber niemand außer einem Drachen kann dir mit deiner Darkwynmagie weiterhelfen. Sie ist so unkontrolliert. Du entscheidest nicht einmal selbst, ob du meine Termitenspione nur vorübergehend ausschaltest oder gleich tötest.«

Ruby biss die Zähne zusammen, bis sie leise knirschten. Typisch, dass ihre Mutter Rubys schlechtes Gewissen wegen der Termiten sofort witterte und darauf herumhackte.

443

Yrsa fuhr fort, ohne auf die zornige Miene ihrer Tochter einzugehen. »Von wem willst du es lernen? Von meiner zur Unfähigkeit verfluchten jüngeren oder meiner schattenmagischen Zwillingsschwester?«

»Ich komme ganz gut alleine zurecht.«

»Unsinn. Du kontrollierst nichts. Du bist eine Gefahr für dich selbst und für andere. Sieh es ein, Rosa, dann helfe ich dir. Meinetwegen befreie ich deinen kleinen Barden vom Eis, wenn es dir so wichtig ist.«

»Ich traue dir kein bisschen, das muss dir doch klar sein. Alles, was ich von dir zu wissen glaubte, ist eine Lüge. Mein ganzes Leben lang hast du die Magie mit sämtlichen Mitteln von mir ferngehalten. Auf einmal willst du diejenige sein, die sie mir beibringt? Du gefrierst Kai ohne mit der Wimper zu zucken ein und dann spielst du die Großzügige, die es wieder rückgängig macht? Das nehme ich dir einfach nicht ab.«

Yrsa zuckte die schmalen Schultern. »Wie du möchtest. Aber sei dir versichert, ich habe Mittel und Wege, deine *Freunde* zu entfernen, noch bevor du zurück in der Halle bist.«

Rubys Mund klappte auf. »Du drohst mir?«

»Ich bin auf deiner Seite, Rosa. Ich mache schon immer nur, was gut für dich ist.«

»Mein Name ist Ruby. Wenn du Kai oder Ali auch nur ein Haar krümmst, bist du keinen Deut besser als deine fürchterliche Zwillingsschwester.«

Yrsa schüttelte sachte den Kopf. »Lächerlich, Rosa. Womit drohst du mir? Willst du deinen mickrigen Dracheninstinkt auf mich abfeuern? Du bist nur zur Hälfte ein Drache. Gegen eine ausgewachsene Darkwyn kannst du kleiner Mischling nichts ausrichten. Deine sogenannten Freunde wissen das. Immerhin rieten sie dir, dich mir zu unterwerfen. Sie kennen sich genügend mit unzureichender Magie aus. Du kannst nur verlieren, wenn du mich herausforderst, Rosa.«

»Ich bin die Prophez–«

Yrsa lachte auf. Ihr Lachen war Thyras hartem, kehligem Spottlaut so ähnlich, dass Ruby eine Gänsehaut über den Rücken lief. War dies wirklich ihre Mutter oder hatte Thyra sich irgendwie in Yrsas Körper gezaubert?

»Das glaubst du, ja? Ausgerechnet du, Rosa. Denk doch darüber nach, dann wird dir selbst klar, wie absurd das ist.« Ihr Blick wurde eine winzige

Nuance weicher. Sie erhob sich vom Stuhl und ging auf Ruby zu, obwohl die der Berührung auswich, bis die Wand sie stoppte. »Ich verstehe. Du wolltest nur einmal im Leben etwas Besonderes sein. Außergewöhnlich, für diesen Musiker. Doch du liegst falsch. In allen Punkten, mein Kind. Du bist weder die Prophezeite noch liebt er dich um deiner selbst willen. Du glaubst mir nicht, dieser trotzige Blick spricht Bände.« Yrsa seufzte und legte Ruby eine eiskalte Hand auf die Wange.

»Dennoch. Denke einmal genau darüber nach: Wann wurde er zu deinem Liebhaber? Doch erst, seitdem er glaubte, du seist die Prophezeite. Vorher zeigte er kein Interesse an dir. Weil du nicht interessant bist, Rosa. So leid es mir tut, jemand wie er verliebt sich nicht in ein Mädchen wie dich.«

Ruby versuchte eisern, den Schmerz zu überspielen, den Yrsas Worte in ihr Herz ätzten. Das zufriedene Aufleuchten in den Augen der Königin verriet, dass es ihr nicht gelang.

»Stell ihn auf die Probe. Sag ihm, du hättest die wahre Prophezeite entdeckt. Du warst es nie. Er wird so schnell das Interesse an dir verlieren, wie du nur blinzeln kannst.«

Ruby schüttelte den Kopf, um die unerträglich streichelnde Hand ihrer Mutter abzuschütteln. Sie fühlte sich wie vereist. Innerlich und dort, wo Yrsa sie berührt hatte. »Er liebt mich und ich liebe ihn. Glaub es, oder lass es. Ich war bei den Wasserhexen, ich kenne die Prophezeiung. Die ganze.«

Ihre Mutter nahm einen lauernden Ausdruck an.

Ruby biss auf die Innenseite der Wange. Verdammt! Sie durfte Kai niemals verraten. Nicht an diese skrupellose, eiskalte Frau. Schnell redete sie weiter, ehe Yrsa nachfragen konnte. »Du schwächst meine Aura, indem du mich unterdrückst. Ich weiß, was du vorhast, aber das kannst du vergessen.«

»Tu, was du für richtig hältst. Lass dich verletzen. Glaub, die Prophezeite zu sein, wenn du unbedingt eine herbe Enttäuschung erleben willst. Doch wisse, dass ich immer nur dein Bestes wollte, Rosa.«

»Ich heiße Ruby!« Damit schlüpfte sie an Yrsa vorbei und knallte die Tür hinter sich ins Schloss.

Die Lichtritter, die vor dem Thronsaal Wache schoben, warfen sich beunruhigte Blicke zu. Man merkte ihnen deutlich an, was sie dachten:

Die Darkwyllin entfernte sich ohne die Erlaubnis der Königin? Das konnte sie die Köpfe kosten. Beinahe tat Ruby ihr Abgang schon wieder leid. Doch Yrsas kalte Art hatte sie so unglaublich an Thyra erinnert. Da waren bei ihr ein paar Sicherungen durchgebrannt.

Von ihrem Versteck aus beobachtete sie Ali und Kai, die wohlauf waren. Anscheinend hatte Kai es tatsächlich alleine geschafft, sich aus dem Eisgefängnis zu befreien. Obwohl sie erleichtert war und am liebsten nur in seine Arme stürzen wollte, hinderte sie irgendetwas daran, jetzt zu den beiden zu gehen. Der bittere Kern, den Yrsa in ihre Seele gesät hatte, keimte bereits. Nicht alles, was sie gesagt hatte, war falsch gewesen.

Ruby streunte durch die unterirdischen Gänge, streifte Termitenfrauen, die niemals stillzustehen schienen und keinerlei Notiz von ihr nahmen. Genau das, was sie jetzt brauchte. Wenn es schon keinen Ort gab, an dem sie alleine sein konnte, dann wenigstens die Unsichtbarkeit der Menge.

Sie bog um eine scharfe Kurve und stand plötzlich in einer Sackgasse. Seltsamerweise waren hier keine trippelnden Schritte zu hören und auch sonst schien diese Ausbuchtung ziemlich verlassen. Sicherlich wussten die Rebellen, dass es an der Stelle nicht weiterging. Der perfekte Platz, um nachzudenken.

Ruby wollte sich gerade auf den Boden setzen, als ein seltsames Prickeln ihre Wirbelsäule hinaufkroch. Da war jemand – und dieser Jemand beobachtete sie. Angespannt schaute sie sich um. Der Schatten war im Halbdunkel des Baus nicht zu sehen. Doch das leise Schnorcheln der Atmung verriet den Spion.

»Hedi, folgst du mir?«, seufzte Ruby und die Igelfrau tauchte aus der Dunkelheit auf wie ein dicker Karpfen aus einem schlammigen Teich. Sie riss die runden Augen auf und legte verschwörerisch einen Finger auf die rissigen Lippen.

»Vertraue mir, Darkwyllin«, flüsterte sie und griff nach Rubys Hand.

Ruby entzog sie ihr wieder und trat einen Schritt zurück. »Ich denke ja gar nicht daran. Du hast uns angegriffen und entführen lassen. Aus welchem Grund sollte ich dir trauen?«

»Weil ich ein Spion bin. Ich kenne Wahrheiten, die keiner kennt. Wenn ich dich in eines dieser Geheimnisse einweihe, wirst du verstehen.« Ohne auf ihre Gegenwehr zu achten, nahm Hedi erneut Rubys Arm und zog sie tiefer in die Sackgasse hinein.

»Hier ist eine Rollritze«, wisperte sie.

Automatisch machte Ruby einen Schritt von der Wand weg. »Ich hab keine Lust, da drinnen stecken zu bleiben.«

Hedi rollte mit den Augen. »Liebe Güte, sei nicht so misstrauisch. Du bist doch die Prophezeite, so ein Ritzchen ist ein Klacks für dich, was denkst du denn? Dieses Schlüsselgen, das du besitzt, wird dir immer einen Weg öffnen, egal, wie aussichtslos es scheint.«

Weil Ruby weiterhin keine Anstalten machte, sich in die Wand zu werfen, seufzte sie abgrundtief. »Na meinetwegen, ich rolle zuerst. Ist vielleicht besser so, dann bremse ich dich an der richtigen Stelle, wir *wollen* nämlich stecken bleiben.«

Ruby schüttelte verständnislos den Kopf. War die Frau übergeschnappt? Wenn sie mitten in der Ritze festhingen, kamen sie nie wieder heraus. Wie sollten sie überhaupt mittendrin anhalten?

Ehe sie fragen konnte, rollte sich Hedi schon zu einem perfekt runden Igelball zusammen. Sie streckte noch einmal kurz den stachelhaarigen Kopf aus der Kugel. »Das Einzige, was du beachten musst, ist, keinen Laut von dir zu geben. Wo wir hingehen, ist ein Ort von allerhöchster Geheimhaltung. Niemand darf etwas darüber erfahren, vor allem nicht ... Na, sei einfach still, klar?« Mit diesen Worten zog sie den Kopf wieder ein und rollte davon.

Ruby gaffte ihr hinterher. Unter keinen Umständen würde sie der Verrückten folgen. Andererseits wäre es ziemlich bescheuert von Hedi, wenn sie vorausrollte, um Ruby auszutricksen. Es war vermutlich eine Falle. Trotzdem war sie unsäglich neugierig, was die Igelfrau ihr Geheimnisvolles zeigen wollte.

Ruby stöhnte. Rollritzen. Dass sie ernsthaft darüber nachdachte, nachdem sie sich geschworen hatte, nie wieder auch nur in die Nähe von so etwas zu kommen.

Bevor sie wirklich wusste, was sie tat, rannte sie auf die Mauer zu. Hedi hatte sich in eine menschliche Murmel verwandelt. Ruby fand es klüger, erst kurz davor eine Vorwärtsrolle zu machen. So plump es beim letzten Mal gewesen sein mochte, es hatte dennoch funktioniert.

Als sie absprang, geschah etwas Unbegreifliches. Anstatt unsanft zu Boden zu krachen, streckte sich ihr Körper. Ihre Arme hoben sich von ganz alleine, dann zogen sie kraftvoll zu ihren angehockten Schienbeinen. Ihr Salto gelang elegant und athletisch, wie der einer Bodenturnerin mit jahrelanger Routine. Ausgerechnet Ruby, die noch nicht einmal einen Purzelbaum zustande brachte, ohne das Gefühl zu haben, sich ein paar Wirbel zu brechen, fühlte sich wie eine Akrobatin. Der Salto wurde zu einem Doppelsalto, dann zu einem dreifachen. Etwas in ihr forderte sie dazu auf, Arme und Beine auszustrecken und sie spürte die veränderte Wandbegrenzung der Ritze dicht an der Haut vorbeizischen, während sie im gestreckten Salto weiterschleuderte. Es war berauschend.

Sie fühlte das Schlüsselloch. Wie ein lebendig gewordener Schlüssel rotierte ihr Körper in sämtlichen möglichen und unmöglichen Roll- und Schraubbewegungen in der Wand, ohne auch nur an einer einzigen Engstelle stecken zu bleiben. War es beim ersten Mal ein beängstigendes Erlebnis, hauptsächlich geprägt von Übelkeit und Kontrollverlust gewesen, so jubelte der Drache in ihr heute lautstark über die rasende Geschwindigkeit. Geschmeidig glitt sie durch die Ritze.

Hedis Arme fingen sie weich auf. Überrascht, keine Stacheln, Prellungen oder aufgeschürfte Hautstellen zu spüren, folgte Ruby der Igelfrau in die Dunkelheit. Ihr war nicht einmal schwindelig. Ein aufgeregtes Kribbeln machte sich in ihrem Magen breit. Was wollte Hedi ihr zeigen?

Die Fingernägel der Frau kratzten über die rauen Wände, bis sie plötzlich stehen blieb. Ruby wunderte sich noch darüber, wie sie das in dieser Finsternis überhaupt sehen konnte, da bemerkte sie den schmalen Lichtstrahl, der aus der Wand brach. Sie hätte ihn garantiert übersehen, wenn es um sie herum nicht tiefste Nacht gewesen wäre. Aufgeregt kniff Ruby ein Auge zu und spähte mit dem anderen durch das Loch.

Ruby erkannte den Raum sofort, obwohl sie ihn aus dem Winkel noch nie gesehen hatte. Offensichtlich befanden sie sich in der Wand hinter dem Thron, um den ihre Mutter herumstreifte wie eine Tigerin im zu engen Zirkuskäfig.

»Was willst du tun?« Von ihrem Spähposten aus konnte sie den Mann nicht sehen, aber es gab in ganz Salvya nur eine Stimme, die mit knappen Worten so viel Respekt erzeugte. Ihr Vater musste irgendwo neben Rubys Guckloch an der Wand lehnen und seine Frau beim rastlosen Umherstreifen beobachten.

»Sie ist hier nicht sicher. Ihre Aura ist wie ein Feuerwerk.«

»Dann zeige ihr, wie sie sie verschleiern kann«, warf er ruhig ein.

»Das würde zu lange dauern. Außerdem lehnt sie meine Hilfe ab.«

Ihr Vater schwieg, was Ruby ihm hoch anrechnete. Immerhin wunderte er sich nicht, weshalb seine Tochter so undankbar war, die weisen Ratschläge Ihrer royalen Mutter auszuschlagen.

»Du kannst sie unmöglich zurückschicken. Sie wäre vollkommen ohne Schutz. Außerdem wird sie sich niemals von diesen Spinnern trennen.«

Yrsa schnaubte. »Sie wird. Wenn ich die Spinner dazu bringe, *sie* zu verlassen.«

Der General schwieg einen Augenblick lang. Als er erneut sprach, schwang Beunruhigung in seiner Stimme mit. »Was hast du vor, Yrsa?«

»Sie werden das tun, was für Rosa am besten ist. Sobald ich ihnen verdeutliche, in welche Gefahr sie ihre angebetete Prinzessin bringen –«

»Lass es mich versuchen«, unterbrach Lykaon seine Frau. »Der Océanyer ist ein guter Kämpfer, ich verpflichte ihn für die Ritter. Der andere –«

»Dieser grünhaarige Rebell! Seit seiner Kindheit hängt dieses verdorbene Unkraut an Thyras Rockzipfel. Nie im Leben hat er seine Meinung geändert. Das zeigt sich ja schon darin, dass es ihm alleine gelungen ist, sich aus dem ewigen Eis zu befreien. Ein Schattenmagier, eindeutig. Ich kann das schwarze Gift hier unten nahezu riechen, seit er da ist.«

»Womöglich hat Ruby ihm geholfen«, warf ihr Vater ein.

Yrsa schnaubte. »Womit? Etwa mit Herzenswärme? Mit kochender Wut? Deine Tochter ist genauso eine leidenschaftliche Idiotin wie du.«

Ruby zuckte zu gleichen Teilen für sich und für den General zusammen.

»Sie ist auch deine Tochter. Wenn sie mein gutes Herz geerbt hat, hat sie die Magie von dir. Damit wäre es ein Leichtes für sie, den Eisfluch zu brechen.« Lykaons Stimme verriet mit keinem Zittern, ob er betroffen von Yrsas harten Worten war.

»Wusstest du, dass seine Mutter die letzte weibliche Schattengardistin war? Nachdem sie Thyra betrog, entschied sich meine Schwester, ausschließlich *Söhne* aufzuziehen und nur noch so kleine Kinder zu stehlen, die sie ausreichend manipulieren konnte. Diese grünhaarige Brut ist der Ursprung des ganzen Übels!«

»Männer sind körperlich bessere Kämpfer. Unter den Lichtrittern befinden sich ebenfalls keine Frauen.«

»Verteidige niemals eine Entscheidung meiner Schwester!«, fauchte Yrsa. »Die Lichten Ritter sind nur aufgrund dieser schrecklichen, liebeshungrigen Wasserhexen männlich. Mach nicht den Fehler, die Termitenfrauen zu unterschätzen, Lyk.«

Wieder herrschte für einen Moment eine unangenehme Stille, bei der Ruby nervös auf der Stelle trat.

»Ich kann versuchen, den Rebellen in die Gilde aufzunehmen. Er scheint zumindest interessiert an den Licornen zu sein, die spüren sofort, falls Schattenmagie im Spiel ist. Wenn ich ihn zum Stallburschen mache, hat er wenigstens keine Zeit für Flausen und behält die schmutzigen Finger bei sich. Sollte es dabei zufällig zu einem Unfall kommen …«

»Tu, was du nicht lassen kannst. Versagst du auch nur ansatzweise, werde ich die Sache selbst in die Hand nehmen. Rosa bleibt zunächst hier unter meiner Kontrolle. Sobald sich eine Möglichkeit auftut, sie nach Caligo zu schaffen, wird sie dorthin gehen. Seit Tagen versuche ich schon Amy zu kontaktieren, aber sie versteckt sich wohl vor mir. Zu Recht, wenn man bedenkt, wie sie es geschafft hat, entgegen meiner Anweisungen, Rosa nach Schattensalvya zu schmuggeln.«

Der General trat plötzlich vor das Loch, weswegen Ruby seinen breiten Rücken sah. Ein seltsames Gefühl beschlich sie. Wusste er etwa, dass sie in der Wand steckte und jedes Wort mithörte?

»Sie heißt Ruby, Yrsa. Übertreib es nicht.« Damit durchquerte er den Raum mit ruhigen Schritten.

Als er seine Hand zum Türgriff hob, erstarrte Ruby. Er trug einen Lichtritter-Sphairai am Handgelenk, ganz ähnlich dem, den Gnarfel getragen hatte. Deutlich schlichter als Kais mittlerweile auffälliges Armband.

Ruby hatte nie einen Cestus bei ihm gesehen. Hatte er all die Zeit einen besessen? Ihn womöglich unter der Kleidung verborgen getragen?

Sie hatte immer gedacht, die Hexen hätten ihn nach dem Bruch des Zölibats verstoßen. Aber entweder hatten sie ihm nun verziehen oder er war nie ohne ihre Magie gewesen.

Ihre Gedanken rasten, während der General den Raum verließ.

Kaum war er verschwunden, sank Yrsa entkräftet auf ihren Thron. Der Glanz, der ihre ganze Erscheinung erstrahlen ließ, wich von ihr und sie fiel sichtlich in sich zusammen.

»Oh Lyk«, schluchzte sie trocken. »Wenn du nur einmal hinter meinen Spiegel sehen würdest, wärst du schneller fort, als dein Licorn dich tragen kann. All die Jahre. All die Lügen.« Sie vergrub den Kopf in den Händen und weinte hemmungslos.

Ruby wich vor dem Anblick zurück. Sie hatte vorerst genug erfahren. Ihre Mutter so verzweifelt heulen zu sehen, berührte etwas in ihr, das sie kaum ertrug.

Sie war wie betäubt, während Hedi sie aus der Ritze führte. Vermutlich waren es nur wenige Schritte, aber für Ruby hätten es genauso gut Tage sein können, die sie durch die Dunkelheit wanderten.

Hedi ging vor ihr in die Hocke. Erstaunt stellte Ruby fest, dass sie sich nicht mehr in der Wand befanden, sondern in einer Bibliothek. Wie waren sie hierhergekommen? Sie entdeckte mannshohe Karten aller möglichen Adnexen, wobei ihr eine besonders ins Auge stach.

Océanya stand darauf. »*Der Océanyer*«, hörte sie Lykaon in ihrer Erinnerung.

Hedi folgte ihrem Blick. »Du bist aufmerksam, das ist gut. Eine unschätzbare Eigenschaft für einen Spion.«

»Warum hast du mir das gezeigt?«

»Um dein Vertrauen zu gewinnen – und dich von einer wichtigen Sache zu überzeugen.« Hedi sah sie eindringlich an. Noch nie war Ruby die Igelfrau so ernst vorgekommen. Sonst endete jeder ihrer Sätze in einem verächtlichen Achselzucken, doch nun war sie wach und konzentriert. »Deine Mutter ist nicht das, was sie vorgibt zu sein. Du darfst ihr kein Vertrauen schenken, aber im Moment wäre es tödlich, dich gegen sie zu stellen.«

Ruby rieb sich die müden Augen. »Ich weiß.«

»Du fragst dich, was ich von dir will. Weshalb ich für deine Mutter arbeite, obwohl ich ihr nicht traue?«

Ruby nickte.

»Ich stehe auf keiner besonderen Seite. Für mich sind beide Parteien Extreme, zu denen ich einfacher Bürger nicht gehöre. Ich besitze weder übermäßig viel Licht- noch Schattenenergie, doch ich weiß, dass jede Magieform allein zum Untergang führt. Thyra ist im Moment dabei, mit ihrer Schattenmagie Salvya auszuhungern. Die Lichten müssen diesem Wahnsinn ein Ende setzen. Dann darf jedoch nicht die Lichte Seite das Zepter übernehmen. So ist es nicht gedacht. Die Prophezeiung –«

»Yrsa behauptet, ich sei nicht die Prophezeite«, unterbrach Ruby sie niedergeschlagen.

Hedi bedachte sie mit einem eindeutigen Blick. Auch sie hatte während des Gesprächs zwischen Mutter und Tochter in der Wand gelauscht. »Dir ist doch klar, weshalb sie das tut! Nur um den Aurablock wieder aufzubauen. Nach allem, was du gehört hast, müsstest du es besser wissen.«

Demnach kannte Hedi also Rubys Vergangenheit. Was wusste die Frau eigentlich nicht?

»Ich wollte nie die Prophezeite sein. Wenn ich eine Wahl hätte, würde ich dieses ehrenvolle Amt gern einem übereifrigen Lichtritter abtreten.«

»Bestimmungen sucht man sich nicht aus. Du bist es und keiner zweifelt daran, außer dir selbst. Das ist es, was deine Mutter ausnutzt. Vielleicht will sie dich wirklich nur schützen, aber sie bringt dich und uns alle damit in größte Gefahr. Sei schlau, spiele mit. Lass sie glauben, es gelänge ihr, dich in das unsichtbare Kind zurückzuverwandeln, dann wird ihre Aufmerksamkeit rasch nachlassen. Halte den Drachen im Zaum, mime die magisch unbegabte, harmlose Tochter. Lerne von deinem Squamanerfreund, die Aura zu blockieren. Er ist ein Meister darin. Warne den Giftfrosch davor, die Tarnung zu senken. Sobald die Schattenhexe geschwächt durch die Angriffe ihrer Schwestern am Boden liegt, steigst du auf und beendest die Sache. Ein für alle Mal.«

»Ich soll Thyra töten?«

Hedi neigte den Kopf. »Wenn das ausreicht. Ich befürchte aber, du musst noch mehr tun. Das Ganze muss ein Ende finden. Die Drachen dürfen nie wieder über Salvya herrschen.«

Rubys Hände zitterten leicht. Es war ungeheuerlich, was Hedi von ihr verlangte. Doch war es nicht das, was Yrsa verdiente? Sie hatte Rubys Leben ruiniert, tat es immer noch bei jeder Gelegenheit. Ruby fragte sich, ob sie jemals Liebe für ihre Mutter empfunden hatte. Sie war so durcheinander. Eigentlich wollte sie an überhaupt nichts mehr glauben. Das Einzige, was sie wusste, war, dass Yrsa ihre Tochter niemals geliebt hatte – weder als Rosa noch als Ruby. Warum fühlte es sich dann wie Hochverrat an, allein daran zu denken, ihr ein Messer in den Rücken zu rammen?

»Ich verstehe.« Rubys Stimme klang hohl. »Ich weiß nur nicht, ob ich das kann.«

»Du wirst es können. Wir werden dir die Augen öffnen. Während du hier Zeit verbringst, weihe ich dich in alle wichtigen Geschehnisse ein. Deine Aufgabe ist es, an der Kontrolle zu arbeiten und wache Sinne zu tragen. Dann siehst du von ganz alleine, wie wenig Thyra und Yrsa sich überhaupt noch voneinander unterscheiden.«

Sie wirkte beinahe ein wenig mitleidig. »Man sieht dir zu deutlich an, was du fühlst. Versuche zu innerer Gelassenheit zu finden.«

Ruby folgte ihr aus der Bibliothek. Automatisch beobachtete sie, mit welchem Zaubertrick Hedi die Tür hinter ihnen verschloss, und merkte sich die verschlungenen Pfade des Rückwegs.

Kapitel 13

Amygdala

»Du solltest ihn ziehen lassen, Darkwyn. Er ist bereits weit in das stille Reich eingedrungen. Eure Wege scheiden sich hier.«

Amy schüttelte stumm den Kopf. Es war eine angenehme Abwechslung, einmal nicht darüber nachdenken zu müssen, wie sie sich verständlich machen sollte. Die Hexen hörten sie auch ohne Worte.

»Wir haben zu viele Dinge zugelassen. Du siehst ja, wohin das führt. Der falsche König liefert uns Wassermagie nur im Austausch gegen die Toten, doch selbst die enthielt uns die Darkwyllin vor. Seit keine Drachen mehr in unseren Wassern schwimmen, vergehen wir. Die Lichten Ritter brauchen unsere Macht, aber wenn sie sich alle dem Zölibat widersetzen, verblüht unsere Schönheit und wir können niemanden mehr in unseren Bann locken. Es ist ein Teufelskreis.«

Amy straffte sich. Darum ging es also die ganze Zeit. Die Nixen erhielten ihre Macht nicht mehr durch die Drachen, sondern ausgerechnet durch einen Handel mit diesem verlogenen Blender. Zornig biss sie die Zähne zusammen.

Eine andere, kleinere Hexe ergriff das Wort. Sie war üppig geformt und machte mit ihren sinnlichen Lippen und dem wallenden Haar ihrem Ruf als Schönste der Nixen alle Ehre. »*Der General wurde verschont, obwohl er das Gelübde gebrochen hat. Doch nur, weil wir wissen, wie wichtig die Prophezeite ist. Daher ließen wir ihm seine Magie, um das Kind zu schützen – was ihm nicht gelang. Er ertrug es nicht. Er war zu schwach, sich der Königin zu widersetzen.*«

Amy legte ihre Hand auf Gnarfels Arm. Er hatte nie etwas getan, das den Hexen geschadet hatte.

»*Kommandant Geronimo entzog sich unserem Urteil. Der Phönix trägt nun sein Sphairai …*«

Amy schnitt ihnen mit einer Geste das Wort ab. Gnarfel büßte nun schon so viele Jahre den Bruch des Zölibats. Wie lange wollten sie ihn noch dafür bestrafen? Warum verziehen sie Lykaon, aber nicht Gnarfel? Nur weil der eine die *Königin* geschwängert hatte? Amy war es, die Kai das Armband gegeben hatte. Daher mussten die Nixen eigentlich sie zur Rechenschaft ziehen. Bloß ohne Amy wäre die Prophezeite gar nie geboren worden.

»Das ist richtig. Du hast sie nicht nur auf die Welt gebracht, du hast sie auch erneut nach Salvya zurückgeholt. Dein Darkwynherz schlägt stark und für die wahre Sache.«

Dieses Mal blieben Amys Gesten stumm. Sie sah die Hexen nur an. Die Sieben waren weise. Sie wussten, was zu tun war.

»Du wirst ohne Geronimo nicht weiterkämpfen.« Wie immer war es die größte Wasserhexe, die am meisten Verständnis und Warmherzigkeit mitbrachte. *»Wir geben ihm sein Leben und seine Magie zurück. Gegen ein wichtiges Pfand, Darkwyn.«*

Amy nickte. Von Anfang an hatte sie gewusst, dass sie Gnarfels Freiheit erkaufen musste. Sie war bereit.

Ruby

Sie klammerte sich an Kai wie eine Ertrinkende an einen rettenden Ast. Wenn er sie nur weiter festhielt, würde alles gut werden. Er durfte sie nur nicht loslassen, niemals wieder.

»Du bist nahezu durchscheinend, Prinny. Was ist passiert?«, murmelte er in ihr Haar.

Ruby schüttelte den Kopf. Erst musste sie das Gehörte verarbeiten, herausfiltern, was für Kais Ohren bestimmt war. Selbst dann konnte sie hier nicht frei sprechen. Die Spione lauschten überall.

Ali saß unbeteiligt neben ihnen, aber Ruby kannte ihn mittlerweile gut genug, um den nervösen Tick, bei dem er seine Nasenspitze rieb, zu bemerken. Er spürte die Lauscher.

Kai ließ den Blick wachsam durch den Raum huschen, als ob auch er etwas fühlte. Dann zwang er Ruby, sich auf seinen ausgestreckten Beinen auszuruhen.

»Du bist erschöpft, schlaf ein wenig. Dir geschieht nichts, ich passe auf.« Er hauchte ihr einen Kuss auf die Stirn. Obwohl Ruby geschworen hätte, in dieser bedrückenden Stimmung unter der Erde niemals ein Auge zutun zu können, dämmerte sie kurz darauf weg.

»Du bist also zurückgekommen.« Thyra sah aus wie immer. *Die widerlichen Vögel kauerten mit schlaffen Flügelskeletten auf ihrer Schulter, verwesende Krallen bohrten sich in Thyras Fleisch. Nur bei genauem Hinsehen erkannte Ruby, dass weder die dunkle Königin noch die untoten Krähen ganz solide schienen, so als wären sie ein klein wenig durchsichtig. War das so, weil sie träumte? Oder war der Schatten, der sie seit geraumer Zeit verfolgte, doch näher an der Wahrheit?*

»Und du hast überlebt.« Ruby sank gegen die Wand in ihrem Rücken. *Sie fand es immer wieder erstaunlich, wie real sich diese Thyraträume anfühlten.*

Weil sie es waren!

Wie sonst hätte Thyra ihr das Flügelchen verpassen können? Sie hätte schon viel früher verstehen sollen, dass Thyra nicht tot war.

»Selbstverständlich.«

»Wie?«

Ihre Tante schüttelte leicht den Kopf und setzte sich neben Ruby. »Eines Tages erzähle ich es dir vielleicht.«

Irgendetwas an der Situation erinnerte Ruby an den Traum, den sie von Thyra und Kai gehabt hatte. Die Schattenhexe hatte Kai geküsst. Ruby starrte die blassen Lippen an. Waren ihre nicht ähnlich geschwungen? Kai hatte am Wasserfall etwas über ihren Mund gemurmelt, der bei ihm Erinnerungen an einen anderen weckte. Dachte er etwa an Thyra, wenn er Ruby küsste?

Die Hexe grinste spöttisch, dabei hatte Ruby die Sache mit Kai nur gedacht.

»Eines Tages töte ich dich«, versprach Ruby finster.

»Vielleicht. Oder du verhinderst meinen Tod, um mich anschließend um Hilfe anzuflehen.«

Ruby schnappte nach Luft. »Das wird niemals geschehen.«

»Wir werden sehen.« Thyra erhob sich. *»Denk daran: Ich bin dem Tod bereits entkommen.«* Sie tätschelte einer Aaskrähe den Schnabel. *»Was willst du anstellen, damit er mich beim zweiten Mal nicht wieder ziehen lässt?«*

»Hast du diese Viecher von dort mitgebracht?« Es war das Unsinnigste, *das Ruby Thyra fragen sollte, aber irgendwie wollte sie es wissen. Wenn sie an all die schrecklichen Vögel dachte, die ihr in letzter Zeit überall in Caligo aufgelauert hatten …*

»Du bist wie immer unvorstellbar schwer von Begriff, Nichte. Ist dir nicht klar, was die Vögel sind? Sie sind die Seelen meiner verstorbenen Schattenkrieger. Bessere Spione gibt es nicht, sie sind loyal und unauffällig. Ein würdiger Ersatz für die verräterischen Mücken.«

Ihre Züge wurden grauer, verschwammen langsam und schließlich war bis auf einen Schatten nichts mehr von ihr übrig. Nach einem weiteren Blinzeln verlor sich Thyras Umriss in der Dunkelheit.

Ruby seufzte. Warum war es mittlerweile sogar angenehmer mit ihrer erklärten Erzfeindin zu diskutieren als mit der eigenen Mutter? Sollte Hedi recht behalten? Waren Yrsa und Thyra gar nicht so verschieden?

Sie fuhr aus dem Schlaf hoch, weil etwas sie in die Schulter zwickte. Kais grüne Augen schwebten über ihr. Er legte den Finger an den Mund und zeichnete mit der Hand einen Kreis in die Luft.

Ruby richtete sich auf. Bis auf das vereinzelte Schnarchen einiger Termitenfrauen war Ruhe im Bau eingekehrt. Eigentlich der perfekte Moment, um sich zu unterhalten, aber Ruby ahnte, dass es für Hedis Leute jetzt noch einfacher war, sie zu belauschen.

Kais Lippen formten ein Wort. »Schallmauer.«

Ruby nickte. Sie konnte jedoch nicht riskieren zu schreien, ohne die Termiten zu wecken. Würde es ihr gelingen, es auf die Art ihrer Eltern zu tun? Ein gemeinsames Herzenslied, das eine schalldichte Mauer um sie herumzog.

Kai blickte ihr tief in die Augen und verzog den Mund zu einem seiner raren, ehrlichen Lächeln. Eines, das den Phönix erahnen ließ. Ein Lächeln, das mehr sagte als alle Liebesschwüre der Welt.

Er küsste sie, während er sang – und Ruby stimmte mit ein.

The night is cloudy,
No stars but in your eyes,
I could fly on the wings of pure feeling.
Your sunshiny smile blasts the clouds away,
Thunder on the horizon.

Lightning strikes us,
We're on fire,
Let's burn the world to ashes,
From which we will rise with glorious anger,
Thunder in our heads.

Stars and sunsets,
Smiles all forgotten,
Wings and hearts torn apart.
They break our minds and bones and love,
Thunder blows us away.

Thunderous heartbeat,
Lighting love.
We starve, we ache, we scream, we cry.
We laugh, we love, we live, we die.
Thunder in our hearts.

Die Mauer stand. Ein perfektes Schallphänomen, gerade breit genug, um Ali, Kai und Ruby Platz zu bieten. Ali war noch ein wenig näher an sie herangerückt und nickte jetzt anerkennend. »Gute Arbeit, Leute. Ihr werdet immer besser.«

Kai drückte Rubys Hand. »Deine Küsse sind pure Magie«, flüsterte er in ihr Ohr und die Nervenenden in ihren Eingeweiden schossen ein ganzes Neujahrsfeuerwerk ab.

Doch es war keine Zeit für Verliebtheit. Schallmauern hatten eine begrenzte Dauer.

»Kannst du mir beibringen, meine Aura zu verschleiern?«, platzte Ruby mit der ersten Frage an Ali heraus.

Er nickte mit gerunzelter Stirn. »Nicht hier.«

»Meine Eltern und die Ritter dürfen unter keinen Umständen davon erfahren, die Rebellen wissen es«, erklärte Ruby hastig.

»Die Rebellen sind nicht auf der Seite der Lichtritter?« Kai verzog verächtlich den Mund, aber Ali schien den Zusammenhang sofort zu verstehen.

»Sie fürchten Yrsas Macht genauso sehr wie Thyras.« Mit knappen
Worten beschrieb Ruby, was Hedi ihr erzählt hatte. Ali nickte, während
Kai nur nachdenklich den Kopf schräg legte. Ruby verkniff sich ein
genervtes Stöhnen. Schon klar, dass Kai die Lichtritter anbetete. Sie
hatten jetzt trotzdem keine Zeit für diese Kleinjungenschwärmerei.

»Es gibt hier eine Bibliothek, deren Eingang durch einen Zauber
geschützt ist. Dort könnten wir ungestört üben.«

Ali musterte sie ernst. Ohne nachzuhaken, senkte er leicht den
Kopf, ehe er sich, so weit es die unsichtbare Mauer zuließ, von ihnen
entfernte und sein Gebetslied anstimmte.

»Was hat deine Mutter mit dir angestellt? Du bist so blass, seit du
von ihr zurückgekommen bist.« Kai fasste sie an der Schulter und
zwang sie, ihn anzusehen.

Die Schallmauer zersprang mit einem lauten Knall.

Die Freunde erschraken mindestens genauso wie die aufgeschreck-
ten Termiten. Immerhin diente das ihrer Tarnung. Zum Schein betei-
ligten sich die drei an der Suche nach dem Ursprung der Explosion,
wobei Kai unauffällig ein paar durchsichtige Mauersteine mit dem Fuß
aus dem Weg schob.

Als wieder Ruhe einkehrte, kuschelten sie sich eng aneinander auf
den harten Erdboden und schliefen ein.

Kai

Ruby senkte rasch den Kopf, als die Königin den Hauptraum betrat.
Das Haar seiner Drachenfreundin verlor augenblicklich an Glanz, ihre
Körperhaltung drückte Unbehagen und Furcht aus. Er biss sich auf die
Lippen, um die Frage zurückzuhalten. Sie war so verändert von dem
Gespräch mit ihrer Mutter zurückgekommen. Er erkannte sie kaum
wieder. Nicht nur dieser Ausdruck eines geprügelten Hundes, auch
die Entschlossenheit, mit der sie seinen Fragen auswich, machte ihm
Angst. Irgendetwas ging in Ruby vor und er hasste es, nicht zu wissen,
was es war, geschweige denn, ihr nicht helfen zu können.

Die Königin verließ mit wehenden Röcken den Raum.

»Sie ist weg.« Kai hörte selbst die scharfe Kante in seiner Stimme.
Er konnte die Verletztheit darüber, dass sie ihn ausgrenzte, schlecht

460

verbergen. Er war schon immer miserabel darin gewesen, mit Gefühlen hinterm Berg zu halten.

Ruby sah erleichtert auf, doch ihre Augen wurden groß. Eine schwere Hand krachte auf Kais Schulter und er verfluchte sich dafür, zusammenzuzucken. Was war er? Ein verdammtes Rehkitz, das beim kleinsten Astknacken die Flucht ergriff? Kai drehte den Kopf betont langsam und folgte dem zugehörigen Arm bis zu dem Ehrfurcht gebietenden Gesicht des Generals.

Shit! Der General der Lichtritter, der stärkste Mann Salvyas und ausgerechnet auch noch Rubys Vater, tauchte hier auf. Und Kai pinkelte sich beinahe an wie ein verschrecktes Neonhörnchen. Wie sollte er diesen verkorksten ersten Eindruck nur wieder geradebiegen?

Er atmete tief ein, blies den Brustkorb ein wenig auf und ließ gerade so viel Phönix an die Oberfläche, bis eine feine Spur glitzernder Magie über seine Haut lief.

»General Lykaon.« Kai drehte sich vollends zu ihm um. Er neigte nur den Kopf. Es wäre vielleicht ratsam gewesen, einen Kniefall zu machen und dem edlen Ritter die Schuhe abzuknutschen, doch dafür saß Kai schon zu tief in der Scheiße. Die hasserfüllten Blicke von Rubys Eltern hatte er sehr wohl bemerkt. Er war natürlich nicht der perfekte Schwiegersohn – noch nie gewesen. Am wenigsten für Prinzessin Ruby, die Drachentochter.

Aber wenn sie glaubten, er würde so schnell aufgeben und sich durch einen finsteren Gesichtsausdruck und leeres Imponiergehabe beeindrucken lassen, hatten sie sich gewaltig geschnitten. Er war ein Rockstar, ein Rebell, ein Überlebender von Thyras geballter Macht. Er war der Phönix und Ruby brauchte ihn.

»Ika, nehme ich an? Ich habe schon viel von dir gehört.«

Kais Kopf schnellte nach oben. Rubys Hand verkrampfte sich. Er hatte gar nicht realisiert, dass er sie immer noch umklammerte.

»Kai. Bitte nennt mich Kai, General«, würgte er hervor. Woher wusste Lykaon seinen Namen? Was mochte er von ihm gehört haben? Sicher nichts Gutes. Allerdings war die Stimme des Mannes ruhig, nahezu freundlich. Vielleicht waren die Geschichten über den Zorn des obersten Feldherrn übertrieben und in dem grauäugigen Wolf steckte ein umgänglicher Typ?

Ruby zerrte an seiner Hand, als spürte sie Kais Überlegungen. Tat sie vermutlich auch. Diese verflixte Affinität wurde immer stärker, je näher sie sich kamen.

»Vater, was willst du? Lass gefälligst Kai in Frieden. Er hat dir nichts getan.« Unnötig, es laut zu sagen. Jeder im Umkreis von zweihundert Metern, der nur annähernd auf ihre Körpersprache achtete, hörte sie lauthals schreien: *Verschwinde! Ich halte mich an die Regeln, also tu du es auch.*

Wieder einmal fiel es Kai unfassbar schwer, nicht nachzufragen. Es war ein ungünstiger Zeitpunkt und sie würde ihm die Antwort sowieso schuldig bleiben.

»Natürlich hat er mir nichts getan, *Ruby.*«

Warum erblasste sie unter der honigsanften Art, mit der ihr Name über seine Lippen glitt?

»Dennoch seid ihr wohl kaum hier, um herumzusitzen und Nahrung zu verschwenden. Ich hörte, Kai habe eine besondere Gabe im Umgang mit Tieren. Ich würde ihn gerne den Licornen vorstellen. Wenn er es gut anstellt, könnte er sich nützlich machen.«

Kai wusste selbst, wie erbärmlich es war, dass er Rubys Hand fallen ließ wie eine heiße Kartoffel und schneller an Lykaons Seite geeilt war, als ein Magnetteil an seinen Gegenpol. Wahrscheinlich klebte er auch genauso fest an dem Lichtritter dran, stets darauf bedacht, Rubys vorwurfsvollem Blick auszuweichen.

Licorne! Die Gelegenheit würde sich ihm kein zweites Mal bieten. Magisch gesehen hatte er null Chancen, ein Lichter Ritter zu werden, solange er den Phönix unterdrückte. Ließ er ihn heraus, bliebe ihm vermutlich nicht einmal die Zeit, sich von Ruby zu verabschieden, ehe sie ihn in der Luft zerfetzten. Damit jeder die letzte Träne von ihm bekäme.

Seine einzige Chance war, sich den Lichten zu beweisen, indem er es über Fähigkeiten tat. Er konnte zu den Licornen sprechen wie kein Zweiter, weil sie ebenso magische Wesen waren wie er. Eine Vorstellung, die ihm ein Kribbeln im Bauch bescherte, wie es sonst nur Rubys Feuerwerksküsse vermochten.

Ihr Vater führte ihn durch Flure voller Termiten. Zum ersten Mal gelang es Kai, den Gang zu durchqueren, ohne von einer umhereilenden

Person gestreift zu werden. Lag es an Lykaons Ausstrahlung, der Aura von Macht, die ihn umschwebte? Oder war Kai heute nur aufmerksamer?

Der General bog einige Male ab, ehe sie zu einem kurzen, aber steilen Aufstiegsschacht gelangten. »Ab hier ist der Weg geheim. Du darfst ihn niemandem verraten.« Lykaons Blick sagte: *Ich vertraue dir.*

Kai hob das Kinn. »Ich würde die Tiere niemals in Gefahr bringen.«

»Das habe ich erwartet. Du bist ein Ehrenmann.« Der General legte ihm eine Hand auf die Schulter und Kai musste sich zusammenreißen, um nicht dämlich zu grinsen. »Die Licorne ertragen die Finsternis unter der Erde nicht, daher halten wir sie draußen. Eigentlich erträgt dieses Loch da unten keiner von uns besonders gut.« Er zwinkerte Kai verschwörerisch zu. »Yrsa ist eine wahre Furie, wenn sie für drei Stunden im Bau eingesperrt ist. Frauen können gefährlich werden, sobald man ihnen nicht ihren Willen lässt.«

»Vor allem Drachenfrauen«, rutschte es aus Kais Mund, ehe er es verhindern konnte.

Lykaon lachte dröhnend auf und Kai entspannte sich wieder ein wenig. Der General war cooler, als er erwartet hatte. Wenn er sich nicht allzu doof bei den Licornen anstellte, musste das einfach klappen. Er wollte allen beweisen, dass er etwas taugte. Vor allem Rubys Vater, der zu meinen schien, Kai würde seine abschätzigen Blicke nicht bemerken.

Lykaon stemmte eine Steinplatte hoch, wodurch seine beeindruckenden Oberarmmuskeln anschwollen. Kai widerstand dem Drang, betreten die eigenen, dagegen sehr schmächtig wirkenden Muskeln anzustarren, und eilte dem Ritter zu Hilfe. Gemeinsam schoben sie die Platte beiseite und krochen aus dem Erdloch. Nach einem schnellen Kontrollblick schob Lykaon den moosbewachsenen Granit wieder an Ort und Stelle und bedeutete Kai, ihm zu folgen.

Eine Hecke aus dornigen Gewächsen versperrte den Weg, aber Lykaon ging geradewegs hindurch und schien keinen Kratzer zu erleiden. Kai näherte sich zögerlich. Die Illusion war perfekt. Vorsichtig berührte er eine Dorne. Die scharfe Spitze durchbohrte seine Fingerkuppe. Blut quoll aus der Wunde und Kai wischte hastig die Hand an der Hose ab.

»Entschuldige, ich vergaß ganz, dich darauf hinzuweisen, dass die Stacheln Unsicherheit spüren. Du musst deine Aura festigen, Junge.«

Kai schloss die Augen. Verfluchte Scheiße. Ausgerechnet Aura brauchte er. Er scheiterte, noch bevor er überhaupt ein Licorn aus der Nähe gesehen hatte.

Der General wandte ihm den Rücken zu und gab ihm die winzigste Hoffnung auf eine Chance.

Kai spreizte seine Flügel, hüllte sich in die tröstlichen Federn und schlüpfte blitzschnell mit angehaltenem Atem durch die Hecke. Ehe Lykaon sich umdrehen konnte, waren die Phönixflügel nur noch eine leise Auraspur in der Luft, nicht mehr als ein sehnsuchtsvolles Ziehen in Kais Innerstem.

Lykaon nickte knapp und führte ihn an eine von Raureif bedeckte Weide, die von einem Gatter umgeben war. Vermutlich diente das Gatter eher dem Schutz der Licorne vor Eindringlingen, als dass es die Tiere am Ausbruch hinderte, schließlich konnten sie fliegen. Kai grinste nervös bei dem Gedanken an seinen Ritt über den Lichtstrahl. Hoffentlich konnte er noch einmal etwas so Atemberaubendes erleben.

Der General bemerkte nichts von Kais Zappelei. Seine prankenartigen Hände umfassten das Holz. Tief und vertrauensvoll atmete er ein, als genieße er den kühlen Geruch der Einhörner, der zu ihnen herüberwehte. Dann sang der General. Es war eine kurze, schnörkellose Melodie. Klare, hohe Töne flogen über das Gatter. Ihr Echo hallte hundertfach von der Felswand am Ende der Weide wider. Dazu mischte sich das dunkle Brummen der Licorne. Sie antworteten!

Gänsehaut wallte in Schüben über Kais Körper. Er spürte die majestätischen Wesen, die mit ihren leichten, federnden Schritten über die Anhöhe trabten, mit jeder Faser seines Körpers. Weiße und silberne Mähnen, Hörner aus purem Glas und Eis, silbern oder perlmuttfarben. Augen wie tiefe, klare Gebirgsseen, mit denen sie ihm mitten in die Seele sahen. Diese Kreaturen waren das Reinste und Ehrlichste, das man in Salvya finden konnte – und Kai war ihnen hoffnungslos verfallen.

Er streichelte das an den Spitzen noch vergoldete Fell eines Licornfohlens. Schon bald würde es das harte, silbrige Weiß der erwachsenen Tiere annehmen, jede Spur von Wärme würde mit dem Verlust seiner Kindlichkeit schwinden. Doch nach all den eisigen Nüstern, die er heute berührt, all den kalten Hälsen, die er getätschelt hatte, fühlte sich das Fohlenfell wie Schäfchenwolle an. Ein wenig wie Rubys winzige Locken über der Stirn. Er konnte nie seine Finger davon lassen, selbst wenn sie schlief. Aber dieser weiche Flaum zog ihn beinahe magisch an.

»Sie spüren dich.«

Schwang da ein Hauch Überraschung in der Stimme des Obersten Lichtritters mit? Wenn er nicht geglaubt hätte, dass Kai für die Aufgabe geeignet war, warum hatte er ihn dann mitgenommen? Ehe er es verhindern konnte, schnellte seine verräterische Spottbraue nach oben. Der General schien mit einem Mal in die Höhe und Breite zu wachsen und Kai zwang die aufsässige Augenbraue wieder herunter.

»Du kannst bei der Stallarbeit helfen. Wir können jeden brauchen, den die Monster nicht gleich zu Brei zerstampfen.« Er lachte, aber es klang wenig herzlich. »Ich werde Argon anhalten, dich später zur Abendfütterung mitzunehmen und dir alles Wichtige zu zeigen.«

Damit ließ der General ihn einfach stehen.

Ruby

Sie sah Kai hinterher, der ihrem Vater folgte wie ein übereifriges Hündchen. Am liebsten hätte sie die Vernunft in ihn hineingeschüttelt. Bemerkte Kai etwa nicht, mit welchem Blick der General ihn bislang bedacht hatte? Machte ihn dieser plötzliche Stimmungswandel nicht stutzig? Oder war er doch ein so guter Schauspieler, dass Ruby sich schlagartig fragte, ob er ihr möglicherweise auch etwas vorspielte?

Nein!

An Kais Gefühlen durfte sie niemals zweifeln. Als Phönix war er ehrlich, da hatte er sie geliebt. Nur weil er jetzt keine Federn trug, änderte das nichts an seiner Liebe zu ihr.

Der bittere Kern der Unsicherheit, den Yrsa ganz gezielt in ihr Herz gepflanzt hatte, pulsierte dunkel und schmerzhaft in Rubys Innerstem. Sie verfolgte Kais Silhouette, bis sie ihn kaum mehr ausmachen konnte.

Ali erschien verschwommen in ihrem Blickfeld. »Führst du mich ein wenig herum?«, fragte er mit beinahe gelangweilter Gleichgültigkeit.

Ruby bemerkte das Flattern seiner Hände. Den viel zu weiten weißen Rand um das Grau seiner Augen. »Klar.« Ha! Auch sie konnte so tun, als ob sie das alles nichts anginge.

Beiläufig schlenderten sie durch die unterirdischen Gewölbe. Das Tageslicht fehlte Ruby bereits so sehr, dass sie sich mehrmals ertappte, wie sie die Decke nach einem Ausgang absuchte. Wie lange sollte sie es in dieser beengenden Düsternis aushalten, ohne durchzudrehen?

Sie schlug den Weg zur Bibliothek ein. Hier waren weniger Termiten unterwegs, weshalb sie ihren Schritt beschleunigte und zielstrebig in den richtigen Gang einbog. Sie deutete mit dem Kinn auf die Tür und Ali nickte knapp.

Während seine Blicke unablässig die Gegend absuchten, öffnete Ruby die kaum sichtbare Klappe neben der Tür und nahm den winzigen Kaffeelöffel heraus. Sie hauchte auf den Löffel und zeigte Ali die beiden übereinanderliegenden Achten, die sich in der beschlagenen Silberfläche abzeichneten.

Mit dem Zeigefinger fuhr sie die beiden Unendlichkeitssymbole um das Schlüsselloch herum nach, steckte den Stiel des Löffelchens hinein und die Tür sprang nahezu lautlos auf. Sicherheitshalber nahm Ruby den ungewöhnlichen Schlüssel mit. Es wäre unpraktisch, wenn sie jemand in der Bibliothek überraschte.

Ali ließ die Arme sinken. Sein Gesang hing noch schwer und mystisch in der Luft. Wortlos reichte sie ihm das Hemd, welches er sich über die tätowierte Haut streifte.

»Wenn ich nicht bete, sterben Menschen.«

Überrascht hob Ruby den Kopf. Wieder einmal schien Ali zu der Überzeugung gekommen zu sein, dass er Ruby in ein weiteres

Geheimnis einweihen konnte. Einfach so, ohne Vorwarnung, warf er ihr einen Brocken hin und verfiel dann wieder in das für ihn typische Schweigen.

»Was für Menschen?«, fragte sie. Beinahe erwartete sie keine Antwort, weil er sich eingehend mit den Knöpfen an seinem Ärmelaufschlag beschäftigte.

»Mönche«, sagte er nach einer gefühlten Ewigkeit kaum hörbar.

Sie wollte weiterfragen, bemerkte aber die Art, wie er die dunklen Lippen aufeinanderpresste. Er hatte genug gesagt.

»Wenn du die Aura gänzlich verschleiern willst, musst du deine Emotionen sehr gut unter Kontrolle haben. Die meisten Menschen trennen Gefühls- und Auramagie strikt voneinander, was ein Fehler ist. Jede Magie hängt zusammen, ist auf eine besondere Art mit den anderen Magieformen verbunden. Man kann sie nicht auseinanderreißen.«

Der plötzliche Themenwechsel brachte Rubys Kopf zum Schwirren und sie beeilte sich, das Gehörte aufzunehmen. So wie sie Ali einschätzte, war er ein strenger und genauer Lehrer, der bestimmt kein Wort wiederholte, nur weil sie gepennt hatte.

»Ist das der Unterschied, weswegen es manchen kaum und anderen besser gelingt?«, hakte sie nach.

Ali nickte knapp. »Sobald du ein Gefühl bekommst, in der Art eines lauten Gedankens, eine körperliche Reaktion auf die Empfindungen, reagiert deine Aura darauf und wird sichtbar. Für die meisten Auramagier ist die hehre Kunst der Magie, absolute Kontrolle auszuüben. Für Gefühlsphantasten, die Stiefkinder der magischen Gesellschaft, gilt es, den Emotionen Raum zu geben, sie zu stärken und auszuleben. Das wirkt zunächst unkontrolliert, kann aber dadurch viel mächtiger sein als der gewaltigste Aurazauber.«

Obwohl Ruby diese Erfahrung selbst schon gemacht hatte, runzelte sie die Stirn. Jeder behauptete doch, die Gefühlsmagie wäre die niedere Kunst. Wie sollte sie dann mehr vollbringen?

»Stell es dir vor wie eine Bombe. Der Auramagier plant sie bis ins Detail. Gerade ausreichend Sprengstoff, um keine Ressourcen zu vergeuden, aber genug, um das Haus in die Luft zu jagen. Der Timer ist punktgenau eingestellt. Die Kabel an dem dafür vorgesehenen Anschluss. Der Gefühlsphantast hingegen schmeißt einen riesigen

Satz Schwarzpulver mit einer angezündeten Lunte hinein. Entweder das Ding reißt den kompletten Block ab oder es funktioniert gar nicht. Das Risiko ist größer, aber der Erfolg meist durchschlagend.«

Er wanderte im Raum umher und zog nebenbei Bücher aus den Regalen, die er oberflächlich durchblätterte, ehe er sie akkurat wieder an ihren Platz stellte. Ruby hatte dennoch den Eindruck, er hätte sie gelesen, auch wenn er keine Seite länger ansah als ein paar Sekunden. »Um die Aura zu verschleiern, verschließt du dich. Du unterdrückst die Gefühle und kontrollierst die Kontrolle.«

Ruby stöhnte. Konnte er nicht einmal normale Ansagen machen?

Ali schob sie auf einen Lehnsessel an der Wand.

»Augen zu«, kommandierte er. »Atme. So, wie du es gelernt hast.«

Er spielte auf Ashwinkumar an und sie gehorchte.

»Die Luft strömt hinein und heraus. Sie versorgt deine Zellen mit Sauerstoff, bis er aufgebraucht ist. Du kannst der Luft befehlen, sich doppelt, dreifach oder gar hundertfach mit Elementen anzureichern. Nur ein tiefer Atemzug genügt dann, um dich für viele Minuten mit Energie zu versorgen. Versuche es.«

Ruby stellte sich die mikroskopisch kleinen Moleküle in der Luft vor. Im Chemieunterricht hatte sie gelernt, dass ein Sauerstoff-Atom an ein anderes gekoppelt war. Die aneinanderhaftenden Zweierkugeln tanzten vor ihrem inneren Auge in der Luftröhre. Sie befahl den Kugeln, sich zu drei Sauerstoffatomen zusammenzuschließen. Obwohl das Ergebnis, das Ozon, für Menschen giftig war, füllte es Rubys Lungen mit Energie und ließ ihre Atmung leichter werden.

Sie verdoppelte die Atomanzahl. Sechskugelige Gebilde schwirrten wie fette Hummeln durch die Gegend und nur wenige Atemzüge davon reichten Ruby für fünf Minuten Atemstille. Vermutlich hätte sie ewig so weitermachen können, bis sie gar nicht mehr atmen musste, aber Ali räusperte sich leise und holte sie damit zurück in die Gegenwart.

»Praktisch, wenn man tauchen muss.« Er lächelte sein typisches Halblachen. »Das war eine Übung zur Kontrolle. Du kannst Luft befehlen. Erde, Feuer, Wasser. Du brauchst nur eine exakte Vorstellung davon. Das ist Auramagie. Du musst ganz genau wissen, wie das Produkt aussehen soll. Die Bombe.«

»Jetzt weiß ich, wie ich Aura anwende, aber wie verberge ich sie?«

Ali bedachte sie mit einem tadelnden Blick, der verdeutlichte, wie weit sie davon entfernt war, Auramagie tatsächlich zu praktizieren. »Ich zeige es dir liebend gerne beim nächsten Mal. Wir werden jeden Tag herkommen, am besten immer zu unterschiedlichen Zeiten, damit es nicht auffällt. Vielleicht auch getrennt. Bis dahin übst du ununterbrochen, deine Aura zu kontrollieren.«

Ruby salutierte. »Jawohl, Chef.«

Er zog die Augenbrauen hoch. »Du hängst zu viel mit Kai herum.«

Ruby gelang es nicht, das Strahlen zu verhindern, das verräterisch in ihr Gesicht kroch und sich anfühlte wie ein warmes Feuer an einem kalten Wintertag. Plötzlich konnte sie nicht schnell genug zurück im Hauptbau sein. Vielleicht war Kai schon dort und wartete auf sie? Sie verbrachte bei Weitem nicht ausreichend Zeit mit ihm, wenn es nach ihrem Geschmack ging.

Kai

Ruby und Ali kamen aus einem der unzähligen Nebengänge auf ihn zugeschlendert. Er bemerkte das Leuchten in ihren Augen und fragte sich automatisch, was zwischen den beiden vorgefallen war. Sofort rief er sich innerlich zur Ordnung. Ali war sein bester Freund. Unter keinen Umständen fasste er Ruby an. Und Ruby liebte Kai. Niemals würde sie ihm das antun. Argwöhnisch beobachtete er, wie sie kurz Alis Hand drückte und dann neben Kai am Boden Platz nahm.

»Na, war es schön bei den Licornen?« Spott huschte über ihre Lippen. »Hast du die Ponys fein geputzt?«

Kai war plötzlich aufgeregt. Seine Finger glitten über das feingeflochtene Haar in seiner Hosentasche. War es zu früh für schnulzige Geschenke? Seine Erfahrungen mit Romantik und Beziehungen, die länger als eine Nacht dauerten, lagen ja leider im Minusbereich.

Er atmete tief ein und zog das Armbändchen aus der Tasche. Rubys Augen wurden weit.

»Du hattest doch Geburtstag und da dachte ich mir …« Er brach ab, weil seine Rede sich geschwollen und saublöd anhörte. »Happy birthday, Prinny.« Er sah sie nicht an, während er ihr das Armband um das Handgelenk schlang.

Die Licornfohlenhaare glänzten silbrig und golden und umspielten die winzigen Eiskristalle, die auf ihrer Oberfläche wie Sterne glitzerten. Eine Phönixfeder schillerte ölfarben als kleiner Anhänger auf Rubys Handrücken. Sie sagte kein Wort, aber er hörte, wie sie mehrmals schluckte.

Kai schüttelte den Kopf. Er war einfach nicht der romantische Prinz. Das war Alis Ding. Apropos … »Wo wart ihr?«

Nun war es an Ruby, abwehrend die Hände zu heben. *Nicht jetzt,* bedeutete das.

Er stieß entnervt den Atem aus.

»Hey.« Sie drehte sein Gesicht zu sich herum und erzählte ihm wortlos, an was sie dachte. Hitze wallte in Kais Körper auf. Das Mädchen machte ihn wahnsinnig, sie war die pure Verlockung. Sein Blick blieb an ihrer Unterlippe hängen, die sie unerträglich langsam zwischen den Zähnen herausschob.

Kai fiel über sie her wie ein ausgehungerter Tiger. Seine Finger wühlten sich in ihr Haar, das wie ein lebendiges Wesen auf die Berührung reagierte. Er küsste sie so gierig, dass sie umkippte und ihn vor Schreck in die Lippe biss. Sie lachte atemlos, griff nach ihm und zog ihn so dicht heran, bis er keine Luft mehr bekam. Ihre tastende Zunge raubte ihm den Verstand.

Widerstrebend löste er sich von ihr, da er das Gefühl hatte, ohnmächtig zu werden, wenn er nicht bald zu Atem kam.

Ruby atmete nicht. Sie lachte.

Keuchend sog Kai die Luft ein. »Haben wir Rollen getauscht? Seit wann kippst du nicht mehr um, wenn wir uns küssen?«

»Ich bin doch umgefallen.« Die Art, wie ihre Nase sich bei diesem mädchenhaften Kichern kräuselte, verursachte ihm Herzrasen. Aber irgendetwas irritierte ihn. Bisher war sie diejenige gewesen, die der Kuss umgehauen hatte. Jetzt saß sie da und lachte ihn aus?

Ihr Brustkorb stand nach wie vor still.

»Warum atmest du nicht?« Im selben Moment ahnte er, was sie tat. Es war ein Gefühl wie eine eiskalte Dusche. Sie verwendete Auramagie. Die Königin der phantastischen Magieformen. Die, die ihm für immer verwehrt blieb.

Er hätte erleichtert sein sollen. Sie war die Prophezeite, sie musste das können, und sei es, um sich zu schützen. Bittere Enttäuschung brodelte in ihm hoch. Wieder eine Fähigkeit, die sie von ihm wegtrieb. Etwas, das sie mit Ali verband, der ihr das augenscheinlich in Rekordzeit beigebracht hatte.

»Ikarus.« Der Name klang mehr als spöttisch aus den gespitzten Lippen des Lichtritters, der wie aus dem Nichts hinter ihnen aufgetaucht war. »Du sollst Licornscheiße schaufeln. Pronto.«

Kai nickte Ruby zu, die schlagartig ernst geworden war. Er hatte jetzt keine Zeit für Gefühle, weder für ihre noch für seine. Er folgte dem weißen Rücken des Lichten Ritters durch die Flure, ohne zu ihr zurückzusehen.

Kapitel 14

Ruby

Sie übte, wie Ali es ihr aufgetragen hatte. Seit Stunden vergrub sie sich in kleinen Spielereien, formte ein bequemes Sofa aus der Erde unter ihrem Hintern und fläzte in herrlich weichen Luftkissen. Sie reicherte die Umgebungsluft mit Wasser an, um ihren Durst zu lindern. Schließlich wagte sie sich an größere Aufgaben heran.

Sie wollte nichts tun, was auffiel, wie etwa ihre Aura Feuer fangen zu lassen oder einen Springbrunnen in die Mitte der Halle zu zaubern. Stattdessen entzog sie der ganzen Luft im Raum den Sauerstoff, nachdem sie den eigenen Atem angereichert hatte, und beobachtete, wie die Termiten eine nach der anderen taumelten. Ehe die erste bewusstlos wurde, machte sie den Trick rasch rückgängig.

Egal wie sehr sie auch versuchte, sich abzulenken, Kai spukte durch ihre Gedanken. Sein misstrauischer Blick, den er ihr zugeworfen hatte, bevor er ohne Verabschiedung hinter dem arroganten Lichtritter hergerannt war, verfolgte sie. Sie hatte es ihm ja erzählen wollen. Eigentlich war es ihr unendlich schwergefallen, nicht gleich damit herauszuplatzen, dass sie ihre Aura endlich beherrsche. Er würde so stolz auf sie sein. Stattdessen schaufelte er jetzt Mist und sie saß hier und grübelte, was in ihm vorging.

»Darkwyllin.«

Ruby verdichtete die Luft in ihren Ohren, bis die Worte nur sehr gedämpft zu ihr vordrangen. Sicher schickte ihre Mutter wieder nach ihr. Sie hatte nicht vor, der Königin auch nur einen Schritt entgegenzukommen. Wenn sie etwas von ihr wollte, würde sie schon selbst einen Fuß vor den geschützten Thronsaal setzen müssen.

Die Termitenfrau packte Rubys Arm. Mutig war sie, das musste man ihr lassen. Oder dumm. Ruby spürte ihre Pupillen in die Länge wachsen. Die Frau wich keinen Millimeter zurück. Dumm, eindeutig. Seufzend öffnete Ruby die Gehörgänge und löste die erdverkrusteten Fingernägel aus ihrem Ärmel.

»Ihre Mutter wünscht, Sie neu einzukleiden.«

»Ach Gottchen«, seufzte Ruby. »Ernsthaft? Versuch dir nicht den Kopf abbeißen zu lassen, wenn du ihr meine bedauernde Ablehnung mitteilst.«

Die Termitin ließ ihren Blick wortlos an Rubys Atrax-Kostüm hinunterschweifen. Es starrte vor Dreck und hatte unter Hedis Stacheln, dem Ritt auf dem Licorn und der Rollritze auch ziemlich gelitten. Zudem war es am Rücken zerfetzt, weil die Drachenflügel durch den Stoff gekracht waren. Dabei beherrschte sie ihre Aura und konnte sich einfach neue, sexy Kleidung schneidern. Genau! Das würde sie jetzt machen. Ein Kleid, bei dem Kai die Augen aus dem Kopf fielen.

»Prinzessin«, sagte eine Stimme so dicht an ihrem Ohr, dass das Flügelchen im Windhauch flatterte. »Geh mit.«

Niemand stand hinter ihr und Ruby stöhnte genervt, weil das hörbare Röcheln wieder einmal zu deutlich verriet, wer sich in der Unsichtbarkeit versteckte.

»Du musst dringend was gegen dieses Schnarchen tun«, raunte Ruby. »Vielleicht ist dein Gaumen zu weich oder der Kropf zu schlabberig. Ach, warte, du hast ja gar keinen Hals.«

Hedi antwortete nicht, aber Ruby stand trotzdem auf und folgte der Termitenfrau. Die Igelin wollte ihr etwas zeigen. Obwohl sie es nie zugegeben hätte, war sie schrecklich neugierig.

Zielstrebig führte die Termitin sie zum Thronsaal und Ruby stockte, als sie feststellte, dass sie tatsächlich zu ihrer Mutter gebracht wurde, und nicht, wie sie es erwartet hatte, zu Hedi.

Yrsa sah kaum auf, als Ruby den viel zu hellen Raum betrat.

»Das wurde auch Zeit«, bellte sie und Ruby war versucht, noch weiter mit den Augen zu rollen, damit die Königin es ebenfalls bemerkte. »Du wirst nicht länger in diesem Schattendings herumlaufen. Es ist eine Schande für eine Lichte Tochter, sich in Schwarz zu hüllen.«

»Weil Weiß hier unten ja so praktisch ist«, höhnte Ruby. Tatsächlich schien die Kleidung ihrer Mutter und die der Lichtritter niemals schmutzig zu werden, obwohl der helle Stoff extrem anfällig war.

»Weiß ist die Farbe des Lichtes. Es gibt nichts anderes für uns. Wir umgeben uns mit Schein, daher sind wir stark und mächtig. So wie die Schattengardisten in den Schatten verschwinden, vereinen wir uns mit der Helligkeit. Wenn du diese schwarzen«, sie verzog angewidert den Mund, »Scheußlichkeiten trägst, wirst du nie reine Lichtmagie sein.«

So wie ihr Blick an Ruby auf und ab glitt, schien sie sich zu fragen, wo ihre Tochter überhaupt Magie besäße. Trotzig wollte Ruby die neu erlernten Fähigkeiten demonstrieren, doch etwas hielt sie zurück. Hedi hatte gesagt, sie sollte auf das perfide Spiel der Königin eingehen, sie in Sicherheit wiegen und dann … Ruby schob den Gedanken beiseite.

»Ich habe das hier für dich anfertigen lassen.« Mit einem feinen Lächeln strich Yrsa über den weißen Stoff auf ihrem Schoß, der mit einer rosafarbenen Schleife zusammengebunden war. Von Rubys Blickwinkel sah es aus wie eine stoffgewordene Sahnetorte. Rüschen und Schleifchen, so weit das Auge reichte.

»Bezaubernd, stimmt's? Ganz die Prinzessin, die du sein möchtest.«

Die kleine Spitze entging Ruby nicht und sie machte einen Schritt auf ihre Mutter zu. Überrascht blickte Yrsa auf, als Ruby den Stoff hochnahm. Das Kleid entblätterte sich vor ihr.

Es war ein Albtraum.

Sie würde darin aussehen wie ein aufgeplusterter Mastschwan. Zudem schien es für eine Porzellanpuppe gemacht zu sein. Es war so winzig, dass Ruby niemals hineinpassen konnte, ohne die Nähte zu sprengen.

Sie blickte Yrsa in die Augen. Das Aufblitzen von Bosheit entging ihr nicht. Wenn es Ruby überhaupt gelang, das Kleidungsstück überzustreifen, würde sie sich wie ein Rollbraten fühlen, eingeschnürt in die vielen rosafarbenen Schleifen und Bänder, umhüllt von Tüll und Rüschen. Das Kleid signalisierte *kleines Mädchen* und *Rosa* und *fett*. Das Gegenteil des sexy Atraxoutfits, und genau das war es auch, was ihre Mutter damit bezweckte.

Die Erkenntnis brachte Ruby kein Stück weiter. Wie sollte sie Yrsa einerseits vorspielen, ihre Unterdrückungsmasche würde funktionieren, andererseits aber nicht so eine Augenkrebs erzeugende Scheußlichkeit anziehen zu müssen?

Die Idee war so plötzlich da, als wäre sie gerade geboren worden. Sie hatte noch eine andere Möglichkeit, die Königin mit ihren eigenen Waffen zu schlagen.

Ruby klebte ein Lächeln so süß wie Nektar auf ihre Lippen. »Du weißt einfach am besten, was mir steht. Dein Sinn für Mode ist untrüglich, Mutter. Jeder wird mich beneiden, wenn ich ihnen sage, dass *du* dieses Ballkleid mir zu Ehren selbst geschneidert hast.« Sie presste die Rüschenbombe an die Brust und ließ den Blick bewundernd darüberschweifen. Es ging ihr nur knapp bis über den Po. Perfekt!

Der rosige Schimmer wich von Yrsas Wangen und machte einem grünlichen Teint Platz. »Du willst das anziehen?« Kurz rutschte ihre Stimme eine Oktave höher, dann hatte sie sich wieder im Griff.

Ruby verkniff sich mühsam das teuflische Lachen, das in ihrem Inneren rumpelte. »Ich kann es kaum erwarten, Mami.« Ruby begann, an dem zerfetzten Atraxoberteil zu zerren.

Yrsas Lider zuckten.

»Alle werden mich als das sehen, was ich bin. Die Prinzessin, die Prophezeite! Ich bin so froh über diese Anerkennung, die du mir schenkst.«

»Du bist nicht die Prophezeite«, keifte Yrsa. Hektische Flecken breiteten sich auf ihrem blassen Dekolleté aus, krochen den Hals hinauf und färbten ihr Gesicht scharlachrot, während Ruby die restlichen Kleider auszog. Normalerweise zeigte sie sich nie nackt vor ihrer Mutter, um deren spitzen Kommentaren nicht noch mehr Zunder zu geben, doch jetzt genoss sie den panischen Anblick in Yrsas Augen. »Du brauchst es nicht länger zu verbergen, Mama. Dein Geschenk sagt mir, wie sehr du mich liebst.«

Yrsa bebte.

Ruby schlüpfte in das Sahnetörtchen, weitete es vorsichtig, wodurch die Nähte heil blieben, und zerrte es über die Hüften. Es war sogar noch knapper als das Atraxröckchen und bedeckte nur die Hälfte von Rubys Po. Oben presste der enge Ausschnitt ihre Brüste zu einem dirndlreifen Dekolleté. Die Rüschen und rosa Schleifchen lenkten den Blick auf die Kuhle zwischen den Busen.

Ihre Mutter keuchte. »Es ist wohl etwas zu klein geraten.«

»Ach Quatsch. Es ist perfekt.« Ruby drehte sich und warf die Arme in die Luft. Hoffentlich platzte es nicht auf, wenn sie zu tief einatmete.

»Nein, Rosa, du bist zu fett.«

Eine Ewigkeit, in der Mutter und Tochter sich nur anstarrten, tickte durch den Raum. Yrsa schien selbst erschrocken über ihre Worte, dann straffte sie den Rücken und hob ihr spitzes Kinn.

»Du siehst aus wie ein Flittchen. Wenn du das anziehst, bist du nicht länger meine Tochter.«

Ohne es verhindern zu können, regte der Drache sich in Ruby. Feuerwellen liefen durch ihre Haare und versengten das Kleid. Die Drachenaugen wurden scharf und ihre Fingernägel formten tödliche Klauen. Ihre Zähne wollten sich um den Kopf der Mutter schließen, ihn abbeißen und ausspucken, darauf herumtrampeln, sie leiden lassen undq vernichten.

Doch die Worte hallten laut in Rubys Innerem. *Stopp! Das bist du nicht.*

Der Drache brummte und legte sich wachsam zur Ruhe.

»War ich das jemals?« Die Antwort wartete Ruby nicht ab.

»Das war leichtsinnig.« Hedi eilte neben ihr her, so schnell die kurzen Beine sie trugen.

Ruby hingegen flog vor Zorn durch die Flure. Das Sahnekleidchen rutschte über den Po hoch. »Verdammt!« Sie hielt an und schloss die Augen, konzentrierte sich auf den Stoff, formte und gestaltete ihn nach ihren Vorstellungen.

Heiße Wut färbte die rosafarbenen Bänder blutrot. Die weißen Rüschen verbrannten und wurden zu schwarzer Spitze. Das Kleid wurde länger und weiter, passte auf ihren Körper wie eine zweite Haut, schmeichelte Rubys Formen.

Als sie die Augen aufschlug, trug sie ein Kleidungsstück, das nur noch wenig mit dem Sahnebonbon von zuvor gemein hatte. Schwarze Reißverschlüsse überkreuzten sich auf weißen Leggings, die eine schuppige Struktur aufwiesen. Drachenhaut. Silberne Sicherheitsnadeln steckten wie Broschen im Stoff. Ein eng anliegendes T-Shirt bot ihr gerade genug Bewegungsfreiheit und betonte dennoch Rubys Rundungen.

Weiß, schwarz, rot. Wie Schneewittchen. Also doch eine Prinzessin. Ruby lachte bitter.

Hedi musterte sie. »Gefühlsphantasie ist immer noch deine größte Stärke. Na gut, komm jetzt.«

Es war ein beinahe vertrautes Gefühl, durch das Loch in der Wand zu spähen.

»Sie widersetzt sich mir.« Yrsa tobte. »Du hättest sie sehen sollen, wie sie in diesem Puppenkleid aus dem Raum stolziert ist. Eine Prinzessin im Kleid einer Bordsteinschwalbe. Es ist skandalös!«

Ihr Vater machte ein Geräusch, das nach einem als Husten getarnten Lachen klang. »Du hättest es ihr ja nicht geben müssen. Es war deine Idee und dein eigener Wunsch, es so klein zu machen. Vielleicht hast du es schlichtweg übertrieben?«

Yrsa ging wie eine Rachegöttin auf Lykaon zu. »Reiß die Klappe nicht so weit auf, Lyk. Ohne dich wäre sie niemals nach Salvya gekommen. Nun rennt sie hier herum, hält sich für die Prophezeite und wirft sich blindlings dem Stallburschen an den Hals.«

»Der Junge erfüllt seine Aufgaben ordentlich.«

»Das interessiert mich nicht. Wenn er noch einmal die Zunge in ihren Hals steckt, reiße ich sie ihm heraus.« Ihre Augen schienen Funken zu sprühen, so zornig war die Königin.

»Der Océanyer macht mir mehr Sorgen. Er ist undurchschaubar, zu angepasst, zu unauffällig. Da ist keine raue Kante an ihm, an der man kratzen könnte.«

»Kümmere dich darum. Es ist mir gleichgültig, ob du die beiden entsorgst oder bändigst. Hauptsache, sie kommen ihr nicht zu nah. Dieser Umgang verdirbt sie. Vorhin griff sie mich beinahe an, wenn nicht meine reizende kleine Schwester Amy ihr einen Gedanken-Riegel vorgeschoben hätte.«

»Wie willst du sie davon überzeugen, nicht die Prophezeite zu sein?«

Yrsa schwieg einen Moment lang. Dann hob sie trotzig den Kopf. »Ich werde ihr eine würdigere Alternative bieten. Jemand, der die Rolle besser besetzt.«

Lykaon seufzte resigniert. »Tu, was du nicht lassen kannst. Aber denk daran, sie war bei den Nixen. Sie kennt die Wahrheit. Du riskierst, sie vollkommen zu zerstören, wenn du ihren Willen brichst.«

»Ich kenne sie, Lyk. Sie hat mir immer gehorcht und ich werde meinen Schutz niemals aufgeben, nur weil ihr ein paar Rebellen zu

Kopf gestiegen sind. Sobald ich sie erst überzeugt habe, dass der grüne Wicht sie nicht liebt und der Océanyer sein Königreich ihr vorzieht, wird sie es akzeptieren. Ich werde sie nach Caligo zurückschicken und wir beide beenden den Krieg. Niemand wird mehr von dieser unsäglichen Prophezeiung reden.«

»Sie wird dir anschließend nie wieder in die Augen sehen. Denkst du auch daran?«

Yrsa warf die Haare über die Schulter. »Sie wird, weil ich ihr das Leben gerettet habe. Niemals werde ich es zulassen. Irgend so ein Spinner wird nicht ihr Blut vergießen, da er sich für den Einen hält.«

Lykaon legte seiner Frau die Hand auf den Rücken. »Bitte denk noch einmal darüber nach. Ich weiß, du bist die Königin und ich darf dir nicht widersprechen. Sie ist jedoch auch meine Tochter. Ich möchte verhindern, dass du sie im Kampf um die Macht verlierst, Yrsa.«

Er schickte sich an zu gehen, als sein Blick auf dem achtlos am Boden verknüllten Atraxkostüm hängen blieb. Rubys Augen konnten der schnellen Bewegung kaum folgen, da rammte er bereits das Lichtschwert in das schwarze Kleiderbündel. Ein Geräusch, das an ein menschliches Kreischen erinnerte, erklang im Thronsaal. Der Kleiderhaufen fing Feuer, wand sich wie ein sterbendes Tier unter dem erbarmungslosen Schwert und löste sich schließlich mit einem Zischen auf.

Yrsa war kreidebleich. »Dieser Schattenköter hat das getan! Er hat Thyra auf die Haut meiner Tochter geschneidert. Ich werde ihn …«

Lykaon legte ihr eine Hand auf den Arm. »Das weißt du nicht mit Sicherheit. Lass mich überprüfen, woher sie das Kostüm hat, bevor du den Jungen umbringst und Rubys Hass dich für immer verfolgt.«

Ruby hielt so angestrengt den Atem an, dass Sternchen vor ihren Augen tanzten.

Endlich nickte ihre Mutter knapp und mit zusammengepressten Lippen. »Halt ihn von ihr fern oder ich tue es.«

Nachdem ihr Vater aus dem Saal verschwunden war, hielt irgendetwas Ruby zurück, ihren Spähposten direkt zu verlassen.

Vielleicht war sie einfach noch nicht bereit, Kai gegenüberzutreten. Sie hatte genau gesehen, wie der Schatten aus dem brennenden Kleiderhaufen gewichen war. Bevor Kai in Caligo aufgetaucht war, hatte sie die unheimliche Schattenfigur nie bemerkt. Er war auch derjenige, der für das Atraxkostüm verantwortlich war. Hatte er wirklich …?

Ruby schüttelte den Gedanken ab und beobachtete wieder ihre Mutter.

Yrsa strich mehrmals um den Thron herum, eine Hand immer in Berührung mit der Lehne, als bräuchte sie den Halt. Sie atmete tief durch und ging in eine Ecke des Saals, wo ein Spiegel hing.

Ruby hatte einen ganz ordentlichen Blick auf das makellose Spiegelbild. Yrsa fuhr sich müde über das Gesicht, während ihr Konterfei reglos blieb.

Ruby stutzte. Ihre Mutter verbrachte Stunden vor dem Spiegel, aber dass ihr Spiegelbild nicht das Gleiche tat wie sie, war Ruby noch nie aufgefallen.

»Tu ich das Richtige?«, fragte Yrsa leise.

Ihr Spiegelgesicht hob die Augenbrauen. »Du willst die Antwort doch gar nicht hören, Yrsa. Wenn ich dir sage, was ich denke, wirst du wieder jähzornig und schmeißt mich aus dem Fenster«, antwortete das Gesicht im Spiegel, das Yrsas war und irgendwie auch nicht.

Yrsa runzelte die Brauen. »Weil es dir nicht zusteht, mich zu kritisieren. Du bist wohl kaum mein Gewissen, Asry.«

»Dann frag jemand anderen. Ich soll weiterhin deinen Spiegelschein aufrechterhalten, aber du tust kein bisschen was für mich. Warum helfe ich dir eigentlich die ganze Zeit?«

»Weil du ohne mich gar nicht existieren würdest, du undankbarer Spiegel.«

»Du brauchst mich. Sonst sähen ja alle, wer du wirklich bist – was du wirklich bist.« Das Spiegelbild lachte hart auf. »Versuch es doch einmal. Geh nur eine Stunde ohne den Spiegelschein unter dein ach so ergebenes Volk. Der schöne General wird als Erster fliehen. Die Untertanen werden dich nicht mehr anbeten. Niemand wird in dir die Königin sehen.«

»Genug!« Yrsa schlug mit der Faust gegen den Spiegel, weswegen er in der Mitte sprang. Ein feines Spinnennetz aus Rissen, die sich langsam, knackend durch das Glas zogen.

480

Asry lachte hämisch und verschwand.

Yrsa starrte ihr leeres Spiegelbild an. Blut tropfte von ihren bebenden Fingerknöcheln. In einer beiläufigen Handbewegung machte sie die Zerstörung ungeschehen. Mit wilden Augen fuhr sie herum.

Automatisch zuckte Ruby von dem Loch in der Wand zurück. Hatte ihre Mutter sie gesehen? Ruby hastete so schnell es ging aus der Rollritze hinaus. Von Hedi war nirgends mehr eine Spur. Doch sie hatte auch alleine genug zum Nachdenken.

Die Bibliothek war leer, aber Ruby spürte die Anwesenheit einer anderen Person.

Ali schlüpfte aus dem Schatten einer Regalreihe. »Du bist es. Gut.« Er hielt eine Seefahrerkarte in der Hand, rollte sie jedoch hastig zusammen.

»Ich habe etwas erfahren.« Ruby atmete tief ein und aus, um sich zu beruhigen. »Meine Mutter redet mit ihrem Spiegelbild. Kennst du diesen Zauber?«

Ali legte die Stirn in Falten. »Nein. Aber es wundert mich nicht, dass sie anders ist als das, was sie vorgibt zu sein.«

»Wie meinst du das?«

»Ist dir noch nie aufgefallen, dass niemand sie je infrage stellt? Ihr ganzes Leben ist objektiv betrachtet eine recht unstimmige Sache. Ihr Vater stirbt und plötzlich ist sie die umjubelte Königin. Keiner wundert sich. Alle lieben sie. Dann verschwindet sie für sechzehn Jahre von der Bildfläche, und nun, da sie so schlagartig wieder auftaucht, fragt niemand nach. Sie schlüpft einfach zurück in ihr königliches Gewand und regiert. Das ist doch seltsam.«

Ruby nickte nachdenklich. »Worauf willst du hinaus?«

»Was, wenn sie unecht ist? Möglicherweise zeigt ihre Aura eine falsche Wirklichkeit an.«

Ruby musterte Ali interessiert. »Hast du etwas gesehen?«

Ali antwortete lange Zeit nicht. »Ich sehe viele Dinge, die dem normalen Betrachter verborgen bleiben. Namen. Das Wesen der Menschen. Absichten.«

»Was sind denn Yrsas Absichten?«

Alis Augen färbten sich gewittergrau. »Sie ist eine mächtige Frau. Mindestens so gefährlich wie Thyra. Deine Wachsamkeit darf in ihrer Gegenwart nie nachlassen. Traue ihr nie zu hundert Prozent. Ich weiß, sie ist deine Mutter, aber –«

»Ich habe kein Vertrauen zu ihr«, versicherte sie ihm hastig. »Schau, wie ich sie heute reingelegt habe.« Ruby zupfte an ihrem neuen Outfit.

»Um dich mache ich mir weniger Sorgen als um Kai. Er ist hitzköpfig, emotional, verletzlich. Er vergöttert die Licorne schon seit seiner Kindheit. Was, wenn jemand ihn provoziert und der Vogel austickt?« Ali stolperte kaum merklich über das Wort *Vogel.*

»Sie tricksen ihn aus. Zunächst wollte ihn der General von den Einhörnern niedertrampeln lassen und jetzt, da Kai sich ganz ordentlich anstellt, behält er ihn als Stallburschen unter seiner Fuchtel. Die Königin ist auf dem Rachefeldzug. Sie wartet nur auf das geringste Vergehen, dann macht sie ihn einen Kopf kürzer und dich ebenso. Ali, das ist alles meine Schuld. Ohne mich wärt ihr gar nicht hier. Du müsstest nicht in diesem bescheuerten Krieg kämpfen.«

Ali legte einen Finger auf die Lippen. »Sieh dir an, was ich entdeckt habe.« Er rollte die Karte vor ihr aus.

»Océanya. Was ist das?«

»Eine Adnexe.« Sein Flüstern war so leise, dass sie sich zu ihm hinüberbeugen musste. Er tippte auf einen schraffierten Bereich des Papiers. *Squamanerquartier* stand dort in schwarzer Tinte. »Erinnerst du dich, wie Hedi mich genannt hat?«

Die Tür zur Bibliothek wurde aufgerissen.

Mit einer fließenden Bewegung ließ Ali die Karte in seiner Gesäßtasche verschwinden.

Rubys Vater stand im Türrahmen und musterte sie argwöhnisch. »Rekrut. Du wärst besser beim Schwertkampftraining.«

»Jawohl, General.« Ali salutierte und schlüpfte ohne sich noch einmal nach Ruby umzusehen aus dem Raum.

Lykaons Blick verharrte auf einem Buch, das aufgeschlagen auf dem Lesetisch ruhte. »Bildest du dich weiter?«

»Was dagegen?«

Er schüttelte nur leicht den Kopf. »Ich dachte eigentlich, du wärst dem Licorn-Liebhaber verfallen. Vielleicht muss ich deinen schweigsamen Freund im Training ein wenig härter rannehmen?«

Ruby blinzelte nicht einmal. »Wenn du meinst. Er wird es garantiert zu deiner vollsten Zufriedenheit absolvieren.«

Es war Wahnsinn. Sie würde hundertprozentig erwischt werden. Von Lichtrittern, Termiten oder gar der Königin. Selbst wenn sie, wie durch ein Wunder, ungesehen in den Thronsaal gelangte, wer garantierte ihr, dass sie auch wieder herauskam? Vermutlich würde sie im Inneren sowieso nicht das erfahren, was ihr so auf der Seele brannte.

Yrsa schwebte in einer Wolke aus Rittern an ihr vorbei und würdigte sie keines Blickes. Ruby atmete so leise es ging aus. Anscheinend funktionierte es. Jetzt musste sie nur die Konzentration halten. Es war schwerer, den unsichtbar machenden Auramantel zu tragen, als die Aura bis zur Unkenntlichkeit zu schwächen. Doch Ruby wollte nicht erneut riskieren, in der Unsichtbarkeit gefangen zu bleiben. Außerdem war es nun deutlich schwieriger, sich unbedeutend und nichtig zu fühlen. Daran waren Kais Kusslippen mit Sicherheit nicht unschuldig, aber auch die Tatsache, dass sie ihre Aura mittlerweile ganz ordentlich beherrschte, gab ihr Selbstvertrauen.

Es war viel zu riskant. Trotzdem musste sie es wenigstens versuchen. Der Gedanke an Yrsas Spiegelbild spukte durch ihren Kopf wie ein extrem aufdringlicher Mauergeist.

Kai kam mit einer Truppe Lichtritter einen erdigen Abhang heruntergeschlittert. Einer der Ritter schlug ihm hart zwischen die Schulterblätter. Das ging beim besten Willen nicht mehr als Klaps durch. Kai biss die Zähne aufeinander und fixierte einen Moment lang die Stelle, an der Ruby stand. Natürlich spürte er sie. Ruby hätte sich selbst an die Stirn geklatscht, doch sie befürchtete, dadurch den Auramantel zu verlieren.

»Was machst du nur mit den Licornen, damit sie dir so aus der Hand fressen?« Der Ritter wirkte nicht wirklich interessiert an einem Ratschlag von Kai. »Leckst du ihnen heimlich das Horn?«

Ruby hielt den Atem an. Kai würde ausrasten. Es waren fünf ausgebildete Lichtritter gegen ihn und alle warteten nur auf eine Gelegenheit, ihn endlich zu Brei zerstampfen zu dürfen. Kais Augen nahmen einen Moment lang einen stumpfen Ausdruck an. Plötzlich lächelte er zu ihrer Überraschung.

Oh Gott! Sie konnte nicht hinsehen. Er würde sie mit einem seiner frechen Sprüche verhöhnen und dann wäre es aus.

»Schätze, sie sehen einfach mein Potenzial. Genau wie der General.« Er wirkte so überzeugend froh, während er an Ruby vorbeiglitt.

Fassungslos sah sie ihm hinterher. Wer war der Junge, der in Kais Körper steckte?

Die Ritter murrten und folgten ihm in deutlich gedrückter Stimmung.

Kopfschüttelnd legte Ruby den Rest der Strecke zurück. Kai betete den General wirklich an. Spürte er gar nicht, wie sehr Lykaon nur der Handlanger ihrer skrupellosen Mutter war? Erst als sie der schweren Holztür gegenüberstand, fiel ihr wieder ein, warum sie hergekommen war. Leider war das auch der Moment, in dem sie feststellte, dass die Tür weder einen Griff noch ein Schlüsselloch besaß. Sie hatte keine Ahnung, wie man hineinkam.

Sie brauchte etwas – jemanden, der Bescheid wusste.

Einen ...

»Oma Käthe!«

Der Kartoffelstein blinzelte ihr aus der Erdspalte entgegen. »Ich bin nicht da. Du hast mich nie gesehen. Schließlich sehe ich dich auch nicht. Verschwinde.«

»Sei leise«, zischte sie und fummelte den Stein aus der Vertiefung der Wand. »Ich hätte dich beinahe übersehen.«

»Was für ein Unglück«, jammerte Al-Chattab ironisch.

»Hängst du schon lange hier rum? Bin ich froh, dich zu treffen. Du weißt bestimmt, wie ich da reinkomme.« Sie deutete auf die Tür.

»Falls du gerade irgendwo hinzeigst, sollte ich deinem Gehirn von der Größe eines Sandkorns wohl mal mitteilen, dass du unsichtbar bist und ich somit nicht sehe, worauf du deutest.«

»Sorry«, unterbrach Ruby ihn hastig. Der Stein keifte wieder einmal viel zu laut. »Ich muss in den Thronsaal. Schnell wäre gut.«

»Ich habe Monate gebraucht, um meine schweren Splitterungen auszukurieren. Ein mörderisches Weib hat mich aus einem kilometerhohen Turm mitten in ein Minenfeld geworfen.«

Ruby seufzte. »Omar Chattab, es tut mir leid. Ich weiß, es ist unverzeihlich, aber ich musste –«

»Risse! Kantenabsprengung! Trümmerbrüche! Weißt du überhaupt, was das für einen wohlgeformten – ehemals wohlgeformten, sollte ich wohl sagen – Stein bedeutet?«

»Ja doch«, fauchte Ruby und bedeckte ihn hastig mit ihrem Mantel. Es sähe vielleicht ein wenig komisch aus, wenn eine sprechende Kartoffel mitten in der Luft herumschwebte. Selbst für Salvya war das zu ungewöhnlich.

»Ich bitte dich, verzeih mir diese grausame Tat«, würgte sie hervor. Am liebsten hätte sie den Nervenkiller wieder in die Erde zurückgestopft. Aber so wie sie Kommandant Quasselkartoffel kannte, lungerte er nicht ohne Grund hier herum. Garantiert hatte er beobachtet, wie man in den Thronsaal hineingelangte, also musste sie sich mit ihm gut stellen. »Lieber Omar Al–Chattab Ibn Khalid Al–sham'ah Ben Majidatulroumi.« Innerlich klopfte sie sich für das fehlerfreie Aufsagen dieses Zungenbrechernamens auf die Schulter, denn die Augen des Steins leuchteten auf.

»Du hast ihn endlich behalten. Auch wenn deine Aussprache zum Fürchten ist, du musst das R weiter hinten in der Kehle rollen.«

»Wer hat dich auf mich angesetzt?«, unterbrach sie ihn eilig.

Omar Chattab wand sich in ihrer Handfläche. »Amygdala, die alte Unke, hatte wieder einmal das Gefühl, du bräuchtest meine Unterstützung. Wo sie recht hat …«

»Ja, es ist toll, dass du da bist. Weißt du, wie die Tür aufgeht?« Himmel, sie verplemperten Stunden. Wenn sie tatsächlich noch in den Thronsaal gelangte, kam Yrsa garantiert gleich von ihrem Ausflug zurück und dann säße sie in der Falle.

»Ja.«

Der Drang, ihn zu schütteln, wurde übermächtig. »Wäre es zu viel verlangt, wenn du mir sagen würdest, wie?«

485

»Ja.«

»Was, ja?«

»Es ist zu viel verlangt. *Du* bist doch die skrupellose Prinzessin. Warum legst du dich nicht selbst auf die Lauer und entdeckst, wie man hineinkommt?«

»Weil ich dafür keine Zeit habe. Ach, weißt du was, vergiss es.« Ruby steckte ihn ohne Umschweife wieder zurück in die Wand. »War schön, dich zu treffen, Oma Käthe.«

»Was?« Der Stein kreischte so hoch und schrill, dass sich ein paar Erdkrumen lösten und auf Ruby herunterbröselten. »Es hat Tage gedauert, bis du mich entdeckt hast, und jetzt soll ich im Dreck versauern? Bist du übergeschnappt, Prinzessin? Hol mich sofort wieder da raus.«

»Nein. Du hast recht. Ich muss es alleine schaffen. Wenn ich mich immer auf andere verlasse, werde ich nie eine gute Magierin.«

»Es ist ein Lichtzauber.«

»Lalala. Da du es nicht siehst, ich stecke mir gerade die Finger in die Ohren.«

»Hol mich raus, Amy hat eine Nachricht für dich hinterlegt.«

»Amy hat was?« Ruby pulte den Stein wieder aus seinem Versteck.

»Ich dachte, du hättest die Finger —«

»Zeig sie mir, oder ich stecke meine Finger an Stellen, die dir sehr unangenehm sein dürften.«

»Ich wüsste nicht …« Al-Chattab verstummte und seine gräuliche Färbung verblasste etwas. »Du bist ein böses, böses Mädchen.« Er seufzte. »Nimm mich unter den Mantel und tritt ein Stück beiseite. Du wirst kurz geistig abwesend sein. Körperlich bleibst du aber hier.«

»Wie funktioniert das?«

»Hattest du es nicht eilig? Küss mich.«

»Hast du einen Knall? Wer garantiert mir, dass du dich nicht in einen Prinzen verwandelst?«

»Ich bin ein Prinz!«, rief Al-Chattab empört und Ruby unterdrückte ein Stöhnen.

»Alles klar, Prinz Kiesel, wohin soll ich dich küssen?«

»Dahin, wo du deine Finger stecken wolltest.«

Einen Moment lang starrte sie ihn sprachlos an. »Falls du mich verarschst …«

»Denkst du etwa, mir ist das angenehm, wenn mir Gott und die Welt den Allerwertesten abknutscht, um an meine geheimen Botschaften zu gelangen?«, jammerte Oma Käthe aufgebracht.

Ruby hätte beinahe genickt. Garantiert gefiel dem blöden Granitklops die Knutscherei. Na ja, es war ja nur ein Stein. Immerhin musste sie keinen Frosch küssen. Sie wendete den zappelnden Brocken und drückte seiner Rückseite, die eine ziemlich eindeutige Kerbe besaß, einen kurzen Schmatz auf. Al-Chattab kicherte. Er verhöhnte sie! Und außerdem gefiel es ihm. Doch als sie ihn umdrehen wollte, um ihn zur Rede zu stellen, war er verschwunden.

Kapitel 15
Ruby

Ruby befand sich in einem weiten Flur, durch den das Kichern hallte, das gar nicht mehr von dem Stein zu kommen schien. Massive Mauern zu beiden Seiten wurden von Glühwürmchen-Kronleuchtern angestrahlt, was dem Ganzen eine weihnachtliche Stimmung bescherte.

Vor ihr standen zwei Mädchen.

Eine klein und mit knubbeligen, aufgeschürften Knien, die andere groß und schlank. Die Große fuhr der Jüngeren mit feingliedrigen Fingern durch die zerzauste weißblonde Mähne und die Kleine blickte mit ihren goldenen Augen zu ihr auf.

»Verrat's nicht Thyra«, flüsterte Klein-Amy verschwörerisch.

»Ehrenwort. Das bleibt unser Geheimnis.«

»Wenn du auch nur darüber nachdenkst, erfährt sie es doch. Sie ist so unheimlich mit ihrer Gedankenspioniererei.«

»Mach dir keine Sorgen, Amy. Thyra kann mich nicht aushorchen. Was wolltest du mir zeigen?«

»Mein Geheimversteck.«

»Hier?« Das große Mädchen runzelte die Stirn. »Die Wände in dem Trakt sind sicher, Vater hat sie erst neulich auf Ritzen prüfen lassen.«

»Auf Rollritzen schon. Nur nicht auf Lichtdurchlässigkeit.«

Die Große musterte Amy mit diesem speziellen Blick, den Rubys Mutter auch bei ihr anwendete, wenn sie etwas hinterfragte. »Du meinst …«

Amy kicherte. »Wenn du ganz Licht bist, kannst du passieren. Du musst nur strahlen. Von innen heraus. Ist total einfach, guck.« Schon verwandelte Amy sich in eine vibrierende und glucksende menschliche Sonne. »Ah, Mist, das kitzelt.«

»Amy.« Hektisch blickte sich Yrsa im leeren Flur um. »Das ist gefährlich. Hör sofort auf damit.«

»Quatsch.« Amy nahm wieder eine normale Gestalt an, wobei Ruby die leuchtende Silhouette immer noch sah, sobald sie blinzelte. »Das ist nur riskant, solange du nicht weißt, was du tust. Du darfst nur nicht lichttrunken werden, das ist alles. Sei einfach lichterfüllt bis in die letzte Zelle. Wenn das einer kann, dann ja wohl du.«

Amy zwinkerte ihrer großen Schwester frech zu und erstrahlte erneut zu der blendenden Lichtgestalt.

Yrsa warf noch einmal einen skeptischen Blick über die Schulter. Schließlich grinste sie und explodierte nahezu in eine gleißende Helligkeit. Ihr Lachen klang glockenklar und unbeschwert. »Du hast recht, es kitzelt wirklich.«

»Such eine Lücke in den Schatten«, forderte Amy ihre Schwester auf.

Schon im nächsten Augenblick verschwanden die beiden strahlenden Mädchen durch die massive Steinmauer, die daraufhin vor Rubys Augen verschwamm.

Al-Chattab drehte ihr in ihrer Hand die Kehrseite zu und sie befand sich wieder im unterirdischen Höhlensystem der Rebellen. Vor ihrem Blick tanzten immer noch die überhellen Lichtpunkte der beiden Mädchen.

»Wurde auch langsam Zeit«, maulte der Stein. »Es kamen Termiten hier vorbei. Du hattest Mordsdusel, nicht von ihnen entdeckt worden zu sein, so stocksteif, wie du mitten im Weg rumstandest.«

Ruby erschrak. Wie lange war sie wohl in Amys Erinnerung abgetaucht? Es gab unendlich viel, über das sie nachdenken wollte. Zum Beispiel, wie fröhlich und unbeschwert das Mädchen, das ihre Mutter einmal gewesen war, gewirkt hatte. Doch das musste sie sich für später aufheben. Sie hatte keinen blassen Schimmer, wie sie zu einer kleinen Supernova werden sollte, aber Amys Botschaft war eindeutig gewesen. Yrsa würde den Thronsaal garantiert mit etwas schützen, das außer ihr nur ihre verstummte Schwester kannte. Wichtiger noch: Für Thyra war es bestimmt unmöglich, sich derart in Licht zu baden, ohne zu Staub zu zerfallen wie Graf Dracula auf Mallorca.

»Falls du dich fragst, wie man das macht …«, setzte Al-Chattab verheißungsvoll an.

»Ja?« Ruby leckte sich nervös die Lippen.

»Frag nicht mich. Ich bin ja nur ein Stein.«

»Oh, bitte. Du willst nur, dass ich dir wieder den Hintern küsse.«

»Als ob ich das nötig hätte. Ach, meinetwegen, du undankbare Kameltreiberin. Stell dir vor, in dir geht ein Männchen spazieren.«

»Ein Männchen?«, echote Ruby ungläubig.

»Ein winziges Zwerglein. Ein … ach, was weiß denn ich, was passt denn so in deine Blutbahn?«

»Ein Blutkörperchen vielleicht?«

»Meinetwegen, ein Blutkörper. Das hat eine kleine Lampe dabei.«

»Wie trägt es die?«

»Wie bitte?«

»Blutkörperchen haben keine Arme.«

»Beim mächtigen Sandsturm, jetzt konzentrier dich gefälligst! Ein Bluter mit Armen und Beinen spaziert mit einer hellen, warmen Lampe durch deinen Körper. Er leuchtet die Arme aus, jeden Finger bis in die Nägel, die Haarspitzen und die letzte Zelle, bis du ganz und gar erleuchtet bist.«

»Ich hoffe, er stößt sich nirgends«, brummte Ruby, die an den Bluter dachte, der kläglich in ihrem Inneren verbluten würde, folgte aber trotzdem Oma Käthes Anweisungen.

Eine tiefe Ruhe durchflutete sie. Obwohl sie das Gefühl hatte, am Rande des Einschlafens zu sein, durchströmte sie eine Kraft und Klarheit, die sie mit Zuversicht füllte. Ruby öffnete die Augen. Ihr Auramantel war verschwunden. Entweder hatte sie zu viel Konzentration auf den Bluter in ihrem Inneren gelenkt oder ihre hell lodernde Gestalt hatte ihn in Flammen gesetzt. Jedenfalls sah sie nun vermutlich kein bisschen anders aus als die beiden Mädchen aus der Vision. Zumindest kitzelte ihre Haut, als tanzten tausend Ameisen darauf.

»Wie finde ich jetzt die lichtdurchlässige Stelle? Amy sagte etwas von Lücken in den Schatten.«

»Das musst du selbst herausfinden.«

Enttäuscht warf Ruby der Erdwand einen Blick zu. Alles war in Dunkelheit getaucht, bis auf die wenigen Stellen, die von ihr erhellt wurden. Wie sollte sie Lücken im Halbdunkel entdecken? Was bedeutete das überhaupt? Wie konnten Schatten löchrig sein?

Sie trat einen Schritt von der Wand weg, bis ihr Schein sie nicht mehr berührte. Jetzt fiel ihr auf, wie unregelmäßig die Schatten waren. An manchen Stellen tiefschwarz, an anderen in allen möglichen

Grauschattierungen, gefleckt wie das Fell eines Jaguars. Höhen und Tiefen im Wandrelief warfen unterschiedliche Schemen zurück.

Dort, links neben der Tür, wurde ein besonders dunkler Fleck von einem winzigen Lichtpunkt durchbrochen. Nicht einmal groß genug für eine Fliege. Sollte das die lichtdurchlässige Stelle sein? Sie war Millionen Mal zu riesig dafür. Selbst in ihrer Lichtmädchen-Gestalt. Sogar, wenn sie nur ein Lichtstrahl wäre. Höchstens als Lichtkorn.

Kaum war der Gedanke zu Ende gedacht, stand sie auf der anderen Seite der Tür. Mitten in Yrsas Thronsaal. Ruby hätte gejubelt, wenn sie nicht so verblüfft gewesen wäre.

»Danke, Amy«, flüsterte sie in die Stille.

Al-Chattab zuckte. »Nein, kein Thema. Vergiss nur wieder einmal den doofen Stein.«

Ruby drückte ihm einen kurzen Kuss auf die kantige Wange, bevor er weiterschimpfte. Seine Flecken erschienen mit einem Mal rosa und sie steckte ihn schnell ein.

Der Spiegel hing so unschuldig an seinem Platz, als könnte er kein hässliches Gesicht reflektieren. Konnte er vermutlich auch nicht, wenn Ruby recht überlegte. Ehe sie sich dem Zauberspiegel näherte, legte sie erneut den unsichtbar machenden Auramantel um. Womöglich petzte diese Asry ihrer Mutter sofort, dass sie hier eingedrungen war. Dann wäre alles umsonst gewesen.

Vorsichtig schlich sie darauf zu. Wie zu erwarten, blieb er leer, obwohl sie nur Zentimeter davor stand. Ruby ließ erleichtert den angehaltenen Atem entweichen.

Die Spiegelfläche kräuselte sich und plötzlich blickten ihr zwei stechend blaue Augen aus der glatten Fläche entgegen. »Was suchst du hier?«, fauchte ein farbloser Mund.

Ruby biss auf die Lippen und versuchte, so leise wie möglich zu atmen.

»Du brauchst dich nicht so anzustrengen, ich sehe ganz genau, wie du gerade von einem Bein aufs andere trippelst.«

Ruby seufzte. Es war zwecklos. Dennoch sträubte sich etwas in ihr, den Auramantel abzulegen. Wahrscheinlich war es sowieso hinfällig, wenn der Spiegel sie sogar mit dem Mantel erkannte. »Wer bist du?«

»Das Spieglein an der Wand«, höhnte Asry. »Um das zu fragen, hast du dir solche Mühe gegeben, hier einzudringen? Mach dich nicht lächerlich.«

»Du …« Ruby schluckte, weil sich die unausgesprochenen Worte so unglaubwürdig anfühlten. »Du bist Yrsas Spiegelbild?«

»Gut erkannt, Kleine. Mein Name ist Asry. Doch das weißt du ja bereits. Du und der Igel, ihr macht vielleicht einen Krach in dieser Wand, da kann man unmöglich schlafen.«

»Was genau bist du?« Es wunderte Ruby kaum mehr, dass der Spiegel längst über die Spioniererei informiert war.

»Ich bin das, was deine Mutter niemandem zeigen will.« Ein Gesicht erschien. Yrsas Spiegelbild – und doch war etwas Entscheidendes anders. Ruby konnte bloß nicht in Worte fassen, was es war.

»Was du meinst, ist: der Glanz«, antwortete Asry auf Rubys unausgesprochene Frage. »Ich bin das Ebenbild deiner Mutter, doch mir fehlt der Glanz. Ich kann nicht täuschen. Ich bin, was ich bin.«

»Was bedeutet das?«

»Yrsa hat kein Selbstvertrauen, noch nie gehabt.«

Ruby lachte humorlos auf. Das war vermutlich das Lächerlichste, was sie je gehört hatte.

»Spotte nicht, Kleine. Ich kenne sie besser als jeder andere, weil ich einst ein Teil von ihr war. Sie war ein schüchternes Mädchen, geplagt von Selbstzweifeln und der Angst, nicht gegen ihre magisch sehr viel begabtere Zwillingsschwester ankommen zu können. Sie dachte immer, ohne Thyra nichts wert zu sein. Also entschied sie sich eines Tages, einen folgenschweren Schritt zu tun. In der alten Bibliothek deines Urgroßvaters war sie über Bücher gestolpert. Texte, von denen jeder glaubte, dass sie längst verloren seien. Die niemals für die jungen Augen der Prinzessin bestimmt waren. Sie führte einen Zauber durch, der einen Teil von ihr, den sie für hässlich, unliebsam und magielos hielt, für immer von ihr trennte und in einen Spiegel verbannte. Zum Ausgleich erhielt sie den Glanz des Spiegels.« Asry senkte die Lider. »Ich war nie, was sie damals von mir dachte – und sie hat es bereut. Ohne mich ist sie hilflos, sucht stets meinen Rat. Aber den Spiegelglanz wird sie genauso wenig aufgeben. Zu tief ist sie in den ganzen Lügen verstrickt.«

»Ich verstehe das nicht.«

»Der Spiegelglanz verleiht ihr zu jeder Zeit die Erscheinung, die sie andere glauben machen will. Wenn ihr Gegenüber eine Königin sehen soll, sieht er eine mächtige Monarchin. Für Lykaon ist sie immer das zarte, engelsgleiche und schutzbedürftige Wesen, in das er sich verliebt hatte. Für dich ist sie wieder und wieder die kaltherzige Rabenmutter und unter keinen Umständen eine Königin. Ist dir nie aufgefallen, dass niemand sie je infrage stellt? Sie verschwindet Jahre aus unserer Welt, kehrt zurück und nimmt einfach so ihren Platz ein? Das ist nicht, weil sie so eine wunderbare Regentin war, sondern weil sie wie eine scheint. Sie scheint nur, das ist eine Illusion.«

»Warum erzählst du mir das? Ist sie nicht genauso wichtig für dich wie du für sie?«

»Sie hat sich verloren. Du bist Salvyas Rettung, Darkwyllin. Doch sie weigert sich, das zu sehen. Sie ist so gefangen in den Lügen, in dem Wahn, dich mit aller Macht vor Salvya beschützen zu müssen. Meinen Rat ignoriert sie schon seit Langem. Sie hat keine Chance mehr, selbst aus dieser Sache herauszukommen. Also musst du …« Asry verstummte und ihre Augen wurden weit. »Bleib verdeckt. Du hast klug gehandelt, als du den Auramantel anbehieltest. Du musst …« Wieder erstarb ihre Stimme.

Einen Augenblick später glitt ein Lichtstrahl durch die Wand. Yrsa schüttelte sich kurz und ging dann mit großen Schritten zum Spiegel hinüber. »Wach auf, Asry.«

»Kein Grund, herumzumaulen.«

»War jemand hier? Auf dem Flur wurden ungewöhnliche Aktivitäten gemeldet.«

»Wer soll schon da gewesen sein? Bis auf eine Kolonie Kellerasseln, die mir über den Rücken krabbeln.«

Yrsa machte die Augen schmal. Ruby drückte sich in ihrem Auramantel so dicht an die Wand, wie es nur ging. Trotzdem könnte sie jeder Atemzug, jeder Schweißtropfen, der ihre Stirn verließ, verraten.

»Du verheimlichst mir etwas. Wie immer, wenn du dummes Zeug daherplapperst, hast du eine Sache zu verbergen.«

»Das ist Unfug. Wann habe ich dich je belogen? Das ist deine Spezialität, weißt du noch?«

»Damals, als ich dich fragte, ob der Pickel auf meiner Nase –«

»Yrsa! Das war vor achtzehn Jahren. Es war außerdem zu deinem Besten. Du wärst niemals aus dem Haus gegangen, wenn ich dir gesagt hätte, dass er wie ein Krater aussieht, aus dem gleich ein Vulkan ausbricht.

Dank mir konntest du mit Lykaon rumknutschen und ihm ist der Pickel garantiert nicht aufgefallen.«

»Zeig mir den Thronsaal.«

Asry stöhnte und in dem glänzenden Spiegelglas erschien der leere Saal. Einen Augenblick lang blendete ein helles Licht auf und Yrsa hob die Hand.

Der Schreck fuhr Ruby bis in die Eingeweide. Sie hatte den ganzen Raum beleuchtet, als sie durch die Wand geschlüpft war.

Natürlich entging das den scharfen Augen ihrer Mutter nicht. »Was war das?«

Asry seufzte schicksalsergeben. »Nun gut, ich gestehe. Ich halte es einfach nicht mehr aus in diesem Kellerloch. Gerade du müsstest mich doch verstehen. Wir sind Wesen aus Licht und Glanz, ohne Tageslicht –«

»Komm zum Punkt«, zischte Yrsa.

»Nur eine kleine Lichtprojektion, damit ich mich nicht ganz so lebendig begraben fühle. Das kannst du schwerlich verurteilen. Wir sitzen nur durch deine Schuld in diesem Loch fest.« Asry wand sich geschickt um eine klare Aussage herum, ohne sich mit einer Lüge behelfen zu müssen.

»Ahnst du eigentlich, wie gefährlich es ist, wenn du hier unten Sonnenlicht spiegelst?« Yrsa winkte ab. »Vergiss es. Du wirst immer widerspenstiger. Ich habe keine Ahnung, weshalb ich noch mit dir rede.«

»Weil du genau weißt, dass es an der Zeit ist, mich freizulassen, Yrsa. Vereine uns, lass den Glanz fallen. Dann kannst du endlich wieder du selbst sein. Die Leute werden dich um deinetwillen lieben, nicht um einer leeren Hülle wegen.«

»Du redest wirr.« Yrsa wandte dem Spiegel den Rücken zu. »Ich will etwas ruhen, plapper also gefälligst nicht weiter.« Damit ließ sie sich auf ihren Thron sinken und schloss die Augen.

Ruby konnte niemals unbemerkt zur Lichtgestalt werden, da machte sie sich keine Illusionen. Sie warf Asry verzweifelte Blicke zu, doch die ignorierte sie geflissentlich.

Die zum Schneiden dicke Stille wurde von einer gewaltigen Explosion zerrissen. Die Erde bebte, Wände verschoben sich und die Erschütterung brachte Teile der Decke im Thronsaal zum Einsturz. Yrsa war so schnell auf den Beinen, dass sie beinahe gegen Ruby krachte, die ein paar Schritte zur Raummitte getaumelt und wie erstarrt stehen geblieben war, als die Erde endlich nicht mehr bebte.

Was zum Teufel war das? Fielen die Schattengardisten ein? Oder brach dieses unterirdische Grab jetzt endgültig in sich zusammen? Ruby schwitzte aus allen Poren und unterdrückte mühsam ihren panischen Atem. Wenn sie nur in der Aufregung nicht ihre Tarnung vergessen hatte!

Doch Yrsa hatte Besseres zu tun, als auf ihre vermutlich mittlerweile wieder sichtbare Tochter zu achten. Schwungvoll riss die Königin die Tür auf – die glücklicherweise von innen einen Knauf besaß – und stürmte in den Gang hinaus.

Das war Rubys Chance! Ohne eine Sekunde zu verlieren, schlüpfte sie mit rasendem Herzen hinter ihrer Mutter durch die geöffnete Tür. Der Flur wimmelte von Termiten und Lichtrittern und sie unterdrückte einen Hustenreiz, der ihr durch den aufgewirbelten Staub im Hals steckte. Ein Nebengang war vollkommen zugeschüttet. Alle redeten durcheinander.

Es war unmöglich, dass Ruby im Gedränge unsichtbar blieb, aber genauso wenig konnte sie mitten unter all diesen Menschen den Mantel ablegen. Eigentlich wusste sie ja gar nicht, ob sie überhaupt noch getarnt war. Sie drückte den Rücken gegen die Wand.

Plötzlich schloss sich eine warme Hand um ihre.

»Nicht schreien, Prinny.«

Natürlich schrie sie doch. Zum Glück störte das in dem Tumult um sie herum keinen. Kai schüttelte den Kopf und zog sie einen wenig besuchten Gang entlang bis zu einem steilen, erdrutschartigen Aufgang.

»Behalt den Mantel an, das ist sicherer«, flüsterte er in ihr Ohr und half ihr beim Aufstieg.

So viele Dinge schossen durch Rubys Kopf. Sie hatte den Eindruck, platzen zu müssen. Gleichzeitig zählte schlagartig nichts anderes mehr als Kais Hände an ihren Hüften. Sie fühlte die kühle Nachtluft auf der Haut, noch bevor er den Steindeckel ganz angehoben hatte. Er brachte sie nach draußen.

Er verschloss das Gatter hinter ihnen. Erst dann ließ er sie den Auramantel ablegen.

»Neues Outfit?«, bemerkte er mit hochgezogenen Augenbrauen. Ehe Ruby ihn auf den Schatten in der Atraxkleidung ansprechen konnte, gab er ihr einen schnellen Kuss auf den Hals. »Steht dir, das sind genau deine Farben.«

Ruby schluckte und suchte nach einer Erwiderung, aber Kai murmelte nur weiter mit seinen Lippen kurz unter ihrem Kinn.

»Jetzt bist du halbwegs sicher. Die anderen kommen hier nicht rein, ohne dass die Herde sie bemerkt.«

»Die Herde?«

Kais Haltung war stolz. Stolzer, als sie ihn je gesehen hatte. Zum ersten Mal in seinem Leben schien er sich zugehörig und wichtig zu fühlen. Er stieß ein tiefes Brummen aus, das zuerst leise, dann aus mehreren Kehlen zurückgeworfen wurde. »Hab keine Angst. Sie tun dir nichts, solange du bei mir bist.«

Aus Reflex wollte Ruby ihm versichern, vollkommen entspannt zu sein – auch wenn es nur halb der Wahrheit entsprach. Er schien so glücklich damit, sie endlich einmal beschützen zu dürfen, weshalb sie nur stumm seine Hand drückte.

Als die Herde über die Anhöhe trat, wollte Ruby sich doch am liebsten hinter ihm verstecken. Er legte den Arm um ihre Taille und hielt sie eng an seiner Seite.

»Mach keine hastigen Bewegungen. Sei ruhig und klar, atme langsam durch die Nase. Ganz egal, was passiert, zeig niemals Furcht. Sie spüren das und dann könnte es etwas eisig werden.« Er lachte leise.

Ruby stieß die Luft aus. »Das ist gut zu wissen.«

»Alles okay. Du wirst schon sehen.« Er klang so überzeugt, dass Ruby die eigenen Zweifel beiseiteschob.

Das Schnauben der Licorne erfüllte die spannungsgeladene Atmosphäre. Sie schüttelten die silbrigen Mähnen und starrten Ruby aus ihren kalten Augen an.

Keine Furcht zeigen. Easy. Ruby biss die Zähne zusammen und atmete ashwinkumarmäßig durch die Nase. Uuuuuuuunnnnnnnnd entennnnnnnnnnn…spannnennnn…

Ein gespaltener Huf landete auf diese komisch nachgiebige Art vor Ruby im Gras. Nicht zu vergleichen mit den kleinen, harten Hufen der Wildfänge.

»Das ist Scirocco, er ist ein Hengst und meint, er sei der Chef der Bande.« Kai führte Ruby an dem starrstehenden Licorn vorbei, dessen abstrahlende Kälte Ruby Gänsehaut verursachte. »Dabei ist es wie immer eine Frau, die die Horde unter der Fuchtel hat. Miura, mein Schatz. Darf ich dir die Prinzessin vorstellen? Eine Drachendame allererster Güte.«

Kai verbeugte sich leicht vor einer etwas kleineren Licornstute. Ihre Mähne war beeindruckend lang, wallte auf beiden Seiten des Halses bis weit über die Schultern herunter. Unter dem welligen Schopf blitzten kluge Silberaugen hervor.

Unwillkürlich neigte auch Ruby den Kopf und senkte den Blick. Miura schnaubte leise und brummte dann etwas in einer aufsteigenden Tonfolge.

Kai legte der Licornstute eine Hand auf die Stirn. »Danke, Königin.«

Er hielt Rubys und seine verschränkten Finger an die eisigen Nüstern des Tieres. Rubys Eingeweide zogen sich zusammen. Die Kälte der Einhörner machte den Drachen in ihr extrem unruhig. Sie bevorzugte Hitze, wie in Gegenwart der Wildfänge.

»Du machst das wunderbar, Prinny. Wenn du ihren Respekt hast, wirst du von der ganzen Herde akzeptiert. Das ist übrigens der erste Fehler, den die meisten Lichtritter im Umgang mit ihnen begehen. Sie haben nie die Gruppe beobachtet, sonst wüssten sie, dass nicht Scirocco der Leithengst ist.«

Miura schnaubte zur Bestätigung. Die anderen Licorne verloren daraufhin das Interesse an Kai und Ruby und verteilten sich über die raureifbedeckte Weide.

»Was ist der zweite Fehler?« Ruby war immer noch unsicher, ob sie den Kreaturen trauen konnte. Die Stute schlich an ihrer Seite wie ein Schatten und ließ sie keine Sekunde aus den Augen.

Kai nahm erneut ihre Hand und führte sie über einen sachte ansteigenden Hügel. »Sie singen in der falschen Frequenz.«

Ruby musterte ihn neugierig. Natürlich fiel so etwas nur einem Musikgenie wie Kai auf.

»Du musst hinhören. Die brummen doch nicht bloß irgendwie. Die Gesänge sind ihre Sprache. Sie ist supereinfach zu verstehen, wenn

498

man nicht unbedingt auf seinen Ohren sitzt.« Kai rollte mit den Augen. Ein Fohlen knabberte an seinem Jackenärmel und er drängte es zärtlich zurück.

Ein warmes Gefühl durchflutete Ruby, während sie ihn beobachtete. Er schien gewachsen, selbst seine Brust wirkte breiter, wie er so selbstverständlich zwischen diesen gefährlichen Wesen wandelte. Sein Gesicht strahlte eine tiefe Ruhe und Zufriedenheit aus und er summte leise vor sich hin.

Wie hatte sie nur an ihm zweifeln können? Kai hätte Thyras Schatten niemals absichtlich in ihre Kleidung geschmuggelt. Er liebte sie. Weshalb sonst würde er sie der Herde vorstellen, als wären die Licorne seine Familie und Ruby seine … Freundin?

Sie beäugte ihn unsicher von der Seite und er zwinkerte ihr fröhlich zu.

»Wie fandest du mein Ablenkmanöver da unten?« Er deutete über die Schulter zurück.

»Was war das eigentlich?« Ruby dachte an den eingestürzten Gang. Sie hätte schon früher darauf kommen sollen, dass Kai seine Finger mit im Spiel gehabt hatte. Er hatte sie bemerkt und vermutlich gesehen, wie sie im Thronsaal verschwunden war. Dann hatte er sicherlich davor Wache geschoben, bis Yrsa hineingegangen war.

»Bärchenbomben«, antwortete er lachend.

Ruby lachte auch. Irgendwie musste sie an Alis Beschreibung der Gefühlsmagiebombe denken. Typisch Kai, einen Flur mit einer Handvoll Gummibärchen niederzuwalzen.

»Dass du überhaupt noch welche hattest, wundert mich.« Sie schmunzelte.

»Wieso?«, er fuhr sich durchs Haar.

»Na deshalb.« Ruby deutete auf das verwaschene Grün seiner Haarspitzen. Man konnte die ehemals giftige Farbe nur noch erahnen.

»Ah.« Er zuckte mit den Schultern. »Irgendwie hat mir die Motivation gefehlt, da hab ich mir diese Dinger abgewöhnt. Vielleicht werde ich alt.«

Ruby knuffte ihn in die Seite. »Junkie.«

»Groupie.« Er schubste sie leicht, nur um sie im nächsten Moment wieder an sich zu ziehen. »Komm mit, ich hab eine Überraschung für dich.«

Rubys Herz klopfte heftiger.

Er führte sie zu einer Felswand im hinteren Bereich der Weide. Hier war es deutlich dunkler und die hoch aufragenden Steine machten eine schnelle Flucht aussichtslos. Nein. Sie musste nichts fürchten, solange Kai bei ihr war. Sie vertraute ihm und er hatte Vertrauen in die Licorne.

Sie bemerkte die Öffnung im Felsen. Es war der Eingang zu einer Höhle, in der die Einhörner Schutz und Ruhe fanden.

Kai zog sie mit sich. Einige Licorne folgten ihnen. Hoffentlich wurden sie nicht aggressiv, weil Ruby unerlaubt in ihren Stall eindrang. Kai drückte beruhigend ihre Hand und sie versuchte, sich zu entspannen.

Der Boden war mit weichem Stroh ausgelegt. Erstaunt ließ Ruby die Stimmung der Höhle auf sich wirken. Tropfsteingebilde und glitzernde Kristallformationen verwandelten Decken und Wände in eine phantastische Landschaft.

»Es ist hell …«, bemerkte sie überrascht und fuhr an den leuchtenden Steinwänden entlang.

»Sie vertragen die Dunkelheit so schlecht wie alle Lichten Wesen.« Kai lächelte wie über einen schönen Gedanken.

Überall standen und lagen die silbrig weißen Einhörner und gaben leise summende, brummende und vibrierende Geräusche von sich. Es dauerte einen Augenblick, dann erkannte Ruby, wie sich aus den Licorngesängen zusammen mit dem Echo der Felswände und dem Tropfen des Wassers eine Melodie bildete. Es war, wie einem unwirklichen Chor in einer besonderen Kathedrale zu lauschen. Einem Chor aus tausend Stimmen. Lieder ohne Worte. Musik ohne Instrumente.

Gänsehaut, die dieses Mal ein unbeschreibliches Glücksgefühl auslöste, rauschte über Ruby hinweg.

Kai streckte die Hand nach ihr aus und sie fühlte sich plötzlich befangen. »Tanz mit mir, Prinny.«

»Tanzen?« Ruby stolperte über ihre eigenen Füße und stieß mit der Stirn gegen sein Kinn. Er lachte leise, hielt sie aber weiterhin dicht an die Brust gepresst.

»Macht man das normalerweise nicht so bei einem Date? Kino, essen, tanzen … fummeln …« Seine Hand rutschte zu ihrem Po, während er sich langsam zur Musik bewegte.

»Keine Ahnung«, stammelte Ruby. »Du bist der Experte auf dem Gebiet.«

»Nicht wirklich. Bei mir ging das bisher von *Hallo* zu fummeln in zehn Sekunden.«

Machte er gerade Scherze? Vermutlich nicht. Ruby kam aus dem Takt und latschte ihm auf den Fuß. Kai lachte.

»Entschuldigung. Ich kann echt nicht tanzen«, murmelte Ruby in sein Shirt. Warum roch Kai eigentlich immer so gut? Es sollte verboten sein, so zu riechen.

»Das ist nur, weil du es so sehr versuchst. Schmeiß mal deine neu erlernte Aurakontrolle über Bord. Du bist hier bei mir. Alles, was jetzt zählt, sind Gefühle, Prinny.«

Endlich gelang es ihr, zu ihm aufzusehen. Es war kein Spott über ihre tollpatschige Art zu tanzen in seinem Ausdruck. Nur Glück und Wärme strahlten ihr entgegen. Sie konnte die Flügelspitzen fühlen, wie die Federn sie an den Fingern kitzelten, sich unter ihrer Berührung regten und an die Oberfläche drängten. Sie sah die schillernde Farbenpracht, die den Phönix umgab. Die Musik schwoll an, wurde sehnsüchtiger und romantischer.

Seine Kusslippen schwebten vor ihr. Dann beugte er sich zu ihr herunter. Obwohl Ruby mittlerweile den Sauerstoff in der Luft befehlen konnte, riss sein stürmischer Kuss sie von den Füßen. Kai ließ Ruby vorsichtig auf das duftende Strohlager sinken.

Sie sollten reden. Es war wichtig. All die Dinge, die sie erfahren hatte, die ihr auf der Seele lasteten. Dies war der perfekte Ort und der richtige Zeitpunkt. Dennoch waren da Kais blitzende Smaragdaugen, mit denen er sie anschaute, als hätte er nie etwas Schöneres gesehen.

Er kniete vor ihr, seine Arme in einer stummen Einladung geöffnet. Sie glitt auf seinen Schoß, presste ihr Gesicht an seinen Hals und bemerkte eine neue, leicht frostige Note in seinem Geruch.

Er hob ihr Kinn an. Seine volle Unterlippe glänzte seidig. Ruby warf ihre Vorsätze über Bord. Jetzt gab es nur sie und Kai. Reden konnten sie später immer noch.

Sie legte die Hände in seinen Nacken, spürte die feinen Härchen unter den Fingerkuppen und küsste ihn mit einem erleichterten Seufzen.

Zärtlich erwiderte er den Kuss, liebkoste ihre Lippen, bis Ruby sie ein wenig öffnete. Kai wurde hungriger, fordernder, sein Atem beschleunigte sich im selben Rhythmus wie ihrer. Rubys Hände schoben sein T-Shirt hoch, streiften die nackte Haut an seinem Rücken und Bauch. Ein elektrisches Prickeln schoss von der Berührung ihrer Zungen bis in Rubys Zehenspitzen und wieder hinauf. Sie presste sich an ihn, bis kein Haar mehr zwischen sie passte.

Kai öffnete einen der Reißverschlüsse an ihrem Oberschenkel und streifte mit den rauen Fingerkuppen über die empfindliche Haut darunter. Rubys Körper stand schlagartig unter Strom. Sie fürchtete zu vibrieren, so sehr wühlte sie die winzige Berührung auf.

Zischend sog Kai den Atem ein und lehnte sich etwas von ihr weg. Ohne nachzudenken, kroch Ruby ihm hinterher, aber wieder wich er vor ihr zurück, als vermeide er den Hautkontakt.

Kapitel 16
Ruby

Ein schmerzhafter Ausdruck schwamm in Kais Augen, Verlangen auch und Bedauern, doch vor allem Schmerz. Ruby kannte diesen Gesichtsausdruck zur Genüge. Ihre Stimmung verdüsterte sich in Sekundenschnelle.

»Was?« Der Drache ließ ihre Stimmbänder lautstark zischen.

Kai senkte den Blick. »Das, was du möchtest, kann ich dir nicht geben.«

»Kai.« Ruby stieß entnervt den Atem aus. Fast wunderte es sie, dass dieses Mal kein Feuerwölkchen dabei aus ihren Nasenlöchern schoss. »Das hatten wir doch schon.«

Kai runzelte die Stirn.

»Wir dürfen nicht und wir können nicht … Ich dachte, das läge langsam hinter uns«, fügte Ruby augenrollend hinzu.

»Prinny, das wird nie vorbei sein. Du bist die Prophezeite. Ich bin derjenige, der dein Blut vergießt, und das werde ich um jeden Preis vermeiden.«

Ruby starrte ihn kopfschüttelnd an.

»Ich habe bereits versagt, dich von mir wegzutreiben. Ich werde nicht wissentlich –«

»Wovon sprichst du eigentlich?«, unterbrach sie seine stürmische Rede.

Sein Blick, der einen Augenblick zuvor noch entschlossen und fiebrig geglänzt hatte, wurde weich. Er hob die Hand, wie um ihr über die Wange zu streicheln, ließ sie dann jedoch wieder sinken. Ihre Haut prickelte von der Beinahe-Berührung.

»Du bist Jungfrau. Ich werde dich nicht zum Bluten bringen.«

Eigentlich hätte sie feuerrot anlaufen müssen, doch sie spürte, wie der Schock jegliche Farbe aus ihrem Gesicht fegte.

»Das ist es nicht, was die Prophezeiung meint.« Ihr Herz polterte schwerfällig vor sich hin. Sie musste es ihm sagen. Er sollte gewarnt sein, dass ihre Liebe den Tod bedeutete. Anscheinend hatte er es nicht verstanden.

»Ich gehe kein Risiko ein.« Er schüttelte stur den Kopf und Ruby verspürte den Drang, ihn zu schütteln. Wenn sie sich schon gegenseitig umbrachten, konnten sie dann zuvor nicht einmal, nur für ein paar Stunden, die Liebe unbeschwert genießen?

»Heißt das, du willst mich nicht? Du wirst mich niemals lieben, nur um mich zu schützen?« Sie musste die Worte gegen eine plötzliche, unerklärliche Heiserkeit herauspressen.

»Nicht auf diese Art, nein.«

Die Kälte der Eiswände kroch auf Ruby zu. Wenn sie nur in seinen Schoß zurückkrabbeln könnte, würde seine Wärme das Eis vertreiben. Aber sie saß nur Zentimeter von ihm entfernt und fühlte sich, als ob eine ganze Welt zwischen ihnen läge. Eine unüberwindbare, riesige Mauer ohne Lücke, ohne Durchgang. Eine Barriere, für die Ruby keinen Schlüssel besaß.

Er sperrte sie aus.

»Das ist dein letztes Wort?« Sogar ihre Stimme klang jetzt schon eisig. Beinahe tödlich ruhig. Ruby war kein bisschen stolz auf sich. Sie fühlte sich eher danach, in Tränen auszubrechen, aber sie nahm Kais beschämtes Nicken mit erhobenem Kinn zur Kenntnis, stand auf und verließ die Höhle.

»Ruby, warte. Das heißt doch nicht, dass ich dich nicht … Bleib stehen, verdammt! Die Licorne finden das nicht witzig, wenn du –«

»Dann halt sie eben davon ab, mich aufzufressen. Das ist es ja, was du tust, stimmt's? Mich beschützen, ob ich es will oder nicht. Sogar vor mir selbst.«

Sie hörte ein dumpfes Stampfen und Kai fluchte in ihrem Rücken ungehalten. Dennoch ging sie, zielstrebig, zerrissen zwischen flammender Wut und einem versteinerten Herzen, über die Wiese. Sie drehte sich kein einziges Mal um. Er kam ihr nicht hinterher. Er hatte sie abgewiesen und ließ sie jetzt einfach so gehen. Noch deutlicher konnte er kaum sein.

Amygdala

Sie waren fast da. Ihre innere Unruhe trug nicht dazu bei, dass sie die endlose Reise durch Schattensalvya gelassener ertrug. Dabei hielt er sie im Arm wie früher. Mit derselben Zartheit, als ob zwischen damals und heute nicht ein ganzes Leben voller Kummer und Entbehrungen läge. Sie lehnte den Kopf gegen seine Schulter, versuchte sich von dem wiegenden Gang einlullen zu lassen, aber die Nervosität bahnte sich immer wieder einen Weg.

»Wir sind bald dort.« Er wusste, wie sie sich fühlte. Das hatte er stets getan. Nie musste Amy ihm erklären, wie zerrissen sie war, zwischen ihren Schwestern, Jung und Alt, Pflicht und Liebe, Drachen und Menschen. Er hatte es immer verstanden.

Yrsa hatte ihr die Kraft gegeben, ihre Muskeln zu bewegen. Ein paar Schritte. Ein Nicken, ein Zucken der Mundwinkel, ein Blinzeln. Wichtiger war aber die Magie. Es waren nur Spuren dessen, was sie früher geleistet hatte. Dennoch war es so viel mehr, als sie geglaubt hatte, je wieder erreichen zu können. Vor allem, nachdem sie ihre Kräfte in dem klirrenden Wasser des Siebenhexenflusses aufgetankt hatte. Zwar hatte das Wasser nicht mehr nach Drachen gerochen, sondern den salzigen Geschmack von Tränen geführt, aber die Magie war dennoch darin vorhanden gewesen.

Kaum hatte sie wieder festen Boden unter den Füßen gehabt, hatte sie Al-Chattab mit der Erinnerung bestückt und auf Reisen geschickt, damit er das Mädchen unterstützte. Sie verdiente jede Hilfe, die Amy ihr geben konnte.

Ruby war Unglaubliches gelungen. Sie hatte den Nixen die Opfer gestohlen, die sie für ihren Handel mit dem falschen König so dringend brauchten. Der selbsternannte König, der sie mit der Wassermagie belieferte, die die Drachenmächte ersetzte.

Zusätzlich hatte es ihre Nichte gleich mehrfach geschafft, Kai durch den Wasserfall zu schleusen, obwohl die Kälte für ihn genauso tödlich war wie für jeden normalen Menschen.

Amy glaubte zwar, dass besonders die schönste aller Nixen einen Narren an dem jungen Ikarus gefressen hatte. Dennoch wagte keine der Hexen, gegenüber Ruby ihr Recht auf seine Liebe einzufordern.

Die Liebe, die die Nixen zum Überleben brauchten. Ohne die Liebe gewisser Männer war die berühmte Schönheit der Wasserhexen nur eine Legende, sie würde nicht ausreichen, um zahlreiche Männer in ihre Fangarme zu locken. Und damit wäre wieder kein Nachschub für den falschen König vorhanden.

Dass Ruby all das gelungen war, konnte nur eines bedeuten: Ohne jeden Zweifel war sie die Prophezeite. Diejenige, die Salvya rettete. Und die Nixen verziehen ihr, weil sie ihnen die Erinnerung daran zurückgegeben hatte, wie sich wahre Liebe anfühlte. Echte, gegenseitige Liebe, keine durch einen Zauber oder Tauschhandel erzwungene.

Darum war Amy jetzt in den Armen eines jungen, erstrahlten Lichttritters unterwegs, mitten hinein in Thyras finsteres Reich. Weil Ruby die Nixen gezähmt hatte.

Amy strich Geronimo über die Hand und er lächelte sie auf seine unvergleichliche Art an. Ein einziger Blick von ihm und sie war wieder die mutigste Drachenfrau Salvyas. Er hatte schon immer bedingungslos an sie geglaubt. Das war wohl wahre Liebe.

Amys Plan war so abwegig, im alten Reich hätte man sie vermutlich ohne Prozess allein für den Gedanken geköpft. Aber sie hatte keine Wahl.

Ein Gewitter zog auf.

Die Welt ging unter.

Nur lag es dieses Mal nicht an Thyra.

Ruby

»Ich muss unbedingt mit dir – Was ist passiert?« Alis graue Augen leuchteten hell vor Konzentration, während er ihr Gesicht – und vermutlich ihre unverschleierte Aura – musterte.

Ruby winkte müde ab. »Ich will nicht darüber reden.«

Ali runzelte die Stirn. »Wo ist Kai?«

»Ich will nicht darüber reden, okay?«

Er atmete langsam aus. »Komm, ich möchte dir etwas zeigen.«

Eigentlich hätte Ruby sich in eine Ecke verkriechen und ihr verletztes Ego pflegen wollen, aber vielleicht war ein wenig Ablenkung genau das, was sie jetzt brauchte.

Seufzend folgte sie Ali in die Bibliothek. Mit feierlicher Miene zog er einen unscheinbaren Band aus einem Regal. Augenblicklich fragte sich Ruby, wie er darauf aufmerksam geworden war. Sie selbst hätte dieses Buch garantiert niemals in die Hand genommen. Lag es an dem verschlissenen Einband oder dem nahezu unleserlichen lateinischen Titel? Ali nickte wissend. »Oblivio. Das Vergessen. Du verschwendest keinen zweiten Blick darauf, weil du es bereits nach Sekunden schon wieder aus deinem Gedächtnis gestrichen hättest.«

»Ist das der Name des Buches?«

»Ja und auch gleichzeitig der Zauber, der darauf liegt. Hier drin stehen Dinge, die eigentlich nirgends niedergeschrieben werden dürften, da sie damit der Vergessenheit entfliehen können.«

»Ich verstehe kein Wort.«

»Es scheint kompliziert, aber nur zu Beginn. Alles, was man vergisst, hört irgendwann auf zu existieren.«

Ruby nickte und dachte an Kai, der von den Adnexen gesprochen hatte. Damals, als sie befürchtet hatten, Ali und Amy wären von Thyra in eine Kerkeradnexe gesperrt worden, wo sie sich früher oder später in Vergessenheit aufgelöst hätten.

»Wenn man aber etwas niederschreibt, kann es jemand nachlesen und sich erinnern. Damit das nicht passiert, wurde dieses Werk mit dem Oblivio-Zauber geschützt. Demselben Zauber, der bei dir nicht funktionierte. Doch es gelang mir, hinter das Geheimnis des Schriftstückes zu blicken.«

»Was steht drin, Ali?« Ruby tippte auf den Buchdeckel. Es war wirklich komisch, sobald sie das Buch nur einen Moment aus den Augen ließ, kam es ihr hinterher so vor, als ob sie es noch nie gesehen hätte.

»Einfach alles.« Ali hielt den unscheinbaren Band wie den kostbarsten Schatz in den Händen. »Die Auflistung sämtlicher Adnexen. Vergessene Magie. Die vollständige Prophezeiung.«

Ruby riss das Buch an sich. »Das sagst du erst jetzt?« Hastig schlug sie die Seiten auf, doch die Worte verschwammen vor ihren Augen. Auf einmal war sie zu müde, um zu lesen.

»Du kannst es nicht entziffern, der Zauber stößt dich ab. Ich habe Tage gebraucht, um dahinterzukommen, wie es funktioniert.«

507

»Was steht da?«, wiederholte Ruby die Frage von zuvor. Sie wusste, wie ungeduldig sie war, und die miese Laune wieder unfairerweise an Ali ausließ. Bloß, da stand etwas über die Prophezeiung geschrieben. Endlich würde sie die ganze Wahrheit erfahren. Vielleicht kapierte sie jetzt, was es mit dieser Lieben-bedeutet-Sterben-Sache auf sich hatte.

»Unter anderem gibt es in der Vorhersage eine weitere Strophe, die unsere Theorie bezüglich deiner Mutter bestätigt.«

»Wie viele gibt es denn insgesamt?«

»Deutlich mehr als gedacht.«

Die Wasserhexen hatten zwei zusätzliche Verse gesungen, sprach Ali davon?

Der Zukunft Fluch – die Schöne,
Des Glanzes zweites Gesicht,
Vereint mit Drachenmacht sie sich,
So fällt das Gleichgewicht.
Zwei Hälften so verschieden,
Getrennt sind sie der Feind,
Bis eine gemeinsame Liebe,
Salvya wieder vereint.

»Ich habe immer Schwierigkeiten, diese komische Sprache zu verstehen«, gestand Ruby.

»Es gibt auch noch andere Neuigkeiten.« Ali vibrierte vor Ungeduld.

Obwohl Ruby gerne mehr über die Prophezeiung erfahren hätte, wurde sie neugierig. »Erzähl.«

Alis Gesicht strahlte vor Glück. »Océanya.«

»Was?«

Er fummelte ein Stück Pergament aus seiner Hosentasche. Es handelte sich um eine fein gezeichnete Karte. Seine schlanken Finger glätteten das Papier sorgfältig. »Mein Königreich. Ich bin mir sicher.«

Vergessen war die Prophezeiung. Alis Glück war ansteckend und Ruby schlang heftig die Arme um ihn. Überrumpelt schwankte Ali, stolperte und riss sie mit sich zu Boden.

Ruby kicherte. »Sehr elegant, Prinz Ali. Ich fand dich immer äußerst anmutig im Kampf, doch im Umgang mit Frauen …«

Ein Kribbeln fuhr durch ihren Körper. Es dauerte einen winzigen Augenblick, bis sie es richtig einordnen konnte. Dann aber musste sie nicht einmal mehr den Kopf heben. Natürlich tat sie es trotzdem.

Kais Schultern waren hochgezogen, der Mund eine schmale, blasse Linie, die Augen steinhart. »Na, das ging ja schnell. Ich hätte nicht gedacht, dass du es *so* nötig hast, Prinzessin. Wie man merkt, kenne ich weder dich noch meinen besten Freund besonders gut.« Er spie die Worte wie Giftbrocken in ihre Richtung.

Ruby verspürte gleichzeitig den Drang, sich unter seinen Anschuldigungen wegzuducken und sich zu rechtfertigen, aber Ali nahm ihr die Entscheidung ab

Sanft schob er sie von sich herunter. »Du benimmst dich wie ein Idiot, Kai. Die Prinzessin teilt lediglich meine Freude.«

Kai lachte hart und kalt auf. »Da musste sie euch gleich die Klamotten vom Leib reißen vor lauter Glück?«

Seine Worte verursachten ihr Gänsehaut. Vorwiegend an den Stellen, die ihr Sturz entblößt hatte. Auch Alis Hemd war hochgerutscht, und wenn man ihn so ansah – die Wangen gerötet, die Haare etwas zerzaust, glänzende Augen – könnte man durchaus glauben, sie beide hätten …

Ruby schüttelte sich. »Was interessiert es dich überhaupt? Selbst wenn ich mich entschließen sollte, jemand anderem meine Jungfräulichkeit zu opfern. Was willst du dagegen tun?«

Kai wurde leichenblass.

Ali stöhnte unterdrückt. »Ruby!«

»Lass nur, Ali.« Kais Gesicht war nun vollkommen ausdruckslos. »Sie will mir wehtun, das ist in Ordnung. Ich bin auch gar nicht gekommen, um euer geheimes Treffen zu sprengen, sondern weil Thyra mit einer riesigen Armee vor den Eingängen steht.«

Ein eiskalter Dolch fuhr in Rubys Magen. Sie hatte mit Thyras Auftauchen gerechnet, aber nicht so bald. Dabei war es doch logisch. Sie selbst hatte Thyra eine Exklusivführung durch den Bau und all seine Geheimnisse gewährt, indem sie sie tagelang auf der Haut spazieren trug. Natürlich griff die Schattenhexe an, sobald sie die Möglichkeit dazu besaß.

Was geschah nun? Würde Yrsa Thyra vernichten? Oder umgekehrt? Sie sollte hinausstürmen und die Lichtritter und Rebellen verstärken. Nur fühlte sich irgendetwas vollkommen falsch an. Sie spürte es bei Kais Anblick, aber sie konnte das Gefühl nicht zuordnen. Wie ein Jucken, das ihren ganzen Körper umhüllte, doch selbst wenn sie die Haut mit einer Stahlbürste abriebe, würde es nicht verschwinden.

Ali blinzelte neben ihr. »Das ist die Gelegenheit.«

Kai legte die Stirn in tiefe Falten.

Ali rappelte sich auf und tigerte im Raum auf und ab. »Ich habe meine Adnexe gefunden. Wann, wenn nicht jetzt, könnte ich fliehen?«

»Du kannst nicht abhauen. Thyra greift uns an, Alter.«

Das Jucken wurde stärker. Ruby suchte nach dem lähmenden Gefühl, das Thyras Anwesenheit bei ihr auslöste. Doch alles, was sie wahrnahm, war der unbändige Wunsch, sich zu kratzen.

»Das ist nicht mein Kampf, Kai. Ich bin schon viel zu lange hier. Mein Königreich war jahrelang führungslos. Ich muss jetzt gehen, wenn jeder mit anderen Dingen beschäftigt ist, ohne auf mich zu achten. Sonst werde ich nie mehr dorthin kommen.« Ali wirkte vollkommen ruhig und entschlossen.

»Du verrätst Salvya für deine Adnexe?«

»Ich bin kein Lichter Ritter, mein Freund. Ich schwor keinen Eid. Genau betrachtet habe ich sogar länger Thyra gedient als diesen Leuten hier. Ich bin niemandem verpflichtet, außer meinem Volk.«

Kais Blick war voller Abscheu. »Du riskierst also Salvyas vollständige Ausrottung, weil Thyra die Macht zurückerlangt. Dazu lässt du Ruby und mich alleine kämpfen?«

»Nicht, wenn ihr mitkommt.«

Einen Moment lang herrschte Stille im Raum. Dann lachte Kai auf und klatschte langsam und spöttisch in die Hände. »Das hast du dir ja prima ausgedacht. Du kannst auf deinem Ego-Trip reiten, immer im Schutzgeleit der Drachenprinzessin. Solltet ihr gefasst werden, wird sich alles um Ruby drehen, du wärst nur ihr Begleiter, der sie nicht alleine ziehen lassen wollte. Ganz fabelhaft, Ali. Wirklich. Aber das darfst du ohne uns machen.« Er streckte die Hand nach Ruby aus. »Komm, Prinny.«

Sie holte tief Luft. Das würde sie bereuen. Hundertprozentig. »Ich finde Alis Vorschlag nicht so verkehrt.«

Man konnte Kai förmlich ansehen, wie die Bombe in seinem Innersten einschlug.

Ruby hob beschwichtigend die Hände und flehte ihn innerlich an, ihr zuzuhören. »Meine Eltern wollen für keinen von uns dreien das Richtige. Ali ist lediglich ein weiterer Soldat an der Frontlinie meines Vaters. Ich soll so schnell wie möglich zurück nach Caligo in die Nebelsuppe und schön unsichtbar sein. Und du ...«

Kais Hand sank herunter, als wöge sie auf einmal hundert Kilo. »Du gehst mit ihm?«, fragte er tonlos.

»Ich werde nicht für dich entscheiden, so wie du meinst, es ständig für mich tun zu müssen. Wenn du klug bist, kommst du mit uns.«

Wortlos verließ Kai die Bibliothek.

Ali und Ruby blickten sich unsicher an.

»Er wird nicht mitkommen, oder?« Erst jetzt brach Rubys Stimme und sie war unendlich dankbar, weil Kai den Raum verlassen hatte.

Ali schüttelte stumm den Kopf. »Er hat gelogen, weißt du?«

Ruby schloss die Augen und blinzelte die Tränen weg. Sie hatte keine Ahnung, wann Kai nicht die Wahrheit gesagt hatte, aber das komische Jucken machte auf einmal Sinn. Sie konnte fühlen, dass Kai nicht aufrichtig war. Es war egal an welcher Stelle. Er hatte sie wissentlich belogen.

Zitternd holte sie Luft. Eine Träne rann ihre Wange hinunter. »Lass uns keine Zeit verlieren. Jetzt oder nie.«

Die Gänge, durch die Ali sie führte, lagen wie ausgestorben vor ihnen. Sie musste unverschämtes Glück haben, dass sich mittlerweile restlos alle Rebellen zur Besprechung des Schlachtplanes in der Haupthalle eingefunden hatten. Ali bog unverhofft scharf ab und Ruby wurde klar, er hatte seine Reise akribisch geplant. Selbst den Fluchtweg hatte er nicht dem Zufall überlassen, weshalb sie jetzt ausschließlich die dunkelsten und unwegsamsten Flure einschlugen.

Er bedeutete ihr mit einer Handbewegung, still zu sein, obwohl sie überhaupt kein Geräusch von sich gab. Zu erstarrt war sie im Inneren.

Hinter der nächsten Biegung endete der Gang plötzlich in einer Sackgasse. Doch Ruby traute den Wänden im unterirdischen Labyrinth nicht mehr, seitdem sie die Rollritze beim Thronsaal erkundet hatte. Sicherlich gab es auch hier einen geheimen Ausgang, so zielstrebig, wie Ali vorwärtsdrängte.

Er ging jedoch nicht bis ganz zum Ende, sondern hielt ein paar Meter vor der Erdwand inne. Dort musterte er das Gewölbe über ihnen mit einem Stirnrunzeln und sprang dann in die Luft.

Im spärlichen Untergrundlicht sah sie kaum, nach was seine Finger griffen. Er ließ die feine Wurzel achtlos fallen und drängte Ruby einige Schritte in die Sackgasse hinein, weil die Decke zu bröseln begann.

»Der Gang stürzt ein! Wir sind auf der falschen Seite«, rief Ruby kaum hörbar im anschwellenden Geprassel herabstürzender Erde.

Doch Ali hielt sie eisern gegen die Wand gedrängt. »Vertrau mir.«

Stimmen wurden über dem Grollen des Einsturzes laut. Die braunen Leiber von Termiten waren durch den Nebel aufstiebenden Staubes nur undeutlich sichtbar, aber sie kamen zu spät. In wenigen Sekunden würden Ruby und Ali in einer winzigen, luftdicht abgeschlossenen Nische eingeschlossen sein.

Ruby stierte Ali an und kämpfte mit der Verzweiflung einer sterbenden Raubkatze gegen seinen Griff. Er rührte sich keinen Millimeter, obwohl Ruby ihm Gesicht und Arme zerkratzte. Schließlich erstarb jedes Geräusch außer Rubys hastigem Atem.

Sie waren eingesperrt. Wie lange würden sie in diesem winzigen Loch überleben können? Ruby hatte jetzt schon das Gefühl, zu ersticken. Keuchend fasste sie an ihren schweißnassen Hals.

»Du kannst atmen«, sagte Ali, dessen Miene nicht einmal aufgewühlt war.

Natürlich. Er selbst hatte ihr beigebracht, wie sie die Luft mit Sauerstoff anreichern konnte. Nur funktionierte das doch sicherlich nur, wenn genügend Sauerstoff vorhanden war.

Ali schüttelte den Kopf, als läse er wieder einmal ungefragt ihre Gedanken. »Du kannst ganz normal atmen. Wir sind nicht verschüttet.«

Erst jetzt wurde ihr bewusst, wie klar und deutlich sie ihn sehen konnte. Wären sie in einem Erdloch eingegraben, würde auch kein Licht zu ihnen dringen. Doch von oben leuchtete der trübe, schattensalvyanische Mond auf sie herunter.

»Konzentrier dich. Angst lässt dich unvorsichtig werden.«

Ruby atmete tief durch. Die Luft war, wie für Miracoulos typisch, zum Schneiden dick und stinkend, aber sie war zu atmen.

Ali hatte die Decke über ihnen ganz gezielt zum Einstürzen gebracht, damit die Termiten nicht zu ihnen gelangten, Ali und Ruby jedoch flüchten konnten. Irgendwie drängte sich Alis Bombenvergleich auf. Kai, der Gefühlsphantast, der mit Bärchenbomben den halben Bau abriss, und Ali, der kontrollierte Auramagier, der mithilfe einer feinen Wurzel eine Wand zog.

»Zu meinem Glück hast du in deiner Panik nicht daran gedacht, Magie gegen mich einzusetzen. Sonst hätte ich dich niemals davon abhalten können, zu den Termiten hinüberzurennen«, erklärte Ali, während er durch den schmalen Spalt in der Decke nach draußen kroch. Mit festem Griff half er ihr hinaus.

Ruby spürte Hitze den Hals hinaufkriechen. Ihr war tatsächlich nicht einmal in den Sinn gekommen, ihn mit Magie zu bekämpfen. Eine schöne Phantastin gab sie ab.

»Wenigstens siehst du das ein.«

Ruby zuckte zusammen. Kai war so unverhofft hinter dem Dornenstrauch zu ihrer Linken hervorgetreten. Ohne an ihre Auseinandersetzung von zuvor zu denken, stürzte sie auf ihn zu.

Er war gekommen! Egal, was er für sie empfand, er würde sie nicht alleine gehen lassen. Je näher sie ihm kam, desto stärker wurde das Ziehen in ihrem Herzen. Sie gehörten zusammen. Ihr Körper wusste das. Kai spürte es ebenso. Dagegen konnten sie sich nicht wehren.

Doch warum hingen seine Arme schlaff an den Seiten? Wieso sah er sie mit diesem Furcht einflößenden Zombieblick an? Wo blieb die spöttische Augenbraue, wo der blöde Spruch? Wann würde er die Arme ausbreiten?

Wenige Zentimeter vor ihm kam Ruby zu einem schlitternden Halt. Etwas lief hier ganz und gar falsch. Kai war nicht gekommen, um sie zu begleiten.

Seine grünen Augen zuckten zu Ali hinüber und verengten sich. »Verräter«, zischte er.

Rubys Blick sprang zwischen den beiden Freunden hin und her. Ali war zurückgewichen, doch Kai folgte jeder seiner Bewegungen.

»Du kannst immer noch hierbleiben, Ruby.« Alis Stimme war angespannt, verriet jedoch nichts von der Verletzung, die Kais Worte in ihm angerichtet haben mussten.

»Sie kann nicht nur, sie wird!«, spie Kai aus und schnappte nach Rubys Arm. Sein Griff brannte auf ihrer Haut und Ruby war für einen Moment wie gelähmt. »Das wird dich aber kaum retten. Die Lichtritter sind hier, Ali. Was du vorhast, ist Hochverrat. Desertion und Entführung der Prinzessin. Damit kommst du niemals davon.«

Seine Hand war so kalt wie der Atem eines Licorns. Die Berührung kroch durch Rubys Haut, schlängelte sich eisig ihre Venen entlang bis zum Herz. Es wurde schwer vor Kummer und verlangsamte seine Schläge. Sogar ihr verräterisches Herz weigerte sich, ihr die Kraft zu geben, das zu tun, was sie tun musste.

Langsam bog sie ihm die Finger auf. Kai starrte sie an. Ein Schweißtropfen rollte seine Stirn hinunter. Er versuchte, gegen Ruby anzukämpfen. Sie entfernte, so vorsichtig es ging, jedes Fingerglied, bis nur noch der Daumen auf ihrem Puls lag.

»Du bekämpfst mich?« Schock und Schmerz schwangen in seinen Worten, spiegelten sich in dem tief verletzten Blick, den er ihr zuwarf. Ruby war beinahe erleichtert, eine andere Regung als Hass und Abscheu in seiner Miene zu sehen. Doch ihr Herz krampfte sich schmerzvoll zusammen. Sie tat ihm das an.

Ruby starrte auf den Daumen. Wenn sie diese letzte Berührung löste, war es endgültig. Sie würde ihn verlassen.

Kai schüttelte den Kopf. »Tu das nicht, Prinzessin.«

Ruby bekam kaum noch Luft, so eng war ihre Brust. »Ich liebe dich, Kai. Komm mit uns oder lass uns gehen, aber halte mich nicht hier, wo ich nicht bleiben kann. Sowohl Thyra als auch meine Mutter werden mich zerstören, sieh das doch ein.«

Kais Gesicht verschloss sich.

Unendlich langsam entfernte sie seinen Daumen von ihrem Handgelenk. Der Schmerz war unerträglich.

514

Kai wirkte, als hätte sie ihm bei lebendigem Leibe das Herz aus dem Brustkorb gerissen. Einen Moment lang starrte er auf seine Hand, dann ließ er sie wie ein gelähmtes Körperteil sinken.

Ruby schrie innerlich vor Qual, doch sie ging rückwärts, ohne ihn aus den Augen zu lassen. Sie wollte ihn wenigstens so lange wie möglich ansehen.

Endlich war da Alis Arm, der sich sanft um ihre Schultern legte. Sie spürte ihn wie durch eine dicke Schicht Winterkleidung. Alles an ihr brannte. Jeder Schritt fühlte sich an, wie barfuß über glühende Kohlen zu gehen. Ihr Herz krampfte sich zusammen.

Ali redete auf sie ein, doch sie nahm es kaum wahr. Sie konnte nicht hören, nicht sprechen, nicht weinen, nicht atmen. Sie bemerkte die Lichten Ritter kaum, die mit ihrem Auftauchen die ganze Umgebung in gleißende Helligkeit tauchten. Nur verschwommen bemerkte sie, wie ihre Mutter mit erhobenen Händen und aufgerissenem Mund Termiten in ihre Richtung jagte. Der General donnerte für sie unhörbare Befehle. Inmitten dieser brodelnden Masse stand Kai wie der einsamste Mensch der Welt und sah sie an.

Sein Blick krallte sich in ihr fest, erzählte ihr von den Schmerzen, die sie genauso spürte wie er. Sie konnte ihn nicht zurücklassen. Sie musste zu ihm. Sie musste …

Etwas riss Ruby von den Füßen.

Ihr Leid wurde unerträglich und sie schrie unter Todesqualen auf. Ali hielt sie so fest wie eine Schiffbrüchige in einer stürmischen See.

Erst da bemerkte Ruby, wie passend der Vergleich war. Sie trieben hoch oben auf dem Kamm einer gigantischen Welle. Das Meer um sie herum toste, als ob Poseidon persönlich seinen Zorn auf die Menschen unter ihnen losgelassen hätte. Das Geschehen spulte sich in einer verlangsamten Abfolge von Einzelbildern vor Ruby ab.

Alis Hand, die einen Stein aus Rubys Ausschnitt zog. Al-Chattabs aufgerissene Augen, während er durch die Luft flog und schließlich in der Brandung versank. Termiten, die in die aufgepeitschte See stürmten und untergingen wie Steine. Lichte Ritter, die eilig, jedoch nicht panisch zu ihren Licornen zurückkehrten, die dem Wasser in stoischer Ruhe entgegenblickten. Yrsa wurde von ihren Leibwächtern auf einen Hügel getragen, sobald die Wellen auf sie zurasten.

515

Thyra war nirgends zu sehen.

Kai hatte gelogen.

Eine gebeugte Person kämpfte sich eisern gegen den Sturm auf die Anhöhe. Ihr weißes Haar wehte im Wind. Amy sah aus ihren gelben Augen zum Meer hinüber, schickte ihr eine stumme Botschaft, doch Ruby war zu taub, um sie zu verstehen.

Rubys Blick zuckte immer wieder zurück zu der einsamen Gestalt, die dort, inmitten der heranschießenden Gischt, verharrte. Er wartete nur darauf, von der Sturmflut fortgespült zu werden.

Noch einmal kam Leben in Ruby und sie zerrte an Alis Arm. »Du wirst ihn umbringen. Rette ihn!«

Ali schüttelte nur den Kopf. »Er kann sich selbst retten, wenn er möchte. Er trifft die Entscheidung.«

Ruby konzentrierte sich auf Kais mittlerweile winzige Silhouette im Wellental. Seine Hosen waren bereits bis zur Hüfte nass und er schwankte im Sog des Wassers, doch er starrte nur weiter zu ihr herauf.

Sie legte all ihre Kraft in diese letzte Bitte an ihn. *Rette dich für mich. Lebe für mich!*

Obwohl er viel zu weit entfernt war, sah sie überdeutlich, wie er die Augen schloss. Er breitete die Arme aus und schrie.

Nein. Es war kein Schrei. Er sang.

Nicht leise, nicht in ihrem Herzen, sondern laut. So laut, dass es die Wellen übertönte. Als er seine Flügel ausbreitete und sich vor dem dunklen Nachthimmel erhob, drang das Lied bis zu Rubys Ohren vor. Es fuhr direkt in sie hinein, schoss wie ein glühender Strom durch ihr Blut mitten in ihr Herz.

»My heart is bleeding out,
Seeing you turning away from me.
Horror echoes in my ears,
Long forgotten, soul-swallowed pain.
Cold ashes
Covering skin and bones and heart.

The ache is killing me.
Why didn't you just turn your knife?

Make it quick instead of
Looking at me with distrusting eyes.
Cold ashes
Covering skin and bones and heart.

Let me die.
No need to show cruel pity.
Don't leave me!
Lying in cold, cold ashes.

Burnt by your own fire
I am nothing but pain.
Suffocating me!
Dying in cold, cold ashes.

Covering skin and bones and heart.

I want to hate you, too,
Need to hurt you like you did.
I can't breathe anymore,
You stole my life and air from me.
Cold ashes
Suffocating me.
Cold ashes
Killing my music.
Cold ashes
Covering skin and bones and heart.«

Das Feuer fraß seine Flügel auf. Alle Blicke lagen auf Kai, der langsam, in stummer Qual verbrannte. Der Wind verteilte die Asche, breitete sie wie einen grauen Film auf der aufgepeitschten See aus. Sie legte sich schneegleich über das Land und bedeckte die Haut und Haare von Menschen und Tieren. Nur Ruby wurde nicht durch ein einziges Ascheflöckchen berührt – und sie fühlte, dass er selbst in seinem Phönixtod noch damit ein Zeichen setzte.

Ich bin überall, nur nicht bei dir.

Der Schrei erstickte sie. Tränen brannten hinter ihren Lidern, rollten nach innen auf ihre zerrissene Seele, wo sie brennende Tränenspuren hinterließen. Doch nichts kam heraus. Kein Laut. Kein Schmerz. Keine Regung.

Sie spürte ihr Zittern kaum. Nur weil Alis Griff sich verstärkte, wurde ihr bewusst, wie wenig sie sich noch alleine auf den Beinen halten konnte.

Epilog
Ruby

Das Holz unter ihren Händen fühlten sich an wie Kais Fingerkuppen. Rau und zugleich weich, abgeschmirgelt vom salzigen Wasser, das gegen die Reling schlug.

Sie hatte vergessen, wann Ali das Schiff herbeigerufen hatte, weil er sie nicht mehr auf der Welle hatte festhalten können. Es war ihr auch egal.

Kai war nicht hier.

Erneut rollte die Übelkeit heran und sie beugte sich weiter über das Geländer.

Mittlerweile war die See spiegelglatt, garantiert gelenkt durch Ali, ihren Herrn, den das Wasser willkommen hieß wie einen lang vermissten Freund.

Doch Ruby bekam nicht wirklich etwas mit von den pferdeköpfigen Hippokampi, die mit ihren Schlangenschwänzen zu ihr heraufwinkten. Oder von den Nereiden, die ausgelassen mit den Delfinaffen Algenball im glasklaren Wasser spielten.

Auch dass die Gischt, die das Schiff aufwirbelte, silberne und goldene Spuren auf den Planken hinterließ, entlockte ihr nur ein trübes Blinzeln.

Kai war nicht hier.

Sie übergab sich erneut.

Ali legte ihr eine Hand zwischen die Schulterblätter. Er sorgte sich um sie, dabei war es Ruby selbst mittlerweile herzlich egal, was mit ihr geschah. Wenn sie sterben musste, weil sie sich seit gefühlten Wochen auf diesem Schiff im Minutentakt die Seele aus dem Leib kotzte, war es eben so. Vielleicht war sie dann endlich wieder vereint mit Kai.

Sie würgte erneut, auch wenn ihr Magen gar nichts mehr hergab.

Ali streckte ihr eine flache Muschel entgegen, aus der ein zarter Duft nach Zitrone aufstieg.

Ruby hielt die Luft an. Sie konnte nichts riechen. Sie wollte nicht einmal daran denken, irgendetwas zu sich zu nehmen.

»Ich werde dich notfalls bewusstlos schlagen und dir dann diesen Seegrastee einflößen, aber du wirst das trinken, Prinzessin. Deine Übelkeit ist keine Seekrankheit, sonst wärst du längst geheilt.«

Ruby gelang es kaum, den Kopf zu heben. »Ich mag nicht.« Sogar ihre Stimme zitterte so schwach, wie sie selbst es war.

Kai war nicht hier.

Vielleicht war er nirgendwo mehr. Was, wenn er seine letzte Träne vergeudet hatte, weil er um sie geweint hatte? Dann gab es keinen Phönix mehr.

Dann war Kai tot.

»Das ist mir egal. Ich erlaube nicht, dass du mir das antust. Ich habe bereits meinen besten Freund verloren, ich werde dich nicht auch noch auf mein Gewissen laden. Du trinkst das!«

Widerwillig würgte sie einen winzigen Schluck hinunter. Augenblicklich ließ die lähmende Übelkeit nach. Erschöpfung überschwemmte Ruby wie eine gewaltige Welle.

Alis Umrisse verschwammen vor ihren Augen, aber der Ausdruck in seinem Gesicht war eindeutig ein zufriedener.

Das Atmen fiel ihr schwer.

»Du hast …« Ihre Knie wurden so weich wie Butter in der Sonne. Ali fing sie auf, als sie zu Boden sank. Er wirkte nach wie vor ruhig und gefasst. »… mich vergiftet.«

Dann wurde es dunkel um sie.

520

Danke!

*J*ch bin ein richtiger Glückskeks, mich bei so vielen liebevollen, hilfreichen Menschen bedanken zu dürfen.

Nina Dolderer. Du bist die weltbeste Schwester und eine sagenhafte Buchpatin. Mit begeisterten: Wie geht's weiter?-Randnotizen, Smileys und Zartbitterkritik gabst Du mir den Mut, weiterzuschreiben. Du bist überall in dem Buch, weil Du ein riesiger Teil von mir bist, Du hast meine Phantasie geformt und mich immer angespornt, mir Flügel wachsen zu lassen. Niemand kennt mich besser, niemand versteht die Geschichte besser und niemand sonst muss in denselben - meist unangemessenen – Situationen lachen. I bin a Nudel didiliebt!

Chris und Martin Görtz, Mam und Babbu. Ich danke Euch, dass ihr so manche «Schrunzel» über meine Rechtschreibung gezogen habt, aber dennoch unermüdlich meine Fehler korrigiert und mein Schachtelsätzeling ausgehalten habt. Ohne Babbus selbst erfundene Tilla-Gutenachtgeschichten wäre ich nicht in der Lage, Fantasy zu schreiben. Dank Euch stelle ich mich immer wieder infrage, fordere mich selbst heraus und bin glücklich, Euch am Ende stolz machen zu können. Ich liebe Euch!

Nicolas Dessalles. Merci d'être mon plus grand fan. Tu es mon inspiration et mon soutien et tu poses toujours les bonnes questions. Grâce à toi je suis capable d'écrire ces livres qui me rendent tellement heureuse. Des mots ne suffisent pas pour te remercier. Je t'aime du fond de mon coeur!

Leano und Cara. Danke für viele Siestas, in denen ich keine Hausarbeit erledigt habe, sondern nur über der Tastatur hing. Danke für tagtägliche Begeisterung über ein Nudelgericht oder hypnotischen Augenkontakt mit dem Drachenmobile. Danke für Euch beide! Ihr seid mein ganzes Glück!

Ich habe die absolut genialsten Testleserinnen, die mir mit viel Begeisterung, lustigen Anmerkungen und augenzwinkernder Kritik unfassbar weitergeholfen haben. Tausend Dank an Katharina, Diana, Bärbel, Aurelia, Inola, Hannah, Ulrike, Valerie (für Funkenschlag),

Claudia, Vero (Adlerauge), Birgit, Klaudia (Bookhangover) und Julia (für Tränenspur). Es war super mit Euch!

Dany, merci pour tout, tu es une superbe lectrice! Matt, merci pour cette chanson magnifique (Goodbye), merci de me la prêter et de l'avoir interprétée avec Ilo, que je remercie pour sa voix angélique. Omi, merci pour ton amour et enthousiasme. Tu me manques!

Omi Hildegard, Opa und Du wart das perfekte Liebespaar. Das inspiriert mich und gibt mir Kraft. Ich hab Dich so lieb! Claudia Winter. Du bist mir Lektorin, Ratgeberin und eine echte Freundin. Ohne Dich wäre Funkenschlag immer noch das zu fette Kamel, aber wir haben es rückwärts durch das Nadelöhr gedroschen.

Ich danke meiner Tränenspur-Lektorin Marion Lembke für die sehr angenehme und professionelle Zusammenarbeit. Ich habe wieder viel gelernt und herzlich gelacht.

Ein herzliches Dankeschön geht auch an meinen Coverdesigner (a.k.a. Covergott) Alexander Kopainski. Ich danke Dir so sehr, dass Du es mit mir ausgehalten hast und so wundervolle Arbeit geleistet hast – trotz meiner Nerverei.

Meiner Verlegerin Astrid Behrendt vom Drachenmond Verlag bin ich besonders dankbar, da sie nicht nur felsenfest an mich und meine Geschichte glaubt, sondern auch wie ein echter Drache für und mit uns Autoren kämpft, uns mit selbstgebackenen Keksen, Aufmunterungspäckchen, Selbstverteidigungstraining und lieben Worten zu jeder Tages- und Nachtzeit zur Seite steht. Das ist etwas ganz Besonderes und ich bin stolz, Teil des Drachengeschwaders zu sein.

Ein weiterer Dank geht an meine wertvollen Kolleginnen und Kollegen vom Drachenmond Verlag. Ich liebe unsere Kuschel-Zeit am Drachenbauch. Besonders Ava, Julia (Feenmutti) und Baby-Shnatz-Dirk, die mich immer wieder zurechtstutzen und aufmuntern, schicke ich ein Riesenknutschie!

Zuletzt danke ich Dir, lieber Leser und liebe Leserin. Du gibst mir und meiner Geschichte eine Chance, weiter zu fliegen als nur aus meinem Herzen heraus. Deine Phantasie lässt sie weiterleben und das ist es, was unsere Charaktere am Leben hält. Danke von Herzen!

Nina. Du stehst am Anfang und am Ende. Und in meiner Mitte. Lieb Sie fai!

Du brauchst Lesenachschub und hast Entscheidungsschwierigkeiten, möchtest dich überraschen lassen oder wünschst Empfehlungen? Da können wir helfen!
Wir stellen für dich ganz individuell gepackte Buchpakete zusammen – unsere

Drachenpost

Du wählst, wie groß dein Paket sein soll, wir sorgen für den Rest.

Du sagst uns, welche Bücher du schon hast oder kennst und zu welchem Anlass es sein soll.
Bekommst du es zum Geburtstag #birthday
oder schenkst du es jemandem? #withlove
Belohnst du dich selber damit #mytime
oder hast du dir eine Aufmunterung verdient? #savemyday
Je mehr wir wissen, umso passender können wir dein Drachenmond-Care-Paket schnüren.
Du wirst nicht nur Bücher und Drachenmondstaubglitzer vorfinden, sondern auch Beigaben, die deine Seele streicheln. Was genau das sein wird, bleibt unser Geheimnis …

Die Wahrscheinlichkeit ist groß,
dass sich das ein oder andere signierte Exemplar in deiner Box befinden wird. :)

Wir liefern die Box in einer Umverpackung, damit der schöne Karton heil bei dir ankommt und als Geschenk nicht schon verrät, worum es sich handelt.

Lisan bringt das kleinste Drachenpaket zu dir, wobei *klein* bei Drachen ja relativ ist. € 49,90
Djiwar schleppt dir in ihren Klauen einen seitenstarken Gruß aus der Drachenhöhle bis vor die Tür. € 74,90
Xorjum hütet dein Paket wie seinen persönlichen Schatz und sorgt dafür, dass es heil bei dir ankommt – und wenn er sich den Weg freibrennt! € 99,90

Der Versand ist kostenfrei. :)

Zu bestellen unter www.drachenmond.de